Der Ritter von Bodman

Bodensee-Roman

Buch

16. September 1307. Die Herren von Bodman feiern ein Gelage. Ein Blitz schlägt in das Gemäuer der Burg. Sieben Familienmitglieder und drei Bedienstete sterben bei dem Brand. Johannes v. Bodman, der einjährige Stammhalter, wird von seiner Amme in einem ehernen Kessel den Burgberg hinuntergelassen und überlebt. Nach seiner Ritterlehre wird Johannes in die verheerenden Kämpfe gegen die Raubritterschaft, die den gesamten Höhgau beherrschten, hineingezogen. Als er der jungen, bildschönen Herzogin Anna v. Urslingen begegnet, ist dies der Beginn einer unglaublichen Geschichte und großen Liebe.

Ein erbitterter Kampf um die junge Herzogin und gegen seinen Erzfeind Hans Wilhelm v. Friedingen nimmt seinen Lauf. Um den Raubrittern das Handwerk zu legen, zieht Johannes gemeinsam mit einem riesigen Heer aus Überlingen und Kaufbeuren gegen die berüchtigten Raubritterburgen im Höhgau. Bei dem Versuch, Anna aus den Fängen seines ärgsten Feindes zu befreien, begibt sich Johannes während der Belagerung der Krähenburg in höchste Gefahr.

Weitere Informationen
finden Sie am Ende des Buches unter historische Anmerkungen.

Helga Maria Hack, geboren 1959. Laienautorin, am Bodensee aufgewachsen, und in Salem wohnend.

Da die Autorin eine begeisterte Romanleserin ist und für sie dabei das Mittelalter stets im Zentrum steht, war es schon lange ihr Wunsch, selbst eine solche Geschichte zu schreiben. Ihre ersten Recherchen dazu fingen in Überlingen an, der Ort, der das Mittelalter in besonderer Weise wiederspiegelt und ihre Phantasie anregte. Als sie dann noch von der Burggeschichte in Bodman und von Johannes dem Geretteten hörte und sich in dessen Schicksal vertiefte, begann sie zu schreiben.

Helga Maria Hack arbeitet heute in Überlingen am Bodensee die Stadt, in der das Mittelalter immer noch gegenwärtig ist und in eine Zeit versetzt, die sich in ihrer Geschichte wiederfindet.

Text: Helga Maria Hack
Lektorat: U. Hornauer
Coverumsetzung: Verlagshaus Schlosser
Coverabbild: Helga Maria Hack Wandgemälde (1846) von Gottlob Gutekunst
in der Wallfahrtskapelle Frauenberg Bodman Bodensee.
Satz und Layout: Verlagshaus Schlosser
ISBN 978-3-96200-224-4
Druck: Verlagsgruppe Verlagshaus Schlosser
D-85551 Kirchheim • www.schlosser-verlagshaus.de

Printed in Germany

Helga Maria Hack

Der Ritter von Bodman

Bodensee-Roman

Verlagshaus Schlosser

Bodman 1306

Trauer herrschte über Bodman. Eine unendliche Stille lag über der Burg. Auf dem Burghof war keine Menschenseele zu sehen. Die Männer und Frauen hatten sich in ihre Behausungen zurückgezogen und beteten für die arme Seele ihrer geliebten Burgherrin Elisabeth. Auch die Wachposten auf den Wehrgängen ließen ihre Köpfe hängen und starrten Gedanken verloren vor sich hin.

Schweigend stand Ritter Conrad von Bodman am offenen Fenster des Wohnturms. Ein eisiger Wind wehte ihm ins Gesicht. Mit Tränen gefüllten Augen blickte er über den gefrorenen See. Die atemberaubende Landschaft konnte ihn nicht aufheitern.

Nichts war mehr so wie es war. In seinem Herzen war es kalt und dunkel wie in den Tiefen des Bodensees. Was sollte er jetzt tun ohne seine Elisabeth?

Sein trauriger Blick glitt zur neuen Burg hinauf. Dorthin, wo er mit seiner Familie eine neue glückliche Zukunft anstrebte. Sollte sie einmal fertiggestellt sein, wäre das eine noch bessere und sichere Burganlage als diese kleine Burg. Aber so wie es aussieht, würden sich die Bauarbeiten wohl noch lange hinziehen.

‚Was macht das noch für einen Sinn? Vielleicht baut sie mein Sohn zu Ende. Wer weiß denn schon, was morgen ist? Was wird als Nächstes kommen?'

War er verdammt dazu, noch mehr Schicksalsschläge hinnehmen zu müssen? Er hob seinen Kopf und schaute betrübt zum Himmel, der sich in der kalten Winterlandschaft grau und düster zeigte.

„Was für ein Leben gibst Du mir, Herr? Hast Du über meine Zukunft schon entschieden?“

Für einen Augenblick schloss er seine Augen. Unfassbare Wut überfiel ihn. Aber er hatte keine Wahl.

‚Ich muss nach vorne schauen, auch wenn der Schmerz groß ist und die Zukunft ungewiss scheint.‘

Conrad wandte den Blick vom See, den seine Frau so sehr liebte. Wie oft stand sie mit ihm hier oben, von wo sie beide die Schönheit der Bodenseelandschaft genossen.

Das alles schien jetzt so weit weg zu sein. Ein Schwarm Möwen, der über den Turm hinweg flog, riss ihn aus seinen Gedanken. Sein Blick folgte ihnen bis sie hinter der lang gezogenen Halbinsel des Bodanrück verschwanden.

Die Kälte, die der Winter hervorbrachte, schien ihm nichts auszumachen. Er hatte auch nicht das Bedürfnis, nach unten in den Saal zu gehen oder nach seinem Sohn zu sehen. Der Schmerz war einfach noch zu groß, als dass er sich über irgendetwas freuen könnte.

Er hörte langsame Schritte hinter sich, wandte sich aber nicht um. Er wollte jetzt mit niemandem reden und niemanden sehen.

Ohne sich zu rühren, stand Paulus der Burgvogt hinter ihm. Er war von großer Gestalt, gekleidet mit einem Schnürhemd und mit einer einfachen braunen Tunika, die mit einem Gürtel versehen war. Der kalte Wind, der durch das offene Fenster zog, wehte ihm ins Gesicht und zerzauste seine blonden Haare. Mit zusammen gekniffenen Augen schaute er auf die reglose Gestalt vor ihm und überlegte wie er seinem Burgherrn in dessen Trauer beistehen konnte.

Paulus war noch nicht lange Vogt auf der Bodman, dennoch hatte er sehr bald das Vertrauen des Burgherrn gewonnen und des Öfteren suchte Ritter Conrad seine Gesellschaft bei einem Becher Wein, um mit ihm zu plaudern.

Paulus senkte gequält den Kopf. Was sollte er seinem Herrn sagen? Wäre er in dieser Lage, würde er nicht mehr leben wollen. Mit traurigen Augen richtete er seinen Blick wieder auf die reglose Gestalt.

„Verzeiht, Ritter Conrad. Wir alle auf der Burg sind in großer Trauer. Niemand kann Euch diesen Schmerz nehmen, aber vielleicht hilft es Euch, die Trauer mit jemanden zu teilen, indem Ihr darüber redet."

„Was gibt es da zu sagen, Paulus? Ich habe keine Frau mehr und mein Sohn keine Mutter."

Paulus stellte sich neben ihn vor das Fenster und starrte ebenfalls auf den See.

„Der Schmerz wird vergehen. Die Erinnerung wird bleiben. Aber Euer Sohn lebt. Er ist ein Teil der Frau, die Ihr verloren habt. Und er kann nichts dafür, daran solltet Ihr immer denken."

Conrad blickte Paulus an. In seinen Augen konnte er unendliche Trauer und gleichzeitig unermessliche Wut erkennen.

„Ich werde mich nicht versündigen, Paulus. Ich weiß auch nicht, was der Herrgott mir noch für eine Bürde auferlegt, aber ich kann ihm nicht die Mutter ersetzen."

„Aber Ihr könnt ihm ein guter Vater sein und er wird es Euch danken. Er ist der Anker, der Eurem Leben wieder einen Sinn gibt."

Conrad blickte wieder auf den See. Seine Gesichtszüge verhärteten sich. „Ich werde über Deine Worte nachdenken, mein Freund, aber lass mich jetzt wieder allein. Ich brauche Ruhe und Zeit, über all das hinweg zu kommen."

- ◆ -

Ohne jede Regung saß Adelheid auf einem Stuhl. Sie blickte in die hölzerne Wiege, die an beiden Seiten Lindenblätter schmückten und auf das Bodman Wappen hinwiesen. Ihre Augen waren mit Tränen gefüllt. Mit einem Tuch putzte sie sich immer wieder die Nase, die sich langsam rot färbte. Sie betrachtete den kleinen Jungen, der vor sich hinschlummerte.

‚Was für ein Leben ist Dir wohl bestimmt, mein kleiner Johannes und was für eine Kindheit ohne Deine Mutter?'

Adelheid war vor zwei Jahren auf die Burg Bodman gekommen nachdem ihre Eltern am Fieber verstarben. Sie hatten ein kleines Häuschen unten im Dorf und waren arme Fischer. Die neue Burgherrin Elisabeth bot ihr sofort Hilfe an und nahm sie in ihre Dienste auf. Dafür war sie ihr sehr dankbar. Sie hatte ja niemanden mehr und somit war die Burg ihr Zuhause geworden und die Herrschaften ihre Familie.

Dass sie eines Tages heiraten würde, war eher unwahrscheinlich, sie war nicht gerade mit Schönheit gesegnet und ihre Figur war auch nicht von elfenhafter Gestalt, aber das kümmerte sie nicht. Sie war zufrieden so wie es war. Mit einem tiefen Seufzer lehnte sie sich in den Stuhl zurück und trocknete ihre Tränen.

Noch vor einer Woche saß sie mit ihrer Herrin zusammen und tauschte sich aus über die Zeit nach der Geburt und wie sich ihr Leben dann verändern würde! Und jetzt war sie die Amme von deren Kind, das noch nichts von der grausamen Welt da draußen wusste. Ganz in Gedanken wippte sie mit dem Fuß die Wiege hin und her und dachte an die schwere Geburt. Zwei Tage hatte ihre Herrin mit unerträglichen Schmerzen gekämpft. Die Freude war so groß über den Sohn, den Erben von Bodman, dass Ritter Conrad alle Dörfler auf die Burg zu einem Fest geladen hatte.

Seine Frau Elisabeth war noch sehr schwach. Nach so einer schweren Geburt war das verständlich. Keiner machte sich deshalb allzu große Sorgen. Nur die alte Geburtshelferin aus dem Dorf meinte, „wir wollen den nächsten Tag noch abwarten, dann ist alles gut."

Aber nichts war gut. Noch in derselben Nacht setzten starke Blutungen ein, die so heftig waren, dass es bald keine Hoffnung mehr gab.

‚Wie grausam', dachte Adelheid. ‚Sie hat ein Leben gegeben und der Herrgott hat ihres genommen!'

Gedankenverloren schüttelte sie den Kopf und rieb sich mit ihren Händen beide Arme. Dabei schweifte ihr Blick zum offenen Kamin. Sie musste feststellen, dass nur noch wenig Glut vorhanden war. Schnell legte sie ein paar Holzstücke nach, damit das Feuer den Raum wieder erwärmte. Sie stellte sich vor die Wiege und betrachtete das Kind. Mit feuchten Augen dachte sie an die Beisetzung. Heute Morgen hatten sie seine Mutter zu Grabe getragen, unten auf dem Friedhof in Bodman. Der Leichnam wurde in der Sankt Peter und Paul Kirche aufgebahrt. Das ganze Dorf war zur Trauerfeier in der kleinen Kirche anwesend. Später bei der Beisetzung hörte man keinen Laut. Keiner sprach ein Wort. Nur das Wimmern und Schluchzen der Frauen durchbrach die Stille auf dem kleinen Friedhof. Es herrschte eine kaum erträgliche Trauer. Alle standen mit gesenkten Köpfen vor dem Grab ihrer Herrin. Nur die Segnung des Priesters war zu hören. Aber diese war wohl von niemandem richtig wahrgenommen worden. Auch nicht von Ritter Conrad, der starr wie eine Statue vor dem offenen Grab stand und keine Regung zeigte, als ob sich vor ihm ein riesiges Loch öffnete, das er nicht mehr zu schließen vermochte.

Adelheid erinnerte sich genau an den Tag als Ritter Conrad den Dorfbewohnern die neue Burgherrin vorstellte. Alle waren von ihrem liebreizenden Wesen und ihrer Freundlichkeit, die sie den Menschen entgegenbrachte, angetan.

Elisabeth von Bodman war sehr beliebt bei den Leuten. Sie hatte für alle ein offenes Ohr. Sie besuchte nicht nur am Sonntag den Gottesdienst. Oft kam sie einfach ins Dorf, um mit den Fischerfrauen zu plaudern, oder sich am Bodenseeufer zu verweilen und die weißen Schwäne zu bewundern, die majestätisch auf dem See, den sie so sehr liebte, dahinglitten.

- ◆ -

Es herrschte geschäftiges Treiben auf der kleinen Festung oberhalb von Bodman. Mägde und Knechte verrichteten ihre Arbeit. Knappen reinigten und polierten die Rüstungen ihres Herrn und hier und da lagerten Händler, die ihre Ware darboten.

Bis zum Abendessen war es noch gut eine Stunde, dachte Paulus. Zeit genug, um nochmal zu seinem Stallmeister zu gehen und den nächsten Tag zu besprechen.

Friederich war schon lange Stallmeister auf der Bodman. Er war nicht mehr der Jüngste, sein Rücken war gebeugt und das Laufen fiel im täglich schwerer. Fast sein ganzes Leben stand er im Dienst der Ritterschaft von Bodman, aber jetzt fehlte ihm allmählich die Kraft, um die täglichen Anforderungen eines Stallmeisters zu erfüllen. Schwerfällig lief er über den Burghof und sah seinem Vogt entgegen. Eine krächzende Möwe flog über ihn hinweg. Er schaute nach oben und seufzte.

„Vielleicht ist Ritter Conrad heute etwas gesprächiger beim Essen“, meinte er zu Paulus. „Seit die Burgherrin nicht mehr unter uns weilt, ist es sehr ruhig geworden, besonders bei den Mahlzeiten.“

„Es wird schon wieder, Friederich. Wir werden wohl oder übel im Saal erscheinen müssen, das Leben geht weiter, auch für Ritter Conrad. Er braucht noch etwas Zeit, um über den Verlust hinweg zu kommen.“

Paulus nahm wie immer den Platz neben dem Burgherrn oben auf der Estrade ein. Der Tisch aus massiver Eiche war nur für den Burgherrn, die Ritter und auch den Vogt bestimmt.

„Hat es heute etwas Besonderes gegeben?", brummte Conrad mürrisch zu Paulus.

„Nein, alles in Ordnung, wie immer. Nur der alte Friederich macht mir Sorgen, seine Rückenschmerzen werden immer schlimmer."

„Wenn das alles ist, was Dich belastet. Es gibt Schlimmeres auf dieser Welt als die Rückenschmerzen eines alten Mannes", fauchte Conrad mit einem Gesicht, das von einer tiefen Unzufriedenheit gezeichnet war.

Die Mägde hatten inzwischen das Essen aufgetragen und Paulus blickte stirnrunzelnd in seinen üppigen, gut riechenden Wildeintopf. Ihn konnte so leicht nichts aus der Ruhe bringen, aber sein Appetit war ihm gründlich vergangen. Er nahm seinen Becher und spülte den Mund mit einem kräftigen Schluck Rotwein.

‚Jeden Abend die gleiche schlechte Laune', dachte er. ‚Wie soll das weitergehen?' Er würde morgen gleich nach der Arbeit zu seiner Frau heimkehren und die abendliche Besprechung auf den Morgen verschieben. Er stocherte mit dem Löffel in seiner Schüssel herum und erinnerte sich an bessere Zeiten, als das Glück noch auf Bodman weilte.

Als er vor zwei Jahren seine Stellung als Burgvogt antrat, war die Welt noch in Ordnung. Ritter Conrad war überglücklich über die Schwangerschaft seiner Frau. Die zusammengeführte Ehe schien glücklich zu sein, auch die Geschäfte liefen gut. Die Ernte rund um Bodman war in den letzten zwei Jahren von großem Ertrag. Auch die Leute unten im Dorf, die der Ritterschaft dienten, waren zufrieden. Man konnte sich nicht beklagen.

Damals als sein Vater noch lebte, weilte er des Öfteren auf der Burg und machte mit dem alten Bodman Geschäfte. Es ging dabei meist um Pferde. Oft erzählte ihm sein Vater dabei Geschichten über die Ritterschaft hier am Überlinger See, wie sie im 13. Jahrhundert ihre Burg erbauten, hoch über dem Überlinger See, bei Bodman.

Die Burg, hart am Rande der zum See abfallenden Steilhänge, ist eine wenn auch nicht sehr große, aber beeindruckende Wehranlage. Sein Vater war voller Begeisterung von dieser Burganlage, denn von hier hatte man den größten Teil des Überlinger Sees unter Kontrolle. Bei guter Bewachung entging einem nichts, was auf der schmalen Seezunge vor sich ging, bis zum Nordufer der Mauracher Bucht. Und bei Föhnwind konnte man weit ins Hinterland sehen oder einen Teil des Alpenraumes erblicken.

Die Halbinsel, die sich am Überlinger See und dem kleinen Fischerdorf Bodman bis zur Reichsstadt Konstanz erstreckt, war ein kleines Reich, an dem es an nichts fehlte. Die Landzunge, die man Bodanrück nennt, ist dabei der zentrale Rücken am nordwestlichen Teil des Bodensees, an dessen Seiten es steil bergab geht.

Paulus erinnerte sich. Nach den Erzählungen seines Vaters kamen die Bodmans ursprünglich von jenseits des Bodensees aus dem Linzgauer Hinterland. Dort hatten sie ihren Sitz auf der Hohenbodman oberhalb von Überlingen. Die fiel später als Vogtei an die freie Reichsstadt Überlingen, nachdem die Ritter mit einer Pfalz in Bodman am Bodensee belehnt wurden. Im 12. Jahrhundert wurden sie von den Stauferkönigen als Verwalter des Königsgutes Bodman eingesetzt.

Nach der Stauferzeit wurden die Herren von Bodman Reichsministeriale und als Reichsritter nicht dem Konvent Konstanz, sondern lediglich der Pfalz in Bodman und dem Römischen Kaiser direkt unterstellt.

Offenbar glaubten die Ritter von Bodman in jener Zeit wieder bessere Zukunftsaussichten erkennen zu können, denn im Jahr 1277 konnte Johann von Bodman tatsächlich das Reichsgut Bodman aus den Händen von König Rudolf von Habsburg verpfändet bekommen.

Ein Pfand, das niemals mehr ausgelöst werden sollte. Somit waren die ehemaligen Lehensleute Eigentümer der Besitzungen. Ritter Conrad und seinen Untertanen ging es von daher nicht schlecht. Sie waren wohlhabende und verhältnismäßig bedeutende Herrschaften am See.

Auf der Halbinsel Bodanrück mit seinen prächtigen Wiesen und Äcker wurde Getreide angebaut, auch Wein und Obst gedieh hier gut. Zur Grundnahrung gehörte selbstverständlich auch Fisch, den der Bodensee reichlich zu bieten hatte. Bodman war nur ein kleines Fischerdorf, dennoch lebten die Bodmaner hauptsächlich vom Fischfang und bewirtschafteten nebenbei für Ritter Conrad die Felder und Wiesen, von denen sie genug Anteile einstreichen konnten. Und wenn die Ernte einmal schlecht ausfiel, hatte Conrad den Pächtern oft den Zehnten auch erlassen.

Der Handel rund um den See brachte der Ritterschaft ein beträchtliches Einkommen. Um Handel zu treiben, mussten die Bodmaner allerdings mit dem Schiff oder mit dem Pferdegespann zu ihren Nachbarn nach Sernatingen, das gegenüber am anderen Ufer lag. Dieses Dorf lag nicht so abseits wie Bodman, daher kamen hier viele Händler aus Radolfzell oder vom Schwarzwald durch, bevor sie nach Überlingen und weiter nach Meersburg pilgerten. Man konnte immer ein kleines Geschäft tätigen, wenn man Glück hatte und zur rechten Zeit vor Ort war.

Paulus seufzte. Er schaute sich in der Halle um und ließ den Blick über die hungrigen Männer und Frauen schweifen, die schweigsam ihr Essen genossen. Alle waren zufrieden wie es war mit ihrem Herrn, zumal er die Leute nicht ausbeutete, so wie es bei manch anderen Lehen der Fall war. Aber wie lange würde das noch anhalten, wenn sein Herr weiterhin den Kopf in den Sand steckte?

Bodman 16. September 1307

Obwohl es schon Anfang September war, schien der Sommer noch lange nicht zu Ende zu sein. Die Sonne brannte heute wieder erbarmungslos über dem Bodensee. Als sie langsam unterging, war weit und breit kein erfrischendes Lüftchen zu spüren. Nur über dem Bodanrück zeichneten sich weiße Quellwolken ab, die wie schneeweiße Berge über dem See hingen. Es lag eine gespenstische Stille über dem See. Die Hitze war selbst jetzt am frühen Abend noch unerträglich. Auch die Möwen hörte man nur noch vereinzelt kreischen. Die anderen Vögel hatten sich schon verabschiedet und das war kein gutes Zeichen, denn die Tiere spürten, wenn das Wetter umschlägt und das geht am Bodensee immer recht schnell.

Gerade die Stille und Ruhe über dem See machte Brigitta Sorgen, denn sie wusste, dass es nicht mehr lange dauern würde bis ein Unwetter aufziehen könnte. Sie schaute mit sorgenvoller Miene zur Burg hinauf. Oben auf dem Wohnturm flackerte das Banner der Bodman Ritter mit den drei Lindenblättern.

Brigitta dachte an die feinen Leute mit ihren edlen Roben und Kleidern, die heute Abend auf der Burg zu einem Familientreffen geladen waren. Sie fand es immer aufregend, wenn ein Fest auf der Burg stattfand und viele Ritter anreisten. Das hatte etwas Belebendes, denn in dem kleine Ort Bodman gab es kaum große Ereignisse.

Ihr Mann war noch auf der Burg. Seine Aufgabe als Burgvogt nahm sehr viel Zeit in Anspruch. Gerade heute würde es spät werden bis er nach Hause kam. Sicher würde er sich um die Pferde und Gespanne der Gäste kümmern müssen, die heute Abend anreisten. Er verrichtete seine Arbeit bei Ritter Conrad seit zwei Jahren und machte dies mit großem Eifer und Pflichtbewusstsein. Es war eine gute Arbeit und das wenige, das er verdiente, konnten sie gut gebrauchen, da sie vor einem halben Jahr Eltern geworden waren und das Gehöft, das unterhalb der Burg Bodman lag und früher das Gesindehaus der Burg war, nicht so viel einbrachte, um große Sprünge machen zu können. Einen Teil der Pferde der Ritterschaft versorgte er bei sich, der andere Teil war auf der Burg. Brigitta fand es gut, dass sich ein Teil der herrschaftlichen Pferde auf dem Gehöft aufhielt, so kam Paulus abends immer früher nach Hause und es blieb noch Zeit, mit ihm und der kleinen Anna den Rest des Tages zu verbringen.

Brigitta lächelte vor sich hin, während sie den Haferbrei für ihre kleine Anna kochte und erinnerte sich wie sich ihr Leben veränderte, als Paulus in ihr Leben trat und ihr den Hof machte. Gesegnet mit einer stattlichen Figur und langen blonden Haaren war er sofort ihr „Ritter“ gewesen.

Sie liebte ihn. Und so wurde es eine Liebesheirat. Keine, die ihnen vorgeschrieben wurde, wie es damals oft der Fall war. Paulus stand noch nicht im Dienst der Ritterschaft, kam aber regelmäßig nach Bodman und besuchte den alten Burgvogt Antonius und den Stallmeister Friederich. Meist ging es um den Pferdhandel, denn damit verdiente er seinen Lebensunterhalt. Der Burgherr legte sehr viel Wert auf gute Pferde und war stolz auf seinen Marstall.

Paulus war in Sernatingen Zuhause, das am anderen Seeufer von Bodman lag. Seine Eltern hatten genau so viel wie ihre, es reichte zum Leben. Sein Vater liebte Pferde und verstand auch einiges davon. So kam es des Öfteren vor, dass ein Lehensherr ihn aufsuchte, um Pferde in Pflege zu geben oder junge Pferde zu Streitrossen ausbilden zu lassen.

Aber das Schicksal hatte andere Pläne. Paulus Eltern starben viel zu früh an einem starken Fieber als er gerade mal siebzehn Jahre alt war.

Das Wissen, das ihm sein Vater von klein auf mitgegeben hatte, versuchte er weiterzuführen und umzusetzen und somit pflegte er auch die Besuche auf der Burg Bodman, wie es einst sein Vater tat.

Brigitta nahm den Haferbrei von der Kochstelle und strich sich die Haare aus dem Gesicht. Sie schaute kurz zu ihrer kleinen Anna, die noch immer friedlich vor sich hin schlief. Liebevoll betrachtete sie das Kind. Ein kleiner Engel, den ihnen Gott gesandt hatte. Als nach zwei Jahren Ehe sich keine Anzeichen einer Schwangerschaft zeigten, hatten sie den Wunsch, eigene Kinder zu haben, eigentlich bereits aufgegeben. Eine glückliche Fügung brachte ihnen indes dieses kleine Wesen in ihr Leben.

Einige Monate zuvor lieferte Paulus von dort angeforderte Pferde nach Irslingen. Das Herzogtum lag am oberen Neckar, ebenso dessen Burg Urslingen. Herzog Konrad befand sich damals in einer misslichen Lage. Er verlor seinen Bruder Reinhold im Kampf und dessen Frau Beatrix, die im Kindbett verstarb. Sie hinterließen eine Tochter im Alter von einem halben Jahr. Herzog Konrad war mit der ganzen Situation überfordert und bot Paulus an, seine Nichte in Obhut zu nehmen, bis sie das heiratsfähige Alter erreichen würde. Da Brigitta und er offenkundig keine Kinder bekommen konnten, nahm Paulus dieses Angebot dankend an.

Die Freude war groß als ihr Mann den Säugling in ihre Arme legte. Es war ihr gleichgültig, woher das Kind kam. Sie würde dem Mädchen all ihre Liebe schenken, die sie von ihrer wahren Familie nicht bekommen konnte.

Um das Ganze so gut wie es ging für sich zu behalten, verkauften sie ihr Gehöft, zogen nach Bodman und bezeichneten gegenüber anderen, Anna als ihre „Tochter". Ritter Conrad bot ihrem Mann an, das alte Gesindehaus zu bewohnen. Als dann der alte Burgvogt Antonius verstarb, trat Paulus an seine Stelle. Er wurde verantwortlich für das Zeughaus, in dem die Vorräte und Kriegsmaterialien aufbewahrt wurden, ebenso die Rüstkammer.

Unter anderem bekam er auch das Amt des Marschalls und somit die Verantwortung für die Pferde. Das war mehr als er sich je erträumt hatte.

Sie besaßen ein paar Schafe und Ziegen, auch Schweine und natürlich die Pferde von Ritter Conrad, die hier von ihrem Mann ausgebildet wurden. Sie war mit sich und ihrem Leben zufrieden. Wenn sie an das Unglück dachte, das die Familie Bodman ertragen musste, war sie dankbar für das, was sie besaß.

Als die Burgherrin ihren Sohn Johannes zur Welt brachte schien dies ein großer Segen zu sein. Mit ihm war die Dynastie gesichert. Aber der schreckliche Schicksalsschlag, der die Familie, wie ein Blitz traf, war ein Schock für alle. Vor allem der Burgherr fiel in ein tiefes Loch. Trotz allem war er froh und dankbar für seinen Sohn, der das Erbe sicherte. Es war nun mal so, dass nur ein männlicher Nachkomme die Besitztümer erben konnte und die weiblichen in einen neuen Haushalt verheiratet wurden.

Sei es wie es ist, seufzte sie in Gedanken. Sie und Paulus haben noch Zeit, bis ihre Kleine soweit war. Das Schicksal konnte man eben nicht vorhersehen. Sie stellte den Haferbrei zur Seite und schaute nach ihrem kleinen Engel. Sie dachte sich, solange das Kind noch schlief, zu den Stallungen gehen und den Tieren Wasser geben zu können.

Sie ging über den Hof zu den Pferdeställen. Der Schweiß lief ihr über das Gesicht. Die blonden Haare unter der Haube hatte sie zu einem Zopf geflochten. Nur ein paar Strähnen fielen ihr in das runde Gesicht mit der kleinen Stupsnase. Sie war nicht gerade gesegnet mit der Schönheit, die die hochgeborenen Frauen hatten, die keine Arbeit verrichten mussten. Aber sie war auf ihre Art eine zierliche und attraktive Frau mit stolzer Anmut. Sie trug ein braunes, leichtes Kleid, das mit einem schlichten Gürtel gebunden war. In ihrer Hand trug sie einen Korb, den sie selbst aus Weiden geflochten hatte und in der die kleine Anna vor sich hinschlummerte, was bei den schwülen Temperaturen auch nicht verwunderlich war.

Sie setze den Weidenkorb vor dem Stall in den Schatten und ging zum Brunnen, um für die Tiere Wasser zu holen. Nicht jeder Hof war mit einem eigenen Brunnen begnadet und so war es für sie eine Erleichterung, den Tieren Wasser zu holen, wenn Paulus oft spät vom Berg herunterkam.

Als sie den Eimer mit Wasser füllte, schaute sie erneut zur Burg hinauf. Die weißen Quellwolken zeichneten sich jetzt bereits über dem Berg ab und thronten wie Götter über der Burg. Sie waren gewaltig, bedeckten den Bodanrück von Konstanz bis nach Bodman und wunderschön anzusehen. Brigitta hatte indes immer Respekt vor den Naturereignissen, die hier am Bodensee zwar oft ein traumhaftes Bild abgaben. Aber die Unwetter kamen immer wieder schnell und erbarmungslos. Es braute sich etwas zusammen und sie musste sich beeilen, die Tiere zu tränken und zu füttern. Die Ziegen wollten schließlich auch von ihrer Milch befreit werden, dachte sie vor sich hin.

Sie beeilte sich, denn die kleine Anna würde bald aufwachen und ihren Hunger stillen wollen. Als sie gerade fertig und die Stalltüre gut verriegelt war, sah sie wie ihre Nachbarin Alfreda auf sie zu kam.

„Guten Abend Brigitta! Wie geht es Dir? Was macht Deine kleine Anna?"

„Sie schlummert noch wie ein Kätzchen in ihrem Körbchen, aber lange wird es nicht mehr dauern, dann meldet sich der Hunger. Du weißt ja wie das ist, dann muss es schnell gehen."

Alfreda hatte schon zwei Kinder, ein Mädchen und einen Jungen und deshalb schon mehr Erfahrung als Mutter. Sie war auch etwas älter als Brigitta, stets ein freundliches Lächeln auf ihrem Gesicht und wollte natürlich alles wissen, was so in der Nachbarschaft vor sich ging.

Brigitta konnte sich immer auf sie verlassen. Wenn es darauf ankam und sie Hilfe brauchte, war sie da. Alfreda war klein und hatte eine rundliche Figur. Ihre Gesichtsbacken waren genauso rot wie ihre Haare, die unter der Haube herunter ins Gesicht fielen, sie war eben eine einfache Fischersfrau aus Bodman.

„Ich komme gerade vom Seeufer. Habe meinem Mann geholfen, die Fischerbote und Netze gut und sicher zu befestigen. Du siehst ja selbst. Es sieht am Himmel nicht nach schönem Wetter aus und auf der Bodman Feste kann man die Schießscharten auch nicht mehr erkennen. Das ist kein gutes Zeichen."

Alfreda setze sich auf die Bank neben den Weidenkorb, schaute liebevoll zu der kleinen Anna und seufzte, „ach ja, Kinder sind ein Segen, wenn sie schlafen. Aber nur so lange sie noch in die Hosen machen."

„Das glaub ich Dir wohl", sagte Brigitta, nahm den Korb in die Hand und setzte sich zu Alfreda.

„Wenn doch nur ein kleines Lüftchen kommen würde. Es ist heute nicht auszuhalten bei dieser Hitze. Wann kommt Dein Paulus denn vom Berg herunter? Ich sag Dir, wenn das Unwetter kommt, kann er froh sein, wenn er nicht gerade unterwegs nach Bodman ist. Oft sind schon Bäume gefallen oder der Blitz hat eingeschlagen. Das ist nicht lustig."

Brigitta wurde ganz schwindelig, denn sie wusste, dass ihr Paulus noch lange auf der Burg zu tun hatte. Erst wenn sich alle im Rittersaal des Palas befanden und das Essen aufgetragen war, konnte er die Burg verlassen.

„Ach, Alfreda, das dauert heute noch lange bis mein Paulus von der Burg herunterkommt."

„Ist denn heute etwas Besonderes da oben? Man bekommt ja nicht viel mit, was die Herrschaften immer so treiben.

Ich habe nur gesehen, dass das Banner der Bodman Ritter schon heute Morgen auf dem Wohnturm flatterte."

„Ach, Alfreda, es wundert mich, dass Du das noch nicht mitbekommen hast. Die Herrschaften bekommen heute hohen Besuch. Die ganze Verwandtschaft reist heute an. Du weißt doch, Ritter Conrad legt großen Wert darauf, die Familienbande zu pflegen, zumal seine Schwager bedeutende Ritter sind, die natürlich auch Neuigkeiten mitbringen."

„Oh ja, der Ritter hat immer gerne Gäste und die Knechte und Mägde haben die Arbeit damit", keifte Alfreda. „Komm', sag schon, wer kommt und spann mich nicht auf die lange Folter!"

Brigitta wischt sich mit der Hand den Schweiß von der Stirn. Es lag immer noch eine drückende Hitze über dem Bodensee zwischen den Fischerhütten drang kein Lüftchen durch.

„Soviel ich weiß, kommt der Burgherr Gottfried von Krayen von der Burg Krähen. Auch Ritter Hans von Schellenberg und ein Heinrich von Blumenegg, meinte Paulus heute Morgen. Mehr weiß ich allerdings auch nicht", seufzte Brigitta. Denn sie wusste, Alfreda würde nicht eher gehen, bevor sie nicht alles erzählt bekam über die hohen Herren und woher diese kamen.

„Das sind wohl edle Herrschaften, ein von Schellenberg, der ist doch mit der Schwester von Ritter Conrad verheiratet, mit Anna von Bodman. Von denen habe ich schon mal gehört, die kommen doch von ganz am Ende des Obersees?"

„Ja, von Wasserburg," sagte Brigitta. „Aber mehr weiß ich auch nicht, denn wir hier am Überlinger See in unserem kleinen Fischerdorf, wir bekommen doch nichts mit von dem, was am Obersee vor sich geht."

Alfredas Neugier war noch nicht zu Ende und so löcherte sie Brigitta mit weiteren Fragen.

„Du weißt bestimmt, warum Ritter Conrad die edlen Ritter eingeladen hat, muss ja einen Grund geben?"

„Hab' keine Ahnung. Paulus ging heute schon sehr früh zur Burg hinauf. Er hatte nicht viel Zeit, mir alles zu erzählen. Er war sehr in Eile. Ich denke, wenn es ein Familienfest ist, müssen sie ja alle irgendwie verwandt sein."

Aufgrund der regen Unterhaltung der beiden Frauen wachte plötzlich die kleine Anna auf und schrie so laut, dass die Pferde im Stall anfingen, zu wiehern.

„Jetzt wird es höchste Zeit für meine Tochter", sagte Brigitta. „Wir müssen unser Plauderstündchen beenden. Einen schönen Abend wünsch' ich Dir Alfreda. Schau wieder mal vorbei, wenn Du Zeit hast."

- ◆ -

Während der ganzen Betriebsamkeit, die auf der Burg herrschte, lief Conrad unruhig und nervös im Wohnturm auf und ab. Er war schon fertig angekleidet und fragte sich, wo die Amme Adelheid so lange blieb. Es ist doch höchste Zeit für seinen Sohn Johannes, ging es ihm durch den Kopf. ‚Der Kleine will noch gestillt werden, bevor die Familie eintrifft.'

Er strich sich durch sein hellbraunes Haar und vergewisserte sich noch einmal, ob er gut aussah. Darauf legte er sehr viel Wert. Mit einer Größe von einem Meter achtzig war er ein stattlicher Ritter und das wusste er auch. Bekleidet war er mit einer grünen Tunika, die ihm bis zu den Knien reichte. Darüber hatte er einen rechteckigen Mantel, der mit einer Fibel über der Schulter befestigt war.

‚Alles passt', dachte er sich und verließ eilig die Kemenate. Er würde nach Adelheid schauen und Paulus aufsuchen, um sich zu vergewissern, ob auch alles seine Ordnung hatte. Davon ging er allerdings aus, denn auf seinen Burgvogt konnte er sich stets verlassen. Somit war noch Zeit, nach seinem Sohn Johannes zu sehen.

Als er in dessen Zimmer kam, lief die junge Zofe Lucia mit seinem Sohn aufgeregt hin und her und versuchte, ihn zu beruhigen. Der Kleine hatte Hunger. Er brauchte seine Milch und seine Amme war, wie es schien noch mit den Vorbereitungen für die Gäste beschäftigt.

Seit die Burgherrin Elisabeth gestorben war, hatte die Amme Adelheid nicht nur, den kleinen Johannes zu versorgen, sie kümmerte sich auch nebenbei um den Haushalt der Burg, wofür ihr der Burgherr sehr dankbar war. Denn es war keine einfache Zeit für Conrad und seinen Sohn, der ohne Mutter aufwachsen musste.

„Gib ihn mir und suche Adelheid!", sagte Conrad etwas ärgerlich.

„Sehr wohl, mein Herr!" Luzia und stürmte nervös aus dem Zimmer, denn Ritter Conrad schien nicht bester Laune zu sein.

Auf seinen starken Armen hatte sich der Kleine indes wieder beruhigt. „Du wirst gewiss einmal ein großer edler Ritter, mein Kleiner," sagte Conrad zu seinem Sohn. „Mit Deinen goldbraunen Haaren, wird es Dir an Frauen nicht mangeln."

„Aber ich hoffe, dass Du mein Erbe ebenso ehrenhaft und gerecht weiterführst, wie wir es immer gehalten haben hier auf Bodman", flüsterte er seinem Sohn zu und fuhr ihm mit der Hand durch die krausen Haarlocken.

Plötzlich wurde er aus seinen Gedanken gerissen, als die Tür fast aus den Angeln krachte und Adelheid die Amme hereinstürmte.

„Ach, Ritter Conrad, ich bin spät dran, war noch in der Küche, um die letzten Anweisungen für das Festmahl zu geben. Gebt ihn mir. Dann werde ich ihn füttern und zu Bett bringen."

Conrad gab seinem Sohn einen Kuss auf die Stirn und legte ihn der Amme in die Arme. Adelheid war ganz in ihrem Element. Nur ihre Augen sahen heute etwas müde aus, denn der Tag war mit viel Arbeit verbunden gewesen.

„Ihr solltet Euch etwas beeilen, Adelheid, damit Ihr Euch noch umziehen könnt für das Festmahl. Ich will, dass Ihr mit dem Jungen in die Halle kommt. Meine Schwestern wollen ihn heute Abend bestimmt noch sehen und nicht erst morgen früh!“

„Wie Ihr meint, Ritter Conrad! Aber nach dem Essen bringe ich ihn zu Bett!“

„Gewiss,“ sagte Conrad beruhigend und verließ mit großen Schritten das Zimmer.

Er dachte an seine verstorbene Frau, sie fehlte ihm sehr. Es war einfach nicht richtig, dass ein Kind ohne seine Mutter aufwachsen musste. Allerdings würde er sein Bestes geben, ihm ein guter Vater zu sein und Adelheid war ja auch noch da, die den Kleinen schon ins Herz geschlossen hat. Er wusste, er konnte sich auf die Amme seines Sohnes verlassen.

Als er die Treppe herunterlief und die Halle betrat, kam ihm aus der Küche der Geruch von Wildschweinbraten entgegen, den er heute Abend bestimmt zu genießen wusste. Er schaute sich nach seinem Burgvogt Paulus um, der wie es schien nicht in der Halle zu finden war. Er wollte ihn bei den Stallungen suchen gehen.

Draußen auf dem Hof stand die Luft. Conrad schritt eilig über den Burghof. Schweißperlen standen ihm auf der Stirn. ‚Diese Hitze heute ist fast nicht auszuhalten,‘ dachte er. ‚Mal sehen, wie der Tag noch endet.‘

Auf den Wehrgängen standen die Wachposten nur mit einer Tunika und einem Helm bekleidet. Auch sie hatten mit der drückenden Hitze zu kämpfen und hofften auf ein Lüftchen.

Conrad wischte sich die Schweißperlen von der Stirn, ging Richtung Innenhof und grüßte alle, die seinen Weg kreuzten mit freundlicher Miene.

Das war in den letzten Monaten nicht immer so gewesen.

Im Innenhof der Burg war auch heute wieder ein geschäftiges Treiben. Die Knechte und Mägde hatten alle Hände voll zu tun für das Familienfest und die Gäste, die Ritter Conrad geladen hatte. Conrad blieb kurz stehen und beobachtete das geschäftige Treiben. Er konnte stolz sein auf seinen Besitz, dachte er nachdenklich. Auch, wenn die Burganlage nicht die größte war, so war es doch sein Zuhause, hier waren seine Wurzeln.

Die Burg hatte alles, was eine Burg ausmachte, reichlich Platz, wenn es darauf ankam, den Dorfbewohnern Schutz und Sicherheit zu geben. Der Sporn, auf dem die Burg stand, war gesichert durch einen Halsgraben, der den Zugang von der Bergseite aus erschwerte und so Eindringlinge erst einmal fernhalten sollte, zumal die Burg auf Grund ihrer Lage, an drei Seiten von steil abfallenden Berghängen geschützt war. Ein wirkungsvoller Angriff konnte deshalb immer nur von der Bergseite erfolgen, die durch eine Zugbrücke zugänglich war.

Conrad seufzte und schaute zur neuen Burg hinüber, die erst am Anfang der Bauzeit stand. Die Arbeiten gingen nur langsam voran. Es hatte ja jetzt auch keine Eile mehr, dachte er. ‚Denn im Moment bin ich nicht in der glücklichen Lage, eine größere Familie zu gründen.‘

Seine Zukunft, seine Pläne, alles hatte sich verändert seit dem Tod seiner Frau und somit hatte auch diese Baustelle keine hohe Priorität mehr.

- ◆ -

Paulus hatte alle Hände voll zu tun. Er gab den Knechten Anweisung, alle Türen gut zu schließen und alles, was auf dem Burghof nicht befestigt war, zu sichern oder weg zu schaffen. Damit, wenn das Unwetter kommen würde, sie nicht überrascht würden. Er war sich sicher, dass heute noch ein Unwetter aufziehen wird.

Plötzlich wurde er aus seinen Gedanken gerissen. Ritter Conrad rief seinen Namen! Eiligen Schrittes kam er auf ihn zu.

„Paulus! Was hat das zu bedeuten? Warum räumen die Knechte alles weg? Weswegen macht Ihr Euch Sorgen?"

„Schaut Euch einmal die Quellwolken an, die über Eurer Burg hängen, Ritter Conrad. Das sieht nicht gut aus, befürchte ich. Da kommt ein starkes Unwetter."

„Ach, so schlimm wird es schon nicht sein. Wir hatten schon öfter heiße Tage am Bodensee und Wolken am Himmel. Und nichts ist passiert. Die Wolken werden sich wieder auflösen. Ihr werdet schon sehen."

Paulus runzelte die Stirn und wischte sich den Schweiß, mit dem er schon den ganzen Tag zu kämpfen hatte, aus dem Gesicht.

„Wie Ihr meint, Ritter Conrad. Aber ich will auf Nummer sicher gehen und vorbereitet sein."

„Kommt, lasst uns in die Halle gehen, Paulus. Da ist es nicht so heiß und schwül. Und trink mit mir einen Becher Wein aus unserem Königsweingarten bis die Gäste eintreffen", lenkte Conrad ein.

„Das ist eine gute Idee nach einem arbeitsreichen Tag wie heute. Aber nicht, dass er uns gleich zu Kopfe steigt!“

Denn der Wein, den Ritter Conrad unterhalb der Burg bei Bodman erntete, war eine besondere Rebsorte, die einst vom karolingischer Herrscher Karl dem Dritten angebaut wurde. Man nannte ihn auch Karl den Dicken. Er hatte in Bodman eine Kaiserpfalz und ließ die Burgunderrebe anpflanzen, die bis dahin hier nicht heimisch war und einen guten Wein hervorbrachte.

Als sie die Stufen zum Wohnturm hinauf gingen, hatte sich der Himmel schon etwas verdunkelt. Conrad schaute kritisch zum Turm hinauf.

„Na ja! Ihr Könntet vielleicht doch recht haben mit dem Wetter, Paulus. Hoffentlich hält es noch, bis meine Schwestern mit ihren Männern eintreffen.“

Sie setzten sich an den langen Tisch und Conrad rief eine der Mägde zu sich, sie solle einen Krug Wein bringen. Die kleine rundliche Magd Lucia eilte mit einem Krug und zwei Bechern herbei. Conrad schenkte die Becher voll und reichte einen davon Paulus.

„Sehr zum Wohle, Paulus. Trinken wir auf einen schönen Abend. Schade, dass Ihr nicht zum Essen bleibt. Es gibt heute Abend Wildschweinbraten.“

Paulus hob ebenfalls sein Becher und stimmte mit auf diesen Trinkspruch ein. Er lächelte Conrad zu. „Mir ist der feine Geruch aus der Küche auch nicht entgangen. Aber ich will Brigitta heute nicht allein lassen. Denn sollte es ein Gewitter geben, bekommt sie Angstzustände. Ihr wisst ja wie Frauen sind!“

„Wann werden denn die Herrschaften eintreffen“, fragte Paulus nach einer kleinen Pause.

„Na, ich denke mal, dass Ritter Hans von Schellenberg mit meiner Schwester Anna zuerst eintreffen wird. Er hat den kürzesten Weg von der Wasserburg.“

„Aber ich dachte, sie leben hauptsächlich auf der Rothenburg im Allgäu, wo ihr Hauptsitz ist“, hakte Paulus nach und nahm einen weiteren Schluck von dem köstlichen Wein.

„In den Sommermonaten weilen sie gerne auf der Wasserburg bei Lindau. Meine Schwester Anna hat eine sehr gute Partie gemacht als sie den Schellenberg heiratete. Wir, mit nur einer Burg, können da nicht mithalten.“

Die Schellenbergs hatten ursprünglich ihren Sitz im oberen Isartal, dienten den ehemaligen Staufern ebenso wie dem Römischen Reich und gewannen dadurch politischen Einfluss und Reichtum.

In der Stauferzeit hatten die Herren von Schellenberg ihren Besitz auf dem Eschenberg bei Feldkirch und sicherten somit die Reichsstraße nach Italien. Ihre Besitztümer reichten bis an den Bodensee. Ein Wasserschloss, das mit einer festen Mauer und einem Turm versehen war, wurde von den Herren gerne in den Sommermonaten genutzt, auch wenn sie mit der Reichsstadt Lindau in Fehde lagen. Auch das Reichslehen, Burg Rothenfels bei Immenstadt, zählte zu ihrem Besitz.

Paulus schnaufte schwer. „Man sollte mit dem zufrieden sein, was man hat! Ihr verwaltet Euer Lehen gut, Eure Untergebenen respektieren Euch und würden sofort zur Hilfe eilen, wenn es von Nöten wäre. Was, wollt Ihr mehr, Ritter Conrad? Ihr habt einen prächtigen Sohn und darauf könnt Ihr stolz sein. Genießt das heute und denkt nicht zurück!"

Conrad verschränkte die Arme und lehnte sich bequem in seinen Stuhl. Er fühlte sich nicht mehr so klein und unwichtig dank der aufmunternden Worte seines Burgvogts. Er lachte übermütig und schenkte Paulus noch mal Wein nach.

„Lasst es gut sein," sagte dieser. „Ich brauche noch einen kühlen Kopf, wenn die Herrschaften eintreffen."

„Ach, komm schon, Paulus. Man muss die Dinge genießen wie sie kommen. Morgen gibt es vielleicht keinen Wein mehr. Mein Schwager, der Blumenegg trinkt den Wein wie Wasser. Ich hoffe, Ihr habt dafür gesorgt, dass er heute Abend nicht ausgeht!"

Paulus lächelte. „Davon könnt Ihr getrost ausgehen. Es ist genug da. Sollten die Gäste allerdings mehrere Tage auf der Burg verweilen, schicke ich die Knechte noch mal in den Weinkeller."

Er hob seinen Becher und prostete Conrad lächelnd zu. „Den Ritter Blumenegg hab' ich hier auf der Burg Bodman noch nie gesehen seit ich Vogt bin? Auch Eure Schwester Adelheid kenne ich wohl nicht?"

„Das ist richtig. Seit meine Schwester Heinrich von Blumenegg geheiratet hat, sehe ich sie nur noch zu Weihnachten, wenn ich Glück habe. Heinrich hat mit seinen Lehen alle Hände voll zu tun und meine Schwester reist nicht gerne. So ist es eben, da kann man nichts machen. Umso mehr freue ich mich, heute beide einmal wieder zu sehen."

„Ich weiß nicht viel über die Ritterschaft Blumenegg. Nur so viel, dass sie aus Richtung Schwarzwald kommen“, hakte Paulus nach. „Sie haben ihre Güter rund um die Wutach. Sie sind die Herren von Blumberg, Bonndorf und Lenzkirch. Und besitzen auch unter anderem Lehen in Triberg, bis hin nach Stühlingen. Soviel ich weiß, verweilen sie derzeit auf der Burg Tannegg südlich der Wutachschlucht. Ich will gar nicht alles aufzählen. Auf alle Fälle haben sie mehr Besitz als ich Bodman zurechnen könnte.“

Noch immer liefen ein paar Mägde nervös in der Halle herum, um die letzten Vorbereitungen zu treffen. Aber das störte die beiden Männer wenig. Im Gegenteil, Conrad wies eine Magd an, noch einmal Wein zu holen. In der großen Halle, die man auch den Rittersaal nannte, war alles blitzsauber.

Die Tische waren schon festlich gedeckt mit Blumenschmuck aus dem Burggarten, der der verstorbenen Burgfrau Elisabeth sehr am Herzen lag und den sie mit sehr viel Liebe pflegte. An den Wänden hingen kunstvolle handgewebte Teppiche und gewaltige Hirschgeweihe, die sowohl von seinen Vorfahren als auch von Ritter Conrad erworben worden waren. Am Kamin standen zwei Sessel, auf die man sich nach dem Essen gemütlich zurückziehen konnte.

„Wie geht es denn Eurem Vater? Er verweilt doch schon seit einer Woche bei der Grafschaft von Tengen. Hat er kein Verlangen, seine Töchter und Schwiegersöhne zu sehen?“

Conrad zog leicht die Schulter hoch und verdrehte die Augen. „So wie mir berichtet wurde, wird er erst in zwei Tagen zurückkommen, wenn das Wetter nicht mehr so heiß ist.

Er geht wohl davon aus, dass die Familie sich noch ein paar Tage auf der Bodman aufhält und er sie dann immer noch begrüßen kann. Mein Vater ist eben nicht mehr der Jüngste und ich genieße es, wenn er mal nicht auf der Burg weilt und mir mit guten Ratschlägen kommt. Das ist oft anstrengend, Paulus! Außerdem tut es ihm einmal gut, für ein paar Tage bei den Tengens zu sein und mit der Verwandtschaft seiner verstorbenen Frau zu plaudern."

Johann von Bodman war der alte Burgherr von Bodman. Seine Frau Klara stammte aus dem Geschlecht der Grafschaft von Tengen. Sie hatte ihrem Mann Johann sechs Kinder geboren. Da dies nicht spurlos an ihr vorüber ging, verstarb sie bereits mittleren Alters.

Nach dem Tod seiner geliebten Frau Klara wurde der Burgherr immer einsamer. Er hatte keine Freude mehr an seinen täglichen Aufgaben und zog sich immer mehr zurück. Seine Kinder waren inzwischen alle weggezogen. Nur sein erstgeborener Sohn, Conrad, der Erbe und Nachfolger, war noch da. Diesem übergab er frühzeitig die Aufgabe, sich um die Burg und die Ländereien zu kümmern. Damit hatte er keine Verpflichtungen mehr und konnte seinen Ruhestand genießen.

Der Ritter und sein Burgvogt waren immer noch in Gesprächslaune, als plötzlich drei junge Männer die Halle betraten. Jeder von ihnen trug ein Musikinstrument unterm Arm. Ihrer Kleidung nach zu urteilen, waren sie nicht gerade mit Reichtum gesegnet. Es waren einfache Spielleute, die durch das Land zogen und für ein paar Taler und Essen, ihren Lebensunterhalt verdienten. Einer von ihnen trat vor und verbeugte sich.

„Seid gegrüßt, meine Herren. Wir haben gehört, es wird heute Abend ein Fest gefeiert und wir wollen den Burgherrn, Ritter Conrad von Bodman, bitten, heute Abend für ein wenig Unterhaltung zu sorgen. Wir sind arme Spielleute, kommen aus dem Schwarzwald und sind gewillt, für ein warmes Essen und einen Schlafplatz zu spielen."

Conrad stellte seinen Becher auf den Tisch und sah die drei amüsiert an. „Da seid Ihr genau richtig, meine Herren. Ich bin Ritter Conrad und dies ist mein Burgvogt Paulus. Legt Eure Instrumente ab und lasst Euch in der Küche etwas zu essen geben. Lucia, geh mit den drei Burschen in die Küche und sorge dafür, dass sie reichlich zu essen bekommen."

„Ja, Herr Ritter, wird gleich erledigt."

Lucia schlenderte verschmitzt an ihnen vorbei. Dabei ließ sie ihre Hüften schwungvoll kreisen.

„Da schaut Euch mal unsere Lucia an. Einer von ihnen wird sie sich wohl heute Nacht schnappen," lachte Paulus und lehnte sich gelassen in seinen Stuhl zurück.

„Wenn sie dabei ihre Arbeit nicht vernachlässigt, soll es mich nicht kümmern", brummte Conrad vor sich hin.

Paulus lehrte seinen Becher in einem Zug. „Ich glaube, es wird höchste Zeit, dass ich einmal nach draußen gehe und nach dem Rechten sehe."

„Wenn Ihr meint."

„Gebt mir Bescheid, wenn die ersten Gäste eintreffen. Ihr findet mich hier in der Halle. Werde mir noch einen Becher von dem köstlichen Wein genehmigen." Paulus lachte und stand auf.

„Seid vorsichtig damit, Ritter Conrad. Der kann einem ganz schön in den Kopf steigen, gerade an einem heißen Sommerabend wie heute."

Conrad saß nun ganz allein an der großen, geschmückten Tafel. Er schaute sich in der Halle um. In der Ecke neben dem Kamin schliefen ein paar Hunde und beim Treppenaufgang unterhielten sich zwei Mägde. Die Spielleute saßen an einem kleinen Tisch in einer Ecke und unterhielten sich angeregt. Er war zufrieden mit seinem Zuhause.

Die Burg war in einem guten Zustand und seine Halle war gemütlich eingerichtet. Plötzlich wurde ihm jedoch bewusst, wie allein und einsam er war. Er dachte an seine Kindertage. An seine Brüder und Schwestern und wie belebt und fröhlich es auf der Burg zuging. Und an seine Mutter, die viel zu früh von dieser Welt gehen musste. Genau wie seine Frau Elisabeth, die viel zu jung war, um zu sterben.

Er schenkte sich noch einmal Wein ein und lehnte sich mit einem Seufzer in seinen Stuhl zurück. Er dachte darüber nach wie er seine Frau im Kindbett verlor und sie ihm einen Sohn geschenkt hatte. Er hätte fast den Glauben an Gott verloren.

‚Das Leben war so ungerecht', ging es ihm durch den Kopf. Aber er wollte sich nicht versündigen. Immerhin hatte er ja seinen Sohn, der genauso gut bei der Geburt hätte sterben können. Schweigend starrte er vor sich hin. Was würde ihm die Zukunft bringen?

Durfte er auf ein wenig Frieden hoffen oder würde ihn der nächste Schicksalsschlag einholen?

Nein, er durfte darüber nicht nachdenken. Nur Gott allein wusste, wohin sein Weg führen würde. Was hatte er sich für die Zukunft alles ausgemalt als er seine Frau heiratete. Er wollte mit ihr ein neues Heim schaffen, eine noch bessere und größere Burg und seine Besitztümer erweitern.

Er wollte sich noch mal Wein nachschenken, stellte aber fest, dass der Krug leer war. ‚Na ja', das ist gut so, sonst bin ich bis zum Essen zu nichts mehr zu gebrauchen.'

Er stand auf, lief in der Halle hin und her und grübelte weiter. Er hatte wohl seinen Burgvogt Paulus, der ein tüchtiger Mann war und ohne ihn wäre er ganz auf sich allein gestellt. Aber der konnte ihm sein Bett auch nicht wärmen und auch keine weiteren Kinder gebären. Er strich sich nervös durch seine braunen Haare. Die Schweißperlen standen ihm auf der Stirn. Die Lösung wäre eigentlich ganz einfach. Er brauchte wieder eine Frau! Er wollte mit seiner Familie heute Abend darüber sprechen. Vielleicht wissen seine klugen Schwäger eine ideale Verbindung für ihn, dachte er sich.

- ◆ -

Er wurde plötzlich aus seinen Gedanken gerissen, als die schwere Tür der Halle fast aus den Angeln fiel. Paulus kam hereingestürmt.

„Ritter Conrad! Die Wachen haben den ersten Reitertrupp gesichtet!"

„Was tragen sie für ein Banner, Paulus?"

„Es ist wie Ihr vermutet habt. Es ist das Schellenberg Banner. Ich gehe in den Burghof, damit die Pferde gleich gut versorgt werden."

„In Ordnung, ich komme nach, um sie zu begrüßen. - Lucia, geh und gib der Amme Adelheid Bescheid. Sie soll mit meinem Sohn in der Halle erscheinen. Die ersten Gäste kommen gleich."

„Macht das Tor auf!", rief Paulus den Wachen zu. „Die ersten Gäste treffen ein und wir wollen sie doch nicht warten lassen."

Zwei Wachen öffneten das große Tor und im selben Moment kam Ritter Hans von Schellenberg auf seinem schwarzen Hengst durch das Tor galoppiert, gefolgt von seinem Knappen und einem Ritter. Seine Frau und ihre Zofe kamen ebenfalls in den Burghof geritten. Vor dem Wohnturm zügelten sie ihre Pferde und Paulus gab den Knechten Anweisungen, sich sofort darum zu kümmern.

„Seid gegrüßt, Ritter Schellenberg!"

"Ich grüße Euch auch, Paulus. Schön, einmal wieder hier zu sein."

Ritter Hans von Schellenberg stieg von seinem Hengst und übergab die Zügel einem der Knechte. Er war eine große, stattliche Erscheinung. Nur mit viel Haar auf dem Kopf schien er nicht gesegnet zu sein. Er half seiner Frau Anna vom Pferd, die im Gegensatz zu ihm eine zierliche, anmutige Figur hatte. Paulus wandte sich der Zofe zu und half ihr vom Pferd.

Im selben Augenblick eilte Conrad die Treppe herunter.

„Sieh an! Da seid ihr ja nun endlich!"

Conrad klopfte Schellenberg auf die Schulter. „So wie Du aussiehst, geht es Dir gut, Schwager. Man sieht Dir keine Not an."

„Das gleiche kann man von Dir auch sagen", scherzte Hans.

„Anna, ich grüße Dich. Wie geht es Dir? Lass Dich ansehen! Du siehst gut aus! Die Ehe scheint Dir gut zu bekommen!"

„Du siehst soweit auch gut aus, lieber Bruder, wenn man bedenkt, was Du die letzte Zeit erleiden musstest."

„Ja, man tut, was man kann. Das Leben muss ja schließlich weiter gehen. Aber jetzt kommt erst mal in die Halle. Ihr seid bestimmt am Verdursten, nach der mühseligen Reise."

„Davon kannst Du ausgehen."

„Ich freue mich schon auf Deinen vorzüglichen Wein, mein Lieber. Das lass' ich mir nicht zweimal sagen."

Als sie die Treppe zum Wohnturm hinauf gingen, schaute Ritter von Schellenberg zum Himmel hinauf und verzog sein Gesicht.

„Ich glaube, Conrad, heute Nacht kommt noch ein Unwetter über Bodman. Was meinst Du?"

„Ja, kann schon sein. Mein Burgvogt ist auch davon überzeugt. Aber lasst uns jetzt hinein gehen. Du hast bestimmt viele Neuigkeiten mitgebracht."

Als Anna die Halle betrat, seufzte sie.

„Ach, tut das gut, einmal wieder Zuhause zu sein! Wo ist denn unser Vater? Ist er nicht hier?", wandte sie sich an Conrad.

„Nein. Vater weilt zurzeit auf der Tengenburg. Ich denke, er wird in ein oder zwei Tagen wieder hier sein."

Mit einem enttäuschten Gesicht strich Anna sich über ihr Gewand, das die Farbe des Waldes hatte. Es war dunkelgrün und an den Ärmeln abgesetzt mit einer roten Borte. Auf dem Kopf trug sie eine Haube, unter der ihre langen gelockten Haare über den Rücken fielen. Sie war eine Frau mit einem schönen Gesicht, das Freundlichkeit und Glücklichsein ausstrahlte. Ihre Ehe mit Hans von Schellenberg war vor einem Jahr arrangiert worden und es schien ihr, so wie es ihr Bruder schon bemerkte, tatsächlich gut zu gehen.

Conrad wies die Mägde an, Wein und etwas Obst und Käse zu bringen, denn bis zum Festessen würde es noch eine Weile dauern.

„Anna, Du willst Dich bestimmt etwas frisch machen," meinte Conrad. „Lucia wird Dich auf Dein Zimmer bringen und Dir dabei behilflich sein."

„Das ist eine gute Idee. Aber sag mir, wo ist Dein kleiner Sohn, Johannes? Ich kann es kaum erwarten, ihn zu sehen."

„Adelheid stillt ihn noch. Du kannst ja einmal nach den beiden sehen. Sie sind im Zimmer, das von Elisabeth bewohnt wurde."

Dabei blickte er zu Boden, schloss die Augen und schluckte seinen Kummer hinunter. Anna eilte die Treppe hinauf und Lucia folgte ihr auf der Stelle. Hans legte eine Hand auf Conrads Schultern.

„Es ist erst ein Jahr vergangen seit Elisabeth gestorben ist, Conrad! Der Schmerz ist sicher noch groß. Aber es kommen wieder andere Tage. Das Leben kann Dir noch so viel bieten, glaube mir. Du hast einen gesunden Sohn, der Dir zwar auch oft Sorgen bereiten, aber auch viel Freude bescheren wird."

Er schaute auf und klopfte dem Schwager ebenfalls auf die Schulter.

„Komm setzt Dich, Hans. Lass' uns einen Wein trinken. Es war ein langer Tag. Du hast recht, ich muss nach vorne schauen."

Schnell eilte eine Magd mit einem Krug Wein und zwei Bechern herbei und schenkte beiden ein. Ritter Hans genoss den lieblichen Wein vom Bodensee. „Es gibt keinen besseren Wein als den von Bodman, lieber Schwager."

„Danke."

„Da bin ich auch stolz drauf, auf meinen Wein vom Königsgarten." Conrad seufzte und schaute Hans in die Augen.

„Weißt Du, es ist ohne Elisabeth sehr einsam auf der Burg. Meine Geschwister sind alle verheiratet und leben ihr eigenes Leben. Ich weiß, das ist der Lauf der Zeit, aber warum hat das Schicksal bei mir so erbarmungslos zugeschlagen?"

„Es gibt keine Antwort drauf. Du musst in die Zukunft sehen, Conrad. Gib Dein Wissen und Deine Fähigkeiten an Deinen

Sohn weiter. Erziehe ihn zu einem starken Mann und guten Menschen und denke immer daran, dass Deine Frau stolz auf Dich wäre."

Conrad hob seinen Becher Wein. „Genieße das Leben jetzt und hier, denn es hängt immer an einem seidenen Faden. Es kann Morgen schon vorbei sein!"

Hans nahm seinen Becher und lächelte Conrad zu. „Lass uns trinken, auf ein schönes Familienfest heute Abend!"

Plötzlich wurden sie aus ihren Gedanken gerissen und reckten ihre Köpfe zur Treppe. Anna kam mit seinem Sohn Johannes herunter, gefolgt von der Amme Adelheid. Anna und Conrad waren noch nicht mit Nachwuchs gesegnet und so war es für sie eine Freude, den kleinen Kerl in ihren Armen zu halten und zu liebkosen.

Anna ging zu den beiden Männern und nahm neben ihrem Mann Platz.

„Ich sehe schon, der Kleine fühlt sich wohl bei Euch, Frau Anna", sagte Adelheid. „Ich gehe noch einmal in die Küche, nach dem Rechten sehen. Heute Abend sollt Ihr speisen wie die Könige. Es soll Euch an nichts mangeln."

Sie verbeugte sich kurz und ging in die Küche. Adelheid wusste, sie würde nicht den ganzen Abend in der Halle verbringen können. Der kleine Johannes würde sie in Anspruch nehmen und schlafen wollen und ganz gewiss wird sie ihn nicht allein lassen. Seit die Herrin verstorben war, kümmerte sie sich liebevoll um den Sohn von Ritter Conrad. Ja, sie hatte ihn in ihr Herz geschlossen. Nichts lag ihr mehr am Herzen als dieser Junge. Sie wusste, sie würde ihr Leben für ihn geben.

„Sie ist ein wahrer Segen", sagte Conrad. „Ich wüsste nicht, was ich ohne sie mit dem Kind machen sollte."

Er lehnte sich vor zu dem Kleinen, der im Arm seiner Schwester friedlich schlummerte und streichelte gerührt seine kleinen Finger.

„Es ist immer ein Glücksfall, eine gute, liebenswürdige Amme zu finden," sagte er leise, damit Johannes nicht aufwachte.

Ein lautes Krachen ließ sie alle aufschrecken. Sie blickten mit entsetzten Gesichtern zur Tür, als ob sie befürchteten, dass sie aus den Angeln gerissen würde. Auch das Kind auf Annas Arm wurde unruhig.

Beide Hände in den Hüften gestemmt stand Ritter Heinrich von Blumenegg in der großen Hallentür, neben ihm seine Frau Adelheid, gefolgt von seinem Knappen. Er sah imposant aus in seiner langen Tunika. Wie alle vornehmen Männer trug er einen Mantel darüber, der auf der rechten Schulter mit einem Metallknopf zusammengehalten wurde. Er trug natürlich die Farben Rot und Blau, die auf dem Blumenegger Wappen zu finden waren. Mit seiner Größe und seinen braunen Haaren, die ihm bis auf die Schulter hingen, sah er sehr gut aus.

„Na, sieh Dir das mal an! Habt Ihr für uns auch noch ein Schluck übrig von dem schmackhaften Bodensee Wein, oder willst Du uns verdursten lassen, lieber Schwager?"

Heinrich ging mit großen Schritten auf Conrad zu, der immer noch mit einem überraschten Gesichtsausdruck auf seinem breiten Stuhl saß, sich aber sogleich aufrappelte, um seinen

Schwager zu begrüßen. Die beiden Männer klopften sich herzhaft auf die Schulter.

„Ich grüße Dich, Heinrich! Mein Gott, wann warst Du das letzte Mal hier auf Bodman?"

„Ich denke, es ist schon wieder ein Jahr ins Land gezogen. Du weißt doch, mir wird es nicht langweilig, und Deine Schwester hält mich auch ganz schön auf Trab," lachte Heinrich mit einem Augenzwinkern.

Er wandte sich seiner Schwägerin Anna von Schellenberg zu, die ihn mit einer leichten Verbeugung und dem Kind auf dem Arm begrüßte.

„Sei gegrüßt, Anna! Was hast Du denn da für ein kleines Bündel auf Deinem Arm?"

„Sieh ihn Dir genau an! Das ist der Erbe von Bodman!"

Heinrich beugte sich zu dem Kind und streichelte seine Wangen, dabei hatte er einen sehnsuchtsvollen Blick in den Augen, der seiner Frau Adelheid nicht entging. Nichts wünschte sie sich mehr, als Heinrich einen Erben zu schenken. Immerhin waren sie schon über ein Jahr verheiratet und ihr Mann teilte gerne die Freuden der Liebe mit ihr. Bei diesem Gedanken merkte sie, wie ihre Wangen heiß wurden und trank hastig einen Schluck Wein.

Conrad hatte die Blicke der beiden beobachtete und legte die Hand auf Heinrichs Schulter.

„Komm, setz Dich, mein Lieber! Wenn es Gottes Wille ist, dann kannst Du einen ganzen Stall voll Kinder zeugen und ich sage Dir, es gibt keine Frau aus dem Geschlecht Bodman, die ohne Kinder war."

Er schaute zu Hans hinüber, der ganz in Gedanken verloren seine Anna ansah, die mit dem kleinen Säugling liebäugelte.

„Und Du, Hans, schau nicht so betrübt! Du und Anna habt das alles auch noch vor Euch. Und bei Gott, wünsche ich Euch von ganzem Herzen alles erdenkliche Glück dabei. Auf dass Mutter und Kind alles gut überstehen, wenn es soweit sein soll! Ich kann Euch nur sagen, es ist ein Segen für beide."

„Und jetzt zu Dir, Adelheid, lass Dich umarmen, Schwesterherz! Schön, Dich einmal wieder hier zu haben! Wie ich feststellen muss, geht es meinen Schwestern sehr gut. Du willst Dich bestimmt auch ein wenig frisch machen!"

„Danke, das ist sehr freundlich, Conrad."

Sie schaute zu ihrer Schwester Anna hinüber, die nur Augen für den kleinen Johannes hatte.

„Was meinst Du, Anna? Begleitest du mich? Ich habe Dir viel zu erzählen!"

„Aber ja, liebe Schwester! Conrad, Du hast doch nichts dagegen, wenn ich Deinen Sohn mitnehme? Mir scheint, es gefällt ihm bei mir sehr gut."

Mit einer Handbewegung nickte Conrad und hob seinen Becher. „Und jetzt, lasst uns anstoßen! Auf, dass es noch viele Nachkommen geben möge!"

Die beiden Frauen gingen zur Treppe und Heinrich von Blumenegg sah seiner Frau hinterher wie sie anmutig neben ihrer Schwester nach oben ging. Auch sie hatte die Farben der Blumenegg gewählt. Ein langer roter Gürtel zierte ihre blaue Tunika, die ihre blauen Augen unterstrich. Das Haar hatte sie zu einem Zopf gebunden. Darüber trug sie eine aufwändig bestickte Haube, die mit einem Schleier versehen war.

Ja, er liebte seine Adelheid. Sie war genau das, was er immer wollte. Aber warum trug sie immer noch kein Kind unter ihrem Herzen, grübelte er. Es verging keine Nacht, ohne dass sie sich liebten, dabei verzog er lächelnd die Mundwinkel und nahm einen Schluck von dem köstlichen Wein.

‚Denk nicht so viel darüber nach', dachte Heinrich. ‚Gottes Wege sind unergründlich. Du musst nur warten können. Es ist alles im Leben vorherbestimmt, so oder so.'

Hans von Schellenberg lehnte sich gemütlich in seinen Stuhl zurück.

„Ich muss schon sagen, Conrad. Du hast eine gemütliche Halle. Klein, aber fein und aus Deiner Küche kommen die feinsten Düfte. Da kommt echte Freude auf. Ich habe einen Riesenhunger. Der lange Ritt von Wasserburg bis Bodman hat heute länger gedauert als sonnst. Du kennst ja Anna, sie reitet nicht so schnell wie mir lieb wäre."

„Ich glaube, Gottfried geht es genauso wie Dir, Hans. Meine Schwester Catharina ist auch keine gute Reiterin. Sie müssten doch schon längst hier sein?"

„Na, ja. Das Wetter war heute nicht gerade angenehm zum Reiten. Die Hitze brachte einen schier um. Auch die Pferde bekamen das zu spüren. Wir kamen auf dem Weg hierher nur sehr langsam voran."

- ◆ -

Energisch und mit großen Schritten betrat der Vogt die Halle. Er ging geradewegs zu der Anrichte, wo die Getränke standen und schenkte sich einen Becher Apfelwein ein. Sein Gesicht war rot verschwitzt und der Schweiß lief ihm den Rücken hinunter, so dass sein Hemd an vielen Stellen durchnässt war. Er drehte sich zu den drei Rittern um und atmete tief durch.

„Es gibt noch keine Anzeichen von einem Reitertrupp, aber es gibt viele dunkle Wolken da draußen und ich befürchte, wenn die Herrschaft nicht bald eintrifft, wird sie das Unwetter einholen."

Conrad erhob sich und lief nervös auf und ab. Man konnte ihm seine Sorgen im Gesicht ablesen.

„Zum Teufel mit dem Wetter! Da will man einmal seine Familie vereint haben und schon macht einem der Herrgott wieder einen Strich durch die Rechnung."

Er blieb vor Paulus stehen. „Nehmt ein paar Männer mit und reitet ihnen entgegen. Wenn ihnen noch nichts passiert ist, können sie ja nicht mehr weit sein."

„Wie Ihr meint, Ritter Conrad!"

Er nickte, verließ eilig die Halle und rannte die Treppe hinunter.

‚Verflixt ', dachte er. Diese verdammte Schwüle und jetzt das noch. Das hatte ihm gerade noch gefehlt. Er dachte an seine kleine Familie, die auf ihn wartet und schaute über die Schulter zum Wohnturm hinauf. Er blinzelte mit den Augen zum Himmel empor, der keinen freundlichen Eindruck machte. ‚Es hilft alles nichts‘, sagte er sich und ging zu den Ställen. Dort traf er den Stallmeister Friederich an.

Als Friederich Paulus sah, verzog er sein Gesicht. Denn wenn der Vogt um diese Zeit in den Stall kam, verhieß das nichts Gutes. Man sah dem kleinen, etwas rundlichen Mann an, dass er heute lieber seine müden Beine ruhen lassen wollte. Denn das Wetter machte auch ihm zu schaffen.

„Schau mich nicht so vorwurfsvoll an, Friederich! Es ist nicht meine Schuld! Der Tag ist noch nicht zu Ende. Sattle vier Pferde und füll die Wasserschläuche. Die können wir heute gut gebrauchen.“

„Warum das denn? Es dämmert doch schon.“

„Frag nicht so viel! Tu es einfach! Wir haben keine Zeit, ich komme gleich mit den Männern zurück. Wir sind in Eile!“, donnerte Paulus und ging hinaus. Er lief über den Burghof und schrie den Wachen zu: „Macht das Tor auf, aber schnell!“

Paulus zog es den Magen zusammen. Seine gute Laune verschlechterte sich wie das Wetter. Er biss auf die Zähne. Der Tag war verflucht und er hatte das flaue Gefühl im Magen, dass das nicht das einzige Problem war, das ihm heute noch bevorstand.

Er wählte vier seiner besten Männer aus und ritt mit ihnen aus der Burg als ob der Teufel hinter ihm her wäre. Er wusste, dass es ein Wettrennen gegen das aufkommende Unwetter war. Sie preschten hintereinander durch den schmalen Hohlweg den Berg hinunter. Keiner sagte ein Wort. Bei dem Tempo, das ihr Vogt einschlug, war es höchst lebensgefährlich den Abhang hinunter zu reiten. Der Weg war sehr schmal und holperig. Paulus machte eine ernste Miene. Er dachte an seine Brigitta. Wenn er es nicht nach Hause schaffte, bevor der erste Donner grollte, dann würde Brigitta große Ängste ausstehen. Die Unwetter am Bodensee waren heftig und gefährlich und unheimlich zugleich. Auch er hatte großen Respekt davor.

„Mein Vogt", rief einer der Männer. „Da unten. Ich glaub', ich habe etwas gesehen."

Paulus hob die Hand zum Halten. Er stieg in die Steigbügel, damit er besser nach unten sehen konnte und zog seine Brauen hoch.

„Du hast recht. Es ist ein kleiner Trupp."

Seltsam, dachte Paulus, zwei davon laufen neben den Pferden her. Er drehte sich im Sattel um.

„Robert, Du reitest wieder den Berg hinauf und bringst zwei frische Pferde mit. Ich schätze, die können die Herren da unten gut gebrauchen. Sonst wird es dunkel bis wir auf der Burg ankommen. Wir reiten zu ihnen und warten auf Dich, aber beeil Dich!"

„Schätze mal, dass zwei der Pferde lahmen", entgegnete einer der Männer.

„Ja, so sehe ich das auch", erwiderte Paulus. „Kommt, wir reiten zu ihnen. So langsam wie die sich fortbewegen, fehlt es ihnen bestimmt auch an Wasser",

Sie zügelten abrupt ihre Pferde vor dem Reitertrupp. Paulus zählte fünf Gäule, aber nur drei davon wurden geritten. Er hatte Recht mit seiner Vermutung. Er sah zu den zwei bewaffneten Männern, die vermutlich zum Schutz der Herrschaft dabei waren, und einen Jüngeren, der wohl ein Knappe war. Er richtete den Blick jetzt auf den edlen Herren, der ihn mit Schweißperlen auf der Stirn verdutzt musterte. Paulus senkte kurz den Kopf.

„Seid gegrüßt, gehe ich richtig in der Annahme, Ihr seid Gottfried von Krayen?"

„Das bin ich und wer seid Ihr, wenn ich fragen darf?"

„Paulus! Ich stehe im Dienst des Conrad von Bodman und bin der Bodmaner Burgvogt."

„Dann grüße ich Euch ebenfalls. Schön Euch kennen zu lernen, Burgvogt", brummte er in seinen Bart und schaute zu seiner Frau, die neben ihm auf einem Schimmel saß und wie es schien, ebenfalls mit der Hitze zu kämpfen hatte. „Darf ich vorstellen, meine ergebene Frau Catharina von Krayen!"

Paulus setze ein gespieltes Lächeln auf und nickte ihr zu. „Guten Abend! Es freut mich, Sie kennen zu lernen. Ihr werter Bruder macht sich große Sorgen um Euch. Denn das Wetter kann sich bald ändern."

„Ja, das sehe ich auch so", entgegnete Catharina seufzend.

„Der Tag scheint verflucht zu sein. Man sollte an so einem heißen Tag nicht auf Reisen gehen", meinte Gottfried und stieg von seinem Pferd, was Paulus ebenfalls tat.

„Wir haben zwei Pferde, die lahmen. Sie haben ihre Hufeisen verloren. Mein Knappe und einer meiner Männer sind schon seit fast zwei Stunden zu Fuß unterwegs", sagte Gottfried etwas ungehalten.

„Das hatte ich mir gedacht, als wir Euch gesehen haben. Ich habe einen der Männer zurück auf die Burg geschickt. Er bringt zwei Pferde mit“, erwiderte Paulus. „Ich kann Euch frisches Wasser anbieten, wenn Ihr wollt!“

„Euch schickt uns der Himmel“, seufzte Catharina. „Unser Wasser fängt schon an zu kochen bei der Hitze. Ich kann eine Erfrischung gut gebrauchen.“

Sie wandte sich zu Gottfried um. „Hilf mir herunter. Ich fürchte, dass ich nicht mehr stehen kann. Meine Glieder schmerzen entsetzlich nach dem langen Ritt.“

Er tat wie ihm befohlen, schlang seine starken Hände um ihre schlanke Taille und setze sie behutsam auf den Boden.

Paulus reichte ihr einen Schlauch Wasser. „Bitte sehr, Frau von Krayen! Ich denke, das wird Euch guttun.“

„Vielen Dank“, entgegnete Catharina mit einem freundlichen Blick und nahm einen großen Schluck aus dem Schlauch. Dann zog sie ein kleines Tuch aus ihrem Gürtel und befeuchtete es mit Wasser, um ihr Gesicht zu erfrischen. Gottfried und die Männer taten es ihr nach.

„Es tut gut, eine Rast einzulegen“, schnaufte Gottfried und schaute nach oben. Dabei sah er nur Bäume und Sträucher, aber weit und breit keine Burg. „Lange kann es ja nicht mehr dauern, bis wir oben sind.“

„Nein“, antwortete Paulus. „Die Pferde werden auch bald da sein. Dann geht es recht zügig den Hohlweg hinauf.“

Paulus schaute zu Gottfried hinüber, der bei seinem schwarzen Hengst stand und ihm aus der Hand Wasser schlürfen ließ. Er hatte nicht die Charaktereigenschaften eines Schellenberg oder eines Blumenegg, ging es Paulus durch den Kopf. Nein, er hatte etwas Rebellisches an sich. In seinen Augen las man Kritik und Misstrauen. Er trug wie alle edlen Herren eine lange Tunika mit reich bestickten Borden. Sein Mantel fiel ihm lang über seinen Rücken hinab und am Gürtel hing sein langes Schwert, das er durchaus sofort zum Einsatz bringen würde, wenn ihm etwas nicht passte, dachte Paulus. ‚Es ist wohl besser, ihn nicht zum Feind zu haben.'

Seine Frau Catharina dagegen war mit der Freundlichkeit der Bodmans gesegnet. Sie war groß für eine Frau, stellte Paulus fest. Aber sie hatte ein hübsches Gesicht und an der Nase konnte man erkennen, dass sie eine Bodman war. Da gab es keinen Zweifel.

„Ich werde mal kurz verschwinden, um mich zu erleichtern", sagte Gottfried zu seiner Frau und ging geradewegs hinter einen Busch.

Catharina merkte wie der Vogt zu ihr herübersah.

„Mein Bruder hat in seinen Briefen nur Gutes über Euch erzählt. Sagt mir, wo war Euer Zuhause bevor Ihr in meines Bruders Dienste getreten seid?"

Paulus tätschelte seinem Pferd die Flanken und sah sie an. „Ich komme vom anderen Ufer des Sees. Mein Vater verweilte oft bei Eurem Großvater, der genau wie ich eine Vorliebe für Pferde hatte."

„Leben Eure Eltern noch?"

„Nein, sie erlagen einem Fieber."

„Das tut mir leid", erwiderte Catharina und zupfte verlegen an ihrem Kleid, aber dann huschte ein Lächeln über ihr Gesicht. „Oh ja! Ich glaube, ich erinnere mich an Euren Vater. Wenn er bei uns war, hatte mein Großvater meist ein Paar Pferde mehr im Stall."

Paulus erwiderte das Lachen. „Ja, mein Vater war sehr geschäftstüchtig. Das muss man ihm lassen. Ruhe er in Frieden!"

Ihre Unterhaltung wurde unterbrochen als Gottfried wieder zu ihnen kam und seine Frau mit einem mürrischen Blick bedachte, der Paulus sogleich zum Schweigen brachte. ‚Der Edle Herr hat eine Laune. Da kann das Wetter ja nur schlechter werden', dachte sich Paulus.

„Was meint Ihr, Burgvogt! Oder sollte ich eher Pferdehändler sagen? Wie lange dauert es noch bis die Ersatzpferde eintreffen?"

Paulus starrte ihn mit grimmigem Blick an. In ihm kochte das Blut. Er könnte schon längst Zuhause sein bei seiner Familie, als sich hier mit diesem unfreundlichen Herrn die Zeit tot zu schlagen.

„Ich wäre Euch sehr dankbar, wenn Ihr meine privaten Angelegenheiten, mir überlasst. Ich bin Paulus, das reicht völlig aus. Ich bin kein edler Herr und will auch keiner sein."

„Oh, ich bitte um Verzeihung, wenn ich Euch bei eurer Herkunft genannt habe. Aber ich nahm an, dass Ihr stolz darauf seid, der Sohn eines Bauern zu sein."

Gottfried wusste nur zu gut, wie es um die Geschäfte seines Vaters stand, ein einfacher Pferdehändler, der dabei nicht reich wurde. Er hatte einfach Freude daran, Paulus ein wenig zu ärgern. Paulus holte tief Luft. Wenn er dürfte, würde er dem aufgeblasenen Gockel eine verpassen, dass ihm Hören und Sehen verging.

„Meine Verwandtschaftsgrade interessieren mich im Moment nicht im Geringsten, Herr von Krayen, und das soll auch so bleiben. Ich bin mit meinem Leben, so wie es ist sehr zufrieden, und dabei sollten wir es belassen."

Gottfried verschränkte seine Arme und seufzte. „Ich wollte Euch nicht verärgern, Paulus. Aber eines solltet Ihr wissen, die Verwandtschaftsgrade kann man nicht einfach abschütteln, auch wenn man sich jetzt Vogt nennen darf. Sie sind allgegenwärtig, ob man will oder nicht und sie holen einem immer wieder ein."

„Sei es wie es ist. Ich stehe dazu. Im Gegensatz zu manch anderen Leuten", wandte Paulus sich ab.

Catharina hatte das Gespräch mit verfolgt und legte die Hand auf Gottfrieds Arm. „Lass es jetzt gut sein, mein Gemahl! Der Burgvogt hat Dir keinen Grund gegeben, ihn zu verärgern. Wir sollten dankbar sein für seine Hilfe."

„Ist ja gut, Frau. Ich wollte mir nur ein wenig die Zeit vertreiben, das ist alles."

Paulus zog den Wasserschlauch vom Sattel und schüttete ihn über den Kopf. Er brauchte dringend eine Abkühlung nach dem Wortwechsel mit dem vorlauten Herrn, den er noch bis zur Burg hinauf am Hals hatte. Er strich sich die Haare aus dem Gesicht und blinzelte den Berg hinauf. Plötzlich hörte er Pferdehufe. ‚Da kommt er endlich', dachte er. ‚Wenn der Tag um ist, bete ich ein Halleluja.'

„Macht Euch bereit!", rief Paulus. „Die Pferde kommen. Wir

schauen, dass wir hier wegkommen, bevor das Wetter umschlägt."

Paulus ritt voraus, damit er sich mit keinem unterhalten musste. Davon hatte er heute mehr als genug. Seine Muskeln spannten sich. Er ärgerte sich immer noch über diesen Krayen. ‚Ich kann nur froh sein, dass ich heute nicht an der großen Tafel sitze und mit diesem Gockel speisen muss. Auf so einen Schwager brauchte der Burgherr sich nichts einbilden.'

Die Wachen auf dem Wehrgang öffneten schnell das Tor als sie den Reitertrupp sahen. Paulus ritt nicht mehr so schnell durch das Tor wie er es verlassen hatte. Sie waren alle erschöpft. Er zügelte sein Pferd vor den breiten Stufen, die zum Haupthaus hinaufführten. Paulus wies einen der Männer an, er solle dem Burgherrn melden, dass die Herrschaften eingetroffen waren.

Gottfried stieg vom Pferd und half seiner Frau beim Absteigen. Sie sah sich um und war glücklich, wieder einmal Zuhause zu sein. Es herrschte ein reges Treiben im Burghof. Die Mägde und Knechte gingen ihrer Arbeit nach, genau wie Catharina es in Erinnerung hatte. Sie war Zuhause und sie war glücklich darüber. Es war ihr alles so vertraut. Nicht so, wie auf der Burg Hohen Krähen. Dort war für sie immer noch alles fremd. Vielleicht lag es an den Leuten oder an der strengen Führung ihres Gemahls. Sie schluckte ihre Gedanken hinunter, sie wollte die Tage auf Bodman genießen.

Als sie die erste Stufe betrat, sah sie, wie ihr Bruder ihr mit offenen Armen entgegenkam. ‚Mein Gott!' Ein Jahr ist nun verstrichen, seit sie ihn das letzte Mal gesehen hatte. Catharina hatte immer ein besonderes Verhältnis zu ihrem Bruder. Tränen standen ihr jetzt im Gesicht!

„Catharina, meine Liebe! Lass' Dich umarmen! Wie geht es Dir?"

„Es geht mir gut, mein Bruder!" Sie löste die Umarmung und schaute Conrad in die Augen. Er hielt sie mit beiden Armen an ihrer Schulter fest.

„Aber was ist mit Dir, Conrad? Wie ist es Dir ergangen nach dem Unglück mit Elisabeth?"

Er seufzte und versuchte seinen Kummer hinunter zu schlucken. „Mein Sohn gibt mir die Kraft weiter zu leben. Er ist mein ganzes Glück und meine Hoffnung, dass es irgendwie weiter geht. Aber jetzt lass' uns hinein gehen. Die anderen warten schon."

„Ja, mein Lieber! Ich freue mich schon, den Kleinen zu sehen und natürlich die Familie."

Mit einem starken Schlag auf die Schulter wurde er von Gottfried begrüßt. „Na, mein Lieber! Lass' den Kopf nicht hängen! Es kommen auch wieder bessere Tage."

„Gottfried, alter Haudegen, sei gegrüßt! Was hat Dich so lange aufgehalten auf dem Weg hierher? Bist Du das Reisen nicht mehr gewohnt?"

Gottfrieds Augen wurden zu schmalen Schlitzen. „Eins sag' ich Dir, mein lieber Schwager! Wenn Du wieder einmal zusammenrufst, dann suche Dir besseres Wetter aus!"

„Da stimme ich Dir zu, mein Lieber! Ich werde das nächste Mal daran denken. Aber jetzt sollten wir zum gemütlichen

Teil übergehen, was meinst Du? Die anderen warten schon ungeduldig", sagte Conrad, wobei er sich zu seinem Burgvogt umdrehte.

„Vielen Dank, Paulus. Ich denke, Du kannst jetzt zu Deiner Brigitta gehen und grüsse sie von mir. Ich hätte Euch heute Abend gerne willkommen geheißen."

Paulus hob seine Hand. „Lasst es gut sein, Herr. Ein andermal wieder. Einen gesegneten Abend wünsch' ich Euch!"

Conrad nickte und eilte mit großen Schritten die Treppe hinauf.

- ◆ -

In der Halle herrschte ein geschäftiges Treiben. Die Mägde hatten jetzt alle Hände voll zu tun, für das Wohl der Gäste zu sorgen. Sie trugen in großen Krügen Wein mit Honig, Apfelwein und Bier herbei. Denn der Burgherr hatte von allem genug zu bieten. In einer Ecke saßen immer noch die Spielleute, die sich den Honigwein schmecken ließen, bis das Essen kam. Gleich daneben hatten sich die Knappen und Gefolgsmänner der angereisten Herrschaften niedergelassen und löschten ihren Durst. Auch in der Küche ging es hoch her. Das Mahl sollte heute etwas ganz besonders sein, man wollte den Burgherrn nicht blamieren. Nachdem sich alle begrüßt und jeder seinen Platz eingenommen hatte, setzte sich Conrad ganz oben an die lange Tafel und blickte über seine Familie, die sich angeregt unterhielt. Rechts von ihm saß Hans von Schellenberg und zu seiner linken Gottfried von Krayen, die beide seinen Wein in vollen Zügen zu genießen schienen. Seine Augen nahmen jede Person in Augenschein und er erfreute sich an dem Bild das sich im bot.

‚Ist es nicht schön', dachte er, ‚einmal wieder die ganze Familie, um sich zu haben. Überhaupt eine zu haben, ist ein Segen!' Das wollte er heute und die kommenden Tage genießen. Von daher hatte er beschlossen, heute nicht auf der Estrade zu sitzen wie es dem Burgherrn zustand. Nein, er wollte mit ihnen gemeinsam an einem Tisch den Abend verbringen. Ein leichtes Lächeln huschte über sein Gesicht. Er erinnerte sich an Paulus Worte, ‚genieße das Heute und grüble nicht über das, was war'. Dennoch vermisste er jetzt seine Elisabeth und das würde auch so bleiben! Dabei suchte sein Blick die Wiege, in der sein Sohn Johannes schlief und von seiner Amme umsorgt wurde. Er presste die Lippen zusammen, nahm seinen Becher Wein und erhob sich von seinem Stuhl. Denn es war Zeit für eine kleine Ansprache.

Er senkte den Kopf und schaute wieder in die gesellige Runde. Dabei umklammerte er seinen Becher mit beiden Händen so, als ob er gleich ein Gebet sprechen wollte. Alle Blicke waren auf ihn gerichtet, was ihn etwas nervös machte. Er war kein großer Redner.

„Meine liebe Familie. Ich bin sehr glücklich, Euch alle heute Abend hier auf der Burg Bodman, herzlich willkommen zu heißen! Wir haben uns lange nicht gesehen. Ich muss allerdings gestehen, dass ich auch niemanden sehen wollte, nachdem Tod meiner Elisabeth. Ich führte einen harten Kampf gegen mich und andere und suchte nach dem Warum. Aber ich bekam keine Antwort. Der Herrgott hat es so bestimmt und dagegen sind wir alle machtlos! Jetzt aber, will ich nach vorne schauen! Wir sollten uns des Lebens erfreuen! Es kann morgen schon vorbei sein. Lasst uns heute einen schönen Abend verbringen und das köstliche Essen genießen! Hebt die Becher und trinkt mit mir auf die Familie und auf einen schönen Abend!“

Conrad hob seinen Becher, legte seinen Kopf in den Nacken und trank ihn in einem Zug und alle taten es ihm nach.

„Ich habe‘ einen Mordshunger“, sagte Gottfried zu Conrad. „Wenn mich nicht alles täuscht, rieche ich Wildschweinbraten.“

Conrad lehnte sich zurück in seinen Stuhl. „Deine Nase täuscht Dich nicht, lasst uns beginnen mit dem Essen!“

Conrad winkte der Magd Lucia zu. „Sie wünschen, mein Herr?"

„Richte dem Koch aus, wir können mit dem Essen beginnen."

Lucia nickte nervös und eilte in Richtung Küche.

Conrad nippte an seinem Wein. Er beobachtete wie sich alle angeregt miteinander unterhielten. Er erfreute sich an seinen Schwestern und überlegte, ob sie wohl glücklich mit ihren Ehemännern waren. Er verwarf den Gedanken allerdings gleich wieder. So wie sie aussahen, musste es ihnen gut gehen, dachte er noch als plötzlich gleich mehrere Mägde auf einmal herbeieilten und große Schüsseln und Platten auftrugen.

Das Mahl sah üppig aus. Als Vorspeise gab es Fischpastete mit einer Mandel-Knoblauchsoße. Dazu wurde Fladenbrot in mehreren Körben auf dem Tisch verteilt. Ein großer Topf mit Kräutersuppe wurde herbeigebracht. Eine Magd trug eine Platte mit geräucherten Fischen, die heute Morgen bestimmt noch im Bodensee schwammen.

Plötzlich ging ein lautes Raunen durch die Halle als der Koch persönlich mit dem herrlich riechenden Wildschweinbraten, der mit Knollengemüse garniert war und noch vor sich hin dampfte, die Halle betrat. Alle am Tisch machten große Augen und freuten sich auf das Essen. Es sah köstlich aus und alle hatten nach der langen Reise einen leeren Magen. Ein schmächtiger Küchenjunge trug noch die Platte mit der Hammelkeule, die mit einer feinen Pflaumensoße übergossen war zum Tisch. Er musste sich anstrengen, denn die Platte schien schwerer zu sein als er selbst. Als Nachspeise gab es verschiedene Früchte, gebratene Äpfel mit Quittengelee und süße Früchtepasteten. Es war ein wahrhaft königliches Mahl, das der Burgherr seinen Gästen darbot.

Gottfried und Conrad langten kräftig zu. „Das muss man Dir lassen, Conrad. Du hast Deine Küche gut im Griff. Nicht jeder Burghaushalt kann das von sich behaupten!“

Der Burgherr biss von einem Stück Fladenbrot herunter und hätte sich beinahe verschluckt. „Oh, mein Gott. Wo ist denn unsere Amme Adelheid?“ Abrupt drehte er seinen Kopf zum Kamin hinüber und sah wie Adelheid die Wiege schaukelte und ein leises Lied summte.

„Adelheid, komm‘ und setzt Dich zu uns! Ich möchte, dass Du mit uns speist.“

Es war nicht üblich, dass die Bediensteten bei einer Familienfeier des Burgherrn mit am Tisch saßen. Adelheid erhob sich, faltete ihre Hände zusammen und schaute Conrad mit einem verlegenen Blick an.

„Es steht mir nicht zu, heute Abend an Eurem Tisch zu sitzen, Ritter Conrad. Ich werde mich zu den Bediensteten der Herrschaften gesellen.“

„Ach, stell Dich nicht so an. Wir machen heute eine Ausnahme. Immerhin haben wir es auch Dir zu verdanken, solch ein köstliches Mahl zu genießen. Ihr müsst wissen, Adelheid ist nicht nur für meinen Sohn zuständig. Sie leitet auch nebenbei meinen Haushalt und dafür bin ich ihr sehr dankbar. Ich wüsste nicht, wie ich das alles schaffen sollte. Es ist nicht leicht, eine gute Haushälterin zu finden.“

„Komm, Adelheid!“, rief Catharina von Blumenegg. „Setz Dich zu uns Frauen! Du kannst uns beim Essen erzählen, was es Neues gibt, unten in Bodman.“

„Vielen Dank. Ich glaub‘, da gibt es einiges. Da reicht der Abend nicht aus“, scherzte sie und war froh bei den Bodman Schwestern sitzen zu können. ‚Es ist schön‘, dachte sie, sich mal wieder mit anderen Frauen unterhalten zu können und von ihnen, über die Welt außerhalb von Bodman etwas in Erfahrung zu bringen.‘

- ◆ -

Schleichend hatte sich die Dämmerung über den Bodensee gelegt wie ein wärmender Mantel. Alles war still im Burghof. Es war keine Menschenseele mehr zu sehen. Wie ausgestorben schien die Burg zu sein, nur das Gelächter und die lauten Stimmen aus der Halle durchbrachen die Stille. Selbst unten auf dem See war kein einziges Boot mehr in Sicht. Der See zeichnete sich ab wie ein flacher Spiegel. Keine Bewegung war auf der Wasseroberfläche zu sehen. Es war als ob eine dünne, starre Eisschicht ihn bedeckte. Die Stille war gespenstisch und zugleich gefährlich. Kein Lüftchen konnte die Stille durchbrechen, die über dem See lag.

Was sich aber oben am Himmel abspielte war mehr als bedrohlich und beängstigend zugleich. Dicke schwarze Quellwolken, die heute Mittag sich noch von einem schönen Weiß zeigten, hingen jetzt dunkel über dem See. Wie Monster, die sich aus der Tiefe des Sees erhoben, bedeckten sie die langgezogene Landzunge des Bodanrück, als ob sie die schmale Halbinsel für sich beanspruchten. Auch die Burg Bodman wurde von den schwarzen Himmelsboten nicht verschont. Sie thronten über dem Wohnturm als wollten sie ihn gleich in Besitz nehmen. Mit einer Schnelligkeit formatierten die schwarzen Wolken Figuren wie große Hände, als beabsichtigten sie die Burg gleich aus ihren Angeln heben. Selbst unten in Bodman war keine Menschenseele mehr zu sehen. Die Dörfler hatten sich in ihre Häuser zurückgezogen.

Sie hofften und beteten, dass das Unwetter an ihnen vorüberzog oder nicht so schlimm werden würde, nach einem heißen Tag wie heute.

Jeder hatte Respekt vor den Unwettern hier am See. Auch Paulus machte sich Sorgen. Er war noch damit beschäftigt, die Türen bei den Stallungen zu verschließen. Als er über den Hof eilte stand Brigitta mit der kleinen Anna unter der Haustür und starrte mit nachdenklich zerfurchter Stirn zur Burg hinauf.

„Das sieht aber gar nicht gut aus Paulus! Da oben braut sich ganz schön was zusammen."

„Es sieht allgemein nicht gut aus", erwiderte er. „Ich befürchte, da kommt nichts Gutes auf uns zu, heute Abend oder gar heute Nacht!"

Er legte liebevoll den Arm auf ihre Schulter und schaute sie an, „und ehrlich gesagt, bin ich froh darüber, Zuhause zu sein. Es ist kein Vergnügen bei einem Gewitter auf der Burg zu verweilen. Du spürst immer die Angst im Nacken, der Blitz könnte Dich gleich treffen."

„Wie meinst Du das?"

„Na ja, der Blitz sucht sich immer den höchsten Punkt aus. Aber, wollen wir mal hoffen, dass der Herrgott uns verschont." Er küsste sie auf die Wange und kitzelte den kleinen Bauch von Anna. „Lass uns ins Haus gehen, Frau. Es war ein harter Tag. Ich habe einen Bärenhunger aufs Essen und danach auf Dich", sagte er grinsend.

- ◆ -

Das Familienfest wurde in vollen Zügen genossen. Die Frauen lachten untereinander und tauschten sich über verschiedene Alltagsgeschichten aus. Die Männer redeten über Politik und wie es wohl weiter gehen würde, mit Albrecht von Habsburg, der das Reich regierte. Auch über den Handel, der hier am Bodensee immer mehr zunahm und sehr willkommen war. Die Reichsstadt Überlingen baute immer mehr Weinreben an und kelterte einen vorzüglichen Wein, mit dem sie rund um den See bis ins Thurgau Handel trieben.

Heinrich und Johann unterhielten sich angeregt darüber, was gerade in Frankreich vor sich ging. Einige der Mitglieder des Templerordens wurden der Ketzerei angeklagt und würden wohl verurteilt, mutmaßten sie.

Conrad und Gottfried lachten laut über einen Witz.

„Ach tut das gut mit Euch mal wieder einen zu heben, das hab´ ich schon lange nicht mehr gemacht! Ihr beide da, was haben wir mit Frankreich zu tun! Lasst uns anstoßen! Allein trinken macht keinen Spaß."

„Aber jetzt wird es Zeit für etwas Unterhaltung. Ihr da!", rief er zu dem kleinen Tisch hinüber, wo die Spielleute sich angeregt unterhielten. „Ihr könntet jetzt ein wenig für Unterhaltung sorgen, dafür, dass ihr gut gespeist habt."

„Sehr wohl mein Herr! Das Essen war vorzüglich und genauso gut sollen unsere Darbietungen sein", erwiderte einer der Burschen. Sie nahmen ihre Instrumente in die Hand und fingen sogleich an zu spielen.

„Ich werde mich jetzt zurückziehen“, sagte Adelheid zu den Frauen. „Es war schön, mit Euch zu plaudern, meine Damen. Aber der kleine Johannes verlangt nach mir. Wir sehen uns morgen früh wieder.“

„Ach, das ist aber schade“, sagte Catharina. „Jetzt, wo es richtig gemütlich wird, musst Du uns verlassen. Drück den Kleinen von mir.“

„Wir wünschen Dir eine geruhsame Nacht, Adelheid“, erwiderten die beiden anderen Frauen.

Sie ging hinüber zum Kamin, wo die Wiege stand und nahm das Kind auf ihre Arme. Der Kleine war wach und schaute sie mit großen Augen an, so dass ihre Augen leuchteten. Sie liebte den Jungen, das wusste sie.

„Nun, mein Kleiner, jetzt gehen wir noch zu Deinem Vater, gute Nacht sagen und dann gehen wir nach oben.“

Sie brachte den Jungen zu Conrad, der ihn liebevoll in seine Arme und die kleinen Hände in die Seinen nahm. Man sah ihm die Freude an, die auf seinem Gesicht stand.

„Du bist alles, was ich habe und ich bin sehr stolz auf Dich, mein Sohn. Mach mir keinen Kummer! Gute Nacht, mein Kleiner, schlaf gut! Gott beschütze Dich, mein Sohn! Nichts Böses soll Dir widerfahren!“, flüsterte er zu dem Kind. „Dein Vater will nur das Beste für Dich!“

Er küsste ihn auf die Stirn und übergab ihn wieder seiner Amme, die sich mit einem Lächeln verabschiedete.

„Er wird einmal ein hübscher Bursche“, meinte Heinrich zu Conrad hinüber.

„Das denke ich auch. Er wird das weibliche Geschlecht anziehen wie der Speck die Fliegen, mit seinen goldbraunen Haaren."

„Das kann schon sein", sagte Conrad gequält. „Aber mich plagt jetzt schon der Gedanke, dass ich ihn wegschicken muss zu seiner Ritterausbildung."

„Aber Conrad", sagte Heinrich, „was machst Du Dir jetzt schon Gedanken darüber. Da gehen noch acht Jahre ins Land und in der Zeit wirst Du ihn darauf vorbereiten."

„Ja, das werde ich, und alles daransetzen, ihn zu einem guten Menschen zu erziehen."

„Und sollte etwas dazwischenkommen, sind wir ja auch noch da", setzte Gottfried nach.

„Ist schon gut. Seit dem Tod von Elisabeth bin ich wohl etwas ängstlich geworden."

Conrad nahm einen großen Schluck Wein und lehnte sich wieder in seinen Stuhl zurück. Er schaute seine drei Schwager mit zusammen gekniffenen Augen an. „Mir spukt da noch ein anderes Problem im Kopf herum, das mich beschäftigt."

„Na, dann erzähl mal", sagte Gottfried mit einem neugierigen Blick.

Conrad räusperte sich verlegen.

„Was ich Euch sagen will: ich möchte wieder eine Frau an meiner Seite haben. Es ist verdammt einsam, allein durchs Leben zu gehen. Ihr wisst, was ich meine. Ich denke, ich gehöre noch nicht zum alten Eisen, oder wie seht Ihr das?"

Die drei sahen Conrad entgeistert an und leerten ihre Becher. Darauf hatten sie erst einmal keine Antwort.

„An wen hast Du denn gedacht?", meinte Heinrich. „Hast Du schon eine Dame im Visier? Komm sag schon. Wer ist Sie?"

„Nein, mein Lieber, es gibt noch keine. Das ist ja das Problem. Ich dachte mir, Ihr könntet mir ein wenig behilflich sein bei der Auswahl. Ihr habt doch gute Verbindungen."

Hans von Schellenberg strich sich stirnrunzelnd durch sein Haar. „Da gibt es bestimmt einige, die ich Dir aufzählen könnte, aber ob sie Dir gefallen, steht auf einem anderen Blatt. Immerhin sollte sie eine gute Ersatzmutter sein für Deinen Sohn. Daran solltest Du denken, nicht jede Frau ist so wie Adelheid."

„Da stimme ich Hans zu", sagte Heinrich.

„Ist keine leichte Aufgabe, aber vielleicht solltest Du Dir noch etwas Zeit lassen", meinte Gottfried. „Ich feiere demnächst meinen Geburtstag und gedenke den Adel rund um den Höhgau einzuladen. Komm einfach und schau Dir die Damen an. Vielleicht ist eine dabei, die Dir gefällt."

Conrad schenkte allen noch einmal Wein nach. „Das ist eine gute Idee, Gottfried!"

Er hob seinen Becher und trank ihn in einen Zug leer. Mit diesem Ergebnis war er zufrieden. Immerhin war es ein Anfang in eine neue Zukunft, dachte er.

- ◆ -

Die Dämmerung hatte sich schnell in eine tiefschwarze Nacht verwandelt. Auch ein leichtes Lüftchen blies jetzt um die Burg. Alles schien friedlich zu sein. Nur das Wetterleuchten, das über dem Höhgau zu sehen war, verhieß nichts Gutes. Es war meist Vorbote von einem Gewitter.

Man könnte auch sagen, ein Naturschauspiel der gefährlichen Art. Die Menschen am Bodensee hatten große Furcht vor einem Gewitter. Vielleicht war es der See, der die Blitze anzog wie ein Magnet. Man wusste es nicht. Nur so viel, dass nach einem schwül heißen Tag wie heute, der Herrgott nicht bester Laune war und seinen Zorn wieder auf die Erde nieder schickte. Ein leichtes Grollen durchbrach die Stille und sogleich folgte am Horizont ein Blitz. Es lag eine unheimliche Spannung in der Luft. An den Ufern des Sees war kein einziges Licht mehr zu sehen. Die Bewohner hatten sich in ihren Häusern verschanzt und die Fensterläden geschlossen, aus Furcht vor den Blitzen, die sie nicht sehen wollten.

Das Gewitter bewegte sich rasend schnell von den Höhgauer Bergen auf den Bodensee zu. Immer wieder wurde die Burg von einem Wetterleuchten erhellt. Es sah aus, als hätte sich die Spannung, die am Himmel zu explodieren drohte, die Burg ausgesucht, was nicht ungefährlich war.

Wie oft hatte der Blitz bereits eine Burg vernichtet! Vor allem eine kleine Burg wie die Bodman wäre bei einem Blitzeinschlag dem Untergang geweiht.

Schlagartig und mit einer ungeheuren Kraft brach ein Sturm über den See hinweg, und fegte wie eine Feder über die

Wellen. Aufwühlend, schäumend, wild und ungezähmt erhob er sich, wie ein Ungeheuer, das man aus der Tiefe heraufbeschwor.

Das Donnern und Grollen wurden immer stärker. Blitze zuckten und zeichneten sich über dem Bodanrück ab. Auch der See wurde immer öfter von der geladenen Spannung erleuchtet. Oben am Himmel zogen sich die mächtigen Wolken geballt zusammen. Monster gleich hingen sie jetzt über dem See bis hinauf zur Burg. Was noch schlimmer war, es fiel kein einziger Tropfen vom Himmel. Es hieß, Unwetter seien gefährlicher, wenn kein Regen fällt. Denn das Wasser könnte die Natur gut gebrauchen und das Gewitter würde sich entladen und auch nicht so stark sein.

Furchtbare Donnerschläge peitschten auf die Erde nieder. Über dem Bodanrück schlug immer wieder der Blitz ein. Das Gewitter wütete jetzt ohne Erbarmen. Die Spannung, die sich über den Tag aufgebaut hatte, entlud sich nun mit aller Macht und nichts konnte diese Urgewalt stoppen.

Das Gewitter schien sich jetzt voll auf die Burg Bodman zu konzentrieren. In immer kürzeren Abständen wurde die Burg von Blitzen attackiert.

Adelheid lief nervös im Zimmer auf und ab. Auf ihren Armen trug sie das Kind, das keinen Schlaf finden wollte und bei jedem Donnerschlag anfing, zu schreien. Auf dem kleinen Tisch brannte nur eine Kerze, was völlig ausreichte, zumal der Blitz den kleinen Raum immer wieder erhellte. Ängstlich schaute sie zu dem kleinen Fenster hinaus und blickte auf den See. Ihre Nerven waren angespannt. In ihrem Gesicht zeichnete sich Angst und Furcht ab. „Ganz ruhig, mein

Kleiner“, murmelte sie beruhigend. „Bald ist alles wieder vorbei.“

Zitternd versuchte sie, den Kleinen zu beruhigen, wiegte ihn sanft in ihren Armen und betete nebenbei zum Herrgott, dass er sie alle verschonen möge.

- ◆ -

Auch in der Halle schien die Stimmung ein wenig nachgelassen zu haben. Die Frauen saßen am Kamin, zuckten bei jedem Donnerschlag zusammen und fürchteten sich schon vor dem nächsten. Selbst die Bediensteten hatten sich zurückgezogen. Nur die Magd Lucia war noch anwesend. Schlafend, in einen Stuhl gelehnt, mit einem zufriedenen Gesicht, träumte sie wohl, dass der arbeitsreiche Tag vorüber war und sie heute keine Dienste mehr leisten musste. Auch die Spielleute hatten sich zurückgezogen und machten es sich in einer Ecke auf dem Dielenboden der Halle gemütlich. Nur die edlen Herren und Ritter, die immer noch den großen Tisch einnahmen, schien alles nicht sonderlich zu belasten. Sie genossen den Wein in vollen Zügen, lachten und unterhielten sich angeregt.

Plötzlich wie aus dem Nichts preschte ein langgezogener Blitz gefolgt von einem mächtigen Donnerschlag auf die Burg nieder. Die Erde bebte für eine Sekunde und im selben Augenblick schlugen riesige Flammen aus dem Dach des Wohnturms, gemischt mit dicken schwarzen Rauchschwaden, die zum Himmel emporstiegen. Und als ob das nicht genug wäre, schlug ein weiterer Blitz in das bereits brennende Gebäude ein.

Erbarmungslos verschlangen die rotgelben Flammen das Wohngebäude. Im Nu stand der Wohnturm in Flammen.

Auf dem Burghof herrschte Grauen und Entsetzen. Die Menschen rannten aus ihren Behausungen und wussten nicht, was sie als Erstes tun sollten. Es war ein verheerendes Durcheinander. Niemand war auf so etwas Schreckliches vorbereitet. Alle waren geschockt und ängstlich zugleich. Das Feuer war allgegenwärtig, ein loderndes Inferno.

Menschen schrien im Todeskampf. Vom Marstall hörte man die Pferde panisch wiehern.

Einige standen einfach nur da, schauten zum Flammeninferno empor, das sich vor ihren Augen abspielte, und wussten, dass sie gegen diese Naturgewalt machtlos waren. Sie konnten für die Menschen, die sich in dem brennenden Gebäude befanden, nichts mehr tun. Es war einfach aussichtslos.

Mit starren und Tränen gefüllten Augen vernahmen sie die Todesschreie, die aus dem brennenden Palas hallten. Der Geruch von verbranntem Fleisch stieg ihnen in die Nase.

Mit gesenktem Kopf und gefalteten Händen standen die Frauen da und beteten für die armen Seelen, die dem Feuer auf grausame Weise erlagen und für die jede Hilfe zu spät kam.

„Ich habe noch nie solch große, schlingende Flammen gesehen“, sagte eine Magd zu der anderen, die weinend neben ihr stand.

„Das geht mir auch so. Es erscheint mir, als ob der Herrgott die armen Seelen zu sich holt. Als ob sie in den Himmel aufsteigen!“ Sie senkte den Kopf. „Gott hat es gegeben. Gott hat es genommen.“

„Oh Gott, was haben wir Dir getan, dass Du uns so bestrafst?“, schrie Adelheid mit dem weinenden Kind, das sie mit zitternden Händen an ihre Brust drückte. Auch sie hörte die Todesschreie aus der Halle, was sie mit Panik erfüllte.

Fieberhaft überlegte sie, was sie tun könnte, um sich und das Kind in Sicherheit zu bringen. Durch die Türritzen drang unaufhaltsam Rauch, der ihr in den Augen brannte. Das Atmen fiel ihr immer schwerer. Die Verzweiflung stand ihr ins Gesicht geschrieben. Sie musste das Kind retten, koste es was es wolle!

Nach kurzer Überlegung kam ihr das Wasser in den Sinn, das in einem Krug auf dem Tisch stand. Sie legte das Kind auf das Bett, nahm das Leintuch vom Bett und riss es in zwei Stücke. Dann befeuchtete sie beide mit dem wenigen Wasser, das sich noch im Krug befand und wickelte den kleinen Johannes damit ein. Der schrie nur noch mörderischer.

„Schrei nur, mein Kind! Dann weiß ich, dass Du lebst!"

Das zweite Tuch band sie sich um ihren Kopf. Die Luft wurde immer dicker. Der Husten, der sie quälte, machte die Sache nicht einfacher. Sie mussten hier raus. Sie nahm das Kind und schleppte sich zur Tür, die zum Gang hinausführte. Ganz vorsichtig schob sie den Riegel zurück und öffnete sie einen Spalt. Blankes Entsetzen breitete sich in ihrem Gesicht aus. Dicke Rauchschwaden schlugen ihr entgegen. Der Mund blieb ihr offen stehen. Mit weit aufgerissenen Augen sah sie ihr Schicksal besiegelt. Das Feuer war überall! Es schlängelte sich die Treppe hinauf. Der Geruch, der ihr in die Nase stieg, sagte ihr, dass niemand das Feuer überlebt hatte. Und es würde nicht mehr lange dauern, dann wird es hier oben sein und sie und den Kleinen verschlingen. ‚Und nichts kann es aufhalten', dachte sie.

Panik erfasste sie. Mit einem Knall schlug sie wütend die Tür zu! Grenzenlose Enttäuschung stand in ihrem Gesicht.

Sie war am Ende. Was sollte sie nur tun? Sie rannte zum Fenster und öffnete den Riegel, was ihnen ein wenig Sauerstoff verschaffte.

Furcht standen ihr in den Augen, die sich vor Angst und Entsetzen weiteten. Mit jeder Sekunde wurde ihr mehr bewusst, dass sie verloren waren.

In ihrer Verzweiflung bemerkte sie nicht, dass das Kind aufgehört hatte, zu schreien. Es bewegte nur noch die Augenlieder langsam auf und ab. Der kalte Schweiß stand ihr auf der Stirn. Sie schüttelte das Bündel.

„Du darfst nicht sterben, mein Liebling! Du bist der Erbe von Bodman! Du musst leben, mein Kind!"

Plötzlich kam ihr ein Gedanke! Der Kupferkessel, der über der Feuerstelle hing. ‚Das müsste funktionieren!', dachte sie. ‚Wenn hier einer sterben muss, bin ich es und nicht Du, mein Kleiner!'

Sie legte das Kind auf den Tisch, nahm ihr nasses Tuch vom Kopf und wickelte das Kind damit ein, so dass nur noch der Kopf zu sehen war. Verzweifelt und mit aller Kraft, die sie noch hatte, hob sie den Kessel von der Feuerstelle. Rasch nahm sie das Kopfkissen vom Bett und stopfte es in die schmale Öffnung. Sie hatte nicht mehr viel Zeit. Das Geräusch, das vor der Tür zu hören war, ließ darauf schließen, dass es nur noch Minuten dauern würde bis die Flammen den Raum einnahmen. Mit Tränen in den Augen nahm sie den Jungen auf die Arme und gab ihm einen Kuss auf die Stirn. Dabei kullerten ihre Tränen wie ein Wasserfall auf das kleine Gesicht. Als ob er es spürte schlug er langsam seine Augen auf und sah sie kurz an, als wolle er sich von ihr verabschieden. Sie weinte bitterlich. ‚War das Schicksal nicht grausam?', dachte sie und bekam kaum noch Luft. Sie musste schnell handeln bevor es zu spät war.

„Leb wohl, mein Junge! Ich wünsche Dir ein langes gesundes Leben, so Gott es will! Deinen Eltern war es nicht vergönnt und mich wird der Herrgott auch zu sich holen. Es ist uns alles im Leben vorbestimmt und wenn Gott es so will, soll es so sein!", schluchzte sie. Sie hob den Kopf und starrt zur Decke hinauf.

„Gott! Ich gebe mich in Deine Hände, aber bitte, beschütze das Kind!"

Sie küsste ihn noch einmal und steckte ihn durch die schmale Öffnung des Kessels, der nach unten einen dicken Bauch hatte. Somit lag das Kind weich und behütet.

Sie schleppte sich zu der Holztruhe, die in der Ecke stand, nahm alle Leintücher heraus, die sie finden konnte, knotete sie fest zusammen und band das Ende um den Hals des Kessels.

„So, mein Engel! Wenn jetzt der Kessel durch das Fenster hindurch geht, dann ist das Schicksal auf Deiner Seite!", sagte sie keuchend vor sich hin.

Ein letztes Mal sammelte sie alle Kräfte und zog den schweren Kessel in Richtung Fenster. Schwer atmend hob sie ihn auf einen Stuhl. Um den Kessel aus dem Fenster zu heben, zog sie die schwere Truhe an den Stuhl heran. Sie durfte jetzt nicht mehr Grübeln oder mit sich Hadern.

„Ob ich den Kessel den Burggraben hinunterlasse oder nicht. Es nützt nichts. Du hast nur diese eine Möglichkeit, mein Kleiner! Nützte sie und überlebe!" Sie schaute ein letztes Mal in den Kessel hinein. Das Herz schien ihr zu zerspringen.

Es tat so weh, diesem Schicksal in die Augen zu sehen, dachte sie. Ohne weiteren Gedanken stieg sie auf die Truhe, hob den Kessel an und schob ihn aus dem Fenster. Sie ließ ihn vorsichtig an der Burgmauer hinab.

Plötzliche Furcht überkam sie. ‚Werden die Leinen bis zum Burggraben reichen? Was, wenn nicht?'

Sie konnte sich keine Gedanken mehr darüber machen, denn der Tod stand hinter ihr. Die Flammen hatten sich durch die Tür gefressen und traten nun erbarmungslos in die Kammer ein.

Der Raum füllte sich rasend schnell mit Feuer. Adelheid stieß einen grauenvollen Schrei aus. Die Leine mit dem Kessel entglitt ihr langsam aus den Händen und so auch ihr Leben. Sie hatte bis zum letzten Atemzug ihr Leben für das Kind geopfert. So groß war ihre Liebe zu dem kleinen Johannes.

- ◆ -

Unten in Bodman rannten die Dorfbewohner panisch durcheinander. Die heftigen Donnerschläge trieben die Leute aus ihren Häusern. Frauen hatten ihre Kinder mit dabei, aus Furcht, der Blitz könnte in ihre Behausung einschlagen. Aber was sich da auf dem Berg abspielte, ließ sie erstarren.

„Oh Gott, die Burg brennt!", hörte man von allen Seiten laut schreien.

Es herrschte ein großes Durcheinander. Die Menschen hielten ihre Hände vor den Mund. Sie waren sprachlos und fühlten sich zugleich machtlos. Das Inferno, das sich vor ihren Augen abspielte, war übermächtig.

„Wir müssen etwas tun!", riefen einige der Männer.

„Sie brauchen unsere Hilfe! Was steht Ihr denn da noch so herum!", schrie Paulus, der mit seinem Pferd wie ein gehetztes Tier auf den Dorfplatz zu galoppierte. „Männer holt Eimer, Leitern und Hacken, soviel Ihr habt! Nehmt' jedes Fass, das Ihr auftreiben könnt! Füllt es mit Wasser und beeilt euch! Wir müssen auf dem schnellsten Weg zur Burg, um zu helfen!"

Noch völlig unter Schock und ohne viele Worte liefen die Männer auseinander und eilten nach Hause, um das Nötige zu holen, damit sie helfen konnten.

Paulus preschte mit seinem Hengst den Hohlweg hinauf, als ob der Teufel hinter ihm her wäre. Immer wieder wurden die Bäume auf dem schmalen Waldweg durch die immer noch zuckenden Blitze erhellt. Seine langen blonden Haare peitschten ihm ins Gesicht. Was würde ihn erwarten?

So, wie er von unten erkennen konnte, hatte der Blitz das Wohngebäude zerstört.

‚Bei allen Heiligen! Er hoffte, dass sich die Familie rechtzeitig aus dem Gebäude retten konnte. Er dachte an Brigitta, die er ängstlich und allein zurücklassen musste. Sie waren gerade mit dem Essen fertig, als ein heftiger Knall die Erde erbeben ließ. Als er zur Tür hinaus ging, folgte gleich der nächste Knall, der auf die Burg niederschlug. Innerhalb von Sekunden war die Burg hell erleuchtet. Er konnte sich im ersten Moment nicht bewegen. In Gedanken lief der ganze Tag an ihm vorüber. Ihm wurde bewusst, dass er bei seinem Kind und seiner Frau war und nicht auf der Burg und sie in Sicherheit waren. Er wurde aus seinen Gedanken gerissen, als sein Pferd anfing zu tänzeln und nervös wurde. Das Tier hatte Angst vor dem Rauch, der auch ihm die Luft zum Atmen nahm.

Paulus wollte nicht daran denken, was ihn da oben erwarten würde. Ihm ging so viel durch den Kopf. Der Rauch, der sich wie ein Nebel über den Wald legte, brannte ihm in den Augen. Er war schon fast oben, als sein Pferd anfing, sich aufzubäumen. Von einer Sekunde zur anderen setzte ein heftiger Sturm ein. Selbst die Eichen bogen sich in alle Richtungen. Schwere Äste fielen krachend zu Boden. Paulus hatte alle Mühe, seinen Hengst zu bändigen und der Gefahr, zu entkommen.

‚Jetzt kann es nicht mehr lange dauern, bis der Regen einsetzt', dachte Paulus und hoffte, dass der Regen wie in Eimer vom Himmel fällt. Das würde helfen, das Feuer in den Griff zu bekommen. Als er die erste Ringmauer erreichte, sah er das ganze Ausmaß der Zerstörung. Das Feuer wütete, als ob sich die Hölle aufgetan hätte und die ganze Burg auf einmal verschlingen wollte.

Alles zog sich in ihm zusammen. Er vernahm die lauten Schreie der Menschen und das Krachen und Ächzen der Burg, die dem Untergang geweiht war.

Paulus ritt nun über die Zugbrücke. Der Feuersturm schlug ihm erbarmungslos ins Gesicht. Er konnte kaum atmen. Er war fassungslos als er in den Burghof ritt. Das blanke Entsetzen stand ihm im Gesicht. Überall Schreie, weinende Kinder und Frauen, die zusammen gekauert dastanden und die Welt nicht mehr verstanden. Das Feuer war allgegenwärtig, ein unmenschliches Inferno. Menschen schrien im Todeskampf. Männer versuchten vergeblich, die Flammen zu löschen. Aber es war aussichtslos. Das Feuer war zu groß und hatte das Haupthaus völlig in seiner Gewalt. Auch aus dem Wohnturm schlugen die Flammen um sich. Paulus schwirrte der Kopf. Er sprang von seinem Hengst und eilte auf die Männergruppe zu.

„Hölle! Wo ist Ritter Conrad? Wo ist die Familie! Verdammt! Sie werden doch nicht…"

Er wollte seine Gedanken nicht weiterdenken. Dicker Rauch stach ihm in Augen und Lunge und machte es ihm fast unmöglich, etwas zu sehen. Als er den brennenden Palas erreichte, sah er Männer und Frauen in einer langen Reihe stehen, die sich mit Wasser gefüllte Ledereimer reichten, um das Feuer unter Kontrolle zu bringen, was fast aussichtslos war, dachte Paulus, denn die Zisterne wird irgendwann versiegt sein.

Er rief so laut er konnte den Männern zu, „wo ist Ritter Conrad?"

Einer der Männer drehte sich um, sein Gesicht war nicht zu erkennen. Es war schwarz wie die Nacht.

„Vogt Paulus! Gott sei Dank, seid Ihr da! Wir wissen nicht mehr, was wir tun sollen. Das Feuer ist zu groß, um es löschen zu können, es ging alles so schnell!" Der Knecht ließ die Schultern sinken. „Wir wissen nicht, ob irgendjemand überlebt hat, mein Vogt!"

Die Verzweiflung stand Paulus im Gesicht. Er musste sich einen Überblick verschaffen.

„Sie müssen irgendwo sein." Er sträubte sich dagegen zu glauben, dass die Familie nicht mehr am Leben war. „Männer! Geht zu den Ställen!", rief er. „Und schaut zu, dass das Feuer nicht übergreift. Zwei von Euch bringen die Frauen und Kinder den Berg hinunter in Sicherheit. Bringt sie zu meiner Frau, die wird sich um sie kümmern!"

Paulus lief so schnell er konnte die Treppe hinauf zum Halleneingang. Schützend hob er die Arme über seinen Kopf und rammte eine Schulter gegen die Tür. Es schien aussichtslos. Die Flammen schlugen ihm entgegen. Ruckartig machte er einen Satz zurück. Er konnte nichts mehr tun.

Panisch vernahm er das Wiehern der Pferde und eilte die Treppe hinunter auf die Stallungen zu, als plötzlich der Regen einsetzte. Und wie er es sich gewünscht hatte, prasselte der Regen in heftigen Sturmböen auf die Erde nieder. Er wollte den alten Friederich finden, die Pferde mussten aus dem Stall, dachte er. Als er zu den Stallungen kam, sah er ihn. Der alte Mann stand wie versteinert vor dem Stall. Seine Augen waren ausdruckslos und Tränen rollten ihm übers Gesicht.

„Friederich geht es Dir gut? Wir müssen die Pferde rausholen. Sie bekommen da drinnen keine Luft mehr." Aber der alte Mann reagierte nicht. Er schien in einer Art Schockzustand zu sein. Paulus stellte sich vor ihn, legte ihm beide Hände auf die Schulter und schüttelte ihn.

„Friederich, wach auf. Hast Du unseren Herrn gesehen? Antworte mir!"

„Es gibt keinen Herrn mehr!"

Ohne Paulus anzusehen, blickte er auf das Geschehene, das sich vor seinen Augen abspielte.

„Sag, dass das nicht wahr ist! Das kann und darf nicht sein!", schrie Paulus ihn verzweifelt an. „Konntet Ihr denn nichts tun? Hat denn keiner versucht, in das Gebäude einzudringen, um Hilfe zu leisten? Antworte mir!"

Er konnte es nicht glauben. Nervös fuhr er sich durch seine Haare und wartete auf eine Antwort des alten Mannes, der wie ein verängstigtes Kind vor ihm stand. Der alte Stallmeister bewegte jetzt seinen Kopf. In seine Augen standen Tränen. Er sah in das verzweifelte Gesicht des Burgvogts.

„Nichts und niemand konnte ihnen helfen, mein Vogt! Der Blitz schlug dort ein, wo sich die Halle befindet. Das Wohngebäude hatte sogleich Feuer gefangen und brannte lichterloh. Ein paar Männer versuchten, in die Halle zu kommen, da schlug auch schon der zweite Blitz ein und weil es dem Herrgott nicht genug war, ein dritter in den Wohnturm."

Er schüttelte den Kopf und schlug sich die Hände vors Gesicht. Dann schaute er Paulus in die Augen. „Warum? Warum unser Herr und seine ganze Familie! Er war doch ein guter Mensch! Was haben diese Menschen verbrochen, um so bestraft zu werden?“

Paulus stand nur da. „Ich habe keine Antwort darauf.“ Sein Blick war verschwommen. Auch ihm standen Tränen der Verzweiflung in den Augen. „Es ist furchtbar und es wird unser aller Leben verändern. Nichts wird mehr so sein wie es war, Friederich!“

‚Das waren auch mal die Worte von Ritter Conrad, als er um seine Frau trauerte‘, dachte Paulus.

Paulus löste sich aus seinen Gedanken. Er fand keine tröstlichen Worte, die den alten Mann beruhigt hätten. „Hilf mir jetzt, die Pferde raus zu holen! Die Laute da drinnen hören sich nicht gut an.“

Er klopfte dem alten Mann auf die Schulter. „Komm schon, Friederich. Es hilft alles nichts, wir dürfen keine Zeit verlieren.“

Inzwischen waren auch die Männer aus dem Dorf eingetroffen. Alle durchnässt vom Regen, ihre Kleider klebten an ihren Leibern und in ihren Gesichtern stand Verzweiflung und Ratlosigkeit. Was da passiert war konnten sie nicht nachvollziehen. Aber es half nichts, zum Nachdenken hatten sie keine Zeit. Wo Hilfe gebraucht wurde, packten sie mit an. Und was einmal eine schöne Burganlage war, schien jetzt weit davon entfernt zu sein. Stück für Stück verwandelte sie sich vor ihren Augen in Schutt und Asche. Und das Schlimmste war, dass vermutlich niemand dieses Inferno überlebt hatte. Alles, was in dieser Nacht noch von Nutzen schien, war der Regen, der immer noch in Strömen niederkam und die Arbeit beim Löschen erleichterte. Einige der

Männer halfen Paulus, die Pferde in Sicherheit zu bringen, was sich als keine leichte Aufgabe darstellte! Die Tiere hatten Angst und zögerten, den Stall zu verlassen. Man konnte es ihnen nicht verdenken. Der Burghof war in einer schwarzen Rauchwolke eingehüllt. Es stank nach verkohltem Holz und die Menschen sahen aus, als ob sie durch einen Schornstein geflogen wären.

-◆ -

Die Nacht ging langsam in den Tag über. Auch der Regen hatte aufgehört und mit ihm erlosch das Feuer. Am Obersee hinter Konstanz zeichnete sich ein schmaler goldgelber Streifen ab und es würde nicht mehr lange dauern, dann würde sich die Sonne von ihrer schönsten Seite zeigen und den Bodensee in einem herrlich frischen und strahlendem Licht erscheinen lassen, so, als ob nichts geschehen wäre.

Heute indes warf das Naturereignis einen langen Schatten. Die Menschen hier am Überlinger See sahen diesen neuen Morgen mit anderen Augen. Gebückt und in Trauer begannen sie den neuen Tag. Denn innerhalb einer Nacht wurde ihnen alles genommen, was ihnen Sicherheit und Halt gab. Ihre Herrschaft, umgekommen in dem Feuer, die Burg zerstört. Das mussten sie erst einmal verdauen.

Die Männer waren alle erschöpft. Sie hatten ihr Bestes gegeben. Aber die Enttäuschung und Verzweiflung konnte man in ihren Gesichtern ablesen. Mit geschwärzten Gesichtern standen sie nun da und schauten sich ihre Burg an, die keine mehr war. Der ganze Palas war nur noch eine Ruine. Selbst der Wohnturm war nur noch ein nutzloser Steinhaufen, der vermutlich einstürzen würde, wenn man ihn betrat. Es war allen bewusst: die Hauptburg war komplett zerstört.

Paulus ging langsam auf die Männer zu. Erschöpft und ausgelaugt stellte er sich vor sie hin und blickte in ihre verrußten Gesichter.

„Wir müssen da rein“, sagte er leise. „Die Leichen müssen geborgen werden. Ich weiß, es ist keine leichte Aufgabe. Aber es hilft nichts, Männer!“

Sie blickten den Burgvogt ängstlich an. „Vielleicht gibt es Überlebende“, meldete sich einer der Stallburschen. Die Männer blickten ihn an, als ob er etwas Falsches gesagt hätte. Keiner gab ihm eine Antwort. Mit hängenden Schultern folgten sie schließlich ihrem Vogt langsam und zögerlich die Treppe zum Halleneingang hinauf. Keiner sagte ein Wort. Sie hatten Angst vor dem, was sie in dem Wohngebäude erwarten würde. Und sie wussten, dass, was sie zu sehen bekommen, würde sie ihr Leben lang verfolgen.

Das Ausmaß des Unglücks, das sich den Männern bot, war erschreckend. Schwerer Brandgeruch schlug ihnen entgegen. Was einst eine schöne Wohnhalle war, zeichnete sich nur noch als ein schwarzes Loch ab. Nichts deutete mehr darauf hin, wie schön und gemütlich es hier einmal war.

Die Wandbehänge hingen nur noch in Fetzen von den Wänden. Von den einst weiß gekalkten Wänden war auch nicht mehr viel übrig. Sie waren jetzt rußgeschwärzt. Überall auf dem Boden lagen Töpfe und Geschirr herum. Der große Raum bildete nur noch ein Berg aus schwarz verkohlt Holzbalken und Lehmziegeln. Selbst der schwere Eichentisch hatte dem Feuer nicht standhalten können.

„Der Blitz hat vermutlich direkt über der Halle eingeschlagen!“, sagte einer der Männer.

„Das sieht ganz danach aus“, meinte Simon, Hauptmann der Wachen, der neben ihm stand.

„Der Brandgeruch ist unerträglich! Nicht zum Aushalten!“, setzte Mathes hinzu. „Wir sollten uns beeilen, bevor hier alles einstürzt!“

Paulus stand mitten in den Trümmern. Mit weit aufgerissenen Augen stand er wie gelähmt da. Ihn konnte so leicht nichts erschüttern. Aber das hier war mehr als ein Mann ertragen konnte. Ihm wurde leicht übel! Er musste sich zusammenreißen und einen klaren Kopf behalten, dachte er. Aber alles schien so sinnlos zu sein.

Ich kann es nicht glauben!' Noch gestern Mittag saß er mit Ritter Conrad an dem langen Tisch bei einem Krug Wein. Er hatte ihn noch gebeten, doch zum Essen zu bleiben. Plötzlich machte er sich Vorwürfe.

‚Aber das hätte auch nichts genützt', sagte er sich, er wäre genauso im Feuer umgekommen und seine Familie wäre jetzt auf sich allein gestellt. Mit einem Mal schweiften seine Gedanken zu dem kleinen Johannes. Was war mit dem Kind und seiner Amme? Wo waren sie als der Blitz einschlug? Seine Gedanken überschlugen sich. Fieberhaft überlegte er. Sein Blick fiel auf die Treppe, die, wie er erkennen konnte, auch vom Brand vereinnahmt wurde. Nur ein paar Stufen waren noch vorhanden. Die massiven Eichendielen konnten dem Feuer wohl doch standhalten, dachte er. ‚Ich muss nach oben! Vielleicht gibt es Hoffnung!', sagte er sich. Er wollte nicht daran denken, aber vermutlich würde ihn nichts anderes erwarten, als hier in der Halle.

„Paulus, wo willst Du hin?", fragte Simon.

„Ich will nachsehen, ob sich jemand in den oberen Gemächern aufgehalten hatte. Es kann doch sein, dass Adelheid mit dem Kind zum richtigen Zeitpunkt schon in dem Wohnturm war!"

Simon versteifte sich. „Oh mein Gott, das Kind! Ich werde mit Dir gehen!"

Paulus schüttelte den Kopf. „Nein Simon! Mir wäre lieber, Du kümmerst Dich um die Sache hier unten. Die Männer brauchen Dich. Sie schaffen das nicht allein. Sollte ich Hilfe brauchen, werde ich Dich rufen."

„Wie Du meinst", antwortete Simon und ging davon.

Mit Vorsicht nahm Paulus jede einzelne Stufe in Augenschein. Einige waren verkohlt und brüchig. Dabei gingen ihm viele Gedanken durch den Kopf. ‚Vielleicht konnten sie sich retten´, dachte er. ‚Und sitzen unter Schock in einer der Kammern?'

Seine Gedanken rasten wie wild. Er nahm die letzte Stufe. Sein Gesicht verhärtete sich. Er stand in freier Natur. Das Dach war komplett zerstört. Vor ihm lag alles in Schutt und Asche. Jeden der Räume hatte das Feuer in Beschlag genommen. Es gab keine Anzeichen, dass hier irgendjemand überleben konnte. Für einen Moment erlahmte seine Willenskraft und gähnende Leere drohte ihn zu überwältigen. Paulus fuhr sich nervös durch sein Haar. Fieberhaft überlegte er, wo war das Zimmer von Adelheid? Vorsichtig ging er den langen Gang entlang. Zu den Räumen gab es keine Türen mehr. Das Feuer hatte sich überall durchgefressen. Paulus blickte in jeden noch vorhandenen Raum, aber nichts gab ihm einen Hinweis. Als er am Ende des Ganges war, blieb er stehen.

‚Sie hat versucht, das Kind zu retten´, überlegte er.

Alles krampfte sich in ihm zusammen. Langsam ging er auf das Fenster zu. Seine Gedanken waren bei der Amme. Was hatte sie erleiden müssen! Er lehnte sich aus dem Fenster, konnte aber nichts erkennen.

Nur, dass die Äste von dem Gebüsch zum Teil abgeknickt waren.

‚Seltsam!', dachte er. Wieder blickte er sich im Raum um. Er spürte, dass da etwas nicht stimmte. Das Bett war nur noch ein schwarz verkohltes Gestell. Von den anderen wenigen Möbel war auch nicht mehr viel übrig. Aber, was war das? Er bückte sich und hielt ein Stück Leinen in der Hand, dass einem Knoten ähnelte, aber halb verbrannt war.

‚Was hatte das zu bedeuten?'

Wie vom Blitz getroffen schoss ihm ein Gedanke durch den Kopf. Sein Blick fiel auf den Kamin. Da fehlte doch der Wasserkessel? Die Stange war noch da. Aber der Kessel? Er wirbelte herum und eilte zum Fenster.

‚Das ist es! Sie hat das Kind den Felsen hinabgelassen!´ Es gab noch Hoffnung, dachte er.

Wie von Sinnen stolperte er aus dem Raum, den Gang entlang, über die verkohlten Balken und Steine, die ihm im Weg lagen. Er hatte nur noch einen Gedanken. ‚Das Kind!'

- ◆ -

„Mathes! Simon! Schnell! Wir müssen den Berg hinunter. Die Amme hat vermutlich das Kind gerettet!"

Simon fuhr herum. Seine Augen weit aufgerissen. „Was sagt Ihr da?"

„Überlegt nicht lange und kommt. Wir dürfen keine Zeit verlieren!"

Die übrigen Männer steckten verblüfft ihre Köpfe zusammen. Jeder von ihnen hatte eine andere Meinung dazu. Als die drei die Burgtreppe hinuntereilten, kam ihnen Friederich entgegen. Der alte Mann sah Paulus betrübt an.

„Schau mich nicht so an, Friederich", sagte Paulus mit einem bekümmerten Blick und legte ihm eine Hand auf seine Schulter.

„Ich habe keine guten Nachrichten. Du gehst da besser nicht rein. Schau zu, dass die Pferde versorgt sind, bis ich wiederkomme. Dafür wäre ich Dir sehr dankbar. Vielleicht kann ich Dir dann eine gute Nachricht überbringen."

Der alte Stallmeister sah den drei Männer hinterher und schüttelte den Kopf. ‚Dass ich das noch erleben muss!', dachte er und bekreuzigte sich bedächtig. Dabei schaute er auf den verbrannten Halleneingang.

„Gott sei den armen Seelen gnädig", murmelte er vor sich hin. „Ihr wart ein guter Burgherr, Ritter Conrad! Man wird Euch sehr vermissen." Friederich bekreuzigte sich noch einmal und ging wieder zu seinen Pferden. Etwas anderes kannte er nicht. Das war sein Leben und seine Arbeit.

„Willst Du etwa zu Fuß gehen, Paulus?“, fragte Simon entgeistert.

„Ja“, antwortete Paulus. „Wir können die Pferde nicht gebrauchen. Wenn sie das Kind in den Kessel gepackt hat, wird es irgendwo am Hang im Gebüsch liegen oder sich in den Ästen verfangen haben. Ich vermute, dass die Bettlaken nicht ausreichten, die sie wohl benutzt hat, um den Kessel herunter zu lassen.“

Simon verzog sein Gesicht. „Oder das Feuer hat sie überrascht. Mein Gott! Das Ganze ist eine Tragödie!“

So schnell sie laufen konnten eilten sie den Hohlweg hinunter, um an den Platz zu gelangen, von dem sie das Fenster sehen konnten.

„Hörst Du das auch?“, fragte Simon.

„Ich glaube, von unten kommen Leute aus dem Dorf. Mir wäre lieber, wenn ich etwas von dem Kind hören würde“, meinte Paulus. „Dann wüssten wir, dass es noch lebt und wo wir suchen müssen.“

„Zum Glück ist es schon hell. Das erleichtert die Suche! Und betet, dass das Würmchen noch lebt!“

Mit hoffnungsvollen Gesichtern standen sie nun unterhalb der Burg und blickten den Berg hinauf.

Paulus schaute erst Simon an, dann Mathes. „Ich denke, es ist besser, wenn wir uns aufteilen!“

„Das wird das Beste sein“, antwortete Simon.

„Und beeilt euch! Sollte das Kind noch am Leben sein, ist jede Minute kostbar!“

Mühsam versuchten sie nun, den mit Bäumen und Büschen bewachsenen Hang hinauf zu klettern, was sich als nicht einfach herausstellte. Zumal hier alles felsig und der Boden glitschig nass und vom starken Regen aufgeweicht war.

Was noch dazu kam, sie waren alle erschöpft von der langen Nacht. Mit aller Kraft, die Paulus noch aufbringen konnte, zog er sich von Ast zu Ast. Dabei nahm er jede Baumkrone in Augenschein, ob vielleicht doch der Kessel irgendwo hängen geblieben war. Er dachte fieberhaft nach. Wie es sich wohl abgespielt haben könnte? Sie hatte vermutlich keine Kraft mehr, den Kessel zu halten? Oder, die Laken waren zu kurz?

‚Es könnte auch sein, dass der Kessel weiter unten liegt´, grübelte er. Sein ganzer Körper war angespannt. Seine Glieder schmerzten. Die ganze Nacht war er auf den Beinen! „Verdammt noch mal!“, fluchte er vor sich hin. „Er musste doch irgendwo sein! Gott kann nicht so erbarmungslos sein! Es ist schon viel zu viel geschehen.“

Er war jetzt unterhalb der Felswand. Erschöpft blickte er nach oben, suchte verzweifelt jeden noch so kleinen Baum ab, die sich hier seit Jahrzenten vermehrten und dem Hang seine Stabilität gaben.

Er traute seinen Augen nicht. Da! In einer Baumkrone war etwas zu sehen. Etwas wie eine schwarze Kugel. Paulus erstarrte. Mit weit aufgerissenen Augen verharrte er auf der Stelle und hatte nur diese Kugel im Blick.

Mit einer Hand wischte er sich über die Stirn. Seine Gedanken drehten sich im Kreis. ‚Wie komm´ ich da hin?‘ Er brauchte Hilfe. Allein war das nicht möglich!

Mit zwei Fingern pfiff er durch den Mund und hoffte, dass einer der Männer ihn hören möge. „Ich bin nicht weit von Euch weg, Paulus!", schrie Simon. „Habt Ihr etwas gefunden?"

„Ja! Beeil Dich! Ich schaff´ das nicht allein!"

Simon kämpfte sich an den Felsen entlang. Immer wieder rutschte er ab. Seine Beinlinge waren durchnässt, seine Stiefel ebenfalls. Damit war es mühsam hier irgendwo Halt zu finden, außer an den dünnen Baumstämmen.

„Ich bin hier!", sagte Simon erleichtert und machte große Augen. „Was habt Ihr gefunden?"

Paulus deutete mit dem Kopf nach oben. „Sieh Dir das an, das ist der Wasserkessel, nach dem wir suchen."

„Wie kommen wir da hin. Ich kann mich jetzt schon nicht auf den Beinen halten, so steil wie der Abhang hier ist. Ich gehe davon aus, dass Ihr einen Plan habt, wie wir den Kessel da wegholen, ohne dass er den Berg hinunterrollt."

Paulus presste den Mund zusammen. Seine Augen wurden schmal. Er ließ den Kessel nicht aus den Augen, tief durchatmend sagte er, „wenn wir ein Seil hätten?"

„Aber das haben wir nicht und auch keine Zeit eins zu besorgen. Wenn der Junge da drin ist, müssen wir jetzt handeln", erwiderte Simon.

„Du hast Recht. Ich werde versuchen, die Baumkrone zu erreichen und Du suchst Dir einen Halt damit Du nicht abrutschst, wenn ich Dir den Kessel runter gebe. Wo ist Mathes eigentlich? Der wäre uns jetzt eine große Hilfe?"

„Ich vermute, er sucht auf der anderen Seite und hat Euch nicht gehört. Ich habe eine bessere Idee. Ihr holt das Kind aus dem Kessel. Das ist auf alle Fälle leichter als den Kessel anzuheben!“

„Das könnte klappen. Mir wäre allerdings wohler, ich würde ein Lebenszeichen hören.“

Simon runzelte die Stirn. „Na ja, vielleicht schläft er nur.“

Paulus hatte keine Antwort darauf. „Bete zu Gott, dass nichts schief geht, und dass das Kind in dem Kessel liegt, und dass es nicht zu spät für den Jungen ist.“

Paulus war jetzt oben. Vorsichtig bewegte er sich zu dem Kessel hin. Er wünschte sich ein Wimmern zu hören oder irgendein Lebenszeichen, das ihm die Gewissheit gibt, dass das Kind noch lebt.

Sein Magen verkrampfte sich bei dem Gedanken, dass der Kleine aus dem Kessel geflogen sein könnte. ‚Dann wäre alle Hoffnung begraben‘, dachte er.

Paulus starrte gebannt den Kessel an und zögerte. Dabei überkam ihn eine Furcht, was ihn jetzt wohl erwarten würde. Nervös strich er sich die Haare aus der Stirn und sagte sich, ‚viel schlimmer als letzte Nacht kann es nicht mehr werden, also reiß dich zusammen!‘

Langsam blickte er in den Kessel hinein. Ein weißes Laken, das zusammengerollt war wie ein großes Ei, blitze ihm entgegen. Paulus traute seinen Augen nicht. Ein Lächeln zog über sein Gesicht als er das Köpfchen sah, das mit goldbraunem Haar bedeckt war und seelenruhig vor sich hinschlummerte. Er war überwältigt von dem Anblick, den er sein ganzes Leben nicht vergessen würde. Plötzlich überfiel ihn große Traurigkeit und tiefes Mitleid.

Was wird aus dem Jungen werden? Er hatte keine Eltern mehr. Seine Kindheit wird nicht verlaufen wie die seiner kleinen Anna, dachte er betrübt. ‚Seine jungen Jahre werden für ihn ein stetiger Kampf sein, um Liebe und Zuneigung zu erlangen, die ihm nur seine Eltern hätten geben können.‘ Ihm blieb nur ein Großvater, der ein gebrechlicher alter Mann ist.

„Was macht Ihr so lange?“, schrie Simon nach oben.

„Ich bin gleich soweit!“

Vorsichtig streckte er seine Hand in den Kessel und umklammerte das kleine Bündel wie ein rohes Ei. Er zog es aus der Öffnung. Liebevoll und mit Bedacht drückte er es an seine Brust. Dabei spürte er wie das Kind sich langsam bewegte. Das war ein unbeschreibliches Gefühl.

„Du hast es geschafft, mein Kleiner!“, redete Paulus auf das Kind ein, das den Vogt mit kleinen Kulleraugen anblickte. „Willkommen im Leben, Johannes von Bodman! Jetzt bring ich Dich in Sicherheit und bei meinem Leben schwöre ich Dir, für Dich da zu sein, wann immer Du meine Hilfe brauchen solltest!“

Behutsam kletterte Paulus den Baum hinunter, mit einem Glücksgefühl, das er nicht beschreiben konnte. Dass dieses Kind durch Gottes Gnade als Einziger überlebt hat, in einem ehernen Kupferkessel, war ein weltliches Wunder, dachte er, ‚dank einer tapferen Frau, die in seinem Leben vermutlich immer einen Platz in seinem Herzen haben wird!‘

- ◆ -

Graue Nebelschwaden zogen sich am Ufer des Bodanrück hoch wie neugierige Gesellen. Die Möwen kreischten aufgeregt umher und begrüßten den neuen Tag oder versuchten, etwas Essbares zu ergattern. Ein Schwanenpaar zog stolz am Ufer von Bodman vorbei und genoss sichtlich die Stille, die heute Morgen hier am Ufer herrschte. Hoheitsvoll drehten sie ihre Hälse nach rechts und links und wunderten sich, warum heute noch keine Fischer zu sehen waren. Die Stelzen, auf denen die Netze hingen, lagen vom Sturm umgerissen zum Teil am Ufer und zum Teil auf einem Haufen. Was bedeutete, dass die Fischer Stunden brauchten, um sie wieder zu entknoten. Aber das machte den Möwen nichts aus, die sich in Scharen auf den Netzen niederließen, um ein paar Fischreste zu ergattern und dabei ihren Kot hinterließen.

Am Ufer plätscherten die Wellen hin und zurück, die in einem leisen Rauschen endeten und die Stille unterbrachen, die heute Morgen hier am See weilte. Der See zeigte sich von seiner schönsten Seite, ruhig und friedlich als wäre nichts gewesen.

Die Wasseroberfläche spiegelte sich in einem Smaragdgrün und an manchen Stellen in einem tiefen Blau, das mit hellbauen Streifen versetzt war. Durch die Morgensonne tanzten Kristalle auf dem Wasser, das die Oberfläche silbern spiegeln ließ. Eine kleine Gruppe Enten nahm das Ufer in Beschlag. Sie schnäbelten aufgeregt und nervös über der Wasseroberfläche und tauchten ihre Köpfe, um etwas Essbares zu finden. Es war eine Idylle, die man hier am Ufer von Bodman jeden Morgen erleben konnte.

Nur heute Morgen war es stiller als sonst. Keine Fischer, die zusammenstanden und prahlten, wer den besten Fang gemacht hatte. Keine Frauen, die aufgeregt durch das kleine Fischerdorf liefen, die Köpfe zusammensteckten und über ihre Männer schimpften. Auch der Schmied, der jeden Morgen das Dorf zum Erwachen brachte, in dem er wie ein Verrückter auf seinen Ambos einschlug, war heute nicht zu hören. Hie und da krähte vereinzelt ein Hahn oder gackerte eine Henne, die vermutlich gerade ein Ei gelegt hatte, oder es bellten Hunde, die den neuen Tag begrüßten, nach der unruhigen Nacht.

Was die Nachbarn am gegenüberliegenden Seeufer in Sernatingen betraf, so schien das Dorfleben dort im vollen Gange zu sein. Sie hatten heute Nacht zwar das Feuerinferno miterlebt, waren aber machtlos. Die Männer wagten sich bei solch einem Sturm, wie er heute Nacht gewütet hatte, mit ihren Booten nicht auf den See hinaus. Kopfschüttelnd standen sie nun am Ufer und streckten ihre Köpfe hoch zur Burg Bodman. Sie konnten nur noch ein paar schwarze Rauchwolken erkennen, vermutlich Nachläufer von verkohltem Holz.

„Der Brandgeruch hängt immer noch in der Luft", meinte eine alte Frau.

„Wir sollten nach Bodman rüber, um zu helfen", sagte einer der Männer. „Ich denke, sie können jede Hilfe gebrauchen."

Ohne viel Gerede nickten die Männer und machten ihre Boote klar, um ihren Nachbarn zu helfen. Gewiss packte sie auch die Neugierde zu erfahren, was da passiert war.

- ◆ -

Eingehüllt im Schweigen einer Welt, die heute Morgen eine andere war, stand Paulus allein auf einem der Wehrgänge, der noch vorhanden war und umklammerte die Balustrade so fest, dass die Knöchel an seinen Händen hervortraten. Der kalte Brandgeruch umnebelte seine Sinne. Die schöne Morgenlandschaft, die vor ihm lag, konnte ihn nicht erfreuen. Betrübt verzog er sein Gesicht.

Was brachte es, zu grübeln. Er würde keine Entscheidungen treffen, dachte er. Das lag jetzt ganz allein bei dem alten Johann von Bodman. Bestimmt wird er bald eintreffen. Gleich heute Morgen hatte er einen Boten zu der Burg Tengen losgeschickt, um die furchtbare Nachricht zu überbringen. Er war auch bei seiner Frau gewesen und hatte ihr das Kind gebracht. Sie war voller Ängste um ihn und gänzlich aufgelöst.

Auch die Dorfbewohner standen unter Schock. Die Frauen gingen betend in die Kirche. Keiner konnte dieses Elend begreifen. Es war ihnen nicht möglich, einfach wieder in den gewohnten Alltag über zu gehen. Paulus bat selbst die alten Männer, die ihm ohne Murren mit auf die Burg folgten, Hilfe zu leisten, so gut es ging.

Der Vogt atmete tief durch, als er die Nacht wieder vor seinen Augen sah! Er wollte nicht daran denken, was gewesen wäre, wenn er der Einladung von Ritter Conrad gefolgt wäre! Seine Frau und seine Tochter wären jetzt allein. Er hätte genau wie die anderen, den Tod gefunden.

Er hob den Kopf und schloss die Augen.

‚Barmherziger Gott hilf uns zu verstehen, was Du uns auferlegt hast. Gib uns wieder eine Zukunft, und halte Deine Hand über den Erben von Bodman.‘

Das Gebet brachte ihm keinen Trost. Er öffnete die Augen und starrte grimmig über den See. Er wusste, es war keine einfache Zeit! Menschen starben an irgendeinem Fieber, Frauen überlebten oft die Geburt nicht oder es gab Kinder, die den Winter nicht überstanden. Aber das, was heute Nacht geschehen war, konnte und wollte man nicht begreifen.

Er hörte Schritte und wandte sich um. Hauptmann Simon stand vor ihm. In seinem Gesicht zeichneten sich die Spuren der vergangenen Nacht und des heutigen Tages ab.

„Wir sind soweit, Paulus! Wir haben die Leichen geborgen und warten auf weitere Anweisung."

Paulus schaute dem Hauptmann in die Augen. „Wir bringen sie ins Dorf hinunter, ins Pfarrhaus. Dort werden sich der Pfarrer und der Leichenbestatter ihrer annehmen."

Simon nickte stumm und beide verließen ohne ein Wort den Wehrgang.

- ◆ -

Es war schon später Nachmittag als Johann von Bodman den Hohlweg hinaufritt. Er wurde begleitet von seinem Knappen und dem Boten, der ihm heute Morgen die schlechte Nachricht überbrachte.

Keiner sprach ein Wort. Jeder grübelte vor sich hin. Was sie wohl erwarten würde?

Das Gesicht von Johann schien um Jahre älter geworden zu sein als es ohnehin schon war. Seine Augen waren rot unterlaufen von den Tränen, die nicht versiegen wollten. ‚Ist das alles ein Alptraum', fragte er sich. ‚Ich kann das alles nicht glauben?' Der Brandgeruch, der in der Luft lag, beatwortete ihm schließlich seine Frage.

„Herr im Himmel! Das hast Du doch nicht gewollt! Meine ganze Familie ausgelöscht, durch einen Blitzeinschlag? Wie konntest Du das zulassen!"

Immer und immer wieder schossen ihm Tränen in die Augen. ‚Wäre ich doch hiergeblieben', dachte er. ‚Dann wäre ich jetzt bei ihnen.' Er war verzweifelt. Sein Kopf war voller Fragen, hatte aber keine Antworten darauf. ‚Was soll ich jetzt tun? Wie soll es weitergehen.'

Seine Gedanken verloren sich abrupt. Erschrocken zügelte er sein Pferd, das sich aufbäumte, da es spürte, dass sein Herr vor Schreck erstarrte.

Johann wurde kreidebleich. Sein Körper fing an zu zittern und ihm wurde übel. Furcht und Wut überwältigten ihn als er das Bild vor sich sah. Seine Burg, sein Zuhause, seine Familie.

„Um Gottes Willen!“, sagte er zu dem Boten und zum ersten Mal in seinem langen Leben wusste er nicht, was er sagen oder tun sollte. Plötzlich hatte er Angst, durch das vertraute Burgtor zu reiten.

- ◆ -

Die Nachricht von dem Unglück der Burg Bodman und den Verstorbenen hatte sich um den ganzen See verbreitet. Der Bischof von Konstanz war mehr als bestürzt über das grauenvolle Geschehen, dass die Familie Bodman erfasst hatte, zumal er mit der Ritterschaft in gutem Einklang war und beste geschäftliche Verbindungen zu ihnen hatte.

Als ihn die Nachricht erreichte, hatte der Bischoff umgehend einen Trauergottesdienst im Münster veranlasst.

In Überlingen auf dem Fischmarkt standen die Bürger in großen Gruppen zusammen. Auch sie hatten den hell erleuchteten Himmel gestern Nacht gesehen. Sie redeten wild durcheinander. Jeder von ihnen erzählte eine andere Geschichte.

Einige ließen ihre Boote zu Wasser und machten sich auf den Weg nach Bodman, mit dem Gedanken, etwas in Erfahrung zu bringen oder Hilfe anzubieten.

Auch die Herren der Burg Karegg machten sich mit ein paar Männern auf den Weg Richtung Bodman, um Hilfe zu leisten. Sie waren die nächst liegenden Nachbarn, deren Spornburg unweit auf einer Anhöhe des Bodanrück lag. Sie war eine kleine bescheidene Burg und ihre Einkünfte waren mehr als dürftig. Oft waren sie auf die Hilfe der Reichsritter von Bodman angewiesen. Daher war es keine Frage, ihren Nachbarn jetzt jede erdenkliche Hilfe zu geben, die sie benötigten.

Nicht nur am Bodensee war man fassungslos, auch im Höhgau, im Schwarzwald und im Vorarlberg waren die Menschen bestürzt. Sie alle machten sich Gedanken, wie es wohl weitergehen würde. Denn schließlich hatten auch sie ihre Burgherren verloren und stellten sich die Frage, was nachkommen würde, zumal noch keine Erben vorzuweisen waren.

- ◆ -

Ritter Johann von Bodman konnte keinen klaren Gedanken mehr fassen. Mit hängenden Schultern stand er auf dem Burghof und fürchtete sich, die Treppe hinauf zu gehen, die zum ehemaligen Palas hinaufführt. Er trug nur eine Tunika und darunter Beinlinge. Für mehr war heute Morgen keine Zeit mehr.

Das, was er vor sich sah, war nur noch eine ausgebrannte Ruine. Nichts deutete mehr darauf hin, wie schön und sauber es hier einmal war. Überall lagen verkohltes Holz und Steine herum. Wie ein Widerhall hallten die Worte in seinen Ohren: „Ritter Johann! Eure Familie, alle tot!“ Das hatte der Bote heute Morgen am ganzen Leib zitternd geschrien. Es traf ihn wie ein Stich mitten ins Herz, als ob man ihn mit einem Schwert durchbohrte hätte.

Frauen und Männer schüttelten ihm die Hand und sprachen ihr Mitgefühl und Beileid aus, was an ihm abprallte wie ein Wiederhall.

Alles um ihn herum nahm er nicht wahr. Er stand nur da mit hängenden Armen ohne jede Regung und starrte auf das abgebrannte Wohngebäude.

In seinem Kopf drehte sich alles. Bilder seiner Kinder, als sie noch klein waren, glückliche Zeiten wie sie heranwuchsen. Seine Frau, die viel zu früh starb. Alles Vergangene spielte sich in seinem Kopf ab. Das Familienfest. Der Brand. Ob sie wohl sehr leiden mussten.

„Nein“, schrie er und schüttelte den Kopf, stemmte beide Hände an die Schläfen.

‚Ich muss aufhören, darüber nachzudenken. Das macht mein altes Herz nicht mehr lange mit. Reiß Dich zusammen', dachte er. Irgendeine Stimme sagte ihm, dass er noch gebraucht würde.

Sein markantes Gesicht, das für sein Alter immer noch von einer gewissen Attraktivität war, fiel in sich zusammen. Etwas in seinen Gesichtszügen hatte sich verändert. Er schien noch älter geworden zu sein. Seine Augenlider hingen freudlos herunter und sein Herz schlug so heftig, dass es ihn schmerzte.

Langsam schloss er seine Augen. „Herrgott! Was hast Du mir da angetan! Womit habe ich Dich erzürnt, dass Du mir meine Familie genommen hast?"

Dabei drückte er seine Augen so fest zu, dass sein Gesicht tiefe Falten bildete. Sein ganzer Körper bebte jetzt vor Zorn und Trauer.

„Oh Gott, was legst Du mir für eine Bürde auf? Was erwartest Du von einem alten Mann? Was hat das alles noch für einen Sinn?"

Langsam öffnete er wieder die Augen und atmete einmal tief durch. Wieder den Blick auf das zertrümmerte Gebäude gerichtet, ging er langsam und ängstlich die Treppe hinauf. In seinen Gedanken bei seiner Familie, die hier Zuhause war und auf so furchtbare Weise aus ihrem Leben gerissen wurde.

Plötzlich wurde es sehr still auf dem Burghof. Die Männer und Frauen ließen abrupt ihre Arbeit fallen und blickten dem alten Burgherrn hinterher, wie er zitternd und schwankend zur ehemaligen Halle hinaufschritt. Keiner sprach ein Wort. Alle hatten sie Mitleid mit dem alten Mann, der nun von seinem vergangenem Leben Abschied nehmen musste.

Alle fühlten mit ihm. Die Frauen kämpften leise mit den Tränen. Die Männer pressten ihre Lippen aufeinander und ließen ihre Köpfe hängen. Sie mochten ihren alten Burgherrn. Ihre Loyalität zur Ritterschaft von Bodman war stets grenzenlos. Es ging ihnen hier gut. Dafür hatten die Herren von Bodman immer gesorgt.

Aber die Qual, die er jetzt zu tragen hatte, konnte ihm niemand nehmen. Diesen Weg musste er ganz allein gehen.

Vom Schmerz gezeichnet stand Johann von Bodman mit zitternden Händen vor dem niedergebrannten Eingang. Jeder Muskel seines Körpers war angespannt. Es umgab ihn eine unheimliche Stille und Angst. Er hörte nur seinen Herzschlag, der seinen Körper erbeben ließ.

„Ich muss da hinein", sagte er leise vor sich hin. „Ich kann mich nur hier von meiner Familie verabschieden. Da drinnen, wo sie zuletzt verweilten und glücklich waren."

Als er schließlich die Wohnhalle betrat, drehte sich ihm der Magen um, ein Ekel erregender Brandgeruch schlug im entgegen. Nachdenklich blickte er sich in dem zerstörten Raum um.

Er musste schlucken. Ihm schossen Bilder durch den Kopf, wie es sich wohl abgespielt hat, die letzten Minuten ihres Lebens. Ob es schnell vorbei war oder ob sie leiden mussten? Fragen, auf die er niemals eine Antwort bekommen würde.

Ein Wandteppich, den einmal das Bodman Wappen zierte, und von seiner Frau gefertigt wurde, hing nur noch in Fetzen an der Wand. Die Ecke neben dem Kamin füllte ein Berg von Gerümpel. Von den zwei gemütlichen Kaminsesseln konnte man vielleicht noch Bruchteile erkennen.

Überall stapelten kreuz und quer verkohlte Dachbalken, Ziegel und Steine. Töpfe und Teller lagen verstreut unter den Trümmern. Sein Blick fiel nun auf den langen Eichentisch, der in der Mitte gespalten war und auf beiden Seiten in sich zusammenfiel. Der Blitz hat genau die Stelle gesucht, wo seine Familie beim Essen saß. Johann hatte Tränen in den Augen. Wie oft hatte er hier mit seiner Familie gesessen.

Zitternd legt er seine Hand auf seine Stirn und schaute nach oben zum Dachstuhl, der nur noch aus einem riesigen Loch bestand. Johann schloss die Augen und sank auf die Knie. Dabei faltete er seine Hände: „Mein Gott, Du hast gewütet wie der Teufel! Wie kann ich je den Glauben an Dich aufrechterhalten?"

Johann fing bitterlich an zu weinen, sein ganzes Leben fiel in sich zusammen.

Paulus trat neben den alten Ritter, der zusammengekrümmt auf dem nassen Dielenboden kniete, der vom Regen, der durch das offene Dach geflossen war, voll mit Wasser stand. Es tat ihm weh, den alten Mann so zu sehen. Er kannte ihn als stolzen, erhabenen Ritter, der sich stets für andere einsetzte und immer zuletzt an sich dachte. Paulus erinnert sich daran, als er neben seinem Sohn Conrad stand und diesem Trost zu spenden versuchte, als dessen Frau gestorben war. Das war gerade mal ein Jahr her, dachte er. Was sollte er ihm sagen? Dass es Schicksal war oder Gottes Wille? Nein, für das hier fehlten ihm die Worte, ihm fiel nichts ein, womit er den alten Mann trösten könnte.

Das Sonnenlicht drang durch das offene Dach und strahlte auf das silbern ergraute Haar von Ritter Johann, als ob es ihm neue Hoffnung einhauchen wollte. Langsam hob er den Kopf und wischte sich die Tränen aus den Augen. Paulus räusperte sich. „Verzeiht Ritter Johann! Wenn ich etwas für Euch tun kann?"

Johann erhob sich und stand nun kerzengerade da wie eine römische Statue. Ohne jede Regung im Gesicht fragte er. „Wohin habt Ihr meine Familie gebracht?"

Paulus senkte leicht den Kopf. Er musste seine Worte jetzt mit Bedacht wählen, dachte er. „Wir haben die Leichen nach Bodman transportiert. Der Leichenbestatter und Pfarrer Antonius nehmen sich ihrer an."

Wie verstümmelt sie waren, behielt er besser für sich, dachte er. Johann presste wieder seine Augen zusammen. Der Schmerz und das Leid waren fast nicht zu ertragen.

Paulus trat von einem Fuß zum anderen. „Ritter Johann! Ihr Enkel hat das Unglück überlebt."

Wie ein Blitz vom Himmel, drehte sich Johann zu Paulus um.

„Was sagt Ihr da!", entgegnete er leise. Sein Mund stand weit offen, genau wie seine Augen.

„Wir haben ihn gefunden, unterhalb des Bergsporns in einem ehernen Kessel. Die Amme hatte ihn gerettet, bevor auch sie sterben musste. Gott sei mit ihr!"

„Der Junge? Wo ist er jetzt?“

„Ich habe ihn zu meiner Frau gebracht. Ich dachte, da ist er vorerst gut aufgehoben.“

Der alte Burgherr schwankte leicht. Paulus legte schnell seine Hand auf seine Schulter.

„Wir können nichts ungeschehen machen. Aber es gibt auch wieder eine Zukunft. Glaubt mir. Der Junge braucht Euch jetzt. Er allein ist die Zukunft von Bodman und der Ritterschaft und er wird Euch über vieles hinweghelfen.“

Ohne zu antworten ließ Johann sein Blick noch einmal durch die verwüstete Wohnhalle schweifen. Dann drehte er sich um und schritt langsam Richtung Tür. Plötzlich blieb er stehen. Vor ihm lag das Schwert seines Sohnes. Er bückte sich und nahm es an sich. Langsam glitten seine Hände über die Klinge, die mit der Inschrift Shanell gezeichnet war. Dabei presste er seinen Lippen so fest zusammen, dass sie weiß anliefen. Es war alles was ihm von seinem Sohn blieb. In seinem Innern zog sich alles zusammen und sträubte sich dagegen, dass das alles wahr sein sollte. Aber er wusste, dies war ein Abschied von seinem vergangenen Leben, von seinem Sohn, seinen Töchtern und Schwiegersöhnen. Alle Freude, die er in seinem Leben hatte, wurde ihm genommen. ‚Warum, weiß nur der Herrgott allein.‘

Schweren Herzens zog er das Schwert an seine Brust und schritt eilig zur Tür hinaus. Er musste hier weg. Er konnte es nicht mehr ertragen. Paulus folgte ihm mit betrübter Miene und dachte an gestern Mittag, als Conrad von Bodman noch genüsslich mit ihm einen Wein trank.

Als sie die Treppe hinunter gingen, standen die Leute immer noch schweigend im Burghof. Johann schritt durch die Menge, ohne sich umzusehen. Seinen Blick geradeaus zu den Stallungen gerichtet, band er sein Pferd los und saß auf. Tief durchatmend blickte er noch einmal über den Burghof, der nicht mehr sein Zuhause war, das wusste er in diesem Augenblick. Dennoch konnte er diesen Teil seines Lebens nicht einfach auslöschen. Er würde für die Verstorbenen eine Gedenkkapelle errichten, dachte er nach. ‚Das ist alles was ich tun kann, um die Erinnerung an sie aufrecht zu erhalten. Dieser Ort soll eine Heiligstätte werden und für alle Zeiten ein Denkmal sein, auf dass man niemals vergisst, was sich hier zugtragen hatte.'

Abrupt wurde er aus seinen Gedanken gerissen.

„Was soll jetzt geschehen? Und wie geht es weiter?", fragte Paulus.

„Ich weiß es noch nicht!", antwortete Johann. „Wir werden einen Weg finden, Paulus. Aber als erstes werde ich nach meinem Enkel sehen. Ich wäre Euch sehr dankbar, wenn Ihr Euch hier weiter um die Aufräumarbeiten kümmern würdet. Denn heute könnt Ihr von mir nichts mehr erwarten."

„Das werde ich", sagte Paulus. „Macht Euch deswegen keine Gedanken und richtet meiner Frau aus, dass es heute Abend später wird."

Johann setzte sich auf seinen Hengst und galoppierte davon. Er ließ die Burg hinter sich, jagte über die Zugbrücke und schlug den Weg ein, der nach Bodman führte. Dabei drehte er sich kein einziges Mal mehr um. Er wollte alles hinter sich lassen, als ob nichts geschehen sei. Plötzlich ging ihm die neue Burg durch den Kopf und er entschied sich, diesen Weg einzuschlagen. Er hatte das dringende Bedürfnis allein zu sein. Wie ein Wilder jagte er sein Pferd den Berg hinauf, bis er die massiven gewaltigen Burgmauern von der neuen Burg Bodman erblickte.

Johann stieg vom Pferd und lief auf eine der fertiggestellten Wehrmauern hinauf. Völlig außer Atem stand er da und ließ sein Blick über den See schweifen. In der Ferne zeichneten sich die Umrisse von Überlingen vor einem wolkenlosen Himmel ab. Die klippenartigen Felsformationen der Molassefelsen bei Goldbach, die sich bis an die Uferlinie des Bodensees zogen, strahlten in einem schimmernden Gold. Immer noch den Blick auf die Felsen gerichtet, verlor er sich weiter in seinen Gedanken.

Wie er es liebte, hier oben zu stehen und auf den herrlichen blauen See zu blicken. Das gab ihm Ruhe und ließ ihn alles vergessen. Schon immer war er von diesen Felsformationen fasziniert. Stark und gewaltig wie Götter, aber auch einsam ragten sie über dem Seeufer. Höhlen, die einst von Menschenhand erschaffen wurden, schienen wie schwarze Augen auf den See zu starren. Als ob sie die Wächter über diese Seezunge wären. Eingebettet am Ufer, stand anmutig die kleine Silvesterkapelle. Mag sie die älteste Kapelle hier am Bodensee sein, sie trotzte dennoch jedem Sturm und Wetter und gab den Menschen immer wieder Hoffnung und Frieden.

Johann seufzte tief. ‚Frieden und Hoffnung', dachte er. ‚Irgendwie fühle ich mich wie diese Felsen. Stark und dennoch einsam und allein.' Doch dann sah er einen Schwarm Waldrappen fliegen, die sich auf den Felsvorsprüngen verteilten und sich dort niederließen. Es waren schwarze Vögel mit langen roten Schnäbeln, die sich jedes Jahr ihre Brutstätten in den Höhlen einrichteten. Sie waren schon immer hier am Bodensee bei Bodman. ‚Genau wie wir und diese kleine stolze Kapelle', kam es ihm in den Sinn. Gerade zu ängstlich drehte er den Kopf und schielte auf die alte Burg hinunter, die nur noch aus einer Hälfte bestand. Die Wut, die in ihm tobte, wollte er jetzt herauslassen. Ein lauer Wind wehte ihm ins Gesicht und wieder brannten die Tränen in seinen Augen und sein Zorn auf das Geschehene übermächtige ihn. Fluchend hob er die Fäuste zum Himmel und schrie den Schmerz hinaus. Erschöpft ließ er seine Schultern hängen und blickte zum Firmament.

„Herrgott, tu was Du willst! Aber ich, Johann von Bodman, werde mich nicht unterkriegen lassen! Wir waren schon immer da und das wird auch so bleiben!"

Bodman Juni 1335

Johannes von Bodman ritt Gedanken verloren auf seinem schwarzen Hengst vor sich hin. Es war ein riesiges Streitross, das Paulus einzig und allein für ihn herangezogen hatte und das ihn mit Stolz erfüllte. Er gab ihm den Namen Frowin. Der Name stammt aus dem Keltischen und bedeutete kluger Freund. Und das war er wahrlich. Ein Ritter, der sich auf sein Pferd nicht verlassen konnte, war verloren, wenn es um Leben und Tod ging. Der Kaltblütler stammte aus einer edlen Zucht, die es nur in den Stallungen auf Bodman gab. Er war bestens ausgebildet. Vom ersten Tag an hat er ihn trainiert, so wie er ihn haben wollte.

Johannes erinnerte sich an Paulus, der ihm schon früh, als Knabe den Umgang mit Pferden gelehrt hatte und freute sich, ihn wieder zu sehen. Es war ein starkes Band, das ihn mit Paulus verband. Seine Kinderjahre und letztendlich seine Rettung aus dem Kessel. Im Schlepptau folgten ihm seine Freunde. Jahrelang gingen sie zusammen durch dick und dünn. Selbst die Frauen hatten sie sich geteilt, wenn keine Alternative vorhanden war.

So wie er, waren sie von Jugend an auf der Nellenburg und taten ihren Dienst. Er als Knappe und sie als Knechte. Da sie von keiner edlen Herkunft waren und es für sie keine Zukunft als Ritter gab, brachte er ihnen das Kämpfen mit dem Schwert bei. Genau wie er, hatten auch sie keine Eltern mehr. Vielleicht war es das, was sie von Anfang an verband. Keiner von den Dreien hatte eine Perspektive für die Zukunft. Somit bot er ihnen an, ihm die Treue zu schwören und in die Dienste der Ritterschaft von Bodman zu treten.

Für die drei jungen Männer war klar, einen besseren Herrn als Johannes von Bodman konnten sie nicht bekommen. Sie gingen ab heute gemeinsam in eine ungewisse, aber neue Zukunft.

‚Ich bin froh, sie an meiner Seite zu haben', dachte Johannes. ‚Auf ihre Loyalität kann ich mich hundertprozentig verlassen.' Und gute Männer, denen man vertrauen konnte, machten das Leben leichter.

Die Morgensonne brannte auf seine Rüstung und ließ sie in einem strahlenden Glanz erscheinen. Seine Rüstung hatte er sich wahrlich verdient, dachte er. Vor einer Woche kniete er ein letztes Mal als Edelknappe nieder. Vor dem Altar legte er feierlich sein Gelübde ab. Daraufhin reichten ihm Ritter und Edelfrauen die goldenen Sporen, die Rüstung und die Handschuhe. Danach hatte er von seinem Lehensherrn den ersehnten Ritterschlag bekommen, in dem Graf Eberhard von Nellenburg ihm dreimal mit flacher Klinge auf Hals und Schulter geschlagen hatte.

Zu Gottes und zu Marien Ehr,
Empfang dies und sonst keines mehr
Sei tapfer, bieder und gerecht,
Besser Ritter als Knecht!

Mit diesen Worten seines Lehensherrn wurde ihm sein Schwert übergeben. Es war das Schwert seines Vaters, auf dem eine fein eingearbeitete Gravur mit dem Namen ‚Shanell' geschrieben stand. Der Name kam ebenfalls aus dem

Keltischen und bedeutete Geschenk Gottes. Ein Schwert mit einem göttlichen Namen. Das einzige Band, was ihn an seinen Vater erinnerte. Er würde es stets in Ehren halten, gerecht und tugendhaft einsetzen. Nun war er ein Ritter und seine Kampfkraft konnte er schon mehrmals unter Beweis stellen. Es gab keinen einzigen Knappen, der seinen Lehrherrn im Schwertkampf besiegte.

Sein Lehrherr, Ritter Heinrich von Stoffeln, war für ihn all die Jahre wie ein Vaterersatz. Heinrich von Stoffeln, stammte aus dem Geschlecht der Pfullendorfer. Er war der jüngste der Gebrüder und Herren von Stoffeln. Für ihn gab es keine Zukunft auf seiner Heimatburg Stoffel Er hatte dort nicht viel zu erwarten. Sein älterer Bruder Ludwig von Stoffeln war nun mal der Erbe. Und somit blieb er nach seiner Ausbildung bei dem Grafen von Nellenburg. Seine Aufgabe bestand darin, für die Grafschaft unterwegs zu sein und dafür zu sorgen, dass alles seine Ordnung in der Grafschaft hatte. Zur Landgrafschaft Nellenburg gehörten die Städte Engen, Tengen und Stockach sowie unzählige Dörfer und Weiler, die es zu verwalten galt.

Was hatte er alles erlebt, wenn er mit Ritter Heinrich unterwegs war, dachte Johannes. Oft wurden sie auf den Reisen im Höhgau von Wegelagerern überfallen. Meist kam es zu einem Gefecht, das stets zu ihren Gunsten ausging.

Was die Gunst der Frauen anbelangte, hatten sie beide keine Schwierigkeiten. Sie konnten sie auswählen. Immerhin war sein Herr im besten Mannesalter. Sein Aussehen konnte so manche Magd nervös machen. Das gleiche galt auch für ihn. Johannes erinnerte sich an das Frauenhaus in Radolfzell. „Du bist jetzt ein junger Mann“, hatte Heinrich gesagt. „Such Dir ein Mädchen aus und Du wirst sehen, was das Leben Dir bereithält".

Johannes blinzelte in die Sonne. Sein Leben. Wie wird wohl seine Zukunft aussehen? Er hatte keine Eltern. Was ihn aber nicht sonderlich nachdenklich machte. Er wusste nicht wie es sich anfühlte, Eltern zu haben. Sie starben, ohne dass er sie kannte.

Gerade mal sieben Jahre alt, musste er sein Zuhause verlassen. Aufgrund seines Standes führte kein Weg daran vorbei, als in eine Ritterlehre zu gehen. Obwohl sein Großvater dies nur schweren Herzens zuließ. Für beide war es ein Abschied für eine lange Zeit. So trat er seine Ausbildung bei der Grafschaft von Nellenburg an. Bodman selbst hatte zwar eine gewisse Selbständigkeit als Reichsministeriale, dennoch waren die Grafen von Nellenburg die Landesherren am westlichen Bodensee.

Wie oft hatte ihn das Heimweh geplagt. Für ihn war es ein Segen, nicht allzu weit von seinem Großvater entfernt zu sein. Ab und an war er Zuhause, was aber immer nur von kurzer Dauer war. Den Ausblick auf den Bodensee hatte er jeden Tag vor Augen. Die Spornburg bei Stockach hatte eine exponierte Lage, in alle Himmelsrichtungen. Von dort reichte der Blick über den gesamten Höhgau und zum Teil auch über den Obersee.

Johannes lächelte vor sich hin. Wenn er jetzt darüber nachdachte, war es keine schlechte Zeit gewesen.

Dennoch konnte er es kaum erwarten, nach Hause zu kommen. Der Bodensee. Sein Zuhause. Was würde ihn erwarten? Es ist fast ein Jahr ins Land gezogen, seit er zuletzt auf Bodman war. Aus den Briefen, die ihm sein Großvater schrieb, schien soweit alles in bester Ordnung zu sein. Die Bauarbeiten für die neue Burg Bodman gingen gut voran, schrieb er in seinem letzten Brief. Man könne in das Wohngebäude schon bald einziehen.

Es war für den alten Mann die schlimmste Zeit seines Lebens. Alles, was er hatte, war innerhalb einer Nacht verloren. Trotz allem versuchte er wieder einen Neubeginn. Denn für einen Bodman gab es kein Aufgeben. Niemals! Doch das Unglück, das seiner Familie wiederfuhr, brannte für alle Zeiten in seinem Herzen.

Die Gesundheit seines Großvaters machte ihm mehr Sorgen. Dass er bei seinem Ritterschlag nicht anwesend sein konnte, erschien ihm seltsam, zumal er es kaum erwarten konnte und stolz darauf war, dass sein einziger Enkel sich nun Ritter nennen durfte.

- ◆ -

Plötzlich wurde er aus seinen Gedanken gerissen.

„He, Niklas! Mir scheint der edle Ritter vor uns hat die Sprache verloren!“

„Nein, ich glaube eher, er träumt von den schönen Mägden am Bodensee“, erwiderte Cun.

„Das denke ich auch. Vielleicht gibt es da schon die eine oder andere, nach der ihm der Sinn steht.“

Johannes zügelte seinen Hengst und drehte sich im Sattel um. Mit einem Lächeln auf dem Gesicht blickte er die drei Männer an. „Ich denke es ist Zeit, eine Rast einzulegen, was meint Ihr?“

„Gute Idee“, antwortete Cun. „Wird höchste Zeit.“

Johannes stieg ab und blickte den Männern hinterher, die sich einen Baum suchten, um sich zu erleichtern. Jeder von ihnen hatte so seine kleinen Besonderheiten.

Cun war etwas kleiner als die anderen, aber ein feiner Kerl. Immer zu einem Späßchen aufgelegt. Sein richtiger Name war Cunrad, aber alle nannten ihn nur Cun. Das passte zu ihm. Er war der Sohn eines Zimmermanns aus Zizenhausen, was nahe bei Nellenburg lag.

Niklas dagegen war groß und hatte ein attraktives Gesicht. Seine Haare waren dunkelblond, wie die von Johannes. Für ihn war Johannes wie der Bruder, den er nie hatte. Er war ein Schwarzwälder und der einzige Sohn eines Steinmetzes. Sein Vater hatte all seine Ersparnisse gegeben damit er auf der Nellenburg das Handwerk des Tischlers erlernen konnte.

Jeder würde sein Leben für den anderen geben. Sie waren alle im selben Alter. Außer Martin, er war zwei Jahre älter. Eine Familie auf der Nellenburg nahm sich seiner an. Somit gewährte ihm der Graf, das Handwerk des Zimmerman zu erlernen. Er hatte stets eine rebellische Art an sich. Er wollte immer mit dem Kopf durch die Wand. Neue Regeln akzeptierte er schwer. Aber wenn es darauf ankam, konnte man sich auf ihn verlassen.

Er wusste genau, wie weit er bei Johannes gehen konnte, seinem neuen Herrn. Ihnen allen war klar, dass sie ihren Weg gemeinsam verbringen wollten, um zumindest ein paar Jahre ihre Hörner abzustoßen und gemeinsam ihr Können unter Beweis zu stellen.

Anders als die drei Männer hatte Johannes ein Auftreten, das ihn sofort, als von edler Herkunft zeigte. Von Kindheit an wurde er erzogen, Befehle zu erteilen und Männer anzuführen. Denn das Erbe, das er antrat, würde vermutlich keine leichte Aufgabe sein. Johannes hatte unverkennbar die harten Gesichtszüge eines von Bodman.

Er war hochgewachsen, breitschultrig, hatte dunkelblondes Haar und ein klares, attraktives, offenes Gesicht. Das Leuchten seiner bernsteinfarbenen Augen und die Grübchen um seinen Mund ließen die Züge seines Gesichtes unwiderstehlich wirken, was so manches Mädchen in seinen Bann zog.

Dann war da noch Jakob. Er war der Sohn aus einer entfernten Verwandtschaft der Herren von Tengen und diente Johannes von nun an als Knappe. Somit übernahm er gleich nach seinem Ritterschlag, die Verantwortung für einen Knappen.

Aber wie es schien, würde das nicht sein größtes Problem sein, dachte er.

Niklas und Johannes standen beisammen an einem Baum.

„Was geht Dir im Kopf herum, Johannes? Ich kenn Dich gut genug, mein Freund."

„Ich habe nachgedacht, über die Vergangenheit. Und über die Zukunft. Und ich habe so ein dummes Bauchgefühl, dass mir mein Großvater etwas verschwiegen hat."

„Was meinst Du damit?"

„Er sah beim letzten Besuch nicht besonders gut aus, Niklas. Etwas bedrückte ihn. Ich hatte das Gefühl, dass er mir etwas verschweigt. Auch seine Gesundheit macht mir Sorgen." Johannes schüttelte leicht den Kopf.

„Bei seinem letzten Besuch fragte ich ihn nach Paulus, unserem Burgvogt. Er ist meiner Frage ausgewichen und hat meine Frage mit einer Gegenfrage beantwortet."

„Du hast nicht mehr nachgefragt?"

„Nein, es blieb keine Zeit mehr. Wir wurden gestört".

Niklas rieb sich über seine Bartstoppeln und überlegte. „Komm, lass uns wieder zu den anderen gehen. Vielleicht ist noch etwas Gewürzwein übrig", sagte Niklas und legte seine Hand auf Johannes Schulter. „So wie ich Deinen alten Herrn kennengelernt habe, hat er all die Jahre, die Du fort warst, alle Probleme von Dir ferngehalten."

Johannes blieb wieder stehen. „Warum? Das versteh ich nicht. Er hat doch nur mich als Familie!"

„Um Dich zu schützen."

Johannes schaute Niklas mit zusammengekniffenen Augen an. „Wovor sollte er mich schützen?"

„Na ja! Du hattest keine Eltern. Musstest früh in die Fremde. Vermutlich wollte er alle Probleme und Sorgen von Dir fernhalten. Auf dass Du Dich voll und ganz auf Deine Aufgabe als Knappe konzentrieren konntest."

„Wir wissen beide nur zu gut, wie sich das anfühlt, plötzlich ohne Familie zu sein. Auf einer fremden Burg, die nicht Dein Zuhause ist." Niklas blickte Johannes jetzt direkt in die Augen.

„Du weißt, auch ich habe meine Eltern verloren als ich von Zuhause fort war. Und bei Gott, ich hatte keinen so guten Lehrmeister wie Du."

Johannes atmete tief durch. Nachdenklich fiel sein Blick auf die schöne Landschaft des Höhgaus, die vor ihm lag.

„Ich weiß", erwiderte Johannes. „Ich hatte Glück. Mir ging es gut. Ritter Heinrich mochte mich und ich ihn. Oft dachte ich, einen solchen Vater hätte ich mir gewünscht. Aber unser Vogt stand mir genauso nahe, von Kindheit an. Ich habe viel von ihm gelernt!"

„Komm jetzt. Hör auf zu grübeln. Die anderen warten, und ich habe einen Bärenhunger", riss Niklas Johannes aus seinen Gedanken. „Irgendwo muss es ja eine Schenke geben. Mein Magen fängt an zu rebellieren."

„Wie Du meinst. Spätestens in ein paar Tagen, wenn wir den Auftrag erledigt haben, erreichen wir Bodman. Dann wird man sehen." Wieder kniff Johannes die Augen zusammen. Das tat er immer, wenn er nachdachte.

„Lasst uns weiterreiten, Männer“, entschied er. „In einer Stunde wird es dunkel. Bis dahin sollten wir in Anselfingen sein. Vielleicht bekommen wir ein anständiges Mahl bei den Herren von Hewen.“

- ◆ -

Landgraf Eberhard von Nellenburg hielt große Stücke auf Johannes. Mehrmals während seiner Ritterlehre hatte er seine Fähigkeiten unter Beweis gestellt. In Disziplin und im Schwertkampf war er stets der Beste, auch im höfischen Betragen und anderen Fertigkeiten. Seine Haltung und sein Auftreten zeugten von edler Herkunft und Klugheit.

Er war sich jeder Aufgabe bewusst und führte sie gewissenhaft aus. Auch im Umgang mit seinen Mitmenschen. Und genau das macht ihn zu einem ehrenhaften Ritter.

Landgraf Eberhard wusste, kein anderer würde der Aufgabe gewachsen sein, in seinem Auftrag die Höhgauer Grafen und Burgherren zusammen zu führen, um gegen die Schandtaten der Raubritter vorzugehen, die sich immer mehr ausbreiteten.

Es wurde vermutet, dass die Herren von Friedingen ihre Finger im Spiel hatten. Man konnte es ihnen bisher nur nicht beweisen. Sie brandschatzten und plünderten im Höhgau die Bevölkerung aus, bis hinein in den Schwarzwald. Auch rings um den Bodensee waren die Menschen vor ihnen nicht mehr sicher.

Die Herren von Friedigen waren einst eine angesehene Ritterfamilie im Höhgau. Ihre Stammburg, Hohenfriedingen, erbauten sie bei Friedingen. In den Jahren darauf bauten sie eine zweite Burg auf dem Krähen. Es war ein stetiger Machtkampf zwischen den Familienmitgliedern, die sich fortan von Friedingen oder von Krähen nannten. Im Jahre 1307 verloren die Herren durch Erb- und Rechtsstreitigkeiten an wirtschaftlichem und gesellschaftlichem Einfluss.

Ritter Gottfried von Krähen, der die Burg einst befehligte, erlag dem schrecklichen Brand auf der Burg Bodman.

Gottfried und seine Frau Catharina von Bodman waren ohne Nachkommen. Und so kam das Unvermeidliche. Hans Wilhelm von Friedingen, ein Vetter von Gottfried, riss die Burg an sich. Ein unehrenhafter Ritter, der den Ehrenkodex nicht so genau nahm. Keiner wollte sich mit ihm anlegen, jeder ging ihm möglichst aus dem Weg.

Spät am Nachmittag erreichten sie das kleine Dorf Anselfingen. Vor ihnen lag die Gipfelburg Hewen. Der Name war vermutlich keltischen Ursprungs und stand für Bergkuppe.

Das Herrschaftsgebiet der Herren von Hewen umfasste mehrere Burgen im Höhgau. Wölflin und Peter von Hewen waren Brüder, die aber nicht immer im guten Einvernehmen das Herrschaftsgebiet führten. Wölflin hielt seinen jüngeren Bruder lieber im Hintergrund und befehligte allein so wie ihm beliebte, hörte man sagen.

Johannes zügelte sein Pferd und hob seine Hand. Mit müden Gesichtern richteten sie den Blick auf die mächtige Hewenburg, die mit einer Festungsmauer und mehreren Wachtürmen verstärkt war. In der Ferne zeichnete sich eine Staubwolke ab über einen der Wege, die zur Burg führten. Vermutlich ein Pferdegespann, das es sehr eilig hatte.

„Ich vermute, das Gespann da vorne will auch zur Burg", meinte Cun eilig. „Wir sollten ihm folgen!"

Johannes verzog sein Gesicht zu einem Lächeln. „Mach Dir keine Sorgen Cun. Ich kenne den Weg. Oft bin ich mit Ritter Heinrich dort gewesen."

„Du kannst es wohl auch kaum erwarten, Dir den Bauch vollzuschlagen“, sagte Martin mit einem schallenden Lachen. Cun grinste ihn an.

„Und zum Nachtisch eine hübsche Magd. Dann wäre ich zufrieden.“

Johannes drehte den Kopf leicht zu Niklas, der einen tiefen Seufzer ausstieß.

„Hätte ich auch nichts dagegen“, meinte er grinsend.

Sie waren alle drei keine Kostverächter. Sie waren jung und was die Frauen betraf, ließen sie keine Gelegenheit aus, wenn sich ihnen eine bot.

„Kommt, lasst uns zur Burg reiten bevor es dunkel wird“, sagte Johannes und trieb seinen Hengst an.

„Wer seid Ihr?“, rief einer der Wachposten des ersten Turms herunter.

„Ritter Johannes von Bodman. Macht die Pforte auf, ich habe eine Nachricht für Deinen Burgherrn.“

Johannes spähte nach oben. „Du Hornochse, müsstest mich eigentlich erkennen.“

„Ah, sieh einer an der junge Bodman! Was treibt Euch denn hier her?“

Die Gesichtszüge von Johannes veränderten sich. „Würde sagen, das geht Dich nichts an! Wenn Du nicht sofort das Tor öffnest, schlag ich Dir den Kopf ab! Aber vorher bringe ich Dir noch bei, wie man einen Ritter begrüßt.“

„Was ist das denn für ein schlaues Kerlchen?“, schaltete sich Cun ein, immer für einen Scherz aufgelegt.

Schnell wurde das Tor geöffnet. Mit düsterem Blick von oben nach unten sagte Johannes zu dem Wachposten: „Melde mich bei Deinem Burgherrn an, sonst vergesse ich noch meine Ritterlichkeit."

Der Mann nickte nervös und eilte davon. Sie ritten in den großen Burghof, der mit Kopfsteinpflaster ausgelegte und von allen vier Seiten von Mauern umgeben war. Der große Bergfried erhob sich vier Stockwerke hoch wie ein steinerner Riese. Von allen Seiten wurden sie angestarrt als ob sie die Pest hätten.

„Na, das ist ja eine herzliche Begrüßung", meinte Niklas.

„Die Leute haben Angst", antwortete Johannes. „Sie fürchten sich vor den Raubrittern, die die Menschen in Angst und Schrecken versetzen. Sie wissen nicht weshalb wir hier sind."

Johannes und seine Männer hielten vor dem Portal an und stiegen ab. Ein Stallbursche eilte herbei und nahm ihnen die Pferde ab. Die Abendsonne warf ein gleißendes Licht auf ihre polierten Rüstungen, wobei ihre Schwerter Funken sprühten. Sie nahmen ihre Helme ab und gingen gemeinsam die Haupttreppe hoch, die zum Palas führte.

Alle Augen waren auf die vier Männer gerichtet als sie die große Burghalle betraten. Ein leises Gemurmel ging durch die Menge. Wölflin von Hewen und sein Bruder saßen an einem der erhobenen Tische.

„Guten Abend, meine Herren! Ihr kommt gerade rechtzeitig zum Abendmahl", sagte Wölflin gelassen und erhob sich von seinem Stuhl, um die Gäste zu begrüßen.

Sein schulterlanges Haar war etwas zerzaust. Trotz allem sah er jeden Zoll wie ein würdiger Herr aus. Sein rot-schwarzer Tartan war über eine Tunika gegürtet.

Einladend hob er seine Hand hoch. „Seid willkommen, Ritter von Bodman", sagte er mit einem Lächeln. „Als ich Euch das letzte Mal sah, wart Ihr noch ein Knappe. Ich gratuliere Euch zu Eurem Ritterschlag."

Dabei klopfte er ihm lachend auf die Schulter, dass es schon fast weh tat. Johannes räusperte sich.

„Ritter Johannes, setzt Euch neben mich, damit wir uns besser unterhalten können."

Wölflin wies eine der Mägde an, Essen und Bier zu holen für seine Gäste.

„Meinen Bruder Peter kennt Ihr ja bestimmt. Ihr seid ja ungefähr im gleichen Alter", hakte Wölflin nach.

Johannes grinste.

„Gewiss. Sei gegrüßt Peter. Wie geht es Dir?"

Der junge Ritter lachte ihn an. „Danke, ich fühle mich einigermaßen wohl in meiner neuen Position. Nur wünschte ich mir ab und an ein wenig Ablenkung."

Peter von Hewen hatte seine Ausbildung auf der Burg Boll absolviert, die unter anderem auch zur Herrschaft der Hewens gehörte. Allerdings war er nicht gerade in guten Händen, was seinen Lehrherrn betraf.

Diesen Mann hatte er in schlechter Erinnerung, dachte Johannes. Er glaubte nicht, dass Peter viel von ihm gelernt haben konnte.

In den Jahren als Knappen trafen sie sich des Öfteren, wenn sie mit ihren Rittern unterwegs waren oder auf die benachbarten Burgen reisten. Mit der Zeit hatte sich dabei eine freundschaftliche Kameradschaft entwickelt.

„Was ist Euer Anliegen, Ritter Johannes? Ihr kommt doch bestimmt nicht von Bodman, um mit uns zu speisen."

Johannes setzte seinen Bierkrug ab und nahm ein Stück Truthahn auf seinen Teller.

„Nein. Ich komme direkt von der Nellenburg. Ich habe einen Brief des Landgrafen dabei, der Euch in Kurzform erläutert, worum es geht."

Wölflin blickte Johannes ernst an. „Nun sagt schon und spannt mich nicht auf die Folter."

Johannes nahm einen Bissen von dem fein riechenden Truthahn und erwiderte. „Ich halte es für besser, nicht in der Öffentlichkeit darüber zu sprechen."

„Wir haben nichts zu verbergen", meinte Wölflin gelassen. Johannes zog eine versiegelte Papierrolle aus seiner Gürteltasche und übergab sie Wölflin.

Mit ernster Miene las dieser die Nachricht. Johannes konnte sehen wie sich seine Gesichtszüge veränderten.

Er drehte den Kopf und blickte Johannes an, ohne ein Wort zu sagen. Um das Schweigen zu brechen, senkte Johannes den Kopf herunter zu Wölflin und flüsterte ihm zu.

„Es ist durchaus möglich, dass sich in Eurer Halle Leute aufhalten, die Euch nicht wohlgesonnen sind. Darum meine Bitte, unter vier Augen zu sprechen."

Wölflin verzog seinen Mund. „Ihr habt recht, Ritter Johannes. Lasst uns das Mahl zu Ende bringen, dann ziehen wir uns zurück.“

„Siehst Du die Kleine dort!“, schubste Cun Niklas an. „Sie hat mir schon zweimal zu gezwinkert. Ich bin mir sicher, ich verbringe die Nacht heute nicht allein.“

Niklas seufzte. „Handle Dir ja keinen Ärger ein, sonst macht Dich Johannes einen Kopf kürzer. Du weißt, er will keinen Ärger auf einer fremden Burg.“

Martin dagegen verzog keine Miene. Er genoss sein Essen und hörte den beiden gelangweilt zu.

„Den ganzen Tag liegt ihr uns in den Ohren wie ausgehungert, ihr seid“, klinkte sich Martin jetzt in das Gespräch mit ein. „Schlagt euch lieber den Magen voll und vergesst die Frauen. Wir brauchen morgen einen klaren Kopf. Der Ritt zur Stoffelburg hoch wird kein Kinderspiel, sag ich Euch.“

„Du hast recht“, warf Niklas ein. „Wir müssen auf der Hut sein. Dieser Bastard von Friedingen hat seine Strauchritter überall verteilt.“

Das Mahl neigte sich dem Ende zu. Einige verließen die Halle gleich, andere vergnügten sich bei einem Würfelspiel. Wölflin setzte seinen Krug an und leerte ihn in einem Zug.

„Es ist Zeit, uns zurückzuziehen, meine Herren“, sagte er in einem energischen Ton. „Folgt mir in mein Arbeitszimmer, dort sind wir ungestört.“

Johannes erhob sich und deutete seinen Männern an, ihm zu folgen.

Cun zwinkerte Martin zu: „Schade, das wird wohl nichts mit der kleinen süßen Magd heute.“

„Kannst Du nicht einmal an etwas anderes denken“, sagte Martin entnervt.

- ◆ -

Mit auf dem Rücken verschränkten Armen lief Wölflin in dem mit Holz verkleideten Raum auf und ab. Dann blickte er die Männer an.

„Die Angelegenheit scheint eine ernste Sache zu sein. Sonst würde sich der Landgraf nicht einschalten“, sagte er in einem mürrischen Ton. „Verdammt! Hat man denn nie seine Ruhe!“

Wölflin war verärgert. Ihm war es am liebsten, wenn alles in geordneten Verhältnissen lief. Alles Ungerade war ihm ein Gräuel.

„Der Landgraf braucht Verbündete“, schaltete sich Johannes ein. „Er will den Strauchdieben das Handwerk legen, bevor es zu einem schwerwiegenden Problem wird. Im ganzen Höhgau plündern sie und überfallen Kaufleute und Reisende.“

Niklas, der am Fenster stand, drehte sich mit ernster Miene um. „Sie rauben den Bauern das Vieh und brennen anschließend den Hof nieder.“

Wölflin verschränkte seine Arme auf der Brust und blickte Johannes und dann seinen Bruder an.

„Der Landgraf teilt mir in seinem Schreiben mit, dass die Fehde vermutlich von Hans Wilhelm von Friedingen angezettelt wurde.“

„Richtig“, antwortete Johannes. „Seit dem Tod von Gottfried von Krayen hat sich der feine Herr auf der Krähenburg festgesetzt.“

„Gab es keine anderen Erben für die Festung?", fragte Peter.

„Nein", erwiderte Johannes abfällig. „Ein Bruder von Gottfried hat seinen missratenen Sohn auf die Burg gesetzt, mit der Bedingung, sein Leben endlich in den Griff zu bekommen."

„Na, das scheint ja nicht der Fall zu sein", antwortete Wölflin mürrisch.

Johannes setzte sich jetzt auf einen Stuhl. „Es kommt auch immer öfter vor, dass er Männer in das Burgverlies einkerkert, nur um seinen Spaß zu haben."

„Ein Bursche der schlimmsten Sorte", warf Cun ein.

„Mir scheint, er wiegelt die Leute auf und verbreitet Schlechtes über andere Lehensherrn."

„Wenn wir nichts unternehmen, greift er unsere Burgen an", fügte Peter hinzu.

„Dem pflichte ich bei", sagte Niklas.

Wölflin wandte sich an Johannes. „Wie lautet Euer Auftrag?"

„Wir werden weitere Verbündete suchen. Unser nächstes Ziel ist die Stoffelburg. Der Landgraf ist der Ansicht, nur gemeinsam können wir diesen Herrn das Handwerk legen", sagte Johannes. „Ich hatte weiß Gott Besseres vor, als einem Raubritter hinterher zu jagen!"

Wölflin setzte sich in den Sessel hinter seinem Arbeitstisch, blickte auf die weiße Papierrolle vor ihm und überlegte. Er musste einen Weg finden, um über die weiteren Pläne des Landgrafen mehr in Erfahrung zu bringen, um sein Vorhaben ohne Bedenken fortführen zu können. Er hob nachdenklich den Kopf, schaute die Männer an, die seinem Blick standhielten und stieß einen tiefen Seufzer aus. „Na gut! Zeigen wir der Bande wie die Gesetze hier im Höhgau sind."

Seine Augen wanderten zu seinem Bruder. „Allerdings ist es mein Wunsch, lieber Bruder, dass Du Johannes von Bodman und seine Männer begleitest. Damit kannst Du das, was Du in Deiner Ausbildung gelernt hast unter Beweis stellen. Und Ihr, Ritter Johannes, Ihr habt einen Mann mehr an Eurer Seite", sagte er in einem Befehlston, der Johannes stutzig machte.

Der junge Ritter sprang erfreut von seinem Stuhl auf.

„Den Auftrag nehme ich nur allzu gerne an, mein lieber Bruder. Denn seit Wochen sitze ich hier fest und langweile mich zu Tode. Und mit Ritter von Bodman reite ich gerne!"

Johannes fuhr sich nervös durch sein dunkelblondes Haar. „Mir soll es recht sein. Aber es wird kein Spaziergang, dessen solltest Du Dir bewusst sein!"

Peter von Hewen durfte sich zwar Ritter nennen, aber mit seinen feinen Gesichtszügen und einer schmächtigen Figur sah er immer noch aus wie ein Fünfzehnjähriger, dachte Johannes. Als Zweitgeborener hatte er bestimmt keinen leichten Stand. Er musste sich beweisen und das, ausgerechnet bei mir. Auf diesen jungen Ritter würde er besonders achten müssen, das wurde ihm in der kurzen Zeit bewusst.

„Du hast unter Heinrich von Stoffeln gedient, Johannes, und dieser Name eilt seinem Ruf voraus", sagte Peter hoffnungsvoll. „Einer der Besten. Und ich kann bestimmt noch einiges von Dir lernen."

Wölflin erhob sich aus seinem Sessel und wandte sich an Johannes. „Ich werde dem Landgrafen eine Nachricht überbringen. Er kann mit meiner Hilfe rechnen. Ich wünsche Euch viel Glück! Auf dass Ihr möglichst viele Verbündete auftreiben könnt!“

Wölflin ging zur Tür und befahl dem Knappen, die Männer in ihr Schlafgemach zu führen. Als sie dem Knappen folgten, hielt der Burgherr Johannes zurück.

„Verzeiht, Ritter Johannes. Kann ich mich auf Euch verlassen, was meinen Bruder betrifft? Er ist noch etwas unerfahren im Umgang mit dem Schwert und auch nicht gerade von so starker Natur, wie Ihr es seid.“

Wölflin ließ seine Schultern hängen und seufzte. „Ich denke, er braucht noch eine starke Hand, die ihn führt und ich kann ihm das nicht geben.“

Johannes nickte. „Ihr könnt Euch auf mich verlassen, Herr von Hewen. Macht Euch nicht allzu viel Sorgen wegen Eures Bruders“, sagte Johannes beruhigend. „Manche lernen früh und andere später.“

Wölflin legte die Hand auf Johannes Schulter. „Ich danke Euch, junger Bodman. Wir sehen uns morgen früh zum Morgenmahl in der Halle. Habt eine gute Nacht.“

Er drehte sich noch einmal um. „Euer Vater wäre stolz auf Euch gewesen. Ich habe ihn gekannt.“

Johannes nickte kurz und begab sich zu seinen Männern. Er hatte keine Lust das Gespräch zu vertiefen, was seinen Vater betraf. Es war jetzt nicht der richtige Moment, darüber zu sprechen. Er hatte ihn nicht gekannt. Nach all den Jahren hatte er gelernt, damit umzugehen. Oft nagte es in seiner Seele. Aber die Dinge waren nun mal so. Alles, was er wollte, war, so schnell wie möglich nach Bodman zu kommen. Er hatte immer noch das Gefühl, dass Zuhause in Bodman vieles im Argen lag. Trotz allem musste er zuerst dem Auftrag des Landgrafen nachkommen.

„Wo ist eigentlich mein Knappe Jakob?", fragte Johannes die Männer als sie in ihrem Gemach ankamen.

„Mir scheint, Du hast den Burschen noch nicht richtig im Griff", meinte Martin belustigt.

„Hier bin ich", schrie eine Stimme den Gang entlang. Johannes schaute ihn düster an. „Wo hast Du Dich denn herumgetrieben?"

„Ich habe nach dem Essen noch mal nach den Pferden gesehen", erwiderte er nervös.

„Na gut! Jakob, Du wirst in der Vorkammer schlafen. Wenn sich etwas rührt, dann ruf mich."

Als Johannes das Gemach betrat, warf Martin ihm einen vorwurfsvollen Blick zu. „Was sollen wir denn mit diesem Würstchen von Hewen? Wenn ich zweimal puste, fällt der um wie ein nasser Sack."

„Dem pflichte ich bei", entgegnetem Cun mit ernster Miene. „Er ist uns nur ein Klotz am Bein und wenn ihm etwas passiert, reißt uns Wölflin den Kopf ab."

Johannes sah die drei Männer an. „Macht Euch nicht allzu viel Gedanken. Die Verantwortung liegt allein bei mir." Johannes ging zu dem kleinen Tisch und schenkte sich einen Becher Wein ein.

„Der junge Hewen hat vermutlich nicht die Erfahrung wie wir. Ich vermute man hat ihn immer kurzgehalten und seine Manneskraft lässt auch zu wünschen übrig. Aber ich mag ihn. Er hat das Herz auf dem richtigen Fleck und ich denke, er hat eine Chance verdient."

Johannes kniff seine Augen zusammen. „Ich verlange, dass ihr ihn akzeptiert. Am Ende unseres Auftrages ist er ein anderer Mann. Das verspreche ich Euch."

Niklas verschluckte sich gerade, als er den Wein probierte und lachte. „Davon kannst Du ausgehen. Wir werden ihn schon richten."

- ◆ -

Paulus eilte mit großen Schritten über den neu gepflasterten Burghof. Dass Atmen fiel ihm schwer. ‚Das muss das Alter sein. Bin eben auch nicht mehr der Jüngste', dachte er. ‚Vielleicht ist es auch die Frühlingssonne, die heute mit aller Kraft vom Himmel scheint.'

Die harten Jahre hatten auch ihn mürbe und alt werden lassen. Sein Haar war jetzt an vielen Stellen ergraut, was ihn aber nicht sonderlich störte. Nach langen, mühseligen Jahren schienen die Bauarbeiten gut voran zu gehen. Der Wohnturm war inzwischen bewohnbar. Auch in der Wohnhalle konnte man die Mahlzeiten so gut es eben ging einnehmen. Dies war der wichtigste Teil der Burg. Ein Jahr nach dem anderen wurde hier ohne Verzögerung gearbeitet. Männer aus den umliegenden Dörfern verdienten sich zusätzlich ein kleines Einkommen, in dem sie sich beim Burgbau nützlich machten.

Tag für Tag hämmerten die Steinmetze auf die Steine ein, die für die Burgmauern gebraucht wurden. Seine Aufgabe lag darin, dafür zu sorgen, dass alles genau so lief, wie Ritter Johann es wollte.

Der alte Johann von Bodman war eigentlich nicht mehr in der Lage, die Arbeiten zu überwachen und fortzuführen. Nur der Wille, die neue Burg fertigzustellen bis sein Enkel Johannes zurückkommt, hielt ihn am Leben.

Paulus seufzte. ‚Bis zur Vollendung der Burg wird es vermutlich noch ein paar Jahre dauern.' Der untere Burghof war noch in den Anfängen. Unter anderem waren da noch die Flankierungstürme an den Außenmauern, die noch gebaut werden mussten.

‚Wie sollen wir das alles schaffen', überlegte Paulus und wischte sich mit der Hand den Schweiß von der Stirn. Die Aufsicht über die Bauarbeiten forderte auch von ihm Tribut. Er fühlte sich alt und schwach. Und er hatte nicht mehr die Kraft und den Biss, den er früher hatte. Seit heute Morgen war er damit beschäftigt, Anweisungen zu geben. Man hatte damit begonnen, das zweite Tor zur Kernburg zu bauen.

Einen Moment dachte er an die Vergangenheit und an seine Frau Brigitta. Er hatte sich sein Leben anders vorgestellt. Im Grunde war er ein gebrochener Mann, wie Ritter Johann. Wäre seine Frau noch da, wäre alles leichter. Das Schicksal nahm ihm jedoch die Frau und das Kind, das sie unter ihrem Herzen trug. Über ein Jahr ist seitdem vergangen. Wenn er Anna nicht hätte, wüsste er nicht, was aus ihm geworden wäre. Seine Anna war sein ganzer Stolz! Aber er wusste, dass der Tag kommen würde, an dem der Herzog seine Ansprüche auf sie erheben und sie mit einem Adligen vermählen wird. Aber daran wollte er jetzt nicht denken.

‚Wo ist sie eigentlich! Sie müsste doch schon längst hier sein', grübelte er. Sie wollte doch dabei sein, wenn die Pferde verkauft wurden. Seine Anna liebte jedes Pferd, das er für Ritter Johann heranzog und pflegte. Wenn sie dann verkauft wurden, tat es ihr in der Seele weh. Anna war stets dabei, wenn sie abgeholt wurden, um zu sehen, was für einen neuen Herrn sie bekamen.

Paulus blieb vor der Treppe stehen, die zum Wohnturm führte. Er hob den Kopf und bewunderte die Größe und Vollkommenheit des Wohnturms. „Es wird höchste Zeit, dass der Junge nach Hause kommt", flüsterte er vor sich hin. „Ich könnte seine Hilfe gut gebrauchen!" Wie es ihm wohl ergangen ist, fragte er sich. Er würde bestimmt ein stattlicher junger Ritter sein. Drei Monate sind ins Land gezogen als er das letzte Mal in Bodman war. Er hatte ihn vermisst. Paulus erinnerte sich an die Zeit als der junge Stammhalter von Bodman noch stets an seiner Seite war. Er war wissbegierig und eifrig. Er hatte nie einen Sohn! Daher erfüllte es ihn mit Stolz, ihn auf die folgenden Jahre vorzubereiten.

Nachdenklich drehte er sich um und ließ seinen Blick über den Burghof schweifen. An allen Ecken herrschte geschäftiges Treiben. Handwerker, Tischler und Knechte verrichteten ihre Arbeit. Der Blick auf den Bodensee zauberte ihm ein Lächeln ins Gesicht. Wenn es etwas Schönes gab, war es die atemberaubende Aussicht, die man von hier oben hatte. Erhaben mit unterschiedlichen Farben, in Schönheit und Stille lag er wie ein riesiger Teppich in einer tiefen Mulde, die die Vorzeit hinterließ. Endlos, wie ein riesiger Schlund, schlängelte er sich durch das Vorland der massiven Alpengebirgskette. Ein jeder Fischer zollte dem See seinen Respekt. Kein Mensch konnte erahnen, was sich in der endlosen Tiefe verbarg.

Paulus schloss kurz seine Augen. ‚Es ist wohl besser, nicht alles zu wissen', dachte er. ‚Die Menschen kommen und gehen, nur der See, der wird bleiben.'

Er riss sich aus seinen Gedanken und schritt die Treppe zum Wohnturm hinauf. Als er die Halle betrat, schlug ihm der Geruch von frisch gebackenem Brot in die Nase. Es war kurz vor Mittag. Einige Mägde liefen eilig umher und deckten die Tische für das Mittagsmahl. Kurz ließ er den Blick über die eindrucksvolle Halle schweifen. Sie war deutlich größer als die von der Alt Bodman. Allerdings fehlte es noch ein wenig an Gemütlichkeit. Wandteppiche, die dem Raum eine behagliche Wärme geben konnten, fehlten.

Vielleicht würde eines Tages eine neue Burgherrin dafür sorgen. Alles in allem war diese Burg gewaltiger und vor allem sicherer wie einst Alt Bodman. Am offenen Kamin, der dem Raum eine schöne Atmosphäre gab, entdeckte er Ritter Johann. Eingenickt saß er in einem der zwei Sessel und schlummerte vor sich hin. Die letzten Jahre waren nicht immer einfach für den alten Burgherrn. Der Bau der Burg und Geldsorgen nahmen ihm die letzte Kraft, die er in seinem Alter noch aufbringen konnte. „Ein Bodman gibt nicht so schnell auf", waren stets seine Worte. Es tat weh, ihn so zu sehen.

Er war auch nicht mehr in der Lage, den Feierlichkeiten beizuwohnen, als Johannes zum Ritter geschlagen wurde. Seit jenem Tag wartete er, bis der Junge endlich nach Hause kommen würde. Sein Gefühl sagte ihm, dass der alte Ritter das noch erleben und dann von dieser Welt gehen wollte, überlegte Paulus als er ihn so sitzen sah.

Paulus ging zu ihm hinüber und legte seine Hand auf seine Schulter.

„Ritter Johann, Ihr wolltet mich sprechen." Langsam hob er den Kopf und blickte Paulus verschlafen an. Sein graues Haar fiel im wirr in die Stirn. Tiefe Falten zeichneten sich in seinem Gesicht ab.

„Paulus! Da seid Ihr ja endlich. Stehen die Pferde bereit? Hans von Friedingen hat mir einen Boten geschickt. Er wird heute gegen Nachmittag eintreffen, um den Handel abzuschließen. Er teilte mir mit, dass er die Pferde dringend benötigen würde. Außerdem bringt es uns wieder ein paar Silberlinge in die Kasse. Wir können das Geld gut gebrauchen."

„Das können wir in der Tat. Aber ich hätte die Pferde lieber jedem anderen gegeben, nur nicht diesem Friedingen."

Johann blickte Paulus müde an.

„Ich weiß! Ich kann diesen Kerl auch nicht ausstehen. Man erzählt sich nichts Gutes über ihn", sagte er mürrisch. „Er wird nur eine Nacht auf der Bodman verbringen, dann ist er wieder weg."

Paulus seufzte schwer und ließ sich auf dem freien Sessel nieder. Er lehnte sich gelassen zurück und blickte Ritter Johann etwas ungläubig an.

„Ihr wollt mir damit sagen, dass er heute Abend mit uns speisen wird?"

Johann schwang beide Arme in die Höhe. „Herrgott! Was soll ich denn machen Paulus. Ich kann ihm die Gastfreundschaft nicht verwehren. Es wäre mir recht, Ihr würdet heute Abend der Halle nicht fernbleiben. Ich bin zu alt, um den Kerl den ganzen Abend zu unterhalten. Und bestimmt kommt er nicht allein."

„Davon gehe ich aus", sagte Paulus.

Agatha eine kleine rundliche Magd schlenderte um die Tische herum.

„Agatha! Bring' mir ein Becher Wein", rief ihr Paulus zu. Sie lächelte kurz und verschwand in der Küche. „Habt Ihr schon irgendwelche Nachrichten von Johannes?"

„Nein. Nur so viel, dass er sich nicht mehr auf der Nellenburg aufhält. Ein Bote brachte mir die Nachricht vor gut einer Woche. Hatte ich das nicht erwähnt?“

„Nein“, schüttelte Paulus den Kopf.

‚Er wird immer vergesslicher‘, dachte Paulus. ‚Wer weiß, was er noch so alles mit sich herumträgt, dass ich wissen sollte.‘

„Hat der Bote sonst noch etwas gesagt?“

Johann schnaufte schwer und lehnte sich zurück. „Anscheinend, hat er noch etwas zu erledigen. Mehr wusste der Bote auch nicht.“

Die Augen von Ritter Johann wurden schon wieder kleiner, als ob er schon wieder in einen tiefen Schlaf sinken wollte.

„Ach“, stöhnte Paulus, „wie soll das noch weitergehen.“

Der alte Mann hörte ihn nicht mehr.

„Sprecht Ihr mit mir, Vogt Paulus?“, fragte Agatha, die ihm einen Gewürzwein brachte und grinste vor sich hin. „Der gnädige Herr scheint schon wieder zu schlafen. Und wie es aussieht verschläft er auch das Mittagsmahl.“

Paulus hob ärgerlich eine Augenbraue. „Agatha, ich rate Dir, kein so loses Mundwerk zu haben. Wenn der junge Herr das Sagen hat, werden hier neue Gesetze herrschen, so etwas wird er nicht dulden. Geh‘ und verrichte Deine Arbeit!“

Schmollend lief sie davon. Paulus blickte ihr hinterher und beobachtete die Leute, die ihrer Arbeit nachgingen.

‚Ich allein kann das nicht mehr bewältigen‘, dachte er vor sich hin.

‚Ich zähle die Tage bis der junge Johannes nach Hause kommt und die Führung übernimmt.‘

Nachdenklich warf er noch mal einen Blick zu Ritter Johann hinüber. ‚Ich will den Gedanken nicht zu Ende denken. Aber die Tage des alten Bodman sind gezählt. Vermutlich hält ihn nur der eine Gedanke noch am Leben, seinen Enkel noch einmal zu sehen. Und dann vermute ich, wird er uns verlassen.‘

- ◆ -

Wie ein Wirbelwind fegte Anna durch die große Halle der neuen Burg. Eine lange schwarze Haarpracht wehte ihr um ihr liebliches, feingliedriges Gesicht, das von einer kleinen kecken Nase dominiert wurde. Ihre Haare waren so lang, dass sie ihr bis zur Taille reichten. Dichte, dunkle Wimpernkränze umrandeten ihre blauen Augen, die die Farbe des Bodensees hatten. Je nach Laune, verfärbten sie sich von einem hellen in ein tiefes dunkles Blau. Ihr blaues Kleid, aus feiner Wolle, mit einem Gürtel versehen, hob ihre anmutige, zierliche Figur noch erheblich hervor. Mit ihrer rebellischen Art hielt sie hier auf Bodman alle auf Trab. Keiner konnte ihrem Zauber widerstehen.

„Vater, da bist Du ja! Es ist nicht leicht, Dich zu finden!"

Paulus fuhr herum. „Anna! Mein Kind!"

„Vater, ich bin kein Kind mehr", entgegnete Anna. Ihr Blick war betörend und gleichzeitig gereizt. „Wie oft muss ich Dich daran erinnern!"

Paulus grinste, erhob sich von seinem Sessel und gab seiner Tochter einen Kuss auf die Stirn. „Verzeih mir, Anna! Aber Du wirst immer mein Kind bleiben."

Verschmitzt lächelte Anna ihn von der Seite an. „Ich habe verstanden. Ich kann mich glücklich schätzen, wenn sich daran nichts ändern wird. Guten Morgen, Ritter Johann!" wandte, sie sich dem Burgherrn zu. „Wie geht es Euch heute?"

„Gut, mein Kind", antwortete Johann, der wieder aus seinem Halbschlaf hochfuhr. „Wie es einem eben, so geht in meinem Alter."

Anna verdrehte die Augen. „Ich bin eine junge Dame, Ritter Johann. Das Kind gibt es nicht mehr."

Johann blickte zu Paulus. „Ach, Paulus. Die Kinder werden erwachsen und wir werden alt."

„So ist das Leben, Ritter Johann. Ihr könnt Euch schon mal darauf einrichten, wenn Johannes nach Hause kommt. Der bringt bestimmt frischen Wind nach Bodman."

„Wann kommt Johannes denn?", wollte Anna wissen.

„Wir erwarten ihn täglich", erwiderte Johann. „Ich spüre es. Er ist ganz in der Nähe. Es kann nicht mehr lange dauern."

Anna seufzte. „Ich würde ihn nicht mehr erkennen. Es ist lange her, als ich ihn das letzte Mal sah."

Paulus lachte. „Da warst Du eben noch ein Kind, meine Tochter."

Annas Augen schlugen Blitze. „Ach, Vater, das finde ich nicht lustig."

Auch Johann lächelte schwach und ließ seine Augenlieder wieder fallen.

„Weißt Du schon, wann die Pferde abgeholt werden?", fragte Anna nach.

„Ritter Johann sagte mir, heute Nachmittag?"

Anna ließ beide Schultern hängen. „Es hilft wohl nichts. Ich muss mich von ihnen verabschieden."

Paulus seufzte. „Das musst du wohl. Am besten, Du gehst noch vor dem Mittagsmahl. Es könnte ja sein, dass die Herren früher als erwartet eintreffen."

„Du hast recht, Vater. Ich bringe ihnen noch ein paar Äpfel."

„Meinetwegen. Aber sei pünktlich zum Essen wieder hier."

Anna raffte ihr Kleid hoch und verließ eilig die Halle. Paulus blickte ihr hinterher. Seine Tochter! Sein ganzer Stolz. Und alles, was er noch hatte.

Mit viel Liebe teilte sie die gleiche Leidenschaft zu den Pferden, genau wie einst sein Vater und er es taten. Außerdem ist sie eine richtige Schönheit geworden. Immer, wenn sie vor ihm stand, bildete er sich ein, das Abbild von seiner Brigitta zu sehen.

Offensichtlich war es Zufall. Auch Anna war gesegnet mit einer kleinen Stupsnase und tiefblauen Augen, genauso wie es bei seiner Frau war. Im Gegensatz zu ihrer Mutter trug sie ihr schwarzes Haar offen, nur zu einem Zopf gebunden, den sie oft an beiden Seiten mit Blumen oder einem seidenen Faden schmückte.

Sie war eben ein junges Mädchen, dachte Paulus. Aber auch schon im heiratsfähigen Alter. Was ihm wiederum Sorgen bereitete. Wer wird der Glückliche sein? Und wird er der Richtige sein?

All die Fragen gingen ihm durch den Kopf und zermürbten ihn. Er wünschte sich nichts sehnlicher, als dass dieses liebliche Wesen den Mann bekommt, den sie liebte.

Seit dem Tod ihrer Mutter, wohnten sie hier auf der Burg. Ritter Johann hatte darauf bestanden nachdem sie allein waren. Das war auch gut so. Somit hat er immer ein Auge, auf die jungen Burschen, die versuchten, seiner Tochter den Hof zu machen.

‚Und das sind bei Gott nicht wenige", überlegte er. Seine Augen verfinsterten sich plötzlich. Wenn jemals herauskommt, dass seine Anna die Nichte des Herzogs von Urslingen ist, und nicht seine leibliche Tochter war!

Bisher hatte das Herzogtum reichlich wenig nach Annas Befinden gefragt. Die Jahre schieden so schnell dahin. Auch er hatte sich nicht viele Gedanken gemacht, seit er das Kind in seine Obhut nahm. Die von Urslingen hatten ihre Besitztümer im nahen Rottweil auf der Burg Urslingen. Mehr wusste er auch nicht. Nur so viel, dass die Herrschaften nicht allzu betucht waren und keine Gelegenheit ausließen, wenn es um Geld und Macht ging. Somit entschieden seine Frau und er, Anna nichts davon zu erzählen.

‚Es ist nur zu ihrem Schutz', dachte Paulus nach und blickte jetzt auf den vor ihm schlafenden alten Mann. Auch er hatte alle Probleme von seinem Enkel ferngehalten, um ihm eine sorglose Jugend zu schenken. Paulus verzog das Gesicht und zweifelte plötzlich, ob es immer gut oder von Vorteil war, die Wahrheit zu verschweigen.

Dennoch wusste er, dass das Unvermeidliche eines Tages eintreffen würde. Sobald der Herzog eine Möglichkeit sähe, sie mit einem mit Geld gesegneten Adligen zu vermählen, würde er sich an seine Nichte erinnern. Denn wenn es um Reichtum und Ansehen ging, ließ der Herzog keine Gelegenheit aus, sie zu nutzen, das war allgemein bekannt. Aber wie sollte er das Anna beibringen? Sie hatte ein Recht darauf, mehr über ihre wahre Identität zu erfahren, dachte Paulus. Es wäre für Anna bestimmt eine große Enttäuschung, wenn sie es von anderen hören würde. Gleich in den nächsten Tagen würde er mit ihr darüber sprechen, nahm er sich deshalb fest vor. Er hatte das Gefühl, dass jetzt der richtige Zeitpunkt dafür war und hoffte, dass sie es verstehen würde und ihn trotz allem als ihren Vater ansehen und lieben würde.

Anna war nach dem Mittagsmahl gleich wieder zu den Stallungen geeilt. Sie bat Anton, den neuen Stallmeister, ihre Stute Adelinde zu satteln. Sie wollte auf die Hochebene des Bodanrück, um ein wenig nachzudenken. Sie liebte Pferde und genauso das Reiten. Und von dort oben hatte man einen noch schöneren Blick auf den Bodensee als von der Neuen Burg.

Anton war nun schon drei Jahre Stallmeister der Neuen Burg. Er trat seinen Dienst an, als der alte Friederich dahinschied. Er liebte seine Arbeit und war zufrieden.

„Ich werde Sebastian Bescheid geben", sagte Anton. „Er soll Dich begleiten."

Anna tätschelte Adelinde am Hals. „Ach, was soll mir da oben schon geschehen, Anton. Auf die Hochebene verirrt sich keine Seele."

Anton seufzte, „Sebastian wird Dich trotzdem begleiten. Dein Vater macht mich einen Kopf kürzer, wenn ich Dich allein reiten lasse."

„Ob es Dir passt oder nicht, Du reitest nicht ohne Begleitung", grollte Paulus, der soeben mit Sebastian den Stall betrat.

Sebastian war einer der Stallknechte und im selben Alter wie Anna. Er war nicht besonders attraktiv. Seine Figur war etwas rundlicher als die der anderen jungen Burschen in seinem Alter. Wenn ihn ein Mädchen ansprach, brachte er kein Wort heraus vor Schüchternheit. Somit war er auch nicht in der Lage, Anna seine Liebe zu gestehen, die allein sein Geheimnis war. Er strotzte nur so vor Kraft und hatte sich selbst das Kämpfen mit dem Schwert beigebracht. Ein altes Schwert, das er bei einem Ausritt im Wald gefunden hatte, trug er immer bei sich, wenn er mit Anna unterwegs war, um ihr zu zeigen, dass er nicht nur Ställe ausmisten konnte.

„Bleibt nicht zu lange weg“, sagte Paulus zu Anna. „Du bist doch neugierig auf unseren Besuch!“

Anna stieg auf ihre Stute und nahm die Zügel fest in ihre Hand. „Mach Dir keine Sorgen, Vater“, meinte sie mit einem schelmischen Lächeln und gab Adelinde an, sich in Bewegung zu setzen.

„Ist anstrengend, eine so rebellische Tochter zu haben“, flachste Anton mit einem Grinsen im Gesicht.

Paulus zog eine grimmige Miene. „Es ist nicht immer einfach. Sie hat ihren eigenen Willen.“

„Woher sie den wohl hat?“

Paulus hob eine Braue.

„Ich will nicht darüber nachdenken, was Du damit meinst! Du solltest Dich besser wieder um Deine Gäule kümmern, bis dieser Friedingen hier eintrifft.“

- ◆ -

Anna ließ ihrer Stute freien Lauf. Im schnellen Galopp ritt sie auf der Bodanebene entlang und genoss den Ausblick auf den Bodensee. Sebastian hatte alle Mühe, ihr zu folgen.

„Geht es auch etwas langsamer, Anna?“

Anna zügelte abrupt ihre Stute und drehte sich lächelnd im Sattel um.

„Brauchst Du etwa schon eine Pause?“

„Nein, brauch‘ ich nicht! Aber wir sind ja auch nicht auf der Flucht.“

Anna seufzte. „Entschuldige. Aber ich liebe es nun mal, Adelinde freien Lauf zu lassen. Es ist so herrlich hier oben. Findest Du nicht?“

„Ich weiß nicht! Ich kämpfe lieber, als so nutzlos durch die Gegend zu reiten.“

Anna verdrehte die Augen. „Schau Dir die schöne Landschaft an! Hier gibt es keine Sorgen, nur Frieden. Man kann über viele Dinge nachdenken.“

„Und über was denkst Du gerade nach?“

„Ich denke, es wird sich bald vieles auf der Burg verändern!“

„Wie meinst Du das?“

„Na, der junge Herr kommt bald nach Hause.“

Sebastian zog die Stirn in Falten. „Du meinst, Johannes von Bodman?“

Anna blickte zum blauen Himmel hinauf. „Ich kann mich

kaum mehr an ihn erinnern? Als Kinder haben wir oft zusammengespielt. Aber das ist lange her. Ich bin neugierig, wie er jetzt wohl aussieht."

Sebastian blickte sie mit großen Augen an. „Machst Du Dir etwa Hoffnungen?"

„Wie kommst Du darauf?"

„Na, ja! So wie Du über ihn erzählst", meinte Sebastian achselzuckend.

„Wir waren nur gute Freunde. Das ist alles. Und ich wäre glücklich, wenn das so bleiben würde."

Nach einer kurzen Pause sagte sie: „Es gibt keine Hoffnung. Nicht für mich. Ich bin keine Adlige und somit ist das Thema auch schon erledigt."

Ohne weitere Worte trabte Anna weiter. Sebastian beobachtete sie verstohlen von der Seite. Ihre Schönheit raubte ihm schon seit längerem den Schlaf. Ihr ganzes Wesen, ihre Haltung war anders als die der Mädchen in Bodman, dachte er. Sie war etwas Besonderes. Vielleicht lag es auch daran, dass sie die Tochter des Vogts war? Die Frauen nahmen keine große Notiz von ihm. Er war nicht gerade mit Schönheit gesegnet und seine lockigen roten Haare machten das nicht besser. Aber Anna gefiel ihm. Nur, wie sollte er es anstellen, dass er ihr auch etwas bedeutet? Er presste die Lippen zusammen. ‚Ich werde einen Weg finden, sie zu überzeugen, dass ich der Richtige für sie bin.'

Plötzlich wurden die Pferde unruhig. Sebastian erwachte aus seinen Gedanken und zog nervös sein Schwert.

Anna beruhigte Adelinde und blicke sich ebenfalls um. „Ich

sehe weit und breit niemanden. Du kannst Dein Schwert wieder einstecken.“

„Man sollte einer hübschen jungen Frau nicht widersprechen!“

Wie vom Blitz getroffen fuhren Anna und Sebastian herum. Fünf finstere Gestalten auf mächtigen Schlachtrössern standen wie aus dem Nichts vor ihnen. ‚Diese Männer sehen nicht gerade wie edle Ritter aus‘, dachte Anna. Sie trugen weder Wappen noch andere Kennzeichen. Ihre Rüstungen hätten auch mal wieder eine Politur nötig. Sie sahen gefährlich aus. Ein schwarz gekleideter Ritter schob langsam die Kapuze seines Kettenhemdes zurück. Ein grimmiges Lächeln spielte um seinen Mund, seinen Blick auf den jungen Knappen gerichtet.

„Ich bezweifle nicht, dass Du damit umgehen kannst. Aber ich rate Dir, das nicht heute unter Beweis zu stellen, wenn Dir Dein Leben lieb ist, Bursche.“

Anna starrte den Mann energisch an. Ihr Herz pochte wild. „Sebastian“, sagte sie mit leisem Ton. „Es ist besser, Du tust, was dieser Mann sagt.“

Sebastian zögerte einen Moment. Was sollte er tun? Jetzt wäre die Gelegenheit, Anna zu zeigen, was für ein Mann er war. Und, ihr zu beweisen, dass er in der Lage wäre, sie zu beschützen. Schnell wurde ihm jedoch bewusst, dass er gegen diese fünf finsteren Gestalten keine Chance hatte. Aber sollten sie Anna etwas tun, würde er sie mit seinem Leben vereidigen.

Vorsichtig steckte er sein Schwert wieder zurück. Sebastian

richtete sich kerzengerade auf. „Solltet Ihr der Dame ein Leid zufügen werdet Ihr mein Schwert zu spüren bekommen“, sagte er fast stotternd.

Die Männer fingen an, zu lachen. „Aber nicht doch, mein junger Held“, entgegnete der schwarze Ritter und blickte Anna mit einem durchdringenden Blick an. ‚Ein hübsches junges Mädchen,‘ dachte er. Die schwarzen Haare, die ihr bis zur Taille reichten, würde er allzu gerne auf seinem Bettkissen haben wollen. Die kleine freche Stupsnase, die sie widerspenstig in die Höhe hob, sagte ihm, dass es ihm Spaß bereiten würde, die Kleine unter sich zu zähmen. Erhaben und stolz trotzte sie ebenfalls seinem Blick.

‚Er muss der Anführer sein‘, überlegte sie. Es war beunruhigend, wie er sie mit seinem Blick zu verschlingen versuchte. Sie atmete tief durch und nahm all ihren Mut zusammen.

„Wer seid Ihr? Und was macht Ihr auf dem Bodman‘schen Besitz?“

„Wenn Ihr mich so freundlich danach fragt, will ich es Euch gerne sagen.“

Die Männer lachten wieder. „Gestattet, ich bin Hans Wilhelm von Friedingen und komme von der Krähenburg. Johann von Bodman erwartet mich bereits.“

Annas Wangen färbten sich in ein zartes Rot. Am liebsten wäre sie auf der Stelle im Boden versunken.

„Dann wollt Ihr bestimmt die Pferde abholen“, meldete sich jetzt Sebastian.

„So ist es“, antwortete Friedingen mit gepresster Stimme. Dann blickte er wieder Anna an.

„Nun zu Euch, meine Dame. Wie ist Euer Name? Und woher kommt Ihr?"

Anna versteifte sich und runzelte ihre Stirn. ‚Was fällt diesem Kerl ein, mich seine Dame zu nennen!'

„Ich bin Anna Händler, die Tochter des Burgvogts der neuen Burg Bodman. Und ich bin nicht, Eure Dame!"

„Na, das ist ja interessant. Dann könnt Ihr uns bestimmt zu Eurem Vater bringen, Anna Händler."

„Meinetwegen", sagte sie abfällig und wendete ihre Stute, um seinem Blick auszuweichen.

Die Männer taten es ihr gleich und folgten ihr. Friedingen lenkte sein Pferd an Annas Seite, was ihr ganz und gar nicht gefiel. Sie mochte diesen Kerl nicht. Sein Gesichtsausdruck hatte etwas Gefährliches. Die rabenschwarzen Haare waren ungepflegt. Sein Gesicht war mit Narben gezeichnet. Vermutlich war er des Öfteren in irgendwelche Kämpfe verwickelt. Er machte nicht den Eindruck eines edlen Herrn. Eher den eines Strauchdiebes oder gar Raubritters. Sie wollte nicht daran denken, dass er die Pferde holt, die sie mit ihrem Vater liebevoll aufgezogen hatte. Wie würde er sie behandeln?

„Ihr seid also die Tochter des Burgvogts, Paulus?"

Verwundert blickte Anna ihn an. „Woher kennt Ihr den Namen meines Vaters?"

„Oh, ich weiß so einiges. Nur nichts über seine hübsche Tochter", antwortete er grinsend. „Euer Vater ist bekannt für seine guten Pferde."

„Das ist mir bewusst und wir hoffen immer, dass sie in gute Hände gelangen!“

„Keine Angst, ich behandle sie wie eine hübsche Dame, so wie Ihr es seid.“

Annas Augen blitzen. „Lasst das! Ich brauche Eure Komplimente nicht!“

Friedingen lächelte vor sich hin. „Ich hörte, dem alten Bodman geht es nicht besonders gut? Er wird wohl nicht mehr sehr lange auf dieser Welt weilen?“

Anna blickte ihn zornig an. „Wie könnt Ihr so etwas behaupten! Ritter Johann ist nicht mehr der Jüngste, aber es geht ihm soweit gut!“ Zwar wusste sie, sein Zustand wurde von Tag zu Tag schlechter, aber das ging diesen Friedingen nichts an.

„Verzeiht, ich wollte damit nur sagen, dass sein Enkelsohn Johannes ihm jetzt eine Stütze wäre. Wie ich hörte treibt er sich sonst wo herum als nach Hause zu kommen?“

Anna atmete tief durch und ärgerte sich über diese Aussage.

„Johannes wird kommen. Er ist ein Bodman und sich seiner Pflichten durchaus bewusst.“

„Wisst Ihr denn, wo er sich derzeit aufhält?“

„Nein, das weiß ich nicht. Und es geht Euch auch nichts an.“

Friedingen presste seine Lippen zusammen. Diese energische Katze gefiel ihm. Er beobachtet sie von der Seite. Sie sah ganz und gar nicht aus wie ein Mädchen aus dem Dorf. Ihr Aussehen, zeugten von einer guten Erziehung.

„Ihr seid eine Schönheit", wandte sich Friedingen erneut an Anna. „Wer war Eure Mutter?"

Anna presste ärgerlich ihre Lippen zusammen. „Ist das ein Frage-Antwort Spiel, Herr von Friedingen? Meine Mutter war aus Bodman, sie ist vor zwei Jahren gestorben. Warum interessiert Euch das?"

„Oh, ich dachte nur, wer ein so schönes Wesen auf die Welt brachte, musste ebenso schön gewesen sein", sagte er schmeichelnd.

Anna beruhigte sich ein wenig. Nach einer kurzen Pause erzählte sie weiter.

„Die Eltern meiner Mutter waren arme Fischer. Sie lebten in Bodman. Mein Vater steht schon seit vielen Jahren im Dienst der Ritterschaft Bodman und den Umgang mit Pferden hat er von seinem Vater gelernt. Mehr gibt es über unsere Familie nicht zu sagen."

„Verzeiht mir. Ich wollte Euch nicht zu nahetreten. Ich dachte nur, Ihr macht nicht gerade den Eindruck eines einfachen Fischermädchens?"

„Meine Mutter hat mich so erzogen. Vielleicht liegt es auch daran, dass wir viel mit der Herrschaft zu tun haben. Damals als Johannes fortmusste, hatte Ritter Johann niemanden mehr, außer uns. Wir wurden für den Ritter eine Art Familie."

Friedingen räusperte sich. Er musste mehr über diesen jungen Bodman wissen, dachte er. Der vereitelte Überfall vor ein paar Tagen kam nicht unvorhergesehen. Vermutlich hatte er die Hände im Spiel. Er wusste nur so viel, dass er im Auftrag des Landgrafen unterwegs war und er ihn nicht unterschätzen sollte.

„Ich bin ihm noch nie begegnet, diesem Johannes von Bodman!“, fragte Friedingen weiter. „Man sagt, er soll ein guter Kämpfer sein. In allen Disziplinen.“

„Woher wisst Ihr das?“

„So etwas spricht sich schnell herum. Vor zwei Wochen hat der Landgraf fünf Knappen zum Ritter geschlagen. Bodman war einer der Besten, erzählt man sich.“

Anna lächelte jetzt ein wenig und hob stolz ihre Nasenspitze.

„Er ist eben ein Bodman!“

‚Das wird sich noch zeigen‘, überlegte Friedingen. Dieser junge Bodman wird sich noch wundern. ‚Sollte er weiterhin meine Pläne durchkreuzen, dann wird er meine Klinge zu spüren bekommen.‘ Und was die Tochter des Burgvogts angeht, ist auch noch nicht das letzte Wort gesprochen. Er würde nachforschen, aus welchem Stall sie wirklich kommt. Irgendein Gefühl sagte ihm, solch ähnliche Gesichtszüge schon mal gesehen zu haben. Er konnte nur noch nicht deuten, bei wem. Friedingen grinste vor sich hin. Wie es wohl wäre, sie in seinem Bett zu haben. Wenn er diesen wohlgeformten Körper spürte und er ihr die Lust gab, die sie brauchte, würde sie ihn bestimmt mit anderen Augen sehen. ‚Alle Frauen sind so‘, dachte er. ‚Sie taugen nur fürs Bett und um Kinder zu gebären.‘ Entschlossen nahm er sich vor, nicht nur die Pferde zu holen, sondern auch diese widerspenstige Katze.

- ◆ -

Friedingen machte große Augen als er in den Burghof ritt. „Sieh an, der Alte hat sich ja mächtig ins Zeug gelegt."

Die Innenmauer, die den Hauptturm umgab, war gewaltig. Trotz allem gab es noch viele Baustellen, um der Burg die Sicherheit zu geben, die sie brauchte. ‚Es wäre ein leichtes, sie zu plündern', dachte er.

Friedingen zügelte sein Pferd vor der Treppe, die zur Wohnhalle führte und schwang sich aus seinem Sattel. „Darf ich Euch behilflich sein?", fragte er Anna mit ausgestreckten Armen.

Anna blickte ihn mit ernster Miene an. „Nein, danke! Ich werde gleich zu den Stallungen hinüber gehen. Wir sehen uns dann beim Abendmahl, Herr von Friedingen."

„Ganz, wie Ihr wünscht."

Ein Stallbursche eilte herbei und kümmerte sich um die Pferde. Oben vor dem Eingang zur Halle kam ihnen Paulus entgegen. ‚Was sind denn das für finstere Gesellen', dachte er, als er näherkam. ‚Man hört ja so einiges über diesen Mann. Aber dass er aussieht wie ein Strauchdieb!'

„Vermutlich seid Ihr, Hans Wilhelm von Friedingen? Seid herzlich Willkommen auf der neuen Burg Bodman."

„Man dankt, Vogt Paulus! Es ist mir eine Ehre, dem besten Pferdekenner vom Bodensee die Hand zu schütteln."

Paulus rümpfte die Nase. ‚Der will sich wohl bei mir einschmeicheln!'

Dieser Mann gefiel Ihm nicht. Er war gefährlich. Das konnte man riechen. ‚Und er wird hier auch noch übernachten', dachte Paulus. Er würde auf der Hut sein müssen.

„Was für eine schöne Burganlage Ihr hier geschaffen habt", meinte Friedingen und blickte sich um.

„Ja, wahrhaftig."

„Sie ist gewaltiger als die alte es je war. Eure hübsche Tochter war so freundlich, uns den Weg zu weisen."

Paulus hob eine Braue. „Dann habt Ihr sie beim Ausreiten getroffen?"

„Ja, sie scheint eine gute Reiterin zu sein. Ihr könnt Euch glücklich schätzen, eine Tochter wie Anna zu haben. Sie ist gebildet und eine Schönheit."

„Das ist sie, Herr von Friedingen. Aber lasst uns jetzt in die Halle gehen. Ritter Johann erwartet uns bereits."

Paulus machte sich Gedanken. Dieser Mann redet für seinen Geschmack etwas zu viel über seine Tochter. Er wird auf der Hut sein, solange dieser Kerl auf der Burg weilt.

Als Anna die Stallungen betrat, kam ihr Anton entgegen und nahm ihr die Zügel ab.

„Ich habe noch nicht mit Dir gerechnet. Hattest Du keine Lust mehr?"

Anna seufzte. „Wir sind diesem Widerling von Friedingen begegnet. Er will die Pferde holen."

„Ich weiß Anna! Es ist jedes Mal das Gleiche", sagte er beruhigend und blickte sie wehmütig an. „Du kannst sie nicht für immer hierbehalten. Es bringt der Ritterschaft wieder ein paar Silberlinge ein."

„Ich weiß. Es ist eben nicht leicht. Und gerade diesem Mann! Ich habe kein gutes Gefühl dabei."

„Du kannst es nicht ändern. Geh zu Deinem Vater. Er wartet sicher schon auf Dich."

Als Anna die Halle betrat, saßen die Männer mit ihrem Vater und Ritter Johann an einem der langen Schragentische. Vermutlich handelten sie den Kaufpreis für die Pferde aus. Mürrisch wandte sie den Blick wieder ab. Da wollte sie nicht dabei sein, dachte sie und verließ die Halle wieder. Sie beschloss, gemütlich ein Bad zu nehmen und sich für das Abendmahl umzuziehen.

Als sie über den Burghof zum Bediensteten Haus lief, wartete bereits Sebastian auf sie. Schüchtern trat er vor sie.

„Anna, es tut mir leid, dass ich heute Mittag nicht mehr tun konnte."

„Du hast das Richtige getan, Sebastian. Sie haben uns ja nicht wirklich bedroht. Und gegen fünf Kampf erprobte Ritter hättest Du eh keine Chance gehabt."

Sebastian ließ seine Schultern hängen und meinte, „ich hätte Dir gerne gezeigt, dass ich Dich beschützen kann."

„Das brauchst Du aber nicht! Du musst mir nichts beweisen!"

Sebastian trat von einem Fuß auf den andern. Wie sollte er ihr sagen, was er für sie fühlte. Er hob den Kopf und trat noch einen Schritt vor sie hin. Anna blickte ihn verwundert an.

„Anna, ich weiß nicht, wie ich es sagen soll. Ich mag Dich und ich möchte um Dich werben", brachte er stotternd hervor.

„Was sagst Du da?“

Sie blickte ihn verdutzt an. Welche Worte sollte sie jetzt wählen, um ihn nicht zu verletzen? Behutsam legte sie ihre Hand auf seinen Arm.

„Sebastian! Das ehrt mich sehr, aber ich empfinde nichts für Dich! Du bist für mich nur ein guter Freund, mehr nicht“, sagte sie mit einem schmerzlichen Blick. Sie fühlte, wie er sich versteifte und blickte ihn fast mitleidig an. „Wir würden auch nicht zusammenpassen. Vergiss was Du eben gesagt hast. Es macht keinen Sinn. Ich fürchte, wir sind nicht füreinander bestimmt!“

Sebastians Wangen färbten sich in ein tiefes Rot. Verächtlich schob er ihre Hand weg und blickte sie zornig an.

„Was glaubst Du, wer Du bist, Anna Händler? Du bist nichts weiter als die Tochter eines Burgvogts. Auf wen wartest du? Etwa auf den jungen Bodman?“

„Nein!“, schrie Anna ihn an. „Wie kommst Du nur darauf? Ich bin nicht von Adel und somit auch nicht für Johannes von Bodman bestimmt!“

Wut stieg in ihr auf. Wie konnte Sebastian so etwas behaupten. „Ich warte auf niemanden! Ich bin noch jung und will mich noch nicht binden. Und wenn, dann bestimmt nicht mit Dir.“

Sebastian schäumte vor Zorn. „Dann geh‘ zum Teufel und such Dir in Zukunft einen anderen Dummen, der Dich auf Deinen so friedlichen Ausflügen begleitet“, schnaubte er Anna an und ließ sie unvermittelt stehen.

Anna zitterte am ganzen Leib. Sie verstand die Welt nicht

mehr. Was hätte sie ihm sonst antworten sollen. Sie hatte ihm nie einen Anlass für diese Gefühle gegeben. ‚Wie kommt er nur darauf?'

Kurz starrte sie noch in die Richtung, in die Sebastian verschwunden war. Plötzlich hatte sie Mitleid mit ihm. Er war kein Bursche, auf den die Mädchen flogen. Dennoch würde er eines Tages die Richtige finden. Er war nicht der Mann, den sie sich wünschte. Im Innersten wusste sie, wenn der Richtige käme würde sie dies spüren. Aber nicht Sebastian! Erschöpft fuhr sie sich mit beiden Händen übers Gesicht und seufzte. ‚Was für ein Tag! Und wie würde er noch enden?'

Sie beschloss das soeben Geschehene, aus ihren Gedanken zu verbannen. Mit leicht hängenden Schultern stieg sie die kleine Treppe hinauf, die zu ihrer Behausung führte. Sie würde erst mal ihr Bad genießen, dann sähe die Welt bestimmt wieder besser aus.

- ◆ -

Paulus saß am Tisch und machte ein mürrisches Gesicht. Sein Appetit ließ einiges zu wünschen übrig. Dieser Friedingen hatte nur Augen für seine Tochter. Ritter Johann hatte Anna gebeten, neben diesem abscheulichen Kerl Platz zu nehmen, damit sein Gast „angenehm unterhalten“ würde.

Der alte Mann hatte keinen Schimmer, was diese missratene Figur im Schilde führte. Paulus Muskeln waren angespannt, dass es weh tat. Sein Puls raste vor Wut. Plötzlich schlichen seine Gedanken wieder in die Vergangenheit. Seine Tochter war leider von einem gewissen Adel! Niemals durfte die Wahrheit jetzt ans Licht kommen.

Auch Sebastian, der etwas abseits saß, blickte zornig vor sich hin. Sie hatte ihm eine Abfuhr erteilt. Das würde er ihr nicht verzeihen. Und jetzt sitzt sie neben diesem Friedingen, obwohl sie ihn verabscheute. ‚Das wird sie mir büßen‘, dachte er zornig vor sich hin. ‚Soll dieser Friedingen doch seine Freude mit ihr haben. Dafür gibt es bestimmt einen Weg. Man munkelt so einiges, seit dem Tod ihrer Mutter, hinter verschlossenen Türen, was Anna betrifft. In der Öffentlichkeit schweigen alle eisern darüber. Vermutlich wegen des allzu beliebten Burgvogts!‘ Er würde herausfinden, was es damit auf sich hat. ‚Wenn sie mich so abscheulich findet. Dann hat sie eben einen abtrünnigen Ritter wie diesen Friedingen verdient. Sie wird schon sehen, was sie davon hat!‘

Friedingen leerte seinen Becher in einem Zug und grinste unverschämt zu Paulus hinüber.

„Vogt! Euer Appetit scheint nicht gerade groß zu sein? Der

Handel mit den Pferden war doch mehr als gut oder nicht? Kein Grund so ein Gesicht zu ziehen!"

Paulus leerte ebenfalls seinen Becher Wein und fixierte ihn. „Man könnte fast meinen, Ihr wäret hier auf Brautschau und nicht, um Pferde zu kaufen?"

Anna, die neben Friedingen saß, versteifte sich. Auch sie hatte bemerkt, dass ihr Vater sie mit argwöhnischem Blick beobachtete. Er bräuchte sich doch keine Sorgen machen, dachte sie. Sie war nur freundlich, das ist alles. Aber es war wohl besser, wenn sie sich jetzt zurückzog.

Sie erhob sich von ihrem Stuhl und blickte ihren Vater an. „Vater, ich würde mich gerne zurückziehen. Es war heute ein langer Tag, und ich bin müde."

Mit einem leichten Lächeln wandte sie sich an Friedingen. „Ich wünsche Euch eine gute Nacht, Herr von Friedingen."

Mit einem Grinsen im Gesicht erhob er sich und nahm ihre Hand. „Das wünsche ich Ihnen auch, schönste Blume vom Bodensee. Es war mir eine Freude, mit Euch zu speisen. Ihr dürft mich übrigens Hans nennen, wenn Ihr wollt! Und ich hoffe doch sehr, dass wir uns morgen früh noch einmal sehen."

Annas Wangen liefen rot an. Was bildet dieser Kerl sich ein. Sie straffte sich und hob energisch ihr Kinn. „Das mit morgen früh, lässt sich sicher einrichten. Aber ich werde Euch ganz bestimmt nicht beim Vornamen nennen!" Sie hob ihr Kleid an und verließ eilig die Halle.

Friedingen drehte seinen Kopf und blickte ihr mit verschleierten Augen hinterher.

‚Oh doch, das wirst Du, mein Kätzchen. Du wirst meinen Namen flüstern, dafür werde ich sorgen', dachte er schmunzelnd vor sich hin. Er drehte sich wieder dem Tisch zu und setzte sich.

Eine Magd schenkte ihm noch einmal Wein nach. Dabei schmiegte sie sich nah an ihn heran, damit er ihr in ihre prallen Brüste blicken konnte.

Friedingen musterte sie von oben bis unten. Er verzog seinen Mund. ‚Das wäre ein willkommener Ersatz, um sich zu erleichtern' überlegte er. Und diese vollbusige Magd würde ihm sicherlich dabei behilflich sein.

Paulus, der ihn nicht aus den Augen ließ, fragte schließlich, „wann wollt Ihr morgen wieder abreisen, Herr von Friedingen?"

„Das kommt ganz darauf an. Es gefällt mir hier. Vielleicht bleibe ich noch eine Weile in der Gegend. Der Bodensee ist um diese Jahreszeit am schönsten, nicht wahr? Oder, was denkt Ihr, Paulus?"

Friedingen nahm ein Schluck und ließ Paulus nicht aus den Augen. Es bereitete ihm Spaß, ihn zu ärgern. Trotz allem musste er auf der Hut sein. Paulus war zwar älter als er selbst, ‚aber, wenn ich eine so hübsche Tochter hätte, würde mein Gegner vermutlich nicht mehr leben', dachte Friedingen.

Leicht zog er eine Braue hoch und drehte seinen Becher in der Hand herum. „Unter anderem gefällt mir Eure Tochter", sagte er plötzlich. „Ich würde gerne um sie werben!" Dabei ließ er Paulus nicht aus den Augen.

Einen Augenblick trat völlige Stille ein. Einige am Tisch blickten einander sprachlos an. Andere waren gespannt, was als Nächstes passieren würde. Paulus erhob sich ruckartig mit erzürntem Gesicht und war versucht, diesem Kerl in sein vernarbtes Gesicht zu schlagen.

Mit der Hand an ihren Schwertern erhoben sich auch die Männer von Friedingen, der ihnen aber mit einer Handbewegung andeutete, sich wieder zu setzen.

„Ich rate Euch, die Hände von meiner Tochter zu lassen. Sie ist nicht für Euch bestimmt."

Friedingen grinste ihn immer noch frech an.

‚Dieser Mann hatte überhaupt keine Skrupel', dachte Paulus.

„Aber, warum so aufbrausend, Vogt! Es ist doch nichts passiert", entgegnete Friedingen gelassen. „Nur so viel, ich habe schon immer bekommen, was ich wollte!"

Das war eindeutig zu viel, dachte Paulus. Sein Kopf lief rot an vor Zorn. Er ballte seine Hände zu Fäusten, dass es weh tat.

„Paulus, was geht hier vor?", rief eine Stimme, die vom Kaminsessel herüberkam. Ritter Johann hatte sich nach dem Essen gleich wieder in seinen Sessel zurückgezogen, um ein Nickerchen zu halten. Nun wurde er durch die lauten Stimmen aus dem Schlaf gerissen.

Paulus lockerte sich ein wenig. „Nichts, um das Ihr Euch sorgen müsstet, Ritter Johann! Herr von Friedingen und ich waren nicht ganz einer Meinung."

Paulus wollte den alten Mann aus dieser Sache heraushalten. Er würde sich nur aufregen und das war für seinen gesundheitlichen Zustand nicht das Beste. Paulus blickte Friedingen grimmig an. Seine Kiefermuskeln waren die einer Statue.

Auch Friedingen ließ nicht von Paulus ab. „Euer Verwalter scheint nicht die besten Nerven zu haben, Ritter Johann. Vielleicht, macht ihm die viele Verantwortung zu schaffen?"

Paulus hätte ihn am liebsten gepackt. Aber er durfte jetzt keinen Streit vom Zaun brechen. ‚Das beabsichtigt dieser Bastard nur', dachte er. Paulus leerte seinen Becher und verließ den Tisch. Er würde Ritter Johann nach oben bringen, wie er es jeden Abend tat. Seit geraumer Zeit war er nicht mehr in der Lage, allein die Wendeltreppe hinauf zu gehen.

Paulus verzog noch immer verärgert sein Gesicht und warf einen Blick auf Fiedingen und seine Männer, die immer noch angespannt am Tisch saßen, mit der Hand an ihren Waffen. Auf diesen Handel hätte er gut verzichten können. Auch hatte er kein gutes Gefühl bei dem Gedanken, dass sie sich heute Nacht in der Burg aufhielten. Wütend presste er die Lippen aufeinander.

„Es ist besser, Ihr nehmt Eure Pferde und verlasst die Burg noch heute Abend", sagte er zu Friedingen.

„Sonst? Sonst, was?", entgegnete Friedingen mit abschätzigem Tonfall. „Droht mir nicht, Paulus! Das könnte nicht gut ausgehen! Morgen früh werde ich die Pferde mitnehmen, so wie ich es mit dem Burgherrn besprochen habe. Und sollte ich mich weiterhin hier am See aufhalten wollen, könnt Ihr mir das schlecht verbieten."

Paulus biss seine Zähne zusammen. Er musste sich zusammenreißen. „Wie Ihr meint, Herr von Friedingen! Ich weiß nicht, was Ihr im Schilde führt, aber geht mir aus den Augen!“

Nachdem er Johann in seine Gemächer gebrachte hatte, würde er ein ernstes Wort mit seiner Tochter wechseln müssen, nahm er sich vor.

„Was willst Du von dem Mädchen?“, sagte einer von Friedingens Männern. „Es bringt uns nur Ärger ein.“

Friedingen hob eine Augenbraue. „Du bist nicht in der Lage, mir etwas zu verbieten“, erwiderte er mit einem ernsten Gesichtsaustruck und blickte seine Männer finster an. „Es sollte für Euch kein großes Problem darstellen. Ich weiß schon, was ich tue.“

„Robert hat Recht“, warf ein anderer ein. „Wir sollten uns auf die konzentrieren, die uns schon einmal in die Quere kamen und unseren letzten Überfall durchkreuzten“, zischte er leise. „Und wenn Du Deine Lust befriedigen willst, die Magd mit den prallen Brüsten hätte bestimmt nichts dagegen, wenn Du sie nehmen würdest.“

Friedingen nahm einen tiefen Schluck und setzte seinen Becher hart auf dem Tisch ab. „Die Magd interessiert mich nicht im Geringsten. Ich werde mir die kleine Wildkatze in mein Bett holen. Um das andere kümmern wir uns später.“

Abrupt erhob er sich. „Ich werde mir noch ein wenig die Beine vertreten. Seid auf der Hut, wir sehen uns dann morgen früh.“

- ◆ -

Als er vor das Portal trat und auf den Burghof blickte, sah er eine dunkle Gestalt mit einer Kapuze über den Hof huschen. Sie verschwand in Richtung Stallungen. Neugierig verzog er seinen Mund. Wer wohl noch zu so später Stunde die Pferde aufsuchte, überlegte er?

Anna schob ihre Kapuze zurück und ging in die Box, wo ihre Stute stand. Sie musste sich ablenken. Nach dem heutigen Tag gingen ihr so viele Gedanken durch den Kopf. Sie konnte keinen Schlaf finden. Und ihr Vater war auch noch nicht gekommen. Er war bestimmt verärgert, weil sie sich mit Friedigen unterhielt. Aber sie hatte ja keine andere Wahl, dachte sie. Somit beschloss sie in den Stall zu gehen. Das tat sie immer, wenn sie etwas beschäftigte oder sie nachdenken wollte.

Aus einem Korb nahm sie einen Apfel für ihre Stute Adelinde. Anna tätschelte ihre Mähne und gab ihr den Apfel. Seit dem Tod der Mutter war ihr Pferd oft ihr einziger Trost und Freund, wenn sie einmal nicht weiterwusste.

„Ach, Adelinde! Wie soll ich Sebastian erklären, dass ich ihm nur eine Freundin sein kann! Und dieser Friedingen, was sollte sie davon halten?“

Sie lächelte vor sich hin. Es war durchaus schmeichelhaft, dachte sie. Er flüsterte ihr nur schöne Komplimente ins Ohr. In solchen Dingen war sie eben noch unerfahren. Wäre ihre Mutter noch da, könnte sie ihre Fragen bestimmt beantworten, was ein Mann von einer Frau erwartete. Aber, sie mochte ihn nicht. Sie seufzte! Ihr Vater fühlte wohl ebenso, überlegte sie. So wie er beim Essen, sie und Friedingen beobachtet hatte, sagte das alles. Er wird vermutlich ein ernstes Wort mit ihr reden wollen.

Wieder streichelte sie die Mähne ihrer Stute. „Ach, Adelinde! Warum muss alles so kompliziert sein?"

Sie grübelte weiter vor sich hin. ‚Von einem Mann geküsst zu werden! Wie das wohl seine würde?' Sie erinnerte sich, ihre Mutter sagte einmal, dass es nur schön sein könne, wenn zwei Menschen sich liebten. Aber woher würde sie das wissen, wenn es soweit war? Sie hatte so viele Fragen? Sie schloss kurz ihre Augen. ‚Ich glaube, ich sollte mir nicht allzu viele Gedanken darüber machen. Nicht über Sebastian. Und auch nicht über diesen Schurken von Friedingen.' Sie gab Adelinde einen Kuss auf ihre Backen und wollte gerade gehen.

„Wie gerne würde ich jetzt an der Stelle des Pferdes sein", erklang eine Stimme.

Anna erschrak und fuhr herum. Friedingen lehnte mit verschränkten Armen an einem der Stützbalken und grinste sie lüstern an.

„Verbringt Ihr Eure Nächte lieber im Stall als in Eurem Bett?"

Anna versteifte sich. „Das geht Euch nichts an! Was tut Ihr überhaupt hier?"

Friedingen hatte jetzt ein spöttisches Lächeln im Gesicht und machte ein paar Schritte auf sie zu. „Ich sehnte mich nach Euch, liebe Anna. Ihr geht mir einfach nicht aus dem Kopf!"

Anna hob ihre Stupsnase und blickte ihm direkt in die Augen. Sie durfte jetzt keine Angst zeigen. „Männer wie

Ihr, meinen es nicht aufrichtig mit unserem Geschlecht“, schleuderte sie ihm ins Gesicht.

„Woher wollt Ihr das denn wissen? Ihr kennt mich ja noch nicht so gut.“

Er war ihr jetzt gefährlich nahe. Ihr Atem ging schneller. Ihre Brust hob und senkte sich. Er hob eine Hand und nahm ihr einen Strohhalm aus den Haaren.

„Ihr seid eine schöne Frau, Anna! Welcher Mann würde bei diesem Anblick nicht in Versuchung geraten!“ Eine Hitze lief durch seinen Körper. Er musste sie haben gleich jetzt und hier, dachte er. Egal wie!

Anna blickte ihn an. Sie war wie gelähmt. Seine Augen hatten plötzlichen einen dunklen Ausdruck, der ihr Angst machte. Sie begann zu zittern.

„Ich begehre Dich, Anna Händler. Ich will Dich haben“, sagte er mit einer rauen, tiefen Stimme.

Anna erschauerte. Ihre Knie wurden so weich, dass sie fürchtete in Ohnmacht zu fallen. Würde er sie gleich küssen? Was sollte sie jetzt tun. Noch nie war sie in einer Situation wie dieser! Sie musste auf der Hut sein. Dieser Mann war gefährlich! Und es fühlte sich falsch an, hier mit ihm allein zu sein. Trotz allem war sie auch neugierig auf das, was gleich passieren würde? Etwas, das ihr gleichzeitig den Atem raubte und Angst einjagte.

Erschrocken trat sie ein wenig zurück und stieß gegen die Bohlenwand. Sie fühlte sich wie eine Maus in der Falle. Friedingen verzog seinen Mund und grinste sie wieder lüstern an.

„Du brauchst keine Angst vor mir zu haben, Anna. Ich möchte Dir nur ein wenig Lust bereiten. Es wird Dir bestimmt gefallen!“

Anna erwachte plötzlich aus ihrer Gedankenstarre. Ihre blauen Augen blitzten jetzt auf. „Ich warne Euch! Rührt mich nicht an!“

Ihr Herz pochte dabei so stark, dass es ihr in den Ohren dröhnte. Sie fühlte sich wie ein gehetztes Tier, das in der Falle saß.

Energisch schob sie ihr Kinn hervor und überlegte, wie sie aus dieser Situation herauskommen sollte. „Wenn Ihr mir Angst einjagen wollt, muss ich Euch enttäuschen“, sagte sie erregt.

Er stand jetzt direkt vor ihr und hob seine raue Hand an ihr Kinn, das sie erschauern ließ. Langsam wurde er ungeduldig. Er hatte nicht viel Erfahrungen mit einer Jungfrau, überlegte Friedingen. Er musste es schnell angehen, dachte er, bevor sie anfing, zu schreien.

„Ich sagte doch schon, Ihr braucht keine Angst zu haben. Ich bin in diesen Dingen ein erfahrener Mann. Ich werde es langsam angehen lassen“, schmeichelte er ihr ins Ohr.

Ihr Duft nach Lavendel trieb ihn zum Wahnsinn. Seine Lust nach ihr wurde unerträglich. Wie von Sinnen griff er nach ihr und zog sie an sich.

Anna versteifte und versuchte, sich von ihm zu befreien. Aber seine Arme waren stärker. Sie spürte die Härte seiner Schenkel an den ihren und etwas Hartes, das sich gegen ihren Bauch presste. ‚Oh, mein Gott!‘, dachte sie fieberhaft.

Friedingen packte sie brutal an den Schultern und drückte sie noch mehr an sich. Er versuchte, ihren Hals zu küssen. „Ich will Dich, kleine Katze“, murmelte er ihr ins Ohr.

Annas Angst wurde immer größer. „Oh, mein Gott! Steh mir bei!“, wimmerte sie vor sich hin.

„Du sollst nicht Gott vertrauen, sondern mir allein“, sagte er mit belegter Stimme. Er war zum Zerreißen angespannt. In ihm loderte ein Feuer, das gelöscht werden wollte. ‚Ich werde sie gleich hier und jetzt nehmen, dann ist sie mein.‘ Wenn er sie entehrt hatte, konnte sie ihm keiner mehr streitig machen.

Anna fing wieder an, sich aus seinen Armen zu winden. „Lasst mich los, Ihr Widerling! Ihr tut mir weh!“

Aber Friedingen war wie von Sinnen und ließ nicht von ihr ab. Er war wie ein Tier, das den Braten roch. Er packte sie bei der Taille und drückte sie noch mehr an die Bohlenwand. Mit einer Hand schob er ihr das Kleid hoch. Mit der anderen Hand begrabschte er ihre Brüste. Seine Hände schienen überall zu sein.

Sie musste schnell einen Weg finden, um dem allem zu entfliehen, bevor es zu spät war. Adelinde fing nervös an zu wiehern. Aber sie konnte ihr auch nicht helfen. Friedingen hielt sie immer fester. Sein Atem roch so sehr nach Zwiebeln, dass ihr dabei schlecht wurde.

Mit einer Hand fuhr er ihr an den Schenkeln hoch. Sie wollte lieber sterben als sich von diesem Kerl entehren zu lassen.

Plötzlich sah sie einen Schatten. Ihr Vater packte Friedingen von hinten und schleuderte ihn mit voller Wucht zu Boden.

Bedrohlich stellte er sich vor ihm auf. „Was fällt Euch ein, meine Tochter wie eine Dirne zu behandeln!“

Friedingen war auf diesen Angriff nicht gefasst. Er starrte ihn Zähne knirschend an.

Paulus kochte vor Wut. „Verlasst auf der Stelle diesen Stall, bevor ich mich vergesse!“

Friedingen erhob sich. Seine Augen wurden schmal. ‚Was denkt sich dieser dahergelaufene Vogt!‘

„Ein Ritter von Stand, behandelt eine Frau nicht, wie Ihr es tut!“

Friedingen stand auf, streifte sich das Stroh von seinem Hemd und blickte Paulus Wut entbrannt an. „Ihr nehmt Euch ein wenig zu viel heraus, alter Mann!“

„Anna, geh sofort auf Dein Zimmer!“, sagte Paulus in gefährlich ruhigen Ton, ohne seinen Gegner aus den Augen zu lassen.

Anna, die immer noch erschrocken und völlig aufgelöst dastand, blickte die beiden Männer ängstlich an. Mein Gott, würde er ihrem Vater etwas antun, wenn sie jetzt ging? Er war ja auch nicht mehr der Jüngste. Er konnte mit dem Schwert umgehen, aber er war nicht kampferprobt wie vermutlich dieser Friedingen.

„Vater, ich werde hierbleiben!“, sagte sie zitternd.

„Tu, was ich Dir sage! Sofort!“, schrie Paulus sie in barschem Ton an.

Anna liefen die Tränen über ihre Wangen. Ohne Worte verließ sie den Stall.

Wäre sie im Bett geblieben, wäre das alles nicht passiert. Sie musste wissen, was da drinnen vor sich ging, um Hilfe zu holen, wenn es nötig wäre. Sie blieb am Eingangstor stehen, um zu lauschen.

„Ich denke, Herr von Friedingen, Ihr nehmt jetzt Eure Pferde mit und verlasst auf der Stelle die Burg."

Einen Moment herrschte Schweigen. Friedingen musterte Paulus argwöhnisch und gereizt. Nichts wäre im lieber, als diesen Mann ins Jenseits zu befördern. ‚Aber nicht heute', dachte er. Spöttisch verzog er seinen Mund.

„Wie Ihr wollt, Vogt! Aber wir sehen uns wieder. Und dann, fürchte ich, geht es für Euch nicht so gut aus. Das verspreche ich Euch!"

„Das wird sich zeigen", entgegnete Paulus. „Und jetzt holt Eure Männer und verlasst die Burg. Ich werde dem Stallmeister Bescheid geben, er soll die Pferde holen."

Dann drehte sich Paulus um und ließ Friedingen stehen. Wutentbrannt blickte Friedingen hinter ihm her.

„Das wirst Du mir büßen, Vogt! Keiner beleidigt mich und kommt mir so davon. Und was Deine Tochter betrifft, wird mir bestimmt etwas einfallen!"

- ◆ -

Schweigend ritten sie seit Stunden durch die Wälder des Höhgaus. Es bedurfte höchster Wachsamkeit. Johannes hatte seine Männer angewiesen auf der Hut zu sein. Früher, wenn er mit Ritter Heinrich unterwegs war, hatte er sich nicht so viele Gedanken gemacht. Nun aber lag die Verantwortung allein bei ihm.

Seine Lehrjahre waren hart, aber gut. Schon früh hatte ihm sein Ritter Verantwortung übertragen. Somit hatte er gelernt, Entscheidungen zu treffen und sie dann auch auszuführen. Er konnte zwei Sprachen sprechen. Heinrich hatte ihm den Umgang mit dem Schwert beigebracht und Strategien gelehrt, eine Burg zu erobern oder zu verteidigen. Aber er wollte damit nicht prahlen. Das überließ er anderen. Nichts fiel ihm wirklich schwer. Wenn er sich etwas vornahm, setzte er es mit eisernem Willen durch.

Plötzlich wurde er aus seinen Gedanken gerissen. Niklas lenkte sein Pferd an Johannes Seite.

„Wie wäre es mit einer kurzen Pause? Ich müsste mich einmal dringend erleichtern."

Ohne ein Wort zügelte Johannes sein Pferd und hob seine Hand. Mit wachsamen Augen deutete er den Männern an, eine kurze Rast einzulegen. Gespannt wie ein Bogen stieg er ab.

„Wir sollten uns nicht allzu lange hier aufhalten", wandte er sich an seine Männer. „Erledigt Eure Bedürfnisse, dann reiten wir weiter und bleibt in Sichtweite!"

„Ich kenne mich hier nicht so gut aus. Was denkst Du, wie

lange haben wir noch zur Stoffelburg?“, fragte Niklas.

„Ich denke, nicht mehr als eine halbe Stunde. Ich habe auch nicht vor, mich sehr lange auf dem Stoffel aufzuhalten. Mit den Herren von Stoffeln sollte es keine Probleme geben, sie auf unsere Seite zu bekommen. Zumal sie der Grafschaft Nellenburg unterstellt sind.“

Niklas schnürte seine Hose zu und blickte Johannes an. Er kannte ihn gut. Immerhin waren sie viele Jahre zusammen auf der Nellenburg. Irgendetwas schien ihn wieder zu beschäftigen.

„Was ist los? Du bist nicht gerade gesprächig! Was betrübt Dich?“

Johannes biss die Zähne zusammen. „Hast Du es noch nicht bemerkt? Seit geraumer Zeit werden wir verfolgt.“

Niklas erstarrte. „Bist Du Dir sicher?“

„So sicher, wie das Amen in der Kirche, sag ich Dir!“

„Was gedenkst Du zu tun?“

„Sobald eine Wegbiegung kommt, werden wir sie empfangen.“

„Wir reiten weiter“, sagte er mit ernster Miene zu den Männern. „Es ist keine Zeit für viele Erklärungen. Nur so viel, dass wir bald Gesellschaft bekommen. Und wir sollten sie gebührend empfangen. Du, Peter und Jakob bleiben an meiner Seite. Martin und Cun, ihr bleibt hinter uns. Unterhalten könnt ihr euch später wieder! Ich verlange absolute Ruhe!“

Die Männer nickten, nahmen den Befehl ohne weitere Fragen an und stiegen auf ihre Pferde. Nicht lange und sie kamen an eine Wegbiegung.

„Seht Ihr die Felsen dort drüben?" sagte Johannes im Flüsterton. „Von da aus haben wir sie im Blickfeld. Egal von wo sie kommen."

Cun kniff die Augen zusammen. „Ein guter Plan. Aber wir sollten uns trennen, wegen der Spuren."

„Du hast recht, Cun. Du und Martin, Ihr kommt von der linken Seite. Wir treffen uns dann hinter dem Felsen. Und seid auf der Hut!"

Die Felsformation schien der perfekte Platz zu sein, um den Verfolgern aufzulauern. Hier im Höhgau gab es überall solche Steinformationen. Durch ihre hohe, säulenartige Form nannte man sie auch Basaltsäulen. Ursprünglich entstanden sie durch die Lava Ausläufer der Höhgau Vulkane. Wenn man genauer hinsah, strahlten sie in einem schimmernden Blau. Es wurde erzählt, Kelten und Alemannen nutzten sie auch als Kultstätten.

Johannes zügelte sein Pferd. „Einen besseren Platz hätten wir nicht finden können."

Dann wandte er sich an seinen Knappen. „Jakob! Wenn es zum Kampf kommt, bleibst Du hinter den Felsen und rührst Dich nicht von der Stelle! Verstanden?"

Jakob nickte nervös und murmelte gequält. „Immer, wenn es spannend wird, kann man mich nicht brauchen."

„Tu, was ich Dir sage, das ist noch nichts für Dich. Ich habe jetzt keine Zeit mit Dir zu diskutieren!"

Peter schielte Johannes von der Seite an. „Da hast Du aber einen aufmüpfigen Knappen an Deiner Seite.“

Johannes schnaufte. „Er ist soweit ganz in Ordnung. Ich denke, in ein paar Jahren wird aus ihm ein guter Mann. Aber sein jugendlicher Stolz kommt eben öfter zum Vorschein als mir lieb ist. - Ah, da kommen Cun und Martin! Habt Ihr etwas bemerkt?“

„Nein, alles ruhig“, antwortete Martin.

„Lange kann es ja nicht mehr dauern“, sagte Johannes mit gepresster Stimme.

„Wann hast Du es bemerkt?“, fragte Niklas leise. „Als wir durch den kleinen Ort Duchtlingen kamen. Sechs üble Gestalten lungerten an der Schenke herum. Vermutlich warteten sie auf die nächstbeste Gelegenheit, die sich ihnen bot.“

„Hört auf zu quatschen. Sie kommen!“

„Du hattest Recht“, flüsterte Niklas. „Eine Gruppe von sechs Mann.“

Johannes hob eine Augenbraue. „Dürfte für uns kein Problem darstellen. Aber da, der Junge! Der ist ja noch ein halbes Kind! Passt auf! Ich will nicht, dass ihm etwas passiert. Und jetzt stellen wir uns ihnen einmal vor.“

„Auf die Gesichter bin ich mal gespannt“, meinte Cun.

Johannes ging nicht auf Cuns Witzeleien ein. „Cun, Martin Ihr kommt von rechts, wir von links! Das wird sie gleich mal einschüchtern.“

Johannes war angespannt. Er war schon oft in einer solchen Situation. Aber noch nie hatte er die Verantwortung. Jetzt musste er sein ganzes Können unter Beweis stellen. Und alles, was er gelernt hatte zum Einsatz bringen. Schon allein, um seinen Männern zu zeigen, dass sie sich auf ihn verlassen konnten und sie ihm weiterhin Respekt erwiesen.

Johannes trieb seinen Hengst langsam an. An seiner Seite Peter und Niklas. Mit gelassener Miene wandte er sich an die sechs finsteren Gestalten, die abrupt ihre Pferde zügelten. Mit wachsamem Blick musterte er die Männer. Zwei von ihnen trugen nur zerlumpte Tuniken. Die anderen trugen keine Rüstungen, dafür aber ein Kettenhemd, das allerdings auch nicht mehr im besten Zustand war. Alles in allem sahen sie nicht gerade aus, als ob sie sich täglich das Gesicht wuschen, geschweige denn ein Bad nahmen.

„Guten Tag, meine, Herren! Wir sind der Ansicht, dass Ihr uns seit geraumer Zeit verfolgt." Johannes kniff seine Augen zusammen und lehnte sich etwas nach vorne. „Ihr könnt mir bestimmt den Grund dafür nennen?"

Die Pferde der Männer wurden leicht nervös und fingen an zu tänzeln. Der Ältere, der direkt vor Johannes stand, hatte Zornesröte im Gesicht. Seine Hand nahe am Schwert.

„Ihr tragt kein Banner. Darf ich fragen, wer Ihr seid, um solch eine Behauptung aufzustellen?"

Johannes Muskeln waren angespannt. Er blickte den Mann herausfordernd an und ließ ihn nicht aus den Augen.

„Es ist nicht von Bedeutung, wer wir sind. Nur so viel, gelegentlich jagen wir Strauchdiebe oder Raubritter, die hier im Land ihr Unwesen treiben. Und ich fürchte, wir sind mal wieder fündig geworden."

Mit einem Mal zogen alle Sechs, ihre Schwerter. „Macht Euch bereit zu sterben, Ihr Hurensöhne!“, hallte es durch den Wald. „Tötet sie alle!“

Johannes und seine Männer reagierten sofort und gingen zum Angriff über. Chaos brach unter den Strauchdieben aus. Ihre Pferde wieherten und bäumten sich auf. Johannes preschte auf den Anführer los und versetzte ihm einen Hieb auf den Arm. Gleichzeitig wurde er von hinten angegriffen. Schnell reagierte Peter und schlug diesem Angreifer das Schwert aus der Hand. Der Mann zog sein Messer und wollte zustechen. Doch der tödliche Hieb wurde von Johannes Schwert abgewehrt. Er schlug das Schwert des Angreifers zu Boden und stieß es ihm in die Brust.

In diesem Moment blickte Johannes auf den verstörten Jungen, der ängstlich versuchte, dem Gemetzel auszuweichen.

„Sieh zu, dass Du zu dem Felsen dort drüben kommst. Jakob wird sich um Dich kümmern“, rief er dem Jungen zu und hielt ihm den Weg frei.

Martin brüllte so laut er konnte, holte aus und versetzte seinem Gegner einen tödlichen Stich, mitten ins Herz.

„Da macht einer die Fliege!“, schrie Cun. „Lasst ihn nicht entkommen!“ Cun war mit einem kleinwüchsigen Kerl beschäftigt.

Johannes wendete seinen Hengst und preschte ihm hinterher. „Kümmert Euch um den Jungen!“, schrie er. Johannes knirschte vor Wut mit den Zähnen als er dem erbärmlichen Feigling nachsah, der hinter dem Hügel verschwand. Er zügelte sein Pferd und ritt zurück.

Als er wieder bei seinen Männern war, schien der Kampf vorbei und die Leichen der Gefallenen lagen am Boden.

„Ist einer von Euch verletzt?“, fragte er außer Atem.

Cun verdrehte die Augen in Richtung des jungen Hewen. „Es ist nicht so schlimm“, meinte Peter. „Nur ein kleiner Schnitt am Arm. Ich werde es überleben.“

Johannes schwang sich vom Pferd und klopfte Peter auf die Schulter. „Du hast mir den Rücken freigehalten. Dafür danke ich Dir.“

„Nein, ich muss Dir danken. Ohne Dich hätte mir der Kerl den Garaus gemacht.“

Johannes blickte sich um. „Wo ist Jakob? Und wo ist der Junge?“

Die Männer drehten ihre Köpfe hinüber zu der kleinen Felsformation. Zaghaft und mit weit aufgerissenen Augen kamen die beiden Jungen über die Waldwiese auf die Männer zu. Jakob führte seine Stute an den Zügeln. Er schien nicht in der Lage zu sein, zu reiten. Vermutlich waren seine Knie weich von dem schrecklichen Erlebnis, das sich vor ihm abspielte.

Der andere Junge lief neben ihm mit gesenktem Kopf, als ob er gleich sein Urteil verkündet bekommen würde. Seine Kleidung war zerlumpt wie die eines Bettlers. Seine Schuhe wiesen überall Löcher auf. Die Haare schienen blond zu sein. Im Moment waren sie aber vor allem von Schmutz gezeichnet.

Johannes nahm sein Pferd ebenfalls an den Zügeln und ging ihnen entgegen. Groß und mit ernster Miene überragte er die zwei Jungen. Auf seinem Kettenhemd konnte Jakob die Blutspritzer erkennen, die sich sein Herr beim Kampf geholt hatte. „Alles in Ordnung Jakob?“

„Ja, mein Herr“, antwortete er und blickte seinen Ritter mit großen Augen an. „Es ist nur so, ich habe noch nie einen tödlichen Kampf gesehen!“

„Das wird nicht der letzte sein, mein Junge. Glaub mir, Du wirst Dich daran gewöhnen.“ Johannes blickte jetzt auf den Kleinen herunter, der dastand wie ein Häufchen Elend und immer noch den Kopf gesenkt hielt. „Wie heißt Du, Junge?“

„Wilhelm“, kam es schüchtern hervor. „Ich heiße Wilhelm Urban. Der Name meines Vaters. Aber alle nennen mich nur Will.“

„Du brauchst keine Angst zu haben, Will! Wir tun Dir nichts!“ Johannes betrachtete den Jungen eine Weile und stellte fest, dass unter dem Schmutz ein hübsches Gesicht hervorkam. „Ich möchte nur, dass Du mich ansiehst, wenn ich mit Dir spreche.“

Der Junge blickte langsam zu dem großen Ritter vor ihm auf. In seinen Augen standen Tränen. Johannes wurde bewusst, dass, wenn jetzt die Mutter des Jungen anwesend wäre, er ihr weinend in die Arme laufen würde. Aber vermutlich hatte er nicht einmal mehr Eltern, geschweige denn ein Zuhause. ‚Er dürfte kaum sieben Jahre alt sein‘, dachte er.

Im Innersten von Johannes zog sich alles zusammen. Auch er hatte keine Eltern, aber er hatte Menschen um sich gehabt, die ihm auf seinem Pfad, Halt, Liebe und Geborgenheit gaben.

Johannes kniete sich jetzt nieder. Sein Blick auf den Jungen gerichtet, fragte er, „wo ist Dein Zuhause, Will? Und wo sind Deine Eltern?"

Jakob hatte Mitleid mit dem Jungen. Er legte ihm die Hand auf seine Schulter. „Komm schon. Du kannst meinem Herrn alles erzählen. Er wird Dir helfen," redete er beruhigend auf den Jungen ein. Die Anderen standen etwas abseits und beobachteten schweigend die Szene.

Mit bebender Stimme fing er an zu erzählen. „Sie haben meine Eltern getötet und unseren Hof niedergebrannt. Und mich haben sie einfach mitgenommen."

Johannes biss seine Zähne zusammen. Wut und Entsetzten nagten in ihm. „Warum haben sie Dich mitgenommen, sie hätten Dich genauso töten können?"

„Ich musste für sie die Kaufleute ausspionieren. Und wenn ich nichts Brauchbares mitbrachte, haben sie mich geschlagen." Seine Stimme fing an zu zittern. „Ich wollte das alles nicht! Das müsst Ihr mir glauben, Herr!"

„Ist schon gut, mein Junge!" Er nahm seine Hände, die voller Schwielen waren und schon lange kein Wasser mehr gesehen hatten. Johannes blickte ihm in seine mit Tränen gefüllten blauen Augen. „Du brauchst keine Angst mehr haben, Will! Dir wird kein Leid mehr geschehen. Das verspreche ich Dir, bei meiner Ritterehre!" Dabei legte Johannes seine Hand als Zeichen des Schwurs an die Brust.

„Du kannst mit uns kommen und eines Tages wirst Du einmal ein großer Kämpfer, damit Du denen helfen kannst, die Deine Hilfe benötigen. Willst Du das?"

Will atmete tief durch. Als ob er die schlimmen Ereignisse abschütteln wollte. Er blickte Johannes mit kindlichen Augen an und nickte schüchtern.

„Das will ich“, wisperte er leise und seine Tränen waren auf einmal verschwunden.

Johannes erhob sich und fuhr dem Jungen durch sein goldblondes Haar. Eine Geste, die der Junge jetzt gebrauchen konnte. Johannes nahm seine kleine Hand und drehte sich jetzt zu seinen Männern um, die immer noch gebannt dastanden.

„Will, der kleine Dicke da, das ist Cunrad, immer zu einem Scherz aufgelegt. Der Bärtige, Martin, ist manchmal ein Brummbär, aber er meint es nicht so. Und dann sind da noch Niklas und Ritter Peter.“

Die Männer lächelten. Genau wie es Johannes tat, fuhr jeder dem Jungen zur Begrüßung durch dessen Haar. Niklas blickte ihn an und hob sein Kinn.

„Willkommen in unserem Haufen, Wilhelm Urban. Das wird schon wieder. Ab heute wird es Dir besser gehen. Du bist bei uns in guten Händen.“

Niklas wandte sich nun an Johannes.

„Wie ist Dein Plan? Reiten wir weiter?“

„Nein wir bleiben hier und kümmern uns um die Toten. Wir können sie nicht einfach dort liegen lassen! Obwohl sie es verdient hätten. Niklas, Du kümmerst Dich mit den zwei Jungs um das Nachtlager. Und sei auf der Hut! Wir befinden uns im Gebiet der Krähenburg. Möglich, dass sich hier noch mehr von dieser Sorte herumtreiben. Jakob, Du hast die ehrenvolle Aufgabe, unserem neuen Mitglied alles zu zeigen, was er wissen muss. Und geht nicht außer Reichweite."

„Ja mein Herr! Ihr könnt Euch auf mich verlassen!", sagte Jakob mit stolzer Miene.

„Cun und Martin, Ihr kümmert Euch um die Leichen."

Mit einem erzürnten Blick fuhr Martin herum. „Diese Mistkerle haben den Jungen misshandelt. Nenn mir einen Grund, warum wir für sie ein Loch schaufeln sollen."

Johannes blickte Martin stirnrunzelnd an.

„Weil wir nicht so sind wie sie! Sie brauchen kein Grab. Verscharrt sie einfach. Damit wir sie nicht mehr sehen müssen. Und untersucht ihre Taschen. Vielleicht findet ihr noch weitere Hinweise."

Mit einem prüfenden Blick zu Peter fragte er, „kannst Du schon wieder auf die Jagd gehen? Vielleicht erwischen wir ein paar Hasen."

Ohne zu zögern nahm Peter die Zügel und schwang sich auf sein Pferd. „Ich sehe zwar aus wie ein Schwächling, aber für einen Hasen wird es wohl ausreichen."

„Na, dann sieh zu, dass Du einen ordentlichen Braten erjagst, damit Du etwas auf die Rippen bekommst", meinte Cun belustigt.

Im langsamen Trab folgten sie einem kleinen Bach, der von beiden Seiten mit einer blühenden Wiese gesäumt war.

„Hier scheint ein guter Platz zu sein", sagte Johannes. „Hier legen wir uns auf die Lauer."

Sie schwangen sich aus dem Sattel und Johannes suchte sich einen geeigneten Stein, um sich zu setzen. Peter nahm Pfeil und Bogen und ließ sich neben Johannes nieder.

„Ich fand es toll, wie Du mit dem Jungen gesprochen hast. Ich kenne bestimmt viele Edelmänner, aber keiner von ihnen hätte sich so viel Mühe gemacht wie Du."

Johannes kniff seine Augen zusammen. Sein Blick wachsam auf die Wiese gerichtet. „Es gibt einen! Heinrich von Stoffeln. Einer von den Wenigen, die so handeln. Er lehrte mich stets, Wehrlose und Schwache zu beschützen. Er legte auch viel Wert auf ein wohl erzogenes Auftreten, großmütig und freigiebig zu sein und gerecht. Ich habe viel von ihm gelernt."

Johannes drehte sich jetzt zu Peter um und blickte ihn an. „Ich werde mit keinem reiten, der nicht genau diese Ideale vertritt!"

Peter wandte sich ab und blickte in das vor ihm fließende Wasser.

„Ich hatte nicht so viel Glück wie Du! Mein Lehrherr gab sich nicht sehr viel Mühe, mir Ideale beizubringen. Er war ein Rohling, unter dem ich oft gelitten habe."

„Ja, ich erinnere mich", sagte Johannes. „Immer, wenn sich unsere Wege kreuzten, machtest Du auf mich keinen besonders glücklichen Eindruck. Wie hieß dieser erbärmliche Ritter nochmal?"

„Werner von Schienen."

Johannes runzelte die Stirn. „Die Herren von Schienen sind doch im Besitz der Schrotzburg?"

„Richtig. Allerdings ist sie Lehen des Klosters Reichenau. Sie haben nur noch Rechte über die Mühle in Schienen und halten dort ein paar Höfe. Unter anderem besitzen die feinen Herren zudem Eigengüter in Wangen und im Thurgau. Für meinen Geschmack, immer noch zu viel. Sie sind nicht gerade beliebt. Beuten die Leute aus, wo es geht. Immer nur darauf aus, an schnellen Reichtum zu kommen."

Johannes verzog seinen Mund. „Ich habe das Gefühl, diesen Herrn von Schienen sollten wir nicht vergessen."

„Ich, für meinen Teil, verschwende keine Gedanken an ihn", meinte Peter verächtlich.

Johannes klopfte Peter die Hand auf die Schulter.

„Du gehst Deinen Weg! Und hast das Herz am rechten Fleck. Davon bin ich überzeugt. Wenn es anderes wäre, würdest Du nicht an meiner Seite reiten".

„Ich danke Dir, Johannes. Du kannst Dich auf mich verlassen. Und ich denke, ich kann bestimmt noch einiges von Dir lernen. Außerdem habe ich das Gefühl, dass wir noch sehr lange zusammen reiten werden."

Beide fingen an zu lachen.

„Lass uns jetzt auf etwas Essbares konzentrieren, sonst wird unser Martin noch zur Bestie!"

- ◆ -

Gleich am nächsten Morgen sprengten sie am Rand einer Ebene entlang, die sich an einem steinernen Abhang entlang zog. Die kantigen Felsen waren hier in der näheren Umgebung des Stoffels allgegenwärtig. Schwarz hoben sie sich gegen die grüne Höhgaulandschaft ab. Johannes verlangsamte den Ritt, damit sie sicherer durch die scharfkantigen Felsen hindurch kamen. Als der Weg zu Ende war, blickten sie auf eine helle Lichtung.

Überall grünte es. Blumen streckten ihre Köpfe hoch.

Der Frühling überzog den ganzen Höhgau mit einem herrlichen Glanz. Malerisch lag vor ihnen der Binninger See, eingebettet vor dem majestätischen Stoffel. Der Berg mit den drei Gipfeln, der unter den Höhgaubergen sehr markant war, lag imposant und erhaben vor ihnen. Er war Standort dreier Burgen, die miteinander durch einen Mauerzug geschützt wurden. Unterhalb des Gipfels lagen einige größere Höfe. Daneben war der Stoffel auch von einigen Dörfern besiedelt. Binningen, Hilzingen und Weiterdingen standen unter dem Schutz der mächtigen Burganlage.

Die Grafen Ramsberg und Pfullendorfer gehörten zum Reichsadel und waren im Bodenseegebiet hoch begütert. Auch wenn sie zum Teil der Landgrafschaft Nellenburg unterstanden, besaßen sie großen Einfluss. Die Hauptburg war die Spornburg Hinterstoffel, die sich mit einem hohen Wohnturm präsentierte. Arnold und Ulrich von Pfullendorf-Ramsberg zu Stoffeln teilten sich den Besitz und die Herrschaft in einvernehmlicher Partnerschaft.

Die Männer blickten zu der imposanten Burganlage hinauf.

„Ich bin beeindruckt", unterbrach Peter die Stille. „Dort oben war ich noch nie!"

„Dann wird es höchste Zeit", brummte Martin vor sich hin.

„Gegen ein kleines Bad im See hätte ich jetzt auch nichts einzuwenden", meldete sich Cun gelassen.

Niklas blickte Cun lächelnd von der Seite an.

„Vielleicht findest Du ja eine Magd auf der Burg, die mit dir ein Bad nimmt und Dich verwöhnt."

„Das glaubst Du wohl selber nicht", spottete Cun. „Wenn der Aufenthalt hier auch so kurz ist wie auf der Hewen, kann ich nur davon träumen."

„Später, Cun. Dafür haben wir jetzt keine Zeit", sagte Johannes mit ernster Miene.

Peter wandte sich wieder an Johannes. „Eines musst Du mir noch erklären, Johannes! Wie kommt es, dass Heinrich von Stoffeln der Grafschaft Nellenburg dient?"

„Heinrich ist der Zweitgeborene von Arnold zu Stoffeln und hat eine von Nellenburg geehelicht. Sein erster Sohn Berthold verwaltet die Burg Vorderstoffeln. Die Burgen und der Berg ist seit langem Teil der Landgrafschaft Nellenburg, sie waren schon immer eng verbündet."

„Mir scheint, Du weißt nicht sehr viel über die Herrschaft hier im Höhgau, junger Hewen", mischte sich Martin in das Gespräch mit ein.

Peter seufzte lang. „Du hast Recht. Darum war ich auch froh darüber, dass ich mit Euch reiten konnte. Zuhause bei meinem Bruder hatte ich keine Möglichkeit überhaupt etwas in Erfahrung zu bringen. Er hielt mich aus allem raus. Auch mein Lehrherr hatte mich nur dazu benutzt, ihm seine Stiefel zu putzen."

Peter blickte Martin jetzt mit schmalen Augen an. „Ich weiß, dass Du mich nicht leiden kannst. Aber ich bin dankbar, auch von Dir noch etwas zu lernen."

„Schluss jetzt mit der Zankerei, wer was besser kann", wies Johannes die beiden zurecht. „Wir müssen uns auf uns verlassen können, nur das zählt!"

Johannes blickte zum Nordgipfel des Stoffels hinauf, der von schwarzen Wolken umschlossen war. Schwarzmilane und Turmfalken umkreisten den Wohnturm der Hinterstoffelburg. Johannes zog seine Stirn in Falten. Er kannte den Weg zur Festung nur zu gut. Er war mühsam und steil. Sollte das Wetter umschlagen, bevor sie oben waren, würde es spät abends werden.

„Wir sollten uns beeilen, damit wir vor Einbruch der Dunkelheit auf der Festung sind." Johannes drehte sich jetzt leicht im Sattel um und wandte sich mit einem Grinsen an Cun. „Ein Bad kann ich Dir versprechen, für eine Gespielin musst Du schon selber sorgen."

Alle brachen in ein lautes Gelächter aus. Cun schnaubte vor sich hin. „Sehr witzig. Ich werde Dich daran erinnern, was das Bad betrifft."

Johannes grinste. „Genug der Späße. Lasst uns weiterreiten. Bis zur Festung ist es noch ein steiler Weg. Jakob, Will, ihr beide reitet in der Mitte. Und passt auf, wenn wir den Hohlweg hinaufreiten, er ist nicht ungefährlich."

Im langsamen Trab ritten sie durch das kleine Dorf Binningen, das unterhalb des Gipfels lag. Die Dorfbewohner warfen ihnen misstrauische Blicke zu oder zogen sich in ihre Häuser zurück.

Niklas, der neben Johannes ritt, presste seine Lippen zusammen. „Wir scheinen hier nicht gerade willkommen zu sein!“

Johannes, drehte seine Augen wachsam nach links und rechts. „Ich vermute, sie haben hier auch schon mit den Strauchdieben Bekanntschaft gemacht. Ich sehe auch ein paar Wachen herumstehen,“ fügte Johannes hinzu und deutete auf die zwei Männer, die sie mit ernsten Mienen verfolgten.

„Na ja“, schnaufte Niklas. „Solange wir kein Banner tragen werden wir noch des Öfteren auf Misstrauen stoßen.“

Johannes verzog sein Gesicht. „Auch das wird sich ändern sobald wir Zuhause sind.“

Ohne weitere Vorkommnisse hatten sie das Dorf hinter sich gelassen und ritten in schnellem Tempo auf den vor ihnen liegenden Waldrand zu und den letzten langen Hang hinunter, bevor der steile Anstieg zur Burg begann.

Johannes zügelte kurz seinen Hengst. „Am Ende des Waldes kommt noch mal eine Ebene. Dort kommen wir beim Stoffelhof vorbei. Wir machen eine kurze Rast, um die Pferde zu tränken, danach geht es den Berg hinauf.“

„Nur die Pferde?“ rief Cun entgeistert.

Johannes seufzte. „Cun, ich verspreche Dir, heute Abend kannst Du Dich besaufen bis zum Umfallen.

Aber jetzt sollten wir schleunigst zur Festung hinauf. Denn mein Gefühl sagt mir auch, dass wir bald Regen bekommen werden."

- ◆ -

Geisterhaft ragten die Wachtürme in den allmählich dunkel werdenden Himmel empor. Johannes und seine Männer hatten den Gipfel erreicht. Erschöpft, von dem mühsamen Ritt den schmalen Hohlweg hinauf, standen sie vor dem Haupttor.

Für alle drei Burgen gab es nur diesen einen Eingang, der mit einer langgezogenen Mauer gesichert war, an dessen Seiten es steil bergab ging. Eindringlinge hatten keine andere Möglichkeit in die Burganlage zu gelangen als durch das Haupttor und das war durch ein gewaltiges Torhaus bewacht.

„Wer da!“, rief eine der Wachen von der Brustwehr herunter und schwang nervös mit einer Fackel herum, damit er sehen konnte, mit wem er es zu tun hatte.

„Fünf Männer und zwei junge Burschen stehen vor dem Tor. Einer von ihnen trägt eine prächtige Rüstung“, raunte er dem anderen Wachmann zu. Die Pferde wurden durch den Fackelschein nervös und fingen an zu tänzeln.

„Wir kommen im Auftrag des Landgrafen“, antwortete Johannes.

„Ihr tragt kein Banner mit Euch. Somit kann ich Euch nicht passieren lassen. Zumindest nicht vor morgen früh.“

Johannes stieß ein paar Flüche aus. „Ich bin Ritter Johannes von Bodman. Wir sind in einer dringenden Angelegenheit hier.“

Ein weiterer Wachmann fing an zu lachen. „Ein von Bodman! Das kann ja jeder behaupten! Soviel ich weiß, gibt es da nur noch einen alten Mann und Du siehst nicht gerade aus wie ein Greis."

Niklas verdrehte genervt die Augen. „Was sind das denn für Trottel?"

„Wenn ich die in die Finger bekomme, dann Gnade ihnen Gott", knurrte Martin verächtlich.

Johannes biss die Zähne zusammen. Seine Augen wurden schmal. Langsam nahm er den Helm ab und fuhr sich mit der Hand durch sein helles Haar. Im Fackelschein konnte man seine Wut und die harten Gesichtszüge erkennen. Er hob eine Augenbraue und blickte den Wachmann eindringlich an.

„Hör mir jetzt genau zu, Mann. Wir kommen von der Nellenburg und haben eine wichtige Mitteilung für die Herren von Stoffel, die nicht für Eure Ohren bestimmt ist. Vor was habt Ihr Angst? Sehen wir etwa aus wie Raubritter? Jetzt beweg Deinen verdammten Hintern, meldet uns an und öffnet das Tor!"

Johannes packte die Zügel fester. ‚Dieser Trottel', dachte er, ‚hat von nichts eine Ahnung.' Langsam ging das Tor auf. Die Gruppe setzte sich in Bewegung und ritt langsam durch das Torhaus. Johannes zügelte sein Pferd und blickte mürrisch auf den Wachmann hinunter.

„Melde mich sofort beim Grafen, bevor ich mich vergesse!"

Der Mann riss die Augen auf. „Es tut mir leid, Ritter, aber zurzeit treibt sich wirklich allerhand Gesindel herum. Vor einer Woche haben sie den Ort Binningen geplündert. Zu welchem der Herren wollt Ihr denn?"

Johannes verzog seinen Mund. „Wir wollen zur Hauptburg, Hinterstoffeln."

„Dann müsst Ihr links abbiegen, edler Ritter."

Johannes atmete tief durch und musste sich beherrschen, dem Burschen nicht eine Lektion zu erteilen. „Ich kenne den Weg und jetzt geht mir aus den Augen!"

Der Wachmann nickte und eilte davon, Richtung Hauptburg. Die Burganlage des Stoffels schien wie ein Labyrinth zu sein. Auf dem Nordgipfel befand sich die Hinterstoffeln. Auf dem Südgipfel die Vorderstoffeln und im Sattel des Berges die Burg Mittelstoffeln. Auf jeder der drei Burgen wohnt eine Familie der Grafen von Stoffeln. Ein Besitz, auf den die Herren stolz sein konnten.

Nachdem sie den langen Mauerzug hinter sich hatten, standen sie wieder vor einem Torhaus, das sich bei ihrer Ankunft sofort öffnete. Johannes nickte dem Wachmann zu und ritt mit seinen Männern in den Innenhof, der um diese Zeit nicht mehr sehr belebt war. Vermutlich befanden sich alle in der Halle beim Abendmahl.

Mit großer Erleichterung schwangen sich die Männer aus dem Sattel.

Zwei Stallburschen eilten sogleich herbei, um sich um die Pferde zu kümmern.

Über der Treppe des Wohnturms öffnete sich schwungvoll die große Portaltür. Ein junger Ritter kam ihnen entgegen und begrüßte sie.

„Ritter Johannes von Bodman!

Ich darf Euch im Namen von Ludwig von Stoffeln herzlich willkommen heißen, auch Euch meine Herren."

Alle nickten freundlich.

„Wenn Ihr soweit seid, werde ich Euch in die Halle begleiten. Der Burgherr erwartet Euch bereits."

Cuns Augen strahlten. „Mir steigt ein feiner Wildgeruch in die Nase. Da scheinen wir ja im richtigen Moment gekommen zu sein. Ich bin völlig ausgehungert."

„Cun, Du bist unverbesserlich!", erwiderte Niklas.

Johannes blickte Cun schräg von der Seite an. „Und wenn wir schon dabei sind, Cun! Mäßige Dich, was die Frauen betrifft, ich will keinen Ärger heute Abend."

- ◆ -

Als sie die Halle betraten, wurde es schlagartig ruhig. Nur ein leises Gemurmel war zu hören. Das Bild, das sie abgaben, schien vor allem dem weiblichen Geschlecht zu imponieren. Mädchen und Frauen steckten ihre Köpfe zusammen und kicherten vor sich hin.

„Na, da brat mir einer ein Ei!" flüsterte eine Magd zu der anderen. „Solch gutaussehende Männer haben wir nicht alle Tage hier."

Ludwig von Stoffeln erhob sich von seinem Stuhl. „Johannes von Bodman! Das ist ja eine Überraschung!"

Gefolgt von seinen Männern schritt Johannes selbstbewusst und mit angeborener Vornehmheit bis ans Ende der Halle, wo der Tisch des Burgherrn stand.

„Herr von Stoffeln!", begrüßte Johannes den Burgherrn und verbeugte sich leicht.

Ludwig von Stoffeln war ein kleiner rundlicher Mann. An seinem silbergrauen Haar konnte man erkennen, dass er nicht mehr der Jüngste war. Sein Gesicht wurde halb verdeckt von einem Vollbart. Am Finger trug er einen Siegelring, den das Wappen derer von Stoffeln zierte.

Johannes kannte den Burgherrn gut. Oft war er als Knappe mit Heinrich von Stoffeln hier. Aber damals schien der Graf keine Notiz von ihm zu nehmen. Johannes bezweifelte, dass er ihn noch erkennen würde.

Ludwig legte die Hand auf Johannes Schulter. „Wahrlich ein Bodman. Groß, breitschultrig, und gutaussehend, von Kopf bis Fuß. Die männliche Linie der Bodmans könnt Ihr nicht verleugnen, mein Guter." Ludwig strahlte übers ganze Gesicht.

Johannes war mehr als überrascht. Hatte er sich in den Jahren äußerlich so verändert? Er drehte sich um und deutete auf seine Männer. „Dies sind meine Männer, Niklas, Martin und Cunrad. Sie sind mir treu ergeben. Genauso wie Peter von Hewen, der uns ebenfalls begleitet."

„Sieh an, sieh an. Der jüngere Hewen. Seid herzlich willkommen!"

Peter verbeugte sich ein wenig. „Sehr wohl, Herr von Stoffeln."

Nun nahm Ludwig die Hand seiner Frau. „Darf ich Euch meine Frau vorstellen, Isolde von Stoffeln."

Die Männer verbeugten sich. „Es ist mir eine Ehre, Frau von Stoffeln", erwiderte Johannes.

Die Burgherrin lächelte charmant und musterte ihn mit freundlichen Augen. Trotz ihres Alters hatte sie ein schönes Gesicht, das Wärme und Freundlichkeit ausstrahlte, dachte Johannes.

„Das gleiche gilt für mich, Ritter Johannes! Ich freue mich sehr, Euch hier willkommen zu heißen. Ihr könnt Eure Herkunft wahrlich nicht verleugnen, Ritter Johannes! Ich sehe die Augen Eurer Mutter und ich sehe nur Gutes darin."

„Vielen Dank für das Kompliment, Frau von Stoffeln."

„Nun gut", mischte sich der Burgherr ein. „Die Männer haben bestimmt einen Bärenhunger. Setzt Euch meine Herren. Esst und trinkt erst mal."

Ludwig von Stoffeln winkte eine Magd herbei, die Gäste zu bewirten. „Ich kannte Euren Vater gut", fuhr er fort. „Ein großartiger Mann. Ehrenhaft und gerecht. Man konnte sich auf ihn verlassen."

„Gewiss, das hatte man mir schon oft erzählt", antwortete Johannes. Er war stolz darauf, dass man nur Gutes über seinen Eltern erzählte. Trotz allem war es für ihn ein seltsames Gefühl. Er kannte seine Eltern nicht und er war schon viel zu lange von Zuhause fort. Als Kind hatte er immer das Bedürfnis, zur alten Burgruine hinauf zu gehen, um nach Antworten zu suchen oder seinen Eltern nahe zu sein. Sein Großvater wollte das nicht. Er hat es ihm verboten. Er meinte, das wäre gefährlich und man solle die Toten ruhen lassen und nach vorne schauen. Sein Innerstes sagte ihm auch jetzt, dass er das tun sollte, sobald er auf Bodman war. Vielleicht findet er dort Antworten oder eine Verbindung zu seinen Eltern.

Mit wogenden Hüften näherte sich eine Magd mit einem Bierkrug und lächelte ihn von der Seite an. „Ihr seid bestimmt am Verdursten, edler Ritter. Darf ich Euch von dem köstlichen Bier einschenken?", fragte sie schelmisch.

„Sehr gerne", antwortete Johannes. Seine Augen schweiften von den prallen Brüsten hinunter zur Taille. Die wäre bestimmt nicht abgeneigt mit ihm in eine dunkle Ecke zu gehen, dachte er. Es wäre mal wieder höchste Zeit für ein Vergnügen. Gab es etwas Schöneres als in den Armen einer Frau zu liegen? Er genoss und liebte es, sie zu verwöhnen.

Seit seinem Fünfzehnten Lebensjahr hatte es ihm an Frauen nicht gemangelt. Auf der Nellenburg gab es viele Mädchen, die es mit der Keuschheit nicht so genau nahmen. Er musste auch nicht suchen oder fragen. Sie umschwärmten ihn wie die Motten das Licht. Das war einfach so.

‚Aber nicht heute', dachte er. ‚Nicht hier auf dieser Burg.' Er brauchte einen klaren Kopf. Er ergriff seinen Becher und nahm keine Notiz mehr von ihr.

Niklas, der neben ihm saß grinste breit. „Du bist doch sonst kein Kostverächter, mein Freund."

„Nicht heute", sagte Johannes mürrisch. „Es passt nicht."

Kaum hatte sich die Dienstmagd von ihm abgewandt, warf sie Cun einen lüsternen Blick zu und umgarnte ihn.

„Na, ich denke mal, dass Cun heute der Glückliche ist", meinte Niklas lächelnd.

„Lass uns das Essen genießen", sagte Johannes. „Ich habe einen Bärenhunger."

Das Essen war üppig. Es fehlte an nichts. Johannes nahm ein Stück Truthahn auf seinen Teller, als der Burgherr sich ihm wieder zuwandte.

„Ich hörte, ihr wart vierzehn Jahre an der Seite meines jüngsten Bruders Heinrich."

„Ja, in der Tat", antwortete Johannes. „Ich war sehr gerne bei ihm. Ich habe ihm viel zu verdanken."

„Er ist nicht oft hier", sagte Ludwig etwas verstockt. „Mein Bruder ist der Letztgeborene. Und so gab es familiäre Differenzen."

„Ich glaube, Ritter Heinrich gefällt es ganz gut auf der Nellenburg", erwiderte Johannes und brach sich ein Stück des köstlichen Fladenbrots ab.

Ludwig von Stoffeln kniff leicht die Augen zusammen. „Was führt Euch hier auf den Stoffel, Johannes? Ihr kommt doch bestimmt nicht nur, um mit mir zu speisen? Oder seid Ihr auf dem Weg nach Bodman?"

Johannes räusperte sich. „Allerdings. Aber nach Hause kann ich erst, wenn ich den Auftrag erledigt habe, den mir der Landgraf mitgab und genau aus diesem Grund bin ich hier."

Von Stoffeln zog leicht eine Braue hoch. „Was gibt es denn so Wichtiges?"

„Das würde ich gerne unter vier Augen besprechen".

„Na, da bin ich aber mal neugierig."

Sofort erhob sich Ludwig und rückte seinen Gehrock zurecht. „Dann lasst uns in mein Arbeitszimmer gehen!"

„Sehr wohl", antwortete Johannes und leerte seinen letzten Schluck Bier.

Galant wandte er sich an die Burgherrin und verbeugte sich lächelnd vor ihr. „Ich wünsche Euch eine gute Nacht, Frau von Stoffeln."

Sie legte ihre Hand auf die seine und lächelte ihn ebenfalls freundlich an. „Das wünsche ich Euch auch. Ich werde Euch und Euren Männern ein Zimmer herrichten lassen."

„Das ist aber nicht nötig. Für eine Nacht würden wir auch in der Halle einen geeigneten Platz finden."

„Das kommt überhaupt nicht in Frage", winkte sie mit einer Hand ab. „Ihr seid unsere Gäste. Ich veranlasse, dass man Euch ein Bad bringt."

Johannes schenkte der Burgherrin sein schönstes Lächeln.

„Ein Bad kann ich gut gebrauchen. Vielen Dank.

Ich wünsche Euch eine gute Nacht, Frau Isolde."

Johannes drehte sich zu Niklas um. „Ich möchte Dich bei dem Gespräch dabeihaben."

„Wie Du meinst", entgegnete dieser.

Johannes ließ seinen Blick durch die Halle schweifen. Die Schragentische waren immer noch voll mit hungrigen Menschen. Seine Männer schienen sich prächtig zu amüsieren. Sie prahlten und erzählten Geschichten, dass sich die Balken bogen. Vor allem vor den Dienstmägden. Er ging zu Martin an den Tisch, der noch immer viel Freude am Essen hatte.

„Martin, wir werden mit Ludwig von Stoffeln in sein Arbeitszimmer gehen."

„Mach Dir keine Sorgen", murmelte der mit vollem Mund vor sich hin.

„Peter, Du hast ein Auge auf Jakob und Will. Ich denke mal, Cun ist in den festen Händen der kleinen Dienstmagd."

Martin holte tief Luft. „So, wie der sich ins Zeug legt, bekommt er bestimmt noch ein Bad und einiges mehr."

Als Johannes mit Niklas die Halle durchschritt und dem Burgherrn folgte, blickte Frau Isolde ihnen hinterher.

„Jung sollte man noch einmal sein", sagte die alte Anni, die sich neben sie gesellte und mit einem Grinsen im Gesicht, „ein hübscher junger Mann, dieser Bodman!"

Isolde von Stoffeln drehte sich zu der alten Dienstmagd um und seufzte.

„Ach Anni, ich dachte gerade an seine Eltern. Conrad und Elisabeth von Bodman waren ein so schönes Paar und gute Menschen. Sie wären stolz auf ihn."

„Ach ja", seufzte Anni.

„Das Leben ist nicht immer gerecht. Es war damals ein furchtbares Unglück. Man sagt auch, dem alten Bodman gehe es nicht besonders gut. Es wird höchste Zeit, dass der junge nach Hause kommt und nach dem Rechten sieht. Ich habe ihn beobachtet, er wird seinen Weg gehen und Bodman in eine neue Zukunft führen. Und die Damen werden nach ihm schmachten", meinte sie mit einem Augenzwinkern.

Isolde von Stoffeln lachte. „Da können wir Alten nicht mehr mithalten, Anni. Ich wünsche ihm nur, dass er die Richtige findet." Sie ließ Anni stehen und ging die Treppe hinauf, um sich um die Zimmer zu kümmern.

- ◆ -

Johannes und Niklas folgten dem Burgherrn in sein Arbeitszimmer. Als sie die schmale Wendeltreppe hinauf gingen, dachte Johannes über Isolde nach. Seine Mutter wäre im gleichen Alter, würde sie noch leben. Trauer und Wut überfiel ihn bei dem Gedanken. Wie gerne hätte er seine Eltern gekannt. Und wenn es nur ein paar Jahre gewesen wäre. Vielleicht würde er dann nicht diese Leere in sich spüren. Dieser Gedanke nagte in seiner Seele von Kindheit an. Menschen, die seine Eltern kannten, sprachen nur Gutes über sie. Er aber konnte darüber nicht reden und keine Antworten geben. Weil er nichts von ihnen wusste. Immer wenn er mit seinem Großvater darüber reden wollte, wich der ihm aus. Sobald er Zuhause ist, würde er das ändern. Großvater wird ihm seine Fragen zur Vergangenheit beantworten müssen, ob er will oder nicht. Nur Antworten auf all diese Fragen konnte für ihn ein Neubeginn sein.

Das Knarren einer Tür riss ihn in die Gegenwart zurück. „Tretet ein, meine Herren und setzt Euch."

Der Raum war sehr geschmackvoll eingerichtet. Ein Eichentisch mit Schnitzereien und einem breiten Lehnstuhl dominierten den Raum. Drei runde Glasfenster zeugten vom Reichtum der edlen freien Herren. Längs der Fenster stand ein langer Tisch mit ebenfalls aufwändig verzierten Stühlen.

‚Eine sehr wohlhabende Familie', dachte Niklas und machte es sich auf einem der feinen Stühle bequem. Vermutlich wurden in diesem Raum alle wichtigen Besprechungen abgehalten. Auf einer Anrichte stand ein Krug mit Wein.

Ludwig schenkte drei Becher voll, reichte sie seinen Gästen

und setzte sich ebenfalls. Er blickte Johannes und Niklas betrübt an.

„Es tut mir leid, dass Ihr am Haupttor Probleme mit den Wachen hattet. Seit eines unserer Dörfer geplündert wurde, haben die Wachen Befehl, keinen, den sie nicht kennen, herein zu lassen. Schon gar nicht zu später Stunde."

Johannes hielt seinen Weinbecher fest im Griff und blickte den Burgherrn betrübt an. „Genau deswegen sind wir hier! Auf dem Weg hierher wurden wir von sechs ziemlich herunter gekommenen Männern angegriffen."

Ludwig kniff die Augen zusammen. „Wo sind sie jetzt? Habt Ihr sie gefangen genommen?"

„Sie richten keinen Schaden mehr an", antwortete Johannes knapp. „Sie hatten einen kleinen Jungen dabei, der jetzt ein Waisenknabe ist. Seine Eltern hatten sie ermordet und ihr Gehöft niedergebrannt. Es gab keinen Grund, sie am Leben zu lassen."

Der Burgherr erhob sich schnaufend von seinem Stuhl und ging zum Fenster. Mit fester Hand umklammerte er seinen Weinbecher. Im Dämmerlicht blickte er auf die umliegenden Dörfer hinunter. Hell loderten die Lichtscheine der Kerzen in den Häusern. Von hier oben schien alles so friedlich. Nur kurz schloss er seine Augen und drehte sich wieder dem Tisch zu.

„Wir hatten bisher immer Frieden in unserem Höhgau. Habt Ihr schon einen Hinweis, woher dieses Pack kommt?"

Johannes blickte nachdenklich in seinen Weinbecher. „Ich habe da so einen Verdacht. Hans Wilhelm von Friedingen ist seit geraumer Zeit Herr auf der Krähenburg. Es ist kein Geheimnis, dass er es mit dem Gesetz nicht immer genau nimmt."

„Ja, man sagt ihm nichts Gutes nach", warf Niklas ein. „Er taugt nicht viel. Soll ein gefährlicher Geselle sein. Ist ständig in irgendwelche krummen Sachen verwickelt. Aber vielleicht sollten wir mal den Jungen befragen."

Ludwig hob eine Braue. „Der Junge, sagt Ihr, war bei dem Überfall dabei?"

„Ein Überfall war es nicht", erwiderte Johannes. „Wir haben sie gestellt. Erst dann haben sie uns angegriffen."

Von Stoffeln ging nervös im Raum umher. „Womöglich ist er ein Spion? Habt Ihr schon mal daran gedacht!"

„Nein", sagte Johannes. „Das glaube ich nicht."

„Auch wenn er noch sehr verstört ist, Johannes, sollten wir ihn befragen", meinte Niklas. „Wir wissen nur seinen Namen, sonst gar nichts."

„Du hast recht. Ich werde das übernehmen, gleich morgen früh."

„Ich kenne mich hier in der Gegend nicht so gut aus", redete Niklas weiter. „Wie kamen denn die Herren von Friedingen zu einem Besitz wie der Krähenburg?"

„Das weiß niemand so genau", antwortete Ludwig von Stoffeln. „Vermutlich ging es damals auch nicht mit rechten Dingen zu. Gottfried von Krähen kam bei dem Burgbrand in Bodman zu Tode." Ludwig blickte Johannes von der Seite an. „Er war doch mit einer von Bodman verheiratet?"

„Ja. Mit meiner Tante Catharina“, entgegnete Johannes.

„Da sie kinderlos waren, ging die Krähenburg an die Friedinger“, fuhr Ludwig fort.

„Wie das zustande kam, blieb unklar. Mehr weiß ich nicht und es hatte mich bislang auch nicht weiter interessiert. Wir von Stoffeln machten schon immer einen großen Bogen um das, was die Friedinger betrifft. Und ich glaube, da sind wir nicht die Einzigen.“

Die gute Laune des Burgherrn verschlechterte sich zunehmend. Nervös schritt er an dem langen Tisch auf und ab.

„Immer wieder hört man von Fehden, die sie grundlos anstiften. Keiner will etwas mit ihnen zu tun haben“, tobte Ludwig von Stoffeln und fuhr sich mit der Hand über seinen ergrauten Bart.

„Sie taugen nichts. Der alte Friedingen hat seinen missratenen Sohn auf die Krähenburg gesetzt, damit er sich nicht länger mit ihm ärgern musste.“

„Wo ist denn der Hauptsitz dieser edlen Herren“, fragte Niklas, um den Burgherrn ein wenig zu beruhigen.

„Das wisst Ihr nicht?“

„Nein. Ich komme aus dem Schwarzwald und kenne noch nicht jeden Besitz hier im Höhgau.“

„Er liegt auf dem Weg nach Bodman und ist nicht weit von der Krähenburg entfernt“, warf Johannes ein und nahm einen tiefen Schluck von seinem Wein. „Ihnen unterliegt der Ort Friedingen mit der dazugehörigen Burg Friedingen. Mehr weiß ich aber auch nicht.“

Ludwig von Stoffeln schenkte sich und den beiden Wein nach. „Der alte Friedingen ist auch nicht besser als sein Sohn. Es wird erzählt, der junge Friedingen würde sich in Kürze vermählen. Das arme Mädchen kann einem jetzt schon leidtun. Aber wie so oft geht es um Macht und Geld. Und dieser Bastard streckt seine Hand nur nach Geld und Besitztum aus."

„Wie heißt die Glückliche denn?", fragte Johannes neugierig. „Ist sie aus dem Höhgau oder vom Bodensee?"

Niklas blickte Johannes entgeistert an. „Warum willst Du das wissen?"

Johannes zuckte mit den Schultern. „Umso mehr wir in Erfahrung bringen über diesen Friedingen und seine Machenschaften, umso mehr finden wir einen Weg ihm das Handwerk zu legen, sollte er mit den Überfällen etwas zu tun haben."

Johannes wandte sich an den Burgherrn. „Ihr solltet uns alles offenlegen, was Ihr wisst oder was man sich über die Friedinger sonst noch erzählt. Vielleicht finden wir eine Spur."

Ludwig von Stoffeln ging um den Tisch herum und setzte sich auf einer der Stühle. Dann blickte er die beiden an. „Man sagt, Hans von Friedingen habe ein Bündnis geschlossen mit dem Herzog von Urslingen. Vermutlich ist er hinter ihrem Besitz her. Finanziell scheint es dem Herzogtum nicht besonders gut zu gehen wie man hört. Keine schlechte Verbindung, wenn Ihr mich fragt. Soviel ich weiß, ist seine Auserwählte eine Urslingen."

Johannes kniff die Augen zusammen. „Das hilft uns auch nicht viel weiter."

Ludwig schob seinen Stuhl beiseite und erhob sich wieder. „Da ist noch etwas fuhr er fort. Seine Braut ist eine Nichte des Herzogs. Die Eltern der Braut sind beide verstorben. Man hatte sie als Säugling in Pflege gegeben. Die Wahrheit kam erst heraus als die Pflegeeltern verstarben."

Ludwig drehte sich stirnrunzelnd zu Johannes um. „Die Pflegeeltern wohnten in Bodman! Das Mädchen müsste in Eurem Alter sein. Aber, da Ihr sehr jung von Zuhause wegmusstet, kennt Ihr sie vermutlich nicht."

Johannes blickte ihn verdutzt an. ‚Ein Mädchen aus Bodman? Wer könnte das sein?', überlegte er fieberhaft. Seine Muskeln spannten sich wie ein Bogen. Ohne eine Regung stellte er nur eine Frage. „Kennt Ihr den Namen der Eltern?"

Der Burgherr hob beide Arme in die Höhe. „Ich weiß nur so viel, der Vater der angehenden Braut war lange Zeit im Dienste Eures Vaters und dann Eures Großvaters. Er war der Burgvogt und Verwalter Eures Besitzes. Sein Name war Paulus. Ich kannte auch seinen Vater gut. Er war Pferdehändler und ein guter Mann, genau wie sein Sohn. Eine Schande, dass er so enden musste."

Niklas musterte Johannes. Er hatte keine Vorstellung von dem, was Ludwig von Stoffeln gerade erzählte. Dieser blickte Johannes jetzt entsetzt an. Vor ihm saß der junge Bodman und wusste von den Missetaten, die sich in den letzten Monaten in Bodman ereignet hatten, offensichtlich nichts. In seinen Augen spiegelten sich Wut und Entsetzen. „Hat Euer Großvater nichts davon erzählt?"

Johannes zog sich der Magen zusammen. In seinem Kopf schien sich alles zu drehen. Ruckartig schob er den Stuhl von sich und stand auf. Seine bernsteinfarbenen Augen verengten sich zu schmalen Schlitzen. Die beiden Männer blickten ihn erschrocken an. Sein herrisches Temperament schlug ihnen entgegen. Wie vor den Kopf geschlagen, blickte er Ludwig von Stoffeln in die Augen. Einen Moment lang lag eine unerträgliche Stille im Raum.

„Was soll das heißen? War unser Burgvogt?"

Ludwig von Stoffeln fuhr sich mit der Hand durch seine Haare. Es half nichts, er musste ihm berichten, was sich in Bodman zugetragen hat. Johannes würde nicht locker lassen bis er alles wusste. Ausgerechnet er musste es sein, ihm die schreckliche Wahrheit zu erzählen. Es wäre die Aufgabe des alten Bodman gewesen und nicht die seine. Er mochte den jungen Ritter. Das alles tat ihm leid. Und dennoch hätte er früher oder später die Wahrheit erfahren. Mit einer Handbewegung deutete er ihm an, sich wieder zu setzen.

„Mit Verlaub, aber ich stehe lieber", sagte Johannes hellwach. „Ich bitte Euch, mir zu berichten, was sich in Bodman zugtragen hat."

Der Burgherr seufzte lange und tief. Langsam schritt er zum Fenster und blickte in die dunkle Nacht hinaus.

„Ein junger Barde kam vor etwa zwei Monaten zu uns. Zuvor weilte er am Bodensee. Unter anderem auch in Bodman. Was er zu berichten hatte, hörte sich nicht gut an. Vor zwei Monaten, als der Burgvogt die Burg verließ und den Hohlweg nach Bodman hinunterritt, wurde er überfallen und auf der Stelle getötet. Ein Augenzeuge sah wie ein schwarz gekleideter Ritter auf ihn einstach und ihm das Schwert in die Brust stieß. Laut Aussage des Mannes sei der Angriff geplant gewesen."

Johannes ballte seine Fäuste so stark, dass sie weiß anliefen. In seinem Kopf fing er an, fieberhaft nachzudenken. ‚Das alles kann doch nicht wahr sein.' Sein Zorn richtete sich gegen seinen Großvater. Warum hat er ihn im Ungewissen gelassen. Der alte Mann musste endlich begreifen, dass er kein Kind mehr ist, das man schützen musste, ging es ihm durch den Kopf. Nervös strich er sich durch sein Haar und blickte Ludwig von Stoffeln an.

„Der Zeuge ist vermutlich aus Bodman?"

„Der Barde sagte uns, auch er wäre ein paar Tage später tot am Seeufer gefunden worden."

Johannes wurde übel. Hilflosigkeit und Wut überfiel ihn. ‚Anna? Was ist aus Anna geworden. Gott, lass ihr nichts passiert sein.' Stirnrunzelnd sah er den Burgherrn an.

„Was ist mit der Familie des Burgvogts?"

Von Stoffeln schaute ihn mitfühlend an. „Die Frau von Paulus starb anscheinend vor gut einem Jahr bei der Geburt ihres Kindes. Das Kind hatte auch nicht überlebt."

Wie vom Blitz getroffen schoss Johannes das Bild von Anna vor seine Augen. Das letzte Mal als er sie sah war sie ein Kind, genau wie er. Was war mit dem Mädchen, mit dem er seine Jugendjahre verbrachte?

„Dann muss die Tochter des Burgvogts, die Nichte des Urslingen sein", wandte sich Niklas an Ludwig von Stoffeln.

„So wird es vermutlich sein“, antwortete er. „Die Tochter eben jenes getöteten Paulus.“

Abrupt drehte sich Johannes dem Burgherrn zu. „Herr von Stoffeln! Ich danke Euch für Eure Offenheit. Ich werde auf der Stelle nach Bodman reiten.“

Niklas, der mit seinem Freund Mitleid hatte, trat jetzt neben ihn. „Das alles tut auch mir sehr leid, Johannes. Aber es wäre jetzt nicht von Vorteil, mitten in der Nacht los zu reiten. Es ist viel zu gefährlich.“

„Euer Mann hat Recht. Ihr solltet jetzt nichts Unüberlegtes tun Johannes. Was geschehen ist, könnt Ihr nicht mehr ändern. Schon gar nicht wenn Ihr Euch unnötig in Gefahr begebt. Außerdem seid Ihr mit einem Auftrag des Landgrafen unterwegs, um den Ihr Euch kümmern müsst.“

Johannes verzog mürrisch sein Gesicht. „Das ist mir sehr wohl bewusst! Aber mein Gefühl sagt mir, dass ich in Bodman die Antworten finden werde, die ich brauche, um den Verbrechern das Handwerk zu legen.“

„Meine Unterstützung habt Ihr“, sagte der Burgherr mit ernstem Gesicht. „Aber ich bitte Euch, die Nacht hier zu verbringen.“

Johannes atmete tief durch. „Wie Ihr meint! Wir reiten morgen bei Sonnenaufgang los.“

„Ich werde meiner Frau Bescheid geben. Wie ich sie kenne, will sie ihre Gäste verabschieden.“

Johannes nickte dem Grafen zu und schritt zur Tür. Niklas folgte ihm.

Da ist noch was, sagte von Stoffeln. „Sind wir die einzigen, die gegen die Raubritterschaft vorgehen?"

Johannes drehte sich um. „Nein! Wölflin von Hewen hat uns ebenfalls Unterstützung zugesagt. Sein Sohn Peter, begleitet uns bereits. Wir werden Euch auf dem Laufenden halten, wenn es etwas Neues gibt."

Ludwig nickte. „Dann wünsche ich Euch jetzt eine gute Nacht."

Niklas folgte Johannes die steinerne Wendeltreppe hinauf. „Das mit dem Burgvogt tut mir leid", sagte er. Aber er bekam keine Antwort.

„Und diese Anna, was bedeutet sie Dir?"

Johannes blieb abrupt stehen und blickte ihn an. In seinen Augen lag Wut und gleichzeitig Hilflosigkeit.

„Die Familie stand mir sehr nahe", erwiderte Johannes in einem beängstigend ruhigen Ton.

In solch einem Zustand hatte er ihn noch nie erlebt, dachte Niklas.

„Er war eine Art Ersatzvater für mich. Ich habe in meiner Kindheit mehr Zeit mit Paulus verbracht als mit meinem Großvater, auch mit seiner Tochter Anna. Wir verstanden uns damals sehr gut. Leider habe ich sie nicht mehr gesehen, seit ich von Bodman weg bin."

Johannes seufzte. „In den wenigen Tagen, die ich dann und wann auf Bodman zu Besuch war, gab es dazu keine Gelegenheit. Ich würde sie vermutlich nicht einmal mehr erkennen, wenn sie mir begegnen würde."

Johannes Augen verengten sich. Sein Blick wurde bedrohlich. „Eines weiß ich aber sicher, ich werde nicht eher ruhen bis ich weiß, wer ihren Vater auf dem Gewissen hat. Das bin ich Paulus schuldig. Und diesen Hans von Friedingen werde ich mir mal genauer unter die Lupe nehmen. Ich bezweifle, dass Paulus seine Tochter mit diesem Kerl verheiraten wollte!"

„Wenn Du mich fragst, ist das ein Plan zwischen den Urslingen und dem Friedingen", erwiderte Niklas. „Für die ist das Mädchen doch nur Mittel zum Zweck."

Johannes schnaubte ärgerlich. „Genau so sehe ich das auch. Ich werde diesem Taugenichts von Ritter zeigen, wie die Gesetze in Bodman aussehen."

- ◆ -

„Ich weiß, dass ich eine Nichte habe, die ich als Säugling in Obhut gab“, schrie Herzog Konrad von Urslingen durch den Raum. Zornesröte zeichnete sein faltiges Gesicht. Die Hände hinter seinem Rücken verschränkt, schritt er in seinem Arbeitszimmer auf und ab.

„Bisher konnte ich diesen Makel aus meinem Kopf streichen“, sagte er angewidert. Er war ein kleinwüchsiger Mann mittleren Alters, mit leicht ergrautem Haar, das ihm wirr in sein bärtiges Gesicht fiel.

Er trug einen dunkelgrünen Waffenrock über seinem dicken Bauch, der mit einer silbernen Spange zusammengehalten wurde. Dazu ging er in langen schwarzen Stiefel, die nicht so glänzten wie die Ringe, die er an seinen Händen trug. Seine Augen nahmen einen kalten Ausdruck an.

„Woher wisst Ihr überhaupt davon? Wenn Ihr mich damit erpressen wollt, dann nehmt Euch in Acht.“

Friedingen, der gelassen auf einem Stuhl saß, nahm einen Schluck aus seinem Becher und lächelte den Herzog spöttisch an.

„Aber nicht doch Herzog! Wir arbeiten doch an einer gemeinsamen Sache. Und nichts liegt mir ferner, als dies zu gefährden.“

Der Herzog musterte ihn misstrauisch. „Was wollt Ihr dann von mir? Und wie habt Ihr es herausgefunden?“

Friedingen lächelte. „Ihr braucht Euch keine Sorgen, um Eure Nichte zu machen.“

Der Herzog blickte ihn erschrocken an. Er nahm den Becher Wein, der auf dem Tisch stand und leerte ihn in einem Zug. Mit gesenktem Kopf ging er wieder auf und ab und wandte sich erneut Friedingen zu.

„Die Frau meines Bruders hatte die Geburt nicht überlebt. Und als mein Bruder im Kampf ums Leben kam, stand ich alleine da mit dem Kind. Der Burgvogt von Bodman kam mir damals sehr gelegen. Er war im besten Alter. Er und seine Frau warteten vergebens auf Nachwuchs. So gab ich ihm das Mädchen in Obhut. Als ich mich vermählt habe, beschloss ich, meiner Frau nichts davon zu erzählen. Zumal wir selbst ein Kind erwarteten und meine Gemahlin bestimmt nicht erfreut gewesen wäre, sich auch noch um das Kind meines Bruders zu kümmern. Ich dachte dort, wo sie ist, wird es ihr gut ergehen."

Der Herzog blickte Friedingen verwundert an. „Warum kommt Ihr jetzt damit zu mir?"

Friedingen lehnte sich in seinen Stuhl zurück und hob eine Augenbraue. „Genau das will ich Euch erklären Herzog! Ihr habt eine Nichte, die wahrlich eine Schönheit ist."

Der Herzog fuhr herum. „Sagt mir endlich, was Ihr wollt und spannt mich nicht länger auf die Folter."

Friedingen beugte sich vor. Sein vernarbtes Gesicht zog sich zusammen. „Ich will sie haben! Das ist alles. Ihr würdet mir damit einen großen Gefallen tun."

Verächtlich blickte der Herzog Friedingen an. „Was habt Ihr davon? Ihr macht doch nichts ohne Grund!"

„Die Frage lautet eher, was habt Ihr davon, Herzog? Ich

würde Euch eine reichliche Summe zukommen lassen, die Ihr bestimmt nicht ablehnen könnt."

„Woher wollt Ihr die Heller aufbringen?

„Das lasst mal meine Sorge sein. Ich will sie haben, bevor der junge Bodman zurückkommt. So schön wie das Mädchen ist, würde er vielleicht selbst Anspruch auf sie erheben und das will ich verhindern."

Der Herzog war mehr als angewidert. Er wollte damit nichts zu tun haben. Dennoch ließ ihm dieser Kerl keine Ruhe. Und die Heller konnte er natürlich gut gebrauchen. Mit einem Blick wandte er sich wieder an Friedingen.

„Das Mädchen lebt doch noch bei seinen Pflegeltern?"

„Nein. Die Frau des Vogts ist vor einem Jahr verstorben und der Vogt vor ein paar Tagen. Eine schreckliche Geschichte", meinte Friedingen und verzog sein Gesicht zu einem leichten Grinsen.

Angewidert schaute der Herzog auf Friedingen. „Ich gehe davon aus, dass Ihr dabei die Finger im Spiel hattet, so wie ich Euch kenne."

Friedingen blickte den Herzog zornig an. Dieser alte Narr sollte sich nicht so aufplustern. Wenn er nur an die Zeit dachte, als die Urslingen ihre Beutezüge in Norditalien machten, war er dagegen ein Waisenknabe. Der Sohn von Konrad, Werner von Urslingen, befehligte dort eine größere Söldnertruppe. Die meisten stammten aus dem schwäbischen Raum. Er erpresste die Städte und wenn sie nicht bezahlten, verwüstete er das Umland. Die Städte und Fürsten waren zu schwach, um gegen seine starken Söldnertruppen vorgehen zu können. Nachdem er nichts mehr erbeuten konnte, der Winter einbrach und die Lebensmittel knapp wurden, kehrten die meisten Söldner zurück in die schwäbische Heimat und dienten jetzt hier dem Herzogtum.

Er durfte ihn nicht unterschätzen, überlegte Friedingen. Er brauchte eine starke Hand, um irgendwann größere Macht zu erlangen.

„Ihr seid nicht in der Position, mir etwas zu unterstellen. Ich denke mal, den Urslingen könnte man mehr von dem nachweisen, was Ihr mir vorhaltet oder wollt Ihr das bestreiten?

„Haltet den Mund! Nehmt Euch in Acht! Ich bin mächtiger als Ihr es seid! Und Ihr braucht mich, um zu dem Reichtum zu gelangen, den ihr nicht besitzt. Und jetzt lasst mich alleine. Ich muss nachdenken", sagte der Herzog ungehalten.

„Ich bin noch nicht fertig", wandte sich Friedingen an den Herzog. „Alles, was ich von Euch will ist, dass Ihr mir dazu verhelft, Eure Nichte zu ehelichen."

„Ich wüsste nicht wie", warf der Herzog abwinkend ein.

„Das sollte kein Problem darstellen", antwortete Friedingen. „Ihr schickt ein paar Männer mit einem Schriftstück nach Bodman zu Ritter Johann, dass Ihr Anspruch erhebt auf Eure Nichte und Ihr Euch ab sofort ihrer annehmen wollt."

„Und was ist, wenn der alte Bodman etwas dagegen unternimmt?"

„Er hat keinen Anspruch auf das Mädchen", erwiderte Friedingen. „Er ist ein alter gebrechlicher Mann, der mit solchen Dingen überfordert sein wird."

Der Herzog zog seine Brauen hoch und blickte Friedingen misstrauisch an. „Ihr habt doch bestimmt schon alles geplant?“

Friedingen nahm den Krug, schenkte sich noch einmal Wein nach und grinste den Herzog an. „Aber gewiss doch! Ich denke, wir sollten sie in das Schwesternhaus nach Überlingen bringen, bis Gras über die Sache gewachsen ist. Dort wird sie keiner vermuten. Außerdem habe ich noch einiges zu erledigen, was unsere Pläne betrifft.“

„Meinetwegen!“, sagte der Herzog mit einer Handbewegung. „Tut, was Ihr nicht lassen könnt. Aber macht keinen Ärger dabei, den können wir jetzt nicht gebrauchen, schon gar nicht wegen einer Frau. Was hattet Ihr überhaupt in Bodman zu suchen?“

„Wir waren auf der neuen Burg Bodman und haben frische Pferde erworben.“

„Erworben oder gestohlen?“

„Natürlich erworben“, entgegnete Friedingen abschätzig. „Die Burg ist gut bewacht. Der Alte steckt sein ganzes Vermögen in die Sicherheit und den Aufbau der Burg.“

„Und wie habt Ihr von meiner Nichte erfahren?“

„Durch einen Stallknecht. Er diente der Ritterschaft von Bodman. Er hat sich uns angeschlossen. War wohl nicht ganz zufrieden mit seiner Herrschaft“, sagte Friedingen vorsichtig. „Als ehemaliger Stallknecht kann er erstaunlich gut mit dem Schwert umgehen.“

„Und woher wusste der davon?“, fragte der Herzog entgeistert.

„Er hatte den Vogt einmal belauscht, als er laut vor sich hindachte."

Der Herzog beobachtet Friedingen argwöhnisch. „Ihr seid ein Hitzkopf! Man sollte Euch nicht zum Feind haben. Ihr solltet Euch lieber um unsere Sache kümmern, damit wir mehr Heller einstreichen können. Mir kam zu Ohren, fünf unserer Männer seien in der Nähe der Stoffelburg zu Tode gekommen? Wisst Ihr etwas darüber?"

Friedingens Miene verfinstert sich. Er saß misslaunig am Tisch. Er schnappte sich den Becher und leerte ihn zügig. Dann knallte er ihn auf die Tischplatte und trat zum Kamin. „Ich habe da so einen Verdacht. Ich vermute der Landgraf sucht Verbündete gegen die sogenannte Raubritterschaft. Und er hat wohl einen seiner fähigsten Ritter darauf angesetzt."

„Und wer soll das sein?", fragte der Herzog neugierig.

Friedingen zog tief die Luft durch seine Nase. „Es ist der junge Johannes von Bodman."

Der Herzog hielt kurz inne. „Wir sollten auf der Hut sein, Friedingen. Das hört sich nicht gut an. Dieser Bodman hat sich schon einen Namen als Schildknappe gemacht. Das ist einer, der sich nicht so leicht in die Suppe spucken lässt. Wenn die Spur zu uns führt, haben alle, die auf unserer Seite stehen ein Problem."

„Das weiß ich", entgegnete Friedingen gereizt. „Ich werde mich selbst um diesen Bodman kümmern, damit er uns nicht mehr in die Quere kommt".

„Tut das! Aber hinterlasst keine Spuren. Und denkt an die

Frachtschiffe, die in diese Woche am Untersee anlegen. Sie bescheren uns reiche Beute."

„Dafür ist schon alles in die Wege geleitet. Wir werden da sein."

„Nun gut", sagte der Herzog zufrieden. „Dann werde ich mich jetzt zurückziehen. Es war ein langer Tag. Da ist noch etwas, Friedingen? Woher habt Ihr die Information, dass ausgerechnet Johannes von Bodman uns auf den Fersen ist?"

Friedingen grinste. „Wölflin von Hewen hat es mir durch einen Boten zukommen lassen. Johannes von Bodman hatte ihn mit einem Trupp Männer aufgesucht. Sein Ziel war es, Verbündete zu werben, gegen die Raubritterschaft."

Der Herzog machte große Augen. „Und wie hat Wölflin darauf reagiert?"

„Na ja, er hat so getan, als ob er ganz auf der Seite des Landgrafen wäre. Allerdings gibt es noch einen kleinen Haken", meinte Friedingen argwöhnisch. „Wölflin hat Johannes von Bodman gebeten, seinen Bruder Peter mit zu nehmen."

„Das ist doch gut", entgegnete der Herzog. „Wie ich Wölflin kenne, hat er sich dabei bestimmt etwas gedacht. Durch ihn wären wir den anderen immer ein Schritt voraus."

Friedingen senkte seinen Kopf und überlegte. „Das glaube ich nicht. Ich traue ihm nicht. Peter war noch nie auf der Seite seines Bruders."

„Nun gut! Dann solltet Ihr unseren Freund Wölflin aufsuchen und das regeln, bevor es Schwierigkeiten gibt. Und was meine Nichte betrifft! Das solltet Ihr für eine Weile verschieben. Sie ist in diesem Schwesternhaus bestimmt gut aufgehoben. Und wenn Euch danach ist, dann nehmt eine unserer Mägde, die haben auch recht wohl geformte Brüste."

„Macht Euch um mich keine Sorgen, Herzog! Kümmert Euch lieber um die Angelegenheit, um die ich Euch gebeten habe! Dann werde ich auch dafür sorgen, dass Eure Belange erledigt werden. Und Ihr braucht dabei nicht einen Finger krumm zu machen."

Friedingen machte eine kurze Geste und lächelte den Herzog selbstsicher an. „Habt Euch wohl Herzog. Ihr hört von mir und wenn es etwas Neues gibt, schicke ich Euch einen Boten."

Friedingen verließ den Raum und ließ den Herzog alleine. Seine Arme im Rücken verschränkt schritt der zum Fenster und blickte auf den Burghof hinunter. Er beobachtete, wie Friedingen und seine Männer die Burg verließen. Dieser Mann war ein kalter Hund, dachte er. Aber die Geschäfte mit ihm liefen gut. Es sollte ihn nicht kümmern, was er sonst noch so trieb, solange er ihm die Heller bringt aus den Beutezügen! Und was seine Nichte betrifft, soll er sie doch haben! Wenn er sie zu seiner Gemahlin macht, würde ihm das sogar sehr gelegen kommen. Somit müsste er sich auch nicht um diese heikle Angelegenheit kümmern, was ihm ohnehin ein Dorn im Auge war.

Mit sich zufrieden schritt er zu seinem Arbeitstisch und setzte sich in seinen breiten, gepolsterten Stuhl. Er nahm Feder und Papier zu sich und fing an, den Brief an Johann von Bodman zu schreiben.

Als er die Feder ansetze, hielt er kurz inne. Zweifel überfielen in plötzlich. Es war sein eigenes Fleisch und Blut. Er kannte seine Nichte nicht einmal. Und jetzt gab er sie in die Hände dieses Mörders, der vor nichts zurückschreckte! Der Herzog machte ein betrübtes Gesicht. Wie komme ich aus dieser Geschichte wieder heraus? Ich hätte mich nicht mit Friedingen einlassen sollen! Wenn er darüber nachdachte, widerte ihn das Ganze an. Aber es half nichts! Wenn er jetzt einen Rückzieher machen würde, schlugen sie ihm den Kopf ab.

- ◆ -

Anna schloss die Augen und ließ ihren Kopf hängen. Sie konnte nicht sagen, wie lange sie schon am Fenster stand und reglos vor sich hinblickte. Man hatte sie in einem kleinen Zimmer untergebracht, das nur mit einem Bett und einem Stuhl möbliert war. Das Holzkreuz, das neben dem Bett hing, spendete ihr keinen Trost. Ihr Herz war voller Trauer und Schmerz.

Alles hätte sie ertragen. Aber nicht den Verlust ihres Vaters! Was war passiert? Ihr ganzes Leben hatte sich auf einen Schlag verändert! Tränen liefen ihr übers Gesicht, die nicht versiegen wollten. Eine unerträgliche Leere breitet sich in ihrem Körper aus. Am Ende des Überlinger See in Bodman war ihr Zuhause.

Dort sollte sie jetzt sein. An ihres Vaters Grab! Man hatte sie fortgeholt und nach Überlingen zu den Barmherzigen Schwestern auf der Wiese gebracht. Warum? Das macht doch alles keinen Sinn? Sie konnte keinen klaren Gedanken fassen. So viel ging ihr durch den Kopf.

Die Männer, die sie hierher ins Schwesternhaus brachten, gaben ihr keine Antworten auf ihre Fragen. Alles was sie wusste, stand in dem Brief, den Ritter Johann ihr vorgelesen hatte. Er konnte ihr auch nicht helfen. Er sagte, dem Brief nach könne er nichts ausrichten. Und dem Herzog wollte er sich nicht widersetzen.

Anna öffnete die Augen und blickte in den Garten des Schwesternhauses. In dem gepflegt angelegten Kräutergarten jätete eine Ordensschwerster das Unkraut aus den Beeten, das durch die warme Frühlingssonne schon aus dem

Boden spross. Ihre Lippen bebten. Sie hörte nicht auf zu schluchzen. Sie soll eine Nichte des Herzogs von Urslingen sein? Und er würde Anspruch auf sie erheben? Und ihre weitere Zukunft bestimmen? Sie verstand die Welt nicht mehr. Das alles schien ein schlechter Traum zu sein, aus dem sie sicher gleich wieder aufwachen würde.

Das Glockenläuten des Franziskanerklosters sagte ihr, dass es kein Traum war und riss sie in die Wirklichkeit zurück. Wenn das wahr sein sollte, warum hatten ihre Eltern ihr dies so lange verschwiegen?

So viele Fragen gingen ihr durch den Kopf und es gab niemanden, der sie ihr beantworten konnte. Sie war eine Fremde! Ihre Augen waren mittlerweile rot unterlaufen. Obwohl die Frühlingssonne durch das Fenster schien, war ihr kalt. Sie zitterte am ganzen Körper. Was waren das für Menschen, die über ihr Leben bestimmen wollten, überlegte sie fieberhaft? Ich kannte sie nicht einmal. Und ich will sie auch nicht kennen lernen, dachte sie.

In ihrem Inneren fing es jetzt an zu brodeln. Wut und Zorn erfasste sie plötzlich. ‚Du darfst Dich jetzt nicht hängen lassen, Anna!', ging es ihr durch den Kopf. ‚Wenn ich dastehe wie ein Opferlamm, machen sie mit mir, was sie wollen.'

Vater hatte ihr stets erklärt, dass man nicht aufgeben darf, wenn man im Leben etwas erreichen will. Energisch reckte sie ihr Kinn! Sie war eine Kämpferin! Und sie wusste sich immer zu helfen, wenn es darauf ankam. Sie musste herausfinden, wer sie in diese Lage gebracht hatte. Und noch viel wichtiger war herauszubekommen, was derjenige für einen Nutzen davon hatte?

‚Dieses Narbengesicht von Friedingen?', überlegte sie. Seit er auf der Bodman war, hatte er ihr nachgestellt. Sie erinnerte sich, was sich im Pferdestall auf der Bodman zugetragen hatte. Sie legte ihre Stirn in Falten. Ihr wurde übel, wenn sie nur daran dachte. Ihr Vater hatte sie ermahnt, ihm aus dem Weg zu gehen. Vater hatte ihn noch am selben Abend von der Burg verwiesen. Üble Kerle waren das.

‚Er sagte mir auch, dass die Krähenburg im Verdacht stünde, Raubhandel zu betreiben. Und dieser Friedingen der Kopf der Bande sei. Man könne es ihm nur nicht beweisen.'

Zwei Tage später, als sie in Bodman bei den Fischern war, lief er ihr dennoch wieder über den Weg. Er hatte ihr aufgelauert, als sie auf dem Weg zur Burg war. Die Worte, die er ihr von seinem hohen Ross entgegen schleuderte, jagten ihr Angst ein. Unsere gemeinsame Zukunft sei vorbestimmt, orakelte er.

Anna atmete tief durch. Ihr Brustkorb hob und senkte sich. Wenn sie an ihn dachte, durchlief sie ein Schauer von Angst und Hilflosigkeit. Was konnte ein Mädchen, das jetzt eine Waise war, gegen einen wie ihn ausrichten. ‚Vater hatte Recht', dachte Anna. Dieser Friedingen war ein Mensch, der sich nahm, was er wollte, ohne Rücksicht auf die anderen.

- ◆ -

Das Klopfen an der Tür riss sie aus ihren Gedanken. Ein junges Mädchen mit Sommersprossen im Gesicht betrat das Zimmer. Sie konnte nicht viel älter sein als sie selbst, dachte Anna. Sie trug ein Kleid aus ungefärbter Leinenwolle, dass ihr bis zu den Knöcheln reichte. Der Leinenstoff war grob gewebt und kratzte vermutlich auf ihrer Haut. Darüber trug sie einen schürzenartigen Überhang, der ihr über Brust und Rücken fiel und mit einer Kapuze versehen war. Ihre Haare waren mit einem weißen Leinenkopftuch bedeckt, das ihr Gesicht leicht erblassen ließ.

Anna hatte bemerkt, dass alle Schwestern hier das gleiche Gewand trugen. Ein wenig schüchtern stand sie wie angewurzelt da und starrte sie an.

„Jungfer Anna!“, meldete sie sich in einem leisen Ton. „Die Oberschwester bittet Euch, mit uns das Mittagsmahl einzunehmen.“

Anna blickte die Schwester mit rot unterlaufenen Augen an. „Wie ist Euer Name?“

„Oh, verzeiht! Ich bin Schwester Elsbeth. Während Ihr hier im Schwesternhaus weilt und etwas benötigen solltet oder wissen wollt, könnt Ihr Euch gerne an mich wenden“, antwortete sie schüchtern.

„Das ist sehr freundlich, Schwester Elsbeth“, erwiderte Anna und streckte ihr die Hand entgegen. „Ich vermute, wir sind im selben Alter. Daher kannst Du mich einfach, Anna nennen.“ Dabei verzog Anna ihr Gesicht zu einem leichten Lächeln.

Die Schwester strahlte übers ganze Gesicht. „Dann könnt Ihr die Schwester auch weglassen“, sagte sie frei heraus. Bei diesen Worten überschlug sie sich schier.

‚Ich glaube, das Leben bei den Schwestern ist bestimmt oft einsam und mit viel Arbeit verbunden. Da gibt es nicht viel zu lachen‘, dachte Anna. ‚Aber wie kommt ein junges Ding wie Elsbeth in den Schwesterorden?‘ Sogleich verwarf sie den Gedanken wieder und blickte die Schwester mitleidig an.

„Ich habe keinen Appetit, Elsbeth. Richtet bitte der Oberschwester aus, dass ich sie nach dem Mahl dringend sprechen möchte. Ich will wissen, weshalb ich hier bin.“

Elsbeth zupfte nervös an ihrer Schürze. „Anna, Ihr solltet der Bitte der Oberin nachkommen. Sie kann sehr ungehalten werden.“

Anna stieß einen tiefen Seufzer aus. „Ich bin im Moment auch ungehalten.“

„Wie Ihr wollt“, erwiderte Elsbeth mit weit aufgerissenen Augen. „Ich werde es ihr genau, so ausrichten.“

Sie wandte sich ab und ließ Anna allein. Anna ging wieder zum Fenster. Die vor ihr liegende Umgebung nahm sie jetzt erst wahr. Nach ihrer Ankunft heute Morgen gingen ihr so viele Gedanken durch den Kopf, ohne dass sie überhaupt irgendetwas wahrnehmen konnte, außer den Garten vor ihrem Fenster.

Sie ließ ihren Blick über die Stadt Überlingen schweifen und dann zum See hinunter. Der Bodensee zeigte sich heute wie immer von seiner schönsten Seite.

Mit einer atemberaubenden Bergkette dahinter, vereinzelt noch mit Schneeresten auf den Berghängen.

Überlingen, mit seiner Wehrmauer, die die Stadt umrundete wie eine schützende Umarmung. Die vielen Wachtürme, die sich erhaben und stolz wie Wachmänner über dem Ort emporhoben und jedem Feind trotzten. Mit Wehmut erinnerte sie sich an die schönen Ausflüge, wenn sie mit ihrem Vater mit dem Lastsegelschiff, das man Lädine nannte, nach Überlingen übersetzte. Nur einmal im Monat legte eine solche Lädine in Bodman an. Für die Menschen in Bodman war das stets eine große Bereicherung.

Die Lastsegelschiffe transportierten Salz von Ost nach West und Bausteine aus dem südlichen Rorschach an alle Uferorte hier am Bodensee. Für die Handelsherren und Klöster waren sie ein Segen. Somit auch für das einfache Volk in Bodman. Mehl und Salz war die Hauptprodukte, die man aus Überlingen bezog.

Im Herbst brachte die Ritterschaft Bodman ihren Weizen zu den Mühlen nach Überlingen. Ritter Johann war stets ein gütiger Mann. Jedem Haushalt im Ort wurde ein Teil der Ernte zugeteilt für die mühsame Arbeit, die er für die Ritterschaft leistete. Als Vogt der Burg war es Vaters Aufgabe, die benötigte Ware von Überlingen nach Bodman zu holen. Und das war nur mit einem Schiff wie einer Lädine zu bewältigen.

Anna schloss kurz die Augen. Sie liebte es mit dem großen Segler über den See zu fahren. Wenn die Wellen gegen die Bordwand schlugen, der Wind in das große Segel blies und mit ihrem Haar spielte und die Lädine über die Tiefen des Bodensees dahinglitt.

Von Neuem liefen ihr Tränen über ihre Wangen. Unweigerlich wurde ihr bewusst, all das würde sie nie wieder mit ihrem Vater erleben können. Ihr Vater war tot und nichts würde ihn zurückbringen.

Sie blickte auf das Wies Tor, das sie heute Morgen mit den fremden Rittern passierte. Es war das erste Mal, dass sie hier oben am äußeren Stadtrand war.

Das Wies Tor! Eines der vielen Stadttore in Überlingen. Ihr Vater erzählte ihr oft von den stolzen Überlinger Bürgern. Rings um die Stadt herum bauten sie aus dem hiesigen Molasse Sandstein ihre massive Stadtmauer und sicherten somit die Stadt vor feindlichen Angriffen. Es schien eine ewige Baustelle zu sein. Türme und Tore, die die Stadt dominierten, dienten neben der Stadtmauer für Sicherheit. Die Stadtmauer konnte nur durch die Stadttore passiert werden, erklärte ihr Vater. Eine Wehrmauer zu errichten war ein Privileg, das durch das Befestigungsrecht verliehen wurde, worauf die Überlinger äußerst stolz waren. Das Marktrecht erhielten sie einst von Kaiser Friedrich Barbarossa, der sich des Öfteren in Überlingen aufhielt.

Erst nach dem Aussterben der Staufer wurde Überlingen freie Reichstadt und erlangte viele Privilegien und Einflüsse. Um das Ganze in gegliederter Ordnung zu verwalten, führte die Stadt eine Zunftverfassung ein, die zwischen den, in Zünften organsierten Handwerkern und dem Stadtpatriziat ausgehandelt wurde.

Und an Reichtum fehlte es der Stadt ganz und gar nicht. Schon in früher Zeit betrieb die Stadt intensiven Weinbau, mit dem sie rund um den Bodensee Handel trieben.

Die Weinberge am Gallen und Luzienberg waren beachtlich und von großer Besonderheit. Noch wichtiger war der Handel mit dem Getreide, das aus dem oberschwäbischen Hinterland kam, auf dem Überlinger Markt gehandelt und dann weiter verschifft wurde. Vater hatte ihr erklärt, Überlingen verfüge über den größten Kornspeicher am Bodensee.

Anna presste die Lippen aufeinander. Sie liebte ihr Bodman. Aber die Stadt war für sie auch ein Abenteuer, zu dem sie aus dem oft so einsamen Bodman entfliehen konnte. Als den Schlüssel zum Bodensee bezeichneten die Leute die Stadt. Sie liebte die steilen Uferwände aus Molassegestein, die in der Vorzeit endstanden sind. Der obere Stadtteil der Weinbauern mit seinen Fachwerkhäusern und Erkern, die kunstvoll mit Blumen geschmückt waren, die etwas gehobeneren Häuser, die mit dem einheimischen Sandstein erbaut wurden, gaben der Stadt ihre Schönheit. Das alles konnte Bodman ihr nicht bieten.

Wie gerne ging sie über den Fischmarkt auf der Hofstatt oder auf den oberen Markt bei den Weinbauern! Ihr Vater hatte oft so viele Einkäufe für die Burgherrschaft zu erledigen, dass ihr immer etwas Zeit blieb, die Stadt und das Seeufer zu genießen.

Anna ließ den Kopf hängen. Wenn sie jetzt auf die Stadt blickte, empfand sie keine Freude mehr. Alles hatte sich verändert, dachte sie. Und was ihre Zukunft betraf, wusste sie nicht wohin sie führte. Ab jetzt war sie völlig alleine auf dieser Welt, hatte niemanden, an den sie sich wenden konnte. Außer diese angeblichen Verwandten, die sie noch nie im Leben gesehen, geschweige denn etwas von ihnen gehört hatte.

Das Einzige, was sie mitnehmen durfte, war ihre Stute Adelinde.

Anna zog die Schultern an und seufzte tief. Sie musste etwas anderes unternehmen, als hier zu stehen und zu grübeln. Und vor allem wollte sie wissen, warum sie hier war. Sie hätte genauso gut in Bodman bleiben können.

Sie fragte sich nach dem Sinn des Ganzen. Wenn sie von den Urslingen abstammte, was hat das mit dem Schwesternhaus in Überlingen zu tun?

Sie nahm ihre Hände und rieb sich die Augen aus, die immer noch mit einem leichten Tränenschleier überzogen waren. Sie würde jetzt nach unten gehen und die Oberschwester aufsuchen. ‚Sie wird mir vielleicht sagen können, warum und wie lange ich hier im Schwesterhaus bleiben muss. Ich bin überzeugt, die Oberin wird mir die Wahrheit nicht verweigern', dachte Anna.

Man hörte nur Gutes über die Schwestern von Überlingen. Sie übernahmen die Pflege kranker Menschen und kümmerten sich um Arme und Bedürftige. Wo sonst könnte sie um Hilfe erbitten, als bei den Schwestern hier auf der Wiese? Unter anderem wurden die Schwestern geistlich von den ansässigen Franziskanern betreut, die zuerst hier im jetzigen Schwesterhaus weilten. Durch die Unterstützung einer Gräfin bauten die Mönche später an der nördlichen Grenze des inneren Stadtmauerrings ein Kloster, nahe dem Barfüßertor. Genau wie die Schwestern kümmerten sie sich um die Armen und ihr Seelenheil.

Im Grunde genommen befand sie sich hier also unter aufrichtigen Menschen. Irgendwie würde sich bestimmt alles aufklären. Sie hob den Kopf und strich sich über ihr schwarz glänzendes Haar, um es einigermaßen zu ordnen.

- ◆ -

Mit hoffnungsvollen energischen Schritten verließ sie das Zimmer und lief den schmalen Gang entlang bis zur Holztreppe, auf der ihr Schwester Elsbeth mit einer Schüssel warmer Suppe entgegenkam.

„Die Oberin schickt mich, Anna! Ihr solltet Euer Essen nicht kalt werden lassen."

„Das ist sehr freundlich, Elsbeth. Stellt es in mein Zimmer, ich werde es später zu mir nehmen."

Elsbeth blickte Anna entgeistert an. „Wie Ihr meint, Anna. Wenn Ihr die Oberin sucht, sie weilt derzeit im Garten!"

„Vielen Dank", erwiderte Anna lächelnd und eilte die Treppe hinunter. Sie war es nicht gewohnt, von irgendjemandem Befehle entgegen zu nehmen. Seit dem Tod ihrer Mutter ließ Vater ihr stets freie Hand, was den Tagesablauf betraf. Und sie würde sich auch jetzt nicht vor den Schwestern beugen, dachte sie etwas mürrisch.

Am Treppenende befand sie sich direkt im Speisesaal. Alle Augen waren auf sie gerichtet. Die Schwestern blickten sie mittleidig an und nickten leicht mit dem Kopf, das vermutlich ein ‚Guten Tag' oder ‚herzlich Willkommen' bedeuten sollte.

Offenkundig sehr wortkarg, dachte Anna. Ein leichter Duft von Lauchsuppe lag noch über dem Raum. Die Schwestern waren damit beschäftigt, den Tisch abzuräumen. Der Raum war nicht besonders groß. Ein langer Tisch mit zwei Holzbänken waren die einzigen Möbelstücke. Die Wände hatten nur einen einfachen Mörtelputz. Was daraus schließen ließ, dass die Schwestern nicht viel Mittel zur Verfügung hatten. Nur ein großes Kreuz schmückte eine der Wände aus. Anna überlegte. Der Tagesablauf der Schwestern würde bestimmt genauso verlaufen wie bei den Franziskanermönchen: Arbeiten, Beten und sehr sparsam Essen.

Eine rundliche pausbäckige Schwester trat jetzt vor sie hin. Ihre Hände trocknete sie an ihrer Schürze ab. Dann stemmte sie ihre Arme energisch in ihre breiten Hüften. Sie blickte Anna mit einem abschätzigen Blick an.

„Mir scheint, Ihr seid es nicht gewohnt, Anweisungen zu befolgen, aber so lange Ihr hier bei uns weilt, würden wir es sehr begrüßen, wenn Ihr die unseren respektiertet."

Anna versteifte sich und atmete tief durch. „Es tut mir leid Schwester, ich bin nicht freiwillig hier. Mein Zuhause ist in Bodman. Damit ich diesen freundlichen Ort wieder verlassen kann, könnt Ihr mir bestimmt verraten, wo ich die Oberin finde!"

Die Alte blickte Anna mit entsetzten Augen an. Vermutlich hatte sie nicht erwartet von einem jungen Mädchen in die Schranken gewiesen zu werden. Sie zeigte mit der Hand Richtung Tür.

„Dort hinaus", erwiderte sie ein wenig verärgert.

Anna wandte sich ab und begab sich in den Garten. Die warme Frühlingsonne streichelte ihr Gesicht, was ihr ein tröstliches Gefühl gab.

Der Garten vor ihr war ein schöner Anblick. Alles war hier mit großer Sorgfalt und Ordnung angelegt. Auf einer Bank nahm sie eine dunkel gekleidete Gestalt wahr, die mit dem

Kopf nach unten gesenkt dasaß. Langsam ging sie durch die Beete, die mit Buchs umsäumt waren und trat vor die schlafende Schwester. Mit zusammengefalteten Händen saß sie auf der hölzernen Bank und schien ihren Mittagsschlaf zu halten. ‚Nur Mut. Anna!', dachte sie, ‚den Kopf wird sie Dir bestimmt nicht abreißen.'

Anna räusperte sich nervös. „Verzeiht, Oberschwester! Ich würde gerne mit Euch sprechen."

Die alte Frau hob ihren Kopf und musterte Anna von oben bis unten. Ihr Gesicht war faltig und von einem kargen und mühsamen Leben gezeichnet. Bestimmt hatte sie schon ein hohes Alter erreicht. Kerzengerade stehend blickte Anna der alten Frau in die Augen, die, wie sie deuten konnte, etwas Warmherziges ausstrahlten.

„Menschen, die einem in die Augen blicken, haben nichts zu verbergen", sagte die Oberin in einen ruhigen Ton.

„Das habe ich auch nicht!"

„Ihr wollt sicher von mir wissen, warum Ihr hier seid?"

„Verehrte Oberin, ich weiß nicht, was ich hier soll. Ich hätte genauso gut in Bodman bleiben können. Dort bin ich Zuhause!"

Die Oberin blickte sie mittleidig an. „Ich kann nicht sehr viel für Euch tun, Anna! Aus dem Brief, den mir die Ritter übergaben, geht hervor, dass Ihr die Enkelin des Herzogs von Urslingen seid und in Kürze von Eurem zukünftigen Gemahl aufgesucht werdet."

Anna erschauderte. Ihre stolze Haltung schien plötzlich in sich zusammenzufallen. Sie konnte nicht glauben, was sie da hörte. Sie bekam kaum Luft. Ihre Kehle war wie zugeschnürt. Sie blickte die Oberin mit weit aufgerissenen Augen an.

„Was sagt Ihr da! Mein zukünftiger Gemahl? Wer soll das sein?"

„Das, liebes Kind, kann ich Euch auch nicht sagen", antwortete die Oberin. „Ohne eine Nachricht des Herzogs werde ich natürlich keine Zustimmung geben, Euch von hier wegzuholen."

Anna presste die Lippen zusammen. Ihr Herz begann zu rasen. Sie ballte die Hände zu Fäusten.

„Ich werde dem allem nicht zustimmen! Ich allein bestimme, wen ich zum Mann nehme! Genauso wie es meine Eltern taten."

Die Oberin erhob sich jetzt langsam von ihrer Bank. Behutsam legte sie die Hand auf Annas Arm.

„Jungfer Anna, beruhigt Euch, es kann so schlimm nicht sein. Euer Onkel hat bestimmt einen ehrbaren Gatten für Euch auserwählt. Es ist nun mal so üblich in Euren Kreisen, wie Ihr wisst."

Anna entzog sich der Berührung der Oberin.

„Nein! Das weiß ich nicht. Ich gehöre nicht zu diesen Kreisen und das will ich auch nicht!" Anna fing an zu zittern und schüttelte ungläubig den Kopf. Tränen stiegen in ihre Augen.

„Beruhigt Euch. Es wird sich bestimmt alles klären."

Anna schluchzte unaufhörlich. Sie konnte sich nicht beruhigen. Ihr bisheriges Leben schien sich in Luft aufzulösen.

„Setzt Euch!“, deutete die Oberschwester an, „bevor Ihr mir umfallt.“

Anna gehorchte und setzte sich auf die Bank. Die Hände in den Schoss gebettet blickte sie weinend auf den steinigen Boden.

„Lieber trete ich in Euren Orden ein, als dieses Schicksal anzunehmen“, sagte sie schluchzend.

„Aber nicht doch, Ihr seid ein kluges, hübsches Mädchen und von edler Herkunft.“

„Nein, Oberschwester, das bin ich nicht! Ich bin Anna Händler, die Tochter des Burgvogts der Ritterschaft von Bodman. Und mehr will ich nicht sein.“

„Aber jetzt seid Ihr eine Waise und in Euch fließt das Blut der Urslingen und Ihr solltet dankbar sein, dass sich der Herzog Eurer annimmt. Und jetzt bringe ich Euch in Eure Kammer, dann schlaft Ihr erst einmal darüber. Morgen sieht die Welt wieder anders aus.“

Anna stand auf. Die Oberin tätschelte ihr behutsam die Hand.

„Ihr seid die Tochter Eures Vaters wie die Eurer Mutter, Anna, aber auch die Nichte des Herzogs. Selbst, wenn Ihr das bisher nicht gewusst habt, könnt Ihr die Tatsache nicht ändern. Und als eine Herzogin von Urslingen habt Ihr nun mal Eure Pflichten. Und ich bin mir sicher, die werdet Ihr meistern. Ihr seid eine starke Persönlichkeit. Eure stolze Haltung deutet darauf hin.

Anna rührte sich nicht. Sie hatte nie über ihre Zukunft nachgedacht. Und schon gar nicht als eine Herzogin.

„Ich möchte jetzt alleine sein“, sagte Anna zu der Oberin. „Ich finde selbst den Weg zu meinem Zimmer.“

Die Oberin wich einen Schritt zurück und nickte. „Ich werde für Euch beten. Wenn Ihr etwas braucht, wendet Euch an Elsbeth, sie wird für Euch da sein, solange ihr hier seid.“

Anna ging zu ihrem Bett und sank darauf nieder. Sie rollte sich zusammen und ließ ihren Tränen freien Lauf. Ihre Finger krallte sie in das grobe Leinenkissen. Im vollen Ausmaß wurde ihr bewusst, in was für einer misslichen Lage sie sich befand. Ihr Leben schien mit einem Mal aus den Fugen zu geraten. Und was noch viel schlimmer war, sie war alleine, ohne jegliche Hilfe.

Die Worte von der Oberin gingen ihr nicht aus dem Kopf, „Heiraten“, „Gemahl“. Was sollte sie tun? Alles in ihr spannte sich an. In ihrem ganzen Leben hatte sie sich noch nie so elend gefüllt.

Anna setzte sich auf die Bettkannte und wischte sich die Tränen aus den Augen. Verzweifelt blickte sie vor sich hin. Den Gedanken, mit einem Mann das Leben zu verbringen, den man ihr vorgab, wollte sie nicht akzeptieren. Lieber würde sie Nonne werden und sich dem Zölibat unterwerfen, als sich diesem Schicksal zu beugen!

- ◆ -

Johannes trieb seinen Hengst Frowin den beschwerlichen Hohlweg hinauf, gefolgt von seinen Männern und den zwei Knaben Jakob und Will. Er hatte nur einen Gedanken, so schnell wie möglich nach Hause zu kommen, um Antworten auf seine Fragen zu erhalten.

In seinem Kopf baute sich eine Spannung auf. Seine Wut konzentrierte sich auf den alten Burgherrn. Warum ließ er ihn im Ungewissen. Die Bilder vor Augen, dass hier auf diesem Weg Paulus niedergemetzelt wurde, ließen seine Wut noch mehr anschwellen. Viele Monate war es her, als er ihn das letzte Mal sah. Johannes runzelte die Stirn wie immer, wenn ihn etwas beschäftigte. Vielleicht hätte ich öfter nach Bodman kommen und nach dem Rechten sehen sollen? Aber wenn er darüber nachdachte, hatte sich dafür keine Gelegenheit geboten. Heinrich von Stoffeln hatte ihn stets an seiner Seite haben wollen, um ihn auf seinen künftigen Weg vorzubereiten.

„Du kannst nach Deiner Ausbildung noch lange genug in Bodman verweilen", meinte er immer wieder. Er hatte sich auch keine Gedanken darüber gemacht, dass irgendetwas nicht hätte stimmen können.

Er lenkte seinen Hengst die letzte Wegbiegung hinauf und verlangsamte das Tempo. Durch eine Lichtung sah er die alte Burgruine, die unterhalb der neuen Burg gut zu sehen war. Abrupt zog er die Zügel an und hob seine Hand. Die Männer hinter ihm folgten seiner Anweisung.

„Was ist los?", fragte Martin entgeistert. „Hast Du ein Wildschwein gesehen? Oder warum halten wir an?"

Johannes gab keine Antwort. Verwundert blickte er auf die ehemalige Burg Bodman hinunter. Er war noch ein Kind als sein Großvater dort auf dem Unglücksplatz eine Kapelle mit Priesterhaus errichten ließ. Eine Kapelle zu Ehren „unserer Lieben Frau“ hatte er immer gesagt.

Mit starren Augen blickte Johannes auf den Berg hinab. Frauenberg nannten ihn die Dorfbewohner. Er war nie auf dem Berg gewesen. Nicht in all den Jahren als er noch Zuhause war. Wenn er seinen Großvater danach fragte, bekam er stets die Antwort, wenn er da hinauf ginge, würde es ihn traurig stimmen. ‚Man sollte die Vergangenheit ruhen lassen und nach vorne sehen.‘

Wie er erkennen konnte, war ein weiteres Gebäude errichtet worden. Er atmete tief durch. Wieder eine Sache, von der er nichts wusste, dachte er.

„Hat es Dir die Sprache verschlagen?“, fragte Cun jetzt neugierig.

„Nein! Seht‘ Ihr die Kapelle mit dem Priesterhaus da unten! Dort bin ich geboren.“

„Dann war das die alte Burg Bodman?“, fragte Peter vorsichtig.

„So ist es!“

„Irgendwann hat man mir davon erzählt. Eine schlimme Geschichte“, sagte Peter mitleidig.

Johannes kämpfte gegen seine Gefühle an und seine Augen wurden schmal, als er wieder an seinen Großvater dachte. Stets hat dieser ihm verboten, dorthin zu gehen. Seine ganze Trauer über den Verlust seiner Eltern hatte er mit sich alleine ausmachen müssen. Für ihn war dort unten kein Platz. Dennoch lebten und starben seine Eltern auf der alten Burg. Er hatte sich vorgenommen, sich damit auseinander zu setzen. Aber das alles musste noch warten.

„Sie ist nicht mehr in unserem Besitz. Mein Großvater schenkte sie dem Zisterzienserkloster Salem."

„Warum das denn?", fragte Peter verwundert.

Als er von Johannes keine Antwort bekam, antwortete Niklas, der von der Geschichte wusste.

„Johann von Bodman hatte es gestiftet, als Dank für die Errettung des Stammhalters!"

Peter blickte kurz Johannes an als Niklas weitererzählte.

„Es finden regelmäßig tägliche Messen zum Gedenken an die Verstorbene statt. Darum die Kapelle. Ein Andenken an die Menschen, die damals beim Brand umkamen."

Immer noch den Blick auf die Ruine gerichtet, die Lippen fest zusammengepresst, meinte Johannes. „Lassen wir die Vergangenheit ruhen."

Dann gab er Frowin einen Schenkeldruck und setzte den Weg fort. Seine Männer folgten ihm schweigend. Sie wussten, das war ein heikles Thema, über das ihr Freund und Befehlshaber nicht reden wollte.

Johannes war innerlich angespannt. In ein paar Minuten würde er durch das Burgtor reiten, das sein neues Leben bestimmen würde. Ein Zurück gab es nicht mehr. Genauso wie er es gelernt hatte, würde er sich den neuen Herausforderungen stellen.

Schweigend ritten sie weiter, bis sie vor dem massiven Torhaus standen. Johannes zwang sich ruhig durchzuatmen. Sein Herz pochte vor Aufregung. Das Torhaus war beeindruckend. Man hat hier gute Arbeit geleistet. Die Wände waren mit Wacken vermauert. Nur das breite Tor war mit Sandsteinquadern eingefasst.

Solch eine Anlage diente nicht nur zum Schutz vor Eindringlingen, es diente auch als Unterkunft für das Wachpersonal. Am oberen Bereich der Torwand war das Wappen der Herren von Bodman zu sehen, was Johannes mit Stolz erfüllte. Er hob seinen Kopf und war überwältigt von der neuen Burg, die künftig sein neues Zuhause sein würde.

Niklas lenkte sein Pferd neben ihn und blickte auf den Haupteingang. „Was meinst Du? Bekommen wir hier dieselben Probleme wie zuvor auf der Stoffelburg?"

Johannes schob die Kapuze seines Kettenhemdes auf und blickte ihn verdutzt an. „Das will ich, bei Gott, nicht hoffen!"

„Es sieht aber ganz danach aus", meldete sich Cun ein wenig belustigt.

Plötzlich schrie ein Wachposten von der Außenmauer herunter. „Wer da? Gebt Euch zu erkennen!"

Johannes blickte mit weit aufgerissenen Augen zu dem Wachmann hinauf. „He! Du da oben, sag mir Deinen Namen, dann erfährst Du meinen."

Die Männer von Johannes grinsten vor sich hin.

„Ich bin der Hauptmann und man nennt mich Simon. Wenn Ihr Euch nicht auf der Stelle zu erkennen gebt, werde ich ungemütlich!"

Johannes grinste jetzt ebenfalls. „Warst Du nicht dabei als man das Kind im Kessel gefunden hat?"

Dem alten Wachmann blieb das Gesicht stehen. „Da brat mir doch einer einen Storch. Johannes von Bodman!"

„Macht sofort das Tor auf!", schrie er dem anderen Wachmann zu. „Wir bekommen hohen Besuch."

Johannes zügelte sein Pferd. Dann setzte sich das Tor in Bewegung. Johannes packte die Zügel fester und lenkte Frowin langsam durch das Torhaus.

Simon eilte die Torhaustreppe herunter als wäre der Teufel hinter ihm her. Abrupt blieb er vor dem riesigen Hengst stehen. „Bei allen Heiligen, Ihr seid es wirklich!" Dem alten Wachmann stiegen die Tränen in die Augen.

Johannes tätschelte seinen Hengst und stieg ab. Er packte Simon an den Schultern und umarmte ihn.

„Ich freue mich, Euch zu sehen, Simon. Es ist lange her. Aber Ihr braucht Euch meinetwegen nicht zu verbeugen. Ich bin froh, Euch bei bester Gesundheit anzutreffen."

Simon war völlig aus dem Häuschen vor Freude. Er ließ kurz seinen Blick über die Männer schweifen, die auf riesigen Schlachtrössern saßen. Dann blickte er wieder Johannes an.

„Ihr seid wahrlich ein stattlicher Ritter geworden!"

Johannes presste die Lippen zusammen. „Simon, ich bin froh wieder Zuhause zu sein."

Der Wachmann ließ seine Schultern hängen und blickte Johannes etwas wehmütig an. „Es ist höchste Zeit. Dem alten Herrn geht es nicht mehr so gut.

Und die Burg steht ohne Verwalter da“, mehr vermochte er nicht zu sagen.

Johannes runzelte die Stirn und wandte sich wieder seinem Hengst zu. „Ich weiß Simon! Es wird sich alles aufklären.“

„Soll ich Euch anmelden?“

„Nein, das mache ich alleine. Ich denke, ich finde den Weg.“

Er nahm die Zügel und schwang sich in den Sattel. „Wir sehen uns später“, sagte er zu Simon und lenkte Frowin in Richtung des zweiten Eingangstors, welches zur Kernburg führte. Seine Männer folgten ihm schweigend.

- ◆ -

Johannes zwang sich, seine Emotionen zu beherrschen und versuchte, nicht daran zu denken, wann er das letzte Mal Zuhause war. Über ein Jahr war seitdem wieder ins Land gegangen.

Mit acht Jahren begann seine Ausbildung. Mit Stolz und voller Eifer, ein Mann zu werden, dem das Leben nichts anhaben konnte, nahm er sein Schicksal an. Doch musste er früh erkennen, dass das Leben nicht immer gerecht war.

Seine Gedanken verflogen rasch. Als sie in den unteren Burghof kamen, fiel sein Blick auf den Zwinger vor der Eingangsseite. Ein außergewöhnlich imposanter Wohnturm erhob sich vor ihnen. Die Leute haben wahrlich gute Arbeit geleistet, dachte er. Der mächtige Wohnturm war mit Nagelfluh Brocken gemauert, die von Steinmetzen hammergerecht bearbeitet wurden.

An der östlichen Seite arbeiteten mehrere Männer an der Pforte des äußeren Zwingers. Der Zwinger einer Burg hatte einen hohen Stellenwert. Er ist ein zwischen zwei Wehrmauern gelegenes offenes Areal, das zur Verteidigung diente. Wenn es Angreifern gelang, die Zwingermauer zu überwinden, waren sie im Zwinger eingekesselt und ein leichtes Ziel für die Verteidigung. Nördlich, südlich und im Osten der Burganlage standen Flankierungstürme, die die Burgmauer begrenzten und für die Überwachung der Burg von Nutzen waren.

„Dein alter Herr hat sich viele Gedanken gemacht bei dem Bau der Burg", sagte Niklas nachdenklich und war genau wie die anderen beeindruckt von der schönen Burganlage, die hier erbaut wurde.

Johannes verschränkte lässig seine Arme und zog eine Braue hoch. Den Blick immer noch auf den Wohnturm gerichtet, meinte er, „ich zolle meinem alten Herrn und jedem, der hier Hand angelegt hat, meinen Respekt. Es war bestimmt nicht immer leicht!"

„Davon kann man ausgehen", antwortete Niklas.

„Trotzdem gibt es noch viel zu tun, bis zur Vollendung", entgegnete Johannes.

Er war von dem, was er sah sichtlich beeindruckt und bemerkte dabei nicht, was sich im Burghof um ihn herum abspielte. Auch seine Männer blickten verwundert und neugierig dem geschäftigen Treiben zu. Der Burghof war voller arbeitender Menschen. Manch einer warf einen ängstlichen Blick auf sie und lief weiter. Andere standen in einer Gruppe zusammen und unterhielten sich vermutlich über die Neuankömmlinge.

Gelassen und ruhig musterte Johannes den Burghof. Sein Blick fiel auf den Schmied, der mit Freude auf seinen Ambos schlug. Gleich daneben befand sich der Pferdestall, der außerordentlich groß war, was bestimmt von Paulus so vorgegeben war. In der Mitte des Burghofes stand ein Brunnen. Eine große Bereicherung in dieser Höhenlage.

Zwei Frauen drehten neue Seile und sangen vergnügt vor sich hin. Kinder liefen kreischend über den Burghof und erfreuten sich der warmen Frühlingssonne. Alles schien hier friedlich zu sein. Keiner nahm große Notiz von ihnen. Selbst die Wachen auf den Flankiertürmen machten keine Anstalten.

„Die Burgbewohner scheinen sich offensichtlich vor nichts

zu fürchten“, meinte Cun, der genau wie die anderen die Lage abschätzte und sein neues Zuhaue begutachtete.

„Genau das Gleiche habe ich auch gedacht“, sagte Johannes. „Anscheinend ist die Burg ohne Führung. Aber das werden wir ändern. Und als erstes knöpfe ich mir die Wachleute da oben vor.“

Ganz in ihrer Nähe schlugen zwei halbwüchsige Burschen mit einem Holzschwert aufeinander ein. Johannes beobachtete sie und erinnerte sich an seine Jugendjahre.

Plötzlich blieben sie stehen und blickten die Ritter mit großen Augen an. Johannes zuckte amüsiert mit seinen Lippen.

„Du, mit den roten Haaren, wie ist Dein Name?“

„Ich heiße Bert und bin der Sohn des Stallmeisters.“ Dabei reckte er stolz sein Kinn und warf einen Blick auf Will und Jakob, die ungefähr im selben Alter waren.

„Dann kannst Du mir sagen, wo wir Deinen Vater finden? Wir bräuchten einen Stallburschen, der sich um unsere Pferde kümmert!“

„Da seid Ihr bei mir genau richtig“, gab er begeistert zur Antwort. „Noch nie habe ich so schöne Pferde gesehen wie die Euren.“

„Ich möchte, dass Du sie gut abreibst und sie anständig fütterst, sie haben einen langen Ritt hinter sich.“

Der Junge nickte aufgeregt und winkte dem anderen zu, er solle ihm helfen. Die Männer stiegen ab und überreichten den beiden Jungen die Zügel. Jakob war sogleich zur Stelle und kümmerte sich um Frowin.

Immerhin war das seine Aufgabe als Knappe und die ließ er sich von keinem nehmen. Johannes wandte sich dem jungen Bert zu.

„Das sind Jakob und Will, sie werden Dir behilflich sein."

„Jakob, wenn Du fertig bist, kommst Du mit Will in die Halle." „Sag mir, Bert! Gibt es hier einen Verwalter?"

„Nein. Seit unser Burgvogt von uns ging, ist die Burg ohne Führung. Außer dem Burgherrn und der ist nicht mehr bei bester Gesundheit. Schläft den ganzen Tag vor sich hin."

Johannes hob eine Braue. „Du solltest nicht so über Deinen Herrn reden, Bursche! Auch Du wirst einmal alt!"

Das Gesicht des Jungen verfärbte sich rot. „War nicht so gemeint."

Schnell nahm er die Zügel und deutete den anderen an, ihm in den Stall zu folgen. Johannes zog seine Kapuze zurück und fuhr sich über seine dunkelblonden Haare. Er presste die Lippen zusammen und warf einen Blick auf seine Männer.

„Ich weiß noch nicht, was mich da oben erwartet. Aber ich freue mich Zuhause zu sein. Und ich bin dankbar und glücklich, Euch an meiner Seite zu haben."

Einen Moment herrschte Stille. Dann räusperte sich Niklas und legte Johannes seine Hand auf dessen Schulter.

„Mein Freund, es ist uns eine Ehre, mit Dir in eine neue Zukunft zu gehen. Und ich denke, das gilt auch für Cun und Martin."

Niklas verzog amüsiert seinen Mund. „Und wo gibt es eine schönere Aussicht auf den Bodensee als von hier oben."

„Und die schönsten Mädchen“, meinte Cun lächelnd.

„Na, wenn der hiesige Koch etwas taugt, werde ich mich hier bestimmt wohl fühlen“, brummte Martin vor sich hin. Dann warf er einen Blick auf Peter von Hewen, der etwas abseitsstand. „Was ist mit Dir, junger Hewen? Wohin führt Dein Weg?“

Peter stieß einen tiefen Seufzer aus. „Das weiß ich auch noch nicht. Aber eins kann ich Euch versichern, egal was kommt, Ihr könnt Euch auf mich verlassen. Ich stehe loyal zu Euch!“

Johannes nickte. „Das ehrt mich und ich danke Euch allen.“ Mit einem Blick auf den Wohnturm sagte er, „dann lasst uns mal die heilige Halle aufsuchen und den Burgherrn begrüßen.“

- ◆ -

Johannes nahm die letzte Stufe, die zum Halleneingang führte. Er war innerlich angespannt. Was ihn wohl erwarteten würde? Und in welchem Zustand er sein Großvater antreffen würde? Er öffnete schwungvoll die Tür.

Als er und seine Männer die Halle betraten war er überrascht. Der Glanz und die Schönheit des Raumes waren überwältigend. Einladend schöne Tische und Bänke füllten den großen Raum. Über den Tischen hingen kunstvoll geschmiedete Kerzenhalter, die mit einer Kette befestigt waren. Eine aufwändige Balkendecke aus Eiche mit eingearbeiteten Schnitzereien dominierte die Halle. Der Fußboden war mit großen Sandsteinplatten ausgelegt, auf dem frisch gestreute Binsen lagen, die mit Kräutern vermischt, einen angenehmen Duft verströmten. Die im Winkel gemauerte Treppe hatte eine Stufenbreite, auf der zwei Personen neben einander Platz hatten. Die Stufen hoben sich ab, da sie aus Sandstein bestanden. Kunstvoll hatte der Schmid einen eisernen Handlauf gefertigt. Einige Fenster lagen in einer Nische. Das war nur möglich, wenn die Wände eine große Dicke hatten. Auf dem Podium, das für die Familie des Burgherrn gedacht ist, standen ein schwerer Eichentisch sowie kunstvoll gearbeitete Stühle. An den grau verputzten Wänden hingen Hirsch- und Rehgeweihe sowie die Wappen einiger benachbarter Burgen. Hinter dem Podium war ein prachtvoller, schwerer Wandteppich angebracht, fein gearbeitet mit dem Stammwappen der Herren von Bodman. In der Form eines weißen Blattes zeichneten sich, nach unten gesenkt, drei dunkelgrüne Lindenblätter ab. Das Wappen mit einem Helm und einem Spitzhut, der mit Pfauenfedern geschmückt war, gab dem Raum Farbe und Prunk. Vermutlich war das Bildnis von den Frauen aus dem Dorf gefertigt, dachte Johannes.

Die Halle war um diese Tageszeit nicht sehr belebt. Zwei Mägde trugen Geschirr herbei und platzierten es auf den Tischen für das Mittagsmahl. Im Gegensatz zu der älteren schien die jüngere Magd ziemlich keck zu sein. Sie schielte die ganze Zeit mit einem anzüglichen Blick zu ihnen hinüber.

Johannes Blick fiel auf den mächtigen Kamin, vor dem zwei Lehnstühle standen. Auf einem der Stühle saß ein alter Mann mit ergrautem Haar, der seinen Kopf gesenkt hielt und schlief. Johannes zog eine Braue hoch.

Genau wie es der junge Bert beschrieben hatte, dachte er.

Es war sein Großvater! Er schien tief und fest zu schlafen. Man könnte die Burg überfallen und er würde es nicht einmal bemerken. Johannes deutete seinen Männern an, sich an einem der Tische nieder zu lassen. Dann begab er sich zu der etwas älteren Magd.

Die Magd blickte ihn mit großen Augen an und streifte sich ihr rotes zerzaustes Haar aus dem Gesicht.

„Kann ich Euch helfen, junger Ritter? Ich habe Euch hier noch nie gesehen?“ Sie warf einen Blick auf den Kamin und meinte: „Ihr wollt bestimmt unseren Herrn sprechen?“

„So ist es.“

„Wie heißt Ihr, gute Frau?“

„Ich bin Maria, die Frau des Stallmeisters.“

Johannes erinnerte sich an die roten Haare von Bert.

„Dann ist Bert Dein Sohn?“

„Oh, dann habt Ihr ihn also schon kennengelernt! Der Junge ist überall nur nicht bei der Arbeit. Ständig fuchtelt er mit einem Holzschwert herum, es ist zum davon Laufen.“

Johannes grinste. „Das haben Jungs in seinem Alter so an sich. Im Moment kümmert er sich um unsere Pferde und ich wäre Dir dankbar, wenn Du mir und meinen Männern etwas zu trinken holen würdest“, dabei zwinkerte er ihr mit einem Auge lächelnd zu. Maria blickte in verschmitzt an.

„Vor Männern Eures Schlages sollte man sich in Acht nehmen“, scherzte sie und blickte ihn von oben bis unten an. „Ihr seid kein gewöhnlicher Ritter. Eure Haltung sagt mir, dass Ihr von höherem Stand seid.“

„Das wirst Du noch früh genug erfahren und jetzt hol uns bitte etwas zu trinken.“

Maria verdrehte die Augen und eilte in Richtung Küche.

Johannes drehte seinen Kopf wieder zum Kamin und bewegte sich langsam auf seinen Großvater zu. Behutsam setzte er sich in den breiten Lehnstuhl gegenüber und betrachtete den schlafenden Mann. Dünnes graues Haar, welches unfrisiert wirkte, lugte unter einem alten Filzhut hervor. Durch seinen grauen Stoppelbart wirkte sein Gesicht genauso grau und blass. Unter seinen Augen zeichneten sich schwarze Ringe ab. Er schien vom Leben gezeichnet.

Johannes atmete tief durch. Den ganzen Weg hierher hatte er sich Fragen und Worte zurechtgelegt, was er ihm alles vorwerfen wollte. Das alles schien jetzt plötzlich in weiter Ferne. Mitleid, Trauer, aber auch Respekt durchfuhr ihn.

Sein Großvater war ein gebrechlicher Mann geworden. Sein Lebensweg verlief nicht so, wie er es sich gewünscht hätte. Ihm war leider nur der Bruchteil eines schönen Lebens vergönnt, dachte Johannes. Nach dem Tod seiner Familie musste er nochmal von vorne beginnen. Die schlimmen Ereignisse musste er verdrängen, für eine neue Zukunft. Seine ganze Energie setzte er in den Neuaufbau dieser Burg. Und dies war ihm wahrlich gelungen. Natürlich standen die Dorfbewohner und Paulus hinter ihm. Ohne sie wäre das nicht möglich gewesen. Aber auch nur, weil die Bodmaner ihren Burgherrn mochten und schätzten.

Johannes verschränkte die Arme und seufzte. Ihm wurde bewusst, dass er dies alles für ihn und den Fortbestand der Bodman Dynastie geleistet hatte. Einen Bodman zwingt man nicht so schnell in die Knie waren stets seine Worte.

Mit wehendem Rock schlenderte Maria mit einem Krug Wein daher, reichte Johannes einen Becher und füllte ihn sogleich.

„Es wird von Tag zu Tag schlimmer“, sagte sie. „Seit dem Tod von Paulus und nachdem man dessen Tochter Anna einfach abgeholt hatte, fiel ein Schatten über ihn. Die beiden waren ein Ersatz für die Familie, die er nicht mehr hatte. Der Tag wird kommen, dann wacht unser Herr vielleicht gar nicht mehr auf.“

„Nicht so schnell, Maria“, brummte der alte Ritter und schlug die Augen auf. Verschwommen nahm er die Gestalt wahr, die im gegenübersaß.

Behutsam legte Johannes die Hand auf sein Knie. „Großvater, ich bin Zuhause!"

Dem alten Mann blieb das Gesicht stehen. Seine Augen füllten sich mit Tränen. „Mein Junge, dass ich das noch erleben darf!"

Zitternd stand er auf und streifte sich den Filzhut vom Kopf. Mit weit aufgerissenen Augen starrte er den jungen Ritter vor sich an.

Johannes erhob sich ebenfalls. Behutsam nahm er den alten Mann in die Arme. Einen Moment herrschte Stille. Johannes holte tief Luft und blickte seinen Großvater immer wieder an. Ritter Johann zitterte am ganzen Körper und ließ ihn ebenfalls nicht aus den Augen. Beide kämpften mit ihren Gefühlen.

Johannes war nicht danach zumute, ihn jetzt mit seinen Fragen zu behelligen. Das konnte warten.

Maria bekreuzigte sich. „Heilige Mutter Gottes. Der junge Herr ist zurückgekehrt!"

Schnell wandte sie sich ab und eilte in die Küche zurück. Sie ließ sich auf einen Stuhl fallen und wischte sich über die Stirn. Alfred der Koch blickte sie erstaunt an.

„Was ist los mit Dir? Hast Du einen Geist gesehen?"

„So kann man es auch nennen", erwiderte sie seufzend. „Beeil Dich mit dem Essen, Alfred, und gib Dir heute etwas mehr Mühe. Der junge Herr ist soeben eingetroffen und sitzt in der Halle. Und bestimmt hat er beim Landgrafen eine bessere Küche genossen als die unsere."

„Ich werde mein Möglichstes tun“, gab er mürrisch zur Antwort und wandte sich wieder seinen Töpfen zu. „Dann wird sich hoffentlich einiges ändern, was die Zutaten für die Küche betrifft!“

Maria, die sich eine Schürze umband, um zu helfen, antwortete, „davon kannst Du ausgehen. Es wird auch höchste Zeit, dass auf der Bodman ein frischer Wind bläst. Seit Anna nicht mehr da ist, ist es hier ohnehin ruhig geworden.“

Hilda die jüngere Magd eilte schwungvoll und strahlend zur Tür herein. Der Ausschnitt ihres Kleides schien sich in kurzer Zeit vergrößert zu haben. Den Zopf ihres gelbblonden Haares ließ sie verführerisch über die üppigen Brüste fallen.

„Habt ihr je solch stramme, attraktive Männer gesehen“, meinte sie lüstern. „Und der junge Herr erst? Da kommt man schon mal ins Schwärmen.“

„Schäm‘ Dich Hilda“, schimpfte Maria. „Der junge Herr ist bestimmt besseres gewohnt als Dich.“

„Ha, wenn es um bereitwillige Frauen geht, sind sie alle gleich, sag ich Dir.“

„Hör auf, mit dem Geschwätz! Und schau zu, dass auf dem Podium alles gedeckt ist. In einer Stunde wird das Abendmahl aufgetragen. Und hol‘ im Garten ein wenig Efeu und dekoriere es auf dem Tisch der Herrschaften. Danach gehst Du nach oben und überziehst das Bett unseres jungen Burgherrn, und für die Männer richtest Du die Gästekammer her. Und beeile Dich!“

- ◆ -

Johannes hielt beide Schultern von Johann fest umklammert und lächelte ihn an.

„Wie geht es Dir, Großvater? Du siehst müde aus! Und hast ein paar graue Haare mehr, wie ich sehe."

„Ach, Junge", seufzte Johann. „Das bringt das Alter so mit sich. Aber wenn ich Dich so ansehe, Du bist ein stattlicher junger Mann geworden. Worauf ich sehr stolz bin."

Johannes nahm die Hände von seiner Schulter und deutete ihm an sich wieder zu setzen. Auch Johannes setzte sich wieder.

„Ich bin heil froh, dass Du nun Zuhause bist. Das Warten hat endlich ein Ende. Weißt Du, Johannes, ich bin ein alter Mann und habe keine Kraft mehr, dies alles hier zu bewältigen. Das ist ab heute Deine Aufgabe. Es tut mir auch leid, dass ich nicht anwesend war bei Deinem Ritterschlag. Meine alten Knochen hätten die Reise zur Nellenburg nicht mehr durchgehalten."

„Ist schon gut, Johann", erwiderte Johannes. „Wichtig ist, dass ich wieder hier auf der Bodman bin und Du noch hier bist. Wenn Du nichts dagegen hast, würde ich Dich künftig gerne beim Vornamen nennen."

Johann rang sich ein Lächeln ab. „Mir scheint, ich habe jetzt einen erwachsenen Enkelsohn. Das wird mir jetzt bewusst."

„Ich muss schon sagen, Ihr habt enorm viel geleistet, was den Bau der Burg betrifft. Ich bin beeindruckt."

„Freut mich, dass es Dir gefällt. Wir haben auch jeden Heller in den Aufbau gesteckt."

Johannes kniff die Augen zusammen, was er immer tat, wenn ihn etwas wurmte. Er blickte Johann fragend an. Nichts lag ihm ferner, als den alten Mann zu quälen. Aber es führte keinen Weg daran vorbei, ihn nach Paulus zu fragen.

„Johann, hast Du mir nichts zu berichten? Wo ist Paulus? Ich habe ihn noch nicht gesehen!"

Niklas und die Männer saßen am Tisch und waren vermutlich genauso gespannt auf die Antwort wie Johannes selbst.

Johann senkte betrübt seinen Kopf und seufzte tief. „Paulus weilt nicht mehr unter uns", sagte er in leisem Ton.

Keiner von ihnen rührte sich. Es lag eine beklemmende Spannung in der Luft. Das Licht des Feuerscheins aus dem Kamin warf harte Züge auf Johannes Gesicht.

„Du hättest es mir durch einen Boten mitteilen können", sagte Johannes vorwurfsvoll.

Johann schüttelte traurig den Kopf und blickte Johannes wieder an. „Was hätte das geändert. Du standst kurz vor dem Ritterschlag. Ich wollte Dich damit nicht belasten."

Johannes Magen krampfte sich zusammen. Wut und Enttäuschung setzten ihm zu. Gebannt starrte er zu seinen Männern hinüber. Niklas schloss seine Augen. Er wusste wie viel Paulus ihm bedeutet hatte.

Johannes musste sich beherrschen, seine Wut nicht an dem alten Mann auszulassen. Er stand auf und umklammerte den Kaminsims. „Es wäre mir lieber gewesen, es von Dir zu erfahren als von Ludwig von Stoffeln. Und jetzt erzähl mir, was sich genau zugetragen hat, damit ich es verstehen kann."

Ritter Johann blickte auf Johannes breite Schultern, die er ihm zuwandte, damit man die Wut nicht erkennen konnte, die in seinen Augen loderte. Innerlich kämpfte er mit dem Schuldgefühl, es verschwiegen zu haben. Ihm leuchtete ein, sein Enkel war ein erwachsener Mann geworden. Seine stattliche Figur, seine Haltung, sein Aussehen, all das erinnerte ihn an ihn selbst. Seine angeborene Haltung war die eines Bodman. Und er würde seinen Weg gehen, genauso wie er es tat. Ihm wurde auch bewusst, wie sehr ihm Paulus am Herzen lag. Er war für ihn wie ein Vaterersatz. Er hatte ein Recht auf die Wahrheit. Aber wie würde er mit der Wahrheit umgehen? Angst schlich sich in seinen Körper. Angst, dass sein einziger Enkel sich mit diesem Friedingen anlegen und dabei umkommen könnte. Genau, das wollte er vermeiden. Aber es half nichts. Johann räusperte sich und legte die Hände auf die Stuhllehne.

„Alles fing damit an, als Hans Wilhelm von Friedingen seine Pferde holte, die er von uns erworben hatte. Noch am selben Abend bedrängte er Paulus Tochter Anna im Stall. Paulus stellte ihn und verwies ihn der Burg. Es dauerte nicht lange und Friedingen bat um die Hand von Anna. Paulus lehnte ab und legte ihm eindringlich nahe, sich hier auf der Bodman nicht mehr blicken zu lassen. Eine Woche später fand man Paulus tot im Hohlweg, niedergestochen durch ein Schwert."

Johannes drehte sich um und blickte Johann mit ernstem Blick an. „Mir wurde berichtet, es gab einen Zeugen?"

„Ja, das ist richtig. Das, was er aussagte, deutete alles auf Friedingen hin. Allerdings fand man auch diesen Mann einen Tag später tot am Seeufer von Bodman."

Johannes presste die Lippen zusammen. Seine Kiefermuskeln spannten sich an. Am liebsten hätte er diesen Friedingen auf der Stelle ins Jenseits befördert.

„Was ist mit Anna?"

„Sie ist fort."

„Was heißt das, fort?"

„Einige Tage später beehrten uns fünf Männer. Sie hatten einen Brief dabei, gesiegelt vom Herzog von Urslingen. In dem stand, dass Anna eine geborene Urslingen wäre und der Herzog sich ihrer annehmen würde."

Johann schüttelte ungläubig mit dem Kopf. „Unsere Anna eine Herzogin? Ich kann es nicht glauben! Paulus müsste es doch gewusst haben! Er hat mir aber nie etwas davon erzählt."

Johannes ballte seine Fäuste. „Wo haben sie sie hingebracht?"

„Das weiß ich nicht? Keiner weiß es. Es ging alles so schnell. Ich hatte keine Befugnis, sie daran zu hindern." Johann war elend zu Mute. Mit wässrigen Augen blickte er Johannes an.

„Sie war unser Sonnenschein", sagte er mit zitternder Stimme. „Wenn es mir schlecht ging, war sie für mich da. Sie war wie eine Tochter für mich. Es hat mir das Herz zerrissen, als sie aus dem Burghof ritt. Und wenn ich mir vorstelle, dass dieser Friedingen sie zur Frau bekommt, dreht es mir der Magen um. Du hast Anna lange Jahre nicht mehr gesehen, Johannes. Sie ist bildschön und gebildet."

„Natürlich hat dieser Kerl es auf sie abgesehen. Und bestimmt hat er bei dem Ganzen die Finger im Spiel." Johannes drehte den Kopf zu seinen Männern und dann wieder zu Johann. „Dann bleibt mir nichts anderes übrig, als wieder zu gehen."

„Was willst Du tun?", fragte Johann mit ängstlichem Blick.

„Ich werde dem Herzog von Urslingen einen Besuch abstatten. Und dann werde ich mich um Friedingen kümmern!"

Johann erhob sich jetzt von seinem Stuhl. „Johannes, ich bitte Dich, mach jetzt nichts Unüberlegtes! Ich würde es nicht überleben, wenn Dir auch noch etwas zustoßen würde. Du bist mein einziger Nachkomme. Und ich brauche Dich hier."

Johannes blickte Johann grimmig an. Er war aufgewühlt und voller Zorn. Und wusste selbst nicht so recht, was er zuerst tun sollte. „Großvater! Wir sind es Paulus schuldig. Er hat so viel für uns getan in all den Jahren."

„Das weiß ich", antwortete Johann. „Und vor allem Anna, sie hat einen ehrenhaften Mann verdient und nicht einen Taugenichts, wie diesen Friedingen."

„Dann sind wir ja einer Meinung!"

„Johannes, ich bin ein alter Mann. Ich rate Dir erst einmal eine Nacht darüber zu schlafen, damit Du einen klaren Kopf bekommst. Du hast bestimmt gelernt, keine Entscheidungen zu treffen, wenn Du wütend bist."

Johannes drehte sich wieder dem Kamin zu. Er hatte Recht, dachte Johannes. Er durfte jetzt keinen Fehler machen. Unter anderem hegte er den Verdacht, dass Friedingen der Kopf für all die Überfälle war, die seit geraumer Zeit die Umgebung unsicher machten.

Hatte er denn nicht schon genug am Hals! Eine Frau in sein Bett zu bekommen, war gewiss einfacher. Aber eine Frau vor einer Vermählung zu retten, war eine andere Sache. Dennoch konnte er Paulus Tochter nicht ihrem Schicksal überlassen. Langsam drehte er sich wieder zu Johann um und fuhr sich durch sein dunkelblondes Haar. „Meinetwegen! Aber viel Zeit bleibt uns nicht. Wir bleiben über Nacht und werden morgen alles weitere besprechen."

Johannes legte eine Hand auf die Schulter von Johann und blickte ihm in die Augen, die einen verzweifelten Ausdruck vermittelten.

„Es wird alles gut", sagte er beruhigend. „Und jetzt möchte ich Dir meine Freunde vorstellen."

- ◆ -

Das Abendmahl war die wichtigste Mahlzeit auf einer Burg. Man erzählte sich all die Dinge, zu denen man tagsüber keine Zeit fand und berichtete, was man alles geschaffen hatte. Johannes saß neben seinem Großvater auf der Empore und ließ seinen Blick durch die Halle schweifen. Die Tische waren voll mit Menschen, die ihm fremd waren. Es gab nur noch wenige, die er zu kennen schien.

Die Betriebsamkeit war dieselbe wie auf anderen Burgen. Die Bediensteten taten ihre Arbeit und trugen das Essen auf. Andere prahlten, dass sich die Balken bogen. Kinder stritten sich um ein Stück Brot oder lachten vergnügt miteinander. Mit einem Blick auf die Empore steckten einige ihre Köpfe zusammen und redeten darüber, wer wohl die Neuankömmlinge sind und was das zu bedeuten hatte. Junge Mädchen warfen verstohlene Blicke auf sie und kicherten untereinander. Das war also sein Zuhause, dachte Johannes und nahm einen Schluck von dem selbst gekelterten Seewein.

Alles schien ihm noch fremd und unbehaglich. Nach der langen Zeit in der Fremde musste er sich erst einmal wieder daran gewöhnen, dass hier seine Wurzeln sind. Die Jahre hatten ihn geformt und stark gemacht, genau wie sein Großvater es wollte. Er war dankbar dafür, was er gelernt und erlebt hatte. Dennoch vermisste er die Jahre hier auf Bodman und bedauerte es, seinen väterlichen Freund nicht mehr in die Arme schließen zu können. Wie gerne hätte er ihm erzählt von seinen Taten, wie er mit Ritter Heinrich durch die Landstriche ritt oder wie er mit dem Schwert umgehen konnte.

Johannes schüttelte seine Gedanken ab als Maria eine Platte mit geräuchertem Fisch auf den Tisch platzierte. Der Geruch erinnerte ihn an seine Kinderjahre. Nicht überall gab es so viel Fisch zu essen wie hier am Bodensee.

„Guten Appetit wünsche ich den Herrschaften!“, sagte sie mit einem Lächeln. „Ich hoffe doch sehr, dass Euch unser Essen munden wird, Ritter Johannes!“

Johannes verzog grinsend sein Gesicht und nickte ihr zu. „Einen Fisch aus dem Bodensee weiß ich sehr wohl zu schätzen, vielen Dank, Maria.“

Niklas, Cun, Martin und Peter saßen ebenfalls auf der Empore und ließen sich das Essen schmecken. Sie schienen sich hier wohl zu fühlen, überlegte Johannes. Selbst Martin, der sich nicht gerne an neue Dinge gewöhnte, machte ein zufriedenen Eindruck.

Johannes wandte sich jetzt an Johann. „Meinst Du nicht, Du solltest den Leuten meine Ankunft mitteilen? Sicherlich hat es sich schon herumgesprochen! Trotzdem wäre es angebracht, dies vom Burgherrn zu hören.“

„Du hast recht“, entgegnete Johann. „Ich bin immer noch aufgewühlt von den Ereignissen des heutigen Tages, dass ich die Ansprache an die Burgbewohner ganz vergessen habe.“

Mühsam erhob er sich und nahm seinen Becher in die Hand. Augenblicklich wurde es still. Alle Augen richteten sich auf den Burgherrn.

„Ich glaube, heute bin ich noch einmal um Jahre jünger geworden“, fing er an zu sprechen. „Als meine Kinder geboren wurden, war ich ein glücklicher Mann. Als man sie mir wieder nahm, war ich ein gebrochener Mann. Meine einzige Hoffnung, irgendwann wieder in eine glückliche Zukunft zu sehen, war mein Enkelsohn Johannes", zu dem er sich jetzt umdrehte.

„Es ist ein großer Segen, noch erleben zu dürfen, Dich Johannes von Bodman als meinen Nachfolger und Stammhalter hier auf der Bodman willkommen zu heißen."

Johannes nahm seinen Becher und stand auf. Alle Anwesenden erhoben sich ebenfalls und musterten ihren künftigen Burgherrn mit neugierigen Blicken.

Immer noch innerlich aufgewühlt nahm Johann seinen Becher und blickte auf die Menschen, die ihm in all den Jahren treu zur Seite standen.

„Lasst uns anstoßen, auf einen denkwürdigen Tag und auf Euern neuen Burgherrn, Ritter Johannes von Bodman!"

Die Menge jubelte und alle hoben ihre Becher mit den Worten: „Gott segne diese Burg und seinen Herrn!"

Johann legte eine Hand auf die Schulter von Johannes und blickte ihn mit wässrigen Augen an. „Möge Dein Weg Dir stets freundlich entgegenkommen und möge die Sonne in Deinen Augen nie untergehen. Möge Gott auf dem Weg, den Du gehst, Dich stets begleiten!"

Beide Männer umarmten sich, hoben die Becher in die Menge und leerten sie in einem Zug. Die Worte von Johann berührten ihn mehr, als er zu sagen vermochte. Zum ersten Mal stand er vor seinen Untertanen, die ihm zujubelten, obwohl sie ihn nur vom Hörensagen kannten.

„Ich danke Euch für den Segen", sagte Johannes in die Menge. „Und ich möchte mich bedanken für die Hilfe und Unterstützung, die ihr mir und Ritter Johann entgegengebracht habt. Ich werde mich bemühen, Euch ein guter Burgherr zu sein, so wie es mein Großvater ist und mein Vater war. Die Bodman soll Euch stets Schutz geben! Außerdem möchte ich Euch meine Freunde Cunrad, Niklas, und Martin vorstellen. Sie haben sich verpflichtet, der Ritterschaft Bodman zu dienen und werden jetzt neue Mitglieder unserer Burggemeinschaft sein. Mit uns ist auch Ritter Peter von Hewen, der für unbestimmte Zeit an unserer Seite sein wird."

Johannes senkte nachdenklich seinen Kopf und hob ihn wieder. „Was mich allerdings sehr traurig stimmt, ist, dass Paulus nicht mehr unter uns weilt. Er war ein treuer Burgvogt und Freund, dem wir viel zu verdanken haben. Deshalb lasst uns schweigen und ein Gebet sprechen."

Nach dem Gebet hob Johannes seinen Kopf. „Und nun lasst uns essen und feiern, bevor alles kalt wird. Paulus hätte bestimmt nichts dagegen gehabt."

Die Leute waren frohen Mutes und freuten sich über die neue Nachricht. Ihre ganze Aufmerksamkeit galt jetzt ihrem noch so jungen Burgherrn und seinen Männern. Was für einen Rang würden die Neuen einnehmen? Von allen Seiten wurde spekuliert, was die Zukunft wohl bringen würde. Die Frauen tuschelten untereinander und waren hingerissen von Ritter Johannes und seinen Männern. Ein Musikant mit einem Zupfinstrument fing an zu spielen und die Menge wurde lauter. Der Wein floss in Strömen. Die Leute feierten die Rückkehr von Johannes und waren in bester Festlaune.

Johannes und seine Männer genossen es sichtlich, mit solcher Herzlichkeit willkommen zu sein. Cun ließ sich den Fisch schmecken und meinte, „ich fühle mich hier schon wie Zuhause. Die Mahlzeit ist üppig und der Koch versteht es, gut zu würzen. Sieh Dir Martin an, wie immer eine finstere Miene, aber er scheint sich auch wohl zu fühlen."

Johannes hob eine Augenbraue. „Leider müssen wir morgen wieder aufbrechen!"

„Warum das denn?", fragte Cun entgeistert.

„Nicht jetzt, Cun. Das besprechen wir morgen früh."

„Wie Du meinst."

Johannes wandte sich wieder Johann zu. Allzu viele Fragen brannten im auf der Zunge.

„Auf dem Weg hier her sah ich, dass unten bei der Gedenkkapelle wieder gebaut wird?"

„Das ist richtig. Kloster Salem hat das Restgebäude zu einem Kloster ausgebaut. Sie stehen kurz vor Ende der Bauarbeiten. Es soll künftig Kloster Frauenberg heißen. Der Name rührt von, ‚zu Ehren unserer Lieben Frau auf dem Berg'. Ich finde, das ist eine gute Sache", meinte Johann begeistert.

„Gewiss! Die Menschen hier gaben dem Berg schon längst seinen Namen."

Johannes nahm einen großen Schluck aus seinem Becher. „Was ist aus Friedrich, dem alten Stallmeister geworden?"

„Er ist vor einem Jahr von uns gegangen. Nicht durch Krankheit. Sein Herz hatte einfach aufgehört, zu schlagen. Wahrlich ein schöner Tod! Paulus fand einen neuen Stallmeister, drüben aus Sernatingen. Er heißt Anton und brachte seine Familie gleich mit auf die Bodman. Du hast seine Frau Maria schon kennengelernt! Sie kümmert sich auch um den Burghaushalt."

„Das hab' ich", sagte Johannes knapp. „Mit ihrem Sohn Bert hatte ich auch schon das Vergnügen."

„Ja, der junge Bert. Der kann es kaum erwarten, erwachsen zu werden. Ständig treibt er sich mit einem Holzschwert bei den Wachposten herum."

„Wenn Du gerade von den Wachposten sprichst, davon, scheinen hier nicht allzu viele vorhanden zu sein."

„Das weiß ich", entgegnete Johann etwas gereizt. „Paulus hat sich um all diese Dinge gekümmert. Es wird höchste Zeit, dass die Burg wieder einen Verwalter bekommt. Ich habe nicht mehr die Kraft dazu, Johannes."

„Ich werde mich umgehend darum kümmern."

Johann lehnte sich in seinen Stuhl zurück und fuhr sich mit der Hand über den Mund. „Sag mir, wo hast Du Dich solange herumgetrieben? Ich hatte Dich schon längst erwartet?"

Johannes blickte Johann entgeistert an. „Ich habe mich nicht herumgetrieben! Landgraf Eberhard hat mich vor meiner Abreise gebeten, einen Auftrag für ihn zu erledigen."

„Ist das gut oder schlecht? Denn Du wirst hier gebraucht."

„Ich würde sagen, eher schlecht. Mein Auftrag lautet, Verbündete anzuwerben, um gemeinsam den Raubrittern das Handwerk zu legen, die sich ausbreiten wie ein Bienenschwarm. Und wenn ich so darüber nachdenke, bin ich mir ziemlich sicher, dass dieser Friedingen der Kopf der Bande ist."

Johann nahm seinen Becher Wein und umklammerte ihn mit beiden Händen. Dann blickte er Johannes an. „Das ist ein gefährlicher Auftrag, mein Junge. Ich bin ein alter Mann und ich würde Dich jetzt dringend hier benötigen. Dennoch ist es Deine Pflicht, der Bitte des Landgrafen nachzukommen."

„Außerdem vermute ich, dass Friedingen unsere Anna in seiner Gewalt hat. Du sagtest, sie sei eine geborene von Urslingen? Ich weiß nicht viel über diesen Herzog."

Johann runzelte die Stirn. „Sie haben eine Höhenburg im Schlichemtal am oberen Neckar. Der Name der Familie leitet sich vom Ort Irslingen am oberen Neckar her und dessen Burg Urslingen. Einst besaßen sie das Herzogtum Spoleto in Süditalien. Durch die Staufer erlangten sie schnell eine gewisse Machtposition, die sie allerdings mit dem Ende der Staufer aufgeben mussten. Erst danach wurden sie mit dem Titel eines Herzogs entschädigt. Es wird erzählt, dass bei ihren Errungenschaften nicht immer alles mit rechten Dingen zu ging. Der Brief, den ich erhielt, war gesiegelt von Herzog Reinhold von Urslingen. Dieser Reinhold ist ein Sohn des Konrad von Urslingen. Nach dem Tod seines Vaters erbte er die Besitzungen in Schwaben."

Johann hielt kurz die Luft an.

„Er ist ein Nutznießer und Nehmer. Wenn es um seinen Vorteil geht, schreckt er vor nichts zurück. Selbst nicht bei der Familie seiner Mutter, die einst die Burg und Stadt Tiengen ihr Eigen nannten. Und wenn er einen Nutzen darin sieht, Anna an diesen Friedingen zu geben, würde ihn nichts davon abhalten."

Johannes presste die Lippen aufeinander. „Wie können wir Anna helfen, ohne das Gesetz zu brechen?"

„Ich wüsste jemanden, den Du um Rat fragen kannst! Er ist ein Franziskanermönch aus Überlingen, sein Name ist Donatius. Alle paar Wochen taucht er hier auf und schlägt sich bei uns eine Woche lang den Bauch voll. Er brachte Anna Lesen und Schreiben bei."

Johannes drehte langsam seinen Kopf und blickte Johann verwundert an. „Sie kann Lesen und Schreiben?"

„Erzähl es nicht weiter, es sollte keiner wissen", sagte Johann leise. „Sie ist eben ein sehr wissbegieriges Persönchen, die Anna."

„Das denke ich doch auch", sagte Johannes etwas ernster. „Solche Frauen bereiten einem meist nur Ärger."

„Dieser Mönch", fuhr Johann fort, „kommt viel herum und weiß immer das Neueste. Und was eine widerrechtliche Vermählung anbelangt, darüber kann er Dir bestimmt Auskunft geben. Ich kann ein Schreiben aufsetzen, damit er Dich empfängt."

Johannes nickte. „Ich werde darüber nachdenken, aber jetzt würde ich mich gerne mit meinen Männern zurückziehen, um alles Weitere zu besprechen."

„Da ist noch etwas, was Du wissen solltest", sagte Johann bestimmt. „Wir hatten einen Stallburschen. Er heißt Sebastian. Er war herrenlos und arbeitete mehrere Jahre als Stallknecht bei uns. Er war ein komischer Kauz, konnte aber gut mit dem Schwert umgehen. Nach dem Paulus tot aufgefunden wurde, hat er sich Friedingen angeschlossen, weshalb, weiß keiner."

Johannes hob eine Augenbraue. „Vielleicht war er ein Spitzel? Wir sollten auf der Hut sein. Wie sah er denn aus?"

„Eine Figur wie ein Weinfass und rote Haare."

Johannes wurde bewusst, dass er Bodman nicht ohne Schutz zurücklassen konnte. Nicht, nach allem, was Johann ihm erzählt hatte. Er musste dringend mit seinen Männern reden.

„So lange ich weg bin, lasse ich Dir Niklas zum Schutz da. Er wird sich um alles kümmern bis ich wieder da bin. Du kannst Dich auf ihn verlassen!"

„Das wäre mir recht", antwortete Johann. „Vielleicht kann er die Männer im Schwertkampf unterrichten. Man weiß ja nie, wofür es gut sein kann."

„Das ist eine gute Idee und bestimmt kann er noch einige Männer zusätzlich anheuern. Ich möchte Dich auch noch um etwas bitten, Johann. Wir haben einen Jungen bei uns. Er heißt Wilhelm. Er hat keine Eltern mehr. Sie fielen den Raubrittern zum Opfer. Ich werde ihn hierlassen. Niklas wird sich seiner annehmen. Und ich möchte, dass Du auch ein Auge auf ihn hast."

‚Wo sind die Burschen eigentlich?', fragte sich Johannes in diesem Moment. Er hob den Blick und sah Peter, der neben ihm saß, fragend an. „Du kannst mir bestimmt erklären, wo Jakob und Will sich herumtreiben?"

„Du hast sie noch nicht gesehen? Sie sitzen am letzten Tisch rechts, mit dem Stalljungen zusammen. Und der Mann daneben, vermute ich, ist sein Vater, der Stallmeister."

„Du hast eine gute Beobachtungsgabe. Ich werde nach den beiden sehen und mit dem Stallmeister ein paar Worte wechseln."

Dann wandte er sich an Niklas. „Wir sehen uns danach auf meinem Zimmer. Gib den anderen Bescheid!"

Johannes erhob sich von seinem Stuhl und senkte den Blick auf Johann. „Es gibt doch bestimmt eine Kammer für mich auf dieser Burg?"

„Die schönste, die wir haben mein Junge, mit Blick auf den See", antwortete Johann und strahlte übers ganze Gesicht. Mit einer Hand winkte er Maria zu. „Zeig Ritter Johannes und seinen Männern ihre Schlafgemächer, Maria."

„Sehr wohl, Ritter Johann, es ist alles vorbereitet. Auch ein Bad wird hinaufgebracht, für unseren neuen Burgherrn."

Johannes grinste Maria charmant an und ließ seine bernsteinfarbenen Augen blitzen. „Wohl wahr, eine aufmerksame Haushälterin, die diese Burg hat!"

„Habt Dank, Ritter Johannes. Ihr solltet aber Euren Charme lieber an die jungen Mädchen verschenken und nicht eine verheiratete Frau in Verlegenheit bringen!"

Die Männer fingen an zu lachen und Maria konnte nicht verhindern, dass ihre Wangen rot anliefen.

„Nichts für ungut, Maria", sagte Johannes lächelnd. „Bevor Du mir mein Zimmer zeigst, möchte ich, dass Du mir Deinen Mann vorstellst. Es wird Zeit, dass ich unseren Stallmeister kennenlerne."

Maria strahlte übers ganze Gesicht. „Sie haben jetzt schon meinen Segen, Ritter Johannes“ sagte sie mit stolzer Miene und ging mit erhobenem Haupt voraus, zu einem der langen Tische, wo ihr Mann Anton saß.

Nachdem Johannes ein paar freundliche Worte mit dem Stallmeister gewechselt hatte, wandte er sich wieder an Maria und deutete ihr an, sie möge ihm jetzt sein Schlafgemach zeigen.

„Solltet Ihr noch etwas benötigen, Ritter Johannes, bin ich gerne zu Diensten.“

„Danke, Maria, aber mein Knappe Jakob wird sich um alles Weitere kümmern. Und das mit dem Bad muss noch warten, meine Männer werden gleich hier sein.“

- ◆ -

„Bei allen Heiligen, das ist wahrlich ein feudales Schlafgemach für einen Burgherrn“, meinte Cun begeistert, als die Männer den Raum betraten.

Der Wohnraum war dafür ausgestattet, dass auch die zukünftige Frau des Burgherrn ihren Platz finden würde. Zwei Fenster mit Blick auf den Bodensee brachten dem Raum genügend Licht. An der Wand des Raumes stand ein übergroßes Bett, aus Eiche gezimmert, mit einer warmen pelzgefütterten Decke darauf. Vor dem Bett stand eine große Truhe für die Bekleidung. An jeder Wand hingen Wandteppiche und Wildschweinfelle. Auch der Holzboden war teilweise mit einem Teppich bedeckt. Der gemütlichste Teil des Zimmers aber war der Platz vor dem Kamin. Ein Tisch, auf dem ein Schachbrett platziert war und zwei Lehnstühle, gaben dem Zimmer ein angenehmes Wohngefühl.

„Ich bin durchweg zufrieden. Das ist mehr als ich erwartet habe.“

Martin und Cun nahmen Platz auf den Lehnstühlen beim Kamin und streckten gelassen die Füße von sich. Peter stellte sich ans Fenster und genoss die Aussicht auf den See.

Johannes setzte eine ernste Miene auf und blickte Niklas an. „Ich möchte, dass Du auf der Bodman bleibst während meiner Abwesenheit.“

„Warum das denn?“

„Ich kann die Burg nicht ohne Befehlshaber alleine lassen“, antwortete Johannes und lief nervös im Zimmer umher. „Sollte dieser Friedingen oder seine Spießgesellen hier wieder auftauchen wäre Ritter Johann in seinem Alter damit gänzlich überfordert. Und ich wäre nicht begeistert, wenn dieser Kerl Bodman plündern würde. Du hast ganz und gar freie Hand. Vielleicht kannst Du noch ein paar junge Männer auftreiben und sie die Technik des Schwertkampfes lehren. Aber wähle sie mit Bedacht aus! Nach dem Mord an Paulus ist ein Mann zu Friedingen übergelaufen."

„Wie ist sein Name?", fragte Niklas.

„Sebastian! Mehr weiß ich auch nicht."

„Nun gut, ich werde mein Bestes geben. Aber vergiss bei der ganzen Sache Deinen Auftrag nicht."

„Niklas hat recht", mischte sich Cun in das Gespräch ein. „Johannes, wir haben volles Verständnis für das Mädchen, aber wie willst Du beidem gerecht werden?"

„Cun hat Recht!", brummte Martin mit ernster Miene. „Wir sollten uns zuerst um die Bastarde kümmern, bevor noch mehr Leute ihr Hab und Gut verlieren."

Johannes versteifte sich. Wie konnte er es mit seinem Gewissen vereinbaren, ein unschuldiges Mädchen in den Händen eines Meuchelmörders zu wissen. Außerdem war er auch neugierig darauf, Anna wieder zu sehen. Nach allem was er über sie gehört hatte, war es wert, nach ihr zu suchen.

Er strich sich mit der Hand nervös durch sein Haar und wandte sich Peter zu. „Wie siehst Du die Sache?"

Peter räusperte sich und blickte in die Männerrunde. „Wir sind uns zwar nicht sicher und haben auch keine Beweise, aber alles deutet doch darauf hin, dass Friedingen mit den

Raubmorden zu tun hat. Und, dass er Euren Verwalter umgebracht hat, liegt ja wohl auf der Hand. Ich denke, wenn wir Friedingen das Handwerk legen, können wir auch das Mädchen vor ihm bewahren."

„Genauso sehe ich das auch", entgegnete Johannes mit blitzenden Augen.

„Vielleicht sollten wir einmal den Jungen befragen", räumte Niklas ein. „Bestimmt kann er uns noch einiges erzählen."

„Du hast recht", sagte Johannes, „ich werde ihn noch heute befragen. Danach aber, werde ich gleich morgen früh nach Überlingen reiten, um einem gewissen Mönch der Franziskaner einen Besuch abstatten."

„Warum das?", fragte Cun entgeistert.

„Johann riet mir dazu. Er meint, er wisse über viele Dinge Bescheid und würde, des Öfteren von Ort zu Ort pilgern."

„Ich weiß nicht?", zweifelte Niklas, „Du verlierst damit viel Zeit."

Johannes schüttelte mit dem Kopf, zog seine Stirn in Falten und suchte fieberhaft nach einer Lösung. Wenn der Mönch etwas wüsste, hätte er einen Anhaltspunkt, dachte Johannes.

„Egal, es ist nur ein halber Tag. Ich habe einen Eid geschworen auf die Gerechtigkeit, und Frauen und Bedürftigen Schutz zu geben. Wir reiten vor Sonnenaufgang los, dann sind wir in Überlingen bevor die Stadt erwacht."

Behutsam legte er die Hand auf Niklas Schulter und blickte ihn an. „Ich kann nur gehen, wenn Du hier die Stellung hältst, mein Freund."

Niklas nickte kurz. „Du kannst Dich auf mich verlassen. Versprich mir, dass ihr alle gesund wiederkommt."

„Wir werden uns Mühe geben", meinte Martin spöttisch.

„Ich werde Dich auf dem Laufenden halten und bei Gelegenheit einen Boten schicken! Und jetzt sollten wir ein paar Stunden schlafen, bevor die Nacht vorbei ist. Aber vorher werde ich noch mit Will reden."

„Sie warten bereits vor der Tür", sagte Peter, „wenn sie nicht schon eingeschlafen sind."

Als die Männer zur Tür schritten, drehte sich Johannes zu Niklas um.

„Niklas, da wäre noch etwas. Ich werde Will bei Dir lassen. Ich möchte, dass Du Dich seiner annimmst. Er ist kein schlechter Junge. Was er jetzt braucht, ist eine vertrauenswürdige Person."

Niklas blickte ihn entgeistert an. „Na, Du hast Nerven."

„Ich würde es selber übernehmen, aber ihn jetzt mitzunehmen ist mir zu gefährlich."

„Meinetwegen."

Johannes lächelte und klopfte Niklas beruhigend auf die Schulter. „Du wirst das schon richten, davon bin ich überzeugt. Und schick' die beiden gleich mal zu mir. Ich muss mit Will reden."

- ◆ -

Anna blickte an sich herunter. Die Morgensonne durchflutete den kleinen Raum mit Wärme und schimmerte auf ihrer schwarzen Haarpracht, die sie heute zu einem Zopf geflochten hatte. Das Schwesternkleid, das sie von der Oberschwester bekommen hatte, schien etwas zu groß. Und es kratzte fürchterlich auf ihrer Haut. ‚Wen interessiert das schon', dachte sie. Sie musste ja niemandem gefallen. Und erkennen darf sie ohnehin niemand, hatte die Oberschwester gesagt, sonst würde sie Ärger bekommen. Außerdem war sie ein klein wenig dankbar dafür, nach vier Wochen ein anderes Kleid tragen zu dürfen. Sie hatte ja nur das Kleid, das sie am Leib trug. Als man sie holte, hatte man ihr keine Zeit gelassen, etwas zu packen.

Anna seufzte und nahm die Haube, die hier alle Schwestern trugen. Die Oberschwester hatte ihr erklärt, ohne Kopfbedeckung dürfte sie das Schwesternhaus nicht verlassen. Auch sollte sie mit keinem Menschen reden und sich unauffällig verhalten. Wenn jemand nach ihrem Namen fragen sollte, dann ist sie einfach, Schwester Maria.

Die Oberschwester hatte ein gutes Herz. Immer wieder hatte sie darum gebeten, mit auf den Fischmarkt gehen zu dürfen. Heute war es nun endlich so weit. Nach langem Bitten hatte die Oberin schweren Herzens nachgegeben, obwohl es ihr bestimmt verboten war. Vermutlich hatten die Ritter der Oberin ein Säckchen Heller gegeben für ihr Schweigen, was sie ihr aber nicht übelnahm, da die Schwestern ohnehin nicht viel hatten. Sie konnten sich glücklich schätzen, täglich eine warme Suppe mit Brot auf den Tisch zu bekommen.

Anna presste ihre Lippen aufeinander. Sie würde die Oberschwester nicht enttäuschen. Aber wie lange würde sie hier bei den Barmherzigen Schwester auf der Wiese noch bleiben müssen? Und wohin wird man sie dann bringen! Und wer wird ihr Gemahl sein? Daran wollte sie nicht einmal denken. Dieser Gedanke ließ sie erschauern und jagte ihr wieder Angst ein.

‚Anna, Du bist doch sonst kein Feigling', ging es ihr plötzlich durch den Kopf. Sie betrachtete die Haube, die sie immer noch verkrampft in ihren Händen hielt, drehte den Kopf und blinzelte in die Sonne, die durch das kleine Fenster drang. Im Schwesternkleid und einer Haube wäre es doch ein Leichtes, sich auf den Weg zu machen. Keiner würde sie erkennen! Wer würde einer Schwester schon etwas antun? In ihrem Kopf fing es an, zu arbeiten. Ihre Gedanken überschlugen sich. Vater hatte immer gesagt, ‚gib niemals auf und folge Deinem Herzen'. Sie verharrte hier schon viel zu lange.

‚Es wird höchste Zeit, dass ich etwas unternehme.' Aber wohin sollte sie gehen? An wen konnte sie sich wenden? Nach Bodman konnte sie nicht. Dort würde man als erstes nach ihr suchen! Anna ging nervös in dem kleinen Zimmer auf und ab. Fieberhaft überlegte sie, was wohl ihr Vater in dieser Situation gemacht hätte. Er hätte vermutlich die Verantwortlichen zur Rede gestellt?

Ihr angeblicher Onkel? Das war es! Sie würde dem Herrn einen Besuch abstatten und ihm gehörig die Meinung sagen. Und wenn sie wirklich die Nichte des Herzogs von Urslingen ist, wird er eine andere Lösung für mich finden müssen, als mich mit dem nächst Besten zu vermählen.

Energisch hob Anna ihr Kinn an. Und bei Gott, sie würde ihren ganzen Charme zum Einsatz bringen, um ihn davon zu überzeugen. Da war sie sich ganz sicher. Und was noch wichtiger war, sie durfte auf dem Weg dorthin niemandem ihren Namen verraten. Sie war einfach Schwester Maria aus Überlingen.

Sie nickte zufrieden mit dem Kopf und war guten Mutes. Zu ihrem Glück wohnten die Schwestern außerhalb der Stadtmauer, somit musste sie keine Stadttore passieren. ‚Aber was ist mit Adelinde?', fuhr es ihr durch den Kopf. Sie konnte ihre Stute nicht mitnehmen auf die Reise. Eine Frau in Schwesternkleider auf einem Pferd würde Verdacht erregen. Enttäuscht ließ sie ihre Schultern hängen. Es half nichts, sie musste zu Fuß gehen. Wenn alles geklärt ist, würde sie Adelinde später zu sich holen. Gleich heute Nacht würde sie sich auf den Weg machen. Bei dem Gedanken wurde ihr doch etwas mulmig. Fest entschlossen, diesen Plan auszuführen, setzte sie die Haube auf und verließ das Zimmer.

„Wo bleibt Ihr denn?", rief Schwester Elsbeth zu Anna als diese gelassen die Treppe herunter schritt. „Der Mönch, der uns zu unserem Schutz begleiten soll, wartet bereits. Und er hat nicht den ganzen Tag Zeit."

„Ich komme ja schon", entgegnete Anna und eilte Elsbeth hinterher. Ein kleiner, rundlicher, älterer Mann in Mönchskutte stand im Vorgarten und unterhielt sich mit der Oberschwester. An der Hand hielt er die Deichsel eines kleinen Leiterwagens, der vermutlich für den Transport von Mehl und Salz von großem Nutzen war, das sie besorgen sollten.

Anna begrüßte die Oberschwester und wandte sich dem Mönch zu, der heute Morgen noch nicht in bester Laune zu sein schien.

„Guten Morgen, ich bin Schwester Maria!“

„Gott, zum Gruß“, erwiderte der Mönch. „Ich bin Josef. Wir sollten uns jetzt auf den Weg machen, sonst bekommen wir keine Ware und keine Fische mehr.“

Die Oberschwester blickte zu Anna und zog ihre Stirn kraus.

„Vergesst nicht, was wir besprochen haben, Maria! Und nützt meine Gutmütigkeit nicht aus. Ich möchte keinen Ärger mit dem Herzog.“

„Keine Sorge“, antwortete Anna aufgeregt und eilte dem Mönch hinterher, der mit Elsbeth soeben zum Gartentor hinausschritt.

- ◆ -

Johannes war auf das Äußerste angespannt. Das, was Will gestern Abend erzählte, war mehr als er von dem Jungen erwartete hatte. Und wenn der Franziskanermönch ihm noch weitere Informationen bieten konnte, wäre das sicherlich auch sehr hilfreich.

Sie hatten noch vor Sonnenaufgang die Bodman verlassen und ritten in aller Früh durch den noch im Schlaf versunkenen Nachbarort Sernatingen. Nur ein paar Fischer am Ufer, die ihre Netze von den Stelzen abhängten, blickten sie verwundert an. Sein Knappe und die Männer folgten Johannes im schnellen Galopp. Sie waren nicht sehr gesprächig heute Morgen. Vermutlich lag das an dem Wein, den sie gestern Abend in vollen Zügen genossen.

Vor ihnen lag das kleine Dörfchen Goldbach, das eingebettet in Mitten der riesigen Steilwände der Molassefelsen lag. Die sandsteinartige Felsformation zog sich am ganzen nördlichen Ufer des Bodensees entlang bis nach Überlingen. Senkrecht abfallend ragten sie bis in den See hinein. Nur bei niedrigem Wasserstand war es möglich, zu Fuß entlang der Felsen zu gehen. Aber nicht alle wählten diesen Weg am Ufer entlang, denn sie fürchteten sich vor den sogenannten Heidenlöchern. Das waren einst von Menschenhand erschaffene Gänge und Kammern, die von Heiden bewohnt wurden, so sagte man. Oft lauerten Banditen in jenen Höhlen und überfielen das Fußvolk, wenn sie den Uferweg wählten. Allerdings waren dies nicht die einzigen Bewohner, die sich in den Höhlen aufhielten. Auch Wanderfalken, Dohlen und Schleiereulen fanden hier ihren Platz, um Nester zu bauen.

Und der schwarz gefiederte Waldrapp mit seinem langen roten Schnabel kehrt jedes Jahr hierher zurück. Erzählungen aus dem alten Ägypten belegten, er sei ein Glücksbringer und verkörpere den menschlichen Geist. Ein wenig Glück konnte auch er gebrauchen, dachte Johannes und zügelte seinen Hengst. Im langsamen Trab führte er Frowin vor die kleine romanische Kapelle des heiligen Marcianus, die hier schon seit Jahrhunderten jedem Unheil trotzte.

Das Kirchlein am Goldbacher Ufer stammte aus der Karolinger Zeit und wurde einst von einem Grafen Alpger mit Gottes Hilfe errichtet, so erzählte es ihm sein Großvater. Sie ist eines der ältesten Heiligtümer hier am Bodensee. Vielleicht sollte er sie betreten und Gott, um seine Hilfe bitten? Denn die Aufgabe, die vor ihm lag, war keine leichte.

„Wir machen hier kurz Halt", wies er seine Männer an und schwang sich behände aus dem Sattel. Denn, das was ihn beschäftigte, duldete keinen Aufschub.

Cun kniff die Augen zusammen. „Es ist nur noch ein kurzes Stück bis nach Überlingen oder willst Du hier Deine Beichte ablegen?"

„Nein!"

Johannes gab Jakob die Zügel und ging ein paar Schritte zum Seeufer. In Gedanken versunken, streifte er sich die Handschuhe von den Händen und ließ seinen Blick über den morgendlichen Bodensee schweifen. Nebelschwaden zogen wie ein weißer Dunst über die Seeoberfläche und umwölkten ihn wie ein Schleier. Im seichten Wasser schwamm eine kleine Gruppe Zwergtaucher vorbei, die immer wieder ihre Schnäbel in das Wasser tauchten. Auch ein Schwanenpaar streckte neugierig seine Hälse hoch. Johannes Kiefermuskeln spannten sich. Er hatte die ganze Nacht kein Auge zu getan. Die Aussage von Will ließ ihm keine Ruhe. Als der Name, Werner von Schienen fiel, schnürte es ihm die Luft ab. Hatte Peter von Hewen etwas damit zu tun? Immerhin war er Jahre lang an seiner Seite. War er hier, um ihn zu hintergehen, um herauszufinden wie wir gegen die Bande vorgehen? Er konnte sich doch nicht so elend in ihm getäuscht haben, überlegte Johannes.

Nachdenklich ließ er seinen Blick hinüber nach Bodman schweifen. Erhaben und machtvoll thronte der Wohnturm der Burg Bodman über dem See. Martin, der sich neben ihn gesellte, meinte: „Du kannst zufrieden sein, mit solch einem Erbe. Die Burg hat alles, was nötig ist, sie zu verteidigen. Nicht jeder bekommt solch einen Besitz!"

„Die langgezogene Landzunge, die sich bis nach Konstanz zieht, ein guter Teil davon gehört zur Ritterschafft Bodman, bis hin zum Gnadensee bei Allensbach", sagte Johannes ohne Martin anzusehen. „Ich brauche gute Verwalter, um diesem Erbe gerecht zu werden. Wirst du Dich auf Bodman wohlfühlen?" Er blickte Martin jetzt von der Seite an.

„Das Abendmahl war genussvoll, mehr brauche ich nicht!"

Johannes verzog seinen Mund zu einem Lächeln und klopfte Martin freundschaftlich auf die Schulter. Peter und Cun traten ebenfalls zu ihnen und streckten ihre müden Glieder.

„Ich muss mit Euch reden, bevor wir weiterreiten", sagte Johannes mit ernster Miene. „Über das, was ich Euch zu berichten habe, verlange ich absolutes Schweigen. Das gilt auch für Dich, Jakob."

Der Junge nickte und hielt die Zügel von Frowin, der nervös hin und her tänzelte. „Durch das Gespräch mit Will erfuhr ich einiges über die Machenschaften der so genannten Burgherren, die es mit dem Gesetz nicht so genau nehmen."

Die Männer sogen geräuschvoll Luft ein. Die Augen von Johannes wurden zu schmalen Schlitzen als er seine Männer fixierte. „Einer der führenden Köpfe ist anscheinend Werner von Schienen."

Wie vom Blitz getroffen zuckte Peter zusammen. Johannes Sinne waren bis aufs Äußerste angespannt. Er musterte Peter mit wachsamen Augen. Die Befürchtung, dass Peter von Hewen etwas damit zu tun haben könnte, ließ ihm seit gestern Abend keine Ruhe.

„Peter, wenn Du etwas darüber weißt, dann hast Du jetzt die Gelegenheit, darüber zu reden!"

Alle Augen richteten sich auf den jungen Hewen. Martin durchbohrte ihn mit einem verächtlichen Blick.

„Was soll das heißen?", fragte Cun grimmig.

„Das will ich Euch gerne erklären", sagte Johannes mit einer Ruhe, die drohend wirkte. „Peter war in der Ausbildung bei diesem Herrn."

„Das ist ja interessant", warf Cun ein. „Bist Du etwa ein Spitzel?"

Peter, der nicht recht wusste, was er in diesem Moment sagen sollte, stand wie angewurzelt da.

„Ihr glaubt doch nicht wirklich, dass ich mit diesem Teufel unter einer Decke stecke. Jahrelang hat er mich behandelt wie Dreck. Ich kann Euch versichern, dass ich von der Vereinigung heute zum ersten Mal höre. Nach meiner Ausbildung hat er mir angeboten, weiterhin in seinen Diensten zu bleiben. Aber ich habe mich dagegen entschieden. Und das war auch gut so. Er hatte immer mit irgendwelchen krummen Geschäften zu tun. Ich kann Euch nur so viel sagen, dass er sich außerordentlich gut mit meinem Bruder verstand, was mir genauso gegen den Strich ging. Deshalb war ich froh, als mein Bruder mich mit Euch schickte. Allerdings fragte ich mich, was für ein Sinn dahinterstecken könnte. Johannes, Du kanntest mich als jungen Knappen und wusstest, wie ich von diesem Schienen behandelt wurde!“

Johannes Züge blieben bewegungslos.

„Hat Dein Bruder etwas erwähnt oder gesagt nachdem Du mit uns gegangen bist?“

„Nein! Nur, dass er im Moment keine Verwendung für mich hätte, ich mich aber melden solle, wenn sich etwas Neues ergeben würde, was die Raubzüge betrifft.“

Martin und Cun waren gespannt wie ein Bogen und schnauften verächtlich. Was sollten sie davon halten? Johannes bedauerte es, Peter zu verdächtigen. Er mochte ihn. Im Grunde war er für seinen Bruder Wölflin nur ein Dorn im Auge. Es war bekannt, dass sich die Brüder nicht allzu viel zu sagen hatten. Johannes blickte Martin und Cun an, dann ging er einen Schritt auf Peter zu.

„Fällt Dir nichts ein, was uns von Nutzten sein könnte?“

Peter verharrte nachdenklich und wich den zornigen Blicken von Cun und Martin aus. „Ich weiß nicht, ob es von Bedeutung ist? Aber kurze Zeit bevor ich Schienen verlassen habe, gab es ein Treffen. Ich selbst durfte dem Gespräch nicht beiwohnen. Ich weiß nur die Namen der Herren."

„Und die wären?", fragte Johannes ruhig.

„Die Grafen Eberhard und Heinrich von Lupen sowie die Herren Albrecht und Hans von Klingenberg."

Johannes atmete scharf. „Einen, dieser Namen nannte mir Will."

„Da fällt mir ein, Hans von Rechberg von Hohen Schramberg war ebenfalls dabei. Er ist ein guter Freund von Schienen."

„Ich kenne die Burg, sie liegt nahe bei Rottweil", entgegnete Cun.

„Und was ist mit Friedingen?", fragte Martin.

„Er ist nur ein Handlanger und Meuchelmörder", entgegnete Johannes. „Einmal nahmen sie Will mit auf die Krähenburg. Dort bekam er mit, wie Wilhelm von Friedingen von einem Boten seine Befehle entgegennahm und sie ausführte."

„Wie lange war der Junge bei der Bande?", fragte Cun.

„Lange genug, um mitzubekommen, was sie im Schilde führen. Gleich, nach dem Gespräch mit dem Mönch schicke ich einen Boten zum Landgrafen. Wir müssen herausfinden, wer auf unserer Seite ist. Wie mir scheint, steckt der halbe Adel des Höhgaus unter einer Decke, was die Überfälle betrifft. Wir können also keinem trauen!"

„Und was ist mit unserem feinen Herrn hier?", meinte Martin schnaubend.

„Keine Sorge", sagte Johannes beruhigend und blickte zu Peter. „Du wirst uns beweisen, dass Du auf unserer Seite stehst. Unsere Wege trennen sich hier. Du begibst Dich zur Hewen und hörst Dich um. Vielleicht kannst Du etwas in Erfahrung bringen. Du erklärst Deinem Bruder, dass Du bei mir keine Zukunft siehst und wieder in den Dienst von Schienen gehen willst."

Peter blieb das Gesicht stehen. „Du willst mich wieder zu diesem Mistkerl schicken?"

„Beruhige Dich! Es ist nur ein Vorwand, um Deinem Bruder seine Pläne zu entlocken. Ich werde das Gefühl nicht los, dass Dein Bruder gemeinsame Sache mit der Raubritterschaft macht. Auch wenn er mir vor zwei Tagen seine Hilfe zusicherte, bezweifle ich inzwischen seine Loyalität. Sobald Du etwas in Erfahrung gebracht hast, begibst Du Dich zur Nellenburg. Dort treffen wir uns in zwei Tagen."

Johannes biss die Zähne zusammen und blickte Peter grimmig an. „Noch vertraue ich Dir. Solltest Du Dich dennoch für die andere Seite entscheiden, sehen wir uns wieder und dann schlage ich Dir den Kopf ab, so wahr ich Johannes von Bodman heiße. Es liegt an Dir, ob ich Dir vertrauen kann. Ich habe Dir meine Hand geboten und Du tust gut daran, sie nicht auszuschlagen."

Peter warf einen kurzen Blick in die Männerrunde, nahm die Zügel und stieg auf seinen Hengst. „Ihr könnt Euch auf mich verlassen!", sagte er entschlossen, gab seinem Hengst einen Schenkeldruck und drehte sich noch einmal zu Johannes um.

„Mir läge sehr viel daran, den lieblichen Wein auf Bodman wieder genießen zu können." Dann riss er die Zügel herum und preschte davon.

„Traust Du ihm?“, fragte Martin mit einem grimmigen Blick.

„Ich müsste mich gewaltig in ihm täuschen. Es ist eine Bewährungsprobe für ihn. Er wurde immer kurzgehalten, sowohl von Schienen als auch von seinem Bruder. Ich bete für ihn, dass die Sache für ihn gut ausgeht. Und jetzt lasst uns weiterreiten und hören, was der Mönch zu berichten hat.“

Jakob brachte Johannes seinen Hengst und blickte in fragend an.

„Werden wir Peter wiedersehen?“

Johannes nahm die Zügel und schwang sich in den Sattel. „Du kannst ihn gut leiden?“

„Ja, er ist kein schlechter Mensch!“,

„Dann sehen wir ihn wieder, Junge. Mach‘ Dir keine Sorgen!“

Wenn sein Knappe ein gutes Gefühl hatte, was Peter von Hewen betrifft, war noch Hoffnung.

„Da ist noch etwas“, sagte Johannes. „Ab jetzt reisen wir nicht mehr unter dem Namen Bodman. Wir sind reisende Ritter und haben kein bestimmtes Ziel, wenn uns jemanden fragt. Das gilt auch für Dich, Jakob.“

„Wie willst Du denn heißen?“, fragte Cun belustigt.

„Da fällt mir bestimmt etwas ein. Ich lass es Dich wissen, wenn es soweit ist. Haltet besser die Augen offen, wenn wir durch den felsigen Hohlweg reiten. Er ist sehr schmal und nach oben offen. Beste Voraussetzungen für einen Überfall.“

„Gibt es keinen anderen Weg?“

„Nein. Ab Goldbach ist dies die einzige und wichtigste Verbindung zwischen dem Höhgau und Überlingen. Also seid auf der Hut, der Weg ist glitschig und nass. Der Molassestein ist ziemlich weich und könnte sich an manchen Stellen lösen. Jakob, halte Dich hinter mir, bis wir aus dem Felsen heraus sind."

- ◆ -

Die Sonne stach ihnen ins Gesicht als sie den Hohlweg verließen. Ein strahlend blauer Himmel versprach einen schönen Tag. Auch die Nebelschwaden über der Seeoberfläche hatten sich in Luft aufgelöst. Die Sonnenstrahlen gaben dem See ein magisches Funkeln und Leuchten.

Johannes zügelte seinen Hengst und hielt an. Die schmale Seezunge mit seinen steilen abfallenden Uferwänden nannten die Menschen den Finger des Bodensees. Hier war nur raue Natur. Es gab weit und breit kein Gehöft oder sonst eine Ansiedelung. Eine Art Niemandsland. Mit wachsamen Augen suchte er die Gegend ab.

Es ist lange her, als ich das letzte Mal hier war, dachte er nach. Mit einem Blick auf Martin und Cun stellte er fest, dass man sie bestimmt schon vom äußeren Seetor von Überlingen sehen musste, so wie sein Kettenhemd und ihre Waffen in der Sonne funkelten. Er trug einen Waffengürtel, an dem sein Kampfschwert hing. Seinen Mantel hatte er abgelegt, damit man sein Wappen nicht erkennen konnte. Cun blickte ihn fragend von der Seite an.

„Hast Du Dir schon einen Spruch überlegt, wie wir in die Stadt hineinkommen? Immerhin tragen wir nicht wie üblich ein Banner mit uns!“

„Das brauchen wir auch nicht. Johann gab mir einen Brief mit, der sollte ausreichen.“

„Aber wir sollten uns doch nicht zu erkennen geben?“, fragte Martin argwöhnisch.

„Das gilt nur, wenn wir unterwegs sind oder wenn uns in der Stadt jemand nach unserer Herkunft fragen sollte“, antwortete Johannes. „Und nun lasst uns den Mönch finden, bevor der Tag um ist. Und wenn wir schon dabei sind, ich heiße Ritter Conrad von Gutach.“

Cun grinste übers ganze Gesicht. „Gutach liegt im Schwarzwald und ist die Heimat von Niklas!“

„Richtig! Und Conrad hieß mein Vater.“

„Dann sind wir also Schwarzwälder“, meinte Cun lachend.

Johannes drückte ein Auge zu und lachte ebenfalls, dann gab er Frowin einen Schenkeldruck, um weiter zu reiten.

Ohne Probleme hatten sie das Grundtor der Stadt Überlingen passiert, das man auch das Untersee Tor nannte. Auf beiden Seiten des Weges befanden sich Beete mit allerhand Kräutern und Gemüse. Ein gebückter alter Mann, der seiner Arbeit nachging, nickte ihnen misstrauisch zu.

Johannes blickte links von ihm auf den Galler Berg hinauf. Er wählte den Weg, der nahe am Ufer entlangführte. Hier waren die Fischer und Gerber Zuhause. Als Knabe durfte er des Öfteren mit Paulus nach Überlingen. Am unteren Ufer war stets ein reges Treiben. Der Handel war allgegenwärtig. Große Lädinen lieferten ihre Güter ab oder wurden beladen mit Korn, das sich im Lagerhaus der Gret befand.

Unzählige Fischerbote lagen vor Ort, die die Fischer an dicken Holzpfählen befestigten, die sich in unterschiedlichen Größen am Seeufer entlang zogen. Auch führten lange, breite, hölzerne Stege in den See hinaus, um die Waren besser ent- oder verladen zu können.

Einige Fischer blickten sie fragend an. Andere kümmerte es nicht und gingen ihrer Arbeit nach. Überall roch es nach Fisch und frischer Seeluft. Einige Fischerbote lagen noch auf dem See und zogen ihren letzten Fang ein. Kreischende Lachmöwen zerrissen die Stille und flatterten nervös umher. Hier war das Leben, dachte Johannes. In Bodman hatten die Fischer kein so einfaches Dasein. Es gab keinen Markt, um Fische anzubieten. Auch der Handel war eher dürftig und mager. Das alles würde er ändern.

Als sie an der Schiffslände vorbei kamen überlegte er, ‚genau, das ist es, was wir in Bodman brauchen, ein Lagerhaus und einen größeren Platz für Last- und Handelsschiffe!' Immerhin war Bodman reich an Wein, Obst, Getreide und Holz. Missmutig verzog er sein Gesicht. Die Probleme, die vor ihm lagen, rissen ihn wieder aus seinen Gedanken. Den Raubrittern das Handwerk zu legen und Anna vor einer Vermählung zu retten, stand nun mal an erster Stelle. Das andere musste eben warten.

Sie bogen in eine kleine Gasse ein, die zum Marktplatz auf der Hofstatt führte. Der Fischmarkt war, wie sie feststellen mussten, schon in vollem Gange. An allen Ecken hatten die Händler ihre Tische aufgestellt. Hier gab es nicht nur Fische! Zwischen Bauern und Kaufleuten quietschten auch Schweine, schnatterten Gänse und gackerten Hühner. Hier konnte man alles erwerben, um ein gutes Essen auf den Tisch zu bringen. Fischerfrauen feilschten mit ihrer Ware und schimpfen über die Kaufleute, die zu wenig bezahlen wollten. Es war ein ausgelassenes Treiben. Quacksalber, Bader, Kesselflicker und Gaukler versuchten ebenfalls ihr Glück auf dem Markt.

„Wir nehmen die nächste Gasse, um den Markt zu umgehen“, sagte Johannes und lenkte Frowin in eine Nebenstraße, die zum Barfüßertor führte. Dort würden sie auch das Kloster der Franziskaner finden.

Zunehmend füllten sich die Gassen und Wege mit Menschen, die zum Markt eilten. Einige verfolgten sie mit argwöhnischen Blicken. Sie waren es offensichtlich nicht gewohnt, so früh am Morgen auf fremde Männer zu stoßen, die noch nichts im Magen hatten und deswegen finster dreinschauten. Der Weg hinauf zum Barfüßertor war für die Pferde recht mühsam. Die Straßen waren mit Steinen gepflastert, was für Reiter und Pferd schwierig war, wenn es bergauf ging. Vor dem Tor stand ein großer runder Brunnen mit einer Säule. „Lasst uns absteigen und die Pferde tränken“, sagte Johannes und glitt aus dem Sattel.

Einer nach dem anderen spritzte sich eine Handvoll Wasser ins Gesicht.

„Wo ist nun das Kloster mit dem besagten Mönch?“, fragte Cun.

Johannes wusste ganz genau, wo sich das Kloster befand. Oft war er mit Paulus hier am Stadtgraben, entlang des Nellenbaches, zu den Mühlen geritten. Das Klostergebäude war geschützt durch den inneren Mauerring, der die Kernstadt umschloss, genau hier zwischen dem nördlichen Stadttor und dem oberen Wiestor.

Einst hatten die Mönche ihr Dasein außerhalb der Stadtmauer auf einer Wiese, wo jetzt die Barmherzigen Schwestern ihre Herberge hatten und die Mönche in jeder Hinsicht unterstützten.

Das Kloster war für die Stadt ein wichtiger Bestandteil. Die Mönche kümmerten sich um die Armen und Bedürftigen und ihr Seelenheil.

Johannes zog die Stirn in Falten und dachte an Anna, die des Schreibens mächtig sein soll, erlernt bei einem Franziskanermönch. Er konnte dem immer noch keinen Glauben schenken.

„Sieh zu Deiner Rechten", sagte Johannes. „Du stehst direkt davor! Und das riesige Bauwerk daneben soll die Franziskanerkirche geben, wenn sie mal fertig gestellt ist."

„Nun gut", antwortete Cun. „Gehst Du alleine?"

Johannes nickte kurz. „Es ist besser so! Wir wollen die Mönche nicht allzu sehr verunsichern. Ich suche das Portal und Ihr wartet hier auf mich."

Nach mehreren Klopfzeichen öffnete sich die schwere Eichentür. Ein kleinwüchsiger Mönch, gekleidet mit einer braunen Kutte, die mit einem weißen Strick gebunden war, öffnete das Portal.

„Womit kann ich dienen, junger Herr?", fragte er etwas eingeschüchtert.

Johannes räusperte sich kurz und antwortete. „Ich habe ein Empfehlungsschreiben für den Mönch Donatius, dass ich ihm persönlich gebe möchte und dabei ein paar Minuten seiner Zeit in Anspruch nehmen muss."

„Und wen darf ich melden?", fragte der Mönch verwundert.

Johannes runzelte die Stirn und seine Augen verengten sich. Er wollte seinen Namen nicht preisgeben. Er konnte jetzt niemandem trauen.

„Mein Name tut nichts zur Sache, meldet mich einfach an, das ist alles was ich von Euch verlange."

Ohne Worte wandte sich der Mönch ab und verschwand in einem der langen Gänge.

- ◆ -

„Wer um Himmelswillen stört mich in aller früh beim Gebet", hallte es zwischen den Klosterwänden hervor.

Ein rundlicher wohlgenährter buckliger Mönch mit Kapuze eilte den Gang entlang. Unter seinen Augen zeichneten sich Tränensäcke ab. Auch das Doppelkinn wies darauf hin, dass der Alte sich kein gutes Essen entgehen ließ. Donatius blieb wie angewurzelt stehen, als er den stattlichen Ritter vor sich sah. Groß, breitschultrig und diese Augen! Bernsteinfarben, die so tiefgründig waren wie das Leuchten des Waldes.

Johannes verzog seinen Mund zu einem schiefen Lächeln. „Es tut mir leid, wenn ich Euch gestört habe, aber mein Anliegen bedarf keinen Aufschub."

Johannes gab ihm das Schreiben mit dem Siegel des Reichritters von Bodman. Donatius erkannte das Bodman Siegel sofort.

„Das reicht mir schon aus", erwiderte Donatius als er das Siegel sah. Er streifte sich die Kapuze seiner Kutte ab und blickte zu Johannes hinauf.

„Ich wusste es gleich, Ihr seid ein Bodman! Ihr müsst Johannes sein?"

„Das bin ich! Aber ich möchte Euch unter vier Augen sprechen."

„Nun gut, dann folgt mir," zog Donatius seine wulstigen Lippen hoch.

In der Mönchzelle, in die sie sich begaben, stand nur ein Bett, ein Tisch mit einem Stuhl und ein Kreuz hing an der

Wand. Donatius öffnete schnell das Siegel und vernahm die geschriebenen Worte.

„Ich soll Euch mein Wissen weitergeben, sofern ich Euch helfen kann. Ich habe Euren Vater gekannt! Ihr seht ihm sehr ähnlich. Aber erzählt, was führt Euch zu mir und was bedrückt Euch.“

Johannes nickte und fing an dem Mönch zu berichten, was sich zugetragen hatte, auch von den angeblichen Raubzügen.

Donatius, der sich auf seinem Stuhl niederließ, fuhr sich mit einer Hand übers Gesicht.

„Das ist eine ganze Menge, was Ihr da, mit Euch herumschleppt, mein Sohn! Und was diesen Wilhelm von Friedingen betrifft, der ist ein ganz schlimmer Geselle. Ich kann mir gut vorstellen, dass er es auf Anna abgesehen hat. Das Mädchen ist eine Schönheit und obendrein sehr klug.“

Johannes, der am Fenster lehnte, blickte Donatius fragend an und zog dabei seine Stirn kraus.

„Johann erzählte mir, Ihr habt ihr das Lesen beigebracht?“

„So ist es! Sie hatte mich darum gebeten. Ich konnte ihr noch nie etwas abschlagen. Sie ist ein feiner Mensch und bei allen beliebt. Ich hoffe doch sehr, dass das ein Geheimnis bleibt!“ Donatius schnaufte schwer. Er fühlte sich unbehaglich in diesem Moment.

„Es tut mir leid, aber ich weiß nicht, wo sie ist. Ich kann Euch in dieser Sache nicht helfen. Vermutlich ist sie die Nichte des Herzogs. Ich habe vor Jahren solche Gerüchte gehört, über ein Kind des jungen Herzogs, das er in Obhut gab.

Aber ich wäre schon längst nicht mehr am Leben, wenn ich alles ausplaudern würde, was ich weiß."

„Was wisst Ihr über den Herzog Urslingen?", fragte Johannes weiter.

„Er ist ein ruppiger Grandler und immer knapp bei Kasse. Aber Rauben und Morden, das traue ich ihm nicht zu."

Johannes drehte sich zum Fenster und blickte auf die arbeitenden Männer, die den Sandstein schliffen für den Bau der Fanziskanerkirche. Er fuhr sich mit der Hand durchs Haar.

„Was könnte Anna davor bewahren, Friedingen zu ehelichen?"

„Ganz einfach!", erwiderte Donatius. „Macht Urslingen ein ordentliches Angebot, das er nicht ausschlagen kann. Denn eine Mitgift von seiner Seite könnt Ihr nicht erwarten. Und der Herzog könnte sich rühmen. Eine Vermählung mit einem von Bodman, käme ihm bestimmt gelegen. Gute Verbindungen waren ihm schon immer wichtig."

Donatius erhob sich von seinem Stuhl und lief in der Kammer auf und ab, dabei faltete er die Hände vor seinem Bauch und fuhr fort.

„Es gibt Dinge in der Vergangenheit des Herzogtums, die nicht immer geradlinig waren. Mit Söldnertruppen kämpften sie für das Königreich auf Sizilien. Einer der Brüder verlor dabei sein Leben. Aber das ist lange her. Und dafür kann das Mädchen nichts. Sie wuchs in Bodman auf. Die Familienverhältnisse der Urslingen sind ihr völlig unbekannt."

Johannes atmete tief ein und seine Augen durchbohrten den Mönch. ‚Heiraten! Eine Frau, die er noch nicht mal kannte?‘ Er wollte sich damit Zeit lassen. Als aller erstes musste er sich um die Herrschaft auf Bodman kümmern. Er war noch jung! Und wenn es soweit wäre, hätte er gerne seine eigene Wahl getroffen.

„Es muss eine andere Möglichkeit geben. Ich hatte noch nicht, vor mich zu binden.“

„Es ist nie der richtige Zeitpunkt, mein Sohn. Glaubt mir, Anna wäre eine ebenbürtige Frau für Euch und ein Segen für Bodman, die sich stets für das Gute einsetzt.“

Johannes zog eine Braue hoch. „Schon gut! Das, was ich bisher über sie gehört habe, ist mehr als ich wissen will.“

Donatius presste seine wulstigen Lippen zusammen und grinste.

„Könnt Ihr mir etwas über Hans Wilhelm von Friedingen sagen?“, wechselte Johannes das Thema.

Der alte Mönch blieb jetzt stehen und ließ seinen Kopf hängen. Da stand nun der junge Bodman. Ein ehrenhafter junger Ritter, der für Gerechtigkeit und Ehre stand.

Wo Anna sich aufhält, das konnte er ihm nicht sagen. Er hatte es der Oberschwester versprochen. Das musste der junge Reichsritter von Bodman selbst herausfinden. Er würde zu Gott beten, dass das zu einem guten Ende führen wird. Aber vielleicht konnte er etwas dazu beitragen, den Banditen das Handwerk zu legen, entschied er.

„Durchaus habe ich von seinen Gräueltaten gehört. Ich fürchte, wenn man dagegen nichts unternimmt, wird es böse enden.“

„Ihr seid ein Mönch! Sagt schon was Ihr wisst oder seid Ihr auf deren Seite?“

Donatius blickte Johannes in die Augen. „Ihr müsst wissen, nicht jedem Adel geht es so gut, wie Euch auf Bodman. Viele geben die Heller schneller wieder aus, als sie diese verdienen! Durch den Handel und das Handwerk werden das Volk und die Städte immer wohlhabender. Und der Adel, soweit er nichts taugt, kommt immer mehr in Bedrängnis. Um an schnellen Reichtum zu kommen, fangen sie an, Kaufleute und Handelszüge der Städte zu überfallen. Und Friedingen ist einer von denen, die nicht lange fackeln, um an schnelles Geld zu kommen. Ich war vor einer Woche bei Euren Nachbarn auf der Homburg. Der Burgherr dort ist von der Angelegenheit genauso angewidert und fürchtet sich vor einem Angriff. Es fiel auch der Name Werner von Schienen. Er soll der Kopf der Bande sein.“

Donatius schüttelte mit dem Kopf. „Dieser feine Herr besitzt auch Zehntrechte hier in Überlingen. Überall hat er seine Finger im Spiel. Aus der Stadt jagen sollte man den.“

Johannes war auf das Äußerste angespannt. „Wisst Ihr von noch mehr Verbindungen?“

Donatius schnaufte schwer und stellte sich zu Johannes ans Fenster.

„Das wohl größte Raubritternest befindet sich auf der Krähenburg, die Friedingen befehligt. Auf der Burg treibt sich allerhand Gesindel herum. Dort ist das Schwert mächtiger als das Wort. Unterhalb der Burg liegt das kleine Dorf Schlatt. Die Leute erzählen, man kann das Klirren von Schwertern täglich durch den dichten Wald hören.“

„Ich verstehe das nicht. Wie kann eine adlige Familie so tief sinken?“

Donatius verdrehte die Augen. „In der Vergangenheit waren sie hoch angesehen bei den Staufern. Auch nach deren Untergang war ihnen ein Bischof aus Konstanz gut gesonnen und sicherte ihnen viele wirtschaftliche Vorteile.“

„Soviel ich weiß, sind sie auch die Dienstmannen eines Reichenauer Abtes“, hakte Johannes nach.

„So ist es“, fuhr Donatius fort. „Dieser Abt übertrug den Friedingen das Meier Amt und das Vogteirecht in Radolfzell. Somit sind sie die unumstrittenen Herren über Radolfzell und das Krähengebiet.“

„Und genau dort sitzt das Übel.“

„Dann sind also beide Brüder an der Sache beteiligt?“

„Davon könnt Ihr ausgehen! Sein Bruder, der die Burg Hohenfriedingen verwaltet, zieht die Fäden zusammen mit Werner von Schienen.“ Donatius ließ die Schultern hängen. „Ich kann Euch nur so viel sagen, die einzigen Verbündeten, die ihr finden werdet, sind die Herren von Stoffeln!“

Johannes blickte den Mönch verdutzt an. „Was ist mit den Hewens?“

„Denen könnt Ihr nicht trauen! Außer seinem jüngeren Bruder vielleicht. Wölflin war schon immer berechnend und verschlagen. Mehr kann ich Euch nicht sagen. Aber wartet, da ist noch etwas, was mir zu Ohren kam. Die Herren von Friedingen liegen schon seit längerem in einem privaten Streit mit der Reichsstadt Kaufbeuren!“

„Warum das denn?“

„Soviel ich weiß, ging es um eine Frau. Ein schwäbischer Adliger, den Namen weiß ich nicht, buhlte um eine ehrbare, schöne Bürgertochter zu Kaufbeuren. Er ließ sich soweit mit ihr ein, dass er ein Eheversprechen mit ihr erhielt. Doch die feine Dame weigerte sich dieses einzugehen. Daraufhin ging er vor das geistliche Gericht, wo er aber kein Recht zugesprochen kam. Auf dieses hin führte er Anschläge aus, sie zu entführen. Allerdings gelang ihm das nicht besonders gut und wandte sich deshalb an Hans Wilhelm von Friedingen, der ihn in dieser Sache unterstützten sollte. Nun, es ging nicht allzu lange, da wurden fünf ehrbare Kaufleute aus Kaufbeuren überfallen, als sie auf dem Weg nach Konstanz waren. Friedingen nahm sie gefangen und verlangte von der Stadt Kaufbeuren siebenhundert Heller für die Freilassung der fünf Männer. Was aber Friedingen und sein adliger Freund nicht wussten, war, dass unter den Gefangenen ein hoch geschätzter Stadtrat war. Darüber waren die Kaufbeurener natürlich sehr aufgebracht. Genaueres weiß ich auch nicht! Ich denke, sie haben die Männer ausgelöst. Immerhin ist die Stadt sehr einflussreich und wohlhabend. Das größte und wichtigste Einkommen der Stadt ist das Weberhandwerk. Es ist für den Handel von großer Bedeutung und hat einen hervorragenden Ruf. Ich denke die Kaufbeurener werden sich das nicht gefallen lassen!“

Johannes traute seinen Ohren nicht. Er hatte gehofft, diesen Aufstand schnellst möglich zu beenden. Aber nun nahm dies ein Ausmaß an, das er nicht alleine bewältigen konnte. Keinem der Burgherren im Höhgau konnte man trauen. Sie schienen alle in der Sache verwickelt zu sein. Es half nichts. Er musste so schnell wie möglich einen Boten zu Landgraf

Eberhard schicken und Ihn über die neuen Erkenntnisse Informieren.

„Habt Ihr einen Auftrag?“, fragte Donatius als Johannes nichts mehr sagte.

„Ihr tätet gut daran, es für Euch zu behalten, Mönch Donatius. Ansonsten ist die gute Küche auf der Bodman für Euch Vergangenheit.“

Donatius machte große Augen. „Aber nein, mein Sohn. Ich werde mir doch nicht selber schaden. Außerdem würde ich meine Schülerin gerne weiter unterrichten!“

„Ich verspreche Euch, Mönch, ich werde sie finden, auch wenn Ihr mir diesbezüglich nicht die ganze Wahrheit gesagt habt.“

Donatius stand plötzlich der Schweiß auf der Stirn.

Johannes legte ihm freundschaftlich die Hand auf seine Schultern. „Zerbrecht Euch deswegen nicht den Kopf.“

Der Mönch nahm die Hand von Johannes und blickte ihn wehmütig an. „Mein Sohn, Ihr seid ein guter Beobachter und Eure Feinde sollten Euch nicht unterschätzen. Aber es gibt Dinge, da sind auch mir die Hände gebunden. Ich bin aber sicher, dass sich alles zum Guten wenden wird. Gott sei mit Euch, Ritter von Bodman!“

Johannes zwinkerte dem Mönch zu und nickte dabei mit dem Kopf.

„Mönch Donatius, ich bin Euch zu Dank verpflichtet. Vielleicht sieht man sich auf der Bodman wieder.“

Als Johannes zur Tür schritt, drehte er sich noch einmal um.

„Ihr kennt bestimmt einen verlässlichen Boten?"

„Nichts leichter als das mein Sohn. Ihr verlasst die Stadt durch das Wiestor. Haltet Euch links. Dort findet Ihr die Riedmühlen. Vogt Paulus hatte viele Freunde bei den Mühlen. Meldet Euch bei dem alten Fritz, er wird euch einen Boten nennen, der verlässlich ist."

„Ich danke Euch, Mönch Donatius. Gehabt Euch wohl!"

- ◆ -

Anna trug einen Weidenkorb gefüllt mit geräucherten Fischen. Josef und Elsbeth zogen den schwer beladenen Leiterwagen, der voller Nahrungsmittel war, die sie auf dem Markt besorgten.

Gleich müssten sie beim Wiestor sein, dachte Anna und danach kommt das Schwesternhaus. Da waren sie wieder, ihre Probleme. Unten in der Stadt war sie frei! Sie begegnete einigen Leuten, die sie kannte. Aber sie durfte sich ja nicht zu erkennen geben. Der alte Mönch hatte sie nicht aus den Augen gelassen.

Den Nellenbach, der vor sich hinplätscherte, nahm sie überhaupt nicht wahr. Elsbeth und Josef unterhielten sich über eine Marktfrau, die ihnen die Fische zu teuer verkaufen wollte. All das interessierte sie nicht. Ihre Gedanken waren bei ihrem Fluchtplan. Sobald alle fest schliefen, würde sie sich aus dem Schwesternhaus schleichen. Alles was sie noch benötigte, war etwas Brot aus der Küche. Den Schwestern das Brot zu nehmen, war ihr ein Gräuel. Aber es half nichts. Sie konnte sich nicht ohne etwas Essbares auf den Weg begeben. Es würde für zwei Tage ausreichen. Bestimmt fände sie hier und da einen Hof, der einer Frau in Ordenstracht ein Stück Brot geben würde.

Mit gesenktem Kopf und ihren Gedanken beschäftigt, hörte sie die schnell galoppierenden Pferde, die von hinten heranpreschten, nicht. Wie vom Blitz getroffen fuhr sie herum. Aber da war es schon zu spät. Sie stürzte und landete unsanft mitsamt ihren Fischen am Wiesenrand des Nellenbaches.

Ein riesiges Streitross bäumte sich vor ihr auf. Alles ging so schnell, sie konnte es nicht fassen. Elsbeth und Josef drehten erschrocken ihre Köpfe und machten große Augen.

„Oh Jesus und Maria, die teuren Fische“, brachte Josef erschrocken hervor. „Könnt Ihr nicht besser aufpassen“, blaffte er Anna an. „Was wird die Oberschwester sagen, wenn die Fische im Nellenbach liegen?“

Johannes beruhigte seinen Hengst und wollte absteigen, um zu helfen.

„Bleibt, wo Ihr seid!“, schlug es ihm entgegen. „Ich brauche Eure Hilfe nicht! Schon gar nicht von so einem rüpelhaften Ritter wie Ihr es seid!“, schnaubte Anna verärgert.

‚Dem werde ich zeigen, wie man sich in einer Stadt aufführt!‘, dachte sie. Anna rappelte sich auf und ihre blauen Augen blitzten Johannes zornig an. Ein paar schwarze Locken hingen unter ihrer Haube hervor. Energisch stemmte sie ihre Hände in die Hüften und sog tief Luft ein.

Als sie den hünenhaften Ritter anblickte, verschlug es ihr für einen Moment die Sprache. Die Gestalt, der sie sich gegenübersah, war außergewöhnlich attraktiv. Er trug ein weisses Leinenhemd mit schwarzen Beinlingen, darüber ein Kettenhemd. Kein Mann, den sie je in ihrem jungen Leben gesehen hatte, konnte es mit ihm aufnehmen. Bernsteinfarbene Augen durchdrangen sie bis ins Innerste.

Da er keine komplette Rüstung trug, konnte man seinen muskulösen Körper erahnen. Sein Gesicht hatte etwas Energisches, aber auch eine gewisse Art von Hochmut. Sein festes Kinn und die hohe Stirn verrieten ihr, dass er es gewohnt war, Befehle zu erteilen. Sein dunkelblondes Haar, das er kurzhielt, verlieh ihm markante Gesichtszüge.

„Habt Ihr keine Augen im Kopf?“, entfuhr es Anna und streifte nebenbei ihr Gewand zurecht. „Wenn Ihr nicht wisst, wie man sich in einer Stadt benimmt, solltet Ihr Euch besser im Wald bei den wilden Tieren aufhalten!“

Johannes atmete tief durch und warf einen blickt zu Cun hinüber, der sich anscheinend köstlich amüsierte. Energisch verzog Johannes seinen Mund, so dass seine Kiefermuskeln sich anspannten. Dann wandte er sich wieder der kleinen aufmüpfigen Person zu, die den Mut besaß, ihn zurecht zu weisen. Mit einem durchbohrenden Blick musterte er sie von Kopf bis Fuß.

‚Wie schön sie ist‘, dachte Johannes als er sie eingehender betrachtete. ‚Gütiger Himmel! Was für eine Schönheit verbirgt sich unter diesem groben Ordensgewand?‘ Mit ihrer fein geschnittenen Stupsnasse stand sie da wie eine Göttin! Ihre veilchenblauen Augen mit langen dunklen Wimpern umrahmte ihr Gesicht. Sie war klein und zierlich. Johannes überlegte, was sich wohl für Rundungen unter dem schweren Gewand verbargen. Ihr Mund war wie geschaffen, ihn zu küssen. Bei ihrem Anblick vergaß er, dass sie eine Ordensschwester war. Er war überwältigt von ihrer Schönheit. Was war los mit ihm? Gewiss waren ihm schon des Öfteren Ordensschwestern über den Weg gelaufen. Aber keine, wie diese hier. Was für Beweggründe waren es wohl, die sie dazu brachten, sich der Keuschheit hinzugeben? Eine ungewollte Vermählung? Vielleicht hatte sie keine Familie mehr? Egal was es war, es schmerzte ihn, solch eine betörende Schönheit in einem Schwesternkleid zu sehen.

Johannes beugte sich etwas nach vorne und stützte sich mit einem Arm auf seinen Oberschenkel.

„Wie darf ich Euch nennen, Schwester?“, fragte Johannes in gelassenem Ton und verzog dabei lächelnd seine Lippen.

„Das geht Euch gar nichts an!“, warf Anna ihren Kopf in den Nacken und blickte zur Seite.

„Schwester Maria“, meldete sich der Mönch eifrig. „Sie gehört zu den Schwestern auf der Wiese.“

„Und Ihr seid vermutlich ein Franziskanermönch“, fragte Johannes ohne Anna aus den Augen zu lassen.

„So ist es Herr“, antwortete Josef mit ängstlicher Stimme.

„Sind alle Schwestern, die Ihr begleitet so widerspenstig?“

„Nein, Herr! Sie ist eine Ausnahme. Die Zeit bei den ehrwürdigen Schwestern wird sie noch Duldsamkeit lehren und auf den rechten Weg weisen.“

Anna bedachte Josef mit einem missmutigen Blick, wofür sie einen ebensolchen erntete.

Josef war nicht ganz wohl bei der Sache. Er musste sich und die beiden Frauen schnellstmöglich aus dieser Situation befreien. Zumal der Ritter Anna mit seinen Augen fast verschlang. Außerdem wollte er vermeiden, dass er Anna weitere Fragen stellt. Nervös trat Josef von einem Bein auf das andere.

„Wenn Ihr nichts dagegen habt, edler Ritter, würde ich mit den Schwestern gerne meinen Weg fortsetzen!“

Johannes zog eine Braue hoch und blickte den Mönch freundlich an. „Es tut mir leid, dass wir so ungeschickt waren. Wir wollen Euch nicht weiter aufhalten", sagte Johannes, wobei er noch einmal einen Blick auf das Gesicht der zierlichen Schönheit warf, die ihn weiterhin mit ihrem Liebreiz in Bann hielt.

‚Eigenartig', dachte er. Ihre Augen kamen ihm so vertraut vor. Aber er konnte sie nicht zuordnen. Es fiel ihm schwer, sich von diesem Antlitz zu lösen. Was war bloß los mit ihm. Nervös fuhr er sich mit einer Hand durch die Haare und seine Gesichtszüge nahmen einen ernsten Ausdruck an.

„Verzeiht, wenn ich Euch erschreckt habe, Schwester Maria. Ich werde mich bemühen, in Zukunft besser Acht zu geben, wenn ich durch eine Stadt reite. Gott behüte Euch!"

Er nickte kurz mit dem Kopf, zog ruckartig seine Zügel herum und schlug den Weg zum Wiestor ein, um schnellst möglichst aus der Stadt zu kommen. Seine Männer folgten ihm ebenfalls ohne viele Worte.

Anna blickte dem Reitertrupp etwas wehmütig hinterher. Sie war innerlich aufgewühlt. Aber warum? Sie kannte diesen Mann nicht. Dennoch kam ihr sein Gesicht irgendwie bekannt vor. Sie wusste nicht einmal seinen Namen, geschweige denn, woher er kam.

Abrupt wurde sie aus ihren Gedanken gerissen und die Wirklichkeit holte sie wieder ein.

„Schwester Maria", rief Josef, „sammelt die Fische ein, damit wir unsern Weg fortsetztten können. Es ist bald Mittag und ich habe Hunger auf einen dieser Fische."

- ◆ -

Lange nachdem sie Überlingen hinter sich gelassen hatten, ritten sie immer noch schweigend hinter Johannes her. Keiner von ihnen sagte ein Wort oder stellte irgendeine Frage. Sie kannten ihren Herrn und Freund nur allzu gut. Seit der Begegnung mit den Schwestern war er nicht gerade bester Laune. Seinem Gesichtsausdruck nach zu urteilen, dachte er bestimmt über verschiedene Dinge nach.

Die kleine zierliche Schwester ging ihm vermutlich auch nicht aus dem Kopf, dachte Cun. Irgendwie konnte er Johannes verstehen. Sie war eine Augenweide. Viel zu hübsch, für eine Barmherzige Schwester. Und wie sie Johannes anblickte! Als ob sie noch nie einen Mann gesehen hätte. Zugegeben so wie sein Freund aussah, schmachteten ihn alle Frauen an. Aber diese kleine Schwester fauchte ihn an und stellte sich ihm entgegen. ‚Nicht gerade „barmherzig"', dachte Cun vor sich hin.

Vorsichtig lenkte Cun sein Pferd neben das von Johannes und ergriff das Wort.

„Nimmst Du mir es übel, wenn ich Dich etwas aus Deinen Gedanken befreie? Hast Du Deine Pläne geändert? Wir wollten doch zu den Mühlen und einen Boten losschicken?"

„Das ist richtig", antwortete Johannes knapp ohne Cun anzusehen. „Wir sind gleich bei Aufkirch. Dort machen wir kurz Halt, um alles Weitere zu besprechen."

„Die kleine Schwester?", fuhr Cun fort.

„Ich will nicht darüber reden", herrschte Johannes Cun an. „Wir sollten uns auf unseren Auftrag konzentrieren. Sie ist eine Schwester mehr nicht."

„Wie Du meinst!"

Johannes zügelte seinen Hengst vor der St. Michael Kapelle. Eilig schwang er sich aus dem Sattel und reichte Jakob die Zügel. Er ging ein paar Schritte und blickte auf den See hinunter. Das Bild, das sich ihm bot, war überwältigend.

Von hier oben schienen die Sorgen kleiner, aber nur für diesen einen Moment der Stille. Martin und Cun gesellten sich neben ihn.

„Wie ist Dein Plan?", fragte Martin mit ernster Miene. „Und was hatte der Mönch zu berichten? Nach dem schweigsamen Ritt bestimmt nichts Gutes!"

„Nein! Wir haben es nicht nur mit Friedingen zu tun, sondern mit dem Großteil des Höhgauer Adels!"

„Was hat das denn zu bedeuten?"

Johannes kniff die Augen zusammen. „Das kann ich Dir gerne erklären! Der Höhgauer Adel ist tatsächlich so tief gesunken, dass sie sich Raubritter und Söldner anheuern! All diese feinen Burgherren geraten allmählich in Bedrängnis, weil sie ihre umliegenden Dörfer ausbeuten. Der Handel und das Handwerk werden immer stärker. Und die Untergebenen nehmen nicht länger hin, dass man ihnen alles nimmt, wofür sie hart gearbeitet haben. Um an Geld zu kommen, fingen die Herren an, Dörfer und Handelszüge zu überfallen. Einer ihrer führenden Köpfe ist Werner von Schienen. Genau der Schienen, unter dem Peter als Knappe Jahre lang gelitten hat."

„Weißt Du, welche Burgen mit uns im Bunde sind?“, fragte Cun.

„Nach Aussage des Mönchs haben wir nur die Herren von Stoffeln auf unserer Seite.“

Martin schielte Johannes misstrauisch an. „Und was ist mit den feinen Herren von Hewen? Dieser feine Herr hat uns zum Narren gehalten, genau wie ich es vermutet habe. Ich wusste, dass man diesem Burschen nicht trauen konnte!“

„Es ist nicht Peter! Es ist sein Bruder Wölflin, der ein falsches Spiel treibt“, entgegnete Johannes.

„Ist das so?“, warf Cun ein. „Bist Du Dir sicher?“

„Das wird sich spätestens morgen auf der Nellenburg herausstellen. Sollte er nicht eintreffen, gehe ich davon aus, dass er sich auf die Seite seines Bruders stellt.“

„Und wo genau ist der Hauptsitz der Verbrecher?“, fragte Martin.

„In Radolfzell. Dort sind die Herren von Friedingen an der Macht. Sie sind nicht nur im Besitz der Krähenburg. Auch ihre Stammburg Hohenfriedingen und Radolfzell mit seinen umliegenden Dörfern, zählt zu ihren Besitztümern.“

„Das soll einer verstehen“, seufzte Cun verächtlich.

„Die Bastarde haben Angst, dass sie ihre Macht verlieren, wenn ihnen das Geld ausgeht“, fügte Johannes hinzu. „Aber das ist noch nicht alles. Wilhelm von Friedingen liegt im Streit mit der Reichsstadt Kaufbeuren. Aufgrund einer Drohung nahm er fünf reisende Kaufleute gefangen und warfen sie ins Verlies der Krähenburg.“

„Ich denke, diese Schmach wird sich Kaufbeuren auch nicht gefallen lassen“, zog Martin seine Stirn in Falten.

„Das denke ich auch. Und genau dort sollten wir ansetzen, um mit ihnen gemeinsam den Herren das Handwerk zu legen.“

„Dann schicken wir also keinen Boten zur Nellenburg?“, hakte Cun nach.

„Nein! Die Sache duldet keinen Aufschub. Ich muss selbst mit dem Landgrafen reden. Fest steht, dass Werner von Schienen, eine große Rolle spielt. Und die Herrschaft Friedingen sollten wir nicht unterschätzten.“

- ◆ -

Zwei Tage waren vergangen, seit Anna das Schwesternhaus verließ. Es war gegen Mittag, als Anna erschöpft an einem kleinen Bachlauf eine Rast einlegte. Die Sonne brannte erbarmungslos auf sie nieder. Sie setzte sich auf einen Stein am Wasser und zog ihre Schuhe aus.

Ihre Füße und Glieder schmerzten und ihr war zum Heulen zumute. Behutsam streckte sie ihre ermatteten Füße in das kalte Wasser. Nachdenklich und ohne jede Regung blickte sie in das Wasser, das ruhig vor sich hinplätscherte. Weit und breit war keine Menschenseele zu sehen. Weit weg mit ihren Gedanken vernahm sie das Vogelgezwitscher und beobachtete die kleinen Wesen, die emsig am Wasser auf Nahrungssuche waren. Wie schön wäre es, wenn wenigstens ihre Stute Adelinde bei ihr wäre. Was hatte sie sich dabei gedacht, den langen Weg, ohne sie anzugehen! Was sie noch mehr sorgte, war jede Nacht einen geeigneten Schlafplatz zu finden. Die letzte fand sie Unterschlupf auf einem kleineren Gehöft. Die Leute waren sehr freundlich und luden sie zum Abendmahl ein. Dennoch wollten sie wissen, weshalb eine Schwester alleine ohne Begleitung unterwegs war. Die Wahrheit hatte sie ihnen verschwiegen. Es war einfach zu gefährlich. So erzählte sie, dass sie auf Pilgerreise wäre, um Busse zu tun und Bedürftigen zu helfen, wenn es nötig wäre.

‚Aber wie sieht es heute Nacht aus?' Sie war völlig auf sich alleine gestellt. Weit und breit war keine Menschenseele zu sehen. Angst und Verzweiflung überkam sie. Noch nie in ihrem jungen Leben war sie in einer derart schwierigen Situation. Stets gut behütet, wuchs sie in Bodman auf.

Und wenn sie Bodman einmal verließ, besuchte sie die umliegenden Dörfer oder fuhr mit ihrem Vater nach Überlingen. Auf einmal schien die Welt um sie herum viel zu groß.

Auf dem Gehöft meinte der Bauer, sie würde nahezu eine Woche benötigen, um ihr Ziel zu erreichen. Und sie sollte auf der Hut sein, Wegelagerer und allerhand Gesindel könnte ihren Weg kreuzen.

Schnell verwarf sie den Gedanken wieder und dachte, diese würden einer Schwester in Ordenstracht nichts anhaben. Mit Schmerz verzerrtem Gesicht streifte sie ihre Schuhe wieder über die Füße, nahm ihren Beutel, in dem sich all ihre Habseligkeiten und ein Stück Brot befanden und setzte seufzend ihren Weg fort.

Noch bevor der Tag zu Ende geht, wollte sie in Stockach sein. Dort würde sie bestimmt wieder ein Nachtlager finden und den weiteren Weg erfragen können. Mit schlechtem Gewissen dachte Anna an die Schwestern.

Sie hätte sich gerne von ihnen verabschiedet. Aber das ging nicht. Sie musste fort, um zu verhindern, an einen Mann gebunden zu werden, den sie nicht kannte und auch nicht wollte. Das zu verhindern, gab es nur einen Weg und das war der Herzog von Urslingen, ihr angeblicher Onkel.

Wehmütig dachte sie an ihre Eltern, die angeblich nicht ihre waren. Diese bittere Erkenntnis schmerzte sie bis ins Innerste. Dennoch würde sie sie für immer in ihrem Herzen tragen. Es war auch keine Zeit, Dingen nachzutrauern, die ohnehin nicht zu ändern waren! Irgendwie war sie voller Zuversicht, dass alles gut werden würde.

Ohne es zu wollen, hatte sie wieder das Gesicht des attraktiven Ritters vor Augen, der ihr nicht mehr aus dem Kopf ging seit ihrer Begegnung am Nellenbach. Es war ihr unmöglich, ihn zu vergessen.

Ein Rascheln ließ sie aufhorchen. Was war das? Erschrocken blieb sie stehen und verharrte in ihrem Schritt. Soeben hatte sie ein eigenartiges Geräusch vernommen.

Ängstlich blickte sich Anna um, konnte aber nichts Außergewöhnliches erkennen. Nervös zupfte Anna mit einer Hand an ihrer Haube und wirbelte herum. Drei Männer hoch zu Ross brachen aus dem Dickicht heraus und blickten sie lüstern an. Sie trugen keine Rüstungen, nur zerlumpte Tuniken mit abgetragenen Beinlingen. An ihren Hüften trugen sie Schwerter. Ihre Gesichter waren von der Sonne gegerbt und hatten grobe Züge.

Sie sahen nicht aus wie Männer, die Ehre an erste Stelle stellten. Anna erschauderte und wich einen Schritt zurück.

„Sieh an, sieh an! Was haben wir denn da für eine Schönheit“, sagte einer der Männer mit rauer Stimme. Seine Haare waren ungepflegt und hingen ihm ins Gesicht. Bei seinem Anblick zog es Anna den Magen zusammen.

„Ich frage mich, was sich wohl unter dem hässlichen Schwesterngewand verbirgt“, sagte ein anderer, der nicht minder abscheulich aussah.

Wieder sah sie sich einem Mann ausgeliefert. War ihre Schönheit ein Fluch? Sie durfte jetzt keine Furcht zeigen. Anna reckte sich und nahm ihren ganzen Mut zusammen. Sie ließ ihren Beutel fallen und faltete ihre Hände zum Gebet.

„Ihr werdet Euch doch nicht an einer Barmherzigen Schwester vergreifen“, sagt sie mit leichter Verzweiflung in ihrer Stimme und hoffte, sie damit zu besänftigen.

Aber die Männer lachten sie nur aus. Langsam kreisten sie sie von allen Seiten ein und schwangen sich aus ihren Sätteln.

„Es interessiert mich nicht, ob Schwester oder Magd. Für mich sind alle Frauen gleich, um meine Gelüste zu befriedigen“, sagte der Mann mit den zotteligen Haaren. „Und Du, meine Kleine, kommst wie gerufen, unseren Tag genüsslich zu beenden. Oder was meint ihr, Jungs?“

Lautes Gelächter schallte in Annas Ohren. Sie schwankte und ihr wurde übel. Furcht schnürte ihr die Kehle zu. Einer der Männer trat vor sie hin und riss ihr die Haube vom Kopf.

Die finsteren Augen des Mannes waren die eines Tieres, das seine Beute verschlingen wollte. Ein schamloses Grinsen verzerrte sein Gesicht.

„Was für eine Schönheit haben wir denn hier? Man kann kaum glauben, dass Du eine Schwester bist, Kleine“, dabei fuhr er ihr mit einem Daumen grob über ihre Unterlippe.

„Deine schwarze Haarpracht bringt mich um den Verstand.“

Anna ging einen Schritt zurück und blickte sich Hilfe suchend um. Was sollte sie tun? Ihre Angst und ihre Verzweiflung nahmen zu. Ihr Peiniger trieb sie in die Enge, bis sie an einem Baumstumpf ins Straucheln kam und stürzte. Mit einem Satz war er über ihr und zerriss ihr das Gewand, so dass ihre Brüste in voller Pracht zu sehen waren. Der Blick des Mannes verfinsterte sich. Er packte sie bei den Handgelenken und presste sie an sich. Sie versuchte sich zu wehren, was bei seiner Kraft aussichtslos war.

„Haltet ein!“, schrie Anna verzweifelt. „Wenn Ihr mich schändet, werdet Ihr es mit dem Herzog von Urslingen zu tun bekommen.“

Die Augen des Widerlings verengten sich spöttisch. „Wenn wir mit Dir fertig sind, Kleine, wirst Du keine Gelegenheit mehr finden, irgendjemanden zu informieren!“

- ◆ -

„Wenn ich mit Dir fertig bin, bist Du einen Kopf kürzer, wenn Du die Frau nicht sofort loslässt!“

Entsetzt ließ der Mann Anna los und fuhr herum. Ein riesiger Hengst schnaubte vor ihm auf. Hass erfüllt blickte er den Reiter an, der mit dem Schwert nur darauf wartete, ihm den Garaus zu machen. Seine Miene verriet ihm, dass es ein ernstzunehmender Gegner war. Da er keine Rüstung, nur ein Kettenhemd mit einem Umhang darüber trug, dürfte es für mich kein Problem sein, diesem arroganten Burschen, den Kopf abzuschlagen, dachte der Rohling. Unsicher blickte er zu seinen Kameraden hinüber und stellte fest, dass er von ihnen keine Hilfe zu erwarten hatte. Zwei weitere Männer hielten diese mit je einem Schwert in ihrem Rücken in Schach.

Anna, die immer noch wie benommen auf dem Boden lag, zog sich in einen sicheren Abstand zurück.

‚Gütiger Gott!‘ Der Mann auf dem Pferd war jener, der ihr vor zwei Tagen in Überlingen über den Weg lief. Kraftvoll und ritterlich, wie sie ihn in Erinnerung hatte, ließ er seinen Gegner nicht aus den Augen. Erleichterung kam in ihr auf. Sie war außer Gefahr.

Mit Zorn erfüllten Augen zog der Rohling sein Schwert und wandte sich dem Ritter zu, der sich wie eine Raubkatze aus dem Sattel schwang und mit seinem Schwert auf seinen Gegner los ging.

Stahl schlug auf Stahl. Ihr Retter trieb seinen Gegner an einem nahestehenden Baum in die Enge. ‚Dieser Mann bewegt sich wie eine Katze', dachte Anna. Es war offensichtlich, dass dieser Wegelagerer ihm in keiner Weise gewachsen war. Mit einem heftigen Schlag traf Johannes die Klinge seines Gegners, die darauf in hohem Bogen durch die Luft flog. Ermattet und voller Zorn starrte der Mann den Fremden an, der ihm sein Schwert auf die Brust setzte.

„Zur Hölle mit Euch", zischte der Mann mit verzerrtem Gesicht. Johannes hätte diesen Mistkerl gerne ins Jenseits befördert. Seine Augen zogen sich zusammen. Angewidert blickte er den Schurken an.

„Du kannst wählen, den Kerker oder Du nimmst Dein Schwert und wir beenden es hier auf der Stelle?"

Der Schurke spuckte auf die Schwertspitze, die sich ihm immer fester in die Brust bohrte. Dann blickte er seine Gegner hasserfüllt an.

„Du begegnest mir wieder, Bursche, dann bist Du des Todes", schnaubte der Schurke.

Johannes zog eine Braue hoch. Seine Kiefermuskeln waren angespannt. „Ich denke, Du hast nicht den blassesten Schimmer, wen Du vor Dir hast, Du Missgeburt."

„Cun, Martin bindet den Bastarden die Hände zusammen!"

„Wir nehmen sie mit nach Stockach, damit sie ihre gerechte Strafe bekommen. Und sie werden zu Fuß gehen!

Gereizt drehte er sich zu Anna um, die dastand wie eine Säule und ihn entsetzt anstarrte. Die langen schwarzen Haare waren zerzaust, genauso wie ihr Kleid, das bis zur Taille zerrissen war, was ihrer Schönheit dennoch nichts anhaben konnte.

Vor zwei Tagen hatte er das Mädchen noch energisch vor sich stehen sehen. Aber jetzt hatte sie jeden Lebensmut verloren. Ihm war danach, sie in die Arme zu schließen und nicht mehr los zu lassen. Bei ihrem Anblick überfiel ihn ein Gefühl, sie für alle Zeiten beschützen zu wollen, sie zur Seinen zu machen. Ihre Anmut und Schönheit ließen ihn seit der ersten Begegnung nicht mehr los.

All das musste er aus seinen Gedanken streichen. Sie war eine Ordensschwester, mehr nicht. Dennoch tat es ihm weh, sie so verletzlich zu sehen und wie sie behandelt wurde. Gleichzeitig war er aufgebracht und wütend über sie.

„Und nun zu Euch, Schwester Maria. Seid Ihr verletzt?"

Ohne ein Wort schüttelte Anna den Kopf. Johannes Augen verengten sich. „Was macht Ihr überhaupt hier? Und warum reist Ihr alleine?"

Dabei war sein Ton etwas schärfer als Anna lieb war. Und sie konnte ihn nicht ertragen, zumal sie gerade eben von diesen Wegelagerern misshandelt wurde. Sie senkte den Blick. Ihr war elend zu Mute. Tränen rannen ihr über die Wangen. Sie hob den Kopf und schaute ihm gebannt in die Augen, die sie durchdringend anblickten. Er hatte sich offenbar ihren Namen gemerkt.

Er stand so nah bei ihr, dass ihr schwindelte. Seine Nähe brachte sie aus der Fassung. Was war los mit ihr? Schon beim ersten Mal als sie ihn sah, beschlich sie ein eigenartiges Gefühl, das sie nicht beschreiben konnte und nicht kannte. Sie wollte diesen Mann nicht belügen. Seine unverschämte Attraktivität, die sie aus der Fassung brachte, machte es aber nicht leichter. Was sollte sie ihm sagen!

Wenn sie ihm enthüllte, wer sie war, würde sie sich womöglich in noch größere Gefahr begeben. Er würde sie vermutlich zurück ins Schwesternhaus bringen. Und dann müsste sie sich ihrem Schicksal fügen. Hitze und Röte stiegen ihr in die Wangen als er mit seinem Blick ihren Körper eingehender betrachtete. Beschämt zog sie ihr ruiniertes Gewand zusammen, strich sich die Tränen von den Wangen und begann zu zittern.

„Nun, ich warte auf eine Antwort?“

Anna richtete sich innerlich auf. Plötzlich erwachte ihr alter Kampfgeist wieder. Was bildet er sich ein, derart mit ihr zu sprechen. Verwegen blickte sie auf seinen breiten Brustkorb und dann in seine bernsteinfarbenen Augen, die sie fixierten. Sie hob ihre Schultern an und holte tief Luft. Beide Arme stemmte sie energisch in ihre Hüften, wobei ihr das zerfetzte Gewand wieder auseinander rutschte und ihre kleinen Brüste zum Vorschein kamen.

„Was glaubt Ihr eigentlich, wer Ihr seid, so mit mir zu reden? Nach all dem, was ich durchgemacht habe. Wie ich feststellen muss, habt Ihr noch weniger Manieren als wir uns das erste Mal begegneten. Oder geht Ihr mit allen Frauen so um?“

Johannes musterte sie mit einem durchbohrenden Blick. Sie war wieder die, die er kennengelernt hatte. Energisch, frech, aufmüpfig und unverschämt schön. Wenn er es nicht besser wüsste, würde er behaupten, sie ist die verwöhnte Tochter eines Adligen. Seine Augen verengten sich. Sein Brustkorb hob und senkte sich. Er war nah dran, die Beherrschung zu verlieren.

„Ich glaube nicht, dass Ihr Euch in der Lage befindet, mich zu tadeln, meine Dame. Immerhin habe ich Euch vor Schlimmerem bewahrt."

Anna sah ihn unverwandt an. „Das ist mir bewusst und dafür bin ich Euch zu Dank verpflichtet. Aber deswegen braucht Ihr mich nicht zu behandeln wie ein dummes Kind. Zumal ich nicht einmal Euren Namen und Eure Herkunft weiß?"

Cun und Martin waren inzwischen fertig mit den drei Verbrechern und näherten sich belustigt ihrem Befehlshaber, der offenbar ihren Beistand benötigte.

„Wenn Du Hilfe brauchst, stehe ich Dir gerne zur Verfügung", meinte Cun mit einem schelmischen Lächeln.

„Halt Dich da raus, Cun", zischte Johannes und ließ Anna dabei nicht aus den Augen. Er würde ihr seinen richtigen Namen nicht preisgeben können. Er kannte sie nicht gut genug, um ihr vertrauen zu können. Zumal sie sich hier alleine in den Wäldern vor Stockach herumtrieb.

„Mein Name ist Conrad von Gutach. Meine Herkunft ist nicht von Bedeutung. Und nun sagt mir endlich, was Ihr hier zu suchen habt!"

Cun und Martin prusteten in ihre Hände und mussten ein Lachen unterdrücken. Aber sie wussten auch, dass es besser war, ihren Herrn jetzt nicht zu reizen.

„Nun gut", meinte Anna spitz. „Meinen Namen wisst Ihr bereits. Ich bin auf dem Weg nach Irslingen, eine befreundete Schwester zu besuchen. Ich will sie unterstützen, bei ihrer Arbeit. Das ist alles."

Johannes zog eine Augenbraue hoch. „Reist Ihr alleine?"

Arrogant hob sie ihr kleine Stupsnase. „Es ist nicht das erste Mal, dass ich alleine reise. Allerdings bin ich noch nie solch üblen Kerlen über den Weg gelaufen."

Johannes krampfte sich der Magen zusammen. Er war aufs Äußerste gereizt. Er hatte weiß Gott anderes zu tun, als sich mit einer aufmüpfigen Schwester herum zu ärgern. Es machte keinen Sinn, weiter darüber zu debattieren. Ihm wurde allerdings bewusst, dass er eine weitere Aufgabe hatte, sich auch noch um eine Ordensschwester zu kümmern. Sie mit nach Irslingen zu nehmen, war weniger das Problem.

Aber wie konnte er seine Gefühle für dieses wunderbare Geschöpf unterdrücken, wenn sie in seiner Nähe war. Er warf einen Blick zu den Pferden. Konnte eine Schwester reiten? Zum Glück hatten sie drei weitere Pferde. Wenn nicht, müsste sie bei ihm mit reiten. Aber diese Qual würde ihn wohl ganz um den Verstand bringen.

„Wie Ihr meint. Ab jetzt werdet Ihr in Begleitung sein. Unser Weg ist zufällig auch der Eure. Ansonsten hätte ich Euch wieder nach Überlingen gebracht!"

Anna starrte ihn erstaunt an und war sogleich erleichtert über dieses Angebot. „Ich nehme das Angebot gerne an, Ritter Conrad. Vielen Dank und verzeiht mein Auftreten. Ich werde mich bemühen, Euch nicht zur Last zu fallen und Euch in meine Gebete einschließen."

Cun, Martin und Jakob waren sich einig, dass der Ritt nach Irslingen nicht langweilig werden würde. Bedächtig ließ Johannes sein Blick über ihr fein geschnittenes Gesicht schweifen. Irgendein Gefühl sagte ihm, dass mit ihr etwas nicht stimmte. Sprach sie die Wahrheit? Ihre Haltung und Benehmen waren nicht die einer Ordensfrau. Ein kaltes Lächeln huschte über seine Züge. Er würde herausfinden, was mit ihr nicht stimmte!

„Könnt Ihr reiten?"

„Und ob", entfuhr es Anna. Ihr Herz machte einen Satz.

Johannes blickte sie entgeistert an. „Sie erstaunen mich immer wieder, Schwester Maria. Vielleicht wollt Ihr Euch noch zurecht machen, bevor wir weiter reiten. Mein Knappe Jakob wird Euch ein Pferd bringen und nun entschuldigt mich."

- ◆ -

Der kurze Ritt nach Stockach verlief ohne weitere Vorkommnisse. Sie warfen die drei Schurken in den Kerker. Johannes sorgte dafür, dass sie dort blieben bis Landgraf Eberhard über ihr weiteres Schicksal entscheiden würde. Von Stockach bis zur Nellenburg war es nicht mehr weit. Da sie wegen Schwester Maria keine Pause einlegen mussten, entschied er, noch vor Dunkelheit beim Landgrafen zu sein.

Überrascht stellte er fest, wie gut und schnell Schwester Maria reiten konnte, als hätte sie nie etwas anders gemacht. Und wieviel Freude sie daran hatte!

Es schien ihr keine Mühe zu machen, mit ihnen im schnellen Galopp mitzuhalten. Johannes versuchte, so wenig wie möglich neben ihr zu reiten. Ihren Liebreiz, ihr ganzes Wesen wollte er aus seinem Kopf verbannen.

Er wollte sich auf das Gespräch mit dem Landgrafen konzentrieren, was kaum möglich war. Immer wieder waren seine Gedanken bei dieser jungen hübschen Schwester und die Frage, was wäre, wenn sie keinem Orden angehörte. Er würde nicht zögern, um sie zu werben und ihr zu zeigen, wie es sich anfühlt, von einem Mann begehrt zu werden.

Er biss seine Zähne zusammen, so, dass seine Kiefermuskeln sich verspannten. Er musste diese Frau aus seinen Gedanken streichen. Für seinen Stand gab es nur eine Möglichkeit: eine Frau aus seinen Kreisen. Das war nun einmal so. Und wenn die Tochter von Paulus tatsächlich die Enkelin des Herzogs von Urslingen war, wird es ohnehin sein Schicksal sein, sie zu ehelichen. Oder wie sonst, sollte er sie aus dieser misslichen Lage befreien?

Es wäre ihm natürlich lieber gewesen, sich seine Zukünftige selbst zu wählen. Aber das war er Paulus schuldig. Auch wenn sie nicht sein eigenes Kind war, so hatte er sie doch geliebt.

Er dachte an das Gespräch mit dem Mönch Donatius. Sie sei eine Schönheit und genau die Richtige für ihn, sagte dieser. Aber warum fühlte er sich zu dieser kleinen Schwester so hingezogen? Den ganzen Weg über unterhielt sie sich mit seinen Männern, die es genossen, sie zu umgarnen. Wie verliebte Gockel führten sie sich auf. Wenn sie keine Schwester wäre, hätten die beiden seine Fäuste zu spüren bekommen. Spätestens morgen Abend wird er sich von ihr verabschieden müssen, nachdem er mit dem Herzog gesprochen hatte.

Plötzlich vernahm er ihren weiblichen Duft neben sich. „Ihr tragt ein großes Schwert, Ritter Conrad. Bestimmt trägt das Schwert einen Namen?“

Johannes bedachte sie mit einem fragenden Blick und überlegte, weshalb sich eine Frau, wie sie es war, in solchen Dingen auskannte?

„Wie kommt Ihr darauf?“, fragte er mit kritischem Blick.

„Mein Vater hat mir oft davon erzählt, dass ein Knappe, wenn er zum ehrbaren Ritter geschlagen wird, seinem Schwert einen Namen gibt.“

„Ihr seid gut informiert, Schwester Maria. Mein Schwert trägt den Namen Shanell. Der Name kommt aus dem Keltischen und heißt so viel wie Geschenk Gottes.“

„Und Euer Hengst?“

„Sein Name ist Frowin und das heißt..."

„Sagt mir nichts!", entgegnete Anna. „Es ist ebenfalls ein keltischer Name und bedeutet ‚kluger Freund'."

„Ihr erstaunt mich immer wieder, Schwester Maria. Man könnte fast meinen, Ihr seid mit Pferden groß geworden!"

Anna blickte ihn von der Seite an. Sie durfte ihm nicht allzu viel erzählen. Sie kennt ihn ja kaum.

„Mein Vater wusste sehr viel über Pferde, mehr möchte ich darüber nicht sagen."

Johannes bedachte sie mit einem kritischen Blick und war gleichzeitig von ihrer Anmut und Schönheit fasziniert. Diese Frau trägt ein Geheimnis mit sich herum. Und er würde derjenige sein, der es lüften würde, nahm er sich vor.

Er konnte es nicht deuten, aber die Furcht, sie nie wieder zu sehen, nie wieder ihrer herausfordernden Art ausgesetzt zu sein, drang wie eine dunkle Wolke in sein Innerstes.

Kurz vor Einbruch der Dunkelheit erreichten sie die Nellenburg. Eine Höhenburg, die auf einem Molassesporn über Stockach thronte. Die Burganlage am Westende des Bodensees, lag strategisch günstig, da man rundherum alles im Blick hatte und somit bei feindlichen Übergriffen schnell handeln konnte. Je nach Wetterlage, überblickte man den gesamten Höhgau. Die Burg anzugreifen, war nicht möglich, ohne gesehen zu werden. Von hier aus pulsierte die Macht, welche große Teile des Höhgaus umfasste. Der Landgrafschaft waren mehrere Städte, wie beispielsweise Stockach, Engen, und Tengen unterstellt, des Weiteren standen unzählige Dörfer, Höfe und Weiler unter ihrem Schutz.

Nach dem Aussterben der Staufer waren die Grafen von König Rudolf von Habsburg mit dem Amt des Landgrafen belehnt worden. Diese neurechtliche Landgrafschaft wurde aus der alten Amtsgrafschaft im Höhgau mit hoher Gerichtsbarkeit sowie der Landgrafschaft Nellenburg gebildet und schloss diese als gesonderten Rechtsbezirk ausdrücklich mit ein.

Als sie das Haupttor passierten, blickte Johannes zum runden Hauptturm hinauf. Alles war ihm vertraut. In den Jahren, die er hier verbrachte, hielt er sich oft auf dem Turm auf und schaute Richtung Bodensee. Immer dann, wenn ihn wieder das Heimweh plagte. Es war kaum eine Woche her, dass er die Nellenburg verließ. Mit einem Auftrag des Grafen, von dem er annahm, ihn ohne besondere Vorkommnisse ausführen zu können. Aber so wie sich die Dinge entwickelten, bedurfte es mehr als ein paar Männer, die für Ordnung sorgen sollten. Insgeheim hoffte er sehr, Ritter Heinrich anzutreffen, der ihn in dieser Angelegenheit bestimmt unterstützten würde. Vielleicht wusste er ihm auch einen Rat, bezüglich Anna von Urslingen und ihrer angeblichen Familie. Und dann war da noch Peter von Hewen, der, wenn alles gut verlief, auch hier sein müsste.

Als sie in den Burghof ritten, begrüßten ihn einige Leute mit einem Kopfnicken, als wäre er nie weg gewesen. Es war ein vertrautes Gefühl. Hier war Jahre lang sein zweites Zuhause. Johannes hoffte, dass sie ihn nicht mit seinem Namen begrüßten, denn dann würde seine Tarnung auffliegen hinsichtlich seiner falschen Identität. Das Glockenläuten der Burgkapelle zum heiligen Sebastian und Sankt Gangolf erinnerte ihn an den Tag seiner Abreise. Als Dank dafür, dass er als einziger seiner Familie das Unglück überlebt und nun zum Ritter geschlagen wurde, suchte er die Kapelle auf. Gleichzeitig waren seine Gedanken auch bei seinen Eltern, die er nie kannte und die sicherlich stolz auf ihn gewesen wären.

Anna fiel auf, wie ihm die jungen Frauen sehnsüchtige Blicke zu warfen. Vermutlich gab es viele, die der Versuchung nicht widerstehen konnten, ihn für sich zu gewinnen, dachte Anna. Sie war noch jung und unberührt. Aber was zwischen Mann und Frau sein konnte, hatte ihr Maria, die Frau des Stallmeisters auf Bodman einmal erklärt.

„Ihr scheint hier sehr bekannt zu sein, Ritter Conrad?"

„So ist es. Ich war schon des Öfteren hier auf der Nellenburg."

„Ich habe noch nie eine solch imposante Burg gesehen", plauderte Anna wissbegierig weiter.

Johannes grinste sie schelmisch an. „Ich dachte, Ihr kommt viel herum, Schwester Maria?"

Argwöhnisch verzog Anna den Mund. „Ja, aber nur in Schwesternhäuser und bei Bedürftigen."

Johannes zügelte seinen Hengst und schwang sich aus dem Sattel, was seine Männer ebenfalls taten.

„Jakob! Reibe Frowin gut ab und gib ihm etwas Hafer."

Johannes streckte die Arme aus und half Maria aus dem Sattel. Bei ihrer Berührung durzuckte es seinen Körper. Wie leicht sie war. Und ihre wohlgeformten Brüste. Für einen Moment verlor er sich in ihren wunderschönen blauen Augen, die die Farbe des Sees hatten und sich je nach Laune veränderten. Und wieder waren es ihre Augen, die ihn an jemanden erinnerten. Dennoch kannte er keine Frau, die mit solchen Augen gesegnet war.

Sie trat einen Schritt zurück, um Abstand zu gewinnen. Immer wenn sie in seiner Nähe war fühlte sie ein seltsames Kribbeln. Es fühlte sich an, als stünde sie in Flammen.

Bedächtig ließ Johannes seinen Blick über ihr schönes Gesicht gleiten. Für einen kurzen Moment gab es nur sie. Außer dem Klirren des Zaumzeugs seines mächtigen Hengstes, vernahm er nichts. ‚Was verbirgt sich wohl hinter diesem schönen Antlitz?‘ Er konnte es einfach nicht glauben, dass sie eine einfache Schwester sein sollte. Zumal ihre Hände keinerlei Schwielen aufwiesen.

Anna verharrte kurz in seinem Blick. Als sie bemerkte, wie ihre Wangen brannten, wandte sie sich abrupt ab. Ihr Puls raste. Er war nun einmal erschreckend attraktiv, auf eine männliche Art, die sie aus der Fassung brachte. Sie wusste nicht, was sie davon halten sollte und was er über sie dachte, wenn er sie mit seinen Blicken verschlang.

„Ich werde hier warten, bis Ihr wiederkommt“, sagte sie energisch, um den Bann zwischen ihnen zu brechen.

Johannes fuhr herum. „Nichts dergleichen werdet Ihr tun. Ihr begleitet uns in die Halle. Ich werde eine Magd bitten, sich um Euch zu kümmern. Und ich will keine Diskussion darüber!“

Cun und Martin legten ihm die Hand auf die Schulter und lächelten ihn verschmitzt an.

„Mach Dir keine Sorgen", sagte Cun. „Schwester Maria weiß sich schon, zu helfen."

„Davon bin ich überzeugt! Und genau das, bereitet mir Sorgen."

- ◆ -

„Das kann doch alles nicht wahr sein!"

Graf Eberhard war außer sich und schleuderte seinen Becher in den Kamin. Zornig schritt er in seinem Arbeitszimmer auf und ab. Auch Heinrich von Stoffeln, der ebenfalls mit anwesend war, schien entrüstet über die Nachricht von Johannes.

„Wenn all die Burgen im Höhgau in diese Sache verwickelt sind, brauchen wir mehr als einen guten Plan."

„Ausgenommen die der Freiherren von Stoffeln," entgegnete Heinrich mit einem vorwurfsvollen Blick.

„Ja, aber das wird nicht ausreichen, um den Herren, das Handwerk zu legen", konterte der Graf und wandte sich an Johannes.

„Was habt Ihr hinsichtlich meines Auftrags in Erfahrung gebracht?"

Johannes lehnte sich in seinen Stuhl zurück und blickte Graf Eberhard nachdenklich an. „Wir waren zuerst bei Wölflin von Hewen, der sehr aufgebracht wirkte, was die Raubzüge betrifft. Danach begaben wir uns zur Stoffelburg, die uns ebenfalls ihre Unterstützung zusicherten. Was ich zu dieser Zeit nicht wusste, war, dass Wölflin in dieser Sache ein falsches Spiel spielte und mich im Glauben ließ, dass er die Überfälle genauso unterbinden wolle."

„Wie meint Ihr das?"

„Der Mönch versicherte mir, dass die Hewenburg auch mit dem Raubhandel im Bunde ist."

„Diese feige Bande!“, zischte Eberhard.

„Da ist noch etwas“, fuhr Johannes fort. „Seinen Bruder Peter hatte er mit uns geschickt, als Unterstützung für unser Vorhaben.“

„Du meinst wohl, als Spitzel?“, fragte Heinrich und verzog misstrauisch sein Gesicht.

„Das wiederum wird sich noch heute Abend herausstellen“, antwortete Johannes spitz.

„Was soll das heißen?“

„Nach dem Gespräch mit dem Jungen, den wir aus den Fängen der abtrünnigen Halunken befreiten, wusste ich, dass mit Wölflin etwas nicht stimmte. Als wir uns kurz vor Überlingen befanden, schickte ich Peter zurück zu seinem Bruder, um irgendetwas in Erfahrung zu bringen. Er versicherte mir, er wolle mit den Machenschaften von Wölflin nichts zu tun haben.“

„Traust Du ihm?“, fragte Heinrich.

„Ja, durchaus.“

„Nun gut.“ Eberhard füllte seinem Becher mit Wein nach und seufzte schwer. „Die beiden Brüder waren schon immer grundverschieden. Man wird sehen, ob er sich auf die gute Seite stellt. Dieser Friedingen, sagt Ihr, nahm Kaufleute aus Kaufbeuren gefangen?“

„Ja, und nicht nur das. Sie liegen schon seit geraumer Zeit mit der Stadt im Streit. Einer der Kaufleute war ein angesehener Bürger von Kaufbeuren, den sie nur für eine Summe von siebenhundert Heller freigaben.“

Heinrich schüttelte mit dem Kopf und verzog argwöhnisch sein Gesicht. „Die Krähenburg ist schon seit einiger Zeit dafür bekannt, ein berüchtigtes Raubritternest zu sein. Schon lange treiben sie hier ihr Unwesen, das weiß jedermann! Bisher konnte man allerdings darüber hinwegsehen. Auch mit ihren Nachbarn, der Burg Mägdeberg hegen sie eine Fehde."

Johannes kniff die Augen zusammen. „Ich glaube, sie sind wirtschaftlich soweit heruntergekommen, dass ihnen das Wasser bis zum Hals steht. Auch hier im Umland belagern sie Wege, verlangen Wege Zoll und nehmen Kaufleute gefangen, indem sie ihnen Zollvergehen vorwerfen."

„Zum Teufel! Warum weiß ich nichts davon?", schmetterte der Graf in die Runde.

„Niemand hatte bisher ein Wort darüber verloren. Die Menschen haben Angst und schweigen, in der Hoffnung, nicht noch mehr zu verlieren. Sie machen auch nicht Halt vor wehrlosen Bürgern." Johannes nahm einen Schluck aus seinem Becher und erzählte weiter. „Besonders schlimm scheint ein gewisser Hauptman Hans von Rechberg zu sein. Der mischt überall mit, wo es etwas zu holen gibt und unterstützt die Raubritterschaft mit all seiner Macht."

Graf Eberhard fuhr sich gereizt durch seine leicht ergrauten Haare. „Rechberg. Dieser abtrünnige Taugenichts!"

Heinrich kniff die Augen zusammen. „Ich hatte noch nie das Vergnügen mit diesem Herrn!"

„Er ist stets an Fehden und Raubzügen beteiligt", erwiderte Eberhard.

„Die Herrschaft Falkenstein und Schildeck gehören zu seinem Territorium. Als sein Vater Heinrich starb, erbte er die Herrschaft über Gammertingen-Hettingen, die darüber nicht allzu begeistert war. Überall, wo er seine Finger im Spiel hatte, hinterließ er eine Blutspur."

„Der Mönch wusste von einem Raubhaus auf der Höri, dass diesem Rechberg dient, seine Beute zu lagern. Unter anderem macht er auch Jagd auf Handelsschiffe auf dem Bodensee", sagte Johannes.

„Vor zwei Tagen wurde wieder ein Schiff auf dem Untersee geplündert", meinte Heinrich. „Keiner weiß, woher die Plünderer auf dem See so schnell kamen."

„Wir müssen handeln bevor es zu spät ist", entgegnete Eberhard aufgebracht. „Jeden Tag bekomme ich eine neue Nachricht über ein weiteres geplündertes Dorf. Sie schrecken vor nichts und niemandem zurück."

Und an Johannes gewandt, „wie sieht es in Bodman aus? Gab es dort auch schon Übergriffe?"

Johannes verzog grimmig seinen Mund und legte die Stirn in Falten. „Ich war gerade einmal einen Tag auf der Bodman. Soweit ich weiß gab es keine Vorkommnisse. Bis auf eine Sache." Er drehte seinen Becher nachdenklich in seiner Hand herum. Sein Gesicht trat auf einmal kantig hervor.

„Ungefähr vor einem Monat tauchte Hans Wilhelm von Friedingen auf der Bodman auf, um Pferde zu erwerben. Dabei hatte er nicht nur die Tochter des Burgvogts bedrängt. Ein paar Tage später fand man unseren Vogt mit einer tödlichen Verletzung."

Heinrich fuhr herum. „Was sagst Du da! Paulus ist tot?“

Johannes nickte und fuhr fort. „Das ist noch nicht alles. Friedingen hat das Mädchen von Bodman holen lassen, unter dem Vorwand, sie sei nicht die Tochter von Paulus, sondern eine Nichte von Reinhold von Urslingen. Herzog Reinhold sei der Bruder von Annas Vater Konrad, der in Italien als Herzog von Spoleto gefallen ist. Da die Mutter nicht mehr lebte, hätten sie das Kind in die Obhut von Paulus und seiner Frau gegeben.“

„Konnte er das belegen?“, fragte Heinrich erbost.

Johannes erhob sich von seinem Stuhl, begab sich an eines der Fenster und blickte auf den Burghof hinunter. „Friedingen übergab meinem Großvater einen entsprechenden Brief mit dem Siegel des Herzogs.“

„Und wo ist das Mädchen jetzt?“, fragte Graf Eberhard.

Johannes fuhr herum. Sein Gesichtsaustruck war gequält und angespannt zugleich. Er versuchte seine Wut und Hilflosigkeit zu bezähmen. Wie ein Schleier hatte sich das Bild von Schwester Maria in seinem Kopf festgesetzt. Gleichzeitig wusste er, dass es unsinnig war, Gefühle für eine Ordensschwester zu hegen. Sein Schicksal war es nun einmal, Anna von Urslingen aus den Fängen dieses Teufels zu befreien.

„Das wissen wir nicht! Es gibt keinerlei Hinweise. Nur so viel, dass Friedingen sie zu seiner Frau haben will. Aber das werde ich mit allen Mitteln zu verhindern wissen. Keine Frau hat es verdient, unter diesen Banditen zu leben. Und ich bin mir sicher, dass er Paulus auf dem Gewissen hat.“

„Du solltet jetzt nichts überstürzen“ meinte Heinrich beruhigend. „Ich kann verstehen, dass Du Dich für das Mädchen einsetzen willst. Aber wir müssen einen kühlen Kopf bewahren. Wenn wir Friedingen seine Schandtaten nachweisen können, wird sich vermutlich das Herzogtum Urslingen von ihm abwenden und der Heirat ohnehin nicht zustimmen."

„Solange kann ich nicht warten", sagte Johannes mit einer entschlossenen Miene und wandte sich Graf Eberhard zu.

„Graf, wir haben gewiss viele Probleme zu lösen, aber dies ist eine Angelegenheit, die ich unserem Burgvogt schuldig bin und um die ich mich kümmern muss."

Eberhard seufzte tief und ging ein paar Schritte auf Johannes zu.

„Ich schätze Euch sehr, Ritter Johannes. In all den Jahren, die ich Euch kenne, habt Ihr stets Eure Entscheidungen gründlich durchdacht. Ihr habt in dieser Angelegenheit natürlich meine volle Unterstützung. Wenn Ihr wollt, schicke ich noch heute einen Boten nach Irslingen, um den Herzog über die Machenschaften von Friedingen zu unterrichten. Ihr wisst, ich brauche Eure Unterstützung jetzt mehr, denn je was die Raubherrschaft betrifft. Ihr könnt Euch nicht um beide Dinge kümmern."

Johannes versuchte sich zu sammeln. Er warf einen Blick zu seinem ehemaligen Lehrherrn und dann wieder zu Graf Eberhard. Energisch schob er sein Kinn vor.

„Graf, ich versichere Euch, dass ich Eure Sache nicht aus den Augen verlieren werde. Ihr könnt Euch auf mich verlassen. Trotz allem werde ich noch heute nach Irslingen reiten, um den Herzog persönlich zu sprechen.

Und ich bin mir sicher, dass ich bei ihm auch einiges zu den

Machenschaften von Friedingen in Erfahrung bringen werde."

„Wie meint Ihr das denn?", fragte Eberhard und verzog argwöhnisch sein Gesicht.

Johannes räusperte sich und fuhr sich mit der Hand durchs Haar. Er wollte Graf Eberhard noch nicht alles offenlegen, was er über die Urslingen in Erfahrung gebracht hatte. Vielleicht konnte er noch Schlimmeres abwenden, was die feine Familie betraf, zumal er eine Vermählung mit Anna nicht ausschließen konnte. Es stand ihm nicht gerade der Sinn danach, eine Frau zu ehelichen, deren Familie mit unsauberen Geschäften im Bunde war.

„Ich meine nur, wenn Paulus Tochter eine von Urslingen ist und Friedingen sich für das Mädchen interessiert, liegt es doch sehr nahe, dass sie Verbündete sein könnten", gab Johannes zur Antwort. „Außerdem haben wir auf dem Weg hierher eine Ordensschwester aufgegabelt. Ich gab ihr mein Wort, sie nach Irslingen zu bringen."

Ritter Heinrich musterte ihn kritisch. „Ich muss schon sagen, für einen jungen Ritter hast Du Dir allerhand Arbeit zugelegt."

Johannes verzog seinen Mund. „Ihr habt mir beigebracht, dass es nie leicht sein wird, für eine gute Sache zu kämpfen!"

„Das ist wahr", fügte der Graf hinzu. „Aber nun sollten wir uns überlegen, wie wir weiter verfahren sollen, gegen die abtrünnigen Adligen."

- ◆ -

Ein Klopfen an der Tür ließ sie herumfahren. Ein junger Bursche streckte den Kopf zur Tür herein.

„Verzeiht, Graf Eberhard, wenn ich störe. Draußen steht Ritter Peter von Hewen, der Euch dringend sprechen will."

„Herein mit ihm!"

Mit ernsten Mienen musterten sie den jungen Ritter. Peter verbeugte sich vor Graf Eberhard und stellte sich galant vor. Mit einem verstohlenen Blick zu Johannes begrüßte er Ritter Heinrich. Johannes war erleichtert, Peter zu sehen, jedoch war er gespannt, was Peter zu berichten hatte. Jetzt würde sich herausstellen, auf welcher Seite er steht. Es überfielen ihn Zweifel, ob er mit ehrlichen Absichten hier sei.

„Was habt Ihr uns zu berichten, Ritter von Hewen? Wir gehen davon aus, dass Ihr Euch für unsere Seite entschieden habt!"

„Sonst wäre ich nicht hier", entgegnete Peter angespannt.

Graf Eberhard spürte, wie nervös der junge Ritter war. „Setzt Euch und schenkt Euch etwas Wein ein. Und erzählt, was Ihr in Erfahrung gebracht habt."

Johannes nickte ihm zu und bedachte ihn mit einem fragenden Blick. „Wie ist es Dir ergangen, bei Deinem Bruder?"

„Er war nicht gerade begeistert davon, mich so schnell wieder zu sehen. Es ist so, wie Du vermutet hast. Er wollte wissen, wie Dein weiteres Vorgehen ist."

„Du hast ihm aber nichts erzählt von dem Franziskaner Mönch?"

„Natürlich nicht. Ich versicherte ihm, dass es nichts zu berichten gäbe, was mir allerdings eine Ohrfeige einbrachte. Über die geheimen Machenschaften meines Bruders konnte ich nichts in Erfahrung bringen. Also wandte ich mich an meine alte Amme, die mir stets loyal zu Seite stand."

Peter trank einen Schluck und erzählte weiter. „Mein Bruder scheint hoch verschuldet zu sein. Um wieder an Reichtum zu kommen, hat er sich mit Werner von Schienen verbündet."

„Ich wusste es doch", schnaubte Johannes. „Ich mochte diesen Kerl noch nie."

„Du sprichst mir aus der Seele. Vor kurzem gab es ein geheimes Treffen auf der Hewen. Anwesend waren Werner von Schienen, Hans Wilhelm von Friedingen und Hans von Rechberg, der die Abtrünnigen als Hauptmann unterstützt. Bei ihren Verhandlungen waren sie so laut, dass die alte Amme alles hören konnte. Anscheinend ging es um Grund- und Lehenzinsen, die immer weniger werden."

„Diese Tölpel", schimpfte der Graf, „haben wohl noch nicht bemerkt, dass der Handel und das Handwerk immer mehr zu nehmen. Jahrzehnte lang haben sie ihre Bauern ausgebeutet. Die, die es nicht verstehen, mit der Zeit zu gehen, kommen natürlich stark in Bedrängnis. Und gerade diese vier Burgherren sind bekannt dafür. Nun bekommen sie die Rechnung präsentiert."

„Da gibt es noch mehr", meldete sich Peter zu Wort. „Sie planen demnächst einen Überfall am Untersee Richtung Stein am Rhein. Anscheinend sind dort größere Handelsschiffe unterwegs. Woher sie kommen, konnte ich nicht in

Erfahrung bringen. Ich weiß nur eins. Ich schäme mich für meinen Bruder. Soweit hätte es nicht kommen dürfen."

„Hat er irgendetwas bemerkt? Ist er argwöhnisch geworden Dir gegenüber?", fragte Johannes.

„Ich denke nicht. Den Vorschlag, wieder für Schienen arbeiten zu wollen, hat er mir untersagt. Ich soll weiterhin die Ziele von Dir und der Landgrafschaft verfolgen und ihn auf dem Laufenden halten."

„Ritter von Hewen, Ihr habt uns Eure Loyalität bewiesen. Wir danken Euch dafür und natürlich Euch, Ritter Johannes, dafür das Ihr uns stets eine Nasenlänge voraus seid", sagte Eberhard mit zusammengekniffenen Augen. „Aber jetzt meine Herren, benötigen wir einen Plan, wie wir vorgehen".

„Wir brauchen mehr Verbündete", meldete sich Heinrich. „Die Stoffelburg wird nicht ausreichen, die Raubritter in die Knie zu zwingen! Und ich denke, Bodman hat auch nur eine kleine Anzahl an kampferprobten Männern."

„Da stimme ich Euch zu", ergänzte Johannes.

„Es hilft nichts. Wir brauchen ein Heer, sie in die Knie zu zwingen", sagte Eberhard Zähne knirschend.

Johannes ließ seinen Blick nachdenklich in die Runde schweifen und zog seine Augen zusammen.

„Was wir brauchen, ist eine starke Gemeinschaft, um unsere Macht zu stärken. Nicht nur wegen der Raubritter. Es kommt eine Zeit, da die umliegenden Fürstentümer ihre Hände nach Macht ausstrecken werden, um hier im Süden Fuß zu fassen."

„Du überraschst mich immer wieder aufs Neue", presste Heinrich hervor. „Was geht Dir im Kopf herum?"

„Ganz einfach. Wir gründen einen Ritterbund, um unsere Macht nach außen zu festigen."

Die Männer blickten ihn verdutzt an.

„Wie soll das funktionieren?", fragte Eberhard und strich sich mit einer Hand über sein Kinn.

„Verzeiht, Graf! Aber auf Dauer wird eine Herrschaft nicht mehr ausreichen, die umliegenden Adligen zu kontrollieren."

„So ist es", stieß Peter hervor. „Die Hewen könnte noch gut dastehen, wenn Wölflin seine Bauern nicht ausgemergelt hätte. Schon seit geraumer Zeit haben sie angefangen, sich gegen ihn aufzulehnen."

Johannes rückte sich auf seinem Stuhl zurecht und Heinrich drehte sich dem Grafen zu.

„Ritter Peter hat recht. Die Nachkommen, die die Höfe weiterführen sollten, ziehen in die Handelsstädte, um ein Handwerk zu erlernen, damit es ihnen besser geht."

Graf Eberhard erhob sich und stellte sich ans Fenster. Er ließ seinen Blick über das vor ihm liegende schöne Höhgau schweifen. Alles konnte er sehen. Die imposanten Höhgauberge, einst von vulkanischer Urgewalt erschaffen, prägen sie hier die Landschaft, mit ihren gewaltigen Burgen, die sich machtvoll und gebieterisch auf jedem dieser Kegelberge erhoben. Ein Gebiet, das sich von Konstanz bis an die Seite des Überlinger Sees und bis zum Hochrhein erstreckt, aber auch die junge Donau und Stockach miteinschließt.

‚Der junge Bodman hatte recht. Wir brauchen hier neue Gesetze, um das untergebene Volk vor immer mehr Machenschaften zu schützten. Gesetze, an die sich auch ein jeder dieser Landvögte und Burgherren zu halten hatte. Einen Bund, der für Gerechtigkeit und Ordnung sorgen wird.'

Sein Blick fiel auf die mächtige Festung Twiel, die auf dem schräg abfallenden Vulkanberg eine der größten, uneinnehmbaren Burgen im Höhgau war. Die Burg stand derzeit unter dem Befehl von Casper von Klingenberg. Ein Neffe der Gebrüder Albrecht und Ulrich. Sie waren schon immer eine der führenden Familien in der Region.

Albrecht war Bischoff von Konstanz, Abt des Klosters Reichenau und Kanzler des Reiches. Sein Bruder Ulrich hatte eine hohe Stellung als Reichsvogt von Konstanz inne. Außerdem waren sie königliche Berater und genossen am Hofe ein hohes Ansehen. ‚Solch ein Verbündeter wäre von großer Bedeutung für ihr Vorhaben', dachte Eberhard und wandte sich wieder an die Ritter, die auf eine Antwort warteten.

„Ich werde noch heute Boten losschicken, zur Hohentwiel und zur Burg Mägdeberg. Sie sind die Einzigen, die wir für unser Vorhaben auf unsere Seite ziehen könnten und die nichts mit den Raubzügen zu tun haben."

„Ritter Heinrich, Ihr begebt Euch gleich Morgen zur Mägdeburg und legt unser Anliegen vor. Ich selbst werde Casper von Klingenberg darüber in Kenntnis setzten und meinerseits morgen früh zur Hohentwiel reiten. Ich werde über eine mögliche Vereinigung zu einem Ritterbund mit Klingenberg verhandeln."

„Dann denkt Ihr also ernsthaft über ein solches Bündnis nach?“, fragte Johannes.

„So ist es“, antwortete Graf Eberhard. „Wie Ihr schon sagtet, Johannes, es wird Zeit, dass wir für Ordnung sorgen und das geht nur in einer starken Gemeinschaft.“

„Und aus wem soll dieser Bund bestehen?“, meldete sich Heinrich zu Wort.

„Aus Rittern wie Ihr es seid, meine Herren. Angesehene Bürger aus dem Städtebund, Stockach, Radolfzell oder Überlingen, Herren, Grafen und Ritter des Landes Schwaben, die ehrenhaft leben und nicht nur an ihren Vorteil denken.“

Eberhard trat vor Peter von Hewen und bedachte ihn mit einem ernsten Blick. „Seid Ihr bereit, für unsere Sache zu kämpfen? Wenn nicht, muss ich Euch in Gewahrsam nehmen bis die Ordnung wiederhergestellt ist.“

„Graf, ich versichere Euch meiner Loyalität. Was habe ich schon zu verlieren, außer, dass mein Bruder mich in seine Machenschaften mit hineinzieht.“

„Nun gut. Ihr reitet Morgen mit Ritter Johannes nach Irslingen. In genau zwei Tagen treffen wir uns alle auf der Festung Hohentwiel. Bis dahin arbeite ich mit Casper von Klingenberg einen Plan aus, wie wir weiter vorgehen.“

„Ich schlage vor, dass wir uns jetzt in die Halle begeben, um das Nachtmahl einzunehmen. Morgen früh treffen wir uns nach Sonnenaufgang wieder.“

Mit einem ernsten Blick wandte er sich an Johannes.

„Es tut mir leid, aber die Reise nach Irslingen könnt Ihr erst morgen früh fortsetzen. Noch eins, will ich Euch sagen, Johannes. Eure Idee eine Gemeinschaft zu bilden, ist eine gute Sache, die ich gleich vorantreiben werde.“ Eberhard verzog seinen Mund zu einem Lächeln.

„Die Reichsritter von Bodman traten schon immer für etwas Gutes ein. Ich kannte Euren Vater gut! Er wäre stolz auf Euch.“ Eberhard klopfte ihm auf die Schulter. „Ihr seid wahrlich ein Bodman.“

Johannes nickte, trank seinen Wein aus und erhob sich.

„Ich danke Euch, Graf. Auch uns in Bodman liegt sehr viel daran, in Frieden leben zu können. Aber da wäre noch etwas. Mit Verlaub, Graf Eberhard. Ich bitte darum, dass Schwester Maria beim Abendmahl an meiner Seite Platz nimmt.“

Eberhard grinste schelmisch. „Hat das einen besonderen Grund?“

„Nun, das werdet Ihr sehen, wenn Ihr sie kennenlernt.“

Nacheinander verließen sie das Arbeitszimmer des Grafen.

„Das muss ja eine besondere Schwester sein?“, fragte Heinrich neugierig, als sie die Treppe zur Halle hinunter schritten.

„Ich sage Euch, Heinrich, noch nie ist mir eine derart hübsche, aufmüpfige Schwester über den Weg gelaufen wie diese. Damit es keine weiteren Probleme gibt, ist es besser, sie in meiner Nähe zu wissen.“

- ◆ -

„Wo zum Teufel ist sie?“, fragte Johannes mit zusammen gekniffenen Augen.

Cun, der das Ganze ziemlich belustigend fand, meinte, „soviel ich weiß, wollte sie zu dem kleinen Teich unterhalb des Burghofes, um sich zu waschen.“

„Waschen? Eine Ordensschwester, am Teich?“, stieß Johannes entsetzt hervor und warf Cun einen zornigen Blick zu. Mit großen Schritten eilte er die Treppe hinunter, die zum Burghof führte und setzte den Weg fort in Richtung des Weihers. Oft war er selbst vor dem Abendmahl unten am Wasser baden gegangen. So hoffte er indes, heute nur die Schwester anzutreffen. Weit und breit war niemanden zu sehen, nur eine kleine zierliche Gestalt, die sich einen Krug Wasser über ihr langes, glänzend schwarzes Haar goss.

Mein Gott! Wie war sie doch schön! Die Strahlen der Abendsonne umspielten ihr fein geschnittenes Gesicht. Das hässliche Gewand lag neben ihr auf dem Boden. Durch ihr dünnes Untergewand konnte man ihre üppigen weiblichen Rundungen erkennen. Eine sanft geschwungene Taille mit wohlgerundeten Hüften offenbarten sich Johannes, ganz zu schweigen von ihren wohlgeformten Brüsten.

‚Wie schön sie ist!‘ Sein Atem ging schwer als er sie anstarrte und sie mit seinen Blicken verschlang. Unbändiges Verlangen überkam ihn.

Er stellte sich vor, wie sie neben ihm lag, ihren Körper an seine Brust presst, wie er sie streichelte, sie küsste, um ihr ein Stöhnen zu entlocken. Er kannte das Begehren und die

Leidenschaft. Aber noch nie war er einer Frau begegnet, die ihn derart faszinierte. Er konnte seinen Blick nicht von ihr abwenden.

Mit einem Mal kam er sich schäbig vor. Was ist, wenn sie Ihn entdeckte, er sie in ihrer Privatsphäre störte. Gerade wollte er sich zurückziehen, als sie sich umdrehte und ihn erschrocken anstarrte. Verlegen drehte er den Kopf zur Seite. Er könnte sich ohrfeigen dafür, dass er sie in diese Situation gebracht hat. Ritterlich war das ganz und gar nicht.

Mit weit aufgerissenen Augen sah Anna ihn an. Ohne ihren Blick abzuwenden, griff sie nach ihrem Gewand und bedeckte damit ihre Brüste. Johannes drehte seinen Kopf wieder in ihre Richtung. Das Blitzen in ihren Augen fesselte ihn. Es schien ihr nicht allzu viel auszumachen, so vor ihm zu stehen. Im Gegenteil, ihre Gesichtszüge nahmen einen energischen Ausdruck an, den er schon des Öfteren zu sehen bekommen hatte. Vielleicht lag es an ihrer furchtlosen Art, mit der sie ihn fixierte oder der Art, ihm gegenüber keinerlei Schwäche zeigen zu wollen. Jedes Mal, wenn sie ihm so gegenüberstand, setzte sein Verstand aus.

Da sie eine Ordensschwester war, beunruhigte ihn das noch mehr. Er war es durchaus gewohnt von Frauen angestarrt zu werden. Sie allerdings schaute ihn nicht begehrlich an, sondern forderte ihn stets heraus. Sie erwiderte seinen Blick und machte sich zum Kampf bereit, sich nichts gefallen zu lassen.

‚Was bildet der sich ein', dachte Anna. Immer noch das Gewand an ihre Brust gepresst, nahm sie all ihren Mut zusammen und lief auf ihn zu. Energisch schob sie ihr Kinn vor und blitzte ihn an.

„Was fällt Euch ein, mich so anzustarren! Habt Ihr kein ritterliches Benehmen gelernt!“

Johannes biss seine Zähne zusammen und setzte sich in Bewegung. Wenn sie keine Schwester wäre, hätte er sie am liebsten gleich hier und jetzt genommen oder ihr den Hintern versohlt. Er bemühte sich, sie nicht anzustarren.

‚Bei allen Heiligen, ihr Körper war dafür geschaffen, liebkost zu werden! Ihre Brüste waren klein, hatten jedoch genau die richtige Größe, sie mit einer Hand zu umschließen. Entsetzt bemerkte er, wie ihm der Schweiß ausbrach. ‚Reiß dich zusammen!‘, dachte er. ‚Das Ganze hat keine Zukunft!‘

Johannes stellte sich direkt vor sie hin. „Könnt Ihr mir erklären, weshalb Ihr ohne Aufsicht ein Bad nehmt. Ich habe angeordnet, in der Halle auf mich zu warten. Ist das etwa zu viel verlangt?“

„Ich wusste nicht, dass es den ganzen Nachmittag dauern würde. Außerdem war mir nach einem Bad. Auch Schwestern waschen sich gelegentlich“, meinte Anna aufgebracht.

„Aber nicht ohne weibliche Begleitung und nicht in aller Öffentlichkeit! Ich muss schon sagen, Ihr habt nicht gerade das Benehmen einer Ordensschwester!“

Anna starrte in seine wilden, bernsteinfarbenen Augen, die sie drohend durchbohrten. Unwillkürlich rann ihr ein Schauer durch ihren Körper, als sie seine Nähe spürte.

„Das gleiche kann ich von Euch auch behaupten!“

„Schwester Maria, Ihr tut gut daran, mich nicht zu reizen, sonst bringe ich Euch wieder dahin zurück, wo Ihr hergekommen seid!“

Ihre Brust hob und senkte sich vor Erregung. Er war ihr jetzt so nah, dass sie seinen Herzschlag hören konnte.

„Ich würde jetzt gerne mein Gewand überziehen! Wenn Ihr so nett wäret, Euch umzudrehen.“

Johannes grinste anzüglich. Sein Zorn verrauchte als er auf ihre kleinen, wohl geformte Brüste hinuntersah. Eine innere Stimme sagte ihm, dass dieses Mädchen ein Geheimnis verbarg. Und diese Augen! Wo hatte er bloß diese Augen schon einmal gesehen? Behutsam legte er seine Hand unter ihr Kinn und hob es leicht an.

Johannes fixierte sie und verlor sich in ihren saphirblauen Augen. Sanft strich er ihr mit dem Daumen über ihre ebenmäßige Wange. Anna erstarrte und hielt seinem Blick stand. Sie atmete geräuschvoll ein und rang nach Luft.

Sein Anblick war betäubend. Die muskulösen Arme und Schultern, sein ganzer Oberkörper strahlten eine gewisse Macht aus, die sie erschauern ließ. Sie wusste nicht, was sie mit seiner arroganten Selbstsicherheit anfangen sollte.

In den Tiefen seiner Augen sah sie Klugheit und Wärme. Sein Mund war sinnlich und verlockend zugleich. Seine Augen funkelten vor Leidenschaft.

Was war los mit ihr? Die Wärme seiner Hände, diese Berührung gab ihr ein Gefühl der Vertrautheit. Was er in ihr auslöste, war neu für sie. Dieser Ritter weckte einen Hunger, den sie noch nicht deuten konnte. Tief in ihrer Seele wusste sie, dass sie sich auf ihn verlassen konnte, dessen war sie sich sicher.

„Ich denke, Ihr seid nicht das, wofür Ihr Euch ausgebt,

Maria! Eure Hände sehen nicht aus, als würdet Ihr jeden Tag im Garten arbeiten. Das tun Schwestern doch bekanntlich?“

Erschrocken zuckte sie zurück. „Wie meint Ihr das?“

„Genau wie ich es sagte. Und ich werde herausfinden, was sich hinter Eurem schönen Antlitz verbirgt.“

Anna wandte sich ab und ging einen Schritt zurück. Der Bann, der sie beide umwob, war gebrochen.

„Ich habe Euch nichts zu sagen! Und selbst wenn, könntet Ihr mir auch nicht helfen.“

„Wie Ihr meint, Schwester Maria. Aber Ihr solltet mich nicht unterschätzen und verzeiht, dass ich Euch zu nahekam. Zieht Euch an, danach sehen wir uns beim Abendmahl, das Ihr neben mir einnehmen werdet!“

- ◆ -

Schweigend ritten sie in schnellem Tempo hintereinander her. Johannes hatte einen Gesichtsausdruck, dass keiner sich traute, ihn etwas zu fragen. Der Ritt nach Irslingen war für ihn die reinste Qual. Er versuchte so gut es ging, einen großen Abstand zu Schwester Maria zu halten. Was ihn in Wahrheit aber noch mehr beschäftigte, war, dass er sie gerne bei sich vorne auf seinem Pferd gehabt hätte, ihren Körper an den seinen gepresst. Aber es half nichts. Bevor er noch ganz den Verstand verlieren würde, war es besser, sie nicht in seiner Nähe zu haben.

Er erinnerte sich an Worte von Ritter Heinrich, als er noch in der Ritterlehre war. ‚Frauen und Männer sind grundverschiedene Wesen. Ihr Denken und Handeln, ist für uns Männer oft schwer zu verstehen und wenn Du sie liebst, wird es oft zur Qual'.

‚Liebe', dachte Johannes, ‚darüber habe ich noch nie nachgedacht'. An Frauen hat es ihm nie gemangelt. Sie waren da, wenn ihm danach war. Und danach strich er sie gleich wieder aus seinen Gedanken. Aber diese kleine zierliche Schwester beschäftigte ihn von der ersten Stunde an und ging ihm nicht mehr aus dem Kopf. Obwohl er wusste, dass es für sie und ihn keine Zukunft geben konnte, zermürbten diese Gedanken sein Innerstes. Gerade jetzt aber sollte er seinen Kopf für andere Dinge einsetzen, die für seine Zukunft wichtig waren. Er dachte an Anna. Ob Sie wohl genau so schön war, wie Maria? Schnell verwarf er den Gedanken wieder. ‚Noch schöner wohl kaum!' Seine Laune verschlechterte sich zunehmend.

Anna zügelte ihr Pferd und lenkte es an Cuns Seite. „Sagt, Cun, wie weit ist es noch?“

„Nicht allzu weit, man kann schon die Umrisse und den Wohnturm der Burg Urslingen erkennen. Noch bevor die Dunkelheit hereinbricht, sind wir da.“

Cun blickte sie von der Seite an. ‚Es ist ein Jammer, dass sie eine Ordensschwester ist.‘ Auch die Haltung, wie sie auf dem Pferd sitzt, gab ihm Rätsel auf. All das sprach dagegen, dass sie eine gewöhnliche Schwester war.

„Wie ist es auf der Burg?“, fragte Anna neugierig.

„Ich weiß es nicht, ich war noch nie dort. Fragt Ritter Conrad, der kennt sich hier besser aus.“

Anna seufzte. „Ich denke, das ist keine gute Idee. Ritter Conrad scheint heute nicht bester Laune zu sein.

„Da gebe ich Euch Recht, Schwester. Irgendetwas scheint ihn zu beschäftigen.“

Anna wusste, was in ihm vorging. Auch beim gestrigen Abendmahl war er sehr wortkarg gewesen. Was unten am Weiher zwischen ihnen geschehen war, überwältigte ihr ganzes Denken und Fühlen. Er hatte sie begehrt mit jedem seiner Blicke. Und was noch schlimmer war, ihr ging es ebenso. Sie hatte die ganze Nacht kein Auge zu getan. Immer hatte sie sein Bild vor Augen. Aber sie durfte ihm nicht sagen, wer sie war. Die Gefahr, wieder zu den Schwestern gebracht zu werden, war zu groß. Sie musste ihren Weg alleine gehen, auch wenn sie das Risiko einging, ihn nie wieder zu sehen. Je näher sie der Burg kamen, umso mehr überfiel Anna Angst. Wie sollte sie sich ihrem Onkel gegenüber verhalten?

Was war er für ein Mensch? Und wie waren ihre Eltern? So viele Fragen gingen ihr plötzlich durch den Kopf.

Und was noch schlimmer war, vor all den Antworten fürchtete sie sich mehr denn je. Anna war müde und schloss für einen Moment die Augen. Da sie die ganze Nacht wach gelegen hatte und den ganzen Tag unterwegs war, fühlte sie sich erschöpft und ausgelaugt.

Die Burg Urslingen war eine kleinere Höhenburg und nicht zu vergleichen, mit der neuen Burg Bodman, dachte Anna. Sie schien nicht im besten Zustand zu sein. Die Innenmauer war schwer beschädigt. Auch der Wohnturm, der sich drohend in den Himmel emporhob, war reparaturbedürftig.

Hier wurde sie also geboren! Dies sollte ihr Zuhause sein? Voller Angst, was auf sie zukommen würde, hielt Anna die Zügel fester. Würde ihr Onkel bereit sein, ihrem Wunsch nachzukommen, sie nicht zu verheiraten?

Als sie in den Burghof ritten, schweifte ihr Blick zum Wohnturm hinauf. Wie sollte sie jetzt vorgehen? Bisher hatte sie sich darüber keine Gedanken gemacht. Ritter Conrad wird sie als Schwester Maria vorstellen. Dabei würde sie es fürs Erste belassen. Nach seiner Abreise aber, wollte sie sich dem Herzog zu erkennen geben. Etwas Besseres fiel ihr im Moment nicht ein.

Johannes zügelte seinen Hengst vor den breiten Stufen, die zum Wohnturm führten. Oben auf dem Treppenvorplatz stand erhobenen Hauptes ein Mann, der, wie sie erkennen konnte, schwarz grau melierte Haare hatte. Sein Gesichtsaustruck sah durch seinen starken Vollbart beängstigend aus. Was sie allerdings noch mehr verunsicherte, waren die hohe Stirn und seine Augenpartie. Sie erkannte eine gewisse Ähnlichkeit. Was sollte Sie tun? Sie durfte ihm jetzt auf keinen Fall gegenübertreten. Ihr stand der Schweiß auf der Stirn. Übelkeit und Verzweiflung überfiel sie.

„Kommt!“

Anna fuhr herum. Johannes streckte seine Arme aus, um ihr aus dem Sattel zu helfen. Als er sie auf den Boden stellte, atmete sie durch und blickte besorgt zum Portal hinauf.

„Ich denke, es ist besser, wenn ich mich jetzt von Euch verabschiede“, sagte sie mit einem verängstigten Blick. Johannes kniff die Augen zusammen und schaute sie nachdenklich an.

„Wollt Ihr den Herzog nicht begrüßen?“

Ihre Hände verkrampften sich in ihrem Gewand. „Nein. Ich bin nur hier, um nach meiner Freundin zu sehen, mehr nicht. Seht mich nicht so grimmig an, unsere Wege trennen sich hier.“

Sie wollte das nicht. Innerlich sträubte sich alles in ihr. Am liebsten wäre sie ihm um den Hals gefallen. Alles was sie sich gewünscht hätte, war, dass er sie jetzt küssen möge. Aber, das war nicht möglich. Sie trug eine Ordenstracht. Seine Züge wurden weicher. Dachte er das Gleiche wie sie? Schon fast zärtlich hob er ihr Kinn an.

„Ich bedauere sehr, dass Ihr Euch dem Schwesternorden zugewandt habt, Maria. Wenn Ihr dieses Gewand nicht tragen würdet, würde ich Euch jetzt auf der Stelle küssen.“

Anna schossen Tränen in die Augen. Warum war ihr Leben so kompliziert geworden.

„Ritter Conrad, oft sind die Dinge nicht so, wie sie auszusehen scheinen. Lebt wohl und habt Dank für alles, was Ihr für mich getan habt."

Mit gesenktem Kopf wandte sie sich ab und lief über den Burghof zu einer der Frauengruppen, die neugierig dastanden und ihre Köpfe zusammenstreckten.

Johannes blickte ihr wehmütig nach und dachte, ‚was für eine Verschwendung. Was hatte sie wohl damit gemeint, über Dinge, die nicht so seien, wie sie aussehen? Und wie bekomme ich je ihr Bild aus meinem Kopf?'

- ◆ -

Mit ernster Miene schritt Johannes die Stufen zum Eingangsportal hinauf, gefolgt von seinen Männern. Mit seiner hünenhaften Statur und seinen markanten Wangenknochen strahlte er einen unglaublichen Willen aus.

„Johannes von Bodman, was führt Euch zu mir? Kommt herein und geniest meine Gastfreundschaft."

Johannes bemerkte gleich, wie nervös der Herzog war. Mit seiner Größe überragte er den Herzog um eine Kopflänge. Reinhold von Urslingen wies eine Magd an, Essen und Wein aufzutragen. Johannes nickte seinen Männern zu, sich zu setzten, nur er selbst blieb stehen.

„Verzeiht, Herzog. Das, was mich hierherführt, würde ich gerne unter vier Augen mit Euch besprechen."

Reinhold runzelte die Stirn und fuhr sich mit einer Hand durch seinen Bart. Dieser junge Bodman schien genau zu wissen, was er wollte. Er sollte ihn wohl nicht unterschätzten. Sein herrisches Auftreten zeugte von ritterlicher Ehre und einer gewissen Verbissenheit. Was darauf schließen ließ, dass er sein Anliegen vermutlich sehr genau nehmen würde.

„Wie Ihr wollt", entgegnete Reinhold ein wenig mürrisch, „folgt mir in mein Arbeitszimmer."

Johannes bedachte den Herzog mit einem kritischen Blick, während dieser ihm einen Becher Wein einschenkte.

„Setzt Euch doch, Ritter von Bodman, und lasst hören, wo Euch der Schuh drückt."

„Da ich nicht viel Zeit habe, fasse ich mich kurz", sagte Johannes mit ernster Miene.

„Wie ich hörte, habt Ihr eine Nichte, namens Anna, die von klein auf in der Obhut unseres Burgvogtes war?"

Reinhold drehte langsam seinen Kopf herum. „Ihr seid gut informiert, Ritter Johannes! Sie müsste ungefähr in Eurem Alter sein. Sie ist meine Nichte, daran gibt es keinen Zweifel. Sie ist die Tochter meines Bruders Konrad. Ihre Mutter Verena von Krenkingen verstarb bei der Geburt, mein Bruder war seinerzeit in Italien. Noch im selben Jahr fiel er bei den Kämpfen um das Herzogtum Spoleto. Da mein anderer Bruder Heinrich und ich selbst uns ebenfalls zu dieser Zeit in Italien aufhielten, gab man das Kind in die Obhut der Eheleute Händler. Wir kannten Paulus durch seinen Pferdehandel. Da dessen Ehe kinderlos blieb, kam ihnen das ganz gelegen. Insofern wuchs das Kind in Bodman auf."

Reinhold lief nervös auf und ab. „Ich gebe zu, keiner hatte sich danach mehr um das Mädchen gekümmert, was ich natürlich sehr bedauere. Aber das ist nun mal nicht mehr zu ändern."

Johannes Züge verfinsterten sich. „Dann könnt Ihr mir bestimmt erklären, warum Ihr Euch gerade jetzt wieder daran erinnert, eine Nichte zu haben?"

„Sie ist in einem heiratsfähigen Alter", platzte es aus Reinhold aufgebracht hervor. „Wenn alles gut geht, wird sie die Frau von Hans Wilhelm von Friedingen."

Johannes zog sich der Magen zusammen. Er war kurz davor, die Beherrschung zu verlieren. Seine Kiefermuskeln fingen an zu zucken. Ruckartig stand er auf, stemmte beide Arme in die Hüften und fixierte den Herzog. „Ihr meint den Friedingen, der mordet und raubt und im ganzen Höhgau als Raubritter gilt, und der wohl der Letzte ist, den ein ehrbares Mädchen heiraten wollte!“

„Ach, das sind doch nur alles Gerüchte!“, schnaubte Reinhold.

„Dann will ich Euch gerne eines Besseren belehren, Herzog. Und hört genau zu, was ich Euch jetzt sage. Ich weiß von Eurer Verbindung zu Friedingen. Und ich weiß auch von Euren finanziellen Schwierigkeiten. Die aber könnt Ihr nicht mit einem Verbrecher wie diesem, lösen. Es wird nicht mehr lange dauern, dann wird man ihm das Handwerk legen. Das gebe ich Euch schriftlich! Solltet Ihr noch einen Funken ritterliches Ehrgefühl haben, dann wendet Euch ab von dessen unehrenhaften Machenschaften, bevor es zu spät ist.“

Reinhold nahm einen kräftigen Schluck und schaute Johannes argwöhnisch an. Auf seiner Stirn standen Schweißperlen und ihm wurde zunehmend unwohler.

„Ihr nehmt Euch ein wenig zu viel heraus, junger Bodman. Was wisst Ihr schon von meinen Problemen? Das Vermögen, das wir hatten, verloren wir zum größten Teil in Italien. Hinzu kommt, dass die Höfe immer weniger einbringen.“

Johannes runzelte die Stirn. „Herzog! Es ist noch nicht zu spät, sich auf die gute Seite zu schlagen!“

Reinhold begab sich an seinen Schreibtisch und setzte sich. Nachdenklich fuhr er mit der Fingerkuppe über den Rand seines Bechers.

„Ich habe Friedingen mein Wort gegeben, dass er Anna ehelichen könne. Er bot mir im Gegenzug viel Geld dafür, was ich nicht ablehnen konnte. Allerdings sind mir seine Machenschaften schon längst zuwider. Wenn ich aber einen Rückzieher mache, fürchte ich um mein Leben."

Er seufzte tief. „Ich kenne meine Nichte nicht und weiß nicht einmal wie sie aussieht."

„Wisst Ihr, wo sie ist?"

„Friedingen hat sie nach Überlingen gebracht in ein Schwesternhaus. Dort sollte sie bleiben, bis ihm danach ist, sie zur Frau zu nehmen", antwortete Reinhold bedrückt.

Johannes traute seinen Ohren nicht. „Schwesternhaus sagt Ihr?"

„Ja bei den Barmherzigen Franziskaner Schwestern. Warum fragt Ihr?"

„Genauso eine Schwester war in unserer Begleitung hierher."

Reinhold machte große Augen. „Dann ist sie hier?"

„Davon gehe ich aus. Ich hatte die ganze Zeit ein ungutes Gefühl, was Sie betraf. Ihr Benehmen und ihre Haltung waren nicht danach, wofür sie sich ausgab."

Nun verstand er, was sie damit meinte, als sie sich Lebewohl sagten. ‚Dieses kleine Biest!', dachte Johannes und die beiden Grübchen um seinen Mundwinkel fingen an zu zucken. Das war also seine Anna! Das Mädchen, mit dem er seine Kindheit verbrachte und die seine Frau werden soll! ‚Wie es wohl wäre, sie in ihrem Schwesterkleid zu küssen und wie rebellisch sie darauf reagieren würde.‘

„Ich möchte sie kennenlernen“, sagte Reinhold und erhob sich von seinem Stuhl. Johannes zog die Augenbrauen hoch und hob eine Hand.

„Zuerst möchte ich Euch erklären, weshalb ich ursprünglich gekommen bin.“

Wie ein Wolf, der seine Beute fixierte, blickte er den Herzog an. „Nicht Friedingen, sondern ich werde Anna zur Frau nehmen“, sagte er in einem gefährlich leisen Ton. „Außerdem will ich von Euch wissen, was dieser Friedingen noch so alles treibt, außer jungen Frauen aufzulauern.“

Reinhold verschlug es die Sprache. „Ich kann Euch keine Mitgift zusichern“, setzte er entgegen. Nervös fuhr er sich durch seine Haare. „Und was mache ich mit Friedingen?“

„Das lasst meine Sorge sein. Um den kümmere ich mich! Und eine Mitgift, brauche ich nicht. Um Euren finanziellen Verlust auszugleichen, biete ich Euch 1300 Heller, die innerhalb eines Jahres, in Abständen beglichen werden. Das sollte Euch genügen, um wieder auf die Beine zu kommen. Im Gegenzug will ich von Euch wissen, was Friedingen als Nächstes vorhat. Ansonsten sehe ich mich gezwungen, Euer Handeln und Mitwissen über die Plündereien an die Landgrafschaft Nellenburg weiterzuleiten. Und ich verspreche Euch, solltet Ihr Eure Nichte an Friedingen ausliefern, werde ich das zu verhindern wissen, so wahr ich Johannes von Bodman heiße!“

Reinhold bedachte ihn mit einem mürrischen Blick. „Ihr erpresst mich?“

„Nein, ich bitte Euch darum. Aber Ihr tut gut daran, dieses Angebot anzunehmen, um Euch und Euer Ansehen halbwegs wieder reinzuwaschen. Ein besseres gibt es nicht! Und bevor ich es vergesse, ich gehe nicht aus diesem Raum, ohne ein von Euch unterschriebenes Dokument, das besagt, dass Herzogin Anna meine Frau wird!"

„Ihr traut mir wohl überhaupt nicht?"

„Ich traue keinem, wenn ich ihn nicht gut genug kenne! Und diesem Friedingen am aller wenigsten!"

Reinhold musterte ihn argwöhnisch. Eine familiäre Verbindung mit einem Bodman wäre in seiner momentanen Situation von großem Nutzen. Sie sind Reichsministeriale. Einflussreich, bedeutend und wie es scheint auch wohlhabend.

„Wie mir scheint, liegt Euch sehr viel an meiner Nichte!"

Johannes fuhr herum und musterte ihn mit zusammengekniffenen Augen. „Ich habe sie kennengelernt. Es wäre ein Jammer, sie in den Händen von einem Taugenichts zu wissen."

„Nun gut", räusperte sich Reinhold. „Es wird wohl das Beste sein. Ich habe schon viel zu viel Schuld auf mich geladen. Einmal muss das Ganze ein Ende haben. Ich hoffe, meine Nichte verzeiht mir meine Beweggründe."

Mit gesenktem Kopf begab sich der Herzog an seinen Schreibtisch, um das Bündnis zwischen dem Herzogtum Urslingen und der Ritterschaft von Bodman zu besiegeln.

- ◆ -

Mit versteinerter Miene galoppierte Johannes über das Land. Sein Gefolge hatte Mühe, ihm zu folgen. Bis zur Festung Hohentwiel war es noch gut einen halben Tag. Jeden Winkel auf der Burg hatten sie nach Anna abgesucht. Aber es gab auch nicht den kleinsten Hinweis für ihr Verschwinden. Nur ein Wachmann bemerkte, dass sie durch das Haupttor ritt. Was waren ihre Beweggründe?

Johannes erinnerte sich an den Moment, als sie es plötzlich so eilig hatte, sich zu verabschieden. Ängstlich blickte sie zum Wohnturm hinauf, dort, wo der Herzog stand. Sie hatte vermutlich Angst vor ihm und vor dem, was sie erwarten würde.

Johannes versuchte nachzudenken. Wohin würde sie gehen? Sie konnte noch nicht weit sein, soviel stand fest.

‚Was, wenn sie diesem Friedingen in die Hände fiel?' Er wollte nicht daran denken, wie dieser Widerling Anna zu nahekommen könnte. Immer wieder hatte er ihre schönen blauen Augen vor sich, die ihn feurig anblitzten. Ihr langes schwarzes Haar, das sich in Wellen über ihre Schulter ergoss.

Ich werde nicht ruhen, bis ich sie gefunden habe, nahm er sich vor. Dann mussten Eberhard und Klingenberg eben warten. Wie würde sie wohl reagieren, wenn er ihr sagte, dass er sie heiraten wolle? Und wie sollte er ihr erklären, dass er einen falschen Namen trug?

So wie er sie kannte, wird sie ihn wohl erst einmal wütend zurechtweisen. Wie auch immer. Eine ebenbürtige Partnerin wie sie, die genau wie für ihn geboren zu sein schien, muss wohl Gottes Fügung sein. Und Langeweile wird es mit ihr bestimmt nicht geben, zumal sie auch lesen konnte, dachte Johannes und lächelte in sich hinein.

- ◆ -

„Na, sieh mal einer an! Welch niedliches Kätzchen haben wir denn da?"

Anna fuhr erschrocken zusammen. Fünf schwer bewaffnete Männer in Rüstungen versperrten ihr den Weg. Ihr Pferd fing nervös an zu tänzeln, so dass sie Mühe hatte es im Zaum zu halten. Einer der Männer zog langsam seinen Helm über den Kopf. Sie traute ihren Augen nicht. Es war Friedingen. Ihr stand der Schweiß auf der Stirn. War sie dazu verdammt, nur vom Pech verfolgt zu werden?

Mit einem hämischen Grinsen im Gesicht, musterte er sie von oben bis unten. „Bestimmt könnt Ihr mir erklären, warum Ihr Euch alleine ohne Schutz in dieser Gegend herumtreibt?"

Anna versteifte sich und wappnete sich zum Angriff. „Ich denke, das geht Euch nichts an", erwiderte sie panisch.

Friedingen lenkte seinen Hengst an Annas Seite und blickte sie energisch an. Sein Aussehen war alles andere als ansehnlich. Sein schlechter Atem schlug ihr entgegen, dass ihr übel wurde.

Dass schulterlange schwarze Haar war ungepflegt und hing ihm bis in die Augen hinein.

Durch seine wulstigen Lippen wirkte sein Gesicht widerlich und abstoßend. Seine rot unterlaufenen Augen starrten sie gierig an, was ihre Angst noch mehr beförderte.

Dennoch hielt sie seinem Blick stand.

„Soweit ich unterrichtet bin, solltet Ihr bei den Barmherzigen Schwestern in Überlingen sein? Oder seid Ihr etwa auf einer Pilgerreise?“

Die Männer hinter ihm brachen in schallendes Gelächter aus.

„Macht Euch nur lustig über mich“, entgegnete Anna aufgebracht. „Ihr könnt mir nicht vorschreiben, wohin ich gehe oder was ich tue!“

„Da irrt Ihr Euch aber gewaltig, mein hübsches Kind. Ihr seid Herzogin Anna von Urslingen und in Kürze werdet Ihr meine Gemahlin sein. Und ich werde jede Minute davon genießen!“

Annas Augen weiteten sich. Sie verzog abfällig ihre Lippen. „Das wagt Ihr nicht!“

„Und ob! Euer Onkel Reinhold gab mir sein Wort darauf.“

Anna musterte ihn unbewegt. Vor Wut und Verzweiflung stiegen ihr Tränen in die Augen. Wie einen schlechten Traum hatte sie das Bild vor Augen, als er sie im Pferdestall auf Burg Bodman bedrängte.

Kurze Zeit später wurde ihr Vater tot aufgefunden. Jetzt erst verstand sie die fürchterlichen Zusammenhänge.

„Ihr wart es, der meinen Vater auf dem Gewissen hat?“

Friedingen verzog spöttisch seinen Mund. „Es war ein fairer Kampf, wobei Paulus leider den Kürzeren zog. Das Ganze hätte er verhindern können, wenn er einer Heirat mit Euch zugestimmt hätte.“

„Ihr seid so widerlich!“ Anna wurde schlecht. Sie hatte Mühe, sich auf dem Pferd zu halten. „Damit werdet Ihr nicht durchkommen!“

„Was regt Ihr Euch auf? Er war doch gar nicht Euer Vater!“

„Ihr seid so erbärmlich!“

Am liebsten hätte sie ihm ins Gesicht geschlagen. Es gab viele Arten von Grausamkeit. Aber das konnte nicht ihr Schicksal sein. Sie nahm die Zügel fest in die Hand und machte sich bereit, zu fliehen.

„Lieber sterbe ich, als mit Euch mein Leben zu verbringen!“, schleuderte sie ihm ins Gesicht und gab ihrem Pferd die Sporen.

Friedingen setzte ihr hinterher, packte sie und zog sie auf seinen Schoß. Schreiend setzte sich Anna zur Wehr und schlug mit beiden Händen um sich. Dabei versetzte sie Friedingen einen Hieb in die Augen, dass er ins Straucheln kam und sie fallen ließ. Anna fiel unsanft auf den harten Boden. Benommen stand sie auf und rannte in Richtung der vor ihr stehenden Bäume.

Friedingen, der sich erst einmal sammeln musste, erstarrte, als er das riesige Schlachtross auf sich zu stürmen sah. Er war wie vom Blitz getroffen. Fassungslos erkannte er eine hünenhafte Gestalt, gekleidet mit nur einem Kettenhemd und einer Haube, die drohend ein Schwert schwang, gefolgt von einer kleinen Gruppe ebenfalls bewaffneter Männer. Ruckartig zog er die Zügel seines Pferdes herum und flüchtete in die andere Richtung.

Johannes trieb seinen Hengst zu einem halsbrecherischen Galopp an und preschte an Anna vorbei.

„Kümmert Euch um Anna!“, schrie er seinen Männern zu, „lasst sie nicht aus den Augen!“

‚Wer war dieser verdammte Kerl?', überlegte Johannes. Er war ihm jetzt ganz nah auf den Fersen, als er plötzlich vier weitere Männer auf der Flucht entdeckte. Abrupt zügelte Johannes sein Pferd. Dieser Feigling würde seinen Zorn ein anders Mal zu spüren bekommen. Enttäuscht, seinen Gegner nicht erwischt zu haben, wendete er sein Pferd.

Anna kniete zusammengekauert auf dem Boden. Ihre Arme fest um sich geschlungen, schluchzte sie hemmungslos. Johannes stieg schwungvoll aus dem Sattel und warf einen Blick auf seine Männer.

„Diese feigen Hunde!", zischte Martin.

„Es war Friedingen und seine Spießgesellen", sagte Peter mit unbewegter Miene. „Ich erkannte sein Gesicht."

Johannes Miene verfinsterte sich. Wütend biss er seine Zähne zusammen. „Beim nächsten Mal kommt er mir nicht so davon. Und nun lasst mich einen Augenblick alleine, aber haltet die Augen offen. Du Jakob, kümmerst Dich um Frowin."

Mit gesenktem Schwert in der Hand und immer noch verärgert, drehte er sich langsam zu Anna um. Nicht auszudenken, was alles hätte passieren können, wenn er nicht zu Stelle gewesen wäre.

Seine Angst um sie überwältigte ihn. Er steckte sein Schwert in die Schwertscheide zurück, zog Anna behutsam zu sich hoch und nahm sie in seine Arme.

Anna konnte sich nicht beruhigen. Schluchzend legte sie ihren Kopf an seine breite Brust. Mit einer Hand fuhr er ihr tröstend durch ihr zerzaustes Haar.

„Es ist vorbei, Anna!“

„Er hat meinen Vater umgebracht“, brachte sie zitternd hervor. „Und was noch schlimmer ist, ich soll seine Frau werden.“

- ◆ -

Plötzlich löste sie sich vom ihm und blickte Ihn erstaunt an. „Ihr wisst, wer ich bin?“

Johannes hob sachte ihr Kinn an, so dass sie ihm direkt in die Augen sah.

„Kaum hast Du wieder Boden unter den Füssen, hast Du schon wieder ein freches Mundwerk. Ich glaube, wir sollten uns jetzt einmal genauer gegenseitig vorstellen, meinst Du nicht auch!“

Sie wandte sich von ihm ab und ließ ihren Blick über die grüne Landschaft schweifen. Mit einem tiefen Seufzer fing sie an zu erzählen.

„Dass mein Vater nicht mein Vater war, erfuhr ich erst nach seinem Tod. Auch, dass meine leiblichen Eltern nicht mehr am Leben waren und ich des Herzogs Nichte sein soll. Dass Friedingen Paulus umbrachte, erfuhr ich heute von ihm selbst. Nach seinem Tod brachte man mich zu den Schwestern nach Überlingen. Johann von Bodman konnte mir in dieser Angelegenheit nicht helfen. Er meinte, an Hand des Briefes, den die Männer bei sich hatten, wären ihm die Hände gebunden. Zuerst wusste ich nicht, warum? Im Schwesternhaus erfuhr ich dann, dass der Herzog von Urslingen für mich eine Vermählung in Betracht zöge. Für mich brach eine Welt zusammen. Nach vier Wochen hielt ich es nicht mehr aus. Ich musste etwas unternehmen und begab mich alleine auf den Weg nach Irslingen. Ich wollte den Herzog bitten, mich nicht zu verheiraten. Ich wollte wieder nach Bodman. Dort ist mein Zuhause. Aber als ich ihn gestern sah, bekam ich plötzlich Zweifel und ergriff die Flucht, um endlich nach Bodman zurückzukehren.“

Anna ließ verzweifelt ihren Kopf hängen. „Außerdem! Wie soll sich der alte Burgherr von Bodman ohne mich zurechtfinden, solange der junge Burgherr sich anderwärts herumtreibt!"

Johannes zog die Stirn kraus. Ein belustigtes Lächeln spielte um seinen Mund.

Immer noch mit dem Rücken zu Johannes, wischte sie sich mit einer Hand die Tränen aus dem Gesicht. „Wäre der junge Herr auf Bodman gewesen, hätte er bestimmt eine Lösung gefunden, da bin ich mir sicher!"

„Davon bin ich überzeugt", sagte Johannes in ruhigem Ton und ließ sie nicht aus den Augen. „Ich denke, im Moment treibt er sich herum, um eine widerspenstige hübsche Schwester zum wiederholten Male aus den Fängen von gesetzlosen Halunken zu helfen."

Gebannt wartete er darauf, wie sie wohl reagieren würde?

Langsam drehte sie den Kopf und blickte ihn verwundert an. Immer noch die Augen voller Tränen, nahm sie die hünenhafte, breitschultrige Gestalt vor sich wahr. Eingehend betrachtete Anna sein markantes Gesicht.

Bei genauerem Hinsehen erkannte sie die harten Züge, die auch Johann von Bodman zu Eigen waren, vermutlich auch das Erbe seines verstorbenen Vaters. Seine Haltung war stolz und unbeugsam. Es waren die Augen, die von Anfang an ihre Aufmerksamkeit erregten, die sie durchbohrten, bis in ihr Innerstes. Das dunkelblonde Haar und die Grübchen um seine Mundwinkel ließen ihn unwiderstehlich wirken. Warum war ihr das nicht schon früher aufgefallen?

„Du bist Johannes?“, brachte sie leise hervor, als würde sie sich fürchten, den Namen auszusprechen. „Warum hast Du mir das verschwiegen?“

Johannes blickte sie wehmütig an. „Ich wusste nicht, wer Du bist. Da ich in einer geheimen Mission unterwegs war, durfte ich meinen wahren Namen nicht preisgeben. Ich hoffe, Du kannst mir das verzeihen!“

Anna straffte ihren Körper. Ihr Gesicht nahm einen entsetzten Ausdruck an. „Verzeihen?“, fuhr Anna ihn wütend an. „Alles wäre für mich besser verlaufen, wenn ich bei unserer ersten Begegnung Deine wahre Herkunft gewusst hätte!“

Für einen Moment herrschte eine eigenartige Stille, als ob die Welt stillstehen würde. Beide Augenpaare waren auf einander gerichtet. Behutsam ging er einen Schritt auf sie zu und stellte sich nahe vor sie hin. Wie durch einen Nebelschleier hindurch vernahm er ihren liebreizenden Duft. Sein Verlangen sie zu berühren, war übermächtig. Langsam hob er seine Hand und strich ihr zärtlich eine schwarze Locke aus ihrem Gesicht. Anna ließ es geschehen und hielt seinem Blick stand.

„Lass uns noch einmal von vorne anfangen“, sagte Johannes in sanftem Ton.

Anna blickte ihn fragend an. „Als wir Kinder waren, warst Du mein bester Freund. Du warst mein Held. Warum hast Du mich nie aufgesucht, wenn Du auf Bodman warst? In all den Jahren vernahm ich nur das Eine, der Junge Herr war da und ist auch schon wieder weg!“

Johannes blickte in ihre schönen blauen Augen, die ihn verletzlich anblickten. „Anna, es tut mir leid! Meine Besuche auf Bodman waren leider stets von kurzer Dauer. Es war nie viel Zeit für private Belange. Und da Du zu jener Zeit noch nicht auf der Burg wohntest, verloren wir uns aus den Augen. Aber jetzt bin ich hier und ich werde nicht zulassen, dass Dir irgendein Leid geschieht. Ich habe mit dem Herzog gesprochen, alles wird gut werden, Anna! Allerdings nur wenn Du das tust, was ich Dir sage."

Anna zog die Stirn kraus. „Was soll das heißen?"

Johannes war bis aufs Äußerste angespannt. Es wird wohl das Beste sein, wenn er es ihr in kurzer Form erklärte.

„Anna! Ich sehe keine andere Möglichkeit, Dich von diesem Friedingen zu entbinden, als dass Du meine Frau wirst. Und ich denke, Du hast keine andere Wahl."

Erschrocken fuhr sie zurück. Ihre Augen weiteten sich. „Keine Wahl? Was bildest Du Dir ein, Johannes von Bodman! Ich könnte genauso gut mein Leben bei den Barmherzigen Schwestern in Überlingen fortführen! Das wäre würdiger, als mich von irgendwelchen machthungrigen Herren verschachern zu lassen."

Ein dunkler Schatten umwölkte Johannes Gesicht. Seine Kiefermuskeln fingen an zu zucken.

„Anna, Du bist von edler Herkunft! Eine Frau wie Du es bist, überlässt man nicht einfach dem Schicksal irgendwelcher Intrigen. Du bist eine Frau, die einem Mann gehören sollte. Es wäre traurig, Dich in einem Kloster zu wissen. Ich vermute, bei den Schwestern wirst Du nicht das finden, was Du Dir von Deinem Leben vorgestellt hast!"

Leicht drehte sie den Kopf zur Seite und blickte ihn von der Seite an. Sie war zu stolz, um zuzugeben, dass er genau der Richtige war, mit dem sie gerne ihr Leben verbringen würde.

Seine Attraktivität brachte sie jedes Mal aus dem Gleichgewicht. Aber hatte er genau die gleichen Gefühle wie sie? Oder wollte er sie nur aus Ehrgefühl zur Frau nehmen? Energisch hob sie wieder ihren Kopf.

„Ich will keinen Mann, der mich nur der Umstände wegen heiratet!"

Johannes sog scharf die Luft ein und trat wieder vor sie hin. Mit einer Hand umfasste er ihr Kinn und zwang sie, ihn anzusehen, dabei wurden seine Augen zu schmalen Schlitzen.

„Glaub mir, mein Engel, meine Beweggründe sind von ganz anderer Natur. Dein Liebreiz und Deine Schönheit gingen mir seit unserer ersten Begegnung nicht mehr aus dem Kopf", sagte er mit einer tiefen, rauen Stimme, die sie erröten ließ. „Du bist alles, was ein Mann sich wünscht, Anna!"

Ein schwaches Lächeln spielte um seinen schön geformten Mund. Anna versuchte, seinem eindringlichen Blick standzuhalten. Ihr Herz pochte so stark, dass er es bestimmt hören kann, dachte sie. Zitternd schob sie das Kinn hervor und blickte in seine schönen, bernsteinfarbenen Augen, die in einem goldenen Braun leuchteten und ihr ein merkwürdiges Gefühl durch den Körper jagten.

Johannes legte sanft einen Arm um ihre Taille und zog sie behutsam zu sich heran. ‚Wollte er sie hier und jetzt verführen, nur um seinen Willen zu bekommen? Oder hegt er wahre Gefühle für mich?', durchfuhr es Anna.

Sanft ließ er seine Hand über ihren Rücken gleiten und presste sie fest an sich. Zitternd legte Anna ihre Hände an seine Brust und konnte die Wärme seiner Haut spüren.

Sie nahm seinen männlichen Geruch nach Leder und Schweiß wahr und ein ihr unbekanntes Gefühl breitete sich in ihrem Bauch aus. Hitze durchströmte ihren Körper. Sie war wie benommen. Es war sinnlos, sich gegen die Macht dieser Gefühle zu wehren. Jede Bewegung seiner kräftigen Muskeln konnte sie an ihrem Körper spüren. Seine männliche Begierde, die sich an ihren Körper presste, schien sie völlig einzuhüllen. Gegen diese Stärke war sie machtlos. Noch nie in ihrem Leben hatte sie sich so schwach und hilflos gefühlt, wie in diesem Moment.

Johannes hob seine Hand und zeichnete die Linien ihrer Wangen und ihrer Lippen nach. Seine Zärtlichkeit jagte ihr ein Beben durch ihren Körper. Sie schaute ihn mit großen Augen an, als seine Hand bis zu ihrer Kehle hinunterglitt. Behutsam beugte er ihren Kopf und blickte sie zögernd an. Seine Augen waren dunkel und funkelten vor Begierde. „Du bedeutest mir sehr viel mehr als nur das Abkommen irgendwelcher machthungrigen Herren, mein Engel", raunte er ihr ins Gesicht.

Noch nie hatte er eine Frau derart begehrt wie dieses zarte Wesen, dachte Johannes. Er musste sie jetzt küssen, egal wie sie reagieren würde. Er beugte sich und berührte sachte ihren Mund. Anna spürte seine festen warmen Lippen, die sich samten und weich anfühlten. Ein überwältigendes, angenehmes Gefühl durchströmte ihren Körper. Sie fühlte sich geradezu leicht und geborgen in seinen Armen. Sie war nicht fähig, ihm eine Antwort zu geben. Zärtlich strich er mit seinen Lippen über ihre, um sie dazu zu bewegen, sie zu öffnen. Spielerisch ließ er seine Zunge über ihre Unterlippe gleiten, was ihr einen wohligen Seufzer entlockte.

Ihr war, als stünde sie in Flammen durch seine Berührungen. Eine eigenartige Schwere breitete sich in ihrem Körper aus, die ihr all ihre Kraft raubte. Es war unbeschreiblich schön, wie er sie berührte und begehrte, seinen Körper zu spüren. Die Kraft, die von ihm ausging, war überwältigend. Besitzergreifend drang er mit der Zunge in ihren Mund ein und erforschte ihn mit einer Intimität, dass sie jegliches Gefühl für das Dasein verlor. Als er weiter in sie vordrang, sie noch fester an sich zog, versuchte sie sich, ihm zu entziehen, was ihr wiederum nicht möglich war. Sie war gefangen zwischen seinen starken Armen, die sie umfassten und seinen Lippen, die zärtlich ihren Mund erkundeten. Während er den Kuss vertiefte, durchströmte sie eine Hitzewelle, die in ihr den Wunsch nach mehr weckte. Es zog sie in einen tiefen Strudel sinnlicher Empfindungen, so dass sie nicht mehr Herr ihrer Selbst sein konnte.

Johannes war wie berauscht von ihrer Schönheit und ihrem Liebreiz. Ihm schwirrte der Kopf von ihrem weiblichen Duft, der nach Lavendel und süß wie Honig roch. Wie durch einen Nebel hindurch vernahm er ihren keuchenden Atem. Noch nie hatte er eine Frau so sehr begehrt. Das Verlangen, sie hier und jetzt zu nehmen, brachte ihn fast um den Verstand.

-◆ -

Ein Rascheln aus dem Gebüsch riss beide in die Wirklichkeit zurück. Johannes hob den Kopf und unterbrach den Kuss. Es war ein Reh, das aus dem Dickicht herausgetreten war und die Flucht ergriff. Schlagartig trat Anna einen Schritt zurück und befreite sich aus seiner Umarmung. Als sie sich nervös umblickte, sah sie seine Männer, die langsam über die Lichtung auf sie zu liefen.

Was hatten sie sich dabei gedacht? Bestimmt haben sie alles mit angesehen? Vor Scham brannten ihre Wangen, die immer noch erhitzt waren von den Empfindungen, die der Kuss und die Zärtlichkeit in ihr auslösten.

Johannes, der sich ebenfalls umblickte, wandte sich ihr wieder zu und blickte sie lächelnd an.

„Ich denke, mein Engel, wir wollen beide dasselbe! Oder, was meinst Du?"

„Ich weiß nicht, was Du meinst, das alles geht viel zu schnell. Ich kann Dir darauf keine Antwort geben."

Wieder hob er ihr Kinn an und blickte sie entschlossen an. „Du bist eine begehrenswerte Frau, Anna. Möge jeder andere Mann das Gleiche denken, aber nur einer wird das Bett mit Dir teilen und das werde ich sein!"

Er ließ sie los und warf einen Blick zu seinen Männern, die sich ihnen näherten. „Und was meine Männer betrifft, vor ihnen, brauchst Du Dich nicht zu fürchten. Sie sind verschwiegen und mir treu ergeben. Einer von Ihnen wird Dich nach Bodman begleiten. Dort bist du sicher vor den Machenschaften dieses Friedingen."

Anna starrte ihn mit nachdenklichem Blick an. Schlagartig wurde ihr bewusst, dass dieser Mann ihr Schicksal sein würde. Sie dachte an seine Berührungen, an seinen Kuss, die Art wie er sie anblickte und ihren Körper erbeben ließ. Und zum ersten Mal in ihrem Leben wusste sie, dass sie dies mit ihm teilen wollte und es sich richtig anfühlte. Dennoch beschäftigte sie eine Frage. Leicht hob sie ihre fein geschnittene Nase an, was sie immer tat, wenn sie aufgebracht war.

„Sag mir eines, was bekommst Du von dem Herzog, wenn ich Deine Frau werde?"

Johannes verzog belustigt seinen Mund und blickte sie mit zusammengekniffenen Augen an. „Nicht einen Heller! Im Gegenteil. Er bekommt etwas von mir. Denn mit dem Herzogtum von Urslingen steht es im Moment nicht zum Besten."

„Wie meinst Du das?"

„Er hatte sich mit Friedingen eingelassen, um an Geld zu kommen. Ich bot ihm meine Hilfe an, um ihm aus seiner misslichen Lage zu helfen. Anscheinend steht ihm das Wasser bis zum Hals."

Anna versteifte sich. „Du hast mich gekauft?"

Johannes strich sich nervös durch sein Haar. „Anna! So darfst Du das nicht sehen. Für uns beide gäbe es keine Zukunft, wenn herauskommt, dass das Herzogtum Urslingen mit an den Raubzügen beteiligt ist. Im Gegenzug gab er mir wichtige Informationen über die Pläne von Friedingen. Außerdem ein schriftliches Versprechen, Dich von dem Ehebündnis mit Friedingen zu entbinden."

„Und im Gegenzug mich zu heiraten."

„Anna! Es war von Anfang an mein Vorhaben, Dich vor diesem Kerl zu schützen, ohne dass ich wusste, was mich erwartet. Ich wusste nur, dass ich es Paulus schuldig bin."

„Du willst mich also heiraten, nur der Schuldgefühle wegen?"

„Anna, Du verdrehst mir die Worte!"

Dass seine Männer alles mit anhörten, war den beiden völlig egal. Beide fixierten einander wie hungrige Wölfe. Johannes machte einen Schritt auf sie zu. Sie jedoch wich angespannt zurück.

„Anna! Als ich hörte, dass Du diesen Friedingen ehelichen solltest, gab es für mich nur einen Weg, Dich aus den Fängen dieses Bastards zu befreien, egal auf welche Art. Ich sah es einfach als meine Pflicht an, das Liebste, was Paulus hatte, zu beschützen. Immerhin war er der beste Freund, den ich hatte als ich meine Eltern verlor. Aber inzwischen sind meine Beweggründe was Dich betrifft von ganz anderer Natur als die, Dich aus den Machenschaften Deines Onkels zu befreien. Du hast Dich von der ersten Stunde an, als wir uns trafen, in mein Herz geschlichen. Und ich bedauerte es sehr, dass Du ein Schwesterngewand trugst. Als ich erfuhr, wer Du wirklich bist, war das für mich wie ein Gebet, das erhört wurde. Glaub' mir, mehr denn je will ich mein Leben mit Dir verbringen. Und so wie Du meine Zärtlichkeit genossen hast, denke ich, willst Du das auch."

Anna stand mit erhobenem Kopf da und sah aus wie eine Göttin. Jede Frau würde sie beneiden um diesen attraktiven

Ritter. Sie war überwältigt von den Worten, die Johannes ihr entgegenbrachte. ‚Manch eine Frau würde sich glücklich schätzten, solch schöne Worte von einem Mann gesagt zu bekommen', dachte Anna. Ehen wurden geschlossen, ob man es wollte oder nicht. Nicht jeder hatte das Glück, aus Zuneigung oder gar Liebe einen Partner zu bekommen.

Mit einem königlichen Selbstvertrauen und einer angeborenen Würde, die ihm gut zu Gesicht stand, durchbohrte er sie mit seinen Augen. Am liebsten wäre sie ihm in die Arme geflogen. Ihr war bewusst, dass sie für ihn mehr empfand als nur Freundschaft. Der Wunsch, noch mehr von seiner Zärtlichkeit zu erfahren, ließ sie erbeben. Er hatte sich vom ersten Tag an genauso in ihr Herz geschlichen. Sie wollte es nur nicht wahrhaben.

Anna zog ihre Augen zusammen. Es war keine Träne von Trauer, sondern eine des Glücks, die ihr über die Wange lief. Ein leichter Wind wehte ihr ins Gesicht.

„Du bist sehr von Dir eingenommen, Johannes von Bodman", sagte sie mit einem zaghaften Lächeln und unterdrückte dabei ihr Zittern, von dem sie sich noch nicht erholt hatte. „Bekommst Du immer, was Du willst?"

Langsam näherte er sich ihr und strich ihr mit der Hand über ihre Wange. „Für das, was mir am Herzen liegt und mir wichtig ist, kämpfe ich. Darauf kannst Du Dich immer verlassen, mein Engel. Und lass Dir gesagt sein, alles was ich will und tue, entscheide ich stets aus freiem Willen."

Zaghaft berührte sie seine Hand. Johannes atmete tief durch und war gebannt von ihrer Schönheit und dem zärtlichen Blick, mit dem sie ihn bedachte.

„Ich werde auf Dich warten, Johannes von Bodman. Und ich hoffe, Du suchst mich dieses Mal schneller auf, als Du es die letzten Jahre getan hast!“

Johannes lächelte und zog sie in seine Arme. Mit einer Hand strich er zärtlich über ihre schwarze Haarpracht. „Darauf kannst Du Dich verlassen, mein Engel. Und darauf, dass Du bald keine Herzogin mehr sein wirst, sondern Anna von Bodman, meine Frau.“

Zärtlich küsste er sie auf die Stirn und wandte sich seinen Männern zu, die wie gebannt dastanden und über die Wahl ihres Herrn und Freund mehr als glücklich schienen.

„Cun, Du bringst Herzogin Anna nach Bodman. Berichte Niklas, was sich bisher zugetragen hat. Und lasst niemanden in die Burg, den ihr nicht kennt.“

Dann wandte er sich wieder Anna zu.

„Niklas hat das Kommando auf Bodman. Du kannst ihm vertrauen. Ich denke nicht, dass ich Dich bitten muss, Dich um Ritter Johann zu kümmern. Ich mache mir Sorgen um ihn.“

Behutsam legte sie ihre Hand auf die seine. „Mach Dir keine Sorgen, ich werde alles tun, dass es ihm gut geht.“

Er nahm die Zügel von Annas Pferd und half ihr in den Sattel. „Da ist noch etwas. Ich möchte, dass Du im Wohnturm schläfst, dort bist Du sicher.“

Anna schenkte ihm ihr schönstes Lächeln. „Mach Dir keine Sorgen, ich passe auf mich auf.“

Johannes wandte sich mit ernster Miene wieder an Cun. „Ich vertraue Dir meinen größten Schatz an. Hüte ihn, als wäre er Dein Eigen und wenn nötig, beschütze ihn mit Deinem Leben!“

„Du kannst Dich auf mich verlassen! Du hast eine gute Wahl getroffen, mein Freund! Nicht jeder Mann hat das Glück, eine Frau zu wählen, die er sich wünscht!“

„Wie Du wohl bemerkt hast, haben wir das ausführlich geklärt“, meinte Johannes und zwinkerte mit einem Auge. „Dennoch bin ich erst zufrieden, wenn Friedingen hinter Schloss und Riegel ist.“

Johannes drehte sich herum und ging zu Anna, die bereits auf ihrem Pferd saß und ihn mit ihrem Liebreiz musterte.

„Wann sehe ich Dich wieder?“, fragte sie mit besorgter Miene.

„Ich weiß es nicht, Anna. Es hängt ganz davon ab, wie sich die Verhandlungen auf der Twiel entwickeln.“

„Ich werde da sein, wenn Du nach Hause kommst“, entgegnete Anna und schenkte ihm dabei ein Lächeln.

Johannes berührte ihren Arm. „Ich freue mich jetzt schon darauf, Dich besser kennen zu lernen, mein Engel.“

„Du wirst Dich wundern, Johannes von Bodman“, sagte sie belustigt, nahm ihre Zügel und ritt davon.

- ◆ -

Nach mehr als zwei Stunden erreichten sie die imposante Festung Twiel. Es war Abend und die Dämmerung hatte bereits eingesetzt. Die Felsen des Berges überragten das am Fuße gelegene Dorf Singen. Die Gipfelburg war aus einem ehemaligen Kloster hervorgegangen und die größte Burganlage im Höhgau. Dicke Mauern und Tore verliehen der Burg Sicherheit und Macht. Im Laufe der Zeit wurde sie stetig erweitert und somit fast uneinnehmbar. Neben einer Erweiterung der Anlage wurde auch der repräsentative Anspruch erkennbar. Eine neue Ringmauer und ein zweiter, runder Bergfried zur Sicherung des oberen Burghofes wurde errichtet. Mit ihrem tiefen Burggraben nahm die Twiel den ganzen oberen Bergrücken des Hornwaldes ein.

Das Haupttor konnten sie ohne Probleme passieren, was Martin recht langweilig fand, da es ja meist einen Wortwechsel mit den Wachen gab, wenn sie vor einem Burgtor standen. Als sie an der Schmiede vorbeiritten, blickte Johannes in das weite Umland mit den Nachbarbergen Stoffeln, Krähen und Hewen. Von hier oben scheint alles friedlich. Nur das Hämmern aus der Schmiede durchbrach die friedliche Stille. Was würde sie alle in nächster Zeit erwarten? Und wie wird es ausgehen? Fragen, auf die er keine Antwort wusste.

Johannes blickte zur Kernburg, die durch einen langen Bau eingerahmt war. Vieles hatte sich verändert, seit er das letzte Mal mit Ritter Heinrich hierherkam. Peter, der neben ihm ritt, blickte sich ebenfalls erstaunt um.

„Eine wahrhaft beeindruckende Anlage", sagte er verblüfft.

„Da kann die Hewen Burg nicht mithalten."

Martin verzog verächtlich sein Gesicht. Er traute dem jungen Hewen immer noch nicht ganz. „Auch in vielen anderen Dingen können die Herren von Hewen nicht mithalten", knurrte er vor sich hin.

„Martin! Niemand kann sich seine Familie aussuchen. Ich will, dass ihr Euch vertragt, sonst schlag ich Euch die Köpfe ein!"

Peter ignorierte die Aussage und wandte sich wieder an Johannes. „Ich weiß nicht viel über die Klingenbergs? Meine Brüder legten keinen großen Wert auf die Nachbarschaft vom Twiel."

Johannes bedachte ihn mit einem nachdenklichen Blick. „Mach Dir keine Gedanken. Deine Zeit wird kommen, davon bin ich überzeugt. Die Herren von Klingenberg sind genauso mächtig wie ihre Festung. Sie spielen eine große Rolle im Thurgau wie im Höhgau, sind aber nicht dem Landgrafen unterstellt, sondern den Bischöfen von Konstanz und den Habsburgern und somit eine der führenden Familien in der Region. Dem Twiel unterstehen die Orte Worblingen, Blumenfeld, Möhringen und Dettingen, auch Güter und Zehntrechte verteilt im Höhgau, Thurgau am Untersee." „Man hört, die Klingenbergs halfen dem König aus einer misslichen Lage, indem sie ihm Geld liehen?"

„Das ist richtig. Im Gegenzug bekamen sie Pfandrechte auf die Stadt Ravensburg und weitere Städte."

„Na, bei solchen Einkünften braucht man nicht auf dumme Gedanken kommen."

„Wir sind da“, sagte Johannes. „Lasst uns absteigen und gleich die Halle aufsuchen.“

Als sie die große Halle betraten, stießen sie auf allerlei Geschäftigkeit. Hier schien mehr los zu sein als auf dem Fischmarkt in Konstanz. Johannes wandte sich an seine Männer.

„Martin, achte auf Jakob und halte Augen und Ohren offen, auch hier könnten sich irgendwelche Spitzel herumtreiben. Peter, Du wirst mich begleiten und der Besprechung beiwohnen.“

Mit großen Schritten durquerte Johannes die Halle. Der Lärm war Ohren betäubend. Einige Frauen und Mägde warfen ihm kesse Blicke zu. Es war nun mal so. Egal, wo er auftauchte, waren Frauen von seiner Statur und seinem Aussehen angetan. Die Halle war voll von Männern, die tranken und grölten, als gäbe es etwas zu feiern.

Suchend blickte er sich um. Da er Graf Eberhard von Nellenburg nirgendwo entdeckte konnte, mussten die Verhandlungen bereits begonnen haben. Johannes wandte sich an einen jungen Burschen, er solle ihn zu Casper von Klingenberg bringen.

„Ohne einen Namen, kann ich Euch nicht vorlassen!“

„Johannes von Bodman. Man erwartet mich bereits!“

Eberhard und Klingenberg blickten rasch auf, als die Tür aufging und sie den breitschultrigen Hünen sahen, gefolgt von einem weiteren Ritter. Johannes war überrascht, wie viele Herren und Ritter sich in dem Raum befanden und wild durcheinanderredeten. Auf einen Blick konnte er Ritter und Burgherren erkennen, die ihm seit seiner Knappen Zeit vertraut waren. Auch Heinrich von Stoffeln und vermutlich einer seiner Brüder waren ebenfalls anwesend.

„Johannes, da seid Ihr ja!“, rief Eberhard begeistert.

„Verzeiht die Verspätung Graf, aber wir wurden aufgehalten.“

„Meine Herren, darf ich vorstellen, Reichsritter Johannes von Bodman und Ritter Peter von Hewen, der uns ebenfalls seine Unterstützung zusicherte.“

Casper, der die beiden mit strengem Blick musterte, erhob sich und betrachtete die vor ihm stehende, kräftige Gestalt, die eine gewisse Erhabenheit ausstrahlte.

„Ich heiße Euch herzlich willkommen, Ritter von Bodman, auch Euch, Peter von Hewen. Graf Eberhard berichtete mir nur Gutes über Euch. So wie Ihr vor mir steht, gehe ich davon aus, dass Ihr das Erbe Eures Vaters würdig fortführen werdet, Ritter von Bodman.“

Johannes blickte Klingenberg wohlwollend an. „Ich werde mein Bestes dafür geben.“

„Nun setzt Euch und nehmt etwas zu trinken!“, sagte Klingenberg. „Ihr sagtet, Ihr wurdet aufgehalten?“

„Das kann man so sagen. Wir hatten eine Begegnung mit Friedingen. Leider ist er uns entkommen.“

„Sonst ist Euch nichts aufgefallen?“

„Warum fragt Ihr?“

„Heute Morgen brachte ein Bote die Nachricht über einen großen Überfall bei Stein am Rhein. Die Abtrünnigen haben gestern Mittag Handelsschiffe von großem Wert überfallen.“

„Weiß man, wer den Überfall befehligte?“, fragte Johannes in ruhigem Ton.

„Werner von Schienen“, sagte ein Ritter der Mägdeburg. „Ich kenne diesen Burschen nur zu gut. Er macht schon lange Geschäfte mit Friedingen und ist beteiligt an den Machenschaften gegen uns. Ich vermute, dass Friedingen der Kopf der Bande ist.“

„Nein, das glaub ich nicht“, entgegnete Johannes. „Friedingen ist ein Feigling und Handlanger. Ich denke Werner von Schienen und Hans von Rechberg sind die führenden Köpfe.“

Eberhard verzog verächtlich sein Gesicht. „Wir müssen handeln. Schon viel zu lange treibt diese Bande ihr Unwesen, verlangt Wegezoll und nimmt Kaufleute gefangen, um sie dann wieder gegen Bezahlung frei zu lassen.“

„Warum seid Ihr so sicher, dass die beiden es sind?“, fragte einer der abgesandten Bürger aus Radolfzell.

„Von wem ich es weiß, kann ich nicht preisgeben, denn das würde seinen sicheren Tod bedeuten“, erwiderte Johannes. Er konnte ihnen schlecht erläutern, dass er es von Urslingen wusste.

„Es gab ein Treffen auf Burg Hewen“, schaltete sich Peter ein. „Anwesend waren Schienen und Rechberg. So wie es aussieht, ist mein Bruder auch in diese Geschäfte verwickelt, was mich sehr beschämt. Genaueres konnte ich aber nicht in Erfahrung bringen.“

„Diese zwei Recken sind doch schon bekannt für mehrere Schandtaten oder nicht?“, stellte Johannes mit grimmiger Miene fest.

„Dieser Meinung bin ich auch", schaltete sich Ritter Heinrich ein.

„Nun gut, meine Herren", sagte Klingenberg und erhob sich von seinem Stuhl. „Wir sind hier, um eine Lösung zu finden. Ritter von Bodman, Ihr habt Graf Eberhard den Vorschlag unterbreitet, einen Ritterbund zu gründen, der in Zukunft für Recht und Ordnung sorgen soll. Ich finde, es ist an der Zeit, den Landfrieden wiederherzustellen. Das Raubrittertum können wir in der Tat nur mit einer starken Gemeinschaft zu Fall bringen."

Alle, die am Tisch saßen, nickten Klingenberg entschlossen zu.

„Was denkt Ihr, edle Ritter und Bürger?", fragte Eberhard in die Runde.

Johannes, der gelassen auf seinem Stuhl saß und seinen Becher hin und her drehte, meldete sich zu Wort.

„Ich denke, es wäre eine Methode, um unsere Macht zu stärken, nicht nur gegen das Raubrittertum. Seit dem Untergang der Staufer gibt es immer mehr Adlige und kleine Fürsten außerhalb Schwabens, die ihre Hände nach dieser Region ausstrecken, um hier Fuß zu fassen. Ein Zusammenschluss von Reichsadel und Reichstädten wäre ein Bund, den man nicht so einfach umgehen könnte. Und ich kann mir gut vorstellen, dass sich noch weitere dem Bund anschließen würden."

„Das hört sich alles gut an, Ritter von Bodman", meldete sich Klingenberg. „Ein solches Bündnis zu gründen, geht aber nicht von heute auf Morgen. Wir bräuchten einen angemessenen Hauptsitz."

- ◆ -

Durch ein Klopfen an der Tür, wurde das Gespräch abrupt beendet.

„Was ist denn jetzt schon wieder?“ schrie Klingenberg.

„Herr! Ritter Heinrich von Randegg will Euch in einer wichtigen Angelegenheit sprechen“, sagte ein Junge verstört.

„Herein mit ihm. Was führt Euch zu uns, Ritter Randegg? Und fasst Euch kurz, wir haben nicht viel Zeit.“

„Das haben wir bei Gott nicht“, entgegnete Randegg und fuhr sich mit der Hand durch seinen starken Bartwuchs. Sein Gesicht war verschwitzt, als ob der Teufel hinter ihm her gewesen war.

„Ein Bote teilte mir mit, ich solle mich umgehend auf der Twiel einfinden. Es ginge um eine Angelegenheit, die keinen Aufschub duldete! Wir befanden uns auf dem Rückweg von Engen hierher. Dabei trafen wir auf mindestens hundertfünfzig Bauern. Sie waren alle mit Gabeln, Hacken und sonstigen handwerklichen Gegenständen bewaffnet und sahen nicht aus, als ob sie nur einen Ausflug machen wollten.“

„Wohin wollten sie?“

„Sie marschierten in Richtung Schienerberg. Einer der Anführer meinte, sie ließen sich das nicht mehr länger gefallen. Täglich würden sie von den Raubrittern um ihr Hab und Gut gebracht. Sie wollten gegen Werner von Schienen vorgehen und die Schrotzburg angreifen.“

„Dazu fehlen ihnen doch die nötigen Waffen und eine ordentliche Führung", entgegnete Eberhard mit weit aufgerissenen Augen. „Sie könnten alle dabei drauf gehen."

„Das Gleiche habe ich ihnen auch gesagt. Aber sie waren viel zu aufgebracht", erwiderte Randegg. „Wie mir einer der Anführer berichtete, hätten Werner von Schienen und Hans von Rechberg den Bauern in der Umgebung alle ihre Fuhrwerke abgenommen und die Bauern gezwungen, das Gut eines ihrer Beutezüge auf die Hewen Burg zu schaffen."

„Dann ist wohl klar, wer für den Überfall am Untersee verantwortlich ist", meldete sich Johannes zu Wort.

Graf Eberhard fuhr herum und starrte Peter von Hewen nachdenklich an.

„Ihr seid der Einzige, der herausfinden kann, was auf der Burg vor sich geht. Ich weiß, was wir verlangen, ist nicht einfach für Euch, zumal es sich um Euren Bruder handelt. Aber um der Sache Willen, bitte ich Euch, herauszufinden, was sie mit den gestohlenen Gütern vorhaben."

Peter zog tief Luft ein und blickte auf die Tischplatte. „Ich wünsche nicht einem von Euch, in eine solche Lage zu kommen. Was hat sich Wölflin nur dabei gedacht?"

„Euer Bruder wird sich selbst für seine Schandtaten verantworten müssen", sagte Klingenberg. „Wenn Ihr als Ritter der Gerechtigkeit folgen wollt, wird man sich vor Euch verbeugen, Ritter von Hewen.

Ansonsten dürftet Ihr Euch nicht Ritter nennen. Nur ein Gerechter kann das Erbe auf der Hewen weiterführen."

Peter blickte Klingenberg und Eberhard von der Seite an. „Wenn ich mich in die Höhle des Löwen begebe, brauche ich dafür eine glaubhafte Erklärung", sagte Peter mit ernster Miene.

„Ihr könnt ihm ruhig die Wahrheit sagen", entgegnete Eberhard. „Erzählt ihm von einem Treffen auf der Twiel, dem Ihr nicht beiwohnen durftet!

Man mache sich Gedanken über die stetigen Überfälle!"

„Sag ihm, dass ich Dich nach Bodman geschickt hätte, um nach dem Rechten zu sehen", meinte Johannes. „Dann schöpft er keinen Verdacht."

„Wo treffen wir uns wieder?", fragte Peter in die Runde.

„Ihr kommt hier her und meldet Euch bei meinem Burgvogt", sagte Klingenberg. „Er wird über alles informiert sein." Peter erhob sich von seinem Stuhl. „Es wird wohl das Beste sein, wenn ich gleich aufbreche!"

Johannes erhob sich ebenfalls und klopfte Peter auf die Schulter. „Pass' auf Dich auf. Und mach einen großen Bogen um die aufständischen Bauern."

Peter nickte in die Runde und verließ den Raum.

„Können wir ihm trauen?", fragte Heinrich von Stoffeln, der das Gespräch argwöhnisch verfolgte.

„Ich verbürge mich für ihn", entgegnete Johannes. „Er hat kein gutes Verhältnis zu seinem Bruder."

„Wir brauchen jetzt schnellstens einen Plan, sonst sind die Bauern verloren", warf Klingenberg in die Runde.

„Zuerst sollten wir ein Heer aufstellen", sagte Heinrich von Stoffeln entschlossen.

„Johannes, Du hast gute Verbindungen nach Überlingen. Was denkst Du, würde die Stadt uns unterstützen?"

„Davon bin ich sogar überzeugt. Werner von Schienen ist den Überlingern schon lange ein Dorn im Auge. Er besitzt Zehntrechte und das nicht zu knapp. Im Übrigen besitzt die Stadt eine gute Kampfausrüstung und ausgebildete Männer. Ich denke, dass ich sie auf unsere Seite ziehen kann."

„Nun gut", machte sich Graf Eberhard bemerkbar. „Wenn wir schon dabei sind aufzuräumen, dürfen wir die Krähen und Friedingen nicht außer Acht lassen. Dort ist nämlich die Wurzel des Übels. Georg von Frundsberg ist ein erfahrener Landsknecht Führer aus Kaufbeuren. Ich kenne ihn gut. Er hätte bestimmt nichts dagegen, dem Friedingen auf den Pelz zu rücken, da dieser schon länger mit Kaufbeuren eine Fehde führt."

„Was hat dieser Abtrünnige mit Kaufbeuren zu tun?", fragte Klingenberg entrüstet.

„Das ist eine längere Geschichte", fuhr Johannes dazwischen. „Um es kurz zu fassen, sie halten ehrbare Bürger auf der Krähenburg fest, um an Lösegeld zu kommen."

„Das wird ja immer besser!", donnerte Klingenberg mit hochrotem Kopf.

„Last uns zu einer Einigung kommen!", meldete sich Graf Eberhard, der dem Ganzen ein Ende bereiten wollte. „Ihr, Johannes, begebt Euch nach Überlingen. Ritter Heinrich, Ihr nehmt ein paar Männer und reitet nach Stockach. Treibt so viele wie möglich auf, die sich uns anschließen wollen. Ich meinerseits werde noch heute einen Boten nach Kaufbeuren schicken. Ich bin mir sicher, Frundsberg wird uns unterstützen, allerdings wird es ein paar Tage dauern, bis wir eine Antwort von ihm bekommen."

„Ich denke, dass wir in Radolfzell auch genügend Leute zusammenbringen werden", sagte einer der Abgesandten.

„Was ist mit den Herren von Stoffeln?", fragte Klingenberg. „Seid Ihr mit dabei?"

„So wie die Dinge stehen, sehen wir keinen Grund uns auszuschließen, zumal unser Bruder Heinrich bereits mit im Bunde ist."

„Mit den Ministerialen der Mägdeburg können wir ebenfalls rechnen?", fragte Klingenberg und schielte zu dem schon älteren Ritter hinüber.

„Ihr habt unser Wort. Vielleicht haben wir dann endlich Ruhe vor Friedingen."

„Natürlich müssen wir auch Konstanz informieren. Ich schicke noch heute zwei Ritter los, damit sie den Bischof über die Zustände unterrichten. Allerdings glaube ich nicht, das Konstanz uns in dieser Angelegenheit unterstützen wird."

„Und wo treffen sich die Heere?", fragte Johannes.

„Ich schlage vor, wir treffen uns vor den Toren von Radolfzell und begeben uns dann auf den Schienerberg. Die Zusammenkunft sollte spätestens in drei Tagen im Morgengrauen stattfinden. Und was das Bündnis betrifft, das hat noch Zeit bis nach dem Niedergang der Raubritterschaft", sagte Klingenberg und erhob sich von seinem breiten Stuhl. „Wir werden einen Ritterbund gründen mit dem Ruf ‚Einer für alle, alle für einen'. Denn nur zusammen sind wir stark."

- ◆ -

Johannes trieb Frowin an, als ob der Teufel hinter ihm her wäre. Martin und sein Knappe Jakob hatten alle Mühe, seinem Tempo zu folgen. Die beiden waren ohnehin nicht begeistert, dass sie das Abendmahl abrupt beenden mussten.

Johannes wollte noch vor Mitternacht auf Bodman sein. Gleich nach den Verhandlungen entschied er, zuerst nach Hause zu reiten, bevor er seinen Weg nach Überlingen fortsetzen wollte. Ein paar Stunden Schlaf konnte er dringend gebrauchen.

Was ihn allerdings noch mehr antrieb, war seine zukünftige Frau. Er wollte nicht in die Schlacht ziehen, ohne sie vorher noch einmal gesehen zu haben. Der Drang sie in die Arme zu schließen, ihren zarten Mund zu küssen, war stärker als alles andere.

Wenn er über die Frauen nachdachte, mit denen er seine Lust befriedigte, gab es keine, die sein Herz je derart berührt hatte. Das ausgerechnet das kleine Mädchen, mit dem er als Junge durch die Wälder von Bodman streifte, sich in sein Herz schlich, musste vom Schicksal so gewollt sein. Der Gedanke, dass Friedingen sie bekommen könnte, stachelte seinen Zorn noch mehr an, diesen vor sein Schwert zu bekommen. Sei es wie es ist, er musste sich vergewissern, dass auf Bodman alles in Ordnung war.

Ein erleichtertes Gefühl kam in ihm auf, als er die schattenhaften Umrisse der neuen Burg erblickte. Er war Zuhause, dachte Johannes entspannt. Als er den Burghof passierte, war keine Menschenseele zu sehen. Die Wachen am Haupttor versicherten ihm, dass alles in Ordnung sei.

Johannes schwang sich aus dem Sattel und übergab seinem Knappen die Zügel. Dann nickte er Martin zu, ihm zu folgen. Im Wohnturm war noch ein Feuerschein zu sehen. Anna würde er um diese Zeit bestimmt nicht in der Halle antreffen, ging es Johannes durch den Kopf. Egal wie, er musste sie noch heute sehen, denn Morgen war dafür keine Zeit.

Johannes öffnete schwungvoll das Portal, das zur Wohnhalle führte. In der Halle war es vollkommen dämmrig. Im Feuerschein des Kamins konnte er drei Gestalten erkennen. Es waren Cun, Niklas und sein Großvater, die sich angeregt unterhielten. Niklas, der den Luftzug durch die Tür verspürte, drehte sich überraschend um.

„Na, sieh einer an“, sagte er mit weit aufgerissenen Augen und erhob sich von seinem Stuhl. „Johannes, Martin, wo kommt Ihr denn her, zu so später Stunde?“

Johannes lief mit großen Schritten auf die Männerrunde zu und klopfte Niklas auf die Schulter. Dann wandte er sich an Johann, der sich ebenfalls erhob. Johannes berührte seine Hand und legte die andere auf seine Schulter.

„Wie geht es Dir, Johann?“

„Es geht mir gut, wenn ich Dich Zuhause weiß, mein Junge.“

„Leider bleibt mir nicht viel Zeit. Noch bevor die Sonne aufgeht, muss ich schon wieder weg“, erwiderte Johannes mit ernster Miene. „Cun, gab es Probleme auf eurem Weg?“

„Nein, es war alles ruhig.“

Johannes legte eine Hand auf seine Schulter. „Ich danke Dir, dass Du die Herzogin unversehrt nach Hause gebracht hast.“

„Deinem Gesichtsaustruck nach zu urteilen, scheint es Probleme zu geben?“, fragte Niklas.

„So ist es. Wir stehen kurz vor einer Schlacht gegen die Raubritter. In zwei bis drei Tagen treffen mehrere Heere vor den Toren von Radolfzell zusammen und marschieren auf den Schienerberg zu.“

„Wir haben von dem Überfall gehört, der sich am Untersee zugetragen hat“, sagte Cun.

„Ist hier alles in Ordnung?“, fragte Johannes.

„Bis jetzt ja“, antwortete Niklas. „Ich konnte während Deiner Abwesenheit noch einige Männer verpflichten, die uns hier auf der Burg unterstützen.“

„Mein Junge setz Dich erst einmal hin. Da keine Dienstmagd mehr zugegen ist, werde ich Euch einen Krug Würzwein besorgen“, sagte Johann und verließ die Halle in Richtung Küche.

Johannes stellte sich an den Kamin und schaute Niklas mit versteinerter Miene entgegen.

„Wie viele Männer können wir auf Bodman entbehren, ohne dass die Burg in Gefahr wäre?“

„Na ja, zum jetzigen Zeitpunkt sind es ungefähr hundert ausgebildete Männer.“

Johannes verzog anerkennend sein Gesicht. „Ich muss schon sagen, Du hast gute Arbeit geleistet, während meiner Abwesenheit, wenn man den kurzen Zeitraum bedenkt.“

„Mehr als fünfzig Mann kannst Du nicht abziehen. Den Rest benötige ich für den Schutz der Burg“, entgegnete Niklas.

„Vor Sonnenaufgang reite ich nach Überlingen und bitte die Stadträte um Hilfe. Ich wäre Dir dankbar, wenn Du bis dahin die Männer bereitstehen hast. Und sei vorsichtig, lass niemanden in die Burg, den Du nicht ganz genau kennst. Ich vermute Friedingen wird nicht so schnell aufgeben, Anna an sich zu reißen. Also sei auf der Hut. Ich verlasse mich auf Dich!"

„Ich werde sie mit meinem Leben schützen, falls es nötig ist", sagte Niklas mit ernster Miene. „Du bist zu beneiden, mein Freund. Für einen Goldschatz, wie sie es ist, lohnt es sich zu kämpfen. Außerdem muss ich gestehen, Langeweile kommt hier nicht auf. Seit sie hier ist, kam erst richtig Leben in die Burg."

Johannes grinste und nahm einen Schluck, den Johann ihm eingeschenkt hatte. „Sei vorsichtig, was Du sagst, sie wird Deine neue Herrin und meine Gemahlin."

„Sie ist ein Engel", fuhr Johann den beiden ins Wort, als er den Wein brachte. „Ich bin sehr glücklich, Johannes, dass Du und Anna, ein Paar werdet."

„Cun hat mir alles ausführlich berichtet", sagte Niklas. „Ich beglückwünsche Dich zu Deiner Wahl, mein Freund. Eine Frau, wie sie, findest Du nicht alle Tage."

Johannes schmunzelte und beugte sich zu Niklas heran. „Dann kannst Du mir bestimmt verraten, mein Freund, in welchem Zimmer sie sich befindet?"

Niklas lächelte verschmitzt. „Gleich neben Deinem", erwiderte er leise, damit es keiner hören konnte. „Versündige Dich aber nicht!", fügte er lächelnd hinzu.

Johannes erhob sich und blickte Niklas verwegen an. „Was ist schon dabei, wenn ich meine zukünftige Gemahlin aufsuche."

- ◆ -

So leise es ging, öffnete er die schwere Eichentür und schloss sie wieder. Behutsam näherte er sich dem breiten Bett, das mit einem Baldachin versehen war. Er blieb reglos stehen und betrachtete ihr schönes Gesicht. Ihr langes schwarzes Haar lag ausgebreitet wie ein Fächer auf dem Kopfkissen, das er allzu gerne berühren wollte. Sein Herzschlag beschleunigte sich. Eine Welle von Hitze durchflutete seinen Körper. Er zwang sich durchzuatmen. Noch nie hatte er eine Frau so sehr begehrt wie diese. Sie war so zierlich, fast schon zerbrechlich. Er sah auf Annas Gesicht und konnte an nichts anderes denken, als dass er sie jetzt gerne küssen würde. Mit einem Lächeln beobachtete er ihren fein geschnittenen Mund, der sich beim Einatmen leicht öffnete und wie dafür geschaffen war, ihn zu erkunden. Von Anfang an waren es ihre Augen, die ihn faszinierten, die ihr eine Schönheit verliehen, dass ein Männerherz höherschlagen ließ. Er dachte an ihr erstes Zusammentreffen und wie sie ihn mit ihrer Wildheit anstarrte. Schon damals spürte er, dass da mehr war als nur der Augenblick. Johannes fragte sich, ob sie ihn genauso begehrte, wie er sie.

Sie gab einen sanften Seufzer von sich und verlagerte ihren Körper in seine Richtung. Sie hatte nur ein leichtes Unterkleid an, so dass er ihre wohlgeformten weißen Brüste erblicken konnte. Seine Augen wurden dunkel vor Verlangen. Er spürte, wie ihn eine fast schmerzhafte Erregung erfasste. Plötzlich wurde ihm bewusst, dass er sein Schwert und sein Kettenhemd noch trug. Vorsichtig begab er sich zu einem der Stühle, befreite sich von seinem Schwert und streifte das schwere Kettenhemd ab.

Wieder blickte er zu ihr hinüber. ‚Sie scheint einen gesunden Schlaf zu haben', dachte er. Wie würde sie wohl reagieren, wenn sie erwachte. Er hatte sich nie viel Gedanken gemacht, wenn er mit einer Frau zusammen war. Aber dies hier war etwas völlig anderes. Sie würde seine Frau werden und er wollte sie respektvoll behandeln. Im Gegensatz zu ihm, war sie ein unschuldiges Wesen, bei dem er sehr behutsam vorgehen musste. War es falsch, ihr ihre Unschuld schon vor der Vermählung zu rauben, durchfuhr es ihn?

‚Nein', sagte er sich. Vielleicht würde er morgen sterben und hätte nie ihren zarten Körper gespürt, nie die Leidenschaft mit ihr genossen! Nein, es war nie falsch, seinen Gefühlen freien Lauf zu lassen. Dennoch wollte er ihr alleine die Entscheidung überlassen.

Johannes setzte sich vorsichtig auf die Bettkante und nahm ihren Duft nach Lavendel in sich auf. Behutsam streckte er die Hand aus und berührte ihr Haar, das so weich und seidig war, wie das eines Engels. Genüsslich ließ er es durch seine Finger gleiten.

Ein leises Stöhnen ließ in zurückschrecken. Mit weit aufgerissenen Augen starrte Anna ihn an.

Bernsteinfarbene Augen, die seltsam dunkel wirkten, blickten sie an, wie ein Tier, das seine Beute fixiert.

Ihr Puls begann zu rasen. Nervös zog sie die Decke bis zu ihrem Hals hoch.

„Mein Gott, Johannes! Was suchst Du mitten in der Nacht in meinem Zimmer?"

„Hab keine Angst, Anna. Ich bin gekommen, Dich zu sehen,

bevor ich mich morgen in die Schlacht begebe."

Anna erstarrte. „Was sagst Du da? In welche Schlacht?"

Vorsichtig streckte er seinen Arm aus und zog ihre Hände in die seinen.

„Es ist leider keine Zeit für nähere Erklärungen. Noch bevor die Sonne aufgeht, muss ich wieder gehen."

Anna wappnete sich mit einem finsteren Gesicht und entzog ihm ihre Hände. Ohne sich darum zu kümmern, dass sie halb entblößt war, setzte sie sich auf.

„Was bildest Du Dir ein, Johannes von Bodman. Ich bin kein dummes Ding, das man einfach mitten in der Nacht aufsucht und sagt, für Erklärungen sei keine Zeit."

Johannes erhob sich und begab sich zum offenen Fenster. Er blickte nachdenklich zum Sternenhimmel hinauf.

„Anna, es tut mir leid. Aber mir bleibt wirklich nicht viel Zeit. Wie Du schon gehört hast, gab es einen großen Überfall der Raubritter."

„Ja, Niklas, hat uns davon erzählt."

„Übermorgen treffen sich mehrere Heere in Radolfzell, um den Schurken das Handwerk zu legen. Ich selber nehme von Bodman Männer mit, ebenso aus Überlingen."

Johannes drehte sich um und setzte sich wieder neben Anna. Er blickte sie sehnsuchtsvoll an.

„Ich weiß nicht, wie lange ich weg sein werde. Nach der Schlacht muss ich wieder auf die Twiel. Man hat beschlossen, einen Bund zu gründen, der in Zukunft für Recht und Ordnung sorgen wird. Ich nehme dabei eine führende Stellung ein. Ich möchte, dass Du Dich während meiner Abwesenheit nicht außerhalb der Burg aufhältst."

„Du meinst, wegen Friedingen?"

„Ja, er ist immer noch auf freiem Fuß. Ich hoffe, dass wird sich bald ändern. Wenn ich an seiner Stelle wäre, würde ich Dich auch nicht so schnell aufgeben." Dabei strich er ihr eine Locke aus ihrem Gesicht.

„Versprich es mir! Nicht einmal in den Ort hinunter!", forderte Johannes sie auf.

Annas Augen nahmen einen weichen Zug an. Zärtlich hielt sie seinem Blick stand und legte ihre Hand an seine Brust. Sie musterte sein hübsches Gesicht.

Mach Dir keine Sorgen. Ich werde tun, was Du sagst. Versprich Du mir, dass Du wieder unversehrt zurückkommst."

„Mädchen, Du bist mein Schutzengel. Solange ich weiß, dass Du hier auf mich wartest, wird mir nichts passieren."

Anna gefiel, dass er sie Engel nannte. Trotz allem beschäftigte sie eine Frage! Nervös zupfte sie an der Schleife ihres Hemdes. „Johannes, was wäre, wenn ich nicht von adliger Herkunft wäre?"

Johannes blickte ihr zärtlich in die Augen. „Anna! Du hast Dich von dem Augenblick, als wir uns in Überlingen trafen, in mein Herz geschlichen. Damals dachte ich, was für eine Verschwendung, dass dieses wundervolle Wesen eine Ordensschwester sein soll. Du bist es, mit der ich mein Leben teilen möchte, die ich begehre und in meinem Bett haben will und die, durch Gottes Gnade, die Mutter meiner Kinder sein wird. Wenn Du nicht von höherem Stand wärest, würde ich einen Weg finden, dass Du trotz allem meine Frau würdest. Das ist die Wahrheit. Mehr kann ich Dir nicht sagen."

Ein wildes Begehren erwachte in ihr. Die Worte von Johannes rührten sie so sehr, dass ihr Tränen in die Augen stiegen. „Könntest Du mich bitte in die Arme nehmen", flüsterte sie mit bebender Stimme.

Johannes sah sie lächelnd an und zog sie an sich. Zärtlich strich er ihr übers Haar. Er war wie berauscht von ihrem weiblichen Duft. „Ich möchte herausfinden, ob du mich genauso begehrst, wie ich es tue, mein Engel."

Anna blickte zu ihm auf und lächelte ihn frech an. Sie erinnerte sich an die Küsse, die sie mit ihm geteilt hatte. Oh ja, sie begehrte diesen Mann mehr als er zu ahnen vermochte.

„Finde es heraus, mein schöner Ritter."

Johannes fing an, mit einer ihrer Haarsträhnen zu spielen und ließ sie durch seine Finger gleiten. „Dein Haar hat mich von Anfang an fasziniert. Es ist wild und dunkel wie die Sünde."

Anna blickte tief in seine Augen, die voller Begehrlichkeit waren. „Ich muss gestehen, als ich Dich das erste Mal sah, dachte ich, bei diesem Mann wäre es ein Leichtes sich zu versündigen."

Johannes hob ihren Kopf, um sie genauer zu betrachten und spürte wie ein seltsames Gefühl von Zärtlichkeit durch seinen Körper strömte. Diese bezaubernde Frau war eine Mischung aus Kühnheit, Stolz, Verwundbarkeit und Stärke zugleich. Sie war eine Herausforderung, die er gerne annehmen wollte. „Lass Dich einfach gehen und folge Deinen Gefühlen, mein Engel."

Er hob ihr Kinn an, beugte sich vor und strich mit seiner Zungenspitze über ihre Lippen. Anna ließ es zu und ihre Lippen teilten sich, wodurch er seinen Kuss fordernd vertiefte. Behutsam begann er, die tiefe Höhle ihres Mundes zu erforschen. Anna genoss es und überlies sich ganz ihren Gefühlen. Johannes küsste sie mit einer Zärtlichkeit, die jeden ihrer Sinne zum Leben erweckte und von dem sie nie dachte, dass es so wunderschön sein könnte.

Johannes war wie im Rausch. Sein ganzer Körper schmerzte vor Verlangen nach ihr. Das Verlangen in sie einzudringen, sie zu spüren, wenn sie sich unter ihm wand und die Vorstellung, wie sie gemeinsam zum Gipfel der Lust kommen würden, war übermächtig und brachte seinen Körper in hitzige Wallung.

‚Reiß Dich zusammen', fuhr es ihm durch den Kopf. Schließlich würde sie seine Frau werden. Und er wollte sie nicht nehmen wie irgendeine gewöhnliche Dienstmagd. Abrupt beendete er den Kuss, was Anna überhaupt nicht gefiel. Enttäuscht schaute sie ihn an. „Was hast Du? Hab' ich etwas falsch gemacht?"

„Nein, mein Engel! Ich möchte Dir nur sagen, wie sehr ich Dich begehre. Mehr als alles andere, dass ich besitze."

Anna bemerkte, wie sich seine Augen vor Verlangen dunkel färbten. Die feinen Grübchen, die um seinen Mund zuckten, machten sein sonnengebräuntes Gesicht noch attraktiver als es ohnehin schon war. Sie zweifelte keine Sekunde an seinen Worten und empfand nur grenzenloses Vertrauen.

‚Wie schön sie ist', dachte Johannes. Er konnte sich nicht zurückhalten, obwohl er merkte wie sie sich versteifte.

Schließlich schloss Anna die Augen und ließ ihn gewähren. Jede Berührung von ihm wollte sie genießen und in sich aufnehmen. Johannes beugte sich zu ihr hinunter und liebkoste ihren Hals bis hinunter zu ihrem Brustansatz. Es war unbeschreiblich schön. Ein prickelndes Empfinden rieselte durch ihren Körper, das sie erbeben lies und ihr den Verstand raubte.

Johannes richtete sich wieder auf und sah sie unverwandt an. „Anna! Du machst mich zum glücklichsten Mann auf Erden, selbst wenn es noch Wochen dauert, bis Du meine Frau sein wirst."

Anna blickte ihn zärtlich an. „Und Du, mein Mann, auf den ich mich freue und dessen Leben ich gerne teilen will."

Ohne jede Zurückhaltung schlang er erneut die Arme um sie. Behutsam zog er sie an sich, drückte ihren Körper an seinen und begann, sie ganz langsam zu küssen, um jeden Moment auszukosten. Seine samtigen, festen, glatten Lippen fühlten sich wunderbar an. Ein unglaubliches Gefühl von Wärme und Geborgenheit hüllte sie ein, wie ein Traum, aus dem sie nicht mehr erwachen wollte. Sie schmiegte sich an ihn und sehnte sich genauso nach ihm wie er nach ihr.

Johannes löste sich von ihr und blickte ihr in die Augen, die ihn voller Zärtlichkeit ansahen. Ihr Gesicht funkelte im Schein der Kerzen wie Gold. Ihre Schönheit, zart und vollkommen wie eine Blüte vernebelte ihm den Verstand und konnte einen Mann in den Himmel versetzen. Sie zu berühren und zu küssen fühlte sich so unglaublich gut an. Wenn er morgen in den Kampf zog und Blut und Zerstörung über ihn hereinbrechen sollten, wollte er diesen Moment genießen als wäre es der letzte. Denn sein Herz schlug nur für sie. Anna streichelte ihm zärtlich über seine Wange. Dabei liefen ihr ein paar Tränen über ihr Gesicht. Es waren Tränen der Glückseligkeit.

- ◆ -

Sie waren gegen Mittag aus Überlingen aufgebrochen und befanden sich kurz vor Stahringen, das unweit des westlichen Bodensees lag und gewissermaßen ein Nachbarort war. Über dem kleinen Ort Stahringen gelegen, stand die Homburg und diente den freiadligen Herren von Homburg als Sitz. Martin und Cun ritten neben Johannes. Sie waren seine engsten Vertrauten und im Kampf seine Rückendeckung. Gleich hinter ihm schlossen sich die Vertreter des Überlingens Städtebundes sowie seine Männer aus Bodmann an. Johannes starrte zum Himmel hinauf, der mit dicken Quellwolken bedeckt war. Die Temperatur war weitgehend erträglich. Nur der Weg war uneben und schwierig. Die vielen Steine und Bodenwellen machten es den Fuhrwerken nicht einfacher. Immer wieder gab es kleinere Hügel, die mit Sträuchern bewachsen waren, so dass sich das Vorankommen verzögerte.

Er ließ seinen Blick von Hügel zu Hügel wandern, über die unebene Weite, die er seine Heimat nennen durfte. Er liebte den Duft von Harz und Kräutern, der bei einer bestimmten Wetterlage in der Luft lag. Die Landschaft um den Bodensee war voller Anmut. Die Wälder mit ihren niederhängenden Bäumen, die sich in den verschiedensten Farben abzeichneten, gaben der Landschaft ihre Schönheit und ihren Zauber. Hier und da ragten Gesteinsmassen aus dem Boden, die aus vergangenen Urzeiten stammten. Die Kornfelder und Wiesen gaben der Landschaft das malerische Bild, das bekannt war für die Region. Hier war seit jeher die Ernte von größerem Ertrag als sonst wo. Getreide, Obst und Wein gab es im Überfluss.

Alle könnten gut davon leben, wenn es nicht immer wieder machthungrige Herren gäbe, die alles für sich in Anspruch nehmen wollten, dachte Johannes. Ein kühler Windstoß riss ihn aus seinen Gedanken. Wieder warf er einen Blick zum Himmel hinauf, der sich zunehmend dunkler färbte. Ihm war bewusst, Regen würde ihr Vorhaben erheblich behindern.

„Ist Dir auch schon aufgefallen, dass wir noch keiner Menschenseele begegnet sind, seit wir unterwegs sind?“, fragte Cun, um das Schweigen zu brechen.

„Ich denke, jeder der uns sieht, macht einen großen Bogen um uns“, warf Martin ein, der ebenfalls neben Johannes ritt.

„Mag sein“, antwortete Johannes.

„Vielleicht haben sie Wind davon bekommen und warten bereits auf uns oder Hewen hat uns verraten!“, entgegnete Martin.

Johannes bedacht ihn mit einem eisigen Blick. „Ich rate Dir zum letzten Mal, Deine Zunge im Zaum zu halten. Ich kenne Peter von Jugend an als einen friedlichen Menschen, im Gegensatz zu seinem Bruder. Und es kommt die Stunde, da wirst Du Dich bei ihm entschuldigen müssen. Von jetzt an will ich nichts mehr darüber hören!“

Er hatte letzte Nacht nicht viel Schlaf bekommen. Was er natürlich nicht bereute. Aber er durfte jetzt nicht an Anna und die letzte Nacht denken. Er brauchte einen klaren Kopf, um morgen beim Angriff die richtigen Entscheidungen zu treffen. Immerhin führte er ein Heer an, das aus mehr als tausend Reitern und hunderten von Wagen mit Geschützen bestand.

Als er heute Morgen mit seinen Männern in Überlingen eintraf, traute er seinen Augen nicht. Die Stadt war voll von aufgebrachten Männern, die sich aus den umliegenden Dörfern in Überlingen zusammenfanden, um etwas gegen die Raubmorde und stetigen Überfälle zu unternehmen. Sie ließen sich dies nicht länger gefallen, meuterten sie und waren fest entschlossen, den Raubrittern das Handwerk zu legen. Johannes traf sich mit mehreren Vertretern des Überlinger Städtebundes, die ebenfalls anwesend waren und schilderte ihnen wie sie gemeinsam vorgehen wollten. So, wie er ihnen den Plan erläuterte, brachten sie ihm das Vertrauen entgegen, die Männer anzuführen und zu befehligen. Zumal die Reichsritter von Bodman von jeher bei den Überlinger ein hohes Ansehen genossen.

Cun, der neben ihm ritt, deutete mit einer Hand nach vorne. Johannes zügelte seinen Hengst und hob die Hand. Zwei Reiter in Rüstung galoppierten mit erhobener Hand auf sie zu. Einer von ihnen klappte sein Visier hoch noch bevor er sein Pferd zum Stehen gebracht hatte.

„Seid Ihr Ritter Johannes von Bodman?“

„Das bin ich. Und wer seid Ihr?“

„Wir sind Ritter der Homburg. Wir haben von Eurem Vorhaben gehört und wollen uns Euch anschließen.“

„Woher weiß ich, dass ich Euch trauen kann?“

„Sie haben letzte Nacht in Stahringen geplündert und zwei Höfe niedergebrannt. Das ist Grund genug, dieser Bande den Garaus zu machen. Ihr, als unser Nachbar solltet wissen, dass wir uns noch nie etwas zu Schulden kommen ließen.“

„Wisst Ihr, wer dafür verantwortlich ist?“

„Wir vermuten, dass sie vom Krähen waren, so miserabel wie sie aussahen.“

„Woher wisst Ihr von unserem Vorhaben?“, bohrte Johannes weiter.

„Unser Burgherr ist Ministerial des Bischofs von Konstanz. Heute Morgen kam ein Bote. Mehrere Vertreter schwäbischer Städte hätten sich in Konstanz getroffen, um sich beim Bischof zu beklagen. Aber so wie der Bote uns berichtete, halten sich die Konstanzer mit einer Intervention vornehm zurück.“

„Das sieht ihnen mal wieder ähnlich“, konterte Johannes verärgert.

„Solange sie nicht davon betroffen sind, werden sie sich nicht rühren“, meinte der Ritter mit einem Achselzucken. „Aber das gilt nicht für uns. Nehmt Ihr unserer Hilfe an, Ritter Johannes?“

„Wie viele Männer habt Ihr bei Euch?“

„Mehr als fünfzig sind es nicht.“

„Fünfzig haben oder nicht haben. Wir danken Euch für die Unterstützung.“

Der Ritter nickte und gab seinen Männern ein Zeichen, sich dem Heer anzuschließen.

- ◆ -

Es war nicht mehr lange bis zum Sonnenuntergang. Der Tross kam schneller voran als Johannes es für möglich hielt. Das Rollen der schwer beladenen Wagen ließ die Erde erbeben wie ein näherkommender Donner. Hunderte von Bogenschützen, Bauern und Kriegsknechte, bewaffnet mit Speeren, Hackenspießen und Kriegsgabeln zogen an dem kleinen Dorf Reute vorbei. Ochsen zogen die Wagen mit Rammböcken und Katapulten. Eine Hand voll verstreute Häuser aus gemauertem Bruchstein bildete die Siedlung. Die Bauern, die ringsum auf den Feldern arbeiteten, blieben verwundert stehen und verfolgten das riesige Aufkommen.

Johannes war mehr als angespannt. Die Verantwortung, ein Heer in dieser Größenordnung zu befehligen, war für ihn eine große Herausforderung.

Als sie den letzten Hügelkamm nach der kleinen Siedlung erreichten, lag vor ihnen die Stadt Radolfzell. Eine Stadt, mit zwei Kirchtürmen und dunklen Ziegeldächern, welche über die Stadtmauer ragten. Zahlreiche Türme und Tore sowie der Wall und ein Graben schützten die Stadt vor Eindringlingen. Obgleich die Stadt zur Abtei Reichenau gehörte, war er schon des Öfteren in dem Städtchen und kannte sich von daher auch sehr gut aus. Es gab vier größere Haupttore. Das Obertor vom See her, sicherte den östlichen Zugang zur Stadt mit einer Zugbrücke und einem Wassergraben.

Das Stadtrecht ermöglichte es den Radolfzeller Stadtherren, Zölle zu erheben, durch die sie zu Reichtum und Wohlstand kamen. Aber der Durchzug von Händlern und Marktbesuchern war inzwischen sehr groß und führte auch dazu, dass immer mehr Plünderer und Diebesgesindel von der Stadt angezogen wurden.

So, wie Johannes erkennen konnte, sammelte sich bereits das Heer von Eberhard und Klingenberg vor dem westlichen Stadttor. Dieses Heer war deutlich kleiner als sein Heer aus Überlingen. Johannes hob die Hand, um den Tross anzuhalten.

„Cun, Martin, Ihr kümmert Euch um das Nachtlager. Ich werde Graf Eberhard aufsuchen und mir einen Überblick verschaffen."

Dann warf er einen Blick auf seinen Knappen, der etwas verwundert auf die versammelte Menschenmenge schaute.

„Du bleibst ebenfalls hier. Und wenn es zum Kampf kommt wirst Du Dich im Lager aufhalten!"

„Aber warum das denn?"

„Du bist noch zu jung. Deine Zeit wird noch früh genug kommen!"

Enttäuscht ließ Jakob seinen Kopf hängen und folgte Cun und Martin. Johannes schlängelte sich mit seinem Streitross durch das Heerlager, das voll von aufgebrachten Männern war, die nur darauf warteten, in den Kampf zu ziehen. Was ihm allerdings Sorge bereitete, war, dass die vielen Bauern zu unerfahren im Waffenhandwerk waren und auch keine Zeit mehr blieb, sie darin zu unterrichten.

Johannes blickte sich nach allen Seiten um. Die aufständischen Bauern hatten an alles gedacht und sich auf einen längeren Kampf vorbereitet.

Die Ausrüstung der Wagen umfasste alles, was man für eine längere Belagerung benötigen würde. Äxte, Schaufeln, Radehacken, Ketten, Sensen, Hufeisen hingen an den Wagen herunter, um auf jeden Notfall vorbereitet zu sein. Selbst ein Schmied war zugegen, der als Waffen- und Werkzeughersteller von großem Nutzen sein konnte.

Er erblickte auch ein paar Huren, die sich vermutlich aus der Stadt kommend unter das Heer mischten. Als er endlich das westliche Stadttor erreichte, das man auch Untertor nannte, stand er vor verschlossenen Türen. Von Graf Eberhard und Klingenberg war nichts zu sehen. Johannes glitt aus dem Sattel und begab sich zu einem der Wachposten. Ein kleinwüchsiger Mann mit Helm blickte ihn mit großen Augen an.

„Ich suche den Grafen von Nellenburg?“

„Es tut mir leid. Ich habe Order niemanden in die Stadt zu lassen, außer einen Ritter von Bodman“, entgegnete der Wachhabende ein wenig nervös.

Johannes verzog ärgerlich sein Gesicht. Warum in Gottes Namen hatte er immer wieder ein Problem mit irgendwelchen ahnungslosen Wachposten. Er bedachte den Mann mit einem grimmigen Blick und musterte ihn von oben bis unten.

„Ich bin genau der, von dem Du sprichst, guter Mann. Und Du tust gut daran, mich sofort anzumelden.“

- ◆ -

Die strenge Ansage des breitschultrigen Ritters veranlasste den Mann, sofort das Tor zu öffnen. Noch im selben Moment als Johannes wieder auf seinem Hengst saß, passierte Graf Nellenburg mit Herrn von Klingenberg das Stadttor. Ritter Heinrich von Stoffeln und einer seiner Brüder sowie Ritter Randegg waren auch zugegen.

„Ritter Johannes! Da seid Ihr ja", begrüßte ihn Graf Eberhard. Auch die Übrigen begrüßten ihn, mit einem wohlwollenden Gesichtsausdruck.

Klingenberg blickte über die vor ihm lagernde riesige Menschenansammlung. „Ich muss schon sagen, Ritter von Bodman, wie kommt Ihr zu so vielen Männern?"

„Nun ja, ich war selbst ein wenig überrascht. Es war aber nicht allzu schwierig, die Stadt war voll mit aufgebrachten Männern, als ich in Überlingen eintraf. Es sind mehr als ich zu hoffen wagte. Ich habe allerdings nicht nur ausgebildete Streitkräfte mitgebracht, auch aufständische Bauern, die die Überfälle nicht länger hinnehmen wollen. Mit Verlaub Graf, würde ich Euch gerne die Vertreter des Überlinger Städtebundes vorstellen, die ebenfalls vor Ort sind."

„Das trifft sich gut. Wir treffen uns gleich in meinem Zelt, um alles Weitere zu besprechen", sagte der Graf und trabte, gefolgt von Klingenberg in Richtung dieser Unterkunft.

Ritter Heinrich lenkte sein Pferd an die Seite von Johannes und lächelte „Du überraschst mich, Johannes. Nicht einmal ich habe je eine solche Streitmacht befehligt. Nun kannst Du all das beweisen, was ich Dir beigebracht habe."

Johannes seufzte. „Ich wäre Euch sehr dankbar, wenn Ihr an meiner Seite wärt."

„Es wird mir ein Vergnügen sein, Ritter von Bodman. Wir sehen uns gleich im Zelt des Grafen."

Johannes nickte ebenfalls mit einem Lächeln und lenkte Frowin herum.

Als er mit den Vertretern des Städtebundes das Zelt des Grafen betrat, war bereits eine heftige Diskussion im Gange, die sich abrupt auflöste.

„Ah, meine Herren, tretet ein und nehmt Platz", sagte Graf Eberhard mit einer winkenden Hand. Das Zelt war mit einem Vorhang abgeteilt, hinter dem das Bettlager des Grafen stand. Im vorderen Bereich stand ein langer Tisch umrandet von zwei Sitzbänken. Nur ein Stuhl war vorhanden, der dem Grafen zustand. Ein Junge eilte herbei und versorgte die Männer mit Apfelmost.

Johannes nahm einen Schluck und blickte in die Runde. „Wie kommt es, dass die Stadttore verschlossen sind?"

„Nun, ja", fing Klingenberg an. „Die Radolfzeller waren ein wenig erschrocken über das große Aufkommen vor ihrer Stadt. Durch das Gespräch mit den Stadtvertretern kam heraus, dass die abtrünnigen Höhgauritter hier in Radolfzell ihren Sitz und mehrere Verbündete haben, auch in Konstanz."

„Das wundert uns nicht", meinte einer der Überlinger Vertreter. „Nach unseren Informationen wurde ein Hauptteil der gestohlenen Güter vom Untersee nach Konstanz transportiert."

„Ach, daher weht also der Wind", entgegnete Johannes. „Ritter der Homburg haben sich uns ebenfalls angeschlossen und berichteten, dass sich Konstanz vornehm aus der Angelegenheit zurückhält."

„Das wundert mich nicht", sagte Graf Eberhard verärgert.

„Von dieser Seite des Sees konnte man noch nie viel Hilfe erwarten. Ich möchte nicht wissen, wer dort alles etwas mit dem Raubrittertum zu schaffen hat."

„Und wie verhält es sich mit den Radolfzellern?", fragte Johannes in die Runde.

Klingenberg erhob sich und lief im Zelt umher. „Wir haben ihnen mit aller Deutlichkeit nahegelegt, sich unserem Bündnis anzuschließen, um wieder Recht und Ordnung in ihre Stadt zu bringen."

„Und haben sie?"

„Sie haben", gab Klingenberg zu Antwort.

„Sie sind dabei, alle verfügbaren kampferprobten Männer zusammen zu stellen und werden vor Sonnenaufgang ihre Tore öffnen, um uns auf den Schienerberg zu folgen. Außerdem mussten wir erfahren, dass Werner von Schienen eine enge Freundschaft zu Hans von Rechberg pflegt. Zusammen mit den Grafen Eberhard und Heinrich von Lupfen sowie Hans Wilhelm von Friedingen gründeten sie eine Gesellschaft zur planmäßigen Ausführung von Raubzügen. Damit für jeden noch ein großer Anteil herausspringt, nahmen die Überfälle zu. Es ist höchste Zeit, dass wir etwas unternehmen, bevor das ganze Land von einem Krieg überzogen wird. Wir werden sie nicht alle bekommen.

Aber wir werden ihre Burgen niederbrennen und sie in die Flucht schlagen."

Graf Eberhard erhob sich ebenfalls.

„Gut, meine Herren. Morgen bei Sonnenaufgang marschieren wir zum Schienerberg und schleifen die Schrotzburg. Danach nehmen wir uns die Krähenburg vor."

„Die Krähenburg wird keine einfache Sache", sagte Ritter Heinrich. „Der Weg nach oben ist steil und beschwerlich. Und Friedingen ist ein gewiefter Hund."

„Das sollte kein Problem sein", entgegnete Eberhard. „Ein Bote brachte mir heute Morgen die Nachricht aus Kaufbeuren, dass Georg von Frundsberg mit einem riesigen Heer Richtung Bodensee marschiert. Kaufbeuren wird es eine Freude sein, dem Kerl das Handwerk zu legen."

„Da stimme ich zu", erwiderten Johannes verächtlich. „Man wird sehen, was die feigen Hunde gegen eine Überzahl, wie wir sie haben, unternehmen werden."

„Da ist nur noch eine Sache", meldete sich Klingenberg nachdenklich. „Die Schrotzburg ist im Besitz des Reichenauer Klosters!"

„Darauf können wir keine Rücksicht nehmen", warf Ritter Heinrich ein. „Wenn sie ihren Burgherrn im Griff hätten, gäbe es keinen Angriff."

„So sehen wir das auch", sagte einer der Vertreter aus Überlingen. „Werner von Schienen ist ein selbstgerechter Gewaltherrscher. Um an seine Ziele zu kommen, schreckt er vor nichts zurück."

„Dann sind wir uns also alle einig!", sagte Graf Eberhard mit energischem Ton. „Die Schrotzburg wird dem Erdboden gleich gemacht, um das Gesindel zu vertreiben! Ihr, Johannes und Heinrich, führt das Heer aus Überlingen an. Den Rest befehligen wir. Alles weitere, ergibt sich vor Ort."

Die Männer verließen das Zelt und gesellten sich an eines der Lagerfeuer, um sich zu stärken und über den morgigen Tag zu diskutieren. Heinrich wandte sich an Johannes, der mehr als angespannt an einem der Wagen lehnte.

„Ich kenne Dich gut genug, um zu wissen, dass Dich etwas bedrückt. Was hast Du mit Friedingen zu tun?"

Johannes drehte den Kopf und blickte Heinrich mit ernster Miene an. „Er ist hinter meiner zukünftigen Frau her. Ihr erinnert Euch bestimmt, dass ich Euch und dem Grafen von Anna erzählte."

„Johannes, Du bist ein pflichtbewusster Mensch und lebst nach dem Kodex der Ritterehre. Bist Du Dir sicher, dass sie es wert ist, Dein Leben aufs Spiel zu setzen?"

Johannes bedachte Heinrich mit einem stechenden Blick, der ihn auf der Stelle getötet hätte, wenn dies möglich wäre.

„Wenn Ihr sie kennen würdet, würdet Ihr die Worte bereuen. Sie ist genau die Frau, mit der ich mein Leben teilen will und werde."

„Ist sie in Sicherheit?"

„Sie ist auf Bodman. Niklas befehligt die Burg während meiner Abwesenheit."

„Dann wünsche ich Dir viel Glück “, entgegnete Heinrich und klopfte ihm dabei auf die Schulter. „Pass auf Dich auf! Friedingen ist ein gerissener Hund!“

- ◆ -

Es war in den frühen Morgenstunden, als sie den Schienerberg erreichten. Johannes trug einen Brustharnisch mit einem langen Panzerhemd. Sein Helm hing bis zur Schlacht an Frowins Seite. Er hielt nichts von einem Vollharnisch. Er fand es behindernd in einer Schlacht. In Gedanken legte er seine Hand auf sein Schwert. Für ihn hatte sein Schwert einen symbolischen Wert. Einst trug es sein Vater. Es würde ihn sein Leben lang begleiten und, so Gott es will, ihn schützen. Und vielleicht wird es eines Tages sein Sohn tragen.

Bei dem Gedanken an einen Sohn, dachte er unwillkürlich an Anna. Aber sein Verstand sagte ihm, dass er seine Gedanken jetzt auf den Kampf konzentrieren musste, so wie er es von Heinrich gelernt hatte. Er war mehr als stolz, dass er zusammen mit Heinrich die Führung übernehmen durfte. Graf Eberhard und Klingenberg waren sich einig, ihnen die Führung zu überlassen, zumal sie seit vielen Jahren aufeinander eingespielt waren und Ritter Heinrich schon des Öfteren derartigen Situationen gegenüberstand. Außerdem bauten sie auf den Scharfsinn und die Klugheit des jungen kämpferischen Ritter von Bodman.

Cun und Martin ritten hinter ihnen. Ihre Aufgabe war es, ihm und Heinrich im Kampf Rückendeckung zu geben. Sein Knappe Jakob war mehr als enttäuscht, nicht dabei sein zu dürfen. Er war allerdings noch zu jung und zu unerfahren. Daher hielt es Johannes für besser, ihn zurück zu lassen. Da es heute Nacht geregnet hatte, war der Weg durch den Wald des Schienerbergs beschwerlich und matschig.

Mühsam schleppte sich das Heer in geordnetem Zug über unebene Waldwege. Die Feuchtigkeit auf den Bäumen, die als kleine Tröpfchen auf sie herunter rieselten, machte das Ganze nicht einfacher für die, die keine Rüstung trugen. Ihre Kleidung war von Nässe durchdrungen und feucht.

Johannes war sich sicher, dass man das Klirren von Rüstungen und Geschirren schon von Weitem hören konnte. Aber selbst, wenn die Wachposten etwas bemerkten, wäre es auf jeden Fall noch immer ein Überraschungsangriff.

Endlich war es soweit. Johannes und Heinrich zügelten ihre Streitrosse und hoben die Hand, den Tross zu stoppen. Johannes drehte den Kopf in Richtung der Männer und deutete mit der Hand an, sich ruhig zu verhalten. Einen Augenblick lang legte sich Stille über das Heer.

Im Schutz der Bäume starrten die Männer gebannt zur Schrotzburg hinauf, die im dichten Nebel geisterhaft vor ihnen stand. Sie war nicht sehr groß und stand auf einer Anhöhe, die unterhalb der Mauern mit einem Burggraben geschützt war, den man nur über eine Zugbrücke passieren konnte. Ein großer Wohnturm ragte über die hohe Mauer hinaus, die die gesamte Burg umsäumte. Das Hauptwohngebäude selbst befand sich hinter dem Wohnturm.

„Wenn Du mich fragst, scheint der Burgherr nicht gerade mit bestem Wachpersonal gesegnet zu sein“, flüsterte Heinrich Johannes zu.

„Ich denke, das lässt sich leicht herausfinden“, erwiderte Johannes, ohne die Wehrgänge aus den Augen zu lassen. Er lenkte Frowin vorsichtig aus dem Schutz der Bäume heraus und richtete seine Augen auf die Zinnen und den Wehrgang über der Zugbrücke, um irgendeine Bewegung auszumachen. Sein Hengst wusste worauf es ankam und verhielt sich genau so ruhig wie er es tat.

Plötzlich durchbrach ein schriller Schrei von einem der Wehrgänge die Stille.

„Alarm! Wir werden angegriffen", schrie einer der Wachposten. „Schnell. Alarmiert den Burgherrn!"

Wie ein riesiger Schwarm trat das Heer langsam aus den Büschen und Bäumen hervor. Keiner von den Hundertschaften sagte ein Wort. Eine unheimliche Spannung lag in der Luft. Die Männer warteten geduldig auf den Befehl zum Angriff, so wie es am Abend zuvor besprochen wurde.

- ◆ -

Werner von Schienen eilte die Treppe herunter, die zur Halle führte. Er war völlig außer sich. Wutentbrannt durchquerte er die Halle. Sein Aussehen entsprach nicht gerade dem, was man von einem edlen Herrn annehmen würde. Er war leicht untersetzt und schob einen dicken Bauch vor sich her. Dunkelrote ungepflegte Haare hingen ihm ins Gesicht, das mit Narben übersät war. Auch seine Kleidung erinnerte nicht an die eines Edelmannes.

Seine Mitstreiter waren ebenfalls schon auf und liefen nervös umher. Es waren Ritter und Adlige, die sich ihm angeschlossen hatten, um an schnelles Geld zu kommen.

Ritter Walter von Königsegg rief entrüstet: „Schienen! Was hat das zu bedeuten? Ihr habt uns versichert, dass unsere Namen nicht in aller Munde kommen. Vor der Burg steht ein Heer von mehr als tausend Männern, die bestimmt nicht zum Morgenmahl erschienen sind!“

„Was weiß ich?“, schrie Schienen voller Zorn. „Ich bin ebenfalls überrascht von diesem Aufkommen.“

Wütend blickte sich Schienen in der Halle um. „Kann mir vielleicht einer erklären, wer meine Burg angreift?“

Im selben Moment betrat der Hauptmann der Wache die Halle. Schienen lief auf ihn zu, versetzte ihm einen Schlag ins Gesicht und starrte in ungläubig an.

„Du nichtsnutziger Bastard! Ich dachte, ich könnte mich auf meine Wachen verlassen!“

„Mein Herr, wir haben nichts gehört.“

„Nichts gehört! Ein Heer von solchem Ausmaß hört man sehr wohl, wenn man nicht grad ein Schläfchen hält. Wer zum Teufel wagt es, mich anzugreifen? Oder ist mir entgangen, dass wir uns im Kriegszustand befinden?"

„Es scheinen mehrere Verbündete zu sein", stotterte der Hauptmann ängstlich.

„Namen? Ich will Namen hören!"

„Herr, wir konnten das Banner der Grafschaft Nellenburg und der Twiel Burg erkennen."

Schienen zog erstaunt die Brauen hoch. „Soll das ein Witz sein? Niemals besitzt der Landgraf ein solches Heer!"

„Herr, einer der Wachposten glaubte, Ritter Johannes von Bodman gesehen zu haben."

„Das glaub' ich alles nicht! Bodman? Sollten wir den kennen?", fragte Ritter von Stein.

Schienen fuhr herum und blickte in die Runde. „Ich begegnete ihm dann und wann. Er war Jahre auf der Nellenburg und ging bei Heinrich von Stoffeln in die Ritterlehre. Wir sollten ihn nicht unterschätzen."

Schienen wandte sich wieder an den Hauptman. „Haben sie ihre Bedingungen erläutert?"

Der Hauptmann trat nervös von einem Bein auf das andere. „Herr, es sind aufständische Bauern im Heer, die ihre Güter zurückfordern. Und die Befehlshaber wollen die Schrotzburg schleifen!"

Schienen stand Zornesröte im Gesicht. „So leicht geben wir uns nicht geschlagen. Wir halten der Belagerung stand!"

„Wie soll das gehen?“, fragte Ritter von Stein. „Ihr habt hier nicht mehr als hundert Mann zur Verfügung.“ Schienen schnaubte vor sich hin. „Wenn Rechberg hier wäre, könnten wir sie bezwingen.“

„Um Hilfe zu holen, müsstet Ihr einen Boten losschicken, der aber vermutlich abgefangen wird.“

„Wir haben keine andere Wahl“, entgegnete Schienen und fuhr sich verärgert durch sein rotes Haar. „Hauptmann, bereitet alles für eine Belagerung vor. Ich will alle verfügbaren Männer auf den Wehrgängen sehen. Und jetzt geh‘ mir aus den Augen, bevor ich Dir den Kopf abschlage!“

- ◆ -

Das Heer hatte an den unteren Hängen der Burg Schlachtaufstellung bezogen. Johannes und Heinrich befehligten das Überlinger Heer, das andere Klingenberg und Eberhard. Johannes wies die Männer an, die Wagen mit den schweren Geschützen und Rammböcken vor der Zugbrücke zu positionieren, um schnellst möglich den Zugang zum Torhaus zu zerstören. Andere liefen los und erklommen den Burggraben, um mit Leitern über die Mauer zu kommen.

Mehrere Pfeilhagel gingen nieder, als sie die Geschütze in Stellung brachten. Die Bauern schlängelten sich von Westen her über den Graben. Die Überlinger verfügten über Hunderte von Bogenschützen, die den Geschützen Rückendeckung gaben. Eine Hundertschaft ausgebildeter Fußsoldaten bewaffnet mit Schilden, Spießen und Stangenwaffen bemühte sich ebenfalls, den Burggaben zu überwinden.

Johannes befand sich bei den Männern vor dem äußeren Torhaus, die dabei waren, den Rammbock in Stellung zu bringen. Immer wieder flogen schwere Steine vom Katapult über ihre Köpfe hinweg und prallten gegen die Burgmauer. Einige Männer versuchten, Sturmleitern gegen die Mauer zu werfen, um hinaufzuklettern, was kein leichtes Unterfangen war. Noch im selben Augenblick schossen die Gegner auf sie nieder und versuchten, die Leitern wieder zu lösen.

Johannes und Heinrich trieben die Männer an, den Rammbock gegen das Tor zu stoßen. Die harten Stöße ließen die Mauern erbeben und lockerten langsam Steine, die schließlich aus der Mauer brachen. Da das äußere Torhaus nicht allzu groß war, ging es nach zwei weiteren Stößen in die Brüche.

Johannes fasste nach seinem Schwert und lockerte die Halterung seines Schildes. Wachsam sah er zu den Zinnen hinauf und erblickte Schienen. Er hätte ihn überall erkannt mit seinen roten Haaren. Mit seinem vernarbten Gesicht war er das jämmerliche Abbild des Mannes, der nur darauf aus war, andere zu meucheln und um ihr Hab und Gut zu bringen.

‚Schade, dass Peter nicht hier ist', dachte er. Es wäre für ihn bestimmt ein Vergnügen gewesen, mit ihm abzurechnen.

Johannes blickte ihn direkt an und hob sein Schwert als wolle er ihn grüßen.

„Ist das Ritter von Bodman?", fragte Ritter von Stein, der neben Schienen stand.

„Ja, das ist er höchstpersönlich."

„Können wir mit ihm verhandeln?"

Schienens Miene nahm einen grimmigen Ausdruck an. „Ich fürchte nicht. Er ist jung und stark und kämpft nur für Ehre und Gerechtigkeit. Wir müssen durchhalten so lange wir können."

„Und ich sage Euch, wir brauchen einen Plan, um von hier wegzukommen", entgegnete Stein.

Johannes sah wie ein weiterer Hagel von Pfeilen auf ihn niederkam, die schließlich gegen sein Schild prallten.

„Sollen wir die Pfeile anzünden und sie ausräuchern?", fragte einer der Männer.

„Nein, wir nehmen die Burg durch das Haupttor ein. Sollten sich Frauen und Kinder in der Burg befinden, wären sie in Gefahr. Wir versuchen, das Haupttor zu durchbrechen, dann wird es ein Leichtes sein, die wenigen Männer, die sich auf der Burg befinden zu überwältigen", schrie Johannes über den Schlachtlärm hinweg, der vom Wiehern der Pferde und dem Gebrüll der kämpfenden Männer in seine Ohren drang.

Die Wände erzitterten durch den Rammbock, der gegen das Haupttor prallte. Schienen und seine Ritter fuhren zusammen.

„Es hat keinen Sinn mehr", sagte Schienen angewidert. „Wir zünden die Burg an, um sie abzulenken, während wir die Burg verlassen".

„Wie soll das gehen?", fragte Königsegg.

„Es gibt einen Durchlass an der Südseite der Burg, den wir unbedenklich passieren können. Lasst uns verschwinden bevor es zu spät ist!"

„Johannes", rief Heinrich während er auf ihn zu ritt. „Der Wohnturm steht in Flammen."

Johannes, der sich am Haupttor befand, glaubte sich verhört zu haben. Doch ein Blick nach oben gab ihm die Bestätigung. Ein lautes Krachen ließ ihn herumfahren. Das Haupttor war durchbrochen und der Weg in den Innenhof war frei.

„Diese Hunde stecken die eigene Burg in Brand", sagte Heinrich, der sich mit Johannes in den Burghof vorkämpfte. Lautes Gebrüll und Klirren von Schwertern hallte an den Burgmauern hoch. Es war ein Leichtes, die kleine Anzahl von Gegnern zu überwältigen. Gegen diese Übermacht hatten sie keine Chance. Johannes schwang sein Schwert und kämpfte sich verbissen mit Martin und Cun zum Wohnturm vor, um sich Schienen zu holen.

„Ihr könnt da nicht rein“, schrie Heinrich. „Der ganze Turm steht in Flammen.“

Johannes hielt inne und senkte sein Schwert. Seine Augen funkelten vor Wut. „Schienen darf uns nicht entkommen!“

„Ich glaube nicht, dass er sich noch im Wohnturm befindet“, entgegnete Heinrich.

Nellenburg und Klingenberg kamen auf sie zu. „Wer hat den Wohnturm in Brand gesetzt? Und wo ist Schienen?“, fragte Klingenberg entgeistert.

„Das ist eine gute Frage“, erwiderte Johannes. „Aber das lässt sich leicht herausfinden.“

Er schwang sich aus dem Sattel und lief in großen Schritten die breite Treppe hinauf, die zum Wohngebäude führte. Cun und Martin hielten ihm den Rücken frei. Mit dem Schwert in der Hand betrat er die Halle. Einige Frauen und Kinder schrien durcheinander. Die wenigen Männer, die sie zu beschützen versuchten, verteidigten sie, indem sie sich mit ihren Waffen vor sie stellten.

Johannes senkte sein Schwert und fixierte die Männer, die trotz ihrer Angst die Waffen gegen ihn richteten.

„Wenn Ihr die Waffen fallen lasst, wird Euch nichts geschehen“, rief er so laut, dass es alle hören konnten. Mit wachsamem Blick sah er die Männer an, die schließlich zögernd und misstrauisch ihre Waffen zu Boden fallen ließen.

„Wo ist Schienen?“

„Das wissen wir nicht“, gab einer der Männer gereizt zur Antwort.

Johannes packte ihn am Kragen und beugte sich über ihn. „Wenn Dir Dein Leben lieb ist, dann sprich!“

„Er ist fort“, krächzte der Mann. „Er und seine Recken haben den Wohnturm in Brand gesetzt und sind geflohen.“

Johannes ließ den Mann los. „Verfluchte Hunde!“, stieß er zwischen seinen zusammengebissenen Zähnen hervor. Verärgert ließ er den Blick über die mit Menschen volle Halle schweifen.

„Ihr tut gut daran, die Burg auf der Stelle zu verlassen. Sie wird geschleift, so dass kein Stein auf dem anderen stehen wird! Ihr habt eine Stunde, danach können wir nichts mehr für Euch tun!“

„Lasst uns gehen“, sagte er zu Martin und Cun und eilte zur Halle hinaus.

„Dieser feige Hund!“, stieß Graf Eberhard aus. „Gebt Befehl, die Burg zu zerstören, sobald Frauen und Kinder in Sicherheit sind. Danach begeben wir uns zur Krähenburg. Ein Bote brachte mir soeben die Nachricht, dass Feldhauptmann Paul von Lichtenstein und Georg von Frundsberg auf dem Weg hierher das Schloss von Schienen in Wangen niedergebrannt haben. Sie stoßen spätestens in zwei Tagen zu uns, um die Krähenburg zu belagern. Wollen wir doch mal sehen, ob wir dieser Teufelsbrut nicht das Handwerk legen können!“

„Und was ist mit Hans von Rechberg und der Hewenburg?“, fragte Ritter Heinrich.

„Um die kümmern wir uns, wenn wir mit Friedingen und seiner Brut fertig sind“, warf Klingenberg ein. „Es gibt erst dann einen Neubeginn, wenn wir die Raubritterschaft niedergestreckt haben. Und so wie wir wissen, ist die Krähenburg das größte Übel von allen.

\- ◆ -

„Mir ist nicht ganz wohl bei der Sache, Friedingen. Was, wenn sie uns erwischen. Die Burg scheint gut bewacht zu sein."

„Überlass das mir", knurrte Friedingen den Mann an und wandte sich Sebastian zu, der die Burg kannte wie kein anderer.

„Du weißt, was Du zu tun hast! Wenn es schief geht, mach ich Dich einen Kopf kürzer!"

Es war jetzt kurz vor Mitternacht. Auf der Bodman war nichts zu hören, außer von zwei Wachleuten, die auf den Wehrgängen ihre Runden drehten. Ein dritter Wachmann stand hinter den Zinnen des Torhauses, das mit einer Fackel beleuchtet war.

Friedingen und Sebastian kauerten mit zwei weiteren Gesellen unweit vom Torhaus entfernt hinter einem Baum. Sebastian schwirrte der Kopf, zumal Friedingen ihn nur benutzte, um in die Burg zu gelangen. Hätte Anna ihn nicht abgewiesen, wäre er jetzt nicht in solch einer misslichen Lage. Es war nicht besonders klug, sich Friedingen anzuschließen, aber er war damals sehr verletzt über ihre Worte.

Dabei wollte er nur erreichen, dass sie ihn zurückholt. Leider war dem nicht so. Somit war er verdammt, mit den Raubrittern zu rauben und zu morden, ob es ihm passte oder nicht, wenn er nicht sein Leben verlieren wollte. Egal wie es ausgehen würde, sein Leben war verwirkt. Er hatte nichts mehr zu verlieren und war dazu verdammt, Friedingen in die Burg einzuschleusen, um Anna zu holen.

„Mach schon! Ruf den Wachmann und sag ihm, was wir besprochen haben“, flüsterte Friedingen ihm ins Ohr.

Sebastian trat nach vorne und blickte zum Torhaus hinauf. „Hallo! Ist da jemand?“, sagte er vorsichtig.

Der alte Simon traute seinen Ohren nicht und hob die Fackel nach unten. „Sebastian! Was machst Du hier? Ich dachte, Dein Zuhause ist jetzt die Krähenburg?“

„Ich glaube nicht, Simon. Ich habe schnell festgestellt, dass das Leben dort keinen Deut wert ist. Ich wäre Dir sehr dankbar, wenn Du mich heute im Pferdestall schlafen lässt. Morgen früh werde ich mich bei der Herrschaft melden und ihnen einiges über Friedingens Pläne berichten.“

„Das hört sich nicht schlecht an. Unser junger Burgherr ist ohnehin nicht gut zu sprechen auf diesen Kerl. Ich komme und öffne Dir das Tor. Den Weg zum Stall findest Du ja alleine.“

Ein dumpfer Schlag ins Genick und Simon sackte zu Boden. „Ihr wartet hier bis ich zurückkomme“, flüsterte Friedingen. „Sebastian, Du kommst mit mir und führst mich zu der hübschen Braut.“

„Du brauchst keine Angst haben, mein hübsches Kind.“

Anna riss die Augen auf und sah einen Schatten vor ihrem Gesicht. Wie ein kalter Windhauch glitt die Stimme an ihr Ohr und drang bis tief in ihre Seele. Eine eisige Hand, die nach Leder und Pferd roch, hielt ihr den Mund zu, so dass sie kaum atmen konnte. Alles, was sie hörte, war ihr Herzschlag. Sie war sich sicher, Johannes war es nicht. Aber wer war es dann?

Annas Gedanken überschlugen sich. Mit jedem Herzschlag wuchsen ihre Angst und die Gewissheit, dass dieser Mann ihr etwas Böses antun könnte. Wie kam er in die Burg, ohne dass es jemand bemerkte? Wo waren die Wachen? Simon wusste doch, dass er niemandem Einlass gewähren sollte.

Ein schrecklicher Gedanke ging ihr durch den Kopf. War Simon bereits tot? Nein, das durfte sie nicht einmal denken. Aus den Augenwinkeln sah sie eine weitere Gestalt, die nur dastand und sich nicht rührte. Plötzlich wurde sie empor gerissen und ein starker Arm umschlang ihre Taille.

„Mach schon, sammle ihre Kleider und Schuhe zusammen und lass uns verschwinden", sagte der Mann, der ihr mit hartem Griff immer noch den Mund zuhielt.

„Ich warne Dich! Solltest Du schreien, wird es Dir und den Burgbewohnern schlecht ergehen. Es liegt ganz bei Dir, ob sie am Leben bleiben."

Ein eisiger Schauer durchlief ihren Körper. Sie hatte keine Wahl. Wenn sie sich weigern würde, würden diese Männer nicht zögern, jemanden umzubringen, dessen war sie sich sicher. Er presste seine Hand jetzt stärker auf ihren Mund.

„Ich will eine Antwort, Anna!"

Anna fuhr zusammen. Woher kannte er ihren Namen, überlegte Anna fieberhaft. Auch seine Stimme kam ihr bekannt vor. Er ließ ihr keine Zeit zum Nachdenken. Der Druck seiner Hände wurde stärker. Anna hob das Kinn und blickte ihn ängstlich an, dann nickte sie zwei Mal mit ihrem Kopf.

„Ausgezeichnet, ich sehe, dass wir uns verstehen, meine Hübsche, und jetzt lasst uns gehen.

Nachdem sie wusste, wer die nächtlichen Besucher waren, die sie aus der Burg entführten, war die Enttäuschung über Sebastian groß und tat ihr in der Seele weh. Wie konnte sich Sebastian mit einem Kerl wie Friedingen einlassen? Jahrelang waren sie Weggefährten. Wie oft ritten sie zusammen aus. Als Ritter Johann ihn vor Jahren als Waise zu sich aufnahm, war sie es, die ihm ihre Freundschaft entgegenbrachte. Paulus brachte ihm alles bei, was man über Pferde wissen musste, um später einen guten Stallmeister aus ihm zu machen. Hatte er Bodman verlassen, weil sie seinen Antrag abwies? Nach den neuesten Erkenntnissen hätte er ihr keinen Antrag machen können, da er nicht von Adel war. Nicht ein einziges Wort, auch keinen Blick hatte er für sie übrig. Es kam ihr vor, als ob er sich für sein Tun schämen würde. Er war es auch, der Simon niederschlug. Trotz allem hatte sie Mitleid mit ihm, denn sein Leben hing an einem seidenen Faden.

- ◆ -

Die Sonne ging bereits auf, als sie den beschwerlichen Weg zur Krähenburg hinaufritten. Der Weg war steinig und verwildert mit Sträuchern und herabhängenden Bäumen. Ein Angriff auf die Burg würde daher beschwerlich und nicht ganz ungefährlich sein, dachte Anna. Auch ein Entkommen war hier nicht möglich. In den steilen Abhängen konnte man leicht die Orientierung verlieren und abstürzen.

Ihr Albtraum hatte sie eingeholt. Friedingen würde alles daransetzen, sie mit Gewalt zu einer Vermählung zu zwingen. Ihre ganze Hoffnung war, dass irgendein Bote Johannes erreichen würde, um sie aus den Fängen dieses Widerlings zu befreien.

Sie hatten den ersten Torturm erreicht und ihr Blick fiel auf die imposante Twiel, dort, wo Johannes noch vor ein paar Tagen weilte. War er noch am Leben? Gestern brachte ein Bote die Nachricht vom Angriff auf die Schrotzburg. Die Sorge, er könnte nicht mehr zurückkommen, berührte sie mehr als sie es je zu denken vermochte. All ihre Empfindungen, all ihr Denken drehte sich alleine um ihn, seit jener Nacht. Anna kämpfte gegen die Tränen an, die in ihr aufstiegen. Sie liebte ihn. Das wurde ihr soeben bewusst.

Sie kannte die Liebe, die sie durch ihre Eltern erfahren durfte und wusste wie es sein konnte, wenn zwei Menschen für einander geschaffen sind. Insgeheim hoffte sie, dass Johannes das Gleiche für sie empfinden würde. Wieder passierten sie ein Tor, das durch einen Zwinger führte und somit zur Oberen Burg. Als sie in den Innenhof der Burg ritten, schlug ihr ein Bild des Entsetzens entgegen. Ordnung schien hier nicht an erster Stelle zu stehen. Es war als ob hier jeder machte, was er wollte. Der Burghof war voller Unrat. Schweine genossen hier ihre Freiheit und hielten sich im gesamten Innenhof auf. Selbst in der Schmiede stolzierten Ziegen und Hühner.

Plötzlich drang ein Schrei von einem der Männer auf der Mauer. „Wie mir scheint, bist Du fündig geworden, Hans. Wahrlich eine Schönheit!"

Als er vor ihr stand wurde ihr übel. Schwarze Augenringe und dicke Tränensäcke zeichneten sein Gesicht. Sein schwarzes Haar war glanzlos und hing ihm verworren ins Gesicht. Die Hände waren wulstig, genauso wie sein Mund. Er war ein Abbild des Grauens. In seinen kalten Augen erkannte sie das Böse.

Wie aus dem Nichts war sie plötzlich umringt von einer Horde grimmig dreinblickender Männer. Anna zwang sich, ruhig zu bleiben. Wenn sie jetzt ihre Angst zeigen würde, war sie verloren. Friedingen griff in ihr Haar.

„Anna, meine Süße, darf ich vorstellen, unser allzu beliebter Burgvogt Popolius. Er wird sich um Dich kümmern während meiner Abwesenheit, mein Täubchen. Und Du tust gut daran, ihm nicht zu wiedersprechen. Er kann durchaus sehr ungehalten werden."

Die Männer lachten und verschlangen sie mit ihren Blicken.

„Genug!", schrie Friedingen. „Geht auf Eure Posten, ich will keine Überraschung erleben, so wie es Schienen gestern erging. Und Du, Popolius, schaff mir einen Priester herbei, aber schnell!"

Anna wurde schwindelig. Sie glaubte, jeden Moment in Ohnmacht zu fallen. Dieser Popolius verkörperte das Böse. Nie und nimmer wollte sie ihn um sich haben. Er war noch abscheulicher als Friedingen selbst.

Er zog sie mit der Hand durch die Wohnhalle die Wendeltreppe hinauf. Sie war völlig außer Atem und konnte kaum Schritt halten. Friedingen schubste sie unsanft in eines der Zimmer und zog die Tür hinter sich zu.

Anna blickte sich kurz um und dann wieder zu Friedingen.

„Lieber sterbe ich, als Euch das Jawort zu geben!“

Friedingen trat vor sie hin, zog gewaltsam ihr Haar zurück und blickte sie mit seinen kalten, harten Augen an.

„Ich rate Dir, hüte Deine Zunge, Mädchen. Du befindest Dich nicht in der Lage, irgendwelche Bedingungen zu stellen, meine Liebe. Solltest Du Dich weigern, wirst Du meine Hand zu spüren bekommen.“

Mit dem Daumen strich er ihr über ihre bebenden Lippen. „Es wäre doch ein Jammer, ein solch hübsches Gesicht zu entstellen, findest Du nicht auch?“

Anna zitterte am ganzen Körper. Sie konnte sich kaum auf den Beinen halten. Der Gedanke, mit diesem Mann das Bett zu teilen, ließ sie erschauern und machte ihr Angst. Offenkundig nur eine Wahl, sich ihm zu ergeben oder zu sterben. Das Bild von Johannes tauchte vor ihren Augen auf. Er würde kommen, um sie zu holen, da war sie sich sicher. Und solange musste sie durchhalten, denn sterben konnte sie immer noch.

„Was werdet Ihr tun, wenn Johannes von Bodman hierherkommt?“

Friedingen ließ sie abrupt los und stieß sie von sich weg. Seine Augen glühten vor Wut.

„Glaube mir, wir werden Deinen Freund gebührend empfangen. Und Du wirst dabei zusehen, wenn ich ihm mein Schwert in die Brust stoße. Danach wirst Du meine Gemahlin, so wie es mir versprochen wurde, ob es Dir passt oder nicht."

Anna packte all ihren Mut zusammen und stellte sich ihm entgegen.

„Wenn dies alles rechtens ist und Ihr Eurer Sache so sicher seid, frag ich mich, warum Ihr Euch so aufregt!"

Friedingen packte sie am Arm und riss sie an sich. Energisch blickte sie ihn an, während er sie wütend fixierte. „Du bist eine kleine Raubkatze, auf die ich mich freue, sie zu zähmen", stieß er mit zusammengekniffen Augen hervor. „Ich will Dich schon solange. Da kommt es auf einen Tag mehr oder weniger auch nicht mehr an. Sowie er tot ist, wirst du Dich mir hingeben. Dann werde ich Dir zeigen, wie es ist, mit einem Mann wie mir das Bett zu teilen. Es liegt allein bei Dir, wie es für Dich dabei ausgeht, meine Liebe."

Er ließ sie los und verließ das Zimmer. Sie hörte nur noch wie sich das Türschloss herumdrehte. Ein überwältigendes Gefühl der Trostlosigkeit und Furcht erfasste sie und nahm ihr jeglichen Kraft, die sie noch aufrechterhalten wollte. Sie stellte sich an das kleine offene Fenster. Tränen brannten hinter ihren Augenlidern, die schließlich feucht über ihre Wangen rannen. Sie schluckte ihre Verzweiflung hinunter und betete um ein Wunder.

- ◆ -

Das Heer befand sich unterhalb des Twiels und marschierte in Richtung der Krähenburg. Johannes riss die Zügel an, als er den Reiter sah, der wie wild auf das Heer zu ritt. Er kannte ihn. Er hatte ihn schon einmal auf Bodman gesehen. Es musste ein Bote sein. Sein Magen krampfte sich im selben Moment zusammen. Ein Bote von Bodman konnte nichts Gutes heißen.

„Herr, ich habe eine schlechte und eine gute Nachricht. Sie haben Herzogin Anna heute Nacht aus der Burg geholt", stammelte der Junge völlig außer Atem.

Wie durch einen Nebel vernahm er die Worte des Boten. „Weiß man wer es war?"

„Es war Sebastian, der Simon niederschlug. Mehr wissen wir auch nicht."

„Ist das nicht unser ehemaliger Stallbursche, der sich Friedingen anschloss?"

„Ich fürchte, ja", erwiderte der Bote.

„Und Simon, ist er am Leben?"

„Er hat nur eine Beule am Kopf. Da ist noch etwas. Euer Verwalter Niklas meinte, nach den Spuren zu urteilen, waren es mindestens drei Männer."

Johannes drehte den Kopf in Richtung Krähen. Friedingen dieser Hund, hat sich in seine Burg geschlichen und Anna entführt. Bisher war ihm Angst unbekannt. Meist war es so, dass er sich den Dingen einfach stellte, egal wie gefährlich sie waren. Aber jetzt überflog ihn eine Welle unbändiger

Angst und Hilflosigkeit, die sich mit unbarmherziger Wut vermischte. Der Gedanke, dass Anna etwas zustoßen könnte oder dieser Mistkerl sie auch nur berührt, raubte ihm den Verstand.

Heinrich, der neben ihm stand, erkannte, was in Johannes vor sich ging. „Du solltest jetzt nichts Unüberlegtes tun!"

Dann wandte er sich dem Boten zu. „Was war denn die gute Nachricht?"

„Ein noch größeres Heer wie dieses hier, bewegt sich auf die Krähenburg zu", antwortete der Bote mit weit aufgerissenen Augen.

„Reite zurück nach Bodman und richte Niklas aus, er solle die Wachen verstärken und auf der Hut sein", befahl Johannes dem Boten. „Sag ihm auch, dass es Friedingen war, der die Herzogin entführte und das wir auf dem Weg zur Krähenburg sind."

„Sehr wohl, Ritter Johannes" entgegnete er. Entschlossen riss er die Zügel herum und preschte davon.

Niedergeschlagen blickte Johannes ihm hinterher. „Wie brauchen einen Plan und das sehr schnell", sagte er zu Heinrich. „Ich werde Graf Eberhard darüber informieren und ihm alles berichten, auch über meine Vereinbarung mit Urslingen, dann sehen wir weiter."

Er warf einen Blick auf Martin und Cun, die ebenfalls bekümmert dreinschauten. „Ihr könnt schon einmal darüber nachdenken, wie wir unerkannt in die Burg kommen."

Als sich Johannes entfernte, wandte sich Heinrich an die beiden. „Ich konnte es bis jetzt nicht so richtig glauben, aber wie mir scheint, ist dies doch eine ernste Angelegenheit.“

„Davon könnt Ihr ausgehen, Ritter Heinrich“, entgegnete Cun. „Sie ist eine Frau, für die es sich lohnt zu kämpfen und wenn nötig, sein Leben zu geben.“

„Ich verstehe“, erwiderte Heinrich. „Dann wollen wir nur hoffen, dass die Geschichte gut ausgeht. Johannes tritt ein großes Erbe an und wird noch gebraucht. Es wäre ein Jammer, wenn ein Mann wie er, auf diese Weise sein Leben verlieren würde.“

„Macht Euch nicht allzu viele Sorgen“, mischte sich Martin ein. „Ihr kennt ihn besser als jeder andere. Er wird wissen was er tut.“

- ◆ -

„Ritter Johannes! Ihr wisst, dass das Euren Tod bedeuten könnte, was ich sehr bedauern würde“, sagte der Graf bestürzt.

Johannes bedachte den Grafen mit einem zermürbten Gesicht. „Mit Verlaub, Graf, der Tod könnte mich auch in der Schlacht treffen. Hier geht es um meine zukünftige Frau. Jeder weitere Tag, den sie in dieser Banditenburg verbringen muss, ist ein Tag zu viel.“

„Das verstehe ich durchaus“, erwiderte Eberhard mit Bedacht. „Dennoch würde mich interessieren, weshalb Urslingen die Vereinbarung auflöste. Ihr wisst so gut wie ich, dass er das nicht so einfach rückgängig machen kann, wie ihm gerade beliebt. Er kann nicht einfach handeln, wie eine Frau auf dem Fischmarkt. Glaubt Ihr allen Ernstes, Friedingen ließe sich das gefallen?“

Johannes versteifte sich. Seine Augen nahmen einen kalten Ausdruck an. „Ich glaube nicht, dass Friedingen in der Lage ist, irgendwelche Bedingungen zu stellen, nachdem, was er sich alles geleistet hat!“

Die Kinnmuskeln des Grafen versteiften sich. „Welchen Vorteil hat Herzog Urslingen in dieser Angelegenheit?“

Johannes atmete tief durch und blickte dem Grafen in die Augen. Er konnte ihm nicht die ganze Wahrheit sagen. Er wollte Urslingen nicht ins schlechte Licht rücken, wenn er eine familiäre Verbindung mit ihm anstrebte.

„Die ganze Sache mit Friedingen wurde dem Herzog zu gefährlich, daher löste er das Bündnis auf. Mehr kann und will ich dazu nichts sagen.“

„Nun gut, Ritter Johannes. Ich schätze Euch sehr. Wollen wir hoffen, dass die Sache zu Euren Gunsten ausgeht. Eine Frage habe ich noch? Wie steht denn die junge Herzogin zu den neuen Vereinbarungen?“

„Bei unserer letzten Begegnung schien sie damit einverstanden zu sein.“

Eberhard zog eine Braue hoch. „Warum wundert mich das nicht, Bodman? Die Frauen umschwärmten Euch schon immer, wie die Motten das Licht.“

„Sie ist eine schöne und kluge Frau“, entgegnete Johannes mit einem verschmitzten Lächeln.

„Nun gut, meinen Segen habt Ihr. Schaut zu, dass Ihr heil aus dem Nest wieder rauskommt. Ihr werdet noch gebraucht!“

„Wie wollt Ihr vorgehen?“, fragte Klingenberg.

„Ich werde während des Angriffs versuchen, in die Burg zu gelangen. Ich nehme nicht mehr als zwei Männer mit, damit wir kein Aufsehen erregen.“

„Ich denke, das ist keine schlechte Idee“, entgegnete Klingenberg. „Durch unseren Angriff sind sie abgelenkt und mit anderen Dingen beschäftigt. Das könnte funktionieren.“

„Nun gut“, lenkte Eberhard mürrisch ein. „Aber ganz wohl ist mir nicht dabei.“

„Da ist noch etwas“, sagte Johannes. „Das Heer von Frundsberg bewegt sich auf Schlatt unter Krähen zu. So wie es aussieht, müssten wir gleichzeitig mit ihnen vor Ort sein.“

„Dann sollten wir hier nicht länger Wurzeln schlagen“, sagte der Graf entschlossen.

Als er gerade seine Hand zum Zeichen, dass es weitergeht, hob, bremste Johannes ihn. Ein Reiter im Harnisch preschte im schnellen Galopp auf sie zu, gefolgt von mindestens zwei Dutzend Männern, die nicht aussahen wie Kämpfer. Johannes legte instinktiv die Hand an sein Schwert und war aufs Äußerste angespannt. Auch Klingenberg und Eberhard blickten dem Ganzen misstrauisch entgegen. Als die Gruppe näherkam, war er mehr als erleichtert. Es war Peter von Hewen. Die Gewissheit, dass er ihm trauen konnte, stärkte sein Selbstbewusstsein noch mehr. Peter hinterließ eine Staubwolke, als er seinen Hengst zum Stehen brachte.

„Ritter von Hewen", sagte Eberhard verblüfft. „Ich hoffe, Ihr habt eine gute Nachricht, die schlechten kennen wir schon."

„Nein, Graf! Damit kann ich Euch leider nicht dienen." Peter blickte die Männer bekümmert an. „Ich fürchte, meinem Bruder Wölflin ist nicht mehr zu helfen. Sie haben wehrlose Handelsleute überfallen, die sich unterhalb der Hewenburg befanden. Es gab viele Tote und Verletzte."

„Du sprichst in der Mehrzahl", sagte Johannes argwöhnisch.

„Ja, Schienen war bei dem Überfall ebenfalls mit beteiligt", antwortete Peter. „Er traf gestern Abend auf der Hewen ein, mit ein paar Männern, die ich nicht kannte. Er war mehr als aufgebracht über den Überfall auf die Schrotzburg, wo ich sehr gerne dabei gewesen wäre. Auch Hans von Rechberg war zur Zeit des Überfalls auf der Hewen."

„Hast Du etwas in Erfahrung bringen können?",

„Leider nicht allzu viel, was die Pläne von diesem Schurken betrifft.

Als es zum Gespräch kam, suchte Wölflin einen Vorwand, damit ich nichts mitbekommen sollte. Ich weiß nur, dass Schienen dem Höhgau den Rücken kehren und sich dem Kaiser anschließen will."

„Dieser feige Hund!", knurrte Johannes verächtlich.

„Und Euer Bruder?", fragte Eberhard mit argwöhnischem Blick.

„Na ja, Wölflin ist nach wie vor der Meinung, dass ihm niemanden etwas anhaben kann, ebenso Rechberg."

„Das wird sich noch herausstellen", erwiderte Eberhard wütend. „Wenn wir mit Friedingen fertig sind, werden wir den Herren einen Besuch abstatten und sie freundlich bitten, ihre Habseligkeiten zu packen. Das Morden und das Rauben müssen ein Ende haben."

„Hat Wölflin Verdacht geschöpft, was Dich betrifft?", fragte Johannes mit einem durchbohrenden Blick.

„Ich denke schon. Selbst von dem Angriff auf die Kaufleute bekam ich nichts mit. Als sie angriffen, verließ ich unauffällig die Burg, um den Männern so gut es ging beizustehen."

Peter drehte den Kopf zu den Männern, die dicht hinter ihm auf ihren Pferden saßen und das Gespräch mit anhörten. Einer von ihnen ergriff das Wort.

„Wir waren diesen Banditen unterlegen. Wenn Ritter von Hewen uns nicht beigestanden hätte, wären wir des Todes. Gegen diese Überzahl konnten wir nichts ausrichten."

„Vielleicht sollten wir einen Trupp Männer hinschicken, um dem Ganzen ein Ende zu bereiten", warf Klingenberg ein.

„Ich fürchte, dafür ist es zu spät“, entgegnete Peter. „Die Wenigen, die noch übrig blieben nach dem Gemetzel sind mir gefolgt, um sich in Sicherheit zu bringen. Und die, die sich gewehrt haben, sind tot.“

Eberhard holte tief Luft. „Das sind wahrlich keine guten Nachrichten!“

Peter verzog seine Miene und schmunzelte. „Es gibt immer eine Gute und eine schlechte Nachricht, Graf Eberhard. Ich konnte in Erfahrung bringen, wohin sie die Beute von dem Überfall am Untersee hinbrachten. Ihr werdet es nicht glauben. Einen großen Teil brachten sie nach Konstanz. Den restlichen Teil schaffte Rechberg auf die Hewenburg.“

„Das schlägt dem Faß doch den Boden durch!“, wetterte Eberhard. „Ich kann es nicht glauben!“

„Na, immerhin wissen wir jetzt, wo die gestohlenen Güter wieder zu holen sind“, bemerkte Klingenberg. „Dennoch sollten wir uns zuerst um Friedingen kümmern. Ich denke er war an dem Überfall mitbeteiligt.“

„Ihr habt Recht“, erwiderte Eberhard.

„Ihr, Johannes, nehmt so viele Männer mit, wie Ihr benötigt. Wir wünschen Euch viel Glück bei Eurem Vorhaben. Aber nehmt euch in Acht. Ein Mann ist nur ein halber Mann, wenn es um eine Frau geht.“

Johannes nickte den Männern entschlossen zu und wandte sich sogleich an Peter.

„Ich würde es begrüßen, wenn Du Dich mir anschließen würdest.“

„Nichts lieber als das! Du kannst auf mich zählen, wenn Du mir verrätst, um was es geht?"

„Das erzähl ich Dir auf dem Weg dahin."

Johannes nahm die Zügel, wünschte den Befehlshabern alles Gute und preschte davon.

- ◆ -

Ihm war nicht danach zumute, sich mit irgendjemandem zu unterhalten. Um in die Burg zu gelangen, nahm er nur Martin, Cun, Peter und seinen Knappen mit. Er wusste, auf sie konnte er sich verlassen. Martin indes schien von Peters Loyalität immer noch nicht ganz überzeugt zu sein, was Johannes indes einfach ignorierte.

Jakob wollte nicht beim Heer bleiben. Der Junge strebte nach Abenteuer, was Johannes nicht immer gefiel. Aber seine Sorge galt ihm Moment ohnehin alleine Anna und wie er ungehindert die Burg erreichen konnte. Er würde alles dafür geben, jetzt bei ihr zu sein. Sie war jetzt die Seine. Nichts und niemand würde daran etwas ändern, auch Friedingen nicht. Wenn er nur daran dachte, was dieser Bastard alles mit ihr anstellen könnte. Was wenn er sie schlug, kam es ihm in den Sinn? Sollte er irgendwelche Anzeichen erkennen, ist er des Todes!

Um nicht aufzufallen, trugen sie nur ein langes Kettenhemd, das bis übers Knie fiel. Über ihre Beinlinge stülpten sie schwarze Lederstiefel. Die Handschuhe von Johannes waren ebenfalls aus Leder. Er zog es vor, gleich mehrere Waffen mit sich zu tragen. Friedingen war ein gerissener Hund und Fairness war für ihn bestimmt ein Fremdwort. Sein Schwertgehänge aus schwarzem Leder hatte er fest um seine Taille gebunden, an dem sein wertvolles Langschwert über der linken Hüfte hing. Drei Dolche führte er zudem mit. Zwei steckten an seiner Hüfte, der andere in seinem Stiefel. Nicht zu vergessen, die Streitaxt, die er stets an seinem Gürtel trug, wenn er sich im Kampf befand. Allesamt sahen sie mehr als verwegen aus und würden nicht allzu sehr auffallen, wenn sie sich in das Raubritternest begaben.

Als sie den letzten Hügelkamm erreichten, war es kurz vor Sonnenuntergang. Johannes zügelte sein Streitross, hob die Hand und seine Männer brachten ihre Pferde zum Stehen. Vor ihnen thronte der felsige Bergkegel, die berüchtigte Krähenburg. Wie in Stein eingebettet, symbolisierte sie die Macht des Grauens. Unterhalb des Berges lag Schlatt unter Krähen. Das Dorf hatte nicht mehr als zehn Häuser vorzuweisen. Die Gehöfte waren nicht besonders groß und sahen armselig aus. Die mit Stroh und Schilf bedeckten Dächer waren in einem fürchterlichen Zustand, was vermutlich einer Folge vollkommener Ausbeutung entsprach.

Wachsam drehte Johannes seinen Kopf nach allen Seiten, um irgendeine Bewegung auszumachen. Argwöhnisch starrte er zur Festung hinauf. Ein unbeschreibliches Gefühl fuhr durch seinen Körper, als ob er sie spüren könnte. Er begehrte diese Frau mehr als er sich zugestehen wollte. Dennoch musste er seinen Verstand und sein Denken ganz auf seinen Feind einstellen. Er durfte sich keinen Fehler erlauben, sonst war alles verloren.

Die letzten Sonnenstrahlen fielen auf sein markantes Gesicht. Sein muskulöser Körper spannte sich als er seinen Zorn zu zähmen versuchte. Sein Kinn, bedeckt mit dunklen Bartstoppeln, trat kantig hervor.

Cun, der seinen Freund und Befehlshaber sehr gut kannte, wusste wie es in ihm aussah.

„Wir werden sie da herausholen!", riss er ihn aus seinen Gedanken.

Johannes zog eine Augenbraue hoch und drehte sich den Männern zu. „Es wird nicht einfach werden und ich bete zu Gott, dass wir alle heil davonkommen."

„Seht Ihr, was ich sehe?" entfuhr es Peter, dem der Mund weit offenstand.

Den Männern erstarrte für einen kurzen Moment das Gesicht. Ein Heer von mehreren tausend Mann erhob sich über einem Hügelkamm und überschattete das Dorf Schlatt unter Krähen. In geordneter Formation bewegten sie sich auf den Krähenberg zu.

„Da brat' mir doch einer ein Ei!", stieß Cun gebannt hervor.

„Wer zum Teufel hat ein solch riesiges Heer?", fragte Martin verdutzt.

„Entschuldige. Das habe ich ganz vergessen zu erwähnen", erwiderte Johannes. „Es ist das Heer von Lichtenstein und Hauptmann Frundsberg aus Kaufbeuren. Sie werden uns im Kampf gegen die Krähen beistehen."

„Du meinst Georg von Frundsberg?"

„Genau der. Er ist einer der berühmtesten Landsknechtführer und ich denke, er fackelt nicht lange herum. Spätestens im Morgengrauen wird er angreifen und bis dahin wird unser Heer ebenfalls hier sein. Was mir allerdings Sorgen bereitet, ist die Tatsache, dass Friedingen Anna hinter verschlossenen Türen hält, während die Burg beschossen wird. Wir müssen sie da herausholen, bevor die Burg fällt."

„Willst Du Frundsberg nicht informieren?", hakte Peter nach.

„Nein. Es reicht, wenn Graf Eberhard ihn morgen früh aufklärt."

„Hast Du schon einen Plan?", fragte Martin, der eine Laune hatte, die ein Gewitter heraufbeschwören könnte.

Johannes bedachte ihn mit einem kritischen Blick. Er hatte immer noch ein Problem mit Peters Anwesenheit.

„Wir reiten zur Nordseite des Berges. Ich habe nicht das Bedürfnis, den schmalen Pfad hinauf zu hechten. Dort können wir auch besser die Pferde verstecken und uns ungehindert zum Hauptportal vorwagen."

„Du willst zu Fuß da rauf?", stieß Cun entsetzt hervor.

„Für das, was wir vorhaben ist es sicherer."

„Woher willst Du das wissen?"

„Ritter Heinrich war schon einmal auf der Krähenburg. Der Weg nach oben ist eng und beschwerlich. Wenn wir die Flucht ergreifen müssen, sind wir sicherer zu Fuß, als mit einem Pferd, das abstürzen könnte."

„Du wirst es wissen, was zu tun ist", entgegnete Cun mit einem zermürbten Blick.

„Glaubt mir, es ist besser so. Und denkt daran, lasst keinen am Leben, der uns in die Quere kommt. Da ist noch etwas, das Ihr wissen müsst. Der Burgvogt der Krähen ist ein gefährlicher Mann, ohne jedes Gewissen. Sein Name ist Polius. Er mordet und tötet, weil es ihm Freude bereitete. Er scheint noch schlimmer zu sein als Friedingen selbst. Nehmt Euch in Acht vor ihm, er ist bekannt für seine Hinterhältigkeit."

„Ist er Dir schon einmal über den Weg gelaufen?“, fragte Peter.

„Nein, aber Ritter Heinrich hatte das Vergnügen.“

„Bleiben wir zusammen“, wollte Cun wissen, „oder teilen wir uns auf?“

„Sofern das möglich ist, bleiben wir zusammen. Du, Cun, hältst mir den Rücken frei. Martin, Du wirst Peter beistehen“

Martin schoss Zornesröte ins Gesicht. „Warum nicht umgekehrt?“

Johannes schob energisch sein Kinn hervor. „Ganz einfach. Ich halte es für eine gute Entscheidung, damit Ihr Euch besser schätzen lernt“, knurrte er zwischen den Zähnen hervor.

Martin spürte die Warnung in seinem Ton. „Ich erwarte, dass Ihr Eure Streitigkeiten auf später verlegt, bis wir auf Bodman sind. Du kennst meine Einstellung dazu. Was ich allerdings im Moment nicht gebrauchen kann, ist ein Mann, der nicht weiß, worauf es ankommt!“

Martin verzog sein Gesicht zu einer Grimasse. „Ich werde Dich nicht enttäuschen!“

„Dann lasst uns jetzt gehen. Haltet Augen und Ohren offen!“, ermahnte Johannes die Männer und gab Frowin einen Schenkeldruck, um weiter zu reiten.

- ◆ -

Nach einer knappen Stunde erreichten sie ihr Ziel.

„Jakob! Du bleibst hier bei den Pferden und rührst Dich nicht von der Stelle, bis wir wiederkommen!"

„Mach ich, Herr", gab er selbstsicher zur Antwort und fuhr Frowin über seine Mähne. Er mochte den Hengst ebenso wie Ritter Johannes. Auf den schönen schwarzen Hengst war stets Verlass. Aufgrund seiner Klugheit konnte er selbst in schwierigsten Situationen einen klaren Kopf bewahren. Er war eine verlässliche Waffe im Kampf und verfügte über eine enorme Ausdauer. Das Streitross hatte für Ritter Johannes einen hohen Stellenwert. Mit ihm stand und fiel sein Erfolg beim Kampf. Wenn die Einheit von Mensch und Tier funktionierte, sahen sich seine Gegner einem nur schwer zu schlagenden Feind gegenüber, hatte ihm Ritter Johannes erklärt. Er würde ihm den Kopf abreißen, wenn sein Hengst nicht mehr hier wäre, dachte Jakob und band die Pferde zusammen.

Johannes blickte nach oben. Der Berg schien verwildert zu sein, stellte er fest. Durch die herunterhängenden Bäume konnte er das Hauptportal sehen. Was ihm allerdings mehr Sorgen bereitete, war der Weg hinter dem Portal, der durch zwei weitere Tortürme bewacht wurde.

Da der Berg rundherum sehr felsig war, konnte es schwierig werden, auszuweichen, wenn es brenzlig würde, überlegte er angespannt. Er drehte sich zu seinen Männern um und bedachte sie mit einem nachdenklichen Blick. Sie waren ihm gefolgt, ohne zu wissen, ob sie das Ganze überlebten. Martin und Cun kannte er von Jugend an. Obwohl sie nicht von Stand waren und keinen Ritterschlag erhielten, waren sie im Schwertkampf ausgebildet und zählten zu den besten Kämpfern, die er kannte. Er allein trug die Verantwortung bei diesem Vorhaben und hoffte, dass ihnen nichts zustoßen würde. Dennoch stand Anna an erster Stelle, selbst dann, wenn er dies mit seinem Leben bezahlen müsste.

Von der Burg herunter schallte das Wiehern von Pferden und die Stimmen schreiender Menschen.

„So, wie es sich anhört, bereiten sie sich auf eine Belagerung vor“, sagte Peter gebannt.

„Das war nicht anders zu erwarten. Da die Bewachung unzureichend ist, sollten wir uns beeilen, bevor sie Verstärkung bekommen. Und denkt daran, hinter dem Portal befindet sich der untere Zwinger, der bestimmt nicht ohne Schutz ist“, warnte Johannes seine Männer.

Martin, der die Lage ebenfalls kritisch in Augenschein nahm, meinte, „die zwei Tortürme auf dem Weg nach oben, bereiten mir größere Sorgen als der Zwinger.“

„Ich weiß“, flüsterte Johannes. „Lasst mich nur machen, mir kommt da eine Idee, wie wir die Türme ungehindert passieren können. Seid Ihr bereit?“

„Das sind wir!“, wisperte Cun.

„Peter, Martin, ihr haltet Euch im Hintergrund, bis sich das Tor öffnet. Sie sollten uns nicht alle auf einmal sehen.“

Johannes kniff die Augen zusammen und blinzelte zum Portal hinauf. Er sah zwei schattenhafte Gestalten. Einer der Wachposten hielt eine Fackel hoch und schrie von der Mauer herunter, er solle sich zu erkennen geben.

„Wir kommen von der niedergebrannten Schrotzburg und gehören zu Schienens Männern“, gab Johannes zur Antwort.

Sogleich wurden mehrere Fackeln entzündet, um die Neulinge in Augenschein zu nehmen.

„Wo habt Ihr Eure Gäule?“

„Wir sind nicht so dumm, wie wir aussehen! Da wir nicht wussten, was sich hier oben für ein Gesindel herumtreibt, dachten wir, dass es sicherer ist, sich ohne Pferd zu bewegen.“

„Mir scheint, Du bist ein schlaues Kerlchen!“

Johannes verzog schelmisch seine Mundwinkel und dachte, dieser Trottel ist es nicht wert, ein Wachmann zu sein.

„Man tut, was man kann. Aber nun solltet Ihr uns das Tor öffnen. Wir haben eine wichtige Nachricht für den Burgherrn.“

„Um was geht es denn?“, fragte derselbe Wachmann neugierig.

„Um die Beute, die Hans von Rechberg auf der Höri gelagert hat.“

„Ich glaub nicht, dass Friedingen Dich dafür belohnt, wenn Du mir keinen Zutritt gewährst. Denn, wenn es um seinen Anteil geht, lässt er nicht mit sich spaßen, meinst Du nicht auch? Außerdem habe ich wichtige Informationen von Rechberg, wie er Euch in der momentanen Lage behilflich sein kann. Sollte Friedingen nicht da sein, sollen wir uns bei Eurem Burgvogt melden“, fügte Johannes hinzu und hoffte, dass er den Wachmann davon überzeugen konnte, das Tor zu öffnen.

„Sagt mir den Namen unseres Vogtes."

„Man sagte uns, wir sollen uns bei Popolius melden." Johannes stieß ein paar Flüche aus, indem er laut zu Cun sagte, „wenn dieser Trottel uns nicht zu Friedingen lässt, ist die Burg verloren."

„Verflucht nochmal", brüllte der Wachmann. „Öffnet das Tor!"

Johannes war aufs Äußerste angespannt. Sein Herz pochte, als er vorsichtig nach seinem Dolch griff. Während sich das Tor öffnete, schrie er dem Wachmann zu, er solle den oberen Wachtürmen ein Zeichen geben, dass sie ungehindert ihren Weg zur Burg passieren können.

Der Mann drehte ihm den Rücken zu und schwenkte die Fackel, um den anderen das Zeichen zu geben, das alles in Ordnung sei. Mit zwei Schritten war Johannes bei ihm und seine Klinge ließ den Wachmann leblos zu Boden sinken. Als der andere Wachmann schreien wollte, stieß Cun ihm sein Schwert in die Brust, worauf der mit weit aufgerissen Augen stöhnend in sich zusammenfiel.

Alles ging jetzt sehr schnell. Martin und Peter arbeiteten sich zum Zwinger vor und streckten zwei weitere Männer nieder. Ein anderer Wachmann versuchte Johannes von hinten anzugreifen, der ihm aber mit gekonnter Schnelligkeit einen tödlichen Stoß versetzte.

„Schnell, beeilt Euch! Wir müssen die oberen Wachtürme erreichen, bevor sie etwas bemerken", sagte Johannes in leisem Ton. „Wir dürfen keinen am Leben lassen, sonst schlagen sie Alarm!“

„Halt, stopp“, entgegnete Peter. „Zur Tarnung sollten wir die Helme und Tuniken der Wachmänner tragen, was meint Ihr?“

Martin bedachte ihn mit einem erstaunten Blick. „Die Idee ist gut, Hewen. Ich fürchte nur, keiner von denen trägt meine Größe.“

„Verdammt, zieht die Tuniken über“, zischte Johannes gereizt. „Du wirst schon in einen der Lumpen reinpassen und dann nichts wie los.“

Durch die Dunkelheit und dank ihrer Kleidung war es ein Leichtes ohne Weiteres in den Innenhof der Burg zu gelangen. Selbst an den Wachposten am oberen Zwinger kamen sie unbehelligt vorbei.

Geduckt verfolgten sie das verheerende Durcheinander im Burghof. Schweine rannten quietschend zwischen den Beinen der Männer umher. Die Türen zu den Ställen hingen zum Teil schief in den Angeln. Überall lag Unrat herum, über den man leicht stolpern konnte. Das Blöken der Schafe vermischte sich mit dem schrillen Quieken der Schweine. Die mit Lehm beworfenen Gebäude wirkten vernachlässigt und bröckelten zum Teil in größerem Umfang ab. Schubkarren und andere Gerätschaften lagen überall verstreut auf dem Boden herum. Das Bild, das sich ihnen bot, war mehr als erschreckend. Ordnung stand hier an letzter Stelle.

„Die hausen ja wie die Vandalen“, meinte Cun mit weit aufgerissenen Augen.

„Das kannst Du laut sagen“, entgegnete Johannes ohne den Blick, von dem Geschehen abzuwenden. „Das ganze Durcheinander kommt uns aber ganz gut gelegen oder meint ihr nicht?“

Peter, der das Ganze ebenfalls argwöhnisch aufnahm, war skeptisch. „Ich denke, das macht die Sache nicht einfacher. Seht ihr den Mann da oben auf dem Wehrgang?“

Ein dicker, untersetzter Mann mit wulstigen Lippen und vernarbtem Gesicht schrie den Männern Befehle zu.

„Ich fürchte, das ist der berüchtigte Burgvogt Popolius“, bemerkte Johannes und schob mürrisch sein Unterkiefer hervor.

Cun schnaufte. „Scheint ein übler Geselle zu sein, mit dem nicht zu spaßen ist.“

Johannes warf einen Blick über die Schulter. „Geht ihm am besten aus dem Weg!“

„Wie ist Dein Plan?“, wollte Peter wissen.

„Wir müssen in die Halle gelangen und dann in die oberen Gemächer.“

„Das wird kein Spaziergang“, sagte Cun mit ernstem Blick.

- ◆ -

Ohne den Burgvogt aus den Augen zu lassen, bewegten sie sich langsam auf die Treppe zum Palas zu, die vermutlich zur Halle und in die Gemächer von Friedingen führte. Da sie die Tuniken der Wachleute trugen, nahm keiner der aufgebrachten Männer irgendeine Notiz von ihnen. Es schien, als ob hier jeder nur an sich dachte.

„Halt!“, drang es plötzlich an ihre Ohren.

Johannes und seine Männer fuhren blitzartig herum. Popolius stand mit drei finsteren Gesellen hinter ihnen. „Ich kann mich nicht erinnern, dass meine Wachmänner unter ihren Tuniken Kettenhemden tragen“, sagte er mit verächtlicher Miene.

Das Gesicht von Johannes verfinsterte sich zunehmend. Seine Hand bewegte sich langsam zu seinem Schwert. Er wusste, die Lage, in der sie sich befanden, war äußerst kritisch. Vier Männer gegen diesen Haufen Banditen würde mit dem Tod oder im Kerker enden. Vorsichtig zog er sein Schwert aus der Scheide, was seine Männer ebenfalls taten.

„Das würde ich an Eurer Stelle lieber lassen, meine Herren, oder glaubt Ihr allen Ernstes, dass Ihr gegen diese Überzahl bestehen könnt?“, sagte der Vogt herablassend.

Johannes umschloss den Griff seines Schwertes noch stärker. Sein ganzer Körper war gespannt wie ein Bogen. Es half nichts. Wenn er und seine Männer nicht ihr Leben verlieren wollten, musste er sich ergeben.

„Sagt mir auf der Stelle Euren Namen, sonst seid Ihr des Todes!“, warnte der Vogt.

„Ich bin Johannes von Bodman und beabsichtige den Burgherrn aufzusuchen“, gab er knirschend zur Antwort.

„Na, sieh einer an! Habt ihr das gehört, Männer. Ritter von Bodman gibt uns die Ehre“, entgegnete Popolius überheblich und die Männer fielen in ein schallendes Gelächter. „Und jetzt ergreift sie, und nehmt ihnen die Waffen ab!“

Johannes und seine Männer wurden entwaffnet, bis auf das Messer, das Johannes in einem seiner Stiefel trug. Der Vogt trat vor ihn hin und schlug ihm mit aller Wucht ins Gesicht. Danach drehte er ihm seine rechte Hand herum, als wollte er sie brechen und versetzte ihm einen dumpfen Schlag in den Bauch.

Johannes krümmte sich zusammen und spürte einen stechenden Schmerz in seiner Schulter.

„Seid versichert, Bodman, Friedingen erwartet Euch bereits sehnsüchtig. Und mich werdet Ihr auch noch besser kennenlernen, das verspreche ich Euch!“

Als sie die Halle betraten, schlug ihnen Schweißgestank gemischt mit dem Rauch des Kaminfeuers entgegen. Auf den Tischen standen noch die Krüge und Teller vom Zechgelage des Abendmahls.

Die Wände waren mehr schwarz als weiß. Selbst die Wandteppiche hingen schäbig und zum Teil zerlumpt von den Wänden.

„Diese Banditen hausen wie die Barbaren“, knurrte Johannes zu Peter hinüber, der neben ihm hergezerrt wurde.

Neben dem Kamin standen mehrere Männer zusammen, die wild durcheinanderredeten.

„Was ist denn jetzt schon wieder?“, fuhr Friedingen herum. „Pop ich habe jetzt wirklich keine Zeit für irgendwelche Streitigkeiten.“

Popolius verzog spöttisch seinen wulstigen Mund. „Über diese Kreaturen wirst Du Dich besonders freuen, Hans. Darf ich vorstellen, seine Hoheit, Ritter Johannes von Bodman und seine Recken.“

Friedingen blieb für einen Moment der Mund offenstehen. Mit einem zynischen Blick musterte er Johannes von oben bis unten. „Tragt Ihr immer eine Tunika über dem Panzerhemd?“, fragte er herablassend.

„Sie überwältigten unsere Wachen und meinten doch tatsächlich, sie könnten uns an der Nase herumführen“, meinte der Vogt belustig.

„Und wen haben wir denn da? Peter von Hewen! Ein Ritter, der für Tugend steht, dabei aber seinen Bruder verrät. Mir scheint, ich bin in bester Gesellschaft!“, strich Friedingen sich verächtlich über seine Bartstoppeln.

„Von Ehrlichkeit und Tugend seid Ihr weit entfernt“, warf Johannes ein. Mit hochgezogenen Augenbrauen ließ er seinen Blick über den Mann gleiten, der sein Nebenbuhler war.

Dieser Bodman ist ein großer kraftstrotzender Mann. Sein Aussehen und seine Statur zogen die Frauen bestimmt an, wie Speck die Fliegen, dachte Friedingen angewidert. Er ertappte sich dabei wie ihn die Eifersucht beschlich, weil Anna nichts für ihn empfand, wenn sie einen Mann wie diesen haben konnte. Aber das würde er ihr noch austreiben.

„Was glaubt Ihr, was ich jetzt mit Euch anstelle?“

„Ihr seid ein elender Halunke. Ich kann es mir durchaus vorstellen“, presste Johannes wütend hervor und erntete für seine Aussage von Popolius wieder ein Schlag in die Seite. Sein Gesicht war übersät von blauen Flecken. An seiner Stirn klaffte eine blutende Wunde, die bestimmt nicht seine letzte sein würde. Dennoch stand er kerzengerade vor Friedingen und musterte ihn mit einem Blick, der töten könnte.

„Wo befindet sich die Herzogin? Vielleicht ist es Euch entgangen, aber unter Eurer Burg steht ein Heer von zehntausend Mann. Und ich glaube nicht, dass Ihr den morgigen Tag überleben werdet.“

Popolius wollte gerade wieder ausholen, als Friedingen die Hand hob.

„Die Herzogin gehört mir allein“, zischte er zwischen den Zähnen hervor. „Und ich werde Euch zeigen, welche Macht ich über sie habe. Noch vor Sonnenaufgang trifft ein Priester ein und wird uns trauen. Und Ihr werdet das Vergnügen haben, bei der Beischlafzeremonie beizuwohnen, mein Lieber. Es wird mir ein Vergnügen sein, Euch meine Braut vorzustellen und Euch dabei zu haben, wenn ich nach Belieben über sie verfüge.“

Johannes versteifte sich, dass seine Muskeln hervortraten. Wütend biss er seine Zähne zusammen, so dass sein Kiefer schmerzte. Zwei Männer hielten ihn in Schach. Er konnte im Moment nichts tun, als die Schmach über sich ergehen zu lassen.

Er schwor sich, solange er am Leben war, würde er nicht ruhen und alles dafür tun, um Anna aus den Händen dieses Widerlings zu befreien, so Gott es will.

Energisch zog er seinen Kiefer hervor und blickte Friedingen mit Zornesröte an.

„Sollte ich dies hier überleben, seid Ihr ein toter Mann!"

Friedingen hob eine Braue hoch. „Ich glaube nicht, dass Ihr Euch im Moment in der Lage befindet, mir zu drohen, Bodman. Und jetzt schafft ihn mir aus den Augen. Und Pop, behandle ihn, wie wir es immer tun mit ungebetenen Gästen. Aber lass ihn noch am Leben. Schließlich soll die Herzogin sehen, mit was für einem Schwächling sie sich da eingelassen hat."

„Du Hund!", stieß Johannes hervor. „Wenn Gott es will und es eine Gerechtigkeit gibt, wirst Du für Deine Sünden büßen, Friedingen."

„Dein Gott hat Dich schon einmal im Stich gelassen, als Eure Burg brannte. Da unten steht der Feind vor meiner Burg. Ich habe, weiß Gott, nichts mehr zu verlieren. Es bleibt dabei. Nachdem ich mit der Herzogin die Ehe vollzogen habe, wirst Du sterben!"

- ◆ -

Als sie erfuhr, dass ihre Eltern nicht ihre leiblichen Eltern waren, brach für sie eine Welt zusammen. Aber dies war nichts, gegen das, was ihr jetzt widerfuhr. Anna blickte mit leeren Augen durch das offene Fenster. Dorthin, wo sich tausende Männer auf die Belagerung der Krähenburg vorbereiteten. Unzählige Lagerfeuer, soweit das Auge reicht, funkelten in die Nacht hinein. An einem dieser Feuer saß bestimmt Johannes und bereitete sich innerlich auf den morgigen Angriff vor. Aber es konnte auch gut sein, dass er von ihrem Schicksal überhaupt nichts wusste.

Niklas hat doch bestimmt einen Boten losgeschickt? Wenn der Bote Johannes aber nie erreicht hatte, konnte er auch nicht wissen, dass sie hier oben war. Sie schloss für einen Moment die Augen. Ein heftiger Schauer erfasste sie, als stünde sie in eisigem Wasser. Furchterregende Gedanken gingen ihr durch den Kopf. Was, wenn er nicht mehr am Leben war?

Tränen überfluteten wieder ihre Augen. Sie fühlte sich kraftlos und niedergeschlagen. Bevor der Tag anbricht, soll sie Friedingen ihr Jawort geben, hallte es in ihren Ohren. Selbst, wenn Johannes noch am Leben war, würde es zu spät sein. Die wenigen Stunden, die ihr blieben, würde sie beten und hoffen. Wie Paulus immer sagte, egal was kommt, Hoffnung gibt es immer.

- ◆ -

Sebastian lief wütend über den betriebsamen Burghof und wischte sich das Blut von seinen Lippen. Friedingen war schlimmer als der Teufel. Den Schlag ins Gesicht würde er noch bitter bereuen, fluchte er vor sich hin. ‚Nach allem was ich für ihn getan habe, dankt er es mir, indem er mir ins Gesicht schlägt! Ich habe ihm Anna zugespielt und genauso werde ich sie ihm wieder nehmen, auch wenn es mich das Leben kosten könnte.'

Während er sich Gedanken machte, wie er den Wachmann überrumpeln sollte, folgte er einer steinernen Wendeltreppe, die hinunter zum Kerker führte. Die Luft war stickig und moderig wie in einer Krypta.

„He, Du! Der Vogt schickt mich. Du sollst nach oben kommen", nickte er selbstsicher dem Wachmann zu. „Sie brauchen Dich beim Hauptportal. Die Burschen schlugen die gesamten Wachen nieder."

„Na ja, ich denke, das war ihre letzte Tat", erwiderte der Wachmann mürrisch und nickte zur Zelle hinüber. „Sieh sie Dir an! Die sind zu nichts mehr zu gebrauchen."

Sebastian sah zu den vier Gestalten, die zusammengekauert auf dem kalten Steinboden lagen. Die Männer waren aufs Übelste zugerichtet. Ihre Gesichter waren kaum noch zu erkennen. Bei dem Anblick drehte es ihm den Magen um. Das alles hatte er nicht gewollt. Scham und Verzweiflung durchfuhr Sebastians Körper.

Der alte Johann von Bodman hatte ihn als jungen Burschen bei sich aufgenommen und wie dankte er es ihm! Unweigerlich wurde ihm bewusst, dass er dessen einzigen Enkel und Erben da rausholen musste, egal wie, sonst wäre seine Seele verloren.

Damit der Wachmann keinen Verdacht schöpfte, verzog sich sein Mund zu einem schwachen Lächeln.

„So wie es aussieht, hat unser Vogt heute wieder ganze Arbeit geleistet!“

„Sie haben es nicht besser verdient“, meinte der Wachmann und erhob sich von seinem Stuhl. „Pass gut auf sie auf oder Du endest genauso wie diese Halunken hier!“

Als der Wachmann verschwunden war, nahm Sebastian eine Fackel und hielt sie in die düstere Zelle.

„Ritter Johannes, hört Ihr mich. Ich bin es, Sebastian. Wenn Ihr mir versprecht, mir nicht gleich den Garaus zu machen, öffne ich Euch die Tür.“

Wie durch einen Nebel vernahm Johannes die Worte. Zaghaft versuchte er, die geschwollenen Augen zu öffnen. Sein geschundener Körper schmerzte, als hätte man ihm sämtliche Knochen gebrochen. Er versuchte, sich aufzurichten. Seine Männer lagen bewusstlos auf dem Boden.

„Was willst Du von mir?“

„Verdammt, ich mach jetzt die Tür auf. Wenn Euch Euer Leben lieb ist, dann setzt Euch endlich in Bewegung. Wir haben nicht viel Zeit!“

Das Krachen des Türschlosses ließ Johannes zur Besinnung kommen. Er rappelte sich auf und wischte sich das Blut von seinen Lippen.

Sebastian trat in die Zelle und versuchte panisch, die Männer wachzurütteln, die am Boden kauerten. „Beeilt Euch, sonst sind wir des Todes.“

Martin und Cun kamen langsam zu Besinnung und versuchten stöhnend, auf die Beine zu kommen.

„Was ist mit Peter?“, fragte Johannes schwer atmend. „Wir lassen ihn auf keinen Fall hier. Martin, Du hilfst ihm. Wenn es nicht anders geht, dann pack ihn über die Schulter.“

„Das kommt nicht in Frage“, kam es zaghaft hervor.

Martin, der inzwischen eine andere Meinung über Peter hatte, streckte ihm die Hand entgegen und zog ihn auf die Beine.

„Wie komme ich denn zu dieser Ehre?“, fragte Peter.

„Einer, der solche Prügel einsteckt, kann kein Verräter sein.“

Johannes, der das Geplänkel überhörte, musterte den Mann, der die Zellentür öffnete. Er wusste genau, wer vor ihm stand. Dennoch war jetzt keine Zeit für Vorwürfe und lange Fragen. Er drehte den Kopf und blickte ihn warnend an. Seine Augen waren die einer Pfeilspitze, die Sebastian durchbohrten.

Sebastian kannte ihn nicht gut genug, um ihn einzuschätzen zu können. Nur so viel konnte er an seinem Blick erkennen, dass dieser Mann trotz seines jetzigen Zustandes eine enorme Kraft und Willensstärke ausstrahlte, die keiner unterschätzen sollte.

„Wer bist Du? Und warum hilfst Du uns?“, fragte Cun mit argwöhnischem Blick.

„Er war lange Zeit im Dienst auf Bodman“, warf Johannes zähneknirschend ein.

Sebastian merkte, wie ihm der Schweiß auf die Stirn trat. Die Männer bedachten ihn mit bestürzten Gesichtern. Wenn sie wollten, könnten sie ihn gleich hier und jetzt ins Jenseits befördern, dachte er.

„Nenn mir einen Grund, Dich nicht auf der Stelle zu töten“, sagte Johannes mit ernster Miene.

„Es tut mir leid, was ich getan habe“, brachte er mühsam hervor. „Aber jetzt, da ich weiß, was Friedingen für ein Mensch ist, kann ich Anna nicht einfach diesem Teufel überlassen.“

„Wo ist sie?“

„Sie ist oben in der Kemenate. Wir sollten uns beeilen. Friedingen ist bei ihr.“

„Wie kommen wir in die oberen Gemächer, ohne entdeckt zu werden?“

„Verlasst Euch auf mich. Es gibt einen Hintereingang durch die Küche, der in die Halle führt.“

„Wie viele Männer befinden sich dort? Als ich sie verließ, waren dort nur Frauen und Kinder.“

„Und unsere Waffen?“

„Sie liegen dort neben der Treppe.“

Als sie ihre Schwerter und Dolche an sich nahmen, hörten sie ein leises Stöhnen. Johannes bedachte Sebastian mit einem bösen Blick.

„Gibt es hier noch mehr Gefangene?“

„Es sind die Kaufleute aus Kaufbeuren“, stotterte Sebastian verzagt.

„Lass sie sofort frei“, zischte Johannes, „und dann zeig uns den Weg nach oben.“

- ◆ -

Von ihren Wunden und Blessuren gepeinigt, schleppten sie sich die schmale Steintreppe hinauf. Vorsichtig spähte Johannes durch den Türspalt. Es war so, wie der Bursche gesagt hatte. Frauen und Kinder kauerten um die Tische herum und machten sich auf das Schlimmste gefasst.

„Wo finde ich Friedingen?“

„Im oberen Gang, das letzte Zimmer rechter Hand“, antwortete Sebastian.

„Ich schlage vor, ihr bleibt hier unten, während ich nach oben gehe. Solltet ihr in Bedrängnis kommen, verlasst ihr die Burg, wenn ihr könnt!“

„Das werden wir nicht!“, entgegnete Peter.

„Dies ist ein Befehl! Macht Euch um mich keine Sorgen!“

Die Männer nickten bekümmert und hofften, dass alles gut gehen würde.

Johannes blickte zur Treppe hinauf. Seine schmerzenden Glieder und Wunden fühlte er in diesem Moment nicht mehr. Mit dem Schwert in der Hand durchquerte Johannes die Halle in Richtung Treppe. Frauen und Kinder duckten sich verängstigt unter die Tische. Als er die Treppe erreichte, erfasste ihn eine Stimme, die er so schnell nicht vergessen würde.

„Ich kann mich nicht erinnern, dass ich Euch eine Einladung gab, in die oberen Gemächer zu gehen!“

Johannes fuhr wie vom Blitz getroffen herum. Fünf Männern und der Vogt bäumten sich siegessicher vor ihm auf. Mit gezückten Waffen stürmten die Männer von Johannes auf die Gruppe zu.

„Lauf!", schrie Peter. „Wir kümmern uns um die Bande!" Johannes zögerte für einen Moment. Es war ihm ein Gräuel, seine Männer mit diesem Hund alleine zu lassen.

„Geh! Sonst sind wir alle des Todes", schrie Cun ihn an.

Er lief so schnell er konnte, die breite Treppe hinauf.

„Verfluchte Hunde", stieß Popolius aus und zog sein Schwert. Als er Sebastian erblickte verfinsterte sich seine Miene noch mehr. „Du Verräter!", hallte es durch die Halle. „Ich wusste, dass man Dir nicht trauen kann. Ihr seid alle des Todes!"

Völlig außer sich stürmte er auf Sebastian zu und stieß ihm sein Schwert in die Magengrube, so dass dieser mit einem lauten Stöhnen zusammenbrach. Alles ging so schnell, dass er auf den Angriff nicht mehr reagieren konnte.

Wie ein Besessener und mit enormer Wucht schlug er dann sein Schwert gegen Martin, der jedoch mit seiner Schnelligkeit jeden Hieb abschmetterten konnte. Lautes Krachen und Klirren der Schwerter schallten gegen die Wände der Halle.

Cun und Peter wurden gleich von vier Männern attackiert. Sie umkreisten einander und versuchten den jeweils anderen mit Schwerthieben an Brust, Armen und Kopf zu treffen. Trotz seiner schweren Verletzungen konnte Peter einem seiner Gegner einen tödlichen Stich versetzen. Danach drehte er sich blitzschnell herum und schlug auf den nächsten Gegner ein.

Cun duckte sich, als einer der Männer auf ihn einschlug. Sein ganzes Können, das er von Johannes gelernt hatte, war nun gefordert. Blitzschnell stieß er dem Mann sein Schwert in den Bauch, der daraufhin zusammensackte.

Peter kämpfte ebenfalls wie ein Besessener, um einen weiteren Angreifer auszuschalten. Sie wussten, wenn sie den Kampf verlieren, war ihr Leben nichts mehr Wert. Während er seinen Mann in Schach hielt, sah er wie Martin verbissen gegen den Vogt kämpfte, aber immer schwächer wurde. Da sein Schwertarm starke Verletzungen aufwies, ließ vermutlich seine Kraft nach. In dem Moment taumelte sein Gegner und fiel zu Boden, im Nu versetzte ihm Peter einen tödlichen Stich in sein Herz.

Mit hasserfüllter Miene schlug der Vogt auf Martin ein und trieb ihn immer mehr in die Enge. Martin hatte keine Kraft mehr in seinem Arm. Die Verletzung forderte ihren Tribut. Mit Leichtigkeit schlug Popolius ihm das Schwert aus der Hand und holte zum letzten Schlag aus, um ihm seines in die Brust zu stoßen.

Als Martin schon glaubte sein Schicksal wäre besiegelt, hörte er ein schmerzliches Keuchen und der Vogt sackte vor ihm zusammen. Mit starrerer Miene zog Peter ihm das blutige Schwert aus seinem Rücken und blickte zu Martin, der wie gelähmt auf dem Boden kauerte und Peter mit großen Augen anstarrte. Ohne seine Hilfe wäre er jetzt tot. Der junge Hewen hatte ihm den Kopf gerettet. Niedergeschlagen musste er sich eingestehen, dass er im Unrecht war.

„Willst Du dort unten Wurzeln schlagen? Oder nimmst Du meine Hand, die Dir hilft aufzustehen?“

Martin streckte ihm mit Schmerz verzerrtem Gesicht seine Hand entgegen. „Danke! Ohne Dich wäre ich jetzt tot.

„Weißt Du! Deine schlechte Laune und das Gezanke hätte ich doch tatsächlich vermisst!“

Martin bedachte ihn mit einem zerknirschten Lächeln und meinte, „das können wir gerne weiterhin so halten, wenn Du nichts dagegen hast, mein Freund.“

„He, ihr zwei, kann ich Euch mal stören bei Eurem Plauderstündchen?“, meinte Cun keuchend. „Wir sollten schleunigst untertauchen, bevor wir die ganze Meute am Hals haben und abwarten, bis Johannes mit der Herzogin kommt.“

- ◆ -

„Lieber sterbe ich, als Euch zu Willen zu sein!"

„Ich glaube nicht, meine Teuerste, dass Ihr Euch so einfach aus dieser Lage befreien könnt."

Anna konnte sich kaum auf den Beinen halten. Dennoch wollte sie nicht einfach dastehen und nichts tun. Sie musste versuchen, Friedingen irgendwie hinzuhalten, bis das Heer angreifen würde.

„Ihr widert mich an! Was glaubt Ihr, wer Ihr seid, so mit mir umzugehen? Ich soll Eure Frau werden, nachdem Ihr meinen Ziehvater auf dem Gewissen habt?"

Energisch schob sie ihr Kinn hervor. „Falls es Euch entgangen ist, mein Onkel hat das Eheversprechen aufgehoben und an Johannes von Bodman weitergegeben."

Seine Augen wurden zu schmalen Schlitzen. „Euer allzu ritterlicher Held liegt unten im Kerker. Er ist nicht mehr in der Lage, sich auf den Füssen zu halten. In ein paar Stunden wird er sterben."

Anna erstarrte und wich einen Schritt zurück. „Das wagt Ihr nicht!"

„Ich wage noch viel mehr, meine Liebe."

Mit zwei großen Schritten war er bei ihr und packte sie an den Haaren. Anna stieß einen Schrei aus. Der Wut und der Stärke, die von ihm ausging, war sie nicht gewachsen. Er zog sie gewaltsam aufs Bett und warf sich auf sie. Mit seinen starken Armen drückte er ihre Hände über den Kopf. Angst und Panik ließen ihr Körper erbeben. Sein widerlicher

Mund- und Schweißgeruch schlug ihr ins Gesicht. Sie wand sich unter seinem schweren Körper, was ihn, wie sie feststellen musste, noch mehr in Wallung brachte. Gewaltsam riss er die Knöpfe ihres Kleides auf und vergrub sein widerliches vernarbtes Gesicht zwischen ihren Brüsten.

„Wie schön Du bist, mein Täubchen. Wenn Du Dich mir ganz hingibst, wirst Du es nicht bereuen“, raunte er in ihr Ohr. Als er seinen Mund auf den ihren drückte, bekam sie kaum Luft. Sie konnte nicht anders, als ihm in die Lippen zu beißen. Fluchend ließ er von ihr ab und versetzte ihr einen Schlag ins Gesicht, woraufhin sie das Bewusstsein verlor.

- ◆ -

Johannes hatte seine Schmerzen völlig vergessen. Mit dem Schwert in der Hand lief er einen langen schmalen Gang entlang. Als er zur letzten Tür kam hörte er einen dumpfen Schlag. Schnell entschied er sich, die Tür langsam zu öffnen, um seinen Gegner möglichst lautlos zu überraschen. Seine Hand am Schwertknauf verstärkte sich.

Nun war es soweit. Er durfte sich jetzt keinen Emotionen hinbegeben, bevor er Friedingen nicht außer Gefecht gesetzt hatte. Als er die Tür öffnete, bot sich ihm ein Bild, das seine Wut noch mehr verstärkte, die er nun nur mühsam zügeln konnte. Ein Anflug von Mordlust erfasste ihn. Dennoch verharrte er in völliger Ruhe, obwohl er diesen Mistkerl auf der Stelle sein Schwert in den Rücken stoßen könnte.

„Pop. Ich sagte doch, ich will nicht gestört werden!", schrie Friedingen während er sich an Anna vergriff.

„Ich fürchte, das lässt sich im Moment nicht einrichten", sagte Johannes in einem gefährlichen ruhigen Ton.

Friedingen erstarrte. Er rollte sich blitzartig von Anna herunter und zog sein Schwert. Eine hünenhafte Gestalt wie die eines unbarmherzigen Rachengels nahm den Raum ein.

„Bodman! Wie zum Teufel kommst Du hier rein?"

Johannes fixierte seinen Gegner, ohne auch nur einen Blick auf das Bett zu werfen, auf dem Anna lag. Er wusste, wenn er nicht auf der Hut war, waren sie beide verloren.

Friedingen verzog sein Gesicht zu einer Fratze. „Was willst Du jetzt tun? Mich abschlachten?"

Johannes verzog angeekelt seinen Mund. „Ich glaube nicht, dass ich auf ein Niveau wie Eures sinken werde. Ergebt Euch oder Ihr seid des Todes."

„Du glaubst doch nicht allen Ernstes, dass Du gegen mich bestehen kannst, mit Deinen Verletzungen?"

„Ich habe gehofft, Dich mit dem Schwert in der Hand anzutreffen. Nun können wir den Stahl entscheiden lassen. Die junge Herzogin gehört alleine mir. Urslingen hat sie mir versprochen."

„Wenn ich sie nicht kriegen kann, werde ich dafür sorgen, dass Du sie auch nicht bekommst, Du Bastard!"

„Und ich werde dafür sorgen, dass Du nie wieder Deine schmutzigen Hände an sie legen kannst, weil ich sie Dir abschlagen werde", presste Johannes zwischen den Zähnen hervor.

Wutentbrannt hob Friedingen sein Schwert und holte zu einem Schlag aus, den Johannes mit einer flinken Bewegung abwehren konnte, griff aber sofort erneut an. Fluchend und rasend vor Zorn schlug Friedingen wie ein Besessener auf ihn ein. Mit fletschenden Zähnen stieß er Flüche aus, drehte sich und trieb ihn gegen die Wand. Johannes erkannte sofort, wie Friedingen durch seine Wut ungeschickt kämpfte. Er parierte jeden seiner Schläge und trieb ihn immer weiter in die Enge.

Anna fing an sich zu bewegen. Benommen nahm sie das Klirren und Keuchen der kämpfenden Männer auf. Langsam rappelte sie sich auf und sah, wie Johannes Friedingen zusetzte.

„Johannes“, kam es zaghaft über ihre Lippen. Er war da, um sie zu holen. Ein unbeschreibliches Gefühl von Liebe und Hoffnung, das alles gut werden würde, überflutete sie.

Zitternd legte sie die Hand an ihre schmerzende Schläfe und wollte aufstehen, als sie Johannes schreien hörte. „Bleib, wo Du bist, Anna!“

Friedingen erkannte die kleine Unachtsamkeit seines Gegners wirbelte herum und traf Johannes an der Schulter.

Johannes verlor den Halt und stürzte gegen einen Stuhl. Als er wieder zu sich kam, sah er wie Friedingen das Schwert gegen Anna erhob.

„Leg Dein Schwert sofort nieder, sonst steche ich zu“, warnte er außer Atem.

„Verfluchter Hund! Du versteckst Dich hinter einer Frau? Kämpfe wenigsten wie ein Mann!“

„Ich habe nichts mehr zu verlieren, Bodman, und jetzt tu, was ich Dir sage!“

Anna schnappte nach Luft. Sie spürte, die kalte Klingenspitze an ihrer Brust und wagte sich nicht zu bewegen. Ängstlich blickte sie zu Johannes, dessen Augen nur auf Friedingen gerichtet waren.

„Wenn ihr etwas zustößt, wirst Du diesen Raum nicht lebend verlassen!“

Eine beängstigte Stille breitete sich im Raum aus. Ohne ihn aus den Augen zu lassen, ging Johannes in die Knie und legte sein Schwert ab. Seine letzte Hoffnung war der Dolch, der in seinem Stiefel steckte.

Mit einem gekonnten Griff zog er ihn aus dem Leder und warf ihn gegen seinen Feind. Alles ging jetzt sehr schnell. Friedingen stöhnte laut auf und ließ sein Schwert fallen. Mit Schmerz verzerrtem Gesicht griff er nach dem Dolch, der nahe an seinem Herzen steckte.

Annas Bewusstsein drohte zu versagen. Sie musste mit ansehen, wie Friedingen den Dolch aus seinem Körper zog und wieder nach seinem Schwert griff. Ängstlich versuchte sie, aus dem Bett zu kommen.

„Schnell, Anna. Stell Dich hinter mich!"

Blitzschnell griff Johannes ebenfalls nach seinem Schwert und fiel über Friedingen her. Mit einem gewaltigen Hieb schlug er ihm seine Hand ab.

Stöhnend und mit weit aufgerissenen Augen sackte Friedingen zusammen. Seine Hand hing nur noch wie an einem seidenen Faden, aus dem das Blut quoll.

Anna entwich ein fürchterlicher Schrei. Entsetzt schlug sie die Hände vors Gesicht und sank nieder. Völlig außer Atem blickte Johannes auf den Mann, der Blut überströmt da lag und vor sich hin röchelte. Er war sich sicher, dass er keine Gefahr mehr darstellte. Immer noch sein Schwert in der Hand, drehte er sich zu Anna um, die zitternd und weinend auf den Knien lag. Er steckte sein blutiges Schwert in die Scheide und war mit einem Schritt bei ihr. Behutsam zog er sie hoch und nahm sie tröstend in seine Arme. Schluchzend legte sie ihren Kopf an seine breite Brust.

„Es ist vorbei, mein Engel. Er wird nie wieder einer Frau etwas zu leide tun."

„Wie habe ich mich danach gesehnt, das Wort Engel zu hören", schluchzte Anna und konnte sich kaum beruhigen.

Tröstend fuhr Johannes über ihre schwarzen Locken.

Dann hob er ihr Kinn an und nahm ihren Mund in seinen Besitz. Er küsste sie, wie er sie noch nie zuvor geküsst hatte. Als er sich von ihr löste, sah er den blauen Fleck an ihrer Wange.

„Hat er Dich?"

„Nein, hat er nicht. Er hat mir nur einen Schlag versetzt. Wenn Du nicht gekommen wärst, hätte er mich vermutlich aufs übelste geschändet!"

Johannes zuckte zusammen als ein stechender Schmerz durch seinen Arm fuhr. Als sie ihn näher betrachtete, sah sie die schlimmen Verletzungen, die seinem Körper zugefügt wurden.

„Was haben sie nur mit Dir gemacht?", fragte Anna mit bebender Stimme.

Sanft strich er über ihre Haare und zog sie wieder an seine Brust. „Es ist nichts, was nicht wieder heilen wird. Mach Dir keine Sorgen, mein Engel."

Mit weinenden Augen blickte sie auf die am Boden liegende Gestalt.

„Ist er tot?"

„Wenn er es noch nicht ist, wird er es bald sein. Sollte er dies überleben, wird er allerdings nie wieder ein Schwert führen können. Komm! Wir müssen jetzt gehen, bevor uns jemand entdeckt. Wir haben noch einen gefährlichen Weg vor uns, bis wir in Sicherheit sind. Egal was kommt, versuche an meiner Seite zu bleiben, hörst Du!“

- ◆ -

Als sie die Treppe zur Halle herunter eilten, sah Johannes was sich hier abgespielt hatte. Der Vogt und vier seiner Männer lagen blutend am Boden und rührten sich nicht mehr. Sie waren vermutlich alle tot. Seine Männer dürften also noch am Leben sein, dachte Johannes erleichtert.

Mit wachsamem Blick ließ er seinen Kopf durch die verrußte Halle schweifen und bemerkte einige Frauen, die verängstigt an den Schragentischen kauerten und schützend ihre Arme um ihre Kinder schlossen. Obwohl sie wussten, wer sie waren, schien niemand auf sie zu achten. Johannes blickte durch eines der verstaubten Fenster und sah wie der Morgen im Osten langsam aufging. Von draußen war der Lärm von kämpfenden Männern zu hören. Die heftigen Einschläge der Katapulte, die gegen die Mauern schlugen, ließen die Halle erbeben. Das Heer hatte demnach mit dem Angriff begonnen, noch bevor es hell wurde.

Anna blickte bekümmert auf die mit Blut überströmten Männer und war bestürzt. Es war das erste Mal in ihrem Leben, dass sie derart mit dem Tod konfrontiert war. Ein leises Stöhnen erregte ihre Aufmerksamkeit. Als sie den Mann genauer betrachtete, lief ihr ein Schauer durch den Körper.

Es war Sebastian, der blutend am Boden lag. Erschrocken schlug sie ihre Hände an ihre Wangen und lief zu ihm. Johannes fuhr herum und sah wie Anna auf den sterbenden Mann zulief, der ihn aus dem Verlies befreite.

„Anna! Was tust Du da? Sie greifen die Burg an. Lass uns von hier verschwinden. Du kannst nichts mehr für ihn tun!“

Die Worte von Johannes hörte sie nicht mehr. Besorgt kniete sie sich zu ihm hinunter und blickte ihn mit weinenden Augen an. Sie kannte ihn so viele Jahre und verbrachte mit ihm zusammen ihre Jugendjahre. Und jetzt lag er im Sterben. Zaghaft strich sie ihm die mit Blut verklebten Haare aus seinem Gesicht.

„Sebastian! Was hast Du nur getan?"

„Anna, es tut mir alles so leid. Ich wollte das alles nicht. Bitte verzeih' mir meine Dummheit!"

Anna schossen erneut Tränen in die Augen. Die Gewissheit, dass ihr Freund gleich sterben würde, zerriss ihr das Herz.

„Natürlich verzeihe ich Dir", sagte Anna schluchzend und legte ihm beruhigend ihre Hand auf seine blutende Brust.

Zitternd nahm er ihre Hand, betrachtete ihr schönes Antlitz, das ihn stets in seinen Träumen begleitete und schloss für immer seine Augen.

Johannes, der mit gesenktem Schwert hinter ihr stand, legte eine Hand auf ihre Schulter und zog sie an sich. Zitternd und bebend vergrub sie sich in seinen Armen.

„Beruhige Dich, Anna. Da Du ihm verziehen hast, konnte er in Frieden sterben. Wenn er nicht gewesen wäre, würde ich vermutlich auch nicht mehr am Leben sein. Vielleicht gibt Dir das ein wenig Trost."

Anna hob den Kopf und blickte ihn überrascht an. „Wie meinst Du das?"

Johannes sah sie mitfühlend an. „Er war es, der uns aus dem Verlies befreit hat. Hätte er es nicht getan, würden wir vermutlich nicht hier stehen. Du musst jetzt stark sein und das Ganze hinter Dir lassen. Wir müssen jetzt gehen!“

Anna wischte sich die Tränen aus den Augen und nickte bekümmert. Johannes Züge verhärteten sich, als er die schwere Eingangstür der Halle einen Spalt öffnete. Er bereitete sich innerlich auf das vor ihm liegende Problem vor. Seine größte Sorge galt Anna. Sollte er sie hier unversehrt herausbekommen, würde er mehr als ein Dankgebet sprechen.

Mit wachsamen Augen nahm er das heillose Durcheinander, das sich im Burghof abspielte, in sich auf. Männer rannten ohne jegliche Führung kopflos umher und versuchten, ihr Bestes zu geben, den Angriff abzuwehren. In kurzen Abständen hörte man das Zischen der Brandpfeile, die zu Hunderten über die Burg niedergingen und Feuer und Rauch verursachten. Aber wo waren seine Männer?

Johannes zog seinen Dolch aus dem Gürtel und drehte sich zu Anna um. „Hier nimm ihn. Solltest Du in Gefahr sein, setze ihn ein, wenn nötig.“

Anna starrte ihn mit großen Augen erschrocken an. „Ich kann reiten, aber mit einem Dolch weiß ich nicht umzugehen“, entgegnete sie unsicher.

„Glaube mir. Du wirst es können, wenn es soweit ist. Bleib einfach hinter mir.“

Als sie die steinerne Treppe hinunterrannten, ertönte hinter ihnen ein Schrei.

„Du da! Du bist doch einer der Gefangenen?“

Johannes blieb abrupt stehen und zog Anna an sich.

„Sieh‘ mich gefälligst an, wenn ich mit Dir rede“, sagte der Mann, der sein Schwert aus der Scheide zog.

Johannes atmete tief durch, wirbelte blitzartig herum und stieß zu. Der Mann ging in die Knie und sank zu Boden.

Mit einem Mal wurde er von mehreren Augenpaaren gemustert. Johannes trat erschrocken einen Schritt zurück und blickte gebannt auf die Männer. Seine Kiefermuskeln traten hervor und seine bernsteinfarbenen Augen schossen Blitze. Jeder Muskel in seinem Körper war gespannt wie ein Bogen.

Er hatte keine Wahl, als zu kämpfen. Schon des Öfteren hatte er gegen solche Banditen gekämpft. Er würde das tun, wofür er ausgebildet wurde. Anna, die hinter ihm stand, hatte das Gefühl, keine Luft mehr zu bekommen. Voller Schrecken und Entsetzten starrte sie auf die Szene vor ihnen. Vier gegen einen, das konnte nicht gutgehen, dachte sie und war wie erstarrt.

Mit einem lauten Schrei stürzte Johannes auf die Männer zu und schlug wie ein Besessener mit dem Schwert um sich. Er tötete rasch zwei der Angreifer. Ein anderer platzierte einen Schwerthieb gegen ihn, so dass eine blutige Schramme auf seinem Gesicht zurückblieb. Ein kräftiger Hieb von Johannes ließ den Mann schließlich schmerzvoll zusammensacken. „Verfluchter Hund!“, stieß der letzte der vier aus und schlug wie ein Wilder auf ihn ein. Dennoch war das Schwert von Johannes schneller, als der Mann reagieren konnte.

„Lasst Eure Finger von mir!“, schrie Anna und versuchte sich, aus den Händen eines neuen Angreifers zu befreien.

Johannes, der die Laute vernahm, drehte sich ruckartig zu Anna um. Er musterte den Mann rasch. Seine verklebten Haare und der Schweiß, der ihm in die Stirn tropfte, hinterließen helle Streifen in seinem mit Ruß verschmutztem Gesicht.

„Ergib Dich oder sie ist des Todes“, knurrte er und hielt Anna einen Dolch an die Kehle.

Bevor Johannes etwas erwidern konnte, sackte der Mann zu Boden. Peter, der wie aus dem Nichts auftauchte, stach ihm seinen Dolch in den Rücken und zog Anna von ihm weg.

Johannes stand da und wischte sich das Blut von den Lippen. Durch den Rauch des brennenden Gebäudes erkannte er Peter und Martin. Geduckt rannte er zwischen einem weiteren Pfeilhagel über den Innenhof zu Anna und seinen Männern. Erleichtert drückte er Anna an sich.

„Bist Du in Ordnung?“

„Mach Dir keine Sorgen, mir geht es gut“, erwiderte Anna keuchend.

Dann warf er einen erleichterten Blick auf Peter und Martin.

„Schön, Euch zu sehen! Aber wo ist Cun?“, fragte Johannes mit besorgter Miene.

„Er versteckt sich im mittleren Zwinger und sammelt ein wenig Feuerholz“, entgegnete Peter gelassen.

„Wie meinst Du das?“

„Lass Dich überraschen und jetzt nichts wie weg hier!“

Johannes packte Anna bei der Hand, eilte mit seinen Männern zum mittleren Zwinger und betete, dass sie da heil herauskommen würden.

- ◆ -

Einige der Wirtschaftsgebäude, die offensichtlich von Brandpfeilen getroffen waren, standen bereits in Flammen. Durch den Schlachtenlärm und gebrüllte Kommandos nahm niemand Notiz von ihnen. Da es hier wohl gang und gebe war sich die Köpfe einzuschlagen, fiel es nicht sonderlich auf, dass sie sich ihren Weg freikämpften.

Als sie sich im mittleren Zwinger befanden, nahmen sie Anna in ihre Mitte. Zu ihrer Überraschung waren es nur wenige Männer, die den Zwinger bewachten. Ohne lange zu überlegen, griffen sie ihre Gegner an.

Cun, der hinter einer Steinmauer kauerte, stieß zu ihnen und mischte sich in das Gefecht mit ein. Mit blutigem Schwert kämpfte Johannes verbissen gegen seine Gegner. Sein Schwert schlug klirrend und hart auf sie ein und mähte alles nieder, was sich ihm in den Weg stellte.

Peter und Martin kämpften Seite an Seite, als wären sie eine Einheit. Anna war umgeben von kämpfenden Männern, die sie schützend umkreisten, damit ihr nichts zustoßen konnte. Sie musste mit ansehen, wie ein Gegner nach dem anderen seinen Tod fand und hoffte, dass alles gut werden würde.

„Schnell, zum unteren Tor!“, überbrüllte Johannes das Kampfgetöse, während er sich den Weg freikämpfte.

Johannes war durch seine Verletzungen sichtlich erschöpft. Das blutige Schwert in seiner Hand wurde zunehmend schwerer. Noch bevor seine Kräfte nachließen, musste er Anna in Sicherheit bringen.

„Was tust Du da?“, schrie er Cun zu, der sich eine Fackel aus einem der Torfposten zog.

„Das wirst Du gleich erkennen!“ Er nahm die Fackel und warf sie in die Ecke des Torturmes. Unter einem verwilderten, trockenen Gebüsch war es ihm möglich gewesen, während er auf die anderen wartete, Holz und Blätter zu legen, die jetzt sofort in Flammen aufgingen.

„Kommt, bevor es brenzlig wird!“, schrie er den anderen zu. Als sie durch das Tor eilten, nahm Cun die Fackel und verteilte den brennenden Haufen vor dem Eingang, so dass im Moment kein Durchkommen mehr möglich war.

Anna raffte die Röcke und folgte Johannes und seinen Männern so schnell sie konnte den steilen, felsigen Weg hinunter.

Die Burg wurde inzwischen von allen Seiten angegriffen. Steine eines Tribocks schmetterten gegen den Berg und ließen ihn erbeben. Es war eine Kampfmaschine, die schlimmste Verwüstungen anrichten konnte. Immer wieder flogen Hunderte von Pfeilen über sie hinweg. Der Berg schien ringsherum in Flammen zu stehen.

Johannes ließ Anna nicht einen Augenblick aus seinen Augen. Sie hatten es bis hierhergeschafft und würden mit Gottes Hilfe, den Rest auch noch hinter sich bringen!

„Wir müssen die Ringmauer erreichen, bevor das Feuer sich weiter nach oben ausbreitet“, rief Johannes seinen Männern zu.

Die feindlichen Gegner, die sich ihnen in den Weg stellten, konnten sie auf dem schmalen steinigen Weg ohne Weiteres bezwingen. Als sie sich auf das Hauptportal zu bewegten, schlug ihnen der Lärm von Hunderten von Männern entgegen, die versuchten über die Ringmauer zu gelangen. Das Heer war demnach schon bis hier oben vorgedrungen.

„Mir scheint, unsere Männer fackeln nicht lange", meinte Cun begeistert.

Johannes biss die Zähne zusammen und runzelte nachdenklich seine Stirn. „Das Ganze gefällt mir nicht. Es ist zu gefährlich, mit Anna durch die kämpfende Linie zu entkommen. Was ist, wenn sie uns nicht erkennen?"

„Es gibt keinen anderen Weg als diesen", meinte Peter, der dem Ganzen auch ein wenig mit Bedenken entgegensah.

„Nun, gut", entgegnete Johannes. „Cun, Du bleibst mit Anna im Hintergrund, während wir versuchen, das Tor in unsere Gewalt zu bekommen."

„Nein!", schrie Anna entsetzt. „Es ist viel zu gefährlich. Wie wollt ihr zu dritt gegen diese Überzahl bestehen?"

„Anna! Es gibt keinen anderen Weg. Vertrau mir, alles wird gut!"

Anna stiegen Tränen in die Augen. Sie hatte plötzlich Angst, ihn im Kampf zu verlieren. „Ich liebe Dich!", wisperte sie und sah ihm dabei erwartungsvoll in die Augen.

Hatte er richtig gehört? Sie liebte ihn? Johannes schwieg für eine Sekunde und betrachtete ihr mit Ruß verschmutztes Gesicht, das ihrer Schönheit nichts anhaben konnte. Ihr zerzaustes, wallendes Haar umgab sie, wie ein dunkler Heiligenschein. Die Tränen, die sie nur für ihn vergoss, taten ihm bis in die Seele weh. Am liebsten hätte er sie in die Arme genommen, um sie nie wieder los zu lassen. Aber es half nichts, er musste gehen, sonst gab es für sie beide keine Zukunft. Er nahm beide ihrer Hände, senkte seinen Kopf und gab ihr einen leichten Kuss.

„Anna! Du bist mein Leben. Ich verspreche Dir, ich werde auf mich aufpassen!" Dann gab er ihr noch einen Kuss auf die Stirn und blickte sie gebannt an. „Glaube mir, mein Engel. Die Herausforderung, mit Dir, das Leben zu teilen, lass ich mir bestimmt nicht entgehen. Aber das hier muss ich tun!"

Dann wandte er sich an Cun. „Sobald wir das Tor eingenommen haben, kommst Du mit Anna nach. Lass sie nicht aus den Augen. Sollte es nötig sein, halte sie so fest Du kannst, damit sie nicht während des Kampfes zu mir eilt."

Mit versteinerter Miene wandte er sich ab und folgte Peter und Martin. In wenigen Schritten standen sie mitten im Kampfgeschehen.

Die Männer auf den Wehrgängen waren mehr als beschäftigt, die Eindringlinge abzuwehren und bemerkten dabei nicht, dass ihr Feind sich schon hinter ihnen befand. Johannes wusste, was er zu tun hatte. Mit gekonnter Schnelligkeit zog er ein Messer aus seinem Gürtel, das rasch sein Ziel erreichte. Es musste einer der Hauptmänner gewesen sein, der leblos zusammenbrach. Gleich darauf ertönte ein lauter Schrei und ein weiterer Mann stürzte mit gezücktem Schwert auf Johannes zu. Andere folgten und umkreisten Peter und Martin. Mit gekonntem Griff zog Johannes blitzartig sein Schwert aus der Scheide und mähte alles nieder, was sich ihm in den Weg stellte. Wie besessen kämpften sie sich in Richtung der Hauptportale. Immer wieder regnete es Pfeile von der Burgmauer herunter, über sie hinweg. Er kämpfte sich verbissen den Weg frei, der zum Portal führte.

Peter und Martin hielten ihm den Rücken frei. Fürs erste war es ein Leichtes sie zu überwältigen, doch immer mehr bemerkten, dass hier etwas nicht stimmte und stellten sich ihnen in den Weg. Johannes wusste, das Tor zu öffnen, war ein nahezu selbstmörderisches Unterfangen und könnte ihn das Leben kosten. Er stieß mit dem Schwert nach einem weiteren Mann, der ihm den Weg verstellte, drehte sich aber blitzschnell wie eine Katze und schlug nach einem anderen, der plötzlich von der Seite angriff. Mit einem einzigen Hieb stach Johannes ihm sein Schwert in den Bauch. Peter und Martin versuchten, so gut es ging ihm zu folgen, während sie einen nach dem anderen niederstreckten.

Keiner von ihnen trug größere Verletzungen davon, außer ein paar Schrammen. Es schien als ob Gott ihnen beistehen würde. Johannes war jetzt ohne Gegner und blickte zum Portal, das im Moment ohne Bewachung war. Er musste den Balken zurückschieben, bevor es einer dieser Narren bemerkte.

„Gebt mir Rückendeckung“, rief er und lief auf das Portal zu. Mit der letzten Kraft, die er aufbringen konnte, schob er den schweren Eichenbalken zurück. Johannes sprang auf die Seite, um den siegessicher kämpfenden Männer Einlass zu gewähren. Johannes fühlte für einen Augenblick unendliche Erleichterung und schickte ein Dankgebet zum Himmel. Schnell zog er wieder sein Schwert und wollte sich durch die kämpfende Menschenmenge durchschlagen, um Anna und Cun zu finden, als plötzlich jemand seinen Namen rief.

Verdutzt fuhr er herum und blickte auf ein riesiges Streitross, auf dem Ritter Randegg saß.

„Ohne Euch wären wir hier nicht so leicht hereingekommen. Dies war wahrlich eine Meisterleistung!“, stieß Randegg begeistert hervor.

„Johannes!“ Er sah sich um. Peter kämpfte gleich gegen drei Männer, die ihm übel zusetzten. Martin, der schneller war, kam ihm zu Hilfe und schlug wie ein wilder auf zwei der Männer ein, die nicht lange am Leben waren.

Johannes wandte sich mit Blut bespritztem Gesicht wieder Randegg zu.

„Ich brauche ein paar Männer, die mir Rückendeckung geben. Die Herzogin befindet sich noch hinter dem Zwinger!“

„Das dürfte kein Problem sein“, entgegnete Randegg und erteilte sogleich den Befehl dazu.

„Wo ist Friedingen?“ rief Randegg Johannes zu.

„Sollte er noch leben, wird er bestimmt kein Schwert mehr gegen irgendjemanden erheben. Er ist schwer verletzt“, eilte Johannes zum Zwinger.

Cun kämpfte um sein Leben und das der Herzogin. Er war erleichtert, als ihm Johannes mit mehr als einem Dutzend Männern zu Hilfe kam. Anna wurde von hinten brutal an den Haaren zu Boden gerissen.

„Du verdammtes Miststück, Du solltest doch bei Friedingen sein!“, blaffte der Mann sie wütend an.

Anna reagierte sofort und versuchte, an ihr Messer zu kommen. Noch bevor sie zustechen konnte, hörte sie ein dumpfes Geräusch. Entsetzt sah sie die Klinge, die sich durch seinen Hals bohrte, als der Mann von ihr abließ. Aufblickend sah sie verschwommen, dass Johannes sich wie ein wildes Tier einen Weg zu ihr erkämpfte.

Sie betete und ließ ihn nicht aus den Augen. Sie sah wie er jeden, der sich ihm in den Weg stellte grausam niedermetzelte. Als er bei ihr war, packte er sie ohne ein Wort und legte beschützend seinen Arm über ihren Kopf, um sie vor den Angreifern zu schützen.

„Bodman, nehmt Eure Männer und bringt die Herzogin in Sicherheit“, schrie Randegg ihm von Weitem zu.

Johannes bedachte ihn mit einem dankbaren Blick und gab Cun, der keuchend neben ihm stand den Befehl, Peter und Martin zu suchen.

„Wir treffen uns bei den Pferden. Solltet Ihr nicht binnen einer halben Stunde da sein, reite ich mit Anna ins Heerlager.“

„Verlass Dich drauf. Wir werden da sein. Denn hier hält mich bestimmt nichts mehr!“

- ◆ -

Weit sah man über das Hügelland des Höhgaus. Der Sommer hatte längst Einzug gehalten, alles stand jetzt in voller Blüte. Kornäcker und bunte Wiesen überzogen die Landschaft wie ein gemaltes Bild. Der Duft von frischen Wiesenblumen war allgegenwärtig. Alles sah friedlich aus. Nichts wies darauf hin, dass noch vor ein paar Wochen hier Menschen mit Waffen aufeinander los gingen und viele ihr Leben dabei verloren.

Die Befehlshaber des Kaisers, der oberste Feldhauptmann Paul von Liechtenstein und Landsknecht Führer Georg von Frundsberg zogen nach der erfolgreichen Belagerung der Krähenburg mit ihrem achttausend Mann Heer wieder ab, um weitere Burgen, die sich dem Raubrittertum verschrieben hatten, zu belagern.

Selbst ohne das Heer und die aufständischen Bauern aus Überlingen wäre die Krähenburg nicht in der Lage gewesen, ihre Anlage zu schützen. Gegen die schweren Geschütze, die das Heer aus Kaufbeuren gegen sie einsetzte, konnten sie nicht lange standhalten. Noch am Tag des ersten Angriffes übergaben die verlassenen Knechte die Burg kampflos. Friedingen selbst hatte überlebt und flüchtete mit seinen Mannen in der Nacht über die steile Ostflanke, indem sie sich mit Mauereisen abseilten.

Georg von Frundsberg gab schließlich den Befehl, die Burg niederzubrennen. Wie Friedingen es allerdings geschafft hatte, mit nur einer Hand zu entkommen, darüber erzählte man sich die tollsten Geschichten und es wird wohl immer ein Rätsel bleiben. Die Burg Hohenfriedingen wurde weitgehend verschont. Heinrich von Friedingen gab sich geschlagen und versprach, die gestohlenen Güter, die sein Bruder Hans Wilhelm durch seine Raubzüge erbeutete, zurückzuführen, indem er den Bauern ihre Abgaben erließ.

Graf Eberhard von Nellenburg und Casper von Klingenberg zogen weiter mit dem Heer aus Überlingen und den aufständischen Bauern, um die Hewenburg zu belagern. Für Peter von Hewen, der mit den Aufständischen gegen seinen Bruder in den Kampf zog, war das nicht einfach. Er kämpfte für Gerechtigkeit, während sein Bruder sich dem Verbrechen zuwandte. Durch seinen Edelmut und seinen klaren Verstand überzeugte er die Befehlshaber, mit seinem Bruder zu einer friedlichen Übereinkunft zu kommen. Die Burg wurde nicht eingenommen. Man hatte Wölflin von Hewen gebeten, seine Herrschaft an seinen Bruder Peter abzugeben und den Höhgau zu verlassen. Die Übereinkunft bedeutete für Peter eine große Herausforderung, da die Burg stark verschuldet war.

Von Werner von Schienen und Hauptmann Hans von Rechberg fehlte jede Spur. Die Güter in Öhningen bei Stein am Rhein, die Schienen gehörten, wurden niedergebrannt. Auch seine Besitztümer in Horn auf der Halbinsel Höri wurden dem Erdboden gleichgemacht. Ähnlich erging es dem Besitz des Hauptmanns Hans von Rechberg. Seine Besitztümer in Horn, auf der Halbinsel, fielen ebenfalls den Aufständischen zum Opfer. Als er keinen Ausweg mehr sah, floh er vermutlich Richtung Schwarzwald.

Albrecht und Hans von Hohenklingen, die an dem großen Raubzug in Öhningen beteiligt waren, gaben freiwillig ihren Beuteanteil zurück, somit blieb auch die Burg Hohenklingen bei Stein am Rhein verschont.

Versöhnt waren die Städter und Bauern dennoch nicht, zumal sie von dem Geraubten nur sehr wenig zurückbekamen und die Dörfer weitgehend geplündert waren. Nach der letzten Belagerung hatte man aber einstimmig beschlossen, die Kämpfe einzustellen.

‚Dennoch wird es noch einige Zeit dauern, bis Frieden einkehren wird', dachte Johannes, der erschöpft von den vielen Kämpfen auf dem Weg nach Hause war. Sein Knappe Jakob, Martin und Cun folgten ihm ohne viele Worte und sehnten sich genauso wie er nach etwas Ruhe und Erholung. Mehr als ein Dutzend weitere Männer folgten ihm ebenfalls. Es waren Männer, die sich für das Gute einsetzten, und sich im Kampf gegen die Raubritter bewährt hatten. Sie schlossen sie sich Ritter Johannes von Bodman an und gelobten ausnahmelos, ihm und der Ritterschaft von Bodman den Treueeid und ihre Loyalität. Für ihn ein wahrer Segen, denn gute Männer konnte er gebrauchen, zumal seine Zukunft mit viel Arbeit verbunden sein würde.

Von ihrem Mitstreiter und Freund, Peter von Hewen, trennten sie sich nach den Verhandlungen auf der Festung Twiel. Martin, der ihm stets misstraut hatte, war eines Besseren belehrt worden und bot ihm seine Hilfe an, wann immer er sie benötigen würde.

Die Verhandlungen über die Gründung eines Ritterbundes, der die grundherrschaftlichen Rechte für den Adel und dem armen Mann sichern sollte, waren mehr als zermürbend und zogen sich mehrere Tage dahin. Man gründete den Ritterbund „St. Jörgenschild". Der Name rührte vom heiligen Schutzpatron aller Ritter her, der sich einst nur für das Gute einsetzte.

Er stand als edler Ritter, für Gerechtigkeit und Frieden und verschenkte sein Land an die Armen.

Der Grundgedanke der Gemeinschaft stand für die Überzeugung, zusammen sind wir stark. Der Zusammenschluss wurde gegründet, die Macht im Land zu sichern und das zu verhindern, was sich die letzten Wochen hier zugetragen hatte. Es sollte eine Instanz für alle Streitigkeiten von Mitgliedern untereinander sein. Insofern gewährte die Gesellschaft ihren Mitgliedern Schutz gegen Rechtsverstöße und widerrechtlich unternommene Angriffe und stellte somit eine einflussreiche Vereinigung dar, die der Bewahrung des Landfriedens diente.

Dazu sollte die Gesellschaft in zwei Landesgruppen geführt werden, die, der Ritterschaft im Höhgau und die, der Ritterschaft an der Donau. Nur ein gemeinsamer Widerstand konnte letztendlich einen Erfolg garantieren. Als Hauptmann des Sankt Jörgenbund wurde einstimmig Casper von Klingenberg auserwählt. Alle anderen Ritter und Adlige waren Mitglieder und somit mitverantwortlich für Frieden und Ordnung.

Als Sitz der Ritterschaft beschloss man, ein Ritterhaus in Radolfzell zu errichten, um dort alle wichtigen Versammlungen und Gerichte ab zu halten.

Johannes wusste, um dem allem gerecht zu werden bräuchte er gute Männer, denen er blind vertrauen konnte, denn seine Zukunft würde mit viel Arbeit verbunden sein und das nicht nur auf Bodman.

Schmerz geplagt verzog er sein Gesicht. Es waren die Nachwehen seiner Verletzungen, die ihm der Burgvogt Popolius zugefügt hatte, von denen er sich immer noch nicht ganz erholen konnte.

Er dachte an Anna, die ihn hingebungsvoll pflegte und seine Wunden versorgt hatte. Nachdem er sie sicher ins Heerlager brachte, wollte er sie mit einem Trupp nach Bodman schicken. Sie willigte erst ein, als er wieder einigermaßen genesen war.

Wie gerne wäre er gleich mit ihr nach Hause geritten. Er sehnte sich nach Ruhe und freute sich auf ein Leben mit ihr. Er war sich sicher, dass dies sein größtes und schönstes Abenteuer werden würde.

Sie liebte ihn! Und ja, er liebte sie auch. Dies war ein Gefühl, das er bisher nicht kannte. Zuneigung und Leidenschaft vielleicht, aber Liebe? Als man ihm die Nachricht von Annas Entführung brachte, war es, als ob er den Boden unter sich verlor. In diesem Moment erst wusste er, was diese Frau ihm bedeutet. Sie hatte sich nicht nur in seine Gedanken, sondern auch in sein Herz geschlichen.

- ◆ -

Eine weitere Woche war vergangen, seit sie die letzte Nachricht von Johannes erhielt. Er teilte ihr mit, wie sehr er sie vermisse, aber erst kommen könne, wenn die Verhandlungen auf der Twiel besiegelt sein würden. Schwermütig legte sie ihre Näharbeiten in den Weidenkorb zurück und erhob sich von dem gepolsterten Kaminsessel.

Ritter Johann, der auf dem anderen Sessel sein Mittagsschläfchen hielt, blickte kurz auf.

„Anna, mein Mädchen, mach Dir keine Sorgen. Er wird bestimmt bald kommen“, sagte er verschlafen vor sich hin und schloss ermattet wieder seine Augen.

Anna starrte besorgt auf den alten Burgherrn. Sein Zustand wurde Tag für Tag schlimmer. Jahre hatte er damit zugebracht, auf Johannes zu warten, um dann in Ruhe gehen zu können. ‚Ich fürchte, dieses Mal wird es soweit sein‘, dachte sie traurig.

Maria, die Frau des Stallmeisters war beschäftigt, frische Binsen auf den Boden zu legen und sang ein Lied vor sich hin.

„Kann ich Dir helfen, Maria?“, fragte Anna gelangweilt und bückte sich nach einem Bündel. Maria blickte sie mit weit aufgerissenen Augen an.

„Ich denke, das ist keine so gute Idee. Ihr seid jetzt eine Herzogin.“

„Ach Maria, es ist mir egal, was ich bin. Ich tue das, was mir gefällt!“

Plötzlich trat Niklas in die Halle und fuhr sich gereizt durch seine Haare. Anna drehte sich herum und ihre Augen weiteten sich neugierig. Er war völlig verschwitzt und nicht bester Laune, wie sie bemerkte.

„Wisst Ihr schon etwas Neues?"

Niklas schenkte sich einen Becher Gewürzwein ein und leerte ihn in einem Zug.

„Nein. Außer, dass die Männer ihr Schwert führen, als hätten sie nie eines in der Hand gehabt", gab er abgekämpft zur Antwort.

„Das ist ja auch kein Wunder, bei dieser Hitze, die heute draußen herrscht", bemerkte Maria und verließ die Halle, um neue Binsen zu holen.

Niklas bedachte Anna mit einem wehmütigen Blick und seufzte.

„Glaubt mir. Nichts wäre mir lieber, als Euch die freudige Mitteilung zu machen, dass er jeden Moment zur Tür hereinkommt. Zumal ich ihn hier auch dringend benötige. Zu den Baumaßnahmen am östlichen Zwinger bräuchte ich seine Meinung. Ritter Johann ist nicht mehr in der Lage, Entscheidungen zu treffen. Ganz zu schweigen von der Ernte, die bald bevorsteht."

„Was die Ernte betrifft, könnte ich mich doch darum kümmern", erwiderte Anna schnell. „Ich war immer dabei, wenn Paulus mit den Dörflern die Arbeiten verteilte."

Niklas musterte sie nachdenklich. „Herzogin Anna, Ihr seid eine bemerkenswerte Frau. Ihr wisst aber auch, solange Johannes nicht da ist, bin ich für Euren Schutz verantwortlich.

Und ich habe keine Sicherheit, dass Friedingen sich nicht doch noch irgendwo in der Gegend herumtreibt."

Das kann doch nicht wahr sein, dachte Anna und war mit einem Mal mehr als aufgebracht. Selbst die Burgbewohner und Bediensteten wies er an, sie nicht aus den Augen zu lassen. Sie musste hier raus, sonst würde sie noch verrückt werden. Entschlossen stemmte sie ihre Arme in die Hüften und ihre Augen nahmen eine herrische Haltung an.

„Wie lange wollt Ihr mich hier noch einsperren, als wäre ich ein ungezogenes Kind?", blickte sie ihn wutentbrannt an.

Niklas bedachte sie mit einem verdutzten Blick und räusperte sich verlegen.

„Herzogin! Es steht mir nicht der Sinn danach, mich mit Euch darüber zu streiten. Ich kann Euch ja verstehen! Aber Ihr müsst auch meine Lage verstehen. Sollte Euch noch einmal etwas zustoßen, wäre mein Leben verwirkt."

„Dann lasst mich wenigsten mit einer Eskorte ausreiten", schnaubte Anna hartnäckig.

Niklas presste seine Lippen fest aufeinander. ‚Warum eigentlich nicht?' Für heute hatte er sowieso die Nase gestrichen voll. Alles was er anpackte, lief schief. Der Nachmittag war wie geschaffen, um einen Ausritt über die Hochebenen des Bodanrück zu machen.

Er konnte die junge Frau nicht ewig hinter den Mauern der Burg festhalten. Auch weil sie sich täglich sorgte um ihren zukünftigen Gemahl, würde ein Ausritt sie, und ihn selbst, vielleicht auf andere Gedanken bringen.

„Nun gut“, erwiderte er. „Ich gebe Anton Bescheid, er soll Eure Stute satteln. Und ich stelle ein paar Männer zusammen, die uns begleiten werden.“

Annas Herz machte einen freudigen Sprung. „Das werde ich Euch nicht vergessen, Niklas.“ Freudenstrahlend raffte sie ihre Röcke und eilte die Treppe hoch, um sich umzuziehen.

- ◆ -

Um nach Bodman zu kommen, wählte Johannes den Weg über den Mündelsee, der inmitten der Mulde des Bodanrück lag und zu seinen Besitzungen gehörte. Ihr Weg führt in Ufernähe durch Moorwiesen und Auwald, der, wie Johannes feststellen musste, stark verwildert war. Die Sonne brannte auf ihn nieder und machte ihn träge. Unter seinem schweren Harnisch lief ihm der Schweiß den Rücken hinunter. Nachdenklich verzog er sein von der Sonne gegerbtes Gesicht, so dass seine Züge noch attraktiver erschienen. Er wusste, seine künftige Aufgabe würde sein, dies alles für seine Nachkommen zu erhalten und zu bewirtschaften. Dafür bedurfte es eine gute Organisation, um dem allem gerecht zu werden.

Seine Nachkommen? Nichts sehnlicher wünschte er sich, als mit Anna eine Familie zu gründen, sofern es Gottes Wille ist. Er musste schließlich am eigenen Leib erfahren, wie es ist, ohne Brüder und Schwestern aufzuwachsen und, dass es eine glückliche Fügung ist, eine Familie haben zu dürfen. Sollte ihm dieses Glück beschieden sein, würde er versuchen, möglichst viel Zeit damit zu verbringen, dies zu genießen und sie mit seinem Leben zu schützen. Was ihn allerdings wieder darüber nachdenken ließ, wie er seine künftigen Aufgaben verteilen sollte, um die Ritterschaft Bodman auch zum Wohle seiner Untergebenen in eine gute und erträgliche Zukunft zu führen.

Er war der neue Burgherr und der Hoffnungsträger vieler Familien, die für die Burg ihre Arbeit verrichteten. Wie seinen Vorfahren stand es auch in seinem Sinne, ein enges Verhältnis zur Bevölkerung zu pflegen. Nur mit Gerechtigkeit und dem Einsatz für das Gemeinwohl konnte es gelingen, sein Erbe für die nächste Generation sichern.

An einem Bachlauf, den man Krebsbach nannte, brachte er sein Streitross zum Stehen und bedeutete seinen Männern ebenfalls Halt zu machen.

„Wir legen hier eine kurze Rast ein, um die Pferde zu tränken!"

Jakob eilte sofort herbei und führte Frowin an den Bachlauf. Johannes zog seine Reithandschuhe aus und kniete sich am Rand des Baches nieder, um sich zu erfrischen. Um sich die Beine zu vertreten, wandte er sich ab und ging ein Stück am Bach entlang. Als er aufblickte sah er in der Ferne Bauern, die auf seinen Feldern ihrer Arbeit nach gingen und die ihn vermutlich nicht einmal kannten. Wenn er Zuhause war, würde er erst einmal seinen Bauern einen Besuch abstatten, nahm er sich vor.

„Worüber denkst Du nach?", riss ihn Cun aus seinen Gedanken.

Johannes fuhr sich durch sein dichtes Haar. „Ach, mein Freund, ich denke an so vieles, dass mir dabei der Kopf schwirrt."

„Er ist verliebt und weiß es nur noch nicht", meinte Martin, der sich zu ihnen gesellte.

Johannes fuhr herum. „Wie kommt es, dass ausgerechnet Du Dich darin so gut auskennst?"

Cun legte beruhigend seine Hand auf Johannes Schultern. „Martin hat das ausgesprochen, was ich auch denke, mein Freund. Sieh Dich doch einmal an. Du liebst das Mädchen.

Und es ist leicht, eine Frau zu lieben, wie sie es ist. Wir freuen uns ganz einfach für Dich."

Johannes verdrehte die Augen und ein versonnenes Lächeln breitete sich auf seinem Gesicht aus. „Du meinst, so leicht, wie eine wild gewordene Katze, die sich nicht zähmen lässt?"

„Na ja. Sie kann durchaus ein Wildfang sein. Vielleicht wird sich das ja mit der Zeit ein wenig beruhigen, wenn erst mal Kinder da sind, die sie beschäftigen werden."

Als Johannes wieder Martin anblickte, vertiefte sich sein Lächeln. „Ich denke, dafür bedarf es aber einen Stall voller Kinder, meinst Du nicht?"

„Du wirst mit ihr ein wundervolles Leben führen. Und keiner hat es mehr verdient als Du. Sie wird auf Bodman neues Leben einhauchen, denn Frieden kann auch etwas sehr Fades sein für einen Mann."

Johannes zog seine Stirn in Falten. Martin hatte Recht. Sie war der größte Schatz, den er besaß. Und sie hatte nicht nur ihn in ihren Bann gezogen, sondern auch seine Männer, die sie als ihre neue Herrin anerkannten und respektierten.

Anna hatte ihn von Anfang an verzaubert. Sein Herz gehörte ihm nicht mehr alleine. Mit sich im Reinen, wandte er sich wieder den beiden zu.

„Da Ihr Euch für Eure neue Herrin so einsetzt, habe ich Euch etwas zu sagen."

„Wie meinst Du das, unsere neue Herrin?", fragte Cun argwöhnisch.

„Genauso, wie ich es sagte! Was hältst Du davon, Dich um meine Forstwirtschaft und die Bauern zu kümmern? Es gibt viel Arbeit, die ich nicht alleine bewältigen kann!“

Cun, der nicht recht wusste, ob er sich verhört hatte, starrte ihn mit aufgerissenen Augen an. „Habe ich das richtig verstanden? Du gibst mir die Aufgabe, mich um Deine Lehen und Besitztümer zu kümmern?“

„Würdest Du Dir das zutrauen?“

„Du machst Witze. Es ist mehr, als ich je erwartete hätte. Ich werde Dich nicht enttäuschen! Du kannst Dich auf mich verlassen! Außerdem gibt es keinen Ort, an dem ich lieber wäre, als hier am Bodensee auf Bodman.“

Johannes legte eine Hand auf seine Schulter, was mehr sagte als Worte. Dann wandte er sich an Martin, der etwas bekümmert und nachdenklich Abseits stand.

„Martin, Du schwingst Dein Schwert besser wie kein anderer, den ich kenne. Ich kenne keinen, der sich sein Dasein mehr erkämpfen musste als Du, ohne den Mut zu verlieren. Dich, Martin, sehe ich als Hauptmann meiner Wachen. Ich bin überzeugt, Du wirst junge Männer zu guten Kämpfern ausbilden und für den Schutz der Burg sorgen, wenn ich nicht da sein werde.“

Martin, der nicht richtig wusste, was er sagen sollte, strich sich die Schweißperlen von seiner Stirn, die sich vor Aufregung bildeten. Er war noch ein Junge, als er seine Eltern verlor, genau wie Johannes. Im Gegensatz zu ihm war er aber nur der Sohn eines Zimmermanns. Trotz allem gab ihm Graf Eberhard die Möglichkeit, die Schwertkunst zu erlernen. Er sagte, gute Männer kann man immer gebrauchen. Eine Familie gab es für ihn nicht. Alles was er besaß, war die Freundschaft zu Cun und dem jungen Reichsritter Johannes von Bodman, der ihn jetzt in seine Dienste aufnahm. Das war mehr, als er sich je erträumt hatte.

Mit glänzenden Augen blickte er seinen künftigen Ritter und Befehlshaber an. „Wie Du weißt, konnte ich nie wirklich sagen, wo ich Zuhause bin. Aber als ich auf Bodman war, fühlte ich mich sehr wohl. Ich gebe Dir mein Wort, Deine Familie und Deine Burg mit meinem Leben zu schützen, wann immer es nötig sein wird“, sagte er mit bebender Stimme und zeigte vermutlich zum ersten Mal in seinem Leben heftige Gefühle.

Johannes und Cun standen da und waren zutiefst berührt von den Worten ihres Freundes. Als Zeichen des Vertrauens streckte ihm Johannes seine Hand entgegen und blickte ihm dankbar in die Augen.

„Ich danke Dir, Martin. Ab heute kannst Du Bodman Dein Zuhause nennen, solange Du Dich nicht mit dem Koch verbündest.“

Nun brachen sie alle drei in lautes Gelächter aus, das die anderen Männer neugierig verfolgten.

„Da wäre nur noch eins“, meinte Cun und kniff nachdenklich seine Augen zusammen. „Was ist mit Niklas?“

Johannes blickte die beiden gelassen an. „Er wird das tun, was er am besten kann und was er während meiner Abwesenheit auch tat. Er wird Vogt von der Bodman. Und jetzt lasst uns nach Hause reiten, ich werde bestimmt schon sehnsüchtig erwartet!“

- ◆ -

Wild und frei wie sie war, trieb Anna ihre Stute Adelinde im schnellen Galopp an und sprengte über die Hochebene des Bodanrück. Sie genoss die Wärme der Sonne, die grünen satten Wiesen und den Ausblick auf den Bodensee. Eine Eskorte von kampferprobten Männern, die von Niklas befehligt wurden, folgten ihr.

Wie lange würde es noch dauern, bis Johannes zurückkommt? Er war schon viel zu lange fort. Um auf andere Gedanken zu kommen, trieb sie ihre braune Stute noch mehr an. Sie war mehr als glücklich, sie wieder zu haben.

Gleich nachdem Cun sie vor Wochen nach Hause brachte, schickte man jemanden nach Überlingen, um ihre Stute bei den Schwestern auf der Wiese abzuholen. Anna setzte einen Brief auf und teilte der Oberschwester ihr Bedauern mit und, dass es ihr gut ginge. Auch ihr Lehrmeister und Freund, Mönch Donatius, besuchte sie inzwischen wieder und ließ sich für ein paar Tage von Alfred dem Koch verwöhnen.

Nach allem, was sich ereignet hatte, zog er es allerdings vor, ihrem künftigen Gemahl nicht sofort unter die Augen zu treten, bat aber gleichzeitig um eine Einladung zur Vermählung.

Immer noch mit Furcht und Schrecken dachte sie an ihren Onkel, Herzog Reinhold von Urslingen, der sie mit einem Mann vermählen wollte, der nur Böses in sich trug. Inzwischen hatte sie ihm sein Vorgehen aber verziehen. Er hatte ihr in einem langen Brief sein Bedauern ausgedrückt und wäre mit einer familiären Verbindung mit der Reichsritterschaft von Bodman mehr als glücklich. Das konnte er auch sein, dachte Anna. Nach dem, was es sich alles geleistet hatte, konnte das Herzogtum sich rühmen, mit denen von Bodman verschwägert zu sein. Mit viel Überzeugungskraft war es Johannes gelungen, Nachforschungen über die Burg Urslingen und deren Verbindungen zu Friedingen von seinem künftigen Schwager abzuwenden. Somit war dem Herzog manches erspart geblieben.

Wehmütig dachte sie an ihre Zieheltern, Paulus und Brigitta. Sie schenkten ihr eine schöne Kindheit und gaben ihr ein Zuhause, in dem sie sich wohlfühlte. Sie würden stets einen Platz in ihrem Herzen einnehmen, den ihnen niemand nehmen konnte. Sie war mit sich und der Vergangenheit im Reinen und konnte sich nun auf eine Zukunft mit Johannes freuen.

Eingehüllt in ihren Gedanken, verlangsamte sie ihren Ritt und lenkte ihre Stute zwischen Bäume durch, die zu einem Aussichtspunkt führten. Immer dann, wenn sie Kummer hatte oder ihre Gedanken ordnen wollte, war dies der richtige Ort, um nachzudenken. Von hier oben schienen alle Sorgen viel kleiner und unbedeutender. Der atemberaubende Blick auf den See strahlte Ruhe und Frieden aus. Außer dem Schnauben der Pferde hörte man nichts, nur von weit unten am See, das Kreischen von Möwen und wenn man genauer hinsah, einen Waldrapp, der mit schwingenden Flügeln über den See flog.

Hier auf der höchsten Kuppe des Bodanrück sah man bis zur Hügellandschaft des Höhgaus, die von hier friedlicher aussah, als sie es in Wirklichkeit war.Gebannt ließ sie ihre Augen über den See wandern, der die blaue Farbe des Himmels wiederspiegelte und dennoch an bestimmten Stellen dunkle, schattenhafte Farben hervorbrachte, die aus der Tiefe kamen. Wie in einer Wiege lag er eingebettet zwischen Wäldern, Wiesen und sandsteinartigen Felsen. Dies war ihr Zuhause. Sie freute sich auf ein Leben mit Johannes, den sie liebte und mit dem sie, wenn Gott es wollte, Kinder haben wird. Täglich betete sie für seine Gesundheit und, dass er bald kommen möge. Sie wusste aber auch, dass sie ihn nicht nur für sich alleine in Anspruch nehmen konnte. Viele Aufgaben würden auf ihn zu kommen, die er zu bewältigen hatte und zum Wohle aller leisten musste. Er war der neue Burgherr, der Hoffnungsträger für die nächsten Generationen und sie würde ihr Bestes geben, ihm dabei zur Seite zu stehen.

Ihr Blick fiel auf die Burgruine von Alt Bodman. Es war der Geburtsort von Johannes, aber auch ein Ort des Gebets und der Hoffnung. Es war ein Ort der armen Seelen, die für alle Zeiten in den Herzen der Nachfahren bleiben würden.

Niklas, der sie in Ruhe verharren ließ, lenkte sein Pferd jetzt neben sie und blickte zur neuen Burg hinunter, die mächtig und imposant aus dem bewaldeten Bodanrück ragte. Sie war das Machtsymbol der Ritter von Bodman und für all diejenigen, die der Ritterschaft dienten.

„Es wird noch einige Zeit ins Land gehen, bis die Burg fertig gestellt ist“, unterbrach Niklas die Stille. „Ich würde gerne auf Bodman bleiben. Ich fühle mich wohl hier.“

Anna blickte ihn verschmitzt von der Seite an und verzog ihren Mund zu einem Lächeln. „Ich denke, Johannes hat bestimmt nichts dagegen, wenn Ihr Eure Arbeit fortführt.

Ich selbst könnte mir keinen Mann vorstellen, der die Burg besser verwaltet als Ihr es tut."

Anna hob ihre kleine Stupsnase und blickte wieder auf den See. „Vor allem wäre die hübsche Tochter unseres Schmieds sehr traurig, wenn Ihr Bodman wieder verlassen würdet. Meint Ihr nicht?"

Niklas hob eine Braue und lächelte vor sich hin. „Gewiss, Herzogin. Aber jetzt sollten wir den Pferden noch etwas Auslauf gönnen, bevor es Abend wird. Was haltet Ihr von einem schnellen Ritt über die Hügel?"

„Ich fürchte, schneller als bisher geht es nicht", antwortete sie mit einem verschmitzten Lächeln und riss die Zügel herum.

Auf einer Ebene nahe dem Bodenwald jagte Anna im scharfen Galopp über das Gelände. Sie übersprang kleine Wasserläufe und Hügel, als wäre sie auf der Flucht. All ihre Gedanken drehten sich nur um Johannes. Liebe war nicht nur schön, sie tat auch weh.

„Herzogin Anna!"

Niklas freudiger Ruf unterbrach ihre Gedanken. Schnell zügelte sie ihre Stute und blickte zu Niklas hinüber. Anna brauchte einen Moment bis sie begriff, was ihre Augen sahen. Glänzende Rüstungen und Schwerter funkelten im Sonnenlicht wie Sterne am Firmament. Dann erst erblickte sie das Banner. Es war das Banner mit den drei Lindenblättern, das Banner von Bodman

Ihr Herz fing an, wild zu pochen. Johannes! Es musste Johannes sein? Wie eine Statue verharrte sie auf ihrer Stute und war nicht in der Lage sich zu bewegen. Selbst Niklas und seine Männer verfolgten gebannt den heranreitenden Trupp. Als die Männer näherkamen, erkannte sie ihn. Auf seinem schwarzen Streitross, gefolgt von mehr als einem Dutzend Männern galoppierte er auf sie zu.

Es war Johannes! Er sah umwerfend aus, auf seinem schwarzen Hengst. Genauso, wie sie ihn in Erinnerung hatte. Schwer bewaffnet mit Dolchen, Schwert und verschiedenen anderen Waffen, die an einem Gürtel über seinem Harnisch hingen. Sein lohfarbenes Haar glänzte in der Sonne wie Bronze. Eine geradezu königliche Aura umgab ihn. Sein angeborener Stolz gab seinem Gesicht ein verwegenes und markantes Aussehen. Sie merkte erst gar nicht, wie ihr die Tränen über ihre Wangen liefen. Vor Aufregung begann sie zu zittern. So viele Fragen gingen ihr durch den Kopf. War er immer noch derselbe? Oder hatte er sich verändert? Sie wusste nicht einmal, ob er noch die gleichen Gefühle für sie hegte.

- ◆ -

Als Johannes sie erblickte, trieb er Frowin schneller an und zügelte seinen Hengst genau vor ihr. Er verharrte reglos auf seinem Pferd und verschlang sie mit seinen Augen. Ohne Worte ließ er seinen Blick auf dieser wunderschönen Frau ruhen. Er war vermutlich der glücklichste Mensch auf Gottes Erde! Innerlich bewegt und aufgewühlt blieb er auf Frowin sitzen und nahm ihren Liebreiz in sich auf. Ihr Blick war sanft und voller Liebe.

„Johannes!", flüsterte sie mit bebender Stimme und ihre Wangen brannten wie Feuer.

Als Johannes bemerkte, wie sich immer mehr Tränen in ihre Augen schlichen, glitt er aus dem Sattel und war mit zwei Schritten bei ihr. Er streckte beide Arme aus und hob sie von ihrer Stute. Wild zog er sie an sich und hielt sie fest, als wollte er sie erdrücken.

Als er sich von ihr löste, senkte er seinen Kopf und küsste sie fordernd und leidenschaftlich. Anna fürchtete, dass sie jeden Moment ihr Bewusstsein verlieren würde. Sie klammerte sich an ihn, als er seine Zunge in ihren Mund stieß. Es war als wollte er alles nachholen, was er die letzten Wochen vermisst hatte. Anna ging es genauso. Sie schlang ihre Arme um seinen Hals und gab ihm was er forderte. Als er den Kuss beendete, hob er sanft ihr Kinn an, blickte voller Begehren in ihre blauen Augen und strich ihr eine Haarsträhne aus ihrem Gesicht. Er war von ihrem Antlitz berauscht und hingerissen. Wie oft hatte er dieses Bild vor Augen und sehnte sich nach ihr.

„Du bist gekommen", flüsterte sie überglücklich.

Sein Mund verzog sich zu einem Lächeln. „Ja, mein Engel. Ich bin gekommen, um Dir zu sagen, wie sehr ich Dich liebe und, dass es für mich nichts Schöneres gibt, als mein Leben mit Dir zu teilen."

„Ich liebe Dich auch, Johannes von Bodman. Allerdings hast Du mich lange warten lassen, so dass ich schon mit dem Gedanken gespielt habe, mich wieder dem Schwestern Dasein zu verpflichten", entgegnete sie keck.

Johannes huschte ein Lächeln über sein Gesicht und zog sie fest an sich. „Ich habe Dich schrecklich vermisst, mein Engel."

„Ich Dich auch", sagte sie und küsste ihn lange und ausgiebig.

Ein Geräusch, das an ihre Ohren drang, ließ sie beide in die Wirklichkeit zurückkehren. Mühsam gelang es Johannes, sich von ihr zu trennen. Sie hatten ganz vergessen, dass sie nicht alleine waren. Als sie aufblickten, sahen sie in ebenso glückliche Gesichter wie sie es waren. Die Männer hielten ihre Schwerter zum Gruß empor, um ihrer neuen Herrin Loyalität und Respekt zu erweisen. Anna war überwältigt von der Geste, die seine Männer ihr entgegenbrachten und lächelte ihnen dankend zu.

Johannes wandte sich nun Niklas zu und begrüßte ihn mit einem Schulterklopfen. Auch Cun und Martin waren erfreut, ihren Freund wieder zu sehen. Johannes legte seine Arme wieder um Anna und bat Martin und Niklas, sich zurückzuziehen, damit er mit Anna ein paar Minuten alleine sprechen konnte. Er setzte sie auf Frowin und nahm hinter ihr Platz. Genau an der Stelle, wo sie vor ein paar Minuten mit Niklas stand, hielt er an und half ihr aus dem Sattel. Er beugte seinen Kopf und küsste sie noch leidenschaftlicher als zuvor.

Als sie sich voneinander lösten, waren Johannes Augen dunkel vor Begehren. Anna strich ihm zärtlich über seine Wange und blickte ihn fragend an.

„Was ist mit Friedingen?"

„Es ist vorbei Anna. Er ist geflohen und kann froh sein, wenn wir ihn nicht erwischen und aufhängen. Du hast nichts mehr zu befürchten. Es tut mir leid, dass Du das alles mit ansehen musstest."

„Zumindest weiß ich, dass ich nichts zu befürchten habe, wenn Du an meiner Seite bist!"

Johannes nahm ihre Hand und blickte auf den See hinunter, auf sein Zuhause, die neue Burg Bodman. Erleichtert und mit sich zufrieden atmete er tief durch und ließ die Schönheit des Bodensees auf sich wirken. Er war Zuhause und er würde alles, was in seiner Macht stand, dafür tun, sein Erbe gerecht und ehrenvoll fortzuführen. Genau wie es sein Großvater und sein Vater schon taten. Wehmütig fiel sein Blick auf Alt Bodman. An den Ort, wo seine Wurzeln waren und den er immer fürchtete, zu betreten. Plötzlich hatte er das starke Bedürfnis, diese Kapelle, die sein Großvater für die Verstorbenen errichten ließ, zu besuchen, um seinem Vater mitzuteilen, dass er sein Erbe ehrenvoll weiterführen werde und die wahren Werte stets bewahren wolle. Und um jener tapferen Frau zu danken, die in der letzten Minute ihres Daseins nur an ihn dachte und somit sein Leben rettete. Mit einem Mal wusste er, dass diese Frau für immer einen Platz in seinem Herzen haben würde, so wie Paulus, der wie ein Ersatzvater für ihn war. Er hatte ein Bedürfnis, vor ihnen allen niederzuknien, um sich für all ihren Mut und ihre Liebe zu bedanken, die sie ihm zu Lebzeiten entgegenbrachten.

Er nahm sich vor, gleich morgen die heilige Stätte aufzusuchen, um mit der Vergangenheit ins Reine zu kommen. Mit sich zufrieden, drehte er sich zu Anna um, deren Augen immer noch glänzten. Es waren keine Tränen des Kummers. Es waren Tränen des Glücks.

„Ich liebe Dich", sagt er und berührte ihr Haar. „Anna, ich weiß nicht, was uns die Zukunft bringen wird. Aber eines weiß ich sicher, mit Dir an meiner Seite wird es leichter sein, all die schweren Hürden, die das Leben mit sich bringt, zu ertragen und zu meistern."

Sie blickte ihm liebevoll in seine bernsteinfarbenen Augen und war voller Liebe. „Ich liebe Dich auch, Johannes. Und wenn es Gottes Wille ist, werde ich Dir viele Kinder schenken und wir werden ein glückliches und zufriedenes Leben haben."

„Anna! Ich werde nicht immer da sein, so wie Du Dir es wünscht. Der Krieg gegen das Rauben findet noch kein Ende. Außerdem gehöre ich fortan zur Gesellschaft Sankt Jörgenschild, deren Verpflichtungen ich nachkommen muss."

Anna lächelte und rieb ihr Näschen an seinem Kinn. „Ich weiß, mein geliebter Ritter. So lange Du immer wieder zu mir zurückkommst, kann ich damit leben."

Ihr Blick ließ ihn dahinschmelzen. Sanft hob er ihr Kinn und bedeckte ihren Mund. Als sie sich voneinander lösten, hob Johannes sie wieder in den Sattel und saß hinter ihr auf. Zärtlich legte er seine Arme um ihre Hüften.

„Eines weiß ich mit Bestimmtheit“, flüsterte er ihr ins Ohr. „Wir Ritter von Bodman sind nicht so schnell unterzukriegen. Wir waren schon immer da und das soll auch so bleiben.“

Dann gab er Frowin einen Schenkeldruck und lenkte ihn nach Hause.

- ◆◆◆-

ENDE

Historische Anmerkung

Schon immer war ich eine begeisterte Romanleserin, mit dem Mittelalter im Fokus. Umso mehr beflügelte es mich, selbst einen historischen Roman zu schreiben, der im Mittelalter spielt und von meiner Heimat, dem Bodensee, erzählt. Bei Recherchen bin ich auf das älteste Adelsgeschlecht am Bodensee gestoßen, die Herren v. Bodman, Ritter und Reichsritter der Staufer und heutige Grafen v. (und zu) Bodman.

Die Idee zu meinem Roman war geboren. Als ich anfing, mich in diese Epoche zu vergraben, hätte ich nie gedacht, eine Geschichte zu schreiben, die den gesamten Hegau umfasst. Nichts faszinierte mich mehr, als die Familiengeschichte derer von Bodman und die Person von Johannes dem Geretteten, den Stammhalter der folgenden Generationen.

Meine Geschichte beginnt mit dem Burgbrand am 16. September 1307. Da ich einen Roman schrieb und kein wissenschaftliches Werk verfassen wollte, blieb ich bei der Version einer Stammtafel von 1903 von Leopold v. Bodman, wonach ein Blitz die Burg in Brand steckte und alle Familienmitglieder ums Leben kamen, sowie viele Angehörige des Hegauer Adels, außer dem jüngsten Namensträger des Geschlechts, dem einjährigen Johannes v. Bodman, der die Katastrophe überlebte, weil seine Amme das Kind in einen ehernen Kessel steckte und diesen zum Fenster hinauswarf.

Schriftliche Quellen belegen tatsächlich, dass die Burg brannte und alle ums Leben kamen und nur der jüngste Sohn Johannes überlebte. Unwahrscheinlicher ist aber, dass er zu diesem Zeitpunkt ein Säugling war, da er bereits 1309 gesiegelt hatte und demnach schon ein Jüngling gewesen sein musste. Die Familienmitglieder, die dem Brand zum Opfer fielen, gab es wirklich. Was die Mutter von Johannes betrifft, gibt es keine Überlieferung und im Roman ist ihr Name frei erfunden. Auch die Namen des Burgvogts Paulus und seiner Frau Brigitta sind reine Fiktion, ebenso die von Martin, Cun, Niklas und weitere Bediensteten. Alles andere, was ich über die Chronik der Familie in Erfahrung bringen konnte, versuchte ich so gut wie möglich wahrheitsgetreu darzustellen, ebenso namentlich genannte Personen.

Belegt ist auch, dass der Großvater des Geretteten eine Kapelle und ein Priesterhaus auf der zerstörten Burg errichten ließ und im Jahre 1309 dem Zisterzienserkloster Salem/Baden für die Errettung des Stammhalters schenkte. 1806 wurde es wieder von der gräflichen Familie zurück erworben.

Hinsichtlich der Liebenden, Anna und Johannes, ließ ich meinen Phantasien freien Lauf. Dass Herzogin Anna v. Urslingen tatsächlich mit Johannes v. Bodman vermählt und das Herzogtum Urslingen mit der Verbindung einverstanden war, entspricht den Tatsachen. Aus der Ehe mit Johannes gingen drei Söhne und drei Töchter hervor.

Der Name Urslingen leitete sich vom Ort Irslingen (heutiger Ortsteil von Dietingen) am oberen Neckar her, von dessen Burg Urslingen nur noch wenige Trümmer erhalten sind.

Sie beherbergte ein hochmittelalterliches Adelsgeschlecht, das im 12. Jahrhundert erstmals erwähnt wurde. Zahlreiche Urkunden zeugen vom Leben der Urslingen, die bei ihren

Kämpfen um Geld und Macht meist auf verlorenem Posten standen.

Um meinen Lesern eine spannende Geschichte zu präsentieren, beschloss ich bis ins 15. Jahrhundert vorzudringen und ließ Johannes v. Bodman inmitten der Zeit der berüchtigten Raubritter, die damals den gesamten Hegau beherrschten, leben und kämpfen. Gründe dafür waren hauptsächlich soziale Probleme. Sie ließen den gesamten Hegau zum „wilden Westen" werden, in dem sich Bauern und Städter von Raubrittern bedroht fühlen mussten. Doch die Städter und das arme Volk ließen sich das nicht gefallen und marschierten mit den Rittern der Gesellschaft St. Jörgenschild gegen die Raubritterschaft.

Da ich einen Roman schrieb, nahm ich mir die Freiheiten, die ich brauchte, um eine spannende Geschichte zu erschaffen und einen Einblick zu geben, was sich zu jener Zeit im Bodenseeraum zugtragen hat, ob im 14., im 15. Jahrhundert oder im 16., war mir völlig egal. Die Herren von Bodman setzten sich stets für das Gute ein und waren genauso Mitstreiter gegen die Raubritterschaft im 15. wie im 14. Jahrhundert. Daher beschloss ich, Johannes von Bodman als furchtlosen Edlen Ritter in die Kriegszeiten einzubauen. So, wie ich das Geschehene über die Raubritter und deren Machenschaften im Roman erzähle, wird es sich wohl zugetragen haben.

Der Landgraf Eberhard von Nellenburg herrschte zu jener Zeit über das gesamte Hegau, aber nicht über die Besitztümer der Herren von Bodman, die von jeher eigenständig und dem jeweiligen Kaiser direkt unterstellt waren. Ob Johannes v. Bodman seine Lehrjahre auf der Nellenburg absolvierte, ist nicht überliefert. Wie die Grafschaft gegen die Raubritter vorging konnte ich auch nicht in Erfahrung bringen. Fest steht, dass die Ritter von Bodman bei dem Bund St. Jörgenschild beteiligt waren.

Um einen kleinen Überblick über die berüchtigten Hegau-Burgen zu geben, setzte ich bei der Krähenburg an. Nach meiner Recherche gab es keinen Hohenkrähen oder Hohenhewen. Die Bezeichnung Hohen wurde erst ab dem 19. Jahrhundert gewählt. Genauso, wie die ehemals Grafschaft Hegau, früher als Höhgau betitelt wurde. Auf dem Krähen, auch Krayen genannt, war zu jener Zeit das berüchtigtste Raubritternest, von dem aus Hans Wilhelm von Friedingen sein Unwesen trieb. Die Herren von Friedingen waren im Besitz der Herrschaft Friedingen mit dem dazu gehörenden Schloss Hohenfriedingen nach dem sie ihren Namen trugen. Auch, dass Wilhelm von Friedingen eine Hand verlor und fliehen konnte, beruht auf einer wahren Begebenheit, ebenso die Überlieferung von einem boshaften Burgvogt Popelius (Poppele), der Anfang des 15. Jahrhundert auf der Burg Krähen lebte.

Die Geschehnisse rund um die Hewenburg entsprechen ebenfalls, so wie ich es in meine Geschichte einfließen ließ, der Wahrheit. Der Hewen soll dem Hegau seinen Namen gegeben haben. Den Gebrüdern Wölflin und Peter von Hewen gab ich in meinem Roman zwei verschiedene Charaktere, was frei erfunden ist. Dass die Burg stark verschuldet war und nicht eingenommen wurde, entspricht meiner Nachforschung.

Wohl die interessanteste Persönlichkeit in jener Zeit westlich des Bodensees war der Ritter Werner von Schienen, der sich mit Hans von Rechberg zu Schramberg und den Herren von Klingenberg so manches geleistet haben soll. Durch meine Recherchen war es mir möglich, die Ereignisse über die Belagerungen und die Raubzüge weitgehend wahrheitsgetreu in meine Geschichte einzubauen.

Ruinen sind sie heute alle, die Burgen des Hegaus und Linzgaus, die ihre stolzen Zeiten hatten und ihre berüchtigten Jahre. Der ländliche Adel erlebte im 15. Jahrhundert seinen Niedergang, indem die Einkünfte aus den Grund- und Lehenzinsen, welche die Bauern an die Ritter bezahlen mussten, immer weniger wurden. Die städtischen Handwerker und Kaufleute wurden reicher, was manchen Adligen dazu verleitet hatte, sein Einkommen durch Raubzüge zu verbessern. Um dem Ganzen Einhalt zu gebieten, beschloss der Adel, Anfang des 15. Jahrhunderts in Süddeutschland, die Ritterschaft St. Jörgenschild zu gründen. Eine übliche Methode, um die eigene Macht zu stärken und für Recht und Ordnung zu sorgen. Die Personen und die Vereinigung, konnte ich nach meinen Recherchen wahrheitsgetreu in die Geschichte einbauen, ebenso Casper von Klingenberg, der Hauptmann des St. Jörgenbundes war, mit Hauptsitz in Radolfzell, und Herr über den Twiel (Hohentwiel), eine der größten Festungen im Hegau. Die mächtigen Burgen des Hegaus, versuchte ich, so gut es ging, bauwerklich so zu beschreiben, wie sie einst aussahen.

Der immer noch atemberaubende Blick auf den See, den man von der Burgruine Bodman genießen kann, war für mich leicht nachzuempfinden und insoweit, den Bodensee in all seinen Formen und Farben zu beschreiben, bis hin zu der faszinierenden Landzunge mit der Bezeichnung Bodanrück.

Die heutige Bezeichnung „Bodensee“ leitet sich vom Ortsnamen Bodman ab, der auf althochdeutsch wohl ursprünglich Bodamon lautete. Er bedeutete „auf den Böden“, bezeichnete also einen bewirtschaftbaren Ort auf einer hochgelegenen ebenen Fläche.

Der am Westende des Überlinger Sees gelegene Ort war im frühen Mittelalter eine fränkische Königspfalz von überregionaler Bedeutung, weshalb der Name auf den See übertragen worden sein dürfte, „See, an dem Bodman liegt“ = Bodman-See oder Bodemsee.

Die Herren von Bodman erhielten im 13. Jahrhundert den Königsbesitz als Pfandschaft, später als Lehen und Eigentum.

Um eine der bekanntesten Städte am Bodensee zu präsentieren, die im Mittelalter, gegen die Raubritter kämpfte und eine bedeutende Rolle spielte, baute ich Überlingen mit dem Ursprungs Namen Iburinga, in meine Geschichte ein, was auf einer wahren Begebenheiten beruht, ebenso wie die Franziskaner Mönche und die Schwestern auf der Wiese (heutiger Friedhof von Überlingen) sowie den Goldbacher Hohlweg, der die einzige Verbindung zwischen dem Hegau und Überlingen war.

Die Zusammenhänge der Ereignisse in den ineinanderfließenden Jahrhunderten passten einfach zu gut zusammen, um über die Geschehnisse, die sich in jener Zeit zugetragen hatten, einen kleinen Einblick zu geben. Auf diese Weise gelangte auch der Landsknecht Führer des 16. Jahrhunderts, Georg von Frundsberg, ein Schwager des Bodmaner Burgherrn, in meinen Roman.

Zu meiner Hauptperson, Johannes von Bodman, muss gesagt werden, dass es Anfang des 14. Jahrhunderts viele Lücken in der Familiengeschichte gibt, die nicht überliefert sind, so dass es mir überlassen blieb, meiner Phantasie freien Lauf zu lassen, diese Lücken zu füllen.

Zur Familienchronik des hochfreien ältesten Adelsgeschlechtes im Hegau und am Bodensee gäbe es sicherlich noch viel zu erzählen. Es gibt sie noch immer und sie sind sich nach wie vor der Verantwortung ihres Besitzes bewusst. Sie haben sich diesen Geist über Jahrhunderte bewahrt und sich den Zeitläufen stets angepasst, um ihr Erbe erfolgreich fortzuführen.

Danke

Die Arbeit an diesem Roman war für mich eine große Herausforderung und ich hätte sie nicht geschafft ohne liebe Menschen, die mir dabei ihre Unterstützung gaben.

All die lieben Menschen, die mir während des Schreibens eine Hilfe gewesen sind, sollen hier nun eine besondere Erwähnung finden.

Zunächst richtet sich meinen Dank an Graf Wilderich v. u. zu Bodman, der mir eine enorme Unterstützung bei meinen umfangreichen Recherchen war und sehr viel Zeit für meine Anliegen entgegenbrachte. Danke auch für die vielen Probelesungen und Anmerkungen, die dem Roman das geben, was ich alleine nicht hinbekommen hätte.

Ein ganz großes Dankeschön möchte ich an Uwe Hornauer aussprechen, der während der Lektüre des Manuskripts sich bestimmt oft mit einem Kopfschütteln durchgearbeitet hat, wenn ich an alle meine Komma- und Rechtschreibfehler denke - das war sicherlich nicht immer einfach. Und was er daraus gemacht hat, ist einfach phänomenal.

Innigen Dank also, lieber Uwe, ohne Dich wäre der Roman nicht das, was er letztendlich ist.

Meine besondere Wertschätzung gebührt meiner Familie, die mich umfangreich unterstützt und dauerhaft ermutigt hat. Insbesondere danke ich meinem Mann, der dem großen Zeitaufwand nachsah, auch des Öfteren Probelesen musste, und der mir gute Tipps gab oder mich auf meinen Recherchen begleitete.

Was wäre ein Buch ohne einen Verlag. Auch hier möchte ich ein großes Dankeschön aussprechen, an alle Mitarbeiterinnen und Mitarbeiter. Dass überhaupt jemand bereit war, mein erstes Werk zu veröffentlichen, ist schon fast ein Wunder. Dafür vielmals danke.

Zum Schluss noch ein Dankeschön an alle, die in irgendeiner Weise dazu beigetragen und mich mit ihrem jeweiligen Wissen unterstützt haben - vielen lieben Dank!